世界经典文库

图文珍藏版

欣赏美丽神话 探索古今故事

中外神话故事

刘凯⊙主编

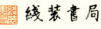

线装书局

图书在版编目（CIP）数据

中外神话故事：全4册／刘凯主编．--北京：线
装书局，2013.8
ISBN 978-7-5120-0960-8

Ⅰ.①中⋯ Ⅱ.①刘⋯ Ⅲ.①神话－作品集－世界
Ⅳ.① I17

中国版本图书馆 CIP 数据核字（2013）第 100202 号

中外神话故事

主　　编：刘　凯
责任编辑：高晓彬
封面设计：博雅圣轩藏书馆　Boyashengxuan Cangshuguan
出版发行：线装书局
地　　址：北京市西城区鼓楼西大街 41 号（100009）
　　　　　电话：010-64045283
　　　　　网址：www.xzhbc.com
印　　刷：北京彩虹伟业印刷有限公司
字　　数：1360 千字
开　　本：710×1040　1/16
印　　张：112
彩　　插：8
版　　次：2013 年 8 月第 1 版第 1 次印刷
印　　数：1-3000 套

定　　价：598.00 元（全四册）

盘古开天地

女娲补天

共工怒触不周山

天狗吃月亮

精卫填海

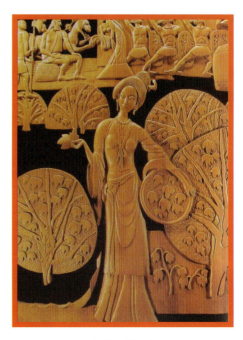

嫘祖养蚕

雨师赤松子

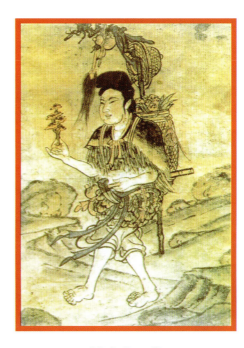

神农尝百草

仓颉造字

仪狄造酒

夸父追日

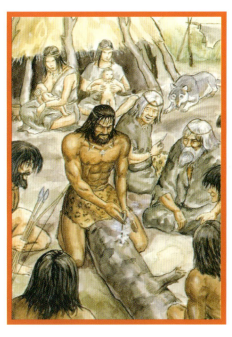

燧人氏钻木取火

大禹治水

嫦娥奔月

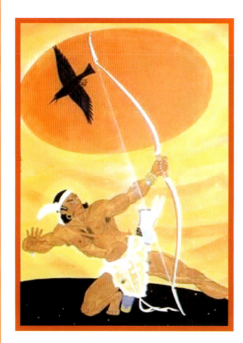

后羿射日

乌拉诺斯

宙　斯

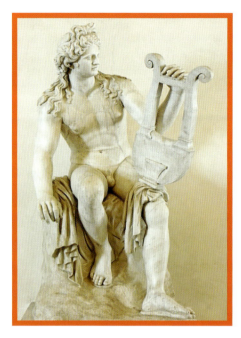

阿波罗

阿尔忒弥斯

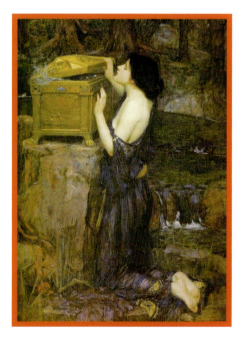

潘多拉的盒子

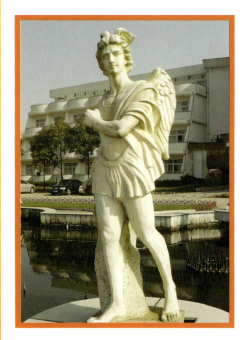

赫耳墨斯

赫拉克勒斯

战神阿瑞斯

爱神维纳斯

前　言

　　神话是人类童年时代的精神产品,那时候还没有文字,这精神产品只能在众人的口舌中滋生、长大、成熟、传播……神话故事是世界文学宝库中一朵不可多得的奇葩,是先民留给世人的一份极为珍贵的文化遗产,为世界文学提供了取之不尽、用之不竭的灵感,对世界各地文学的发展和繁荣产生了深刻而久远的影响。

　　在绚丽多姿的世界文化史中,神话故事如同一串闪闪发光的珍珠贯穿其中。经过漫长岁月的涤荡,抹去历史的尘烟,仍以其奇特的情节、多样的风格,以及丰富的内容全面体现出无穷的艺术魅力与民族的多源性,吸引我们去倾听祖先的声音,领略远古时代的旖旎风光,欣赏创作结晶中的艺术美感。

　　神话故事不仅为我们提供了一个了解历史的平台,而且能够让我们在感受神话王国美丽的同时,加深对传统文化的理解,激发起内心潜藏的想象力和创造力。鲁班被带有锯齿的草叶划伤手后产生联想,发明了锯;航空学家从空中飞翔的蜻蜓受到启示而产生联想和想象,发明了飞机;电子学家由蝙蝠受到启示,发明了雷达……任何科学的发明和创造都离不开想象和联想。加强想象与联想能力培养的一个十分有效的途径是通过阅读想象力丰富的文学作品,自然而然地进入到想象之中,通过驰骋想象对作品所塑造的形象和创造的意境进行想象再创造,从而强化想象与联想能力。神话不仅大多产生于想象,而且想象十分大胆、自由,具有穿越时空的巨大魅力,它能够将人的想象与联想引入无穷的空间,使人思接千载,神通万里,从而磨砺人的思维,快速而有效地提高人的想象能力。

　　我们推出的这套《中外神话故事》,精选了世界上流传最广、影响最大、最富于代表性的经典神话,包括"中国神话""古希腊神话""古罗马神话""希伯来及基督神话""北欧神话""美索不达米亚神话""巴比伦神话""波斯神话""印度神话""日本神话""古玛雅神话""古印加神话""阿兹特克神话""澳大利亚神话""埃及神话"以及"非洲其他神话"十六部分的内容。

　　《中外神话故事》犹如一个神奇的世界,一个想象的王国。走进神话传说的世界,我们不难体会到人类对自然的好奇与崇拜、对灾难和困苦的不屈与斗争、对英雄人物的敬仰与热爱、对纯贞爱情的讴歌、对美好生活的向往、对邪恶人物与势力的憎恶等丰富细腻的感情……直到今天，神话传说那瑰丽神奇的艺术境界和积极向上的进取、拼搏精神，仍然深深地感染和激励着我们。

　　这里有气势如虹的盘古开天、浪漫唯美的嫦娥奔月；有顶天立地的古希腊、古罗马英雄；有庄严肃穆的埃及法老与魔法师；有摄人心魄的阿兹特克羽蛇神……历史与想象交织，神秘与浪漫互融。科学的体例、经典的故事、新颖的版式，以及丰富多彩的图片等多种要素的有机结合，引领读者步入神话的殿堂，领略中外神话的艺术魅力，进而启迪心智，提高个人的文学素养、审美标准、人生品位，为自己的人生营造一方纯净的圣土。

目　　录

世界经典文库

中外神话故事

目 录

图文珍藏版

世界经典文库

中外神话故事

目录

图文珍藏版

3

世界经典文库

中外神话故事

目 录

图文珍藏版

世界经典文库

中外神话故事

目　录

图文珍藏版

世界经典文库

中外神话故事

目 录

图文珍藏版

世界经典文库

中外神话故事

目录

图文珍藏版

7

世界经典文库

中外神话故事

目录

图文珍藏版

9

世界经典文库

中外神话故事

目 录

图文珍藏版

世界经典文库

中外神话故事

目录

图文珍藏版

世界经典文库

中外神话故事

目录

图文珍藏版

世界经典文库

中外神话故事

目 录

图文珍藏版

世界经典文库

中外神话故事

目录

图文珍藏版

世界经典文库

中外神话故事

目录

图文珍藏版

世界经典文库

中外神话故事

目 录

图文珍藏版

世界经典文库

中外神话故事

目 录

图文珍藏版

中国神话

盘古开天地

很早很早以前,世界不像现在这个样子。那时候,没有蓝天,没有大地,没有太阳,没有月亮,也就没有白天和黑夜。

那世界到底是个什么模样?

打个比方说,就像是一个圆圆的鸡蛋。不过,这个鸡蛋可大着呢!我们现在看见的蓝天、大地,那时候是合拢在一起的,而且,合拢得密不透风。这个鸡蛋可真大呀!

鸡蛋能够变出小鸡。天气暖和了,暖呀暖呀,暖上 21 天,一个黄绒绒的小鸡就出壳了。那么,这个像鸡蛋一样的大东西要变成什么呢?

过了一万八千年吧,这个很大很大的东西里竟然变出了一个人。

这个人从婴儿到少年,到壮汉,又经过了一万八千年!

这时候壮汉的身子动了动,眼睛睁开了一道缝,可是,他什么也没有看见,到处是一片混沌。他瞪大眼睛,双眸中闪射出一道穿透混沌的亮光。可惜,眼前是无穷无尽的黑暗。壮汉有些烦躁,烦躁不安地想蹬破这无穷无尽的黑暗。他使劲蹬腿,腿曲卷着没有蹬开;他使劲展臂,臂曲卷着没有展开。壮汉眼睛喷闪着强光,霹雳闪电般地暴怒了。他用足全身的力气蹬腿展臂,却一点儿没撑开身边的黑暗。

盘古开天辟地

壮汉只好在混沌中爬行。爬不多远,头便碰在了硬壁上,只好返回来再爬。爬不多远,又碰在了硬壁上。他惊恐地四处乱摸,摸什么呢?他也不知道,好像是要摸一种可以帮助他的力量。

忽然,壮汉的手被什么碰了一下,他摸到了一把斧头。壮汉一使劲,拿起了斧

世界经典文库

中外神话故事

·中国神话·

图文珍藏版

头。就在拿起斧头的一霎间，他浑身的力量全部迸发出来，使劲一抡，身体旋转了起来。双臂越转越快，斧头越抡越猛，突然，壮汉一展胳膊，手中的斧头朝周围抡劈过去。

咔嚓嚓——轰隆隆——震耳欲聋的响动爆发了！随着那震耳的响动，那个很大很大的鸡蛋裂开了一道缝，一缕清气徐徐上升，飘飘然变成了蓝色的天空；一团浊物缓缓下降，悠悠然沉积成黄色的土地。

天地就这么劈开了！

这位开天辟地的壮汉名叫盘古。

盘古累了，就坐在地上休息。一挨着地皮，全身都犯困，不由得躺了下来。身体一着地，他就睡着了，睡得香甜美妙。睡着，睡着，盘古有点憋闷，睁眼一看，大势不好！蓝天不往上升了，还往下沉落；大地不朝下落了，还朝上飘升。

若是天再沉落，地再飘升，那么就会把他夹在当中，又要重归混沌了。

盘古慌忙爬起，叉开双脚，在地上立稳站直，斜伸两臂，用力托住青天。天不落了，地不升了。可是，这么矮小的空间真有些憋窄呀！不行，我要让天开地阔。盘古使劲一撑，天又徐徐飘升了，地又缓缓沉落了。

天升着，每天升高一丈；地落着，每天沉落一丈；盘古长着，每天要长天升高的一丈，地沉落的一丈。

长啊，长啊，一直长了一万八千年。天高极了，不再高了；地厚极了，不再厚了；盘古的个头也大极了，不再大了。那天地到底有多高呢？掰开指头一算，啊呀！可不得了，要九万里那么高呢！

这九万里，不光是天地间的高度，也是盘古个子的高度。盘古真高呀，简直是位超级巨人。

这位超级巨人很累了，还不敢松手，他怕天又沉落，地又飘升，重又混沌一团。他长吸一口气，咬紧了牙关，双脚稳插大地，毫不动摇；两手托举高天，纹丝不晃。他像是一根擎天柱巍然屹立在天地之间。

就这么，盘古巍然屹立了一万八千年。一万八千年后，天牢固了，一分一厘也不会降了；地牢固了，一分一厘也不再升了。

盘古松了双手。一松手，他累得躺在地上。一躺平，盘古的双眼瞅了瞅蓝天，蓝天虽蓝，却空空荡荡的，好像少了什么；再转一转脸，看看大地，大地虽大，却空空旷旷的，好像也缺了什么。他想造些东西填补天地间的空旷，可是，到底天上少什么，地上缺什么呢？他想，使劲想，也想不出来。盘古实在太累了，没等他想清楚就睡着了。

盘古又进入了香甜的梦乡。他梦见天上不再空荡，白日有了鲜红鲜红的太阳，那是他右眼睛变的；晚上有了玉轮般的月亮，那是他的左眼睛变的；夜晚深蓝的天空还有一闪一闪的星星，那是他的头发和胡须变的。他又梦见，地上不再空旷，有了雄伟耸立的山脉，那是他的肢体变的；有了激荡奔流的江河，那是他的血液变的；

中外神话故事

·中国神话·

图文珍藏版

有了纵横交叉的道路,那是他的筋络变的;有了茂密多彩的花草树木,那是他的汗毛变的;还有闪光的金属,坚硬的石头,圆亮的珍珠,那是他的牙齿、骨头、骨髓变的。他的身体变成了天地间的万物,天地间变得那么美丽,那么迷人!

盘古睡得更为香甜了。他的呼吸更为均匀,那均匀的呼吸化成了风;他的鼾声渐渐响起,那响起的鼾声化成了雷;他的眼睛偶尔眨动,那闪耀的光芒化成了闪电;就连他顶天立地流出的汗水也有了变化,化成了雨露甘霖……

盘古再也没有醒来,他变成天地间的自然万物了。

天地起源
(蒙古族)

往古,往古,更往古时候,天和地还没有分割的时候,世间只是混混沌沌,好似浮动的彩云,漂荡的膏脂,模模糊糊地继续着轻静的胎动。这样的状态不知持续了多少年,恐怕也是几千年、几万年,或者几亿年的相当长时间。

在那漫长的胎动状态中,不知什么时候,便产生了明暗清浊之物。不久,属于"阳"的轻清之物,上浮成为天,属于"阴"的重浊之物,下凝成为地。当然,那也是经过了很长很长的时间。

在清明之物上浮而形成的天上(上界)出现了以"多伦敖敦腾格日(即'七星天')"为中心的九十九柱天神(以最高神特凡昆察干为首,东方神四十四,加上西南北诸神共九十九柱)。在这些天神的下面还有几千万个"布日汗",即"星神"。从而,在天上呈现了一派光辉灿烂的美好生活。

那时,地上(下界)还处在好似游鱼在水中浮游的状态,土壤不固,没有草木,没有生物,一片荒凉。于是诸天神造固土壤,从天上撒下了草木和生物,使土壤逐渐成为平整的形态。天上的诸神又把天神模样的拟人送到了地上。从此,在地上便有了人类,他们在下界繁衍生息,夜以继日,从事游牧生活,把天上的美好生活搬到了地上。这里没有罪恶,没有灾难,没有病魔,草木茂盛,生物繁殖,人们天天过着快乐幸福的生活。

迦萨甘创世
(哈萨克族)

远古时候,世界混沌一片,无所谓天,无所谓地。那时候,只有创世主——迦萨甘。

迦萨甘四肢俱有,五官齐全。有耳能听,有眼会看,有舌头可以讲话,长相和人差不多。

迦萨甘先创造了天和地。当初,天只有圆镜那么大,地只像马蹄一样小。迦萨甘把天地做成三层:地下层、地面层和天空层。后来,天和地各增长成七层,而且在慢慢地长大。

那时候,天和地漆黑一团,寒冷无比。迦萨甘用自身的光和热又创造了太阳和月亮。从此,天和地便得到了光明和温暖。

起初,天在上,凝然不动;地在下,不大甘心,总是摇晃不定。迦萨甘拉来了一头硕大无比的"青牛",把地固定在牛的犄角上,大青牛生就的犟脾气,只愿意用一只犄角支撑,地仍然不时晃动。尤其每逢大青牛将大地从一只犄角倒换在另一犄角上去的时候,大地就震荡起来,发生强烈的地震。迦萨甘十分气恼,顺手抓起一些高山,当作钉子,把大地牢牢地钉在了大青牛的犄角上。

迦萨甘住在天的最上层,所以,迦萨甘就是天,天也就是迦萨甘。迦萨甘把太阳和月亮都放在天的中间,在太阳和月亮的照射下,大地亮堂堂,暖融融。可是,当时的大地上是空旷无边,寂然无声,什么也没有。迦萨甘寻思着给大地创造一些有生命的东西,还要给大地创造主人。于是,迦萨甘在大地的中心栽了一棵"生命树"。生命村长大了,结出了茂密的"灵魂"。灵魂的形状像鸟儿,有翅可以飞。这时,迦萨甘用黄泥捏了一对空心小泥人,小泥人晾干以后,迦萨甘在他们的肚子上剜了肚脐窝。然后取来灵魂,从小泥人的嘴巴里吹进去,一对小泥人便倏然站立,欢腾雀跃。他们就是人类的始祖。男的名叫阿达姆阿塔,意思是"人类之父";女的唤作阿达姆阿娜,意思是"人类之母"。

两个小人长大了,迦萨甘让他们俩婚配。他们前前后后共生了二十五胎,每次都是一男一女的双胞胎。后来,迦萨甘又主持了他们的婚礼。男女共五十人,同胎的男女不婚配,最后组成了二十五对夫妻。从此,人类便逐渐繁衍起来。他们以二十五个男性为主,发展成了二十五个部落,以后又进一步发展成为各个不同的民族。

为了人类的生存和享用,迦萨甘在创造人的时候,还创造了各种飞禽走兽、花草树木。起初,迦萨甘用从小泥人肚脐窝里剜出的泥屑,先创造了狗,又创造了一切有益于人类的其他动物,还创造了种种有益的草木虫鱼,并且给它们注入了灵魂,使它们都有了生命。因为迦萨甘给人类先创造了狗,所以,直到今天,狗对于人类依然是十分忠实而驯顺的。

自从大地上有了人类和万物,便呈现出一派生机勃勃、无限美好的景象。这时,巨型恶魔黑暗,对大地上光明、美好的生活十分憎恶,对大地的主人——人类得到的殊遇十分嫉妒。它违抗迦萨甘的旨意,从天外偷偷地闯进来,把大地笼罩得一片漆黑。它用各种灾害、疾病威胁大地的主人和一切生物,尤其可怕的是,它还用死亡大量地残害生灵,使人类陷入了极度的惊恐不安之中。

迦萨甘见恶魔如此凶残,把平静的人间闹得很不安宁,立即派遣太阳和月亮去征战恶魔。

太阳原是强悍刚烈的男性,月亮本是温柔恬静的女流。它们高悬中天,久久相望,早已产生了爱情。太阳和月亮正在热恋之中,但是,它们欣然接受了迦萨甘的旨意,承担起了抗击恶魔,拯救人类的重任。

太阳和月亮并肩战斗,迎击恶魔——黑暗。由于恶魔来势凶猛,搏斗得十分艰苦激烈。它俩彼此失散了。由于恶魔气焰嚣张,总是伺机要残害人类,太阳和月亮只好不停歇地驱赶恶魔,用各自的光明照射大地,哺育、庇护着人类和万物。

时间飞逝,激战犹酣。太阳和月亮十分忠于职守,不停地追赶着恶魔黑暗,可是,一对恋者却没有再次聚首相见的机缘。有时候它们难免伤感而流下相思的泪水。相传,天上下的雨和雪就是它们的眼泪。

太阳和月亮本来就是迦萨甘给天、地赐予的光明和恩惠。所以每当自己钟爱的太阳和月亮伤心落泪的时候,往往引起这位创世主的同情,而且总是怒不可遏地拿起自己那张叫作"迦扎依勒"的弓箭,狠射恶魔。天上打雷,那就是迦萨甘弯弓射箭时发出的响声;空中闪电,那就是箭矢喷出的火光;弓箭的箭簇落下来,便是划破长空、飞速坠下的陨石。

因为有迦萨甘的祐助,太阳和月亮便夜以继日而且更加无所畏惧地追逐驱赶恶魔。黑暗——恶魔十分害怕迦萨甘,对太阳和月亮的穷追不舍的气势也心虚胆寒,总是在东逃西躲。所以,直到今天,黑暗还是害怕太阳和月亮迸射的光芒。

天、地、人的起源
(白马藏族)

(一)

天是怎么来的?地是怎么来的?这个事情,哪个都说不清,只有又白又胖的木日扎该(老母虫)和红头黑身的木日兹哥(蜈蚣虫)看见了。

很早很早以前,世界上没有天也没有地,到处是一片混浊。木日扎该在混浊状态中拱动,寻找着光明的地方。突然,从哪里传来了一阵闹声,仔细一听,有两个声音在争吵着。

一个说:"杀拉甲伍,你先绷。把地绷好以后,我再绷天。"另一个说:"罗拉甲伍,你先绷。天绷好了,再来绷地。"

木日扎该急忙向发出声音的地方钻过去,正看见罗拉甲伍在绷天,天绷好了,是圆拱形的,在上方。后来,杀拉甲伍又绷地,地是圆球形的,在底下。天和地都绷好了,现在要把天和地扣合起来。可是一比,天绷小了,地绷大了,怎么也盖不严。罗拉甲伍抱怨杀拉甲伍说:"你看,叫你先绷你不听,这下子怎么办?"他没有办法,只好使劲挤地,把地挤小点,这样,天和地终于扣严了。在挤的时候,地面上有的地方鼓了出来,有的地方陷了下去。鼓出来的地方,就形成了山坡、高地;凹下去的地方就形成了沟壑、海子。

木日扎该看见了这一切。在木日扎该后面钻出来的是木日兹哥。木日兹哥也看见了这一切。后来,木日扎该和木日兹哥把罗拉甲伍怎样绷天;杀拉甲伍怎样绷地传了出来,人们才知道天和地的来历。于是,大家都公认罗拉甲伍就是天老爷;杀拉甲伍就是地老爷。

(二)

天也有了,地也有了,动物、植物都有了,就是没得人住在中间。

天老爷先派来了"一寸人"。一寸人长得太小了。老鹰要叼他,乌鸦要啄他,土耗子要咬他,连小蚂蚁也要欺侮他。一寸人实在太软弱,庄稼也种不出来,后来慢慢就死绝了。

天老爷又派来了"立目人"。立目人太懒怠,不会种庄稼,又不学,天天坐起吃喝。身边能吃的东西都吃光了,立目人也渐渐饿死了。

天老爷又派下来"八尺人"。八尺人身高力大,食量也大得吓人。种的庄稼,三年的收成还不够他一年吃。开始他还能捕野兽、禽鸟和采野果、野菜添着吃;后来这些都吃光了,八尺人没有充足的食物,知道自己只有死了,于是不断地哭,也逐渐灭亡了。

天老爷没有办法,最后才派来了我们现在的"人"。

(三)

人刚到地上的时候,种庄稼不是人使牛,而是牛使人。

但是老牛哪有人精灵?它生性又笨、又懒、又脏,到处乱屙屎屙尿。有一次,牛正在使人犁地,它边走边屙起屎尿来了,溅了人一身。人气不过,踢了它一脚,把牛的上牙全踢掉了,所以现在牛就没有上牙。牛还一跤跌在地下,把人身上拉着犁的绳索也绊落了。天老爷罗拉甲伍看见老牛这么脏、这么笨,就叫人把老牛绊落的绳索反转来套在牛的身上。从此以后,也就成了现在这样,由人使着牛犁地了。

牛力气是有的,就是懒得很,经常打瞌睡。人使牛的时候,就跟在后面唱一唱;如果牛还不出力,人就用鞭子抽它。人还在牛屁股上栽了一根刷把式的尾巴,专门给人赶蚊子用。

(四)

自从牛耕田以后,庄稼越种越好。种出来的庄稼,粮食是人吃,老牛只吃点壳壳和秆秆。这样,粮食吃不完了,人就有点大手大脚的浪费。荞子粑粑拿来擦屁股,白面饼饼也拿来当纸揩屁股。

天老爷罗拉甲伍知道以后很生气,他说:"粮食是拿下来吃的,既然你们吃不完,我就收回去了。"于是他就下来收庄稼。

以前,五谷都是长得繁盛茂密、枝多叶大的。罗拉甲伍跑来抓住往上一抹,想全部收走。这时候,狗跑来衔住罗拉甲伍的裤脚,一边哀叫,一边流泪。罗拉甲伍看见后,起了怜悯心,就把每一样庄稼抹来剩下顶上一把把,因此,五谷都只是顶上长一个"吊吊",只有荞子还是枝多叶茂的,因为罗拉甲伍抹荞子的时候,刚一抓,就被有棱角的荞子秆秆划破了手,鲜血不住流,荞荞子秆秆也染成了红色。罗拉甲伍没办法,只好放过了荞子。

因为粮食是狗哭才被留下来的,所以后来狗就和人分粮食。现在五谷种子上面都有一条线线分成两半,就是当年划分的界线。

顾米亚
(布朗族)

据说很多年以前,没有天,也没有地,更没有草木和人类。到处是一团团黑沉沉的、飘来飘去的云雾。神巨人顾米亚和他的十二个孩子,立志要开天辟地,创造万物。为了寻找建造天地的材料,他们一刻不停地劳苦奔波着。

那时候,有一只巨大的犀牛。它与云为友,和雾做伴,在广阔的天空中,自由自在地漫游着。

顾米亚发现了这只犀牛,剥下它的皮做成天,用美丽的云粉给天做衣裳,挖下它的两只眼睛做成星星,让它们在天上闪闪发光。又把牛肉变成地,把犀牛骨变成石头,把犀牛血变成水,把犀牛毛变成各种花草树木,最后他们把犀牛的脑浆变成人,把犀牛的骨髓变成各种鸟、兽、虫、鱼。

天高悬在空中没有东西支撑着,倒下来怎么办呢?地虚悬在下面,没有东西托着,翻过来怎么办呢?聪明的顾米亚想出了办法:他把犀牛的四条腿变成四根大柱子,竖在地的东南西北四角上抵住天,又抓一条大鳖鱼把地托住。鳖鱼不愿做这件事,随时都想逃跑。只要它的身子稍微一动,整个大地就会震荡起来。为了防备鳖鱼逃跑。顾米亚派了他最忠实的一只金鸡去看守,它一动,就啄它的眼睛。有时候,金鸡太疲倦了,一闭眼睛,鳖鱼就动起来,发生地震。这时候,人们就要赶快撒米,唤醒金鸡。

天稳当了,地也牢固了。天上布满了美丽的云彩,亮晶晶的一对星星在闪闪眨眼,地上的人们愉快地劳动着,小鸟在空中飞翔,蜜蜂在花丛中歌唱,黄麂在山坡上奔跑,鱼儿在水里游玩……这广阔的天地多么可爱啊!顾米亚和他的孩子笑了。

可是,不幸的事情来了!向来与顾米亚作对的太阳九姊妹和月亮十弟兄,不甘心顾米亚的成功,要破坏他开天辟地的业绩。它们一齐来到顾米亚开辟的天地间,集中了热力,放射出暴烈的光,晒呀晒,想毁灭这大地上的一切。

美丽的云彩变了颜色,亮晶晶的星星失去了光彩,土地干得裂了缝,庄稼枯死了,花草树木萎谢了,石头也晒化了——现在埋银子坡的那块大石头上,还留下许多当时踩下的人脚印、牛脚印。螃蟹的头被晒掉了,鱼的舌头晒化了,蛇的脚晒掉了,青蛙的尾巴也晒掉了。——所以现在螃蟹没有了头,鱼没有了舌头,蛇没有了脚,青蛙也没有了尾巴。

顾米亚要出门去,太热了,他把蜡糊在篾帽上,戴着遮太阳。可是一走出门,蜡就被太阳晒化了,一滴一滴地淌在他的眼睛里,烫得直跳。"不打掉你们,就不算开天辟地的好汉!"顾米亚愤怒地发誓。

顾米亚到森林里砍来西尼麻做成弓,到冲子边取来阿卡解麻搓成弦,又到竹林里砍来阿里麻削成箭,再把箭头抹上有毒的龙潭水。

弓箭做好了。顾米亚踏着像炉里的铁块一样的石头,游过像锅里的开水一样的江河,汗水像下雨一样地流着,历尽千辛万苦,终于爬上最高的一座山峰。

太阳姊妹和月亮弟兄们,正在得意地卖弄它们的本领,把夹杂着火花的热气,大量地放到地面上来。顾米亚已经爬上了山顶,他心头充满了仇恨和愤怒,还没有来得及揩一把汗,喘一口气,就拉开弓,搭上箭,对准一个太阳射去。震天动地的一声巨响,太阳被射中了,冒着火花滚到山坡底下去了。剩下的八个太阳,十个月亮更加猖狂。它们一齐向顾米亚进攻,想把他烧死。紧接着,第二箭、第三箭……嗖、嗖、嗖地向空中射去。太阳月亮一个跟一个地被射死。满空血雨如注,地上清凉了不少。枯萎了的庄稼和草木又活起来了,花又开放了。太阳月亮的血,落到土上,土染红了,落到树叶上,树叶染红了,落到花上,花染红了,落到白鹇的脚上,白鹇的脚也染红了。

天空只剩下一个太阳和一个月亮了。它们看到自己的兄弟姊妹一个个被射死,害怕了,连忙掉转头就跑。这时,顾米亚累得两臂无力,但余怒未息,又把第十八支箭向最后一个月亮射去。一来是顾米亚没有力气了,二来是月亮跑得快,这一箭没有射中,正好从月亮身边擦过去,吓得它出了一身冷汗,浑身凉透。从此,月亮就不会发热了。逃脱了的太阳和月亮怕顾米亚的箭,乖乖地躲起来,再不敢露面了。

可是这样一来,天空没有了太阳和月亮,地上没有了光明和温暖,成了一个黑暗、寒冷的世界,白天黑夜也不分了,河水不动了,树枝不摇了。人们只好把灯挂在牛角上去犁田,出门一步,都要挂着金竹杖,不然就会摔倒。

黑暗、寒冷的日子怎么过啊?顾米亚想,应该去把躲起来的太阳、月亮找出来,让它们为这可爱的地方服务。于是他派燕子去打听太阳和月亮的下落。

过了些日子,燕子飞回来了,它向顾米亚报告:"在东边,天地的最边缘,有一个大石洞,太阳和月亮躲在里面。"

顾米亚召集了百鸟和百兽来开会,和大家商量去请太阳的事。大家都赞成顾米亚的主张,愿意不辞劳苦到遥远的地方去把太阳请来。只有阿堵麻和亦鸡咪咕哩没有去,阿堵麻染红了它的屁股,哼哼唧唧地哄大家:"我生病,拉肚子。你们看,我的屁股都屙红了!我飞不动,不去了!"亦鸡咪咕哩也染白了它的头,哭哭啼啼地对大家说:"我爹妈都死了,你们看,我还包着孝布呢!我不能出远门,不去了!"从此,阿堵麻的红屁股和亦鸡咪咕哩的白头,永远成了自私、懒惰、怕吃苦的象征,被大家所嘲笑和唾骂。

请太阳的队伍,浩浩荡荡地出发了。燕子飞在前面引路,紧跟着的,是一大群为大家照明的萤火虫。天空飞的,由声音洪亮、口才很好的公鸡率领,地上跑的,由勇猛强壮、力气很大的野猪率领。顾米亚没有去,因为太阳怕他。

躲在石洞中的太阳和月亮,这时已结成了一对夫妻。它们日夜担心:日子长了,会闷死;没有东西吃,会饿死;要想出去,又怕被顾米亚的箭射死。它们没有办法,互相抱着痛哭。正在发愁,忽然听到外面一片吵吵嚷嚷的声音,它们更加害怕地挤在角落里,连口气都不敢出。

请太阳的队伍到了洞门口,大家七嘴八舌地叫喊呀,恳求呀,可是石洞里一点动静都没有。公鸡请大家静下来,它抖了抖美丽的羽毛,伸长了脖子,"喔喔喔"地叫道:

"光明的太阳,
美丽的月亮,
快快出来吧,
给我们热和光!"
公鸡的声音多么恳切、和善、柔美、动听,太阳和月亮放心一些了,它们答话了:
"我们情愿在洞中闷死饿死!
不愿被顾米亚的箭射死!
再说我们出来了,
也没有人拿东西给我们吃。"
大家齐声唱:
"来请你们正是顾米亚的意思,
他再也不会把你们射死;
我们的顾米莎菲玛,
会供给你们早晚的饮食!"
太阳、月亮不相信顾米亚会饶恕它们。还是不敢出来。大家又说了多少话,都没有用处。最后,公鸡向太阳、月亮保证:"以后我叫你们,你们才出来,我不叫,你们不出来,就没有危险了。"为了不让它们怀疑,公鸡又劈了一个木疙瘩,一半丢进洞中给太阳、月亮,一半戴在自己头上。所以现在公鸡头上才有一个大冠子。自那时起,公鸡便担负了每日叫起太阳的任务。如果有一只公鸡不尽责,人们就会把它杀死。而顾米莎菲玛则担负了喂养太阳、月亮的任务。她一日三变,早晨是个美丽的小姑娘,晌午变成漂亮结实的媳妇,晚上又变成白发苍苍的老太婆。她一天不停地拿金汁喂太阳,银汁喂月亮。

最后,大家按照顾米亚的嘱咐,要求太阳和月亮一个白天出来,一个晚上出来,月初和月尾的晚上在石洞中相会。太阳是个年轻媳妇,胆子小,晚上害怕,让她白天出来。白天害羞,月亮就送给她一包绣花针,告诉她,谁看她的脸,就用针刺谁的眼睛。

一切都商量好了,太阳、月亮就要出来了,但一块大石头把洞口盖得严严的,出不来。大家一齐动手搬,石块却一动也不动。野猪说:"大家让开,让我来试试。"它用力一拱,大石块就给掀在旁边。

太阳、月亮出来了,日夜分明了;大地上有了光明和温暖了!太阳照到山坡上,百兽出来奔跑了;太阳照到森林里,百鸟出来唱歌了;太阳照到河水里,鱼儿出来游泳了;太阳照着老大爹,老大爹出来修理犁耙了;太阳照着老大妈,老大妈出来纺线了;太阳照着小伙子,小伙子下田干活了;太阳照着小姑娘,小姑娘上山砍柴了;太阳照着小娃娃,小娃娃出来放牛了。晚上,亮堂的月亮照着老年人,老年人高兴地讲起了故事;月亮照着小娃娃,小娃娃快乐地玩起了游戏;月亮照着年轻人,年轻人一对对吹起了动人的把乌,弹起了悦耳的吗怯……。

一切又都有了生命、欢乐和希望。这可爱的天地啊,更可爱了!

布桑戛西与雅桑戛赛

(傣族)

天地形成之后,地球上没有植物和动物。从天上望下来,地球就像浮在水上面的一叶浮萍,很小很小,小到几乎连蜻蜓的尾巴也可以把它打沉。这时天上住着一只小鸟,名字叫"诺列领"(滴水鸟),它从天上望下来,见地球那样的小,就说:"我要飞下天去,用我这有力的尾巴,把地球打沉水里。"它飞了一年零三个月,终于飞到了地球上,一看,地球很大很大,它虽然感到吃惊和懊恼,但是,它还是下了决心要把它打沉,所以它一落地,就用尾巴不停地拍打起来。但却始终没有把地球打沉。狂妄而不自量的诺列领想:也许在挨近水的地方容易把地球打落吧,我为何不到水旁边去打呢?想到这里,它就飞到水边,沿着岸边用尾巴拍打,每走一步就拍打三下。据经书说,它还要继续拍打五千年呢。

这时,开创天地的英叭,从"阿戛纳塔捧"朝下看,见诺列领在地球上横行,就自悔道:"我怎么这样糊涂,只做了一个光秃秃的地球有什么用,难道就容忍诺列领去主宰大地吗?不能够!它只会无所作为。我得造出和我一样有本事的神仙,下到地球去开创人类。"说完就用他的污垢捏成两个神,他对着捏好的神说:"如果福气注定我不仅成为主宰天地之主，而且成为主宰神仙之王的话，就请这两个神复活而有生命吧！"说完，污垢神就真的变活了，成为一个男神和一个女神。英叭觉得一切如愿以偿，心中高兴，便给他们取了名字，男神叫"布桑戛西"，女神叫"雅桑戛赛"。末了，英叭让他们结为夫妻，对他们说："你们俩下到地球去，在那里开创世道人类。"并且交给他们一个金葫芦，吩咐说："一切活的生命都在金葫芦里面。"

布桑戛西和雅桑戛赛一一领诺，夫妇二神带着英叭的仙葫芦，下到地球开创人类来了。他们到了地球后，就把葫芦破开，只见里面孕育着千千万万活着的生命在跳动，于是布桑戛西和雅桑戛赛就把仙葫芦籽撒遍全球，大地上就生长出亿万种花草和树木，变出无数的飞禽走兽，昆虫和鱼虾，分别生活在陆地和水里、高山和平地，它们有的会爬，有的会飞，有的会跑，有的会游。从此，地球上就有了植物和各种大大小小的动物。仙葫芦籽用完了，就是没有变出人来。布桑戛西对雅桑戛赛说："现在地球上除我俩是人外，再没有其他人，我们是天上的神仙，没有人，完不成英叭王交给我们开创世道人类的使命。现在我俩来做人，一人做一个，让他们生活在地球上。"雅桑戛赛听了称赞说"对"！他们就用黄泥巴来做人，布桑戛西做女的。雅桑戛赛做男的。泥巴人捏好后，平排放在一起，布桑戛西和雅桑戛赛就不停地对他们吹仙气，两个泥巴人就变成了活人，慢慢睁开了眼睛。这时夫妇二神才发觉布桑戛西忘了给女泥人做胸前的乳房，雅桑戛赛就顺手从那个男泥人的手掌心上拿下一团黄泥巴，安在女泥人的胸脯上。男泥人觉得可惜，就想伸手去拿回那团黄泥巴，从此男人就摸女人的乳房，直到今天我们这一代人。两个泥像成人了，夫妇俩很高兴，给他俩取了名字，男的叫古里玛，女的叫吉玛列。并教给了他们语言，让他们来主宰世界，叫他们结为夫妻。人类的祖先就这样诞生了。这个时代，佛经上把它叫作"帕麻道毫勐，蝉滚罗松桑"，就是破仙葫芦进人间，开创世道人类，也就是人类形成的最早时期。

请求帕召饶恕我，这一切不是我有意编造，人类的形成，事实上就是这样。可是，当泥巴人会走路、会说话，结为夫妻后，他们不知道要怎样生育，繁殖人类后代。布桑戛西和雅桑戛赛就变成一对野蜂，有意当着泥巴人夫妇的面性交和生育。泥巴人夫妇得到启示，从此他们在地球上开始了人类的繁殖和生育。几年以后，泥巴人夫妇生了六个孩子，三个男，三个女，他们结为夫妻，孩子生下孙子，孙子又生下孩子，一千年一万年以后，人类就很快遍及全地球，最后终于产生了一百零一种民族。这就是佛经历史中说的开创世道人类的时代。

天神三兄弟

（珞巴族）

天地初开之时，大地上没有人家，没有森林和鸟兽，也没有山脉和田畴，是一片汪洋大海。

不知过了多少年，有一天，都姑、隆姑、贡姑天神三兄弟，从上界察看大地，见到大地上是一片茫茫汪洋，什么也没有，心里十分难过。都姑、隆姑和贡姑三兄弟商量了一下，就从上界来到下界。他们一同跳入汪洋大海，一直钻到海底的下面，从海的底下，一人抱出一块巨石，成三角形的垒在海的中央，成了三块灶石。他们又从海底挖出一块更大的巨石，用了三天三夜凿出一个大石锅架在三块巨石上。

三块灶石垒起来了，石锅架了上去。这时天神三兄弟一口气把海水统统吸进肚子里，又很快吐进石锅里，海水全盛入了石锅。他们又在石锅上面盖了大石板，在石板上开始撒神土造地。

起初，天神三兄弟大把大把地往石板上撒土，土层又厚又匀，就形成了平原和草原。后来，神土不多了，他们就一条一条地撒下来，就形成了山脉和深谷。天神三兄弟到了白玛岗时。神土快完了。三兄弟只得一小撮一小撮地放。所以，白玛岗就有了一座一座的高山。

土地造好了，可是天地间没有一丝亮光，漆黑一团。三兄弟想，这样不行，于是大哥都姑就钻到石板盖下面，把石锅里的海水用力地搅了三圈，搅出了太阳。

二哥隆姑也在大石锅里用力地搅了三圈，搅出了月亮。

三哥贡姑用力搅了三圈，北斗七星一下子升了起来。

从此，天地间大放光明。

〔附记〕这是一篇关于地理和天体形成的神话，故事也涉及对珞巴族习俗形成的幻想，如对三角灶石和石锅的起源的解释。关于我们生活的这个地球的构造，神话中把它想象成是一个大石锅，上面是神土，下面是石盖，最下面是海水，基本接近我们对地层结构的认识。对白玛岗亦即墨脱县地貌形成的理解也是饶有风趣的。这篇神话说明，神话想象是以原始的直观和表象思维为心理基础的。

麦德尔神女开天辟地

（蒙古族）

很早很早以前，天将要形成，地将要生长，人将要投胎，马将要生驹，万物将要繁殖的时候，整个天地经历了一次残酷的浩劫，蒙受了灭顶之灾，滔滔的洪水铺天盖地，淹没了宇宙间一切生命。

不知过了多少年，麦德尔神女身跨闪光的白色神马，来视察三千色世界。只看到蓝色的天水中，微露出须弥宝山的山尖。须弥宝山是原来大地上最高的山，登天的梯子，如今它的山峰插在天里，而山的身子淹没在蓝色的云雾中了。麦德尔发现须弥宝山山顶旁还有一个山洞，洞中住着一些人。这些人不足半尺高，马也只有兔子那么大。早晨生下来的孩子，晚上就骑着马接火送火，在须弥山洞中来回奔驰着。

麦德尔神女骑着白色神马,往来奔驰在蓝色的水面上,神马的四蹄踏动水面,放射出耀眼的火星。尘土被燃烧后变成了灰,便撒落在水面上。后来灰越积越厚,渐渐形成了一块无边无际的大地。大地压着水面往下沉落,天与地慢慢地被分开了。

大地形成了,是一块大大的平板,因为浮在水面上,不稳定,经常晃动。麦德尔神女就派一只大神龟下水去,用龟背顶着大地,不许它离开。有时候,神龟太累了,舒展腰脚的时候,就会发生地动。

麦德尔神女的马踏燃起大火,烤得蓝色的大水不停地蒸发。这些水汽在天地之间飘来飘去,就成了云彩。马蹄踏水溅起的火星,飞上高空成了星星。

麦德尔神女怜惜须弥宝山上那些又小又矮的人,就派了神男、神女每天去给他们照明。神男白天值班,发热发红光,这就是太阳;神女晚上值班,发白光,这就是月亮。他们两个每天按着麦德尔神女指定的路线,环绕须弥宝山转一圈,神男转到山后,就成了黑夜,神男转到山前,就成了白天。他们两个从来也见不到面。

麦德尔神女的化身,每年三次到大地来视察。三次的时间是正月十五、四月十五、七月十五。这三天是卫拉特蒙古的节日,人们杀牛宰羊,举行祭祀,接受麦德尔神女来视察大地。

遮帕麻与遮米麻
（阿昌族）

这是一个最古老的故事,也是一个真实的故事,它告诉我们人类的始祖遮帕麻和遮米麻造天织地、创造人类的经历。这个故事是天公遮帕麻亲口告诉我们阿昌的活袍(巫师),再由活袍世世代代口传下来。

在远古的时候既没有天,也没有地,只有"混沌",混沌中无明无暗,无上无下,无依无托,无边无际,虚无缥缈。记不得是哪年哪月,混沌中忽然闪出一道白光。有了白光,也就有了黑暗;有了明暗,也就有了阴阳。阴阳相生诞生了天公遮帕麻和地母遮米麻。明暗相间产生了三十名神将,三十名神兵。

遮帕麻没有穿衣裳,腰上系着一根神奇的"赶山鞭",胸前吊着两只山一样的大乳房。他挥动赶山鞭召来三十员神将,三十名神兵,还有三千六百只白鹤飞到他的身旁。他叫三十名神兵背来银色的沙子,他叫三十员神将挑来金黄色的沙子,他叫三千六百只白鹤鼓动雪白的翅膀,掀起阵阵狂风。有风就有雨,遮帕麻用雨水拌金沙造了一个太阳,用雨水拌银沙造了一个月亮。遮帕麻造的月亮,像泉水一样凉阴阴、清汪汪,遮帕麻造的太阳,像阿昌家的火塘一样火辣辣、亮堂堂。太阳造好了,可惜没有窝;月亮造成了,可惜没有放的地方。遮帕麻用右手抓下左边的乳房,变成一座太阴山。他又用左手撕下右边的乳房,变成一座太阳山。两座山一样高,山高十万八千丈。遮帕麻舍去了自己的血肉,从此以后,男人没有了乳房。遮帕麻张开胳膊,右边夹起光闪闪的月亮,左边夹起火辣辣的太阳,迈开了巨人的步伐。他跨出一步就留下一道彩虹。他走过的地方踩出了一条银河。他喷出的气体变成了满天的白云。他流下的汗水化作无边的暴雨。遮帕麻来到山中腰,举起月亮放到太阴山顶上,让月亮有了歇脚的地方;举起太阳放到太阳山上,从此太阳有了归宿。遮帕麻在两山中间种了一棵梭罗树,让太阳和月亮绕着梭罗树转。太阳出来是白天,月亮出来是夜晚。遮帕麻又用珍珠造了东边的天,用玛瑙造了南边的天,用玉石造了西边的天,用翡翠造了北边的天。天造好了,遮帕麻派龙鹤早㧽做东边的天神,派腊哿早列做南边的天神,派字劯早㧽做西边的天神,派耄祢早㧽做北边的天神。

就这样,遮帕麻创造了日月,定下了天的四极。他造的天像张开的布幕,他造的日月光芒四射,遮帕麻的名声也从此流传下来。

在天公造天的同时,地母也开始织地。地母遮米麻刚诞生的时候,裸露着身体,头发和脸毛有八拿长,长长的脖子上长着一个比芒果还要大的喉头。遮米麻摘下喉头当梭子,拔下脸毛织大地,从此以后,女人没有喉头,也没有了胡须。遮米麻拔下右脸的毛,织出了东边的大地;拔下左脸的毛,织出了西边的大地;拔下下颏的毛,织出了南边的大地;拔下额头的毛,织出了北边的大地。东、南、西、北都织好了,大地比簸箕还要平。遮米麻的脸上流下了鲜血,鲜血流成了大海,淹没了整个大地。遮米麻又用她的肉托起了大地,使世界有了生机。遮米麻的功绩,就像大地宽阔无际,像海水深不见底。

天公造完了天,地母织完了地,但是,天造小了,地织大了,天边罩不住地缘,狂风席卷着海面,波浪拍打着太空。遮帕麻拉住东边的天,大地露出了西边;拉住南边的天,大地露出了北边。苍天拉出阵阵炸雷,震撼着天涯海角。遮米麻连忙抽去三根地线,大地产生了强烈的地震。结果大地有的地方凸起,有的地方凹下。凸起的地方成了高山,凹下的地方成了平原、山箐。大地缩小了,天边盖住了地缘。从此,白天太阳把大地照得通明透亮,夜晚月亮洒下银色的光芒,青草把平原铺满。森林把高山遮住,鱼儿在水里嬉游,小鸟在空中歌唱。

天幕和大地合拢了,天公来到了大地上。"是什么样的巧手织出来的大地?是什么样的魔法使大地能伸能缩?"望着苍茫神奇的大地,遮帕麻百思不解。他带着神兵神将,提着赶山鞭,在大地的四周漫游,要把创造奇迹的地神寻找。

遮米麻把抽出的三根地线绕成线团收好,看着给大地投来光明的月亮,给大地送来温暖的太阳,和慢慢飘来浮去的朵朵白云,好似走入了一座迷宫。她拼命地奔跑起来,上高山,下深箐,要去找寻造天的神。肚子饿了,她爬到树上采下鲜嫩的枝尖,搞来山果野梨充饥;夜幕降临时,她就在石洞、树洞里藏身;天热时,她把芭蕉叶顶在头上;寒冷时,她把树叶、茅草披在身上。

在一个晴朗的早晨,四周一片宁静,没有丝毫声音,河水停止了流动,林木也垂下了枝叶,一切都在静静地等候着天公和地母的来临。在大地的中央,在高高的无量山上,遮帕麻和遮米麻相遇了。他们相见就像太阳和月亮第一次见面的情形。他们相见就像星星盯着大地,永远不会满足。

遮帕麻赞扬遮米麻织的大地有巍峨的崇山峻岭,有辽阔的大草原,有肥美的河谷坝子,还有那宽阔的海洋。他说:"我造的天就像一朵云彩随风飘,只因有了你织的大地,天才有了支撑,有了根底。"

遮米麻伤心地答道:"山高没有人砍柴,林深没有人打猎,田野肥沃没有人去耕耘,海洋宽阔没有人去打鱼,大地有什么用? 还得有支配世界的人啊!"

"你能织地,我会造天,让我们结合在一起来创造人类吧。"遮帕麻说道。

在那个古老的时候,大地上仅有遮帕麻和遮米麻这一对人类的始祖,无人为他们说媒,也没有人为他们定亲。他们想结合在一起来创造人类,又怕违背了上天的旨意。他们就决定到相距很远的两个山头上,各生一堆柴火,让腾起的火烟来代表天意。遮米麻用两块石头相碰找到了第一个火种。遮帕麻挥舞赶山鞭,抽出一串串火花。他只留下一朵火花点燃了自己的柴堆,其他火花飞到天上,变成了满天的星斗。两座山头上同时冒起两股浓烟,在高高的天空上相交,合成了一股青烟,久久地在天上扭转盘旋。

遮帕麻和遮米麻结合了,他们就安身在大地的中央。过了九年,遮米麻生下了一颗葫芦籽,遮帕麻把这颗葫芦籽埋在土里。又过了九年,葫芦籽发出了嫩芽,葫芦藤长得有九十九拿长,可是,整根藤上只开了一朵花,只结了一个葫芦。葫芦越长越大,遮帕麻怕它撑破了大地,就用大木棒打开了一个洞,立即从葫芦里跳出来九个小娃娃。最初的人类就这样被创造出来。但是,在很长的时期里,他们不知道该怎样支配他们的四肢,也不知道怎样使用他们的大脑,他们既不会熟食,也不会建造房屋,他们如同鸟兽一样,被变幻莫测的大自然吓得躲进了深深的土洞里。后来,遮米麻教会了他们刻木记事,用占卜和咒语来驱赶疾病和灾难。遮帕麻教会了他们打猎、熟食和盖房子。

大风吹过树梢,带走树木的种子,撒满大地每个角落,独木变成了森林;鲤鱼到浅滩上摆籽,把鱼种粘在沙粒上,海水卷走沙层,鲤鱼布满了大海;九兄妹互相交往,人类就慢慢地多起来了。而且,他们不像他们的父母那样愚昧无知,他们已经变得聪明能干,他们的生活一天比一天过得好。

这样的好日子不知过了多少年,突然,在一个早晨,闪电劈倒大树,惊雷打落了窝里的小鸟,狂风吹开了天幕的四边,暴雨降落到大地上,洪水淹没了所有的村庄,大地又变成了一片汪洋。

天破了地母会补,遮米麻原来留下三根地线,一根地线缝一边,缝合了东边、西边和北边,只有南边的天地无线缝补。东边的天补好了,太阳和月亮又从那里升起。西边的天补好了,太阳和月亮到那里歇息。北边的天补好了,深夜里,北斗挂

图文珍藏版

在北边的天幕上。只有南边的天无线缝补，还在刮大风，下暴雨。

遮帕麻和遮米麻商议，决定在拉涅旦造一座南天门，来挡住从南边吹来的风雨。有一天早晨，天还没有亮，遮帕麻就告别了遮米麻，带领着三十员神将和三十名神兵，挥动着赶山鞭向南方出发了。高山挡住去路，遮帕麻挥动赶山鞭，把它赶到一旁。河水拦道，遮帕麻把赶山鞭往河两岸一搭，就架起一座桥梁。走了不知多少日日夜夜，终于到达了拉涅旦。

拉涅旦的平地泡在水里，活下来的人和动物一起被困在山头上。洪水每天还在往山顶上涨。遮帕麻立即率领兵将用石头筑起了一道挡洪水的墙，用木头造了一座挡风的门，这门就叫南天门。洪水制

天公地母

服了，风雨挡住了，动物又开始了捕捉食物和繁殖后代的活动。人们又从山顶上回到了平地，重新建设他们的家园，恢复了和平和安宁的生活。

造南天门时，智慧而美丽的盐神桑姑尼，来到了遮帕麻身边，心中燃起了对遮帕麻火焰一样的爱情。她除了像影子一样地紧紧地跟随在遮帕麻的身后，还不时地用甜美的言语把遮帕麻引诱、挑逗。这时，遮帕麻就要回中国，她苦苦哀求遮帕麻留下，说："我来到这块土地上，不光为了给你的后代子孙带来食盐，我是为了陪伴你啊，才在这里久久地把你等候。如果你真的要抛下我，我将会在痛苦中，和我的食盐一同消失。"伟大的天公遮帕麻听了，深深地陷入了桑姑尼的情网。

就在遮帕麻南行补天期间，狂风和闪电孕育了一个最大的火神和旱神腊匐降落到中国。这个魔王的本性就是骄横乱世，以毁灭幸福和制造灾难为乐。他看到人们白天男耕女织，晚上唱歌跳舞，日子幸福美满，便本性发作，造了个假太阳钉在天幕上，不升也不会降，使地面上只有白天，没有夜晚。绝对的光明，变成了绝对的灾难。天空像一个大蒸笼，地面比烧红了的铁锅还要烫。水塘烤干了，草丛、树叶枯萎了，水牛的角被晒弯了，黄牛的背烤黄了。腊匐还不甘休，他又把山族动物赶下水，把水族动物赶上山，强令树木倒着长。游鱼在山头打滚，走兽在水里漂荡，整个世界陷入了一片混乱。

受惊的羊群会呼唤主人，遭难的小鸟会寻找伙伴。看着魔王横行霸道，生灵遭受涂炭，听着动物痛苦的呻吟和人们求救的呼声，遮米麻的心急似火烧。可是，她无力战胜魔王，日夜盼望着遮帕麻归来。

她想起遮帕麻南行之时，指着滚滚南流的河水曾说："我顺河水去补天，大功告

成水折头。我让河水传讯息，你在家里慢等候。"便每天都跑出家门，来到河边，盼着河水早日折头。早晨跑三转，下午跑三转，晚上跑三转，一天跑九转，然而，河水仍然翻滚着向南流去。

遮米麻的心等焦了，眼望穿了，还是见不到遮帕麻的身影。望着浑黄的河水，遮米麻大声呼唤："遮帕麻啊，你在哪里？"浑黄的河水，除了"哗哗"的流水声。再无别的反响。向着南边的天空，向着飘飘浮浮的白云，遮米麻大声呼唤："遮帕麻啊，你在哪里？"南边的天空空荡荡，听不到一丝回响，飘动的白云静悄悄。回答遮米麻的，只是山风的呼啸。

遮米麻急得原地直打转。忽然看见一黄一黑两只狗，夹着尾巴，正在水里游，遮米麻好像忽然见到了光明，两只眼睛亮了起来。她踮起脚尖，远远地直向两只小狗招手："小狗呀小狗，踩着遮帕麻的脚印走。去到拉涅旦，叫回遮帕麻，回家把妖精收。"

两只小狗直摇头，黄狗伸长脖子开了口："汪汪，拉涅旦山高路难走，爬山过水几千里，不知跑到什么时候？"

黑狗抬起头，泪水往下流，开口就诉苦："汪汪，腊訇把我们赶下水，不许我们上岸走，天热地烫真难熬，背脊烤焦直流油，要我们送信收妖精，我们心里真高兴，只是拉涅旦路遥山坡陡，去找回遮帕麻，恐怕我们有心力不够。"

黄狗接过黑狗的话，边说边点头："汪汪，对了，路上饿了吃什么，碰上老虎命要丢，好奶奶呀。拉涅旦我们去不了，还是留在你身旁，为你把家守。"

听了狗的话，遮米麻冷汗流，又是跺脚又搓手，又是叹气又摇头，心里在埋怨："狗东西呀狗东西，信不送到拉涅旦，妖精怎么收……"

遮米麻正在着急，又看见河里漂着两只鸡，忽上忽下，一漂一落，两只小鸡，浑身湿透，翅膀无力扇动，鸡头已经下垂，危在旦夕。遮米麻赶了过去，从滔滔的河水中，打捞起了这两只鸡。

小鸡得救了，望着遮米麻，扇扇翅膀抖落身上的水。水星子散开在酷热的阳光下，幻出斑斓的色彩，一会儿就消失了。它们连声向遮米麻道谢："好奶奶呀好奶奶，腊訇把我们赶下水，谢谢你把我们搭救，你的情义深，我们怎样才能报答你？"

听了小鸡感激的话语，好似吹过一阵凉风，吹散了遮米麻脸上的忧愁。她走到小鸡的身旁，苦苦哀求："小鸡呀小鸡，你们踩着遮帕麻的脚印走，去到拉涅旦，找到遮帕麻，回来把妖精收。"

一只小鸡直摇头："好奶奶呀好奶奶，太阳我能叫出山，远离中国的遮帕麻，我怎能把他叫回来！"

另一只小鸡更作难，遮米麻还没有开口，它就抢着说："腊訇把我们赶下水，不许我们把窝回，送信告诉遮帕麻，我们心里多高兴，只是可惜啊，我们空有翅膀不能飞。"

"路上饿了找不到吃，碰上野猫更倒霉，不是我们推脱啊，拉涅旦山高路难走，明明做不到的事情,何必让我们再受罪?"

听了鸡的话,遮米麻急得流眼泪。信儿送不到,遮帕麻何时才能归?她沿着河岸,不知走了多少个来回。她左思右想,她焦急盼望,却找不到给遮帕麻送信的办法。不知是累的,还是气的,她只感到浑身无力,只得坐在河岸上,两眼呆呆地看着河水,独自垂泪。

这时,河里出现了一只小獭猫。它一会儿白肚皮朝天,在水面打滚,一会儿又沉入水底,在水中潜游。它悠闲自得,随意沉浮,看那神气,虽然泡在水里,却比鱼还痛快,比在地上还自由。

小獭猫看见坐在河边的遮米麻,慢慢地朝岸边游了过来,爬到遮米麻身上。遮米麻抚摸着它。这只小獭猫虽然刚刚从水里出来,身上却不沾一滴水,它把头偎在遮米麻身上,像儿子躺在母亲的怀抱。这只可爱的小獭猫啊,看着好奶奶在河岸独自伤心流泪,它要亲亲热热地把遮米麻安慰。它不忧不愁,好像整个世界根本没有发生过什么灾难,还和过去一样平静安宁。腊訇把它赶到水里,它不害怕;腊訇把它赶到山上,找个山洞它照样安家。肚子饿了,山上它可以刨蚂蚁充饥;水中可以逮鱼虾饱腹。它不怕冷,不怕热,饿不着,淹不死,世界上还有什么东西能难倒它呢?

它把毛茸茸的小脸,紧贴在遮米麻挂满泪珠的脸上。它毛皮轻软、柔和,像婴儿的细皮嫩肉。它轻声细语地安慰大地的母亲:"好奶奶呀好奶奶,什么事情想不开,有了难处告诉我,有了差事把我派!"

遮米麻指着不会下落的假太阳,诅咒万恶的妖魔;望着遥远的拉涅旦,想念遮帕麻。她对小獭猫说:"小獭猫啊小獭猫,快快踩着遮帕麻的脚印走,去到拉涅旦,找到遮帕麻,回来把妖精收!小獭猫啊小獭猫,信一定要送到拉涅旦。万千生灵受熬煎,路上千万莫贪玩!"

小獭猫完全懂得遮米麻的意思,它点了点头,说话了:"奶奶不用愁,山高水险我不怕,我立刻动身去找遮帕麻,信不送到拉涅旦,我就不回家。"

好一个小獭猫,睁大了双眼,朝着拉涅旦拼命地跑。

好一个小獭猫,专拣直路走。上山它比兔子跑得快,下山它比老虎跑得快,像离弦的飞箭,像骤起的疾风。它不知道转弯,碰到刺蓬,头一低就钻了过去,比地老鼠还麻利;碰到深沟,它一纵身就跳了过去,比鸟儿还飞得快;碰到大河,它一个猛子扎了过去,比梭鱼还游得快

好一个小獭猫,山上它可以捉到蚂蚁充饥,但它来不及去刨一只蚂蚁;水中它可以逮住鱼虾充饥,但它舍不得花时间去捕鱼捉虾。山上它可以找到洞子睡觉,漂在水中它也可以闭上眼睛,但它不敢在山上停留,它也不愿在水中游戏。它一个劲儿朝着拉涅旦,大大地睁着眼睛,拼命地跑啊不停地跑。

翻了九十九座山,过了九十九条河,肉跑掉了九斤,皮磨破了九层,小獭猫终于来到了拉涅旦。

小獭猫咬着遮帕麻的耳朵,悄悄地报告了中国遭遇的灾难。

激怒了的大象,会把森林踏平;中国遭难的消息撕碎了遮帕麻的心。他心急如火,召齐兵将就要出发返回中国。拉涅旦的百姓知道了,前来把他挽留:"神圣的天公啊,南方的洪荒是你制住的,南方的好日子是你带来的,南方的人民也是你的后代儿孙,你怎能把我们丢下?"

桑姑尼听说遮帕麻就要离开她,眼中的泪水如雨下。她舍不得离开拉涅旦,舍不得共同生活的南方的兄弟姐妹。她苦苦地哀求遮帕麻,求他不要离开南方,求他不要离开她。

再坚实的大树,细雨也能把它动摇;百姓的眼泪啊,深深地感动了遮帕麻。是归还是留,他难以确定。最后,他向百姓们宣布:"你们对我的拥戴,我永远记在心头。我愿意长久地和你们住在一起。可是,中国的生灵正在遭受妖魔的折磨。天的意志是最公正的,就请他来决定我们的行动。现在让我们共同去狩猎,专门撵山老鼠,山老鼠的行踪可以代表天意。如果山老鼠从旧洞里出来进新洞,说明天意叫我留下来,我就长住在南方;如果山老鼠从新洞出来进旧洞,说明天意叫我归,我不能违背天的旨意,必须马上回去消灭腊訇魔王。"

百姓们都同意了,他们在遮帕麻引导下,载歌载舞,祭过了猎神,就一同到山林里去狩猎。众人吆喝,猎狗钻进树林里追踪。不一会儿,一只山老鼠从山林里跑出来,众人紧追,山老鼠从新洞跑出来,钻进了旧洞。遮帕麻在洞前祭过了神祇,感谢了天的旨意,带着他的兵将离开了拉涅旦。桑姑尼也跟随遮帕麻,把她的食盐带到了中国。

遮帕麻回到了中国,他看到到处是干旱和饥荒。钉在天幕上的假太阳,照得空中滚滚而来的是一阵阵的热风,地面蒸腾的是一股股的热气,大地裂开的大口连牛都能掉下去,山林冒着火烟,田野里的庄稼荡然无存。遮米麻又把腊訇的罪恶桩桩件件向遮帕麻诉说。

面对这被搅乱了的世界,遮帕麻愤怒了。他猛力地挥舞起赶山鞭,震动得山摇地动。但是,他尽力平息自己的怒火,把赶山鞭缠在腰杆上,坐下来和遮米麻商议除灭魔王的计策。遮帕麻想凭借自己的神威去和魔王硬战,遮米麻制止了他。他们想,两只猛虎打架会揉伤青草和树苗,他们害怕战争又会给百姓带来更大损伤。遮帕麻又想把断肠的毒药撒在水里来毒死腊訇,却又即时止住了,因为怕连累更多的生灵。最后他们决定先假装和腊訇交朋友,用魔术战胜他,再把他消灭。

在阿公阿祖的时代,没有什么东西能比得过魔法的作用,魔法是战胜一切的法宝。

遮帕麻走进腊訇的家,魔王鼓圆了他的十二个眼球,鼻孔里喷出两股火焰,满脸杀气,不说一句话。遮帕麻却带着笑声说明他是来交朋友的。腊訇以为遮帕麻是害怕自己了,就提出交朋友可以,但必须以他为大,天地都归他管辖。遮帕麻立即向他提出,尊谁为大,要用比赛魔法来决定,谁的魔法大,谁就管天下。腊訇自以为魔法无比,就欣然答应了。

遮帕麻和腊訇走进了山林,山林里是安静的,一丝儿风都没有,万物都睁大了眼睛看着谁是魔法比赛的胜利者。腊訇走到一棵花桃树前,掐动手指,同时口里念着咒语,咒语刚念完,整棵花桃树的叶子全蔫了。腊訇得意地夸口说:"谁的神通都比不过我,我掌握的是生杀大权!"遮帕麻回答说:"杀死容易复活难。真本事就要让枯枝再发芽。"遮帕麻对着蔫了的花桃树,念完了咒语,又含了一口清泉水喷在花桃树上,顿时花桃树伸开了树枝,抬起了叶子,并发出了新芽。

看了遮帕麻的魔法,腊訇就像枯黄了的花桃树,目瞪口呆垂下了头。他意识到自己将是失败者,又重新露出了凶相,要求再斗两次法,以最后的胜负定输赢。并提出比谁的梦做得好。

在人神同住的时代,大家都认为,梦表面看来虚幻,其实是最真实的,做梦不受任何限制,在梦中可以到达任何自由王国。

第一次比赛,腊訇睡在山头上,遮帕麻睡在山脚下,并约定明日在山中腰相见。

遮帕麻用松叶铺床,用石头当枕头,很快就进入了梦乡。他梦见自己造的太阳又从海里升起来了,被假太阳晒死了的树木,都活过来了,小鸟又飞回了树林,鱼儿在水里游来游去,世界充满了欢乐。

腊訇却梦见自己的假太阳落地了,自己在黑暗中到处乱撞,直到撞在大树上,他才吓醒过来。

第一次比梦,腊訇失败了。

第二次比梦,遮帕麻上山顶,胆訇下山脚。这一次腊訇的梦更可怕,他梦见天塌下来了,地陷下去了,他自己也掉进万丈深渊。

三次斗法腊訇都失败了,他不得不同意和遮帕麻交了朋友。遮帕麻请腊訇吃饭时,用"鬼见愁"毒药把他毒死了,并把这个魔王碎尸万段。

腊訇死了,遮帕麻砍来黄栗树做了一张千斤弓,砍来大龙竹,做了一根九拿长的箭,射下了假太阳,挽救了中国。天上又出现了遮帕麻造的太阳和月亮,太阳会出也会落,月亮会升也会降,世界又恢复了阴阳,有了明暗。遮帕麻挥动赶山鞭,把倒插的树木扶正,把倒流的河水理清,把混乱了的天地又重新整顿。他把泡在水里的山族动物放回山里,把困在山上的鱼类赶回河里,只有学会了打洞的穿山甲,从此留在山里了。

为了防止妖魔再来扰乱世界,遮帕麻派三十名神兵去把守山头,派三十员神将管理村寨,自己和遮米麻住在天山上,永远保护着所有的百姓。

布洛陀
（壮族）

一、造天地

远古的时候,天和地紧紧地重叠在一起,结成一块,不能分开。后来,突然一声霹雳,裂成了两大片。上面一片往上升,就成了住雷公的天,下面一片往下落,就成了住人的地。从此,天上就有了风云,地上就有了万物。可是那时候的天很低,爬到山顶上,伸手可以摘下星星,扯下云彩。天地靠近,人们日子很难过,太阳一照,热得烫死人;雷公轻轻打鼾,就使人们不能入睡,要是雷公大吼大叫,就好像天崩地裂一样,使人听了又惊又烦,所以要天地离得远远的才行。后来人们听说洛陀山有个老人,名叫布洛陀,他智慧过人,神力无限,便去找他商量治理天地的办法。

洛陀山起伏连绵,树高草密。山脚下有个精巧的岩洞,住着一位胡子花白的老头子,这就是壮族三王中的布洛陀。人们不辞辛劳,跋山涉水,寻到这里来了。

来访的人在洞外喊道:"布洛陀在家吗?"

"哎,我就来!"布洛陀非常热情好客。应声一落,人就乐哈哈地出现在洞口。

布洛陀身材魁伟,体魄强壮。他虽然年纪老迈,鬓发斑白,但仍然满面红光,精神抖擞。他脸上时常带笑,两眼闪着智慧的光芒。当人们把天和地的情况向布洛陀一讲,布洛陀说:"那我们就把天顶起来吧!"

"顶天? 天这么大,这么重,怎么顶得起来呢?"

"能! 人多力量大呀!"布洛陀说,"你们到树林里去选一根最高最大的老铁木来做顶天柱,我和你们一起把天顶上去!"

人们爬了九百九十九座山头,才找到了一棵十人抱不拢的老铁木。可是这棵老铁木长得很奇怪,人们砍不动它,砍这边,那边已经长合了,砍那边,这边又长出来了。大家一连砍了九十九个日夜,还没有把它砍倒。人们就去告诉布洛陀。布洛陀听说找到了又高又大的老铁木,非常高兴。他二话没说,扛起大板斧就来了。只见他往手心吐了口唾沫,运了运力,大板斧一挥,一阵狂风卷起,"辟"的一声,惊天动地,铁木被深深地砍进了一斧。人们都目瞪口呆。布洛陀又连砍两下,铁木就"轰隆"一声倒下了。人们欢天喜地,无不佩服布洛陀的神力。原来他的大板斧是为人类造福的神斧。

顶天柱有了,可是太重,大家扛不起。布洛陀抹了抹汗,说:"大家齐心合力跟我来!"说着,马步一蹲,就把顶天柱扛到肩上去了。大家一帮扶头,一帮抬尾,把它抬到洛陀山顶上去了。布洛陀把洛陀山当柱脚,竖起铁木柱,抵着天,用力一顶,硬把重重的天盖顶上去了,把沉沉的大地顶得往下沉了。布洛陀再一顶,把雷公弹到

世界经典文库

中外神话故事

·中国神话·

图文珍藏版

高高的天上去了,柱脚把龙王压得往地下跑。布洛陀再一顶,把沉沉的天变成了轻轻的十二堆云,把龙王压得钻到地底下去了。新的天地就这样造成了。可是因为先造天,后造地,天的样子像把伞,盖不住大地。天小地大怎么办?布洛陀想了个巧办法,他用手指把地皮抓起来,做成了很多山坡。这样,地面就缩小了,天盖得着了。造成了一个很好的天地。从此,风雨循环,阴阳更替,四季分明,万物兴旺。

二、定万物

天地造好了,可是天地间的花草树木,鸟兽鱼虫,人类畜类,都无名无姓,不知如何称呼,也不知如何生长和传宗接代。掌管万物生死大权的布洛陀,都一一给它们安名定姓,规定:禾苗的叶子不能长得太繁盛,不能光长叶不抽穗;叶子之间不许窃窃私语;猪不能生独仔;狗不能生六、七个仔;女人不能在娘家生仔;蛇不能横在大路上,也不能爬到人住的地方去;鸡鸭不能一次屙两个蛋;母鸡不能啼夜,也不能到别的鸡窝里孵蛋;鹅不能长猫毛;龙不能滚猪槽;老虎不能到田里糟蹋禾苗;牛不能拱主人;狗不能坐板凳;鸡不能和鸭相配;黄牛不能和马相猥,也不能和水牛交欢;母牛只许一年发一次情,兔子可以四十天生一窝。当时人去问布洛陀:人的交欢是不是也要规定?布洛陀因为正忙着盘一个什么数目,顾不得回答。人追问个不停,布洛陀不耐烦了,随便应口说:"你们喜欢怎么办就怎么办吧!"由于布洛陀一时疏忽,人类的交欢就没有时间的规定。布洛陀的这些规定,谁要是违反了,就要受到惩罚。

老虎不知一窝要生几个仔好,去问布洛陀。布洛陀说:"就一窝生十个吧!"老虎很高兴,在回来的路上,一路走一路数道:"一窝十个,十窝百个,百窝……"再数下去,它不懂了,又从头数起:"一窝十个,十窝百个,……"数着数着,突然一只黄猄从山崖上跳下来,吓了它一跳,把一窝生几个的数目忘掉了。它转回去再问布洛陀:"布洛陀,黄猄把我记在心里的数目吓跑了,到底我一窝应该生几个仔呢?"布洛陀一听生气了,说:"这么简单的数目都记不得,就一窝生一个好了。"老虎不敢作声,只好夹着尾巴回去。从那以后,老虎一窝就只能生一个仔。因此,老虎对黄猄特别恨,总想吃黄猄。

三、取火

古代还没有火的时候,人们像乌鸦一样吃生肉,像水獭一样吃生鱼。寒冬腊月一到,人们缩着脖子打抖,有的冻死在野外。一天,忽然天昏地暗,大榕树上一道闪光,接着"辟"的一声,大榕树倒下了,燃起了熊熊的大火。传说这是上天派雷公把烟火送到人间来了。可是,那时候人们还不懂得火是怎回事,吓得魂飞魄散,远远躲藏起来。只有布洛陀不害怕,也不逃跑。他勇敢地走近大榕树去观看这个奇怪的东西。火"噼噼剥剥"燃烧着,布洛陀站在火旁边,觉得比太阳还热。他想,人有了这个东西,冬天不就不怕冷了吗!他就把火种取回来,在一堆干柴上点着,烘烘手,挺暖和。人们见布洛陀能在火旁烤火,慢慢地就不怕火了。后来大家都来向布洛陀要火种,烧起火堆来。自从有了火,冬天,人们围在火堆旁烤火取暖。白天上山打的野兽,下河捞的鱼虾,都拿到火堆上烤吃,再也不像乌鸦、水獭那样生吃了。山菇、野菜、野草也都拿来烧着吃,又香又甜又可口。吃饱了,晚上就围在火堆旁睡觉。老虎、豹子、野牛见火害怕,不敢来靠近他们了。火实在有用,人们已经离不开火了。

有天半夜,突然下起大雨来,把火全部淋灭了。人们没有火,日子很难过,大家冒着风险到处去寻火。他们走到哪里就问到哪里,可是到处都不见一点火星。人们去告诉布洛陀,布洛陀提起大板斧,亲自出门找火去了。他巡遍了上方,又走遍了下方,全天下走完了,也找不到一点火星。他来到天边的一棵榕树下,突然想起,上次的火是雷公劈大榕树劈出来的。雷公能把大榕树劈出火来,我布洛陀难道就不能劈出火来?我手中也有神斧呀!他便运足了气,举起神斧,用力把大榕树砍了一斧,这一斧果真砍出火星来了,火星像萤火虫那样大。布洛陀又大砍一斧,冒出的火花就有草蜈蚣那么大。布洛陀立刻刮来艾花壅上,添上千草,架上枯柴,不一会,火就燃烧起来了。从此人们又有了火。这一回人们再也不在野外烧火了,他们把火拿到岩洞里养起来,不论风雨多大,火种仍然不熄。后来有了房子,他们又拿到屋里去烧。

古代的人乖倒是乖了,可是却也有笨的时候。他们有时候没有把火看管好,让蝴蝶拿扇子乱扇火;让萤火虫拿了到处去玩耍;让孩子拿到村口去点,又拿到屋檐底下去烧。结果失了火,烧了房又烧了寨。房屋被烧光了,家什被烧光了,占卜卦签也被烧光了,什么东西都被烧光了。人们没有想到火竟会给人造成这样大的灾难。人们去请教布洛陀,布洛陀就来教大家。他砍来木头,开成块,在屋中间架了一个四四方方的灶膛,里面铺上泥沙,规定火要在火灶里烧,不许随便玩火,火灾便减少了。萤火虫也被赶到山上去了。它逃走时,还在屁股后头偷点火,所以现在他的屁股后头总有点火光。

四、开红河

有一年,连绵不断地下着大雨,造成了大水灾。整个大地都被洪水淹没了。人们有的被水吞没;有的坐着竹筏在水上漂泊;有的逃到高山上去寻找生路。水淹了九天九夜。再持续下去,人类就有灭绝的危险。布洛陀非常着急,就决定带领幸存的人开凿一条河道,把水疏通,引进海洋。布洛陀制了一根赶山鞭,一根撬山棍。布洛陀用赶山鞭抽打成群的小山,把它们赶到两边去。所以有些地方,小山就像一群群山羊向两边倚着。布洛陀又用撬山棍撬开大的山峰。所以有些地方,大山向南面或北面斜歪着。

有一天,布洛陀来到一座大山前,一鞭把大山劈成两半,然后往两边撬开。恰在这时,有个跟着布洛陀造河的妇女,掉到河里死了,人们下水打捞尸体总捞不着。

死者的女儿很伤心,对布洛陀说,这个地方河道开大了,她母亲的尸体如果被水冲走,就再也捞不到了。布洛陀很同情她,就把那两爿山撬回来,只留一个夹道,让水通过,叫她堵住山口,等着捞尸首。这个夹道的出水口,就成了堵娘滩,即在这里堵住娘的尸体的意思。现在,堵娘滩水流十分湍急,是个凶险的地方。

布洛陀开河开到了一个很深的水潭那里。这个水潭前面被山挡住,水不能流出去,天上的雷公经常到这里来洗澡,所以叫雷公潭。布洛陀不管雷公的阻拦,把山撬开,让水流了出去。雷公大怒,大吼大叫,因此这里变成了雷公滩。现在水下雷公滩时,总发出轰隆轰隆的响声,好像打雷一样,很是吓人。

布洛陀带领人们开河道,治水患,感动了天帝。天帝见他们太辛苦,就送给他们一头神牛,一把神犁,好让他们一犁过去,就成一条河道。有了神牛、神犁,河开得很快。布洛陀驾着神犁犁到白马那个地方,由于神牛走得太快,一吆喝就走了半里路,把犁头弄断了。犁头断的地方便出现了一个半里长的石滩,名叫断犁滩,水就从断犁滩两侧向东流去。

布洛陀犁到鹰山狗岩处,遇到了意外的困难。那山上有一只又老又大的恶鹰,岩洞中住着一只又凶又恶的山狗。那只恶鹰平时闭着眼睛养神,狗见了人狂吠起来,鹰听见狗吠就会张开眼睛,飞下来吃人。布洛陀和人们来到这里,岩洞里的那只恶狗狂吠不止,恶鹰飞下来吃掉了不少人。这真是不得了。布洛陀想了一个办法,叫大家扎很多竹筏,竹筏上都搭上网篷,人就坐在竹筏上。这样一来,恶鹰几次飞来,都吃不到人,就落到布洛陀的筏篷上,把利爪从网篷眼伸到下面去抓人。这时,布洛陀抓住恶鹰的爪子,用一根又尖又利的老竹签朝它的胸口猛刺,把它刺死了。刺死了恶鹰,又打死了恶狗,人们又继续往前开河。后来这个地方出现了一个险滩,名叫鹰山狗岩滩。

在和恶鹰斗的时候,布洛陀放了神牛,让它歇一歇。神牛绕过鹰山狗岩,到前面卧在地上歇息,不料便死去了。于是这里又出现了一个险滩,名叫卧牛滩。水下卧牛滩,过不久就会发出"哞——"的声音,好像牛叫一样。

神牛死了,只能靠人力开河。布洛陀选了一帮精壮的男子来拉神犁。由于人多,开始时没有经验,用力不均匀,时慢时快,时深时浅。浅的地方就成了滩,一共有十五滩,那十五滩长十多里,"船过十五滩,十有九个翻",十分险要。

河道开成之后,水就沿着河道流入海洋,这条河就是现在的红河。水患消除了,人们安居乐业,都感谢布洛陀,纷纷赞颂他的功绩。

五、造米

壮族的祖先慢慢懂得了挖塘养鱼,造田种地,播种五谷,逐步摸清了老天爷的脾气和庄稼的性子。每年三四月,阳雀一叫唤,他们就耕田种地,那时春暖花开,田里的水满了,地里的土湿润了,耕种正合适。那时种田,上块做秧田,下块做本田。在秧田里播下糯谷和粳谷种。二十五天后,就去拔秧,第二十六天拿到本田里去插。这样，七月初，谷子就抽穗，八月就黄熟，九月就收割，用扁担穿着挑回来。不过，那时的谷粒像柚子一样大，谷穗像马尾一样长，禾刀不容易割断。这么大的谷粒，三个人吃一粒就饱，七个人吃一穗就够。

这样的谷子，大家都说好，只是结得不多，养不起那么多的人，偏偏后来又遇到了大水灾，到处都被水淹没了，只有案州那个地方还没有被淹，郎老坡和遨山还露出水面，郎汉的房子还没有着水。谷米和青菜都跑到那里去躲水灾了。蛇和蜈蚣也都跑到那里去住。人们也纷纷逃难，也就无法种谷米了。

当时人有三百六十种，有善有恶，有穷有富，有聪明的也有蠢笨的。但有一点大家都一样，谁也没有米吃。大家拿山上的瓜果当饭，拿地里的草根当餐。这种东西，小孩吃了长不大，孤儿吃了长不白，姑娘吃了脸不红，头人的儿子吃了就瘦死。人们听说案州那边还有米谷，谷子就长在郎老坡上，黄熟在遨山边，粮就堆存在郎汉的屋子里。人们为了再种谷子，就撑着竹筏，漂洋过海去要谷种，但总是一去不回头。他们不是被海浪吞没，就是被海鱼吃掉。怎么办？大家又去找布洛陀，布洛陀出了个主意，派斑鸠和山鸡飞过大海，派老鼠游过大海，两路并进，一定能把谷种要回来。大家听了觉得很好，就派遣斑鸠、山鸡和老鼠去要谷种，在它们临行时，再三嘱咐，不管困难多大，都要想办法把谷种拿回来。

它们就去要谷种。斑鸠和山鸡在浩瀚的天空中穿云破雾，老鼠在茫茫的大海里劈波斩浪。斑鸠和山鸡飞了三七二十一天、二十一夜，老鼠游了三九二十七天、二十七夜。它们到案州一看，果然郎老坡上稻禾勾头，遨山上谷子黄熟，朗汉的屋子里堆满谷米，心中高兴极了。斑鸠和山鸡飞落稻穗上，拼命地啄吃；老鼠把稻秆咬断，把谷子吃到肚子里去了。斑鸠和山鸡吃饱了，就到树上去筑巢；老鼠啃够了，就到林里去做窝。它们再也不想回去了。它们白天吃，晚上到窝里去睡觉。吃完了郎老坡的，又去吃遨山的；山上的吃完了，又去偷吃郎汉屋里的。这样吃了一天又一天，混过一日又一日。人们在家里左等右盼，左盼右等，总不见它们回来。人们问怎么办？布洛陀说："我帮你们去要回来。"说着，砍刀往腰间一插，他就出门上路了。

布洛陀走过了九十九座山头，跨过了九十九条河道，抓住了一条蛟龙，骑上蛟龙就往案州去了。大海宽又广，无风三尺浪。布洛陀和风浪搏斗了二十七个白天和二十七个夜晚，才到达案州，可是往山上一看，什么东西也没有。谷子被斑鸠和老鼠吃光了；稻草被弄得乱成一团，散落一地。他到郎汉的房子里看，房子里全是斑鸠屎、山鸡屎和老鼠屎，谷子只见空壳不见米。布洛陀火极了，他要去找斑鸠、山鸡和老鼠问罪。他在郎老坡上见到了老鼠，在遨山上见到了斑鸠和山鸡。可是布洛陀抓不着它们，它们吃饱了米谷，翅膀和脚硬起来了。一抓，斑鸠和山鸡就飞走，飞得顶快。一捉，老鼠它就钻地洞，钻得顶深。几次捉不到，布洛陀不捉了。他砍麻秆和柴枝，用麻皮搓成了三十个圈套。用柴枝做成了七十个木夹子。把圈套布在遨山的路口上，拿木夹摆在郎老坡的草丛里。摆完了圈套，布下了罗网，布洛陀就走开了。

布洛陀的办法真好，布洛陀的办法真妙，老鼠过来就被夹住，斑鸠和山鸡飞过就被套着。布洛陀把它们抓住了，问它们把谷子藏在什么地方，它们说吃到肚子里去了。布洛陀叫它们吐出来，斑鸠和山鸡你望我，我望你，不出声。老鼠胆子小，全身发抖，先吐出来了。可是吐出来的全是稻秆，谷子已经一颗没有了。布洛陀叫斑鸠和山鸡吐出来，它们把嘴巴合得紧紧的。布洛陀很恼火，一脚踩住它们的下巴尖，用手掰开它们的上巴尖，发现里面还有前年的陈谷和去年的新谷。布洛陀把它们的嗉囊全翻出来了，但只有三颗旱谷和四颗稻谷能做种。布洛陀拿了谷种，骑上蛟龙，漂洋过海，回到壮乡来了。

有了谷种，人们欢天喜地。他们选了吉祥的日子，把谷种撒到田洞里，三天后便发了芽。二十天后，便拔苗到整好的田里去插。七月谷子就扬花抽穗，八月就黄熟了。结的谷粒仍然像柚子那样大，结得仍很少。后来人们用木锤去敲，要杵子去舂。谷粒被敲裂了，米粒被舂碎了。他们拿到山坡上去撒，什么地方都撒遍。撒在山上的，长成了芒草；撒在园里的，长成了喂牛的草；撒在台阶下的，长成了玉米；撒在地里的，有的长成稗草，有的长成黏米、黄心米、籼米、粳米和糯米。这些谷米又有早熟、中熟和晚熟三种。谷粒再没有以前那样大了，每穗的粒子很多。人们收回来，都不给哪一个人吃，全留来做种子。第二年春天到了，二三月里，所有的人都早早起来，有的犁田，有的运粪肥。把谷种浸泡三天后，第四天晾干，趁好天气就拿到田里去播。一播就播了很多块田。这回的谷种真不错，撒到泥里就生，播到水里就长。播下二十五天后，女人就去拔秧。拔了扎成把，又捆成摞，由男人拿到田里去插。插了的田块，远远看去，斑斑点点，整个田垌就像一幅美丽的图画，既整齐，又好看。插下三天后，禾苗就转青，第五天就可以耘田了。农活一项接一项，工序一环扣一环。那时候正是雨季，天上的雷公叫喊不停，雨从天上纷纷落下。雨有时候下三四天，有时候连下八九日。山上的水都流到田里去，田里满了，水又往外流去。有些稻田被水淹了，大人就去开沟，小孩就跟在后面清渠。到了七月份，稻谷就扬花抽穗，八月可以指望大丰收了。可是，秋分到，寒露过，田里的禾苗不是长棵不抽穗，就是抽穗不结粒，有的旱谷一扬花就枯死，有的稻苗没有扬花就枯萎了，有的长成了恶苗。结果种多收少，差一点连谷种也收不回来。大家不知如何是好，去问布洛陀。布洛陀告诉他们："长棵不抽穗的，是地瘦粪肥少；撒上骨头灰，穗多粒饱满；苦楝叶泡田，病虫不敢闹。"大家记住了，第二年按布洛陀说的去种，果然得了大丰收，大家欢天喜地。

从此，人们再也不吃野草、草根了，粮食逐年增产，老米还没吃完，新谷又成熟了。人们越来越富足了，吃米不用看谷仓，吃鱼不用吃鱼头。百姓平安，欢乐自在。每到过年过节，人们都拿糯米做粽粑送给布洛陀，表示对他老人家的尊敬。布洛陀看到壮乡一片繁荣，心里非常高兴。

六、造牛

自从神牛死去以后，没有牛犁田，只得用人拉。一个人扶犁，几个人拉犁，地犁得不好，田也把不平。为了耕田种地，人们年年都要死去活来。布洛陀看了，十分难过。

一天，他到池塘边，用黄泥捏了一头黄牛，又到河边用黑泥糊了一头水牛。黄牛身和水牛身糊成了。就用枫木来做脚，摘奶果来做奶，用弯木来做骨头，用野芭蕉叶的秆来做肠，用风化石来做肝，用红泥来做肉，用葵扇来做耳朵，用千层皮树来做角，要苏木泡水来做血。各样都安好以后，就拿到嫩草地里去放。这嫩草地离家不远，布洛陀三天去看一次，九天去瞄一回。后来，泥牛真的长成活牛了。牛的眼睛会转了，牛的嘴巴会动了，牛角又开了，牛尾巴翘起来了。布洛陀多么高兴啊！他赶忙回来告诉大家，要大家去把牛牵回来。人们带上了麻绳，来到嫩草地牵牛，可是黄牛怎么也牵不来，水牛怎么也拉不动。他们去问布洛陀，布洛陀说："你们用麻绳去穿它的鼻子，在脖子后面打个结，用一个人拉，它就起来，轻轻地牵，它就跟着走。"人们按照布洛陀说的去做，果然一牵，黄牛就"嘀嘀哒哒"跟着走。人们把牛牵到嫩草地和田垌里，牛就"唰唰唰"地吃起草来了，吃得非常欢快。太阳快要下山的时候，人们就把牛牵回来，拴在屋前木桩上。附近的男女老少都跑来看稀奇。

这两头牛都是牛种，满一年后，它们就生了仔，后来仔又生仔，慢慢地繁殖起来了。

自从有了牛，人们再也不用肩膀去拉犁了。人们有了牛，就多开了很多田地，多种了很多谷米，可以养活更多的孩子了。黄牛和水牛越生越多，多的像虾米一样，牛栏都住满了。

可是，古代的田没有什么来挡，四周没有什么东西来围，牛进地里吃东西很随便。百姓的地它进，皇帝的地它也进。庄稼被牛吃了，皇帝知道了很恼火，派人到处去杀牛，杀得遍地都是。杀死了后，还把牛头割下来，排在田坎上。把牛肠扯出来，丢在荒野里。活牛看到了，吓得魂飞魄散，从此，牛就开始得病。三五年后，牛瘟流行，有的口吐白沫，黄瘦而死；有的脖子肿胀，流脓而死。病牛死得横七竖八，到处都是；有的死在野外，有的死在田间，有的死在草堆里，有的死在栏内。后来，牛死光死尽了，牛种灭绝了。从此，种田种地又要人去拉犁拉耙。大家都想念牛，吃饭的时候想，走路的时候想，睡梦的时候也想。后来他们学着布洛陀用泥捏了一头黄牛和一头水牛，三天去看一次，九天去瞄一回，但看来看去，泥牛怎么也长不活，他们灰心了。这时，有个老头子这样说，皇帝杀死了牛，别的牛也跟着死，一定是五海神把牛魂勾去了，便叫大家煮糯米饭和鱼肉，拿到牛栏里去祭五海神。人们又是跪又是拜，祭了七天七夜，还不见牛魂回来，死牛一只也没有活过来。人们不再祭了。收祭的那天晚上，有个做买卖的人来到村里，他告诉东家说："郎中那个地方有牛可以买，郎寨那个地方有牛出卖。"东家父子俩听了，第二天天还没有亮，就出门去买牛。到郎中和郎寨一看,果然有牛出卖,父子俩选了一头公草牛、一头母草牛,交付了换物,便牵回来了。

人们把买回来的牛当宝贝,割草给它们吃,还煮米饭来喂,但养来养去总是不生仔。不但不生仔,反而一天天瘦下去。后来公牛和母牛都拉稀屎,口吐白沫,倒在地上起不来了。大家没有办法,叫布洛陀来看。布洛陀打开牛的嘴巴,翻了翻舌头,又看了看眼睛和屁股,说:"牛得了瘟病。"说着,便去摘灵芝草和其他草药捣来喂它。喂第一次,牛的眼睛睁开了;喂第二次,牛屙的屎成堆了。后来又经过精心的喂养,牛慢慢地就肥壮起来,能交配生仔了。以后每年生一头。仔生了子,子又生孙,越养越多。和过去一样,黑的、白的、黄的和花的,什么样都有,满山遍野都是牛。从此,人们的生活又好起来了。

七、打鱼

那时候,河里的鱼很多。有白有黑,有红有黄,有青有绿,有大有小,有长有短。这些鱼都很笨,见人来了也不会游开,人们随便捉来玩耍和生吃,后来又拿到火上去烤来吃。后来不知为什么,河里的鱼突然无影无踪了。人们想吃鱼也吃不到了,去问布洛陀,布洛陀说:"鱼乖了,藏起来了,等大水一到,它们一定会出来找吃的。你们先到河里去筑水坝,架鱼帘,到时候自然就得鱼。"人们不懂鱼帘怎么做,回来后,到处去问。问庙里的佛,佛不懂;问官,官不懂;问教书的,教书的不懂;问女人,女人也不懂。没有办法,大家又转回去问布洛陀,布洛陀说:"我的话还没有说完,你们就高兴地跑了,怎么会做呢?鱼帘这东西还没有人做过,我一教你们就懂。不过,架鱼帘要用很多木头,你们先去把木头砍好,放到河边,我抽空去和你们一起做。"

布洛陀这样说,大家就上山去砍木头。可是,一天、二天、三天,很多天过去了,还不见一根木头运到河边。布洛陀到林里一看,原来大家的石斧都砍不得树木,斧口全被砍崩了。布洛陀叫大家不要砍了,因为实在太费力气。这样,架鱼帘的事便搁了起来。

布洛陀回来后,打点干粮就出门去,他要去找硬硬的石头给大家做斧头。他从东走到西,从南走到北。天下走遍了,硬硬的石头一块也没有找到。回到半路,布洛陀到一位老人家里去投宿,碰巧,这个老人正炼铸铜刀铜斧。布洛陀喜出望外,就去和他商量。老人家把布洛陀带到工房里去。工房里堆满了矿石和木炭,火炉上还架着一个风箱。老头子往炉里放了矿石,加上木炭,风箱"呼呼"响,炉中蹿起了青绿的火苗。不一会,矿石就开始熔化,渣子沉到炉底,铜水浮到上面来,而且不断地往上冒。矿石熔化完了,老头子把铜水往铸模里一倒,刀斧便铸成了。这种斧头比石斧硬,比石斧韧。布洛陀连连拍手叫好。老头子把铜斧送给了他,还详细地把技术教给他。布洛陀学会了,就高高兴兴回家。回到家里,他马上生火开炉,铸了很多的斧头和砍刀。从此,壮族人才开始用起铜刀铜斧来。

铜斧真好，铜刀真利。樟木砍得下，桦木砍得倒。什么木都砍得，小的砍得，大的也砍得。大家砍得很多很多的木头，鱼帘开始架起来了。布洛陀叫大家先在河里用石头垒起拦河坝，然后在出水口下面打上木桩，架上细木条，鱼帘就这样容易地做好了。人们每天早上都去看。三天过去了，还没有一条鱼下。到了第九天，有鱼了，下了很多的大鱼。它们的鳞片像盆子，胡子像麻绳，肋骨像耙齿。看到这么多的大鱼，大家高兴啊！

后来鱼都逃到上游和下游去了，鱼帘再也没有鱼下了。这时人们发现，拦河坝和鱼帘旁边经常有条大蟒和各种各样的蛇游来游去。这些蟒和蛇行动变幻无常，三天变三样，五天变五种。有时候它们在水里慢慢游动，有时候箭一般地在水面飞行，有时候高高跃出水面，有时候深深潜入水底，有时候在水里一动也不动，有时候又在鱼帘上盘爬，吐出可怕的舌头。后来这些蛇都跑到鱼帘里去死光了。三天后，蛇就腐烂发臭，臭气冲天。人们不敢近前。去问布洛陀，布洛陀说："就是这些蛇要吃鱼，鱼才害怕躲藏起来，鱼帘才没有鱼下。现在它们吃不到鱼，饿死了，你们去把鱼帘打扫干净，鱼就会下了。"

人们把死蛇搬走，用水把鱼帘冲洗得干干净净。臭味没有了，但鱼帘还是没有鱼下。大家去问布洛陀，布洛陀也莫名其妙，他要亲自去查看。他上河走，下河看，上河走了九十九，下河走了三十三，最后把原因查明了。原来是大蟒蛇在作怪。这条大蟒很有本领，不但力气大，还会放毒烟。人畜鸟兽鱼虫，只要误入它的毒圈，就要中毒昏迷，乖乖地让它吃掉。蟒蛇的本领大，布洛陀的本领更大，布洛陀找到了蛇洞，藏起来观察，发现蟒蛇最怕葛麻藤。于是，趁蟒蛇出洞寻吃的时候，布洛陀悄悄来到洞前，布下葛麻藤圈套，当大蟒吃饱了得意扬扬回来的时候，就被布洛陀套住了。大蟒被捉了，大家砍头的砍头，剥皮的剥皮，还吃它的肉解恨。

大蟒除掉了，河里的鱼出游了，鱼帘里的鱼也满了。大家吃不完，又拿来熏。后来还选了鲤鱼、草鱼、鲮鱼等，拿到池塘里去养，一年后，鱼就长大了，满塘都是。每年九、十月间，新谷登场的时候，人们就下塘打鱼，一网就是十担八担，真叫人高兴啊！

八、养鸡鸭

伏羲造了鸡鸭后，派一位娘娘送来给壮人做种，但因为找不到人，这位娘娘把鸭丢在河里，把鸡甩到山上，就回去了。后来，人们下河打鱼，上山打猎，见到了鸡鸭，想捉回来喂养，可是捉鸭，鸭潜到水里；抓鸡，鸡飞到树上。后来。人们想了一个办法，他们把糯米撒在河边，把粳米撒到山上，鸭见了糯米就来吃，鸡见了粳米就来啄，人们用笼子一罩，鸭捉到了，鸡也捉着了。

大家把鸡和鸭装到笼里，拿回家里喂养。开始，它们住不惯，后来慢慢住惯了，也不怕人了，喂东西它们也吃了，而且吃得饱饱的。把它们放出来，它们每天晚上都懂得回到笼里去。不久，鸡就下了蛋。不过它到处乱下，墙角下，草堆里下，树根

伏羲

也下。一天一个，一连下了二十天。鸡下了二十个蛋，鸭也下了二十个蛋。后来，母鸡和母鸭孵蛋，三十一天孵出小鸡，三十二日孵出小鸭。小鸡小鸭各有十只公的，九只母的。鸡有一只孵不出，鸭也有一只孵不出。鸭仔一出壳，就跟母鸭到河里去耍，到塘里去游，见鱼吃鱼，见虾吃虾，吃饱了就上岸晒太阳，绒毛长得蓬松松的，样子非常可爱。鸡下不了水，只好跟母鸡去扒泥巴，寻吃小虫和蚯蚓。可是那时的蚯蚓不笨，母鸡一扒，它就钻地，小鸡吃不饱，母鸡只好带着它们东扒西扒。它们这里扒了那里扒，一天到晚扒个不停，但还是"叽叽咕咕"地喊饿。那时候的米谷并不多，主人也没有办法把它们喂饱，鸡仔长大了，也只好自己去扒。可是别的它不扒，偏钻到人家的菜园里去扒，扒得青菜枯萎了，扒得大蒜也枯死了。主人见了就用木棍打，抓到鸡就摔，鸡被吓怕了，公鸡飞走了，母鸡也飞走了，全部飞到树林中。人们无论怎么样哄，它们硬是不愿回来。

　　鸡一到树林里，鸱鹰就到上面盘旋，抓走了五只项鸡，抢去了六只公鸡。鹰把鸡叼到山崖上，啄吃它们的肉；鸱把鸡抓到大树上，叮吃它们的肝。啄得鸡毛到处飞散，鸡血到处飘洒。人们看见了，告诉布洛陀。布洛陀拿了弓箭到树林里，射下了九只鹰，打死了十只鸱。鹰鸱不敢来抓鸡了。布洛陀在树林里布下了网罟，两只公鸡和两只母鸡被网着了。还有两对没有抓到，后来就变成了山鸡。布洛陀把鸡抓回来，大家又把它们做鸡种了。

　　抓回来的鸡被关在笼里喂养。不久，种鸡扇蛋，孵出小鸡来了。人们把菜园围好后，把鸡放出来，鸡进不了菜园了。但小鸡总是吃不饱，越闹越凶，母鸡发了愁，对公鸡说："你不能光顾自己玩耍，自己找吃，也得和我一起喂养孩子呀！"可是公鸡却不理睬，照样自寻快活。母鸡将这事告诉了主人，主人也来劝公鸡，公鸡也不听。没办法，人们只好请布洛陀帮忙。布洛陀先是好声好气地问公鸡，为什么不喂养仔，公鸡只顾忙着踩母鸡，连理也不理。布洛陀火了，大声喝道："你为什么不喂养仔？"

　　"我不懂！"公鸡十分傲慢地回答。

　　布洛陀一巴掌打过去，打得公鸡满脸通红。从那以后，公鸡的脸就一直红到现在了。公鸡挨了打，恼火地飞到树林里去，再也不肯回来了。母鸡孵蛋抱仔，因为没公鸡，一直孵不出小鸡来。人们只好又到树林里去请公鸡回来。可是公鸡不愿回来，想抓也抓不到。人们又去请教布洛陀。布洛陀说道："你们叫母鸡去请它吧。"人们把母鸡带到树林里一放。公鸡见了便扑过来。这样，公鸡就被抓到了。抓到公鸡，人们又对它吼道："你到底养不养仔？"

公鸡说："我不懂，我不养！"

人们听后更火了，威胁它说："你不养仔就阉！"

"阉就阉！"

人们真要动手了。母鸡慌忙跑过来阻拦，说："阉不得，阉不得！仔我自己养好了。"这样人们才把公鸡放了，由它自己玩去。因为这样，骄傲的公鸡至今也不愿带仔。

九、造屋

鸟有巢，蜂有窝，可是古代的壮人没有屋。他们不像现在的人这样会做房子，他们像石头一样躺在山路旁，像柴枝一样横在草丛里，像猴子一样住在山洞中。那时候，他们来到坪坝上耕田种地，往返都要爬山，收的谷子也要往山上搬，非常辛苦。他们对爬悬崖，住山洞越来越厌烦了。但是总想不出什么办法。后来有个聪明的老头子，用木头在树苑间搭起了三脚架，架上了横条，上面盖上树叶、茅草，便成了房子。日晒不着，雨淋不漏，热天凉快，冬天温和。后来人们都学着这个老头子，到平地上来盖房子，不再到崖洞去住了。这种房子虽好，但不牢靠，不耐久，碰到狂风暴雨，屋顶上的茅草常被卷走，有时它还会崩塌。布洛陀看到这种情景，就想办法建造更好的房屋。他很快就造出了很多漂亮的木屋，使周围的人们都住上了新房。因为他一直忙着替别人造屋建房，自己的反而没有时间造，仍旧住在原来的那个山洞中。人们听说他会造新式的房屋，到处都请他去帮忙。布洛陀有求必应，就忙着替大家造新房。

布洛陀造房子还有个讲究。他说："春不伐木，秋冬砍树。"造房要选择良日吉辰。造屋之前，要先晒米谷，春好了三四箩，拿一箩煮饭，二三箩用来酿酒，还要送一小袋给择日子的先生。动工那一天，大人进大山，小人进小林，大人拿斧头砍大树做柱子，小人拿砍刀砍小树做桁条。曲的、直的都砍下搬回，直的做柱子和桁条，曲的围屋边。材料备好了，布洛陀就择吉日发墨。发墨第一天，刨好了所有的主柱；发墨第二天，刨好了所有的边柱。柱子上下都凿好，上面用来安桁条，下面用来架横梁，中间用来架横担；发墨第三天，屋架合起来了；发墨第四天，合成了所有的屏风；发墨第五天，木屋架成了。这一天，大人小孩都来看，人人喜气洋洋，个个欢天喜地。布洛陀的手艺高强，个个都争着请他帮忙造屋。布洛陀一天忙到晚，一年忙到头，造了一座又一座房子，建了一个又一个壮村。不幸有一天晚上，他回到自己的岩洞里，睡到三更半夜时，一块大岩石裂开落下来，正压在他的身上。布洛陀就这样死了。壮人永远也忘不了他，把他的事编成故事，世世代代流传下来。

十、红水河和木棉花

布洛陀死了,他留下的是一片生意盎然的大地。壮乡年年丰收,壮人岁岁温饱。大家过着太平的日子。后来外面有个皇帝,他十分眼红壮人安居乐业的生活,也眼红这片美丽富饶的土地。他下了一道圣旨,说:"普天之下,莫非皇土。你们这个地方也是我的土地!"就派了大批兵马来占领这个地方。壮人自己开拓的河流两岸,便和皇帝的兵马搏斗起来,打了好长时间的仗,双方都死了不少人,鲜血流到河里,染红了河水。所以,当年布洛陀带领大家开拓的这条河,后来就叫作红水河了。

当年打仗的时候,壮家人都举着火把奋力拼杀。死去的英雄们手中仍擎着不灭的火把。他们站在布洛陀当年带领壮人开垦出来的土地上,变成了一棵棵挺拔的木棉树,枝头缀满了火红的花朵。那火红的木棉花像熊熊的火焰,昂首怒放,烧红了天。

密洛陀
（瑶族）

相传很古很古的时候,天地还没有分开。说不清那阳风吹了多久,也记不住那阴风刮了多久,吹得天气地气卷成团。

在那天地之间,有一面铜鼓。铜鼓中间睡着一个女人,头枕着一对鼓槌,旁边有九个浮游的影子。这九个影子就是九个大神,是那女人的护卫。这面铜鼓靠九十九条金龙盘托,有九十九只凤凰相伴。

那女人在铜鼓里睡了九千九百年。

一天,霹雳一声,电闪雷鸣,把粘连一体的天地震裂一道缝缝,惊动九十九条金龙和九十九只凤凰。一时龙飞凤舞,围着铜鼓里的女人齐声鸣唱:"醒来吧,密呀密,快快起来创世界!"

那沉睡的女人是谁呢? 她就是万物之母——密洛陀。

密洛陀醒过来了,睁开双眼。她高大无比,力大无穷,走到裂缝的边缘,双臂顶上边,两脚踩下缘,用力一挣,上半边徐徐上升,下半边缓缓下沉。上半边化为天,下半边化作地,天地分开了。这天越升越高,地越沉越远,天地就这样造出来了。密洛陀身边只有一面铜鼓做伴,她感到孤单。

她想造个太阳,让天空获得光明,给大地带来温暖。她摘下左耳金环环,吞下肚子育金球,过了九千年生下一个大金球。密洛陀伸出右手在空中画个圆圈圈,对着大金球轻轻一吹,大金球升上天空,这就是太阳。从此,蓝天亮堂堂,大地暖融融。

密洛陀她摘下右耳银环环,吞下肚子育银球,过了九千年生下一个大银球。密洛陀伸出左手在空中画一个圆圈圈,对准大银球吹了一口气,大银球升上天空,这就是月亮。从此白天有太阳,晚上有月亮,天时分四季,春天暖呼呼,夏天热炎炎,秋天凉爽爽,冬天寒飕飕。

密洛陀想起那九个大神,紧擂铜鼓,嘴里喃喃唱道:"一传山神卡亨是老大。"密洛陀说:"我要造人,派你去看山。"他东南走三遍,西北转三圈,回来对密洛陀说:"密呀密,荒山套荒山,不长草,不见林,没有地方可安家。"密洛陀哈哈笑:"这才叫你去治它啊!"拿出金子打扁担,银子铸把斧,交给卡亨说:"去吧,扁担挑山移,银斧把路开。"

卡亨出发治山去了。他肩上挑两座大山,左手拎一座,右手提一座,四座大山压身走如飞。

密洛陀伸出拇指夸:"卡亨呀卡亨,你是好样的!挑山围成鼻,种树又种花;造田又造地,给人种庄稼。"

卡亨本领实在大,肩挑大山追云飞,双脚踩在大地上,陷下一坑又一坑。如今石山千窝万坎,就是卡亨移山踏下的脚印。

山岗安排了。密洛陀要水神罗班去治水。

罗班两脚大如船,脚踏水面如平川。他从东到西,从南到北走一圈,回来对密洛陀说:"密呀密,地北水横流,地南浪滔天。不见石不见土,大地泡大水里面。怎么建村庄,怎样造良田?"

密洛陀笑着说:"罗班呀,创世不怕难,你就去吧。"拿出金子铸大锤,银子打把锄,叫罗班拿金锤把大山打穿,用银锄把河川挖成。

罗班接过大锤和银锄,又打又挖又造田又造地。他两脚踏着水面走,脚下洪水被赶得滚滚翻。他挥动两扇大耳扅呀扅,扅了三千三百三十天,漫天洪水被扅干了,露出大地平川。

密洛陀夸奖罗班:"干得好!"

罗班又干开了。他东北开河道,西南挖土填,穿山又打洞,因势把水牵。从此洪水归大海。湖泊平如镜,河川灌田园。

洪水退走了,密洛陀心里乐开花。她把树神布桃娅又、花神山拉把叫到跟前,吩咐说:"你们两个,一个管花草,一个管树木,要把荒山种遍花草栽满果树!"两位大神摇头说:"密呀密,用什么来做花和果,拿什么来做草和木?"

密洛陀说:"为了人,不怕苦,要造万物莫畏难。地罗关东是个好地方,密托烟奎住在那里,她种树又栽花,栽竹又种果。你们装十二袋金银,带十二串珍珠去,跟她换些种子回来。"

布桃娅又、山拉把双双带足金银和珍珠,来到地罗关东地界,拜见密托烟奎,要买树种遮天,买花种盖地。密托烟奎将金银珍珠全收下,说:"树种给百样,花草随便拿。待到来年春雨下,你们再把种子撒!"

布桃娅又、山拉把将各色种子装了二十四袋,拜谢密托烟奎,高高兴兴地回来了。

密洛陀见了眯眯笑："快把这些种子撒在大地上，让它长出庄稼。"

布桃娅又、山拉把皱眉道："上到东意山，下到安定水，单凭两双手撒到头发白了也撒不完啊！"

密洛陀指着天际说："请雷公刮风下雨，你们随着风雨把种子撒下去。"

布桃娅又、山拉把随着风雨撒完种子。密洛陀和两位大神，夜守日忙盼来春天，种子长出嫩芽，长出五谷百树、香花甜果。

密洛陀想，这天，得有飞鸟才好看；那地，要有走兽才热闹；那河海，要有鱼游才好；还有那遍地瓜果、五谷，叫谁来享用？

密洛陀对布桃娅又、山拉把说："快传九位大神来！"

卡亨等九位大神都来了。密洛陀对他们说："为给世间造生命，你们有什么法子都献出来！"

有的大神扯下身上羽翼，有的大神拔下身上茸毛，有的脱下头上角，有的献出脚上爪，大家献出一大堆身宝。密洛陀对布桃娅又、山拉把说："你们去把糯米饭蒸了再晒，晒了又蒸，九蒸九晒，捞拌众神这些身宝，一起舂粑粑做动物。"

布桃娅又、山拉把不懂怎样做。密洛陀就用草拌粑粑做出牛、马、驴、羊放在一个缸子里；用谷米拌粑粑做出猪、鸡、狗放一缸；用香果拌粑粑做出香狸放一缸；用青枫树叶拌粑粑做出十二种飞禽、十二样走兽，分放在十二个大缸里。她闭上眼睛，双掌合拢，念道："用草做成的就吃草，用谷米做成的吃谷米，你们要各守规矩。不要乱来。"对十二口大缸吹三口气，用黑布严严实实地盖起。

过二十一天，化出鸡、鸟、兔、鱼；过五十六天，化出羊和猪；过二百七十天，化出牛、马、骡；过三百六十五天，大缸里化出大象、老虎、狗熊。布桃娅又、山拉把哈哈笑，密洛陀心里乐悠悠。她咒念一番，揭开黑布盖。一下间，一群群活蹦乱跳的禽兽，围着密洛陀团团转，喳喳叫。密洛陀点了一下数，不多不少正够数。她手一挥，说："大象、老虎进山岗，鸟雀进树林，鱼下河，猪羊留在黄泥地，鹦鹉学讲话，鹞鹰栖崖壁，孔雀着花裙，锦鸡穿彩衣，去吧！"

飞禽走兽听密洛陀的调派，呼啦散开了。

密洛陀开了天地，造了万物，但觉得世间少了人，那成什么世界？她决心要造人。

造人得找个适当的地方啊。密洛陀把飞禽走兽叫到跟前，说："我要造人，谁去帮我看地方？"

"我去，我去！"长尾鸡拍着翅膀争先说："密呀密，凭我这副硬翅膀，千山万水莫想挡，让我去吧。"

密洛陀说："可要看仔细，千万莫贪玩。"

长尾鸡一面飞一面仔细观察，一心想让密洛陀夸自己能干。可是，它越飞越感到吃力，好不容易飞到一个山坡上。那里长满了沙皮树，树上结满了通红熟透的沙果子。这时候它又饥又渴，飞落沙皮树上啄果子，把嘴巴和脚都染红，不一会儿便吃得肚皮胀鼓鼓。长尾鸡吃饱玩够后，浑身觉得软绵绵，便躺在草地上睡懒觉了。长尾鸡睡到太阳下山，才睁开眼睛，顾不上看地方，就飞回去了。密洛陀问："地方可选好了？"它怕密洛陀追问下去，便撒谎："密呀密，天空乌云布，大地雾茫茫，我睁开眼睛飞呀飞，什么都看不见，没办法，只好回来了。"

密洛陀没说什么就走了。她来到山坡上，风悄悄地告诉她："密呀密，你受骗了。今日天空蓝湛湛，大地清朗朗，长尾鸡贪吃又偷玩。吃饱睡足就回来。哪里也没有看啊！"

密洛陀立刻取三支箭，走到长尾鸡跟前。长尾鸡一看不妙，拍打翅膀正想飞。密洛陀眼快手快，一下把三支箭插进长尾鸡的屁股上，把它赶去深山里。从此，长尾鸡尾巴上留着三支长箭变的三根长尾羽，痛得常常张大红嘴，在树林里喳喳乱叫。

密洛陀派乌鸦去察看。乌鸦飞到一个荒坡上，见一条死蛇。乌鸦爱吃荤，见了这条死蛇，口水淌下三尺长，它左瞧瞧，右瞄瞄，什么鸟兽也没有发现，心里想，这里只我一个，就到死蛇跟前，张开嘴巴叮呀叮，越吃越有味，吃得肚皮胀胀的，回到密洛陀跟前说："密呀密，求求你原谅，今天狂风满天刮，电闪雷鸣太可怕，我的翅膀扭伤了，只好回到你跟前……"

白云悄悄告诉密洛陀："今天哪来的风，哪来的雷呀，老鸦贪吃蛇肉，误了大事！"

密洛陀一把抓住乌鸦，摔进蓝靛缸里。老鸦扑打翅膀争辩起来。密洛陀拿来一只弓钩，一手提起它的脖子，把弓钩塞进它嘴里，压下蓝靛缸。从此老鸦一身漆黑，只剩下脖子上密洛陀手抓的地方留下一圈白毛，它再也不会唱歌了，只会呱呱乱叫。

密洛陀想，派天上飞的靠不住，就派个地上走的吧。她找来聋猪，说："派你去察看地方，可不能贪玩贪吃，误了大事，当心像长尾鸡、老鸦那样受惩罚！"

聋猪说："请密放心。"它走呀走，爬呀爬，累得张大嘴巴淌口水，两耳扑扑直扇风。开头它边走边看，把看到的情景认真记在脑里，后来走累了，肚子也饿空了，便把此事忘记了。

它见山脚有片肥土，把长嘴伸进肥土里，一撅一撅把土拱翻，寻找土里的蚯蚓，美美地吃了起来。它从早晨翻到日落，吃蚯蚓塞满肚肠，躺在地上睡着了。

聋猪吃饱睡足，不愿再走远路，回到密洛陀跟前，哼呀哎呀直叹苦："密呀密。路走得太远，肚饥喉咙干，没法再去看地方。"

密洛陀扇聋猪两记耳光。从此，聋猪耳不灵，逃进深山。

密洛陀左想右想还是派鹞鹰，说："你忠诚能干，你就走一趟吧！"

鹞鹰二话没说，"嗖"的一声飞如箭，穿云过雾直上青天。

鹞鹰飞呀飞，上到东意山，下到安定水，寻找好村场。

·中国神话·

图文珍藏版

鹞鹰在云端里，目不转睛四下瞄。哟，宽朗朗的大地，一派好风光，青山一座座，绿水一道道，山上可围寨，平地好建庄。山山水水，鹞鹰牢牢记心间，回去报告密洛陀，快快造人管大地。

鹞鹰越看心越欢，拍翅又向前，飞到密罗依堂地方。那里长着一棵大榕树，像把大罗伞。鹞鹰心里想，地方看好了，先歇一会儿再回去，轻轻落在榕树上歇息吃午餐。

再说卡亨正在那里造田，累得腰酸腿疼，看见鹞鹰逍遥自在停在树上吃午餐，便说些带刺的话："为了造山造田，我累死累活，鹞鹰你倒清闲，游山玩水，停在树上养神。"

鹞鹰拍拍翅膀，跳下另一枝丫，凑近卡亨解释说："卡亨大神辛苦了！我这是密洛陀派到远处看地方回来的。"

卡亨气呼呼地指责道："哼！臭不要脸！山是我造的，田是我造的，我没功夫去玩，你却抢先去领功。"

鹞鹰感到受了冤枉，张开翅膀跳上另一枝树丫，想跟卡亨答辩几句，不料因为憋气心急，忍不住一包稀尿撒下来，刚巧落在卡亨的头顶上。

卡亨火冒三丈，伸出长臂抓住鹞鹰关进岩洞。鹞鹰关在岩洞整三年。它想怎样才能飞出洞向密洛陀禀告？一条妙计想出了。鹞鹰躺在地上嗷嗷叫，翻来滚去叫肚疼。卡亨闻声跑来看，鹞鹰死在地上不动了。卡亨信以为真，想进洞把它剖开吃肉。刚一打开洞口，鹞鹰"卜碌"一声冲出洞外，飞向蓝天，朝密洛陀居住的罗力山飞去。

鹞鹰来到密洛陀跟前，未曾开口泪先流。密洛陀关心地问："鹞鹰啊，为什么这般难过？莫不是好地方找不着？"

鹞鹰说："天下风光无限美，山清水秀好迷人。密呀密，本应早日传喜讯，可恨卡亨无缘无故把我抓，关进洞里整整三年，险些丧了命。"

密洛陀听了肝火冒："你快去把卡亨抓回来，我要重重处置他！"

鹞鹰为难地说；"不成呀，密！卡亨身有翻天力，叫我去抓他，好比蚂蚁拖大象！"

密洛陀对鹞鹰轻声细语交代一番，接着为它精心装扮："一副尖利的铁嘴黑闪闪。一双带钩的钢爪闪寒光，一副翅膀坚又大。"她对着鹞鹰连吹三口气，助威一喊："飞！"

鹞鹰借助她的神威，心雄胆壮，快似旋风，一下便飞到密罗依堂。

鹞鹰飞到果子山，逮住一只肥麝鹿，叼到卡亨跟前，彬彬有礼地给他叩头："卡亨哥呀卡亨哥，看在密的分上，请你莫再记仇，兄弟情谊重如山。多亏你把我放走，带只猎物送给你，还有美酒加黄烟，快快烧火尝新鲜！"

卡亨是个喜烟爱酒的大神，一听讲烟酒馋得喉咙都要跳出口，急忙起火烧熟麝鹿肉。他一团肉一罐酒，咕噜咕噜往下灌。一只肥大的猎物啃光了，一缸美酒喝光了，他已有些醉意，见黄灿灿的烟叶没有点火，便把嘴巴凑近火灰点烟，吧嗒吧嗒吸起烟来。

说时迟那时快，鹞鹰站在他对面，猛地张开两翅，扑扑地打起来。一股火灰滚又滚，飞进卡亨眼睛里，卡亨依呀叫痛，眼瞎了，再也看不到东西了。

鹞鹰张开铁钩嘴，钳住卡亨大鼻梁，伸出钢爪抓住他的两臂，摇动双翅，把他带回罗力山。

密洛陀板起脸孔对卡亨说："我派鹞鹰察看地方，为的是让人安家立寨，你却把它害，误了我的大事。本应判你重罪，但念你造山有功，也关你三年，要好好痛改前非。"

鹞鹰把卡亨押进了土牢，怕他半夜逃脱，扯下翅上两根羽毛，化作两把锋利的钢刀，插在牢门上，又命牢神在石门上加大锁严加看管。

卡亨被关进牢房后，密洛陀心里像一团乱麻。她心里想：金蕉不会变酸李，山桃不能结苦瓜，甜的树定结甜的果，苦的树也要使它结出甜的果来。卡亨误了大事，理应严厉惩办，可这是一时过失，他一向不辞劳苦，挑山担石，造福天下，是个有功之神。她就叫来一个小女神："你每天给卡亨送饭菜，肉要送得够，酒要给喝足，烟要让他抽，带上这眼药，把他眼治好。"

这小女神名花密样，是个勤劳的小女神，日日奔忙，种谷种菜，栽树浇花。她种的玉米，不但包大，顶上还扬花结稻穗，包蕊成烟丝，包叶成烟叶，秆子粗甜当甘蔗，根下还结大芋头。

她对密洛陀说："密呀密，一蔸玉米六样果，收也收不完，一天到晚忙不停，叫我怎能好好照顾卡亨哥？"

密洛陀听了点头笑，对花密样说："玉米蔸不再长芋头了，谁要吃芋头自己种；玉米顶上不再长稻谷了，谁要吃米另播种；玉米叶不再成烟叶烟丝了，谁要抽烟另外种；玉米茎秆不能太甜了，谁要吃甘蔗谁栽种。"从此以后，玉米只结玉米包，不再结出六样果了，花密样才有更多的时间来照顾卡亨大神。

一天，花密样为庆贺卡亨的眼睛重见光明，特地弄了一餐好饭菜，她兴冲冲地端着鱼、肉、菜，外加一大沓生烟，来到土牢前，喊了三声不见答应，以为卡亨睡未醒，便把头伸进去探看，不料牢门上的钢刀飞落，不幸夭亡。

花密样年轻美丽，心地善良，不幸死去，大神们个个失声痛哭。密洛陀和卡亨，更是心如刀割。为了纪念花密样，密洛陀命令罗班把她埋在月亮里。墓前种棵大榕树，让她早晚乘凉。所以现在我们远望月亮，里面有一棵树的阴影，就是花密样墓前的那蔸大榕树。

再说卡亨，关在土牢里整天为自己的过失忏悔，盼望早日刑满出牢，继续为密洛陀开创世界尽力。

他这种善美的精神连飞禽走兽都感动了，纷纷前来请求密洛陀宽恕释放。密洛陀心慈意坚，执法如钢，不肯应允。

　　好心的地鼠偷偷给卡亨打地洞，想办法营救他出狱。它们日夜不停地挖呀挖，挖了七天七夜，才挖个茶杯大的小洞口，只能通过卡亨的一个手指头。卡亨对地鼠说："竹鼠牙齿利如刀，快去请它来打洞，我才能逃命。"

　　地鼠请来竹鼠，竹鼠埋头挖呀挖，挖了五天五夜，才挖个碗口粗的洞口，只能通过卡亨的鼻梁。卡亨对竹鼠说："穿山甲的爪利似钉，你去请它来打洞，我才能逃命。"

　　竹鼠请来穿山甲，穿山甲挖呀挖，挖了三天三夜，打个洞口大如囤，卡亨伸出头，好似线穿针。

　　卡亨逃出牢笼，非常感谢这些救命恩人。他给地鼠送半斗米，给竹鼠一批香笋子，把十片指甲帔给穿山甲护身，让它们用来穿山打洞。他自己继续为密洛陀治山、造田、造地去了。

　　田地开好了，村场选定了，密洛陀着手造人。

　　可是，人什么模样？怎样造才成？密洛陀为此事发愁。正在此时，卡亨等九个大神打猎归来，对她说："密呀密，山上树洞里，不知什么闹哄哄，子子白如玉。"密洛陀说："快快带我去看望。"

　　密洛陀在九个大神的陪同下，翻山过坳，来到那树洞前一看，原来是蜜蜂闹，古蜂喧，马蜂、黄蜂垒窝忙，一洞洞，一窝窝，养下的子子白又嫩。那里有黄色的蜂蜡和甜甜的蜜汁，是喂养子子的好养料。密洛陀看了笑着说："你们看，这些幼小的生灵有鼻有眼又有嘴，嫩白的皮肤比玉美。我们造的人，要比它更美！"她命大神，把蜜蜂、古蜂、黄蜂、马蜂的蜡和蜜汁一起端回来。

　　密洛陀捧起蜂蜡，搓呀搓，不一会儿蜂蜡粘如胶。密洛陀又对蜂蜡连吹三口气，动手捏人。

　　她照着蜜柚做人头，仿着冬瓜做人身，耳朵嘴巴捏成后，又捏鼻子和眼睛。捏到四肢她停下了，她想，飞鸟有脚又有翼，走兽就靠四只脚，人要比它们强，应该分开手和脚，双脚来走路，双手来做工，想到这里她捏出了手和脚。

　　密洛陀把捏好的人形放在四只大箱里，解下自己贴身的衣裙，把他们严严实实地盖起来。为了抚育这些新生命，她用慈母的血气，一连二百七十个日夜不离开。冬天她呵着暖气暖，夏天她扇着清风凉，千般操劳百般周全地守候在旁边，盼的是世间传来的婴儿啼。

　　第二百七十那一天，天空中突然乌云翻滚，电闪雷鸣，地上刮起一股旋风，整个大地黄漠漠、昏沉沉。旋风吹过，四只箱盖缓缓地自动开启。刹那间传来一声婴儿啼哭声。第一代人出世了，密洛陀看着心里甜如蜜。

　　啊，第一个箱子是马蜂子生下十对白胖胖的男女，个个聪明伶俐，密洛陀爱不释手，把他们叫作"布卿"，就是如今的汉族。第二个箱子是黄蜂子生下精灵可爱的九对男女，密洛陀亲了又亲，把他们叫作"布羌"，就是如今的壮族。第三个箱子是蜜蜂子生下八对男女，个个发长眉秀，密洛陀抱在怀里不肯放，把他们叫作"布苗"，就是如今的苗族。第四个箱子是古蜂子生下五对男女。这五对男女虽然细小，但个个眉清目秀，脸儿红扑扑，精灵又可爱。密洛陀心里乐开怀，又是亲来又是抱，把他们叫作"布努"，就是如今的瑶族。

密洛陀把他们分成各民族，叫起来方便。其实这些娇娇子都是密洛陀的心头肉啊。密洛陀整天围着这些婴孩团团转，真是含在嘴里怕化了，抱在怀中怕着凉。一会儿给这个亲亲嘴，一会儿又为那个摸摸头。胀鼓鼓的奶房挤得干瘪瘪了，还怕他们饿肚肠；他们的身体壮实白净净，还忧他们不舒适。一天要洗三次澡，要喂五回奶。为了照顾好瑶族这几对弱小的生命，派昌郎也和昌郎仪赶到地罗关西地方，请来密卡恋，挤下奶汁另加护理，使这几对小生命很快赶上了他们的兄弟。

眨眼过了两个月，孩子们咯咯地会笑了，一张张笑脸像一朵朵盛开的鲜花，密洛陀看着眯眯笑。到了一百八十天，孩子们都会坐了，一双双一对对挨个排排坐，一个个手脚嫩白赛玉簪，密洛陀脸上喜泪挂。小孩满了一周岁，他们开始学走了。一个个摇摇摆摆满寨跑，密洛陀见了喜又愁。山中老虎多，经常出没伤生害命。

这一天，一群老虎正在坡上觅食，听见小孩啼哭，馋得口水流三尺。它们吃腻了禽兽，要尝尝人肉，成群结队要进村。

密洛陀招来诸大神，每人发给一把千斤弓，连夜把老虎赶跑。大神们对准老虎放一箭。岂知这些老虎，个个头比钢硬，箭碰到虎头只冒出一些火星。它们更加凶恶地向大神们反扑，众大神败退下来。

密洛陀对众大神说："快用孩子们的尿布包住石头，放在山坡上。"

不一会儿，山坡上堆满了尿布裹着的石头。老虎闻到人味，张开血盆大嘴，对着布包的石头咬起来。噼啪咔嘣响，老虎的牙齿崩碎了。一只狡猾的老虎吐出一看，哎！是布包着的石头。老虎知道中了计，一个个都吐石头出来。

老虎钻进草丛里，等大神们出来。众大神也学乖了，不声不响地把草丛围困，密洛陀一声令下，便把草丛点燃。风助火势，火借风威，越烧越旺，漫山火海，老虎被大火围困，个个烧得焦头烂额，拼命冲出火海。如今老虎身上的斑纹，就是那次被大火烧焦留下的痕迹，所以如今老虎很怕火，一见到火就夹着尾巴嗷嗷逃窜。

老虎被驱赶走了，孩子们也学会走路了。密洛陀心里又高兴又焦虑，孩子们都大了，身上没片遮盖的布，光着屁股到处遛。冬天围着火塘坐，客人来了不敢出门口；夏天又被蚊子叮，身上长满红斑点。密洛陀心里疼，她请来蜘蛛，叫它纺纱织布，做新衣给孩子们穿。

蜘蛛昼夜不停地织呀织，织成一幅幅美丽的彩绸。密洛陀说："天下最美丽的是金凤凰。"她把彩绸裁成彩衣，汉族的同胞穿上了，个个美丽赛金凤凰。密洛陀说："天下最好看的要算水上鸳鸯。"她把彩绸裁成鸳鸯衫，壮族兄弟穿上了，个个好看赛鸳鸯。密洛陀说："天下最可爱的是坡上的锦鸡。"她给苗族兄弟裁了锦裙，又让他们缠脚绑，美丽又大方。密洛陀说："天下最漂亮的是山中孔雀。"她把彩绸裁成百褶裙，裙上织出百样花，裙边彩虹绕，裙底柳丝扬，她让瑶族兄弟穿身上，胜似孔雀展彩屏。

密洛陀心灵手巧，孩子们打扮得花花绿绿，兴高采烈出门游玩。

火辣辣的太阳把他们晒得头冒烟，孩子们一个个咿咿呀呀跑回来，不敢再出门。密洛陀请蜘蛛织把大罗伞，给孩子们遮太阳。孩子们睡觉没蚊帐，密洛陀请蜘蛛织网，挡住蚊蝇护小孩。从那以后，蜘蛛天天抽丝织网，专门捕蚊蝇和飞虫，为人除害。

过了不久，孩子们全都得了病，上吐下泻，饭不进口，水不沾牙，眼看这一代新生灵就要夭折。密洛陀急得团团转。山羊自告奋勇上山采药救孩子。密洛陀大喜，令山羊快上山。山羊说："密呀密，山上虎狼多，我没法走啊！"密洛陀笑笑说："有办法！"拿来一对尖刀，插在羊头上说："去吧，有了这两把尖刀就不用怕了。"

山羊咩咩告辞密洛陀，翻起四蹄进山采药。山羊攀过九十九座高山，爬过九十九座岭，跨过九十九条溪涧，亲口采尝九百九十九蔸草药，昏迷九十九次，嘴巴都嚼烂了，选出九十九种珍贵的药物。山羊高高兴兴地把药交给密洛陀："密呀密，这些都是我亲口尝采的良药，请验收！"

密洛陀接过了药，仔细一数，少了一味药。山羊听后心里很难过，埋怨自己太马虎，没有完成密洛陀交给的任务。从此，山羊由于忏悔自己的过失，直到死后也不瞑目。

密洛陀找到一味药，补齐一百味，医好孩子们。

说也怪，天上的太阳和月亮多起来了，大地晒得热辣辣的。密洛陀一数，哟！有十二个太阳、十二个月亮那么多。她好生奇怪，便问天上的白云："怎么回事？我只造了一个太阳和一个月亮，如今竟都变成了十二个呢？"白云笑着告诉他："你还不知道吧？三年前月亮妹妹和太阳哥哥结了婚，生下男女各十一个……"太阳多了，烤得庄稼枯死了，花草树木干枯了，飞禽走兽没水喝，孩子们汗流浃背，嘴唇干裂，滚在地上喊喝水。密洛陀决心射太阳。

密洛陀叫来火神昌朗也和弓箭神昌郎仪说："你们快拿着弓和箭，去把太阳射下来。"两位大神背上千斤大弓，腾云驾雾，直飞太阳宫。哟！十二个太阳像十二个火球，喷出火苗，烧得万里长空一片火红。十二个月亮像十二个银盘，照得万里长空银光闪闪。昌郎也和昌郎仪冒着熊熊烈焰，忍着烤伤疼痛，拉起千斤大弓，对准太阳猛射，铁箭飞进火球里，一眨眼化成铁浆。太阳发出更加凶猛的毒焰，昌郎也和昌郎仪头发被烧掉了，耳朵被烤焦了，败退下来。

密洛陀对两位大神说："不要灰心，办法有了！"昌郎也和昌郎仪听了密洛陀教的办法，高兴地说："行！"便分头准备去了。

先说昌郎也，他按着密洛陀的吩咐砍回芭蕉树，把它榨扁取汁，喝下三大碗，再把衣服鞋帽全浸湿。又砍山背坡的密精树，做了两把大弓。

再说昌郎仪，他听了密洛陀的吩咐，砍来金丝竹，修成九百九十支箭，箭箭都有丈八长。再把九百九十支箭头都蘸上毒蛇、毒蜂的毒汁，又用苎麻搓绳做弓弦，柚子木做弓机。

两位大神辞别密洛陀，带着铜鼓和弓箭，腾云驾雾越过九十九个海，闯过九十九座火焰山，穿过九十九层乌云，来到了太阳的家乡，擂起铜鼓宣战。

太阳和月亮正向大地喷射烈焰，猛然听到战鼓雷鸣，率领众日月奔出宫殿迎战！

刹那间，天空一片混乱，这边马铃叮当滚云霄，那边鼓鸣如雷震天宇，一场恶战开始了。瞬时间，万里长空一片红光腾腾，银光闪闪。两位大神对准太阳和月亮射出九百八十八支箭，射中二十二个太阳和月亮。一对太阳和月亮躲进黑云里，才免死幸存。中箭的太阳和月亮变成碎片，雪片似的飘落下来，大地堆起千万座山峰。飘下的血浆把高粱染红。公鸡偷吃血浆，头顶长出红冠冠，脸庞也染得血样红。因为吃了太阳和月亮的血浆，公鸡每天睡到半夜就梦见他们，高兴得醒来拍打翅膀喔喔叫，从五更叫到黎明，向人报晓。

昌郎也和昌郎仪，看见一对太阳、月亮躲在黑云里，飞过去抓住他们，用黑云缠了又缠，不让它再露出一线光来，准备带回人间叫密洛陀发落。

突然间，天昏地暗，再也没有一线光明了。这时，密洛陀想起没有交代两位大神不要把太阳和月亮全部射完，马上命令大神盘岩急飞上天找昌郎也和昌郎仪。

盘岩摸黑寻了三天三夜，在九十九层云端找到两位大神。他把密洛陀的旨令对他们说："密洛陀有令，不得把太阳和月亮全部杀光，各留下一个，给人光明和温暖。"

昌郎也和昌郎仪立即给太阳、月亮松了绑，说："饶了你们两个最小的，为人放光芒！"

昌郎也和昌郎仪看到太阳、月亮可怜，自己理应在天上与太阳月亮做伴，就答应他们的要求，待在天上不回来了。

盘岩回来拜见密洛陀："密呀密，你的旨令都照办了。昌郎也和昌郎仪不想再回人间，要永远住在月宫里！"

密洛陀听了暗思量：昌郎也和昌郎仪应该回到人间共享幸福。她叫来大神昌郎永，说："你到太阳、月亮的家乡，去找昌郎也和昌郎仪回来。"

昌郎永听罢摇摇头："我年幼胆不壮，没有登天力，实在难到达。"

密洛陀给昌郎永拿来登山鞋，帮他背上弓和箭，叫他带上小米饭，拍拍昌郎永的肩膀鼓励说："有了这几样，加上你的骨气，一定能闯过万重难关！"

昌郎永日夜赶路上到三十三层云端，迎面来只大飞虎。昌郎永嗖的一声，弓响箭离，飞虎被射死。

昌郎永继续穿行，来到九十九层云端，一颗流星拖着长长的火尾直射昌郎永，昌郎永又嗖地一箭把流星射得粉碎。

昌郎永吃饱小米饭，一鼓作气冲上最后一层天，来到了太阳、月亮的家乡。

昌郎永见到了昌郎也和昌郎仪，说："密洛陀派我来，请你们返回人间，共同把

世界经典文库

中外神话故事

·中国神话·

图文珍藏版

福享。"

昌郎也和昌郎仪回到密洛陀身边。但是,他们与太阳、月亮厮杀时,高温逼烤,烈焰烧身,银浆毒气渗染满身,他们再也没有生育能力了。密洛陀拉着他们的手安慰说:"好孩子,莫难过,舍生入死创世界,留下美名在人间。"

孩子们都长大成人了。男的耕田犁地,女的纺织绣花。一天,密洛陀对儿女们说:"孩子们,树林大了要分桠,儿女大了要分家。你们都长大了,应该各自找出路去谋生。你们要牢记,汉壮苗瑶都是同母兄弟,你们分家不能分心。去吧,孩子!"孩子们点头。

第二天天未亮,讲汉话的先起床,拿着农具到平原去,个个勤耕耙,人人善栽种,这就是如今的汉族。汉族刚出门,讲壮话的也起来,一看农具没有了,背起书包进府读经书,人人都聪明,个个会唱歌,这就是开口成歌的壮族。天刚麻麻亮,讲苗话的起了床,他们拿起斧头上山坡,砍树放排游江河,这就是如今的苗族。

讲瑶话的年岁小,日上三竿才起床,汉、壮、苗哥哥姐姐都远去了,家中已无好财物,哭着找到密洛陀:"密呀密,哥哥姐姐都走了,今后我们怎么过?"

密洛陀笑着对他们说:"傻孩子,山上树木片连片,砍来围寨造木屋;崖畔有肥土,烧荒开山种小米;林中兽成群,打来可食肉;坡上苎麻多,拿来可织布。大家齐努力,不愁吃和穿。这里还有一斗小米种,你们进山去吧。"

从此,瑶族兄弟世世代代居住深山。他们会种地,能织布,善打猎,个个勤劳勇敢,吃苦耐劳,他们上山砍来最好的宪木,搭成一排排木屋、草房;又把山上的石头垒成石墙围村护寨。山上的荒草树木一把火烧成火烟土,他们便在山间石缝火烟土里撒下小米和杂粮。

播下的小米刚发芽,成群的野猪把它挖;小米刚长叶,麋鹿来啃它;小米刚成熟,山雀来糟蹋。大家急得没办法,哭着跑回来问密洛陀:"密呀密,汉、壮、苗哥哥姐姐多幸福,唯有瑶族苦难多,害兽飞鸟太欺人,种下的小米被糟蹋,我们怎么过?"

密洛陀哈哈笑:"孩子们,人生创业是艰难。家里还有一面铜鼓,你们拿去撵鸟兽吧。"

瑶族兄弟得了这面鼓,手舞足蹈咚咚敲,又是唱来又是跳。说也怪,自从得了这面鼓,瑶族人一敲起来,烦闷的人都乐了,糟蹋庄稼的野兽听到鼓声快快逃。偷吃小米的飞雀,听到鼓声躲进山林,不敢再来糟蹋了。从此庄稼年年获得好收成。这铜鼓就成了瑶家的传家宝,千年万代传到今。

密洛陀为了创造世界,造万物造人,把腰累弯了,头发熬白了,她越来越衰老了。

一天,她把孩子们叫到跟前,对他们说:"孩子们,你们都能独立创业了。有件事情告诉你们,五月二十九是密的生日,你们千万记住这一天啊!到时候你们来给我祝寿。大家一起来欢聚,我就永世活在人间。"

各族兄弟姐妹听了都高兴,准备礼物给母亲祝寿,唯独瑶族最犯难。他们对密洛陀诉说:"密呀密,汉、壮、苗胞有猪有羊又有钱,我们生火未落灰,拿什么给你老人家祝寿啊!"密洛陀听后哈哈笑:"傻孩子,哪有母亲嫌弃自己的孩子的?只要你们诚心,喝口凉水心也甜。这样吧,你们做缸小米酒,给兄弟们尝新鲜,到时候不抬猪,不宰羊,四两苎麻当纸钱,抬着那面大铜鼓,提前三天来闹,大家欢乐一场!"

从此,每年五月二十九这一天,便成了瑶族的年节。每到这一天,酒歌代代唱,欢快的铜鼓舞代代传。密洛陀创天地造万物造人的赞歌代代唱,代代传,这就是瑶族同胞欢乐的节日——祝著节。

司岗里

（佤族）

一

天刚形成的时候,像个癞蛤蟆的背脊,疙里疙瘩,很难看。里伸出巴掌不停地磨呀,磨呀,不知磨了多少年,终于把天磨得像山白鱼的肚皮。滑溜溜亮刷刷的。里在光滑平坦的天上安了太阳,安了月亮,安了星星。从此,天变得好看了。

地刚形成的时候,像个知了的肚囊,空落落的,很别扭。伦用泥土不住地堆呀,堆呀,堆出了高山,堆出了深谷,堆出了河道,堆出了海堤。从此,地变得像马鬃蛇的身子,有高有低,有沟有坎,很顺眼了。

磨天磨出的渣渣掉进了大海,吸住了海水,从此,江河湖海变得规矩了。

那个时候,天和地是用铁链拴在一起的。天地离得很近。地上的万物不自在了,不歇气地向里和伦抱怨。里和伦派达能用巨斧砍断了拴着天地的锁链。天高高地升上去,地低低地降下来。从此,天地分开了。

天和地原本是一对夫妻。他们舍不得分开,哭啊,哭啊,不知哭了多少天,多少年,流不完的眼泪化成了雨露和云雾。

那个时候,只有白天,没有黑夜。太阳落了月亮升,月亮落了太阳升。饭是太阳晒熟的,水是月亮晒沸的。地上的生物活不下去了,不歇气地向里和伦抱怨。里和伦商量,把一棵大树放进月亮里。月亮变得阴凉了。从此,才分出了白天和黑夜。

达能一顿要吃三兀小红米饭,一步能跨千里远,一个指头能拎起一只大象,十个人搬不动的木鼓,他拈起来塞进耳垂当耳柱。他砍断了拴着天地的铁链后,生怕天又掉下来,砸死大地上的生灵,就双手托着天,从西盟一直托到昔薄、安瓦。到安瓦时踩通了大地,掉进地里去了。他在地下看不见光,望不到亮,黑咕隆咚地不知过了多少年。他怕大地上的生灵都死光了,每隔一些日子,就要摇动一次大地,问一问大地上是不是还有生灵。后来,人碰上了地动,就敲锣打鼓,鸣枪放炮,大喊大叫。达能听见这些声音，就放心了，不再摇大地了。

天下万物的创造，都是按照事先安排好的顺序进行。里和伦创造了天和地以后，又创造了植物和动物。里和伦派普冷管植物，派达能管动物。

二

莫伟创造了人，把人放在石洞里。

有一天，差从石洞旁飞过，听见石洞里轰轰地响着，就跟打雷一样。还听见了人的声音。差飞遍大地。把这个发现告诉了所有的动物、植物。差说："人要出来了，我听见他们的声音了。"

动物、植物听到人要出来的消息，都很紧张。大家议论纷纷：该不该让人出来？人出来咋个办？

大树说："不能让人出来，人出来会砍死我。要是人出来了，我就倒下去把他压死。"

豹子说："我也不同意让人出来，人出来会打死我，要是人出来了，我就要咬死他们。"

不过，大多数动物、植物，都同意让人出来。

"不能给人出来，人出来我非把他们都压死！"大树坚持说。

蜘蛛生气了："哼！你连我的一根丝都压不断，还想压死人？不信我们打个赌：要是你压得断我的一根丝，就不准人出来。要是压不断呢，就得让人出来。"于是蜘蛛就在树林里拉了许多丝。

大树一棵接一棵地倒下来，要把蜘蛛的丝压断。蜘蛛的丝不仅没有被压断，反而越扯越大。大树认输了，只好同意让人出来。

人要出来了，可是石洞没有门，出不来。

动物们决定帮助人打开石洞，让人出来。

大象卷着长长的鼻子来撬，打不开。

犀牛晃着尖尖的犄角来抵，打不开。

野牛伸着粗粗的嘴筒子来拱，打不开。

麂子扬着硬硬的蹄子来蹶，打不开。

老熊甩着厚厚的巴掌来拍，打不开。

鹞鹰、臭雕、猫头鹰、啄木鸟用锋利的嘴壳来啄，打不开。

鹦鹉和犀鸟的嘴壳都啄弯了，也打不开。

差只好去求莫伟，请他来帮忙。莫伟说："请小米雀去啄吧。"

小米雀去找苍蝇，对它说："莫伟叫我去啄开石洞让人出来，只有你能帮我的忙。"

苍蝇问："我能帮你哪样忙呢？"

"我啄一口，你就在我啄过的地方，吐上一口唾沫就行了。"

小米雀带着苍蝇来到了石洞。小米雀的身子只有橄榄果那么大，嘴壳黄秧秧，嫩生生的。动物们都有些不相信地看着它。

只见小米雀"呼"地飞到枇杷果树上饱饱地吃了一顿枇杷果，蹲到岩石上蘸着山泉水"刷刷"地磨了一阵嘴壳。叫苍蝇拿一根细藤子把它的嘴壳绑牢了，然后攀到石洞上，"夺！夺！夺！"地啄了起来。它啄一口，苍蝇就在啄过的地方吐上一口唾沫。渐渐地，石洞裂开了。

"轰隆"一声，石洞终于打开了。人从石洞里挤挤攘攘地走出来。

本来就不同意让人出来的豹子，早就龇牙咧嘴地守在洞旁边。人出来一个，它就恶狠狠地扑上去咬死一个。一个、两个、三个，豹子已经咬死第三个人了。老鼠生气了，"嗵"地跳到豹子身上，使劲咬住豹子尾巴不放，豹子痛得"嗷嗷"叫着在地上打滚，这样人才一个接一个出来了。豹子见人越出越多，害怕了，拼命甩掉老鼠，逃跑了。

从第四个起，人才活了下来。这个人就是佤族，排行为老大。以后出来的是拉祜族、傣族、汉族，分别排行为老二、老三、老四。这就是岩佤、尼文、三木傣、赛口。再往后出来的是其他民族了。

人出来后，要感谢小米雀，小米雀说："你们要感谢我，我不要。以后你们种出粮食来了，田边地角抛撒掉的，给我捡吃一点就行了。"

人要感谢苍蝇，苍蝇说："你们要感谢我，我不要。以后你们吃剩的汤汤水水，渣渣涝涝，给我捡吃一点就行了。"

人要感谢老鼠，老鼠说："你们要感谢我，我不要。以后你们收得了粮食，仓旁、囤箩边簸掉的，给我捡吃一点就行了。"

人要感谢蜘蛛，蜘蛛说："你们要感谢我，我不要。以后你们盖了房子，让我在房檐下搭个窝，张个网，避避风，躲躲雨就行了。"

以后，佤族帮了朋友的忙，不兴要报酬，给吃一点就行了。这个习惯，就是向小米雀、苍蝇、老鼠、蜘蛛学的。

三

人从司岗出来时，身上灰普普的，面貌模糊不清。老大跑去抱住了一棵大椿树，老二跑去抱住了一棵竹子树，老三跑去抱住了一棵芭蕉树，老四跑去抱住了一棵大车树。

莫伟吩咐妈农说："你带他们去洗洗澡吧。"于是妈农领着人来到阿龙黑木洗澡。洗过澡以后，人的面貌就看得清楚了。佤族像大椿树一样，黑红黑红的。拉祜族像竹子一样，青黄青黄的。傣族像芭蕉树一样，白嫩白嫩的。汉族像大车树一样，又白又高大。

四

人从司岗出来时，不晓得该到什么地方去住，人们去问莫伟。

莫伟对岩佤说："你是勒佤，凡有大椿树的地方就是你的住处。"从此，佤族就住在阿佤山上，总是离司岗不远。

莫伟对尼文说："哪里竹子多，你就到哪里去住吧。"从此，拉祜族就住在竹子多的半山腰上。

莫伟对三木傣说："你到芭蕉树多的地方去住吧。"从此，傣族就住在热带平坝地方。

莫伟对赛口说："哪里大车树多，你就到哪里去落脚吧。"从此，汉族就像大车树一样，分布很广，热地方、冷地方都住了下来。

五

人从司岗出来时，不会说话，只会像独弦胡一样哼。人就去找莫伟要语言。

莫伟对岩佤说："以后牛是你们的伙伴，你去向牛学说话吧。"从此，佤族说话就拗嘴拗舌的。

莫伟对尼文说："你的话在斑鸠那里，你去向斑鸠讨吧。"从此，拉祜族说话就紧一声、慢一声的。

莫伟对三木傣说："你去向细蜜蜂学说话吧。"从此，傣族说话就像蜂蜜一样，甜蜜蜜的。

莫伟对赛口说："你嘛，就去请教画眉鸟吧。"从此，汉族说话像是在唱歌。

六

人从司岗出来时，不晓得生娃娃，也不晓得该由男人生娃娃呢还是由女人生娃娃。他们去问莫伟。

莫伟喝多了水酒，正在打瞌睡，他迷迷糊糊地说："让男人去生娃娃好了。"

这下，男人可为难了。男人家平素要打猎，撵山，盖房子，砍木鼓，做的都是重活。在哪里怀孕生娃娃好呢？肚子里肯定不行，怀里揣着一个娃娃，咋个好去干重活呢？想来想去，男人就决定在膝盖上怀孕生娃娃。九个月过去了，娃娃从男人的膝盖上生下来了。可是生出来的娃娃只有蟋蟀那样一点大，而且咋个长也长不大。娃娃倒是聪明，一生出来就会喊爹喊妈，会走路，成天蹦蹦跳跳，叽叽喳喳。

有一天，大人叫蟋蟀娃娃去守晒场。娃娃很听话，抬了一根竹竿蹲在筻笆边守着。太阳火辣辣的，几只饿馋了的公鸡"咯咯咯"地叫着跑来偷吃谷子。娃娃举起竹竿敲打，公鸡不怕蟋蟀娃娃，打一下跳一下，公鸡被打恼了，纵身一跳把蟋蟀娃娃啄吃了。

娃娃的爹妈很伤心，去找莫伟。

莫伟这才明白自己把话说错了。就对女人说："以后就由你们女人去生娃娃吧。"

从此，怀孕生娃娃才变成女人的事。

七

人从司岗出来时，没有文字，也不懂得用文字记事情。莫伟拿出了一块牛皮递给岩佤，拿出了一匹芭蕉叶递给尼文，拿出了一片贝叶递给三木傣，拿出了一张纸递给赛口。对他们说："这是我给你们各自的文字，日后你们会用得着的，千万要好好保存。"

后来，有一次闹饥荒时，岩佤把牛皮烧吃了。从此，佤族的学问全在肚子里了。尼文有一次撵麂子撵到江边，拿芭蕉叶盖了窝铺，夜雨把芭蕉叶淋坏了，一些字变得模糊不清，辨认不出来了。从此，拉祜族的文字就变得残缺不全。三木傣和赛口的贝叶和纸保存得好，傣文、汉文就流传下来了。

八

人从司岗出来时，莫伟怕人类日后为贫富争吵打闹，就打开一个金盒子，把"富"拿出来，照人头均匀地分成几份，摆在地上。他对人们说："这是我给你们的'富'，每人一份，谁也不多，谁也不少，你们赶紧找东西来装吧。"

赛口拎来一只箱子，把"富"装进去，锁起来。

三木傣拿来一只筒帕，把"富"装进去，双手捂起来。

尼文找来一只背篓，把"富"装进去，用芭蕉叶盖起来。

岩佤找不着家什，匆匆忙忙弄来一个竹筒，把"富"装进去。岩佤太粗心了，这个竹筒早叫蚂蚁蛀通了底。

从此，汉族、傣族富，富的时间长。拉祜族的"富"漏掉了一些，不如汉族和傣族富。佤族的"富"全漏光了，一直很穷，富不起来。

九

人从司岗出来后，找不到东西吃，就吃土。人去找莫伟要吃的。

莫伟说："你们去和野兽赛跑，哪个跑出屎来，就吃哪个的肉。"

野兽跑在前面，人跟在后面。野兽跑得屁股流出屎来，从此，人就捉野兽来吃。野兽害怕人，和人分开了。

起初，人没有火，也不懂得用火，捉到野兽只会吃生的。人去向莫伟讨办法。

莫伟说："去找达赛帮忙吧。"

达赛住在太阳寨。起先，人派猫头鹰去求火。猫头鹰看见达赛家炕笆上挂着许多老鼠干巴，肚子饿了忍不住，偷吃了老鼠干巴。达赛很生气，把猫头鹰给赶走了。人又派萤火虫去求火。萤火虫闻到达赛家竹筒里的水酒香味，口渴了忍不住，偷喝了水酒。达赛很生气，又把萤火虫给撵走了。人派蚱蜢去求火。蚱蜢很守规矩，没过多少日子就和达赛交上了朋友。达赛很喜欢蚱蜢，就教它说："你把干藤子放到石头上敲，火就会出来了。"从此，人学会了取火。懂得用火取暖，烧东西吃。

十

人从司岗出来后，大地上的野兽渐渐地不够吃了。人去求莫伟帮助。

莫伟说："我把种子忘记在海里了，你们去拿回来吧。"

人派老鹰去拿种子，老鹰的嘴巴太短，够不着海水里的种子，拿不出来。

人派鹭鸶去拿种子，鹭鸶的脚杆太细，夹不住种子，拿不出来。

人派蛇去拿种子，蛇卷起尾巴把种子打捞上来了。

种子拿回来了，莫伟很高兴，说："以后你们就种庄稼吃吧。"

莫伟拿出夺铲、锄头、小犁、大犁、背索、扁担、鞍子，放在地上叫人们挑拣。

岩伍挑了夺铲和背索。从此，佤族就用夺铲种懒火地，用背索背东西。

尼文挑了锄头和背篓。从此，拉祜族就用锄头种山地，用背篓背东西。

三木傣挑了小犁和扁担。从此，傣族就用小犁种水田，喜欢用扁担挑东西。

赛口挑了大犁和鞍子。从此，汉族就用大犁耕田种地，用牲口驮着东西，走南闯北。

十一

安木拐的母亲妈农死了。安木拐在芒杏垭口为母亲吊丧。丧礼上让动物比赛唱歌。

安木拐拿出一块金子对动物们说："哪个的歌唱得最好，就把这块金子奖给它。"

比赛开始了。第一个出来的是戏帅（春蝉）的大合唱，只见一群戏帅扑喇喇飞上一棵大椿树，放开嗓子"戏帅——戏帅——戏帅"地唱起来。歌声清脆整齐，受到了安木拐的夸赞。后来，佤族就把戏帅叫的日子定为撒旱谷撒秧的节令。

第二个出台的是额列（绿青蛙）的小合唱。只见三只翠绿色的小青蛙"扑通扑通"跳上草台"咕呱——咕呱——咕呱"地唱起来。歌声厚实洪亮，得到了安木拐的表扬。后来，佤族就把额列叫的日子定为薅旱谷的季令。

第三个出台的是格朗晚（一种秋虫）的独唱。只见它摁了摁脖子"晚晚——晚晚晚——对！晚晚——"地唱起来。歌声婉转甜美，受到了安木拐的嘉奖，安木拐把金块奖给了它。后来，佤族就把格朗晚叫的日子定为秋收的节令。

十二

安木拐那个时代,洪水猛兽经常威胁着人的安全。安木拐召集人和动物来商量办法。

马说:"洪水它涨就给它涨,涨得多高都不怕。怕的是人和野兽不团结,你吃我,我吃你。只要大家团结了就什么都不怕。到那时,小红米会有我的头一样大,谷子会有我的尾巴一样长。"

马鬃蛇不同意马的看法,它说:"洪水不能给它涨,人和野兽要打架,你吃我,我吃你。到那时,小红米才会有我的头一样大,谷子才会有我的尾巴一样长。"

安木拐采纳了马鬃蛇的意见。领着佤族向洪水猛兽做斗争。人生存下来了。后来,小红米当真只有马鬃蛇的头一样大,谷子只有马鬃蛇的尾巴一样长。以后,佤族形成了一种习惯,开地时,总要在地里找一条马鬃蛇,把它打死,划开脖子放出血来。说一滴血就是一堆谷子,要是不见有血,这块地就不要了。

十三

有一天晚上,安木拐已经睡了。忽然听见林子里有一种声音在响,就跟唱歌一样,好听极了。出外察看,什么也不见。第二天晚上,又听见了同样的响声,就顺着声音去寻找,发现了一个小土洞。她守住洞口,逮住了洞里的主人——团(蟋蟀)。就问团:"你是咋个唱歌的?"团不搭理,一抽身跑了。安木拐想:一定还有别的什么东西,就扒开土洞来瞧。洞里摆着一些光滑晶亮的小石头和一些圆圆整整的小木头,安木拐想:团能把石头、木头搬进去,让它发出那样好听的声音,人为什么不能把石头、木头搬来,让它为我们唱歌呢? 于是就叫人搬来一些大石头,照着洞里小石头的样子做成石鼓。一敲,不响。不知敲了多少年,石鼓依然不会响。安木拐想:准是那些小木头唱的歌了。就叫人砍来大树,照着洞里小木头的样子做成木鼓。一敲,果然"咚咚"地响,就跟当初听到的那种响声一样好听。不过响声很小,十几步外就听不见了。安木拐不晓得要咋个凿木鼓,响声才会大,心里老是苦恼。有一天晚上,她做了个梦,梦见莫伟笑眯眯地拍了拍她的肚皮。肚子立即发出"咚咚"的响声,声音很大,把她都给震醒了。安木拐明白了。第二天,她指了指自己的下身对人们说:"以后你们就照着它的样子凿木鼓吧。"后来凿出的木鼓,果然响声很大,声音传得很远很远。从那以后,佤族就有了木鼓,成了能歌善舞的民族。

那个时候,佤族没有弩弓,没有标子,只会使用石头和木棒,围捕一只野兽,要靠大伙的力量。白天,人们敲响木鼓,集中起来,一齐上山打猎。夜晚,人们敲响木鼓,唱歌跳舞。野兽听见木鼓声,吓得躲得远远的。木鼓保护了人的安全,给人们带来欢乐和温饱。从此,佤族很敬重木鼓。凡猎到野兽,就把兽头砍下来供祭木鼓。

那个时候,打猎全靠人的勇敢。安木拐为了培养佤族的勇敢精神,就把活捉来的野兽拴在石头桩桩上,让人们比赛把它们活活撕死。谁撕抢得的肉多,谁就是英雄,就受到安木拐的表扬和人们的敬仰。这项活动一代一代流传下来,后来演变成了"砍牛尾巴"的习俗。

十四

有一回,刮了一阵大风后倒下了一棵大树,挡住了安木拐家的门。安木拐进进出出很不方便,于是她就对人和动物说:"哪个有本事把大树搬开,以后人和动物就听它的话。"

人来搬,搬不开。

马鹿来搬,搬不开。

老熊来搬,搬不开。

乌龟来搬,搬不开。

大象来搬,搬不开。

没有哪个人和动物搬得开。大家蹲在树干上"伊哩哇啦"地商量办法。

这时,木丙领木来了。它见大家蹲在树干上,便想出了个办法。它使劲摇动着树枝,尖着嗓门大叫起来:"大树要断了,大家快躲开呀!"

大家看见树枝摇晃,又听见这突如其来的喊声,吓得一齐从树干上跳下来。"咔嚓!"一声,大树被蹬断了。这样,大家不很费劲地把大树搬开了。

从那以后,木丙领木的话就成了大家必须听从的金口玉言。后来,佤族就形成了这样的习惯:凡离家外出,都要听听木丙领木的叫声。叫声好才出门,叫声不好就不出门。直到今天都是这样。

十五

安木拐死了,牙董为她举办葬礼。

牙董通知所有的动物都来参加葬礼。她特别关照豹子说:"你的样子太难看了,大伙都怕你,你要等大家来完了才能来。"

猪和牛带着肉来了,鸡带着蛋来了,蜜蜂带着水酒来了……牙董家的屋子挤不下了。

牙董尝了尝蜜蜂带来的水酒,对它说:"你的水酒很甜,很好吃。等大伙来齐了一起吃吧。屋子太小了,你就在门外休息吧。"

从那以后,蜜蜂就住在外屋了。佤族水酒很甜,很好吃,就是学蜜蜂酿的。

豹子蹲在路边等啊,等啊,动物们长长的队伍老是走不完,等得瞌睡都上来了。队伍还没有走完。豹子等得实在不耐烦了,就插到队伍中间来了。豹子后面的动物瞧见豹子的眼睛绿莹莹的,吓得一个个转身跑了。从此,来到牙董家的动物就成了家畜家禽,被豹子吓跑了的就成了野生动物。

豹子不听牙董的话,牙董很生气,就罚豹子去背盖房子的茅草,豹子背不赢,在路边休息,豹子捡起石头敲着玩,石头和石头碰出了火花,燃着了茅草,烧着了豹子,豹子痛得到处乱跑。

坡上碰着了黄牛,豹子问:"黄牛兄弟,黄牛兄弟,我身上着火了,该往哪里跑?"

"往山上跑!"黄牛说。

豹子往山上跑,身上的火越烧越旺。

箐边遇到了水牛,豹子问:"水牛大哥,水牛大哥,我身上着火了。该往哪里跑?"

"赶快跑到水塘里去!"水牛说。

豹子跑进了水塘,身上的火熄了。

豹子被烧得花里胡哨,身上留下了一股难闻的糊臭味。从那以后,豹子恨死了黄牛,专逮黄牛。不逮水牛。

十六

有一回,金子、银子和小红米、旱谷为争地皮吵架。

金子和银子说:"世界上的东西就数我们兄弟最贵重,人要想生活得好,准离不开我们兄弟,这块地皮我们要住!"

小红米和旱谷说:"人活在世上首先得有吃的。没有吃的,人就会饿死。这块地皮我们要住!"

吵来吵去,金子、银子吵不赢小红米和旱谷。

"啪!"金子、银子抄起巴掌打了小红米和旱谷:"哼!不要脸的东西,还不赶快滚开!"

小红米、旱谷哪受得了这种闲气,抬起脚来逃跑了。小红米跑到河底藏起来,旱谷跑进森林里躲起来。

于是,人没有吃的了。开头时吃树叶,树叶吃光了剥树皮,树皮吃光了只好吃土。把山梁都啃凹下去了,眼下就要吃金子和银子了。

牙董很着急,发动所有的人和动物去找小红米和旱谷。找呀找,不知找了多少年,才把旱谷从森林里找回来了。可是小红米却一直藏在河底,找不着。牙董派大蛇去找。大蛇把尾巴伸到河里去搅,才发现小红米和泥沙在一起。可是大蛇没有办法把小红米拿出来。牙董又派蚂蝗去拿,蚂蝗把小红米吸在屁股上拿出来了。

小红米和旱谷被请回来了,金子和银子因为做错事害羞了,于是就钻进土里去了。从那以后,小红米和旱谷就住在地上,金子和银子就住在地下了。

十七

有一年,寨子里突然发了洪水,房屋被冲毁了,许多人畜淹死了。洪水落了以后,人畜又遭瘟疫,谷子长不好。牙董把这个情况报告了莫伟。莫伟亲自下来察看,发现是因为达赛和牙远兄妹通奸触怒了天神降下的灾祸。于是,牙董找来达赛和牙远审问。达赛和牙远都不承认。这时,着(一种虫)出来证实,说它瞧见的。莫伟很生气,叫牙董派人抄了达赛的家,把达赛撵到天上去了。临行时,达赛对大家说:"以后哪个再犯我的过失,我就要用雷打死他!"牙远害羞了,钻到地里去了,变成了彩虹。每年只好意思出来两三回。从那以后,佤族就形成了同姓不能结婚的习俗。

十八

克列托和颇托结婚后,婆娘颇托一直不会生娃娃。两口子就找了一个同姓的孤儿岩朗来做养子。

两口子待岩朗就像自己的亲生儿子一样,自己舍不得吃的给岩朗吃,自己舍不得穿的给岩朗穿。两口子巴不得岩朗赶快长大成人,好继承自己的家业。日子一天天过去,岩朗渐渐长大了。

有一天,克列托出门到一个远方亲戚家做客。晚上,他做了个梦,梦中听见木鼓"克列托,叮咚! 克列托,叮咚!"叫着自己的名字。醒过来后,觉得奇怪。克列托想:木鼓为什么会喊自己的名字呢? 莫不是家里出了什么事吧? 第二天一早,他匆匆辞别了主人,心神不安地回到家来。

家里果真出事了,婆娘颇托病在床上。克列托去找魔巴瞧卦。

魔巴对他说:"你出门后,你家的大梁歪了。你回去把大梁砍断,婆娘的病就会好了。"

克列托回家砍断了大梁,房子垮了。可是婆娘的病依旧不好。

克列托又去找魔巴。

魔巴笑了笑说:"克列托呀,你真蠢。我不过是打个比方。"

"莫非是我的养子……"

魔巴点了点头。

克列托砍了岩朗的头,婆娘颇托的病好了。为了感谢木鼓神,克列托把岩朗的头供在木鼓房。从那以后,佤族就兴砍人头祭祀木鼓的习俗了。

十九

芒杏大王子岩展和允恩大王子岩可士是好朋友。有一次,他们相约到很远的地方去游玩。在折回来的途中,允恩大王子岩可士不幸得急病死了。岩展很伤心,背着朋友的尸体走啊,走啊,路程实在太远了,天气又热,岩展背不动了,只好砍下了岩可士的头背回来。岩展怕岩可士的父母太伤心,一直不敢把岩可士的头送回去。留的日子长了,只好把岩可士的头埋在自家的园圃里。

岩可士的父亲听说芒杏大王子岩展回来了,独独不见自己的儿子岩可士回家,就找到岩展家来。

"你的朋友岩可士哪里去了,咋个不和你一起回来?"

"他——他有些事,走在后面……"岩展怕说出真情吓坏朋友的父亲,只好扯个谎暂时遮掩一下。

朋友的父亲来了,岩展急急忙忙去泡酒,杀鸡煮稀饭招待客人。

稀饭煮好了,没有作料下饭,岩可士的父亲吩咐手下人说:"去园圃地里找些蕾巴来吧。"

手下人在掏蕾巴时,发现了岩可士的头。

岩可士的父亲怒不可遏,指着岩展大骂:"你害死了我儿子还不敢承认,算不上一个汉子!"

任岩展咋个解释,岩可士的父亲都不相信。

岩可士的父亲回家后,组织允恩部落的人对芒杏部落发动突然袭击,砍走了芒杏部落不少人头。芒杏部落组织报复,又砍走了允恩部落不少人头。砍来砍去,仇越结越深。双方部落的朋友也参加进来,冤家越打越大,越打越长。从那以后,佤族就形成了长期打冤家的局面。然而,这个冤家打得实在冤枉啊!

牡帕密帕的故事
（拉祜族）

一、造天造地

在很古的时候,没有天,没有地,没有日月和星辰,只有混混沌沌的宇宙。过了很多年,厄莎在混沌的宇宙中诞生了。

厄莎出生时只有头发丝大,只有脚毛那样长。它翻一个身就长大了,伸一伸脚就长高了。厄莎开始想事了,厄莎睡着想,睡塌了九张床;厄莎坐着想,坐烂了九个凳子;厄莎站着想,站穿了九双鞋子;厄莎苦思苦想,才想出要造天和地。

厄莎搓手搓脚,做了四棵大柱子:一棵是金柱子,一棵是银柱子,一棵是铜柱子,一棵是铁柱子。又做了四条大鱼:一条是大金鱼,一条是大银鱼,一条是大铜鱼,一条是大铁鱼。柱子支在鱼背上,又架上四根天梁和四根地梁,三百六十万根天椽放在天梁上,三百六十万根地椽放在地梁上。厄莎搓手搓脚做了一对阿朵、阿嘎和一对扎保、娜保,阿朵织天网,织了三百六十万个网;阿嘎织地网,织了三百六十万个网。扎保造天,娜保造地,造天造地造了九年。

天造好了,地造好了,厄莎来合天地,发现天造小了地造大了。原来,扎保认为自己力气大,造天就慢腾腾的,娜保认为自己力气小,造地勤快又仔细。所以,扎保的天造小了,娜保的地造大了。厄莎只好把天撑大,把地缩小。天就变成了锅底一样的天,地变成了凸凹不平的地。天地合拢了,厄莎不知天有多高,地有多厚,派了两只穿山甲去察看,一只钻到天上,一只钻到地下,它们回来跟厄莎讲:"天地厚薄都一样。"可是,天又裂了,地也裂开了。厄莎搓手搓脚做了一对燕子来补天补地,做了一对点点雀来踩地。燕子补到哪里,点点雀也踩到哪里。天地补了三年整,天地补好了,天地也踩圆了。厄莎搓手搓脚做了一对扎耶娜耶来,让扎耶看天,娜耶看地。他们回来跟厄莎讲:"天地都一样圆。"

天造好了,地造好了。有了天和地,可是没有太阳和月亮,没有日月和星辰。厄莎用三百六十万斤金子炼出太阳,用三百六十万斤银子炼出月亮。厄莎叫太阳姑娘晚上走,月亮小伙子白天走。太阳姑娘说:"晚上我怕豹子咬。"月亮小伙子说:"白天我怕青蛙咬。"厄莎又叫太阳和月亮互相拉着走。太阳姑娘说:"白天我怕羞。"厄莎给太阳姑娘一把金针说:"谁要看你,就用金针刺他的眼睛。"太阳姑娘高兴地拿起金针。月亮小伙子说:"青蛙晚上也会来。"厄莎给月亮一根银针。银针又冰又凉,青蛙不敢来。厄莎告诉太阳和月亮:你们一个出来一个休息,走三十天是一个月,十二个月算一年。有了天,有了地。又有太阳和月亮,厄莎把碎银子撒上天,变成了满天的星星。

二、造物造人

天地造好了,有了日月星辰。可是,大地上有的地方水多,有的地方无水。厄莎做了一对鸭子,叫鸭子把湖水分匀,让大地处处都有水。鸭子分水分了九年整,把水分成九十九条大河。但是,水还是分不平,主要是挖沟的工程太大了。厄莎只好做了一对螃蟹来帮助挖水沟。螃蟹又挖了九年整,才算把水分完。

大地上到处都有水,可是,地上还是光秃秃的。厄莎搓手泥脚泥,变成各种各样的种子撒在大地上。第一把撒的是草种,第二把撒的是树种,第三把撒的是芭蕉和藤子种。撒下去的种子,过了三轮开始发芽了。长了三年,花草成片、竹树成林。

厄莎搓手泥脚泥,做了一对白鹇,让白鹇去察看那些种子的成长。白鹇飞了三转,天边地角都看到了,飞回去对厄莎讲:"花草长在高山上,树林长在半坡上,竹子长在江边,芭蕉长在箐边,只是花不开,竹树无枝也无叶。"厄莎叫扎保、娜保去育苗。扎保走到草丛中,张开手指草发蓬。娜保走到花丛中,手指耳环百花开;扎保进到树林里,伸开双手树发枝。娜保进到竹林里,手指笋尖叶子长。

厄莎又数起手骨头、脚骨头,一年分出四季来;一季是暖和天,是发芽的季节;一季是热天,是成长的季节;一季是凉天,是成熟的季节;一季是冷天,是休息的季节。从此,大地上花开花落,果子结了又落。喜得白鹇飞到树林去安家。

扎保、娜保四处察看了回报厄莎:"茅草树林长得旺,只有泡竹长得瘦,茨竹长得短。"厄莎听后把话传:茨竹调到山垭口,泡竹调到山箐里。泡竹长大了,茨竹长高了。

有花有草有树林,厄莎又搓手泥脚泥,做出了各种飞鸟,做出各种各样的走兽。可是,百鸟只会飞,百兽只会走,默默无言也无声。厄莎亲手挖开一条河,流水就像酒一样香,像蜜一样甘甜。百鸟来喝水,唱起各种婉转动听的歌;百兽来喝水,能说自己的语言。树上的百鸟闹嚷嚷,山中麂子叫,就是听不到人的声音。厄莎在大树下搭起窝棚,打开笼子,拿出一颗葫芦籽,种在地上,盖上草木灰。过了七轮零七天,葫芦发芽了。又过了七轮,葫芦开始伸藤,藤子就像手杆一样粗,叶子比簸箕还要大。又过了七轮,藤子爬满了大树,开了一朵白花,结了一个大葫芦。又过了七个月,叶子落了,藤子也干了,葫芦长老了。

一天。麂子来到大树下,猫头鹰在树梢吃果子,一不小心掉下来,打在麂子的头上,麂子受惊踩断了葫芦藤,葫芦滚下山了。葫芦不见了,厄莎问麂子。麂子说:"是猫头鹰用果子打了我的头,把我吓住了,才踩断葫芦藤的。"厄莎问猫头鹰:"为什么打麂子?"猫头鹰不回答。厄莎一生气,把猫头鹰的头打扁了,罚它白天不准出来。厄莎急忙去找葫芦。厄莎追到栗树林问栗树:"见到葫芦没有?"栗树回答:"没看见。"厄莎生气说:"等人出世,砍你去做柱子。"厄莎追到茅草林问茅草,茅草回答:"没看见。"厄莎生气地说:"等人出世,割你盖房子。"厄莎追到芭蕉林问芭蕉,芭蕉回答说:"看见了,因我无手不好拿。"厄莎高兴地说:"你将来结果多,子孙多。"厄莎追到竹林问竹子,竹子回答:"没有看见。"厄莎生气地说:"等人出世,砍你盖房子,编背箩。"厄莎追到鸡嗦果林询问,鸡嗦果回答:"看见了。"厄莎高兴地说:"你将来不开花也可以结果。"厄莎追到黄栗树林询问,黄栗树回答:"没看见。"厄莎生气地说:"等人出世,砍你做锄头把。"厄莎追到松树林寻问,松树回答:"没看见。"厄莎生气说:"等人出世,砍你做明子火把。"厄莎追到芦苇丛去问,芦苇说:"没看见。"厄莎生气说:"等人出世,砍你编墙壁。"厄莎追到荆竹林问,荆竹回答:"看见了。"厄莎高兴地说:"等人出世,用你做响篾。"厄莎追到江边问酸蜂,酸蜂回答:"看见了,我的身子小,拿不动。"厄莎高兴地说:"将来让你丰衣足食。"

厄莎追到海边,看见葫芦泡在海里,叫鱼拿出来。鱼费了很大的力气也拿不上岸;厄莎又叫马鹿去拿,马鹿把角拗成几叉也拿不上岸;厄莎又叫螃蟹去拿,螃蟹用两个大夹夹住葫芦,把葫芦拖上岸。厄莎高兴地对螃蟹:"你一辈子可以住瓦房。"螃蟹的背上就长起一个硬壳壳。

厄莎拿回葫芦放在晒台上,晒了七十七天,葫芦里有打口哨的声音;又过了一轮,人在葫芦里说话了:"哪个把我们接出来,我们种的谷子让他吃。"小米雀听见了,就自告奋勇地来啄葫芦。啄了很久,把九尺九寸长的嘴都啄秃了,还是没有把葫芦啄通。老鼠见了又来咬,咬了三天三夜,终于把葫芦咬通一个洞,一男一女从葫芦里笑哈哈地走出来。厄莎高兴地给他俩取名,男的叫扎迪,女的叫娜迪。(厄莎论功行赏。)

三、扎迪、娜迪结婚,繁衍人类

在厄莎的抚养下,扎迪长得结实健壮,娜迪长得苗条秀气。扎迪、娜迪长大了,厄莎把筛子放在簸箕里让他俩看,又做了一对石磨合起来让他俩看,暗示他俩该结婚了。可是,扎迪、娜迪不理会,厄莎只好对扎迪、娜迪直说:"你们两个要结婚生儿育女。"扎迪、娜迪回答说:"我俩一处来,又是兄妹,不能做夫妻。"说完,扎迪害羞了跑到阿基山;娜迪害羞了跑到阿沃山。厄莎想了个办法,把迷药放在蜜蜂身上,飞到阿基山绕一绕,又飞到阿沃山绕一绕,扎迪、娜迪闻到药味又回到一起,但仍不肯做夫妻。厄莎送来发情水,让扎迪、娜迪喝。扎迪、娜迪不知是什么水,扎迪喝了两大瓢,娜迪也喝了两大瓢,觉得好饮,又都偷喝了三大瓢;扎迪、娜迪结合了。

扎迪、娜迪结合后,相亲相爱形影不离。他俩来到竹篷下,被老鹰看见了,老鹰说:"哟!你们在这里干好事,我要去告诉厄莎。"扎迪、娜迪哀求说:"请不要告诉厄莎,等我们有了儿女,养出的小鸡供你吃。"老鹰答应着飞走了。他俩又来到树林里,又被老虎看见了。老虎说:"好!你们在这里干好事,我告诉厄莎去。"扎迪、娜迪哀求说:"请不要告诉厄莎,等我们有了儿女,喂养的小猪你来抬去吃。"冬去春来,娜迪的脸开始红润,身子也重了,全身酸软无力,不想吃,不想喝,只想吃酸的。她跑到山上吃完了三蓬酸苔菜还是没有力气,又跑到岩洞掏吃了三窝蜂蜜,也还是没有力气。厄莎看了娜迪的脸和身子后说:"你是不是怀孕了?"娜迪回答:"只想吃酸的和甜的,没有怀孕。"过了半年多,胎儿长大了,娜迪要生孩子了。娜迪把身子靠在枇杷树上养气,枇杷树也结果了;她双手扶着橄榄树养气,橄榄树也结果了。最后,娜迪走到靛林,孩子生在靛林里了。血把靛叶、靛根都染红了。娜迪生出的孩子不像人,一节一节的共生了十三节。

厄莎扳着手指算了算,生孩子的日子到了,厄莎问娜迪:"孩子生了吗?"娜迪不回答。厄莎只好叫土蜂去寻找。土蜂飞到九山遇拢处,九条河水汇合处,看见孩子生在靛林里,它怕拿不动,没有对厄莎说实话。厄莎生气了,一金棍打去,把土蜂身子打成两节;厄莎可怜它死期未到,才用丝线把打断的身子连起来,土蜂的身子就变成腰杆细细的了。厄莎又叫喜鹊去找。喜鹊飞到九山九水汇合处,回来也不说实话,厄莎生气了,罚喜鹊不准在低处搭窝,只能在高高的树枝上。厄莎又派酸蜂去找,酸蜂飞到九山九水汇合处,看见孩子生在靛林里,回来告诉厄莎。厄莎高兴地说:"让你将来丰衣足食,有吃不完的蜜。人要动你,你就咬断他的头发,让头发顺着河水淌走。"

十三个节子成了十三对孩子。厄莎叫来虎、兔、龙、蛇、马、羊、猴、鸡、狗、猪、鼠、牛十二个动物,叫它们各自领去抚养一对。厄莎又说:"你们谁养大的谁取名。"虎养大的男孩取名扎拉,女孩取名娜拉;兔养大的男孩取名扎妥,女孩取名娜妥;龙养大的男孩取名扎俅,女孩取名娜俅;蛇养大的男孩叫扎斯,女孩叫娜斯;马养大的男孩叫扎母,女孩叫娜母;羊养大的男孩叫扎约,女孩叫娜约;猪养大的男孩叫扎袜,女孩叫娜袜;鼠养大的男孩叫扎发,女孩叫娜发;牛养大的男孩叫扎努,女孩叫娜努;最后一对是扎迪娜迪亲自养大的,男孩叫扎哩,女孩叫娜哩。此后,拉祜族就以出生时的属相取名。

四、火的发现

地上有了人类，但没有火，过着茹毛饮血的生活。厄莎搓手泥脚泥做了一支火枪，打出一团白云，又打出一团黑云；厄莎又做了两股风，一股吹白云，一股吹黑云。两股风朝两边吹，白云和黑云相碰起炸雷，火星飞到山坡上，各种动物都去抢，结果被飞鼠抢去了。那时飞鼠没有翅膀，人有翅膀，人想要飞鼠的火，飞鼠想要人的翅膀。飞鼠不敢来找人，人又找不到飞鼠。后来，尖嘴老鼠来说合，说："飞鼠有翅膀能飞到树上吃果子，人有火种好做活。"就这样，飞鼠得了人的翅膀飞走了；人得了飞鼠的火种去到山上放了四把火：一把放东山，一把放西山，一把放南山，一把放北山。火越烧越大，烧光了草，烧死了树木，烧得飞鸟无处歇，走兽无处躲藏。

厄莎又拿出火枪，打出一团白云，打出一团黑云，白云和黑云又碰在一起，下起大雨来，要把山火全灭掉。火星急得去找石头求救藏身，火烟去找默扎草求救藏身。石头和草碰在一起就会发出火星来。保留了火种。

五、狩猎、分民族

百鸟在天上飞来飞去地叫着，百兽在地上走来走去地吼着。它们想要吃人肉，人们害怕极了。厄莎看穿了兽心，担心会把人吃掉，叫来百鸟和百兽，对它们说："想吃人肉不难。大鸟小鸟做扣子；老熊、豹子、老虎、野牛挖深坑；麂子、马鹿、岩羊做夹子；大鱼小鱼织大网。"飞禽走兽忙了好几天，完成得又多又好。厄莎叫它们等着，他去领人来。它们等了很久，有的打起瞌睡来，这时，人们拿着石头、木棒从四面赶来，大吼一声，吓得它们四处奔逃。鸟被扣子勒住了；老熊、豹子、老虎、野牛陷进深坑；鱼儿钻进网罩；麂子、马鹿被夹子夹住，自己害了自己。其余的吓得飞的飞跑的跑了。从此以后，它们也就不敢见人了。

十三对人每对又生了九百人，九百人住一个梁子，九百人住一条箐。吃草草光，吃土成坑。他们相约去打猎。做了九百根套绳，九百支竹签，九百张弩，九百把石刀。他们带九百只黄狗、黑狗，打得许多麂子、马鹿，还有飞鸟无数，他们追赶一只大虎追了三百

狩猎

天,有一天,突然下了大雨,九百个人在大树下躲雨,成了拉祜族;九百人在芭蕉树下躲雨,成了汉族;九百人在花树下躲雨,成了傈僳人。雨停了,他们又去追老虎,追到母必垭口,九百支竹签一齐投,九百张弩一齐射,九百根套绳一齐套。九百把刀一齐砍,虎骨分四截、虎肉分四肢,烧起火来分着吃,各说各的吃法。有群人说:"糊糊力的柞(把肉烤到发香可口时吃)",这群人成了拉祜族;有一群人说:"过过力的柞(烘熟,保持鲜味时吃)",这群人成了傈僳人;有群人说:"刹的不缩(不见了一份)",这群人成了老缅人;有一群人说:"刹期搓柞(烤到焦黄时吃)",这群人成了傣族;有一群人说:"袜袜力的柞(离火远一点烤着吃)",这群人就叫佤族;有一群人说:"海得力的柞(拿水烫一下吃)",这群人成了汉族。

民族分出来了,厄莎把鸭子、马鹿、喜鹊、山雀分出来。鸭子领着傣族到坝子里住;马鹿领着拉祜族到深山里住;喜鹊领着傈僳人去半山上住;山雀领着佤族到山头上住;汉族到处都有得住。各族都分了住处,大伙欢欢喜喜过日子。

六、盖房子

鸟有窝,鼠有洞,人也要有房子。扎哩、娜哩走到栗树林砍柱子,一天砍四棵,五天放了二十棵。扎哩、娜哩又到东瓜(树)林,砍了五棵东瓜树做梁。他们翻过四架山,劈了四根花枇树做牵手。四棵牵手三架梁、二十棵柱子栽四行。扎哩来到坝子边砍竹子,黄竹砍了几大堆;娜哩上山割茅草,茅草割了几大堆。芦苇墙壁编四块,两块长来两块宽。龙竹做楼板,山垭口的茨竹做椽子;黄竹勒巴一行行,九把茅草竹上铺。小小掌楼四个角,大门朝着太阳开。新房盖好了,扎哩、娜哩心欢喜。大家学着扎哩、娜哩的房式盖,盖满三山和九岭。拉祜房子一个样,人人有房住,个个喜洋洋。

七、造农具

大黑土蜂来黄栗树上抬食,人们要掏它的窝。拿一朵白色的芳划花,拉祜叫它列娥花,用头发拴在大黑土蜂腰杆上,捉了一只大蚂蚱,大黑土蜂抬起大蚂蚱,飞过勐博坝子尾,飞向白吉山,飞过冬瓜林,穿过绿树林,飞到雾谷坝头深山里,飞到密谷爬进窝。蜂窝找着了,大伙一块烧土蜂。一烧烧了四个月,洞里淌出一股血。土蜂烧死了,洞里大火灭,淌出的不是血,而铁娘子。大伙用手抓,手指拉出血,扒也扒不动。一只马鹿跑过来,见人就惊,一头撞在树柱上,把干角碰断了。马鹿干角尖又硬,大伙拿来挖铁矿。铁矿挖得一大堆,砍倒一林栗树烧成炭,在蚂蚁堆上挖个洞,一直烧了四个月,铁矿变铁水淌出来,一饼一饼就像牛屎块。找来铁匠张力八,剥来麂子皮做风箱,麂子蹄子做火钳,腿骨做大锤,头骨做铁砧,照着白花树的果子,打出第一把铀刀,照着牛屎虫的样,打出第一把犁头。从此,拉祜人就好生产了。

八、种谷子、分节令

扎哩、娜哩照着厄莎的话,把龙的鼻子穿好,绕着转山坡,分出水田和旱地。割倒茅草放把火,撒上谷种做旱地。水田不知如何做,厄莎教给他们,照着水牛角上的刻刻做。田埂不会糊,扎哩、娜哩请燕子来帮助,请小土狗来耙田。田耙好了,地犁好了,没有种子下,厄莎叫布谷鸟送来四颗谷种,两颗是田谷,两颗是旱谷。扎哩、娜哩嫌种子少,厄莎对他俩说:"四颗种子种四方,一颗是饭谷,一颗是糯谷,一颗是香谷,一颗是旱谷。春天种一粒,秋后收几大箩。"扎哩、娜哩高兴地在白花开时撒下谷种,田头种饭谷,田尾种糯谷,旱谷、香谷撒在坡地上。谷种撒下过三轮,厄莎洒给一场雨,三月来到谷发芽,四月谷苗绿油油,正是薅锄的季节;五月谷子发蓬,蚂蚱飞来谷打苞;七月谷子低头平;八月谷子黄澄澄,谷子黄,拉祜狂。九月十日打谷忙,女的割来男的打;冬月舂米进腊月,今年备好明年粮;腊月过完正月到,正月就是拉祜年。一年三百六十天,最好的日子算今天。寨头桃花开,寨尾李花白。吹起芦笙跳起舞,欢度拉祜年。

阿布凯赫赫创造天地人
(满族)

阿布凯赫赫是老三星裂生的第一个大徒弟,她创造了天、地、人,创造了万物,是整个宇宙的始母神。

她在老三星那里学了二十七个天年,学了许多法术,成为第一代天神,被称为天母神。

老三星教完她法术,又带她走了二十七个神洞。这二十七个神洞里头画着以后历代的历史图画,她从中看到了老三星是怎样创造了宇宙,也看到了老三星怎样裂生出她们五个师兄弟,还看到了以后社会发展的情景。老三星嘱咐她说:"你需要到外边走一走,在大洪水以后留下几位上劫的神,你要去寻找他们,让他们帮助你们几个师兄弟来建造天地和万物。"

阿布凯赫赫奉老三星的命令,周游天下,一直走到东方的东海岸。眼前是一片壮阔的大海,在海的岸边有一座小山。再一细瞅,在小山的山根旁长着一棵大柳树,这棵树青枝绿叶的。她感到很奇怪,因为洪劫早已把宇宙的一切都冲刷干净,唯独在这里还生长着这么一棵树。她赶紧走到大柳树的跟前一看,每一片树叶上都有一粒像珍珠似的东西在晃悠。她更纳闷:别的生物都死了,这棵树却活着,还这么枝叶茂盛?正要上前看个究竟,突然从这棵大树的树洞里蹿出来一个很大的东西,是个活物,而且浑身长满刺。她也认不出这是什么东西。这怪物一看到阿布凯赫赫就吱呀怪叫地叫了一阵子,然后站在一旁盯着这棵大柳树。阿布凯赫赫要是到树跟前,它就使出力气往出喷气,使她无法近前。

阿布凯赫赫没有办法,回去把所见的一切如实对老三星说了。老三星说:"我给你一个竹笼子,里边放着一朵黄花,到那之后,你把这个笼子放在那儿,那个动物看到笼子和黄花就认你了。"

按照老三星的吩咐,阿布凯赫赫带着竹笼子来到东海岸的那棵柳树跟前,那个动物果然又奔她来了。她赶紧把竹笼放下。那个动物到跟前一闻那朵花真的就明白了,它来到阿布凯赫赫面前点了点头,也没说话。阿布凯赫赫就问它:"哎,你是谁呀?"那个动物回答:"我是上一劫的天兽,名叫僧格,我在这棵大柳树下躲过了洪劫,一直活到现在。"阿布凯赫赫说:"那你知道这棵大柳树是怎么回事吗?"僧格恩都哩说:"这个我不明白,你去问问柳树吧,它也会说话。"阿布凯赫赫走到柳树跟前。僧格恩都哩冲着这棵大树嚎叫了三声,这树还真说话了。大柳树说:"来的是不是第一代天神?"

阿布凯赫赫回答说:"我是阿布凯赫赫,你是什么时候生的?你能不能告诉我,你是怎么来的?"柳树没有直接回答,却问道:"阿布凯赫赫,洪水退了没有?"阿布凯赫赫说:"退了,有些地方已经露出地面了。"大柳树说:"你不是问我从哪里来的吗?实不相瞒,我是上劫的柳树。那时我们树是会走的,看哪里不好可以自己挪动地方。大洪水来的时候,我们这些树被冲得七零八落,那些同伴也不知都冲到什么地方去了,只剩下我和大师兄海兰妈妈。在洪水来的时候,海兰妈妈就对我说:'咱们的师傅已经到第六层天了,他已经把天上的一切神灵都附在你身上了。'"接着,大柳树又对阿布凯赫赫说:"你看,我身上这些树叶上的珍珠似的东西就是上劫后的灵魂。"

大柳树又接着说:"多亏了我的小徒弟僧格恩都哩与我相依一同躲过了这一劫。可以说是我仰仗小徒弟的灵气保住了生命,同时我又用自己的生气保护着它能生存下来。正好你来了,你有没有什么法术让我恢复原来的样子?"阿布凯赫赫说:"好吧,我能让你恢复原样。"

说着,阿布凯赫赫退出一百多步,对着柳树推了三掌。把大柳树推倒后,又朝着柳树连着吹了三口法气。柳树一打滚变成了个女人。这女人的两个大乳房比一般女性大几十倍。柳树很高兴,对阿布凯赫赫说:"对,我在上劫就是这个模样的,感谢你让我复兴,现在就让我拜你为师吧!"说着就赶忙跪下给阿布凯赫赫磕头。阿布凯赫赫说:"好,那我就收你为第一个徒弟吧!"这时,大柳树又把僧格恩都哩叫过来,让他认阿布凯赫赫为师爷。

师徒三个人坐在山顶上唠了起来。阿布凯赫赫说:"现在天宫什么也没有了,我还想继续找,看能不能找到和你们一样的上劫保留下来的生灵。"大柳树说:"那行,我跟你走,我能找到我师兄海兰哥。"

师徒三个边走边唠,阿布凯赫赫问大柳树:"你叫什么名字啊?"大柳树说:"这么多年我早已忘了自己叫什么名字了,我现在还没有名字呢。"阿布凯赫赫说:"这样吧,你就叫佛哩佛托赫,简单说就是佛托。"柳树重复了三遍"佛哩佛"说:"我记住了。"又问阿布凯赫赫:"那我身上这些灵魂怎么办呢?"阿布凯赫赫说:"有办法,我师傅在天宫建起两座山,一座是灵魂山,一座是乌春山。你可以把身上带的这些灵魂都放到灵魂山上。灵魂山有洞,叫灵洞,你把这些灵魂放到最上面的灵洞里,安排好后咱们再去周游天下。"佛托妈妈说:"我的两个乳房是为给这些灵魂喂食而长的,这些灵魂如果不喝我的奶他们就活不了。"僧格恩都哩说:"不要紧,你把乳房交给我吧,到时候我给他们喂奶,顺便看守着灵魂山不受外来破坏。"

这样,佛托妈妈就把自己的两个乳房交给僧格恩都哩。僧格恩都哩从此便替师傅佛托妈妈看守着灵魂山。

阿布凯赫赫领着佛托妈妈继续寻找上劫的遗存生物。师徒俩走到一条河边,只见河水从西往东缓缓流去。河旁边有一个小土坡,土坡上长有一棵干枯的榆树。那棵榆树比现在人们见到的粗多了,得二十多个人才能搂过来。走到树前,佛托妈妈就站住了,她对阿布凯赫赫说:"师傅,我师兄就在这棵大榆树里呢!我招呼招呼,看能不能叫醒她。"

说着,她就折了一根干榆树枝,照着榆树连磕三下,磕得榆树嗡嗡作响。接着大声喊:"海兰哥!海兰哥!海兰哥!"连叫了三声,就听到树洞子里头有回声,就像有人答应似的。佛托妈妈高兴地说:"哎呀,这正是我师兄的声音,我要把这棵树劈开,只要能劈开树就可以把我师兄救出来。师傅,你能帮我吗?"阿布凯赫赫说:"这个容易。别说是棵树呀,就是一座山我也能把它劈开的。"说着,阿布凯赫赫运足了气力,照着这棵榆树拍了三掌。只见这棵树随之便裂开一个缝,师徒两个进到树干里。

进去一看,果然有一个人躺在那里,身上已经长了一身榆树叶。佛托妈妈一看就哭了:"师兄呀,你怎么还睡呀,你能不能醒来啊?"可是,无论她怎么叫她的师兄也不醒,急得她对阿布凯赫赫说:"师傅,怎么办呢?我怎么这么叫她她也不醒啊?"阿布凯赫赫说:"咱们得赶快去灵魂山,取一葫芦你的乳汁,浇到你师兄身上,她就能醒。"

阿布凯赫赫和佛托妈妈师徒两个急匆匆回到灵魂山,灌了一葫芦乳汁又回到大榆树旁。师徒两个把乳汁往佛托妈妈师兄身上一浇,不一会儿,树叶动弹了;再一会儿,躺着的那个人一下子起来了。佛托妈妈赶忙把她身上的树叶都扫掉,正是佛托妈妈的师兄海兰妈妈。海兰妈妈抬头一看是自己的师弟,大哭起来:"师弟啊,没想到咱们还能见面啊。洪劫来临时,我就钻到这棵老榆树里,那时老榆树还活着,要不是这棵大榆树,恐怕我早就死了。"

佛托妈妈看到师兄手里还拿着一个兜子,就问师兄:"你手里这个兜子装的是什么?"海兰妈妈说:"这里装的是上劫所有的树种。我一直带着。"佛托妈妈说:"哎哟,那太好了。"海兰妈妈说:"咱们把这些树籽撒到地上就能长出大树。"佛托妈妈想了想说:"那得多长时间才能长成大树啊?"师兄说:"没关系,只要用你的乳汁浇灌,这些树就能长得快。"这时,佛托妈妈才想起把师兄介绍给阿布凯赫赫,于是拉着海兰妈妈对阿布凯赫赫说:"师傅,这就是我的师兄海兰。"回过头来又对海兰妈妈说:"这是咱们的再生师傅,赶紧磕头吧。"海兰妈妈这才知道是阿布凯赫赫救了她,于是也随着佛托认阿布凯赫赫为师。

阿布凯赫赫就是这样收了第二个徒弟海兰妈妈。

海兰妈妈拎着手里的树籽口袋,跟着师傅、师弟三个边走边到处撒树籽,她在前面撒,佛托妈妈就在后面用她的乳汁浇。你说怪不,不大一会儿,就见这些树苗都长起来了;又不大一会儿,就见这些树苗又都长大了。这些树长大后还能自己到处走。海兰妈妈对阿布凯赫赫说:"我们这些上劫的树都会走,咱们撒下的都是上劫留下的树种,当然也会走的。"

正在说着,海兰妈妈看到有一种松树走得最快,大伙儿还都躲着它。这是怎么回事?海兰妈妈于是大喝一声:"你停下!"这一喊,就把这种树都留下了。原来其他树种都去找地方落脚生根,可这种松树很懒,不愿去找地方,它是看哪种树占的地方好,就喷出一种毒气把那种树烧死,然后自己占领人家的地盘。海兰妈妈一看十分生气,对松树说:"看来你是本性难改啊?上劫我就要把你制住,还没来得及就遭到洪劫。你不要再在这里祸害其他树木了,上北方最寒冷的地方去吧。从这以后,只许你夏天穿衣服,冬天就不要穿衣服了,在那里好好冻一冻,改改你的臭毛病吧。"从此,这种松树冬天再也长不出叶子,就变成了冬天落叶的光秃秃的落叶松。

佛托妈妈自从找到了海兰妈妈后,就总惦记着放在灵魂山的那些自己身上的灵魂,也不知那些灵魂修炼得怎么样了,她就想回去看看。阿布凯赫赫看出了她的心思,就对她说:"你回灵魂山去看看吧,把灵魂山好好修建起来,将来地上有人类的时候,灵魂会越来越多,灵魂山上的灵魂洞恐怕容纳不下。"

就这样,佛托妈妈告别了师傅阿布凯赫赫,回到灵魂山去了。

阿布凯赫赫领着海兰妈妈继续寻找洪劫遗存的生灵。走着走着,来到一个平原地带。这时的大地都已长满了各种树,已经不是当初那种荒凉景色了。这天师徒两个来到一个大土包上,只见这个大土包长满了七色毛。这些七色毛的枝干是红色的,毛是七种颜色的,迎风一吹,非常好看,看得阿布凯赫赫站在这里也不愿离开了。

海兰妈妈就问旁边的一棵榆树:"这里是什么地方?"榆树回答说:"这里叫安车骨。"海兰妈妈问:"这里为什么长七彩神草呢?"榆树说:"这个我说不明白。那个土包里有一位入睡的神,也不知道她是什么时候在这里入睡的。只要让她醒过来,也就知道七彩神草是怎么回事了。但是我去看了几次,她总是不动弹。"海兰妈妈说:"那你带我去看看吧。"榆树就领着海兰妈妈她们来到土包旁。到土包上阿布凯赫赫用慧眼一看,只见里面真的躺着一个人。像睡觉似的,旁边还蹲着一只鹰。人像是在睡觉,鹰在那里张开翅膀保护着这个人。

于是阿布凯赫赫运用法力打开了这个土包。土包打开之后,这只鹰从土包里直奔阿布凯赫赫飞去,要叼阿布凯赫赫的眼睛。阿布凯赫赫毫不惊慌,用神功制服了大鹰,厉声问道:"你是谁? 为什么躲在土包里?"神鹰回答:"我是上劫的神鹰,在这里保护我的师傅。你是干什么的?"阿布凯赫赫就把洪劫发生以来的事情经过详细地对神鹰讲了。神鹰听后,掉了些眼泪问:"那我那些同伴都已经没了吧?"阿布凯赫赫说:"有,他们的魂都在灵魂山上呢。"

阿布凯赫赫又用法力把躺着的那个人治活了。那个人号啕大哭,阿布凯赫赫就问:"你哭什么?"她说:"我们师徒一共是十八个,怎么就剩我一个了呢?"阿布凯赫赫:"你先坐下安静一下,我慢慢告诉你。"于是阿布凯赫赫把洪劫以来的情况详细对他说了一遍,这个人才明白原来时间已经过去几千个天年了。于是就问阿布凯赫赫:"你老是谁? 是不是也是洪劫留下的?"阿布凯赫赫说:"不是,我是老三星裂生出来的。"她一听裂生很明白,说:"裂生在洪劫很早以前有,可我不是,我是制造出来的。"这话阿布凯赫赫倒不懂了,就问他:"什么叫制造? 怎么制造?"她说:"我们那时候不叫神,叫安托,我们那时的安托,看到什么会做什么,而且不管活的死的都能做出来。"阿布凯赫赫问:"那你会制造吗?"那个人回答:"会,可是我只带出来有翅膀会飞的灵魂,所以我只能制造会飞的,别的我不会做。"阿布凯赫赫一听又很惊奇,问什么是带翅膀的? 那个人就如此这般地给阿布凯赫赫讲了一遍。然后海兰妈妈对那个人说:"这是我师傅,叫阿布凯赫赫。我也是洪劫留下来的,现在的事什么也不懂,就得靠师傅指点。你要想生存,也得认我的师傅为师傅,她会帮助你。"听了这话,这个人当时就给阿布凯赫赫跪下了,说:"我叫安托,这是我以前的名字,今天也拜你为师,请你老指点我修炼。"阿布凯赫赫说:"可以。来,我先给你起个名,你就叫安车骨吧。"这样,安托有了自己新的名字——安车骨。她很高兴,又一次跪下给师傅磕头。

过了一会儿,安车骨从腰里拿出一个四方小盒,安车骨冲着盒子高喊了几声,然后用手划拉了三遍,盒里的灵魂就活了。阿布凯赫赫低头一看,地上长出了七彩神草和树枝。安车骨就用这树枝和七彩神草做出一个个飞鸟。没几天工夫,宇宙间飞满了各类飞禽,而且飞禽的个儿越来越大。这些飞禽个儿大,飞得不高,翅膀一扇,能把大山给扇得飞沙走石。从那开始,天空便有了飞禽。安车骨妈妈从此成了阿布凯赫赫收的第三个弟子。

接下来,阿布凯赫赫带着海兰妈妈继续上路了。师徒两个来到一条大河边,这条大河比过去见到的所有河都宽。师徒两个就想着河水里也许有洪劫留下的神灵,于是师徒俩便走到大河里。

他们顺着河水往下走,走出没多远,就看见前面水中有个大石头,这块大石头十分奇怪,有鼻子、有眼睛、有嘴,就跟后来人的形状一模一样。在这个石头的嘴上还趴着一个水獭,水獭不时地往石头嘴里吹着气。水獭抬头一看阿布凯赫赫来了,突然跳起来扑到阿布凯赫赫怀里,并向阿布凯赫赫问道:"现在是什么时候? 洪水是不是退下去了?"阿布凯赫赫一听,知道这又是洪劫遗留下的生灵,就对水獭说:

·中国神话·

图文珍藏版

"水獭呀,你还不知道呢,洪水已经退下去了,巴纳姆恩都哩已经造出了大地,你可以从水里出来了。"水獭回答:"不行,我不能走,我师傅还在石头里呢,我要把他救出来。现在我也没有力量打开石头,你要是能够打开石头,能把我师傅救出来,我就请我师傅拜你为师。"阿布凯赫赫说:"那容易。"说完,她运足力量就照着石头人击了三掌。只听"咔吧"一声,石头人裂开了。一看,里面躺着的是一位老太太。阿布凯赫赫对水獭说:"你运足气力往你师傅嘴里送气,我再用神功把她救活。"

这样水獭和阿布凯赫赫互相配合,不大一会儿,这位老太太就苏醒过来了。她睁眼一看,自己的徒弟和两个不认识的人站在面前。老太太赶忙起来,深深地请安:"两位神灵,你们是从哪里来? 现在是什么时候了?"阿布凯赫赫把情况一说,老太太明白了,原来自己已经过了一劫,是在徒弟的保护下才活下来的。

阿布凯赫赫又问她:"既然你是上劫的神,那么你叫什么名字?"老太太说:"这么长时间睡在这石头里,我什么都忘了。至于名字叫什么,有什么法力,我也全没记忆了。"阿布凯赫赫说:"那么我给你起个名字吧。既然是水獭保护你免遭灾难得以存活,水獭对你有恩,那你就叫海伦吧。"老太太点点头挺高兴地说:"好,我就叫海伦。"接着海伦妈妈对阿布凯赫赫说:"我在江河湖海还有很多徒子徒孙,我去把它们也都召集起来。"说完,海伦妈妈就一头钻到江水中去了。

不大一会儿,就见江水中涌出了许许多多的鱼,有大有小,各种各样。只听海伦妈妈对这些鱼发出一种特别的声音,这种声音别人听不懂,鱼类却能听懂。听到这种声音,这些鱼就都齐刷刷地游走了。海伦妈妈从水中钻出来问阿布凯赫赫:"既然你给我起了名字,能不能再传授给我一些法术呢?"阿布凯赫赫说:"好吧,我可以激活你从前的神性,让你恢复原来的神功。另外再教你一些法术,让你保佑江河湖泊中的生灵。"

海伦妈妈一听挺高兴,赶忙来到阿布凯赫赫跟前,要学法术。阿布凯赫赫让海伦妈妈闭上眼睛,运用自己先天的神力,照海伦妈妈的脑瓜连拍三掌。海伦妈妈的神性一下子恢复过来,回忆起了丢失的神功。后来,阿布凯赫赫又教给她许多新的神功,所以海伦妈妈比其他神能耐都大些。

海伦妈妈一看阿布凯赫赫果然神法无边,就说:"既然这样,我就拜你为师吧。"说着便跪下磕头。

这是阿布凯赫赫收的第四个弟子。

一天,海伦妈妈对阿布凯赫赫说:"师傅,我有个师兄叫突忽烈,她现在在海里呢。"阿布凯赫赫说:"那你能不能领着我们去看看?"海伦说:"行,我这就领你们去。"这样,海伦妈妈就领着阿布凯赫赫、海兰妈妈奔东海岸去了。

来到东海岸,海伦妈妈冲着大海连喊几声,海水便分开了,让出一条通路,师徒三个沿着这条通路走进了大海。

走进大海,阿布凯赫赫就看到了一个石洞,这石洞玲珑剔透,像透明的房子似的。阿布凯赫赫师徒三人走了进去,里面坐着个老太太。这老太太一看海伦妈妈来了,顿时放声大哭,边哭边数叨:"师弟呀,这一场灾难可把咱们害苦了,你是怎么活到现在的呢?"

海伦妈妈便把自己生还的经过向师兄一一诉说。然后,她把自己的师傅阿布凯赫赫介绍给突忽烈妈妈:"这位就是我新拜的师傅阿布凯赫赫。"

突忽烈妈妈很瞧不起阿布凯赫赫,便问:"请问你是哪里的神呢?"阿布凯赫赫说:"我是掌管现在的天上地下一切的神灵。"突忽烈妈妈一听吓了一跳:"你跟我师傅一样啊,我师傅在上劫也是掌管天宫的。真是缘分啊,这样我也拜你为师吧,你就是我新的师傅了。"

突忽烈妈妈拜完师后对阿布凯赫赫说:"师傅,我手下有五支队伍,它们还都活着。这五支队伍都是水里生的。一支是鲸鱼,这支队伍奇大无比,谁也惹不起。还有一支是两栖动物乌龟,它既能在岸上爬,也能在水里游。"说完,突忽烈就把她的几支队伍调来让阿布凯赫赫看。

不大一会儿,就来了一大群鲸鱼。阿布凯赫赫一看,那个鲸鱼真大呀,嘴要张开简直能吞进大象,乌龟的个儿也奇大无比。阿布凯赫赫对突忽烈说:"你就镇守在大海里吧。等我领你上天去认了路,以后咱们好能通消息。"突忽烈妈妈说:"恐怕我不能跟你去,因为一上岸我就不会走路,还是让我永远待在海里吧,海里的事我可以管。"阿布凯赫赫说:"不要紧,我可以教给你能够上岸的法术。"于是阿布凯赫赫就教给她在岸上怎样呼吸,怎样走路。等突忽烈学会了,阿布凯赫赫就说:"等我回天上时把你们都带去,我在天上开条天河,那样,你们就可以在天河里呆着了。"突忽烈高兴地答应了。

就这样,阿布凯赫赫收下了第五个徒弟。

时间长了,海伦妈妈开始想念大江,这天她就对阿布凯赫赫说:"师傅我也回到大江去吧,有什么事你可以招呼我。"阿布凯赫赫说:"行,你还回江里呆着吧,上天时我再叫你。"海伦妈妈说:"我不愿意上天,愿意永远待在大江里。等将来有了人类,我可以帮助地上的人们解决难题。"

就这样,海伦妈妈也回到了大江中。

阿布凯赫赫领着海兰妈妈又走了。他们来到一座大山前,这山很高。他们来到山半腰一看,山腰里还有个小山包,这小山包上像盖了一张什么皮似的,而且这皮还直动弹。

阿布凯赫赫刚要走上前仔细看看,只见这个皮样的东西底下"噌"一下蹿出一只猛虎奔阿布凯赫赫而来。

阿布凯赫赫一看,这只猛虎和天虎不一样,有两个犄角,浑身雪白透明,太阳一照闪闪发光,两只眼睛冒着青光。阿布凯赫赫知道这不是一般的动物。

海兰妈妈明白,知道这是上劫的动物,就拦住老虎用那种语言同老虎对话。唠了半天。海兰妈妈告诉阿布凯赫赫:"这只虎从前不叫虎,它是在这里保护一位入睡的上劫的神灵的,这个山包就是那位入睡神灵的位置。"说完,海兰妈妈又对老虎说了些什么,老虎这才知道,阿布凯赫赫是一位天神,便对阿布凯赫赫肃然起敬,趴在那里不动弹了。

阿布凯赫赫到小山包上一看,山包下有一个洞,正是老虎趴着的那个地方。海兰妈妈冲着洞说了一些什么话,就见从洞里冒出一股青烟。一转身,原来是一位身着白色衣裳的白发苍苍的老太太走出洞来。

这位老太太认识海兰妈妈,一出洞便同海兰妈妈唠了起来。两人唠了一会儿,海兰妈妈便向她介绍了阿布凯赫赫。这位白衣老太太当即跪下给阿布凯赫赫磕头:阿布凯赫赫问海兰妈妈:"她叫什么名字?"海兰妈妈说:"上劫的时候,名字都很长一串,也不好记,你另外给起个名吧。"阿布凯赫赫一寻思,老虎是白的,老太太穿的衣裳也是白的,就叫赛音吧。

赛音妈妈拜谢之后,说:"我还有十个石罐子,是上劫动物的灵魂,我也带到这劫来了。"

阿布凯赫赫就这样收了第六个弟子赛音妈妈。

接下来,阿布凯赫赫又收了四个徒弟:萨哈连妈妈、粟末妈妈、漠里罕妈妈、完达哈妈妈,这样,前后加起来,她总共收了十个徒弟。

收了这十个弟子后,阿布凯赫赫便领着海兰妈妈到第三层天老三星那里去了。

老三星听阿布凯赫赫讲述一遍收录弟子的情况很高兴,就对阿布凯赫赫说:"你收的这十个弟子,不但能帮助你造天,还能给大地创造万物。你现在就可以造天了。"又问:"你造天还有什么困难吗?"阿布凯赫赫说:"有,地上已经有江河湖海,可天上一点水也没有,怎么办?"老三星于是交给她两个葫芦,一个葫芦里是清水,一个葫芦里是浊水。老三星说:"拿着这两个葫芦,你和敖钦大神开两条天河,把这两葫芦水倒进天河里就会有水了。"

阿布凯赫赫带着老三星给的两葫芦水回到了第一层天,开始率领师弟、徒弟及敖钦大神造天造地造天宫。他们造出的天宫一共有十八个大寨、七十二个小寨、一百零八个神洞,又种下了天音树、天花树。这样一点缀,天宫变得五光十色,十分美丽。

这时大地也同时由敖钦大神和巴纳姆妈妈造完了,并且长满了会走的树。

赛音妈妈拿出自己的十个石头罐子,准备把天兽放出来。其中五个罐子放到天宫,五个罐子放到大地。她刚要把往大地放的罐子打开,阿布凯赫赫阻止说:"你先别打开,我用七彩神土先给放到地上的天兽安上生殖器,让它们在大地上能够继续繁衍后代。"

这样,阿布凯赫赫把在大地放出的天兽安上生殖器,动物从此有了雌雄之分。从此,大地有了百兽,有了水陆两栖动物,就有了胎、卵、湿、化的生育方法。

后来,宇宙就被阿布凯赫赫分为三层:一是天,二是地,三是地下(也叫地下国)。

阿布凯赫赫又请示老三星:"我在第二小劫以前用七彩神土造的人,在和敖钦大神造地时都累死了,现在地上没有人了,怎么办呢?"老三星说:"你回去之后,从动物中选些头脑聪明、能够站立起来、前后肢能够分开的,然后找佛托妈妈造些人的灵魂装上,人类就会产生了,他们自己就可以繁衍后代。但他们只能流传到第二十一个小劫,从二十二到二十四个小劫,这些人就变得越来越聪明,不用生育后代,他们自己也会制造人。一直到末劫都是如此。"

阿布凯赫赫领下老三星的旨意,按老三星的指点,从动物群中选出能够站立行走的聪明的那一种,请佛托妈妈装上人的灵魂,便形成了现在的人类。

此后,阿布凯赫赫在天宫执掌了三个小劫后就让位给男性天神阿布凯恩都哩,自己带着二百女神随老三星到第二层天去了。阿布凯恩都哩执掌了二十四个小劫直到现在。

顶地球的公牛站在哪里

（维吾尔族）

女天神创造地球的时候,吸了宇宙间的空气和尘土,然后使劲一吐,尘土就变成一个大大的地球,从天神嘴里滚了出来。地球被吐出来后,就从天上往下掉。因为它特别大,特别重,所以掉得特别快,离天越来越远了。

女天神看到地球飞似的往下掉,怕地球掉得找不着了,自己心里会难受的,就命令一头公天牛下去顶住地球,不让它继续往下掉。公天牛急忙从天上飞下来,越过往下掉的地球,钻到下面,用一只角把地球顶住了。

从此地球再不往下掉了。现在我们住的地球,离天那么远,就是这样造成的。

公天牛用一只角顶地球,时间长了,就累了,脖子酸了。但又不敢扔,一扔地球就不知道掉到哪里去了,怎么向女天神交代?只好把地球从这只角换到那只角上,每当公天牛换角的时候,地就要动,有时动得厉害,有时动得不厉害。现在的地震,就是公天牛顶地球顶得累了,在倒换角呢!

你们一定会问,地球往下掉,因为下面是空的,公牛顶住了地球,不让地球往下掉,那顶地球的公牛站在哪里呢?

实际上,女天神早就想到了,她又派了一个大大的乌龟。这乌龟比地球和公天牛大得多。女天神让它从天上飞下来,趴在公天牛的蹄子底下。公天牛就是站在乌龟的背上顶着地球的。

你们肯定还要问:那乌龟趴在什么上面呢?其实,女天神早就想到了,乌龟趴在水面上嘛!

你们必定还会再问:那水在什么地方呀?那水有多大呀?

这些女天神也早就想到了。水是女天神吐出来的气变的。整个宇宙都是气,那乌龟还愁没地方趴嘛!

世界经典文库

中外神话故事

·中国神话·

图文珍藏版

蜜蜂与地震
（高山族）

传说太古时代,大地下面还有另外一个世界。那儿的居民常常通过隧道到地上来买东西,地上地下的老百姓,关系很密切。

有一次,地下的人到地上买了一袋蜂回去,他们只知道这种虫子叫作蜂,却不明白蜂的特性。回到地下后,他们打开了口袋,蜜蜂一下全部涌了出来,嗡嗡乱飞。当人们手足无措时,蜂儿一群群地向人们扑来,刺得他们的脸和颈都肿了起来。

地下的人恼怒异常,以为是地上的人作弄他们,发誓要报仇雪耻。他们各自抱住一根支撑大地的柱子,拼尽全力地摇晃起来。地上的房屋、树木全被震倒了,人畜伤亡不计其数。

从此以后,每当地下的人想起被蜂刺伤的窘境,便怒不可遏地摇动支撑大地的柱子,地面上就不断地发生地震啦!

鳌鱼驮地球

混沌初开,盘古刚刚开天地的时候,天底下哪有人啊!只有一些大爬虫什么的。这里头有两条龙,一条水龙,一条火龙,是它们之中的兄弟俩。这兄弟俩就把世上的大爬虫什么的打的打,撵的撵。有的打死了,有的给撵到了大海里去了,有的给吃掉了。

最后,就剩下了一条鳌鱼,个子最大,本领也最高。这兄弟俩不是它的对手,让它撵得到处乱跑。这一天鳌鱼又来追它们,带得整个天地都是浑泥汤子。兄弟俩就跑,往西翻过了一座大山,鳌鱼才退回去,不再追了。

兄弟俩喘了一口气,仔细一看周围:还真是一个好地方!到处是花呀、鸟呀,真是阳光温和鸟声喳喳,花花草草清香扑鼻。兄弟俩想:世上还有这么好的地方,拼了一辈子,不就是为了使天底下都变成这样吗?

兄弟俩往前走,看见了两只好看的鸟,一个叫凤一个叫凰,它们是兄妹俩,凤是哥哥,凰是妹妹。凰性子温顺,凤又刁又坏。

兄弟俩来见凤和凰,凤很傲气的样子,不愿意搭理它们。兄弟俩对凤和凰说:"你们这地方真美呀,是谁把这里弄得这么好?"凰就告诉它们,是它们兄妹俩开辟了这个地方。

兄弟俩一听,就请求它们帮助一起去清理这个世界,让天底下都变成这样美丽,让各种动物都能安居乐业。还说,只要咱们把那条大鳌鱼打死,就可以办到了。

凰听完就答应了,可是凤不干。兄弟俩苦苦相求,它不但没答应,还要性子走了。

兄弟俩只好跟凰一起,去找大鳌鱼打仗。他们三个围住了大鳌鱼,这大鳌鱼张着老大的嘴冲着水龙扑来,眼看就要把它吞到肚子里,水龙吓得一下子钻到海底去了。

火龙和凰勇猛地往上冲,一个在前头,一个在后尾,打得鳌鱼顾头顾不了尾,仗打得浑天浑地。火龙看还不能制服鳌鱼,它一急眼,死活也不顾了,把三股真火从嘴里都喷出来了,一点也没留。这一下子,把鳌鱼的尾巴给烧着了,它身后的水一下子就退下去了。凰一看,到了制服它的时候了!她也豁出命去了。把自己头上多年炼成的一颗珠子拿出来,冲着大鳌鱼的头就打过去了。大鳌鱼看见珠子打过来,眼看打在头上,一下子就沉到水里,再也没敢上来。

原来,这是佛爷来帮助他们。佛爷把鳌鱼打入水底,罚它驮着大地。鳌鱼问佛爷:"我什么时候能翻身呀?"佛爷说:"你十万八千年可以翻一次身。"

就这样,鳌鱼就在水里驮着大地。它眨一眨眼睛就是小地震;动一动鳞甲就是大地震;它要是一翻身那就不得了喽,整个世界又都变成浑沌一片。

佛爷对火龙和凰说:"你们为世界做了大好事,我要封你们为世界上最高的首领。"他就让龙变成了皇帝,让凰变成了皇后。就这样,后人一直把皇帝叫真龙天子,把皇后比做凤凰。那条钻进水里去的水龙,就成了龙王了。

〔附记〕鳌鱼驮地撑天的神话,在黑龙江东北部地区有另外的讲法,黑河地区王运动采录的,说是姜太公钓鱼,姬发偷着把他的直钩变成弯钩,竟钓上一条大鳌鱼,一声巨响,天塌西北,地陷东南,鳌鱼便给撑住了天,它眨一下眼睛,便是地震。黑河市达斡尔族敖瑞福讲述,巴音托布采录的,是说一只仙鹤头顶天、脚支地,才把天地分开,它换一次脚,便是一次地震。

鳌鱼和地震

上古时,大地一直很安宁。它是一块浮在水面上的青石板,由五条鳌鱼专门顶着。其中四条各顶着一个角,一条轮流换班休息,四年休息一次,一次休息一年。

后来出了个姜子牙,他没有事做,就用一枚缝衣针在渭河里钓鱼,还说是愿者上钩。可是一连在那里钓了三年多,连一条鱼也没有钓到。这一天,突然觉得浮筒往下沉,拉上来一看,是一只大乌龟。这就是那条换班休息的鳌鱼,它游到渭河里来玩,看到别的钩都是弯的,只有这个钩是直的,觉得很巧气,就紧紧地咬住,不料被姜子牙捉住,拿回去吃了。姜子牙也就成了神仙。

可是,这样一来,顶着大地的鳌鱼,就再也没有换班的了。从此,顶累了的鳌鱼只能自己换一下肩。换肩的时候大地就震动一次,有时候震动大了,就会有水呀泥浆呀这些东西随着溅出来。这就是现在常说的地震。

姜子牙

欧伦神的传说
（鄂伦春族）

　　从前有夫妇二人，住在兴安岭腹地的森林里。那个男的老是虐待女的，所以远远近近的人，都管他叫"恶鬼"。

　　后来，那个女的被打得忍无可忍了。就骑着马，带着狗，逃走了。路过欧伦的时候，她想拿点儿吃的，就登着梯子上去了。不料那"恶鬼"追来了，他疯狂地吼叫着，向她扑来。她想，这回叫他抓住了，肯定要被他打死，与其叫他打死，还不如自己跳下梯子摔死。想罢，她一狠心就往下跳了。可是，说也奇怪，她跳下去，不但没有往下掉，反而连欧伦、猎马、猎狗，都随着她飘了起来，一块升上天空。

　　那个男的一看急了，以为欧伦是个妖怪，就连连向飞到天空的欧伦射箭，结果只射歪了欧伦的一根柱子。相传天上原来没有北斗星，欧伦飞上去以后，才出现了北斗七星。北斗的四个角，就是欧伦的四根柱子，其余三颗，就是欧伦的梯子。四个角中有一颗星歪着，就是被"恶鬼"射歪的那根柱子。

　　从那以后，鄂伦春人就把北斗星叫作"欧伦布日坎"，即欧伦神，这位同欧伦一起升天的女人，后来也就成了保护仓库的女神，受到鄂伦春人的祭祀。

射月亮
（瑶族）

　　古老古老的时候，天空上只有太阳，没有月亮，也没有星星。一到晚上，四处墨墨黑。

　　忽然，有一个晚上，天空出现了一个热烘烘的月亮。它七棱八角，不方不圆，像山上刚爆下的大石块。它发出毒热的光，把田地里的禾苗晒得枯焦焦，把人们晒得热乎乎。人们在晚上热得翻翻滚滚，睡不着觉。

　　"天呀！我们不要这个毒热的月亮啊！我们快要给月亮晒死了！"人们汗流气喘地呼号着。

那时，大石山脚，住着一对青年夫妇。男的叫雅拉，射得一手好箭，专门跑山打猎。女的叫尼娥，织得一手好锦，专门在家里织绣。尼娥看见月亮这么凶恶，她对雅拉说："你是好射手啊，把月亮射落下来，救救大家吧！"

雅拉拿起弓箭，爬上屋后的高山顶，鼓足气力，弯弓搭箭向月亮射去。可是，箭到半空中便落下来了。他一连射了一百枝箭，一百枝箭都在半空中落下来。

箭射完了，他抬头看看天上热烘烘的月亮，低头看看山下枯焦焦的禾苗，黄瘦瘦的人们。他叹了一口长长的气。忽然，"咿呀"一声，后背的大石块像门一样张开。一个白胡子老人走出来说了几句话：

南山有大虎，北山有高鹿。

若要膀力强，吃完虎鹿肉。

虎尾弓，虎筋弦，

鹿角箭，射得月亮团团转。

说完，老人钻进大石块里，石门"咿呀"一声，关住了。雅拉明白了老人的话，下山来和尼娥商量怎样捕捉虎鹿。

尼娥说："你箭法高强，把虎鹿射回来就是。"雅拉说："南山的大虎和北山的高鹿，我也曾射过。它们的皮子又厚又韧，箭射不进呀！只有用大网，可是，哪里得到一张坚韧的大网呢？"尼娥想了一想，摸摸自己长长的头发说："用我的头发来织一张大网吧。"她即刻扯下自己的头发来。她的头发很奇怪，扯光了又冒出来，扯光了又冒出来，像蚕丝一样尽扯尽出。

这一对青年夫妇不分日夜地织网。织了三十天，一张有锁口的大网织成了。夫妻俩拿起网到南山大老虎洞口兜围好。老虎出洞来找食吃，一锁就锁住了。老虎大翻大滚，大声吼叫，山岳也震动了。他们用铁针刺瞎老虎眼睛，用斧头劈碎老虎的脑壳，拖了回来。他们又到北山高鹿洞口，用同样方法捉回了高鹿。

雅拉吃完虎肉鹿肉，身子添了千斤气力。他把虎尾做弓，虎筋做弦，鹿角做箭，又登上大山顶。他拉弓搭箭，站定桩子，鼓足气力，"瞠"一声，箭直向月亮射去。"劈叭"一声，月亮火星乱冒。那火星散布在天空就成了星子。

鹿角箭碰着月亮又转回来，落在雅拉的手里。雅拉搭上弓弦又向月亮射去。一连射了一百次，把月亮的棱角都射掉了，满天散布着星子。月亮成了一个圆圆的轮子，在天空打转转。可是月亮还热烘烘的，发出毒热的光，禾苗还是枯焦焦的，人们的脸孔还是黄瘦瘦的。

雅拉拿起弓，垂头丧气地走下山来，对尼娥说："尼娥，怎么办呢？月亮还是毒热的啊！得一块东西把月亮遮住就好了。"

尼娥正织着一张大锦。锦上绣有一间精致的房子，门口有一株金黄的桂花，草地有一群白羊和白兔。尼娥把自己的像绣在桂花树下，还准备把雅拉也绣上。她听到雅拉要用块东西遮住月亮，就说："把这张大锦绑在鹿角箭头，射上天空，遮住月亮吧！"

·中国神话·

图文珍藏版

雅拉即刻把大锦绑在鹿角箭头，又登上山顶，嗖的一箭，射上月亮，把月亮蒙住了。

月亮不再毒热了，它发出幽幽的白光，清清凉凉的，好可爱啊！人们在山下轰轰轰地笑起来了！

雅拉站在山顶上，笑眯眯地望着月亮。忽然，看见大锦上的尼娥、桂花树、白羊、白兔都在月亮里活动起来了。月亮上的尼娥向地上一招手，站在家门口的尼娥就轻飘飘地飞上天空，飞进月亮里，两个尼娥合作了一个尼娥。

雅拉在山顶看见尼娥飞上月亮里，他心头一急，两脚一软，便坐在石头上。他眼睁睁望着月亮，口里拉长嗓子喊叫着："尼娥啊，你为什么不把我也织在锦上呢？尼娥啊，下来吧！尼娥啊，下来吧！"

尼娥在月亮里也急得蹦蹦跳。她把自己的头发拉得长长的，编起一条长长的辫子。月亮走到山顶天空的时候，尼娥低下头把辫子垂下山顶。雅拉抓住辫子，一挪一撑地像猿猴一样，爬进了月亮。两人紧紧地拉着手，好欢喜啊！

此后，尼娥坐在月亮里桂花树下织锦；雅拉在草地上看护白羊白兔。他们的生活好甜蜜啊！看，那月亮里面的黑影子，就是雅拉和尼娥啦！

风姑娘

（哈尼族）

在很古很古的时候，人世间不分天和地。有一天，突然来了三个大神造天，来了九个大神造地。

天，造了九千九百九十九年。本来，天很快就可以造完的，可是，造天的三个大神，有意留下巴掌大的一个洞洞不补上就要走。这时候，地上的人们就问："哎，大神！天还没有造完哪，你们怎么就要走啦？造完吧，尊敬的大神，留下一个洞洞多不好看呀！"

造天的大神说："唉，你们都是些蠢猪，全都是些笨蛋！要知道，留下这个洞洞是管下雨用的，要是都补上了，天上的雨水就不下来啦。雨水不下地，你们口渴了喝什么？你们种下的庄稼怎么活？留下这个洞吧，愚蠢的人们。"说完，三个大神急急忙忙地走了。从那以后呀，天上才有电闪雷鸣，降下阵阵瓢泼大雨。

造地的大神来了九个，也造了九千九百九十九年。本来，地可以马上造完的，但是，造地的九个大神偏要留下脚巴掌大的窟窿不给补上就要走。于是，地上的人们又问："呀！大神，地还没有造完哪，你们怎么不把坑坑补上就走啦？快补上吧，尊敬的大神，留下个坑坑多不好瞧呀！"

造地的大神说："嗨！你们这些傻瓜，全都是些笨蛋。留下这个窟窿是刮风用的。补上这个窟窿就不会刮风了。不刮风，你们的大树和庄稼就不会长枝发芽，人也会闷得喘不过气来了。"大神说元走了。

可是，人们等了一月又一月，等了一年又一年，一直等了九百九十九年，也不见刮什么大风。树枯了，草黄了，种下的庄稼不发芽，河边的杨柳不抽条。烈日头上晒，地上如火烧，热得人们发慌，闷得人们苦恼。

有一天，人们闷得实在受不了了，于是要去看看大神留下的那个窟窿，为什么还不刮大风。大家准备了一些吃的喝的，背上弓箭，骑上骡马，噼里啪啦地向着那个窟窿走去。走了三年零三个月，大家终于找到了留下的那个窟窿。大家远远地一瞧，哟！只见一个美丽的姑娘睡在洞口上，把个洞口严严实实地堵上了。这个姑娘四仰八叉，脸面朝天，双目紧闭，呼呼地打着鼾声，睡得正香甜哩。人们想上前去将她叫醒，可是，她那鼻孔里吹出来的气隆隆响，把人吹出老远老远，使人不能挨近她的身边。人们拿她没办法，只好远远地站着，齐声高叫道："哎！那位美丽的姑娘！你是不是一位尊贵的女神？如果是的话，请你醒一醒，把你的神灵显一显，把大风吹给人间。哎……那位美丽的姑娘……"

人们喊着喊着，那美丽的姑娘果然醒来了。她揉了揉眼睛，拢了拢金发，伸了三个懒腰，又打了三个喷嚏。这时，人们顿觉耳边呜呜作响，浑身上下好凉爽。人们狂叫起来："啊！风姑娘醒来了！风姑娘醒来了！大风吹起来了。"从那以后，人世间才有了风和云。

大风吹来了，吹得百花齐开放，吹得万物眯眯笑。可是，风姑娘有时不高兴，发起疯来不得了。她能抬起哈尼的屋楼，会助着火威把青山烧焦。这个风姑娘呀，也好也不好。她有时温顺，有时暴躁，真拿她没办法。

日蚀和月蚀的由来
（蒙古族）

天地刚刚分开的时候，山刚刚有了方位，水刚刚有了流向，太阳还很年轻，月亮也很漂亮。这时候，天上就住着一个魔王，名叫嘎拉珠。

嘎拉珠魔王听说天河水最长，谁要是喝了九十九回就可以长生不老，所以，他想偷喝天河水。有一天，当嘎拉珠刚刚偷喝了第九十九次天河水，正要逃跑的时候，被玉皇大帝发现了。玉皇大帝一见天河水短了三千六百丈，就派大将额尔敦尼玛去追。魔王在前边拼命地跑，额尔敦尼玛骑马在后边紧紧地追。当追到太阳跟前时，就问太阳王："太阳王，你看见嘎拉珠魔王跑过去了没有？"太阳含混地说："你问魔王嘎拉珠吗？他可能刚跑过去吧！"当太阳王话音落下的时候，额尔敦尼玛大将举着玉皇大帝的宝刀，已经追出了三千六百箭的里程，但仍不见嘎拉珠的踪影。他只觉得周围的气候很热，一股腥味和烧焦的毛味，使人喘不过气来。

额尔敦尼玛大将追到月亮跟前，又问月亮王："月亮王，你看见嘎拉珠魔王跑过去了吗?"月亮王肯定地说:"魔王嘎拉珠刚跑过去!"额尔敦尼玛催马加鞭,直向嘎拉珠魔王逃跑的方向追去;追着追着,不觉已来到太阳和月亮换位的地方,也是天河水发源的地方。额尔敦尼玛大将终于追上了嘎拉珠魔王。他们俩打了七七四十九天,太阳王被撞得发出火来;月亮溅上了一身暗黑的血点;星星被碰碎了,撒满了天宇,挡住了道路。额尔敦尼玛用尽力气,"刷"的一刀,把嘎拉珠魔王的头砍掉了,脑袋留在天上,身子摔在地上。但因嘎拉珠魔王偷喝了九十九回天河水,虽然头被砍掉了,却又长出了九个脑袋。这样就成了九头魔王。

九头魔王更疯狂地在天上干坏事,他一个脑袋向大地喷火,一个脑袋向人间放毒,一个脑袋啃嚼东西,一个脑袋吸食动物的血,一个脑袋诅咒,一个脑袋专门吃人,一个脑袋进行捣乱,一个脑袋行骗,一个脑袋进行暗算。

九头嘎拉珠魔王千方百计想暗算太阳王和月亮王,因为太阳和月亮向额尔敦尼玛说出了他逃跑的方向,因此怀恨在心,一心想吞掉太阳和月亮。可是嘎拉珠魔王吞食太阳或月亮,都消化不了,吞一次,吐一次,而且每吞食一次太阳王,嘎拉珠要累病三年;每吞食一次月亮王,要累倒仨月。虽然这样,嘎拉珠也总不甘心,从不放过一次。

日子久了,太阳王和月亮王决心抵挡嘎拉珠魔王的欺侮,他们构筑了高高的四角院墙,每角留有坚固的大门出入。每当魔王嘎拉珠来吞食他们的时候,就将四扇大门紧紧地关上,于是光亮就不能从四门射出来了,这就成了今天日、月的全蚀;有时只关上两面大门,另外两面大门仍然能放射出光来,这就是日、月的半蚀。

太阳和月亮的故事

（泰雅族）

从前,天上有十个太阳,二十四个小时轮流升上来,所以部落里的谷物都种不活,因为天气实在太热了。而且也因为天上一直有太阳,族人们认为是白天而一直工作,每个人都累得受不了,过得很辛苦。后来村里的老人就开会决定,找勇士去把太阳射下来。

不久村中就组成了一支十来个人的义勇军,其中有几个是女孩子,准备出发去射日。因为听说太阳害怕用石头磨成的矛,所以每个人都准备好了石矛,还带了一小段剑竹插在耳洞里,剑竹里放着小米、菜籽等东西,准备沿路洒下,一方面当成记号,方便将来找到回家的路;另一方面让他们慢慢生长,在回来的时候一路上可以收成,有食物吃。

他们走了几十年,当年的勇士,有的已经老死。一路上有人和同队女孩结婚而生的孩子,则日渐长大,继续往前走。又过了很久很久,他们终于到了太阳的住处,把太阳打碎了八个,打伤了一个。被打碎的太阳变成了星星,而受伤的那个太阳,就变成了月亮。

太阳爸爸
（阿美族）

在我们阿美族的神话里，叫现在的太阳是"太阳爸爸"。为什么会这样说呢？因为很久以前，天上有十个太阳，一个大，九个小；大太阳是爸爸，小太阳是孩子。当时天气太热了，大家都受不了，便派族里的神射手去射他们。

神射手射掉了七个小太阳，剩下一个大太阳和两个小太阳，太阳爸爸很生气地说："你们怎么可以射下我的孩子！"便更加肆虐地把阳光照得很强烈，让大家还是热得无法忍受。因此族里又派了一个神射手去射他们。

因为大太阳的威力太强，神射手就先射下两个小太阳，不料这时候大家觉得这样的温度刚好，于是留下那个大太阳不射了，所以现在天上还有一个太阳，那便是"太阳爸爸"。

太阳、月亮和星星
（壮族）

相传太阳、月亮和星星是一家人。太阳是父亲，月亮是母亲，星星是孩子。

太阳很残忍，每天清早起来，总要吃掉许多生命。它吃掉的不是别人，而是自己的孩子——星星。

被太阳吃掉的星星流出很多很多的鲜血。每天清早，我们看到天边红彤彤的朝霞，那就是被太阳吃掉的星星流出来的鲜血呵！这时，没有被太阳吃掉的星星。就都赶忙躲起来了。所以，当太阳起来了以后，我们就看不到天上有一颗星星了。

尽管太阳每天都要吃掉许多许多的星星，但是星星总是吃不完的。你看，每天晚上，还是有那么多的星星在闪烁呐。这是因为月亮每个月有十多天生孩子（星星）。我们看到月亮浑圆浑圆时，就是它怀孕的时期；我们看到月亮扁弯扁弯时，就是它生完了孩子啦。

月亮是个很慈善的妈妈，在明朗的晚上，它总是带着自己的孩子在天空里漫游。所以，每当明媚的夜晚，我们就看见月亮周围有满天星斗，它们在月亮身边欢欢乐乐地游玩，调皮地闪动着蓝色的眼睛。

星星在晚上虽然很欢乐，跟着妈妈，绕在妈妈身旁游玩。可是，它们一想到白天就要被太阳吃掉，就忍不住悲哀起来，有时想一阵，哭一阵，洒下许多许多伤心的泪水。每天早晨，我们看到树叶上和草地上，有一颗颗亮晶晶的露珠，那就是星星掉下的眼泪呵!

天地日月的来历

（拉祜族）

混沌年代,没有天,没有地,没有人,也没有山川河流和树木花草,没有禽鸟。世上都是空空荡荡的,昏沉沉的。

一团仙火飞来,把空荡荡的世界燃烧起来了,到处烟雾腾腾。后来,火烟上升以后,就变成了天,天就这样造出来了。不久,升上天的烟灰又慢慢飘落下来,四处铺开去,又变成了地,从此,地就这样造出来了。

天地造出来以后,地上渐渐就长出了树木、花草。有了树木花草,陆陆续续又有了野兽、禽鸟。但世间还是没有人,这个世界显得很单调。后来,升腾到树叶上的露水珠,一颗一颗地从树叶上滴落下来,一颗颗亮晶晶的露水珠落地后不见了,却从一棵棵的树根上,变出一个一个的人。人就由露水珠变出来了,从此,世间不仅有了野兽、禽鸟,也有了人群。

但是,那时由于天上没有太阳、月亮、星星,大地一片漆黑,没有白天、黑夜之分,人们无法进行生产劳动。

一天,大地突然一阵抖动,一座高山就被震垮了。从震垮了的大山肚子里,滚出了一块发亮的白石头,一块红得刺眼的红石头。后来,那块发亮的白石头和红石头,先后飞上了天。先飞上天的那块白石头,变成了月亮,高高地挂在天上。后飞上天的那块红石头,就变成了太阳,高高地挂在天上,把世间照得亮堂堂的,多远的地方也能看得清楚。

有了太阳,有了月亮,从此世间就分成了白天、黑夜。世间上的人们就跟着太阳、月亮从事生产劳动和睡觉休息。太阳升起来了,人们就开始下地劳动。太阳落山了,就收工回家。月亮升起来了,就休息睡觉。但是,那时天上没有星星。

一次,一个老人劳动收工回家晚了,不注意就把一碗煮熟的稀饭碰掉了,稀饭浇到靠在门后的犁底上,犁底就像箭一样地飞上了天,天上就升起了犁底星;稀饭又浇到犁把上,犁把也像箭一样飞上了天,天上又升起了犁把星;后来稀饭又浇到了磨后的鸡窝箩里,鸡窝也像犁底、犁把一样飞上了天,鸡窝就在天上变成了鸡窝星。

从此,天上就有了星星,世界就这样形成了。

救太阳

（侗族）

古时候，天上的太阳是不落的，处处亮堂堂，一年四季像春天一样。种的糯禾，黄灿灿铺满田垌，栽的杉木，青苍苍染绿山岗。人人吃饱穿暖，个个都把太阳看成宝贝。

那时，地底下有个吃人的恶魔，名叫商朱。他最怕见太阳，因为太阳光射到他身上，他就一步也走不动了，什么东西也看不见了。所以太阳挂在天上，他便躲在地底，不敢在地面上露一露脸。

人说：凶狠的恶魔，心跟总是毒辣的。商朱把太阳恨进骨头里。他在地底下搜肠刮肚想了个坏主意，打了一根大铁棍，有九百九十九丈长，有九十九个人合抱那样粗。一天，他用尽全身的力气，趁着风势朝太阳打去。"嘭"的一声。挂太阳的金钩被铁棍打脱了，太阳从天上落了下来，天地顿时变成一片黑暗。

商朱从地底下钻了出来，吃吃地怪笑着。他的笑声传到哪里，哪里就有一片哭声。在昏天黑地里，商朱撑开肚皮喝人血，吃人肉。

有两兄妹，哥哥叫广，是个勇敢的后生；妹妹叫搁，是个善良的姑娘。他们不忍心听见大家的哭声，就找乡亲们商量救太阳的办法。你一言，我一语，大家商量好，做一架天梯，搓一条麻绳，把太阳拉回天上去。

广带着男人们摸黑砍呀，修呀，修了三十三天，修了一架九百九十九丈长的杉木天梯。搁带着女人们用黄麻不停地搓呀，搓呀，搓了三十三天，搓成了一条九千九百九十九丈长的麻绳。

大家公推广到天上去寻金钩，搁在地上寻找太阳，约定找到太阳和金钩时，摇响铜铃作为讯号。

广和搁带着铜铃，各拿麻绳的一头，分手走了。

广爬杉木梯到了天上，从天南摸到天北，什么也没有摸到。天上的风又尖又利，却把广的肉砍破了。

搁拉着麻绳摸上大山，又摸过小河，也不知走了多少路，连脚都肿了。终于在肯亚山脚摸到了太阳。她用绳子套住太阳，靠在太阳身边，双手摇动铜铃，高兴得笑起来。不料这笑声被商朱听到了。商朱就找了搁，把搁抓到嘴边。他的指甲钳进搁的肉里，鲜血一滴滴地滴下来，滴在太阳身上。搁的一颗心也急得跳出嘴来，掉在地上。可怜搁还没有见到太阳的光亮，就被商朱吃掉了。

商朱吃掉搁后，他又舀来污水，把太阳淋冷了。他想，就是你们拉得上去也不光亮了。他便放心地抓人吃去了。

广在天上，忽然听到地上悄悄的铜铃声，晓得妹妹已经找到了太阳。他加快脚步，从东到西在天上继续摸呀摸，一直摸到西天的尽头，终于把金钩摸到了。他连忙把绳子套进金钩，摇响铜铃，带着绳头从天梯上飞一样地滑下来。

广一回到地上，乡亲们就围拢来，接住绳头，齐心协力地拉，就这样太阳终于被大家拉上天去了！可是这太阳却暗淡无光，地上还是一片漆黑的。广便拿起一个鼓风炉，扛起一把大铁锤，回到天上，把太阳放进炉里去炼。

顿时，炉火熊熊，声响阵阵。它就是我们今天听到的雷鸣、看到的闪电。炉子里飞溅出一颗颗火星，它就是我们今天见到的星星。

太阳终于发热了，明亮了。商朱双手捂着眼睛像瞎子一样在那里团团转，他再也休想逃回地底下去了。大家一拥而上，你一拳，我一脚，把这个恶魔活活打死了。从此，大家又有好日子过了。

广在天上想到麻绳虽然很粗大，终究经不住火烧。麻绳烧断了，太阳落下来，地上势必又会一片漆黑，地上的人们还会受苦的。因此，他决定留在天上，每当太阳落了他就把它拉了上去。所以我们现在有黑夜和白天。

再说搁的心落在地上以后，得到阳光的温暖，很快就发芽长枝开花，这就是我们今天看到的朝阳花。朝阳花不但像心，颜色也是殷红殷红的。太阳在哪方，她的脸就朝向那方。太阳身上有几点乌红乌红的斑点，就是搁滴在太阳身上的血！

公鸡请太阳
（哈尼族）

离现在很远很远的时候，天上有九个小太阳，它们同心协力，不分昼夜地把温暖送给地上的人们。人们在阳光下辛勤劳动，五谷丰登，六畜兴旺，过着幸福的生活。渐渐地，九个太阳长大了，他们的光火辣辣地晒着大地。地上像一个烧透了的窑子，一时间，草木难生，五谷不长，看来人们是无法生活下去了。这时，人们就聚在一起，商量该怎样对付这九个太阳。大家七嘴八舌地发表着自己的意见。一个聪明人说："我想，我们可以编一张很大很大的簸箕，在簸箕的正中留下一个小洞，然后用这张簸箕把太阳遮起来，只让其中一点点光从小洞里照下来。这样，我们就可以生活了。"开始，大家都觉得这个办法是一个顶好的办法，可是细细一想，谁能编出天一样大的簸箕呢？并且，即使有人编出了簸箕。又怎样把它挂到天上去呢？商量的结果，大家都否定了这个办法，一个聪明人又想出一个主意。他说："我看，我们大家都搬到大岩洞里去住吧，这样我们就不怕热了。"这个办法也不错，可是人们都躲到岩洞里去，种不成庄稼，撵不成山，吃什么呢？讨论的结果，大家还是认为死路一条。大家摸着头发想呀想，怎么也想不出个好办法来，忽然有一个人说道："大家都知道俄浦普罗吧！"——这是个离群野居的"野人"，提他干什么？大家心里都很纳闷。那人继续说道："大家都知道，俄浦普罗是个大力士，弩打得又远又准。我们为什么不去请他来把这九个太阳打下来呢?""对!"经他这么一说,大家都认为只有俄浦普罗才能战胜这个灾难,于是大家都同意了他的意见,并选他马上去请俄浦普罗。

俄浦普罗住在很远很远的一座高山上的一个大岩洞里,他的身材高大得像一棵大树。头发乱得像一蓬茅草,眉毛又长又黑像一把刺猪毛,眼睛像两个大南瓜。俄浦普罗听完了来人的意思后,哈哈大笑起来,说:"这不是隔着河打小鸟,隔着山打马鹿吗? 不是一件容易的事情。不过,既然大家诚心地来请我,我就去试一试。"

俄浦普罗吩咐人们砍来九棵杉树,削制成九支又粗又长的弩箭。箭做好了,只见俄浦普罗拉开了他的大弩,搭上了长箭,瞄准太阳"唰"的一声射了出去。太阳就像一团烧透了的蜂子窝从树上掉下来一样,落在山背后去了。俄浦普罗是个名不虚传的猎手,他箭不虚发,一口气就射落了八个太阳,剩下的一个太阳眼看势头不妙,急忙忙逃到山背后去了。那时,人们正在为俄浦普罗的高超本领而欢呼,正准备杀牛备酒祝贺俄浦普罗的胜利。突然,天一下子就变得跟死火炭一样的黑,变得跟严冬那样寒冷。

没有太阳,人们又怎样生活呢? 大家又围着火塘商量着,有人说:"只有把躲到山背后去的那个太阳请出来,我们方能见光明,有温暖,才能干劳动,才会有饭吃,有衣穿。"大家都说:"对! 必须立即想办法把那个太阳请出来。"可是,派谁去请太阳呢? 有谁能在黑夜里走那么远的路去请到太阳呢?"还是请俄浦普罗去吧,他本领最大,一定能把太阳请出来。"可是,细细一想,这不是癞格宝对蜈蚣,是冤家请对头的事吗? 怎么可能呢?"请一个声音最好的鸟到山顶上去叫太阳吧,这样一定能把它请出来。"有人建议说。这时,只见一只喜鹊从树上飞下来对人们说:"让我去叫太阳去吧,我唱的歌太阳一定爱听。"人们立即同意了,喜鹊飞到山顶上"叽喳叽喳"叫了好几天,嗓子都叫得沙哑了,可是太阳还是不愿出来。

最后,人们想到了那只羽毛美丽、高冠长尾的公鸡。它曾经是太阳的好朋友,它不是常常唱歌给太阳听吗? 派它去一定能把太阳请出来。公鸡答应了人们的请求,它带上它的小鸡们,去到山上,对着山那边拼命地呼喊着太阳。可是,受惊了的太阳哪里还敢出来呢? 公鸡想了一个妙计,自己装作遇难的样子,拍拍翅膀装作是在挣扎,然后声嘶力竭地喊道:"救救我——救救我——"太阳听到它的呼救声,果然慢慢地爬上山来了,当它知道它朋友公鸡和地上万物都因为失去了它而生活在灾难中的时候,便毅然爬出山来,重新把光和热投给了大地。一时间,百鸟欢唱,人民载歌载舞,欢迎太阳重新回到人们的头上。

从此以后,公鸡更成了太阳的忠实的朋友,每天清晨,当公鸡叫过三遍之后,太阳就一定从山的那边回到了山的这边来。

天狗吞月

神箭手后羿射死了九个太阳,除了大害,普天下老百姓都感谢他的恩德。这件事惊动了天堂里的王母娘娘,她要下凡看看是咋回事。一天晚上,后羿带着他的猎狗黑耳,在深山里围猎豹子。王母娘娘在仙女陪伴下,驾起万朵祥云,落在山头看起来了。

王母娘娘把后羿喊到跟前,令红衣仙女捧出一个光彩夺目的匣儿,取出灵药两粒,人参精一根,嘱咐后羿说:"回家用人参汤煮熟吞服,可以成仙。"

后羿接了灵药,谢过王母娘娘,带着他的猎狗,驮着一只射死的金钱豹,高高兴兴回家了。

后羿为人忠厚善良。他暗想:妻子嫦娥和自己是结发夫妻,和她同吃了这仙

后羿射日

药,一起升天多好啊!他向嫦娥交代一番,又说:"乡亲父老们向来待俺好,我把这豹子送给他们去。"后羿捋了捋猎狗黑耳的毛,说:"你在家歇歇脚儿,好好看门,我停一会儿就回来。"

嫦娥按后羿的嘱托,把仙药在人参汤里煮熟,等后羿回来好一起吃。嫦娥想:自己是个凡家女子,托丈夫洪福,要升天成仙了,得穿戴好点,得有仙女的样儿呀!她梳好一头五尺多长的黑发,找出柜子里的好衣裳穿上。一打扮好,闻到仙药煮熟了的味儿。

嫦娥嘴馋了。揭开锅,香气逗得她心尖儿乱颤。嫦娥忍不住馋劲儿,用勺儿舀吃一粒。一吃呀,心里格外舒服,劲儿也不一样了。品品味儿,咋还想吃!她赶紧狠咬了一下自己的舌尖,自家责怪自家:真该打这馋嘴,剩下这粒是留给丈夫的,可别吃!

嫦娥是个心眼灵动的女子,她又想:后羿能从王母娘娘那里讨来两粒仙药,总还能讨个十粒百粒!我干脆把这一粒也吃了,落个痛快。嫦娥吃了最后一粒仙丹,又把那人参精用指甲掐吃了,香得她眯着眼笑。

天黑了,嫦娥见丈夫还没回来,就出来看。她刚一出门儿,身子随着凉风飘飘地飞了起来。嫦娥落泪了,只恨自己嘴馋偷吃灵药,抛下了丈夫。

门外的猎狗黑耳,见嫦娥偷吃灵药,独自升天,就叫唤着扑进屋里。一闻到香味,一爪扒翻了锅,舔了剩下的人参汤,朝天上的嫦娥追去。

嫦娥听到黑耳的叫声,又惊又怕,慌慌张张,一头闯进月亮里。黑耳竖起了每

一根狗毛，身子也越长越大，一下子扑上去，连嫦娥带月亮吞了下去。

老天爷和王母正在天堂赏月，一见天色昏暗了，忙派一个天神出来看看。夜游神跑来禀告：一条大黑狗吞吃了月亮。

老天爷命天兵天将去拿那条黑狗。拿来黑狗，王母娘娘一看，是后羿的猎狗黑耳，就发慈悲了，封它为天狗，让它守护南天门。

天狗黑耳得了王母娘娘的恩封，怒气消了点儿，吐出了肚中的月亮。

现在，人们说月亮变昏了是月蚀，以前就说是天狗吞月呀！

天狗吃月亮

（哈尼族）

一到月蚀的时候，人们都爱说："天狗吃月亮了！天狗吃月亮了！"这是猎人阿立的起死回生药纠底那迟，被月亮偷去了引起来的。

很久很久以前，猎人阿立和他的哥哥阿翁两人，被白胡子老头用扇子扇到了天边。他们决心冲破一切艰难险阻，回家与亲人团聚。弟兄俩走啊走，不知翻过了多少架高山，穿过了多少条深箐，也不知渡过了多少条河流，进出过多少片森林。这一天，他们来到一条大江边，江又宽，水又深，隔断了去路，怎么渡过去呢？还是阿立想出了办法，对阿翁说："阿哥，别发愁了，我们来搭一座铁桥吧！"弟兄俩就在江边搭起炉灶，扯起风箱，日夜不停地打铁造桥。天长日久，把一条大江搅得浑浊不清，泡沫连天。大江里的龙王受不住了，就叫一条小蛇来对阿翁、阿立说："你们把江水搅得浑浊不清，闷得我们难受。我们龙王说了，叫你们别在这里打铁。"

"不打铁造桥，我们怎么过江？"阿立气愤不过，顺手拿起烧红了的铁钳子，夹住小蛇的脖子说："那好，叫你们的龙王把我们背过去好啦。"夹得小蛇又痛又烫，"嗤嗤"怪叫，连声求饶，弟兄俩才把它放了。小蛇摇摇尾巴，马上钻进了大江。所以，小蛇的脖子上永远留下了一条红红的烙印，成了现在常见的红脖子蛇。

隔了一阵，江面上云雾弥漫，浪涛汹涌，江心里冒出一条大蛟龙来。它龇牙咧嘴地对阿翁、阿立说："好啦，好啦，别在这里打铁了，我背你们过江去！"阿翁一听，骑上龙背，蛟龙一转身就到了对岸，刮起一阵大旋风，把阿翁一口吞下肚子去了。

蛟龙再蹿回来，对阿立说："来吧，现在我背你过去。"阿立望望大江对面，不见阿翁，望望蛟龙肚子，胀鼓鼓的，知道哥哥被龙吃了，就说："等一等，我得先用铁链把你的大嘴打上辔口，套上羁绊。不然，我还要打铁。"蛟龙满不在乎地回答："好好好，随你的便吧。"阿立给蛟龙的大嘴打上辔口，套上羁绊，手里提着铁锤，稳稳地骑在龙背上。到了江心，又是一阵狂风暴雨，天昏地暗。阿立心里明白，紧紧地勒住铁链，举起铁锤，狠狠地敲打蛟龙脑壳。这么一来，风平了，浪也息了。凶恶的蛟龙只得乖乖地背着阿立过江。

　　到了江边，阿立依然勒紧铁链，不停地敲打蛟龙脑壳，说："快把我的哥哥吐出来，不然，我就打死你！"蛟龙只得"哇"的一声吐出了阿翁。"这下该放开我了吧？"蛟龙问。阿立望望阿翁直挺挺地躺在沙滩上，已经死了，十分气愤，一边使劲猛敲蛟龙脑壳，一边喊："你不救活我的哥哥，我决不饶你！"

　　蛟龙被阿立打得疼痛难熬，连声大叫："龙母娘娘！快把神药纠底那迟拿来，快，快，救活了阿翁，我才脱得了身啊！"不一会儿，红脖子小蛇拿来了神药，在阿翁嘴皮上一抹，说也奇怪，阿翁伸了个懒腰，精精神神地站起来了。蛟龙心想，这下总可以脱身了吧？只听见阿立又高声喊道："快把神药给我！"蛟龙无法，只得把神药给了阿立。阿立这才上岸，放走了蛟龙。

　　阿翁、阿立带着神药，欢欢喜喜上路回家了。

　　回到家里，他们不知道该怎样收藏这宝贵的神药。锁在柜子里，又怕它发霉，就用簸箕晒在小天井里，不料给一只讨厌的小麻雀叼走了。小麻雀飞了不多远，一滴口水滴在铁线草上，从此铁线草就再也不会死了。小麻雀飞累了，又歇在靛青树上，从此靛青树就再也不会死了。

　　起死回生的神药纠底那迟，被可恨的小麻雀叼走了，这可是不得了的大事呀。阿翁、阿立不顾一切，追呵追，拼命地追那只讨厌的小麻雀。最后，小麻雀飞不动了，神药又回到了他们的手里。

　　到底怎样保管神药呢？阿翁、阿立他们想了很多办法，都不放心。锁在箱子里不行，晒在太阳底下怕晒化，就在晚上拿到月亮光下晾晾。哪知，第二天一大早打开门一看，神药又不见了！弟兄俩正在发愣，抬头一望，月亮在天上得意地笑着说："阿翁、阿立，你俩的神药在我这里呢！天这么高，你们怎么上来？人间再也不会有神药了！"

　　神药被月亮偷走了，这可怎么办？阿翁、阿立一家，又是气愤，又是伤心。他们决心造座天梯，到月亮上去夺回神药。

　　弟兄俩就动手造天梯，一边造，一边接。造了好久好久，天梯到底接好了。两弟兄又忙着准备干粮，忙呵忙，干粮也准备好了。他们带上干粮，领着猎狗，要上天向月亮讨回神药了。临上天梯时，他俩再三嘱咐妻子：为了不使天梯脚被虫蛀坏，叫她们每天在梯脚浇上两次滚烫的开水。

　　两弟兄上天去了。超初，两个妻子每天都用开水浇天梯脚，从不懈怠。时间一长，两人就慢慢疏懒起来，每天只浇一次冷水了。

　　弟兄俩带着干粮和猎狗，不知爬了多少天，干粮也吃完了，到底爬到了天梯的最后一级，只差一步路，就抓得着月亮的边边了。这时，两只猎狗纵身一跳，先跳到了月亮上，两弟兄也伸出双手去抓月亮。不料正在这时，猛然间"哗啦啦"一阵惊天动地的巨响，天梯倒塌了，阿翁、阿立掉了下来，跌死了。神药纠底那迟没有拿回人间，被月亮得到了，所以它永远不会死，永远有光亮。猎狗跳到了月亮上，也成了永远不会死的天狗。

天狗为了替主人报仇,就拼命啃吃月亮。天狗啃着的地方,月亮就没有光。所以只要是月亮上哪处不亮了,也就是"月蚀"的时候,人们就说:"天狗吃月亮了!天狗吃月亮了!"老虎吃太阳,天狗吃月亮

从前,有一个猎人有一包"万年青"药,放了三年都舍不得吃,结果霉烂了。一天,太阳出得很好,他的妻子就把药拿到阳光下晒,放好后就回屋里织麻布去了。太阳看见了药,就叫月亮去偷。月亮说:"叫我晚上去偷是不难的,白天我可不能露脸,还是你去吧。"太阳果真自己来偷,很快就把药偷走了。一会儿,猎人的妻子出来翻药,却找不见了。她吓得连忙去问鸡,鸡说:"我没吃着。"她问猪,猪说:"我没吃着"。她问兔、鸭,都说没有吃着。她想:"这真奇怪,难道是鬼来吃掉?"她又问狗,狗不敢说。她忙说:"不怕,你告诉我,我拿肉给你吃。"狗这才说:"我看见药被天上的太阳来偷走了。"丈夫回来,妻子把这件事告诉了他,他决心上天去找太阳算账。他用铁打了一架楼梯。领着老虎和狗上天找太阳。临走时,他交代妻子说:"我上去以后,你每天往楼梯上泼三瓢热水,不然就不牢了。"妻子答应了,可后来她忙于织布,只往楼梯上泼冷水,结果楼梯生锈断掉了。老虎和狗走在前,已经上了天,猎人走在后,却跌下来死了。妻子见丈夫死了,放声大哭,说:"让老虎把太阳吃掉,让狗把月亮吃掉。"果然从那以后,太阳就经常被老虎咬掉半边(日蚀),月亮就经常被狗咬掉半边(月蚀)。但太阳和月亮因为有那包"万年青"药,每当被老虎和狗咬过后,就撒上一点药,很快又长圆了。所以,老虎和狗总是吃不完太阳和月亮。

射日奔月

(汉族)

尧是高辛王最小的一个儿子,后来却继承他做了国君。

当尧在位的时候,曾有十个太阳,一齐出现在天空,把禾苗晒焦了,把草木晒死了,老百姓都饿着肚子,没有东西吃。加上还有种种恶禽猛兽,如猰貐、凿齿、九婴、大风、封豨、修蛇等从火焰似的森林或沸汤般的江湖里跑出来趁火打劫,危害人民,使本来生活不下去的人民,更加生活不下去。

仁爱的尧,除了忧愁烦恼地每天向上帝呼吁祷告以外,简直没有其他办法。

十个太阳,都是东方天帝帝俊的儿子。帝俊有两个妻子,一个叫常羲,替他生了十二个月亮女儿;另一个叫羲和,替他生了十个太阳儿子。

十个太阳儿子,都住在东方海外的汤谷。这地方的水,滚热如汤,所以叫作汤谷。汤谷附近有一棵大桑树,生长在海水的中央,名叫"扶桑"。扶桑有几千丈长,一千多围粗,十个太阳就住在这树上。他们轮流出去值班,一个太阳回来了,另一个太阳才开始出去,所以太阳虽然有十个,经常和人们见面的,却只有一个。

太阳出来,他的妈妈羲和就替他驾了车子,由六条蛟龙拉着,飞快地在天空中

世界经典文库

中外神话故事

·中国神话·

图文珍藏版

驰行。每天的行程,都有严格规定的路线和程序。十个太阳儿子,便由妈妈这么伴送着,轮流出去值班。

可是不知道怎么一来,孩子们却忽然不愿意遵守这个规定,竟暗中商量好,"轰"的一声,一齐飞跑出来,谁也不再去坐那由妈妈驾驶的乏味的车子,而是欢喜地跳着、蹦着,四散在广阔无垠的天空中。习惯一经养成,就天天结伴出来玩耍,再也不想分开。自然,十个太阳齐照的大地,是多么光明灿烂啊。也许他们心里还想,光明灿烂的大地在向他们表示欢迎,哪知道大地上的一切生物,都怨恨他们到了极点。

做爹妈的帝俊和羲和,对于顽皮成性的孩子们的恶作剧,虽然也想加以管束,无奈他们都具有大的神力,全然不理睬双亲的忠告,一时竟拿他们没有办法。

十个太阳见爹妈拿他们没办法,就胡闹得更加起劲了。可是代表人民愿望的尧的祷告,又天天上达天庭。帝俊身为上帝,对这种呼吁,绝不能充耳不闻;加上他实在也讨厌孩子们的胡闹了,就决心派一个擅长射箭、名叫"羿"的天神到下方去,诛除那些为害人民的恶禽猛兽,捎带着也把他的坏孩子们吓一吓。

羿领了帝俊的旨命,便带着他的妻子嫦娥,辞别天庭。临行时候,帝俊赐给羿一张红色的弓,一口袋白色的箭。这华贵的神弓和神箭,都是天上稀有、世间所无的宝贵武器,刚好配得上像羿这样一个高明卓绝的射手。

羿于是带着他的妻子,降到下方,在闷热难当的茅草屋里,见到了为旱灾而愁苦的尧。尧一知道羿就是天帝派遣下凡为民除害的天神,不禁大喜过望,烦恼和忧愁顿时消散得干干净净。

远远近近的人们,听说天神羿下了凡间,都赶到王城所在的地方来,聚集在广场上,大声地呐喊和欢呼,要求羿替他们诛除祸害。

最为人痛恨的,当然就是一齐出现在天空中的这十个太阳。起初,羿原也想虚张声势,吓吓他们,叫他们不敢再调皮就算了。哪知道这些骄纵惯了的少爷,见羿在下面调弓弄弦、作势要射的样子,竟连理也不理,只在肚子里冷笑。这一来却真的惹恼了羿。正直的羿心想:"哪怕你是天帝的儿子,既然你们决心和人民为敌,我就敢于收拾你们!"

于是他就真个慢慢地走到广场中央,搭上箭,拉满弓,对准天空中的一个太阳,嗖地一箭射上去。起初没有影响,隔了顷刻,只见天空中一团火球无声地爆裂了,流火乱飞,纷纷的金色羽毛四散,"訇"的一声落在地面上的,是一团红亮亮的东西。人们跑近前去一看,原来是一只极大的金黄色的三足乌鸦,想来就是太阳精魂的化身了。再一看天上,太阳果然已经只剩下九个,空气也似乎凉爽了些,人们不由得齐声喝彩。

祸事既然闯定了,羿索性一不做二不休,便又连忙拈弓搭箭,向着天空中东一个西一个战栗而正想逃跑的太阳射去。一支支的箭像疾鸟般地从弓弦上发出,只听得嗖嗖嗖的箭声,只看见天空中一团团火球无声地爆裂,满天是流火,数不清的金色羽毛四散在空中。三足乌鸦一只只地坠落下来，人们的欢呼声音响彻了大地，羿正射得欢畅而高兴。

站在土坛上看射箭的尧，忽然想起太阳对人也有大功，是不能全射下来的，急命人暗中从羿的箭袋里抽出了一支箭。羿以为十支箭都射完了，就停下来，因此天空中的太阳终于还剩下一个。可怜这顽皮的孩子已经吓得脸色发白，地面上的人们都吵嚷着冷起来了。

然后，羿又去诛除种种为害人民的恶禽猛兽。他先在中原地带把形状像貐而有着老虎爪子的怪兽猰貐诛杀了，又去南方的畴华之野杀那口吐一齿如凿、约五六尺长、号称"凿齿"的人形兽躯的怪物。二害既除，又去北方的凶水之上杀九婴；九婴是一个生着九个脑袋、能喷水也能吐火的水火之怪。回转来经过东方的青丘之泽，羿又用带绳的箭射杀了一只名叫"大风"的鸷鸟。然后又去洞庭湖把一条巨蟒斩为数段。最后回到中原，在桑林地方又把一头有着长牙、利爪、力气赛过牛的大野猪即所谓"封豨"的生擒活捉住。

羿为人民除了七桩大害，天下人民都感念羿的功德，到处都传扬着他的颂歌。羿觉得自己总算没有辜负天帝的委命，便把在桑林擒获的那只大野猪宰杀了，将肉剁得细细的，蒸成肉膏，用盘子盛好，恭恭敬敬地亲自端到天庭去，奉献给做天帝的帝俊。他满以为天帝定会嘉许他一番，哪知道帝俊竟满脸不高兴地向他说：

"你对人们虽然有功劳，可是你却射死了我的儿子，一见这野猪肉，我就伤心，见了你我也是这样。——好吧，从此以后，你和你的妻子就住在下方，不必再到天上来了。"

羿的一团高兴，登时化为乌有。他回到家里，就把他的伤心和委屈向着他的妻子嫦娥倾诉。不料他的妻子嫦娥虽是天上的女神，却未免心胸有些狭窄，听了羿的倾诉，不但不同情他，反而哭哭啼啼，和他吵闹。说自己原本是天上的女神，如今受了连累，上不了天，都是羿妄逞英雄，杀死天帝儿子的过错。

嫦娥还说："做了人是会死的，死了以后，就得到地下的幽都去，和那些黑色的鬼魂住在一起，过愁惨暗淡的生活，这是多可怕呀！"

"是呀，"羿闷闷地回答说，"我也不想到幽都去，可是，那又有什么法子好想呢？"

嫦娥于是告诉羿，听说在昆仑山，住着一个神人，名叫西王母，她那里藏有不死药，人吃了就可以长生不死。

"对呀，"羿高兴地说，"西王母藏有不死药，怎么我先前竟一点也没有想到呢？——好，我马上就去向西王母求不死药。"

于是羿准备了一点简单的行装，带了些干粮，背上弓箭，骑上白马，在第二天早晨，当太阳初升的时候，便向昆仑山进发了。

昆仑山，是西方的一座神山，黄帝住在这里，西王母也住在这里。它的下面，环绕着弱水的深渊，一片鸟毛掉在上面，也会沉落，更不要说乘船载人了。它的外面，又被一座炎火的大山包围着，大火昼夜不息，无论什么东西一碰见它就会燃烧。

靠了射日除害的剩余的神力和不屈的意志，羿居然通过了水火的包围，攀登上了昆仑山顶，见到了好几丈长的大稻子和九首人面虎身的守门的开明兽。这个地方的高度，据说有一万一千多里，要不是羿，谁也休想来到此地。

羿把来意向西王母说明之后，西王母非常同情羿的不幸遭遇，就慷慨地给了他一包足够两个人吃的不死药，并且告诉他说：

"这药，是从不死树上采下的不死果炼制成的。不死树三千年开一次花，六千年结一次果。果子很少，我的全部剩下的药物都在这里了。如果一个人吃了这么多药，就还有升天成神的希望。你拿回去好好保藏着，不要弄丢了。"

"谢谢您，"羿说，"我一定记住您的话。"又经过千山万水的跋涉，羿终于带着不死药，高高兴兴地回到家里。他一回家，就把不死药交给妻子保管着，准备择一个节日，大家同吃。他并不想再上天，因为天上的情形并不比人间好，只要不到地狱去，他就意满心足了。

可是他的妻子嫦娥却不和他一般设想。她想她原是天上的女神，如今上不了天，全是受了丈夫的连累，照理他该还她一个女神才是。灵药既然除了长生更有使人升天成神的妙用，那么即使自私一点，吃下丈夫的一份，也不算怎么亏负他……

想来想去，她就打定主意，不再等待什么节日，趁羿不在家的一个晚上，把那包药取出来，一齐吞下肚子去。

奇事果然在这时候发生了，嫦娥渐渐觉得她的身子轻飘飘的，脚和地面脱离开来，终于不由自主地飘出了窗口。

外面是夜晚的蓝天，灰白的郊野，天上有一轮圆圆的皓月，被一些金色的小星围绕着。

嫦娥一直飘升上去……

但是到哪里去呢？她思考着：假如到天府，定会被天上的众神耻笑，说她是背弃丈夫的妻子。看来只有暂时到月宫里去躲藏一下的好。主意决定，她就一直奔向月宫去。

她到了月宫里。月宫里出奇的冷清，却是她先前一点也没有预料到的。这里除了一只蟾蜍、一只白兔和一株桂树而外，什么也没有。直到许多年以后，才又添了一个"学仙有过"、罚到月宫里来砍桂树的吴刚。吴刚砍桂，桂树和他闹别扭，创口随砍随合，再也砍它不倒。

这景象很使她灰心失望。但是既然已经来了，只有住下再说。可是愈住下去，愈是觉得寂寞不惯。她开始想起家庭的乐趣，丈夫的好处。假如自己宽宏大量一点，不这么心眼窄小，两人分吃了不死药，大家都永生在世上，岂不胜过一个人冷冷清清的在月宫里做神仙吗？

她懊悔，她想仍旧回到下方去，向丈夫承认自己的错失，请他原谅。但是药已经吃下肚去，这种愿望便只能是空想，从此她就只好永远住在月宫里，再也下不来了。

那天晚上,羿从外面回来,发觉他的妻不见了,桌子上却放着不死之药的空包。羿明白了这是怎么一回事,愤怒、失望、悲哀,好像一条条毒蛇,绞缠着他的心灵。

他闭紧了嘴唇,怔怔地望着窗外,在这星月交辉的天空,他的妻子已经离开了他,单独寻找她幸福的乐园去了……

羿唯一借以消愁解闷的方法,只好是背弓挟箭,骑了骏马,到原野上去驱驰,或是到山林里去打猎。呼呼地拂过耳畔的天风,也许会吹散他的忧愁;和野兽搏斗时候的兴奋,也许会消除他的痛苦。

陪伴他去打猎的,有一个他在下方招收的学生,名叫逢蒙。逢蒙,是山间的一个猎手,是一个灵敏而又勇敢的人,羿一向很喜欢他,曾经尽心竭力教他射箭。

后来逢蒙的箭几乎射得和羿一样好了,天下都很闻名,凡是人们提到箭射得好的,都把羿和逢蒙两人相提并论。

羿很喜欢他有这样一个本领高强的学生,但是气量狭小的逢蒙却不大喜欢有这么一个本领比他还高强的老师。

据说有一回,羿曾和逢蒙比赛过一次射箭。恰好天空中一行雁飞了过来,羿叫逢蒙先射。逢蒙连发三箭,为头的三只雁应着弦声坠落下来,一看,刚好三支箭都射中雁的头部。这时,受惊的雁已经四散乱飞,羿也随意向它们射了三箭,也有三只雁应弦坠地,三支箭也都射中雁的头部。这样,逢蒙才知道老师的本领实在比他高强,不是他轻易赶得上的。

因此,逢蒙对于羿总是感觉着非常嫉恨,暗害羿的念头时常在他的胸中盘绕。但是一则羿向来待他好,良心似乎不许可;二则实在也找不着下手的机会,这愿望就埋藏着没有实现。

现在可是好了,羿因为受了家庭事变的刺激,脾气变得暴躁易怒,动不动就要骂人,逢蒙也被责骂过好几回。良心的藩篱很容易被羞辱冲破,加之有一回羿在气恼之下忽然宣称,他要单独出去打猎,逢蒙就利用这机会,暗中准备好,实现谋害老师的计划。

傍晚,羿打猎回来,快到家的时候,只见对面树林边上有人的影子闪了一闪,接着,就有一支箭向他飞来。羿眼明手快,连忙拈弓搭箭,在跑着的马上,一箭射去。只听得铮的一声,箭尖正触着箭尖,在空中发出几点火花,两支箭便向上挤成一个"人"字,然后翻身落在地上。第一箭刚刚相触,双方立刻又来了第二箭,同样相触在半空中。一连射了九箭,羿的箭都用尽了,这时他才看清楚逢蒙得意地站在他的对面,还有一支箭搭在弦上,正对准着他的咽喉。

来不及让羿略做防备,对方的箭早已经像流星般地,嗖的一声径向羿的咽喉飞过来。也许是瞄准差一点,却正中羿的嘴。一个斤斗,羿带箭掉下马去,马也就站住了。

逢蒙见羿从马上落下,以为老师这下子是准死无疑了,便慢慢地踱过来,微笑着去看他的死脸；刚在定睛看时，只见羿忽然张开眼睛，直坐起来。

"你真是白跟我学了这么久，"羿吐出箭，笑着说，"难道连我的'啮镞法'都不知道吗？这怎么行，还得好好地练习啊！"

"饶恕我……"逢蒙丢了弓，扑地跪伏在地上，抱住羿的腿，半哭泣半号叫地哀告说。

"去吧，以后别再这么下作了。"羿鄙夷地挥了挥手，便跨上马，径自走了。

羿虽然被逢蒙暗算过一次，但是一者他为人素来仁爱宽大，二者也自恃有过人的技艺和勇武，所以并没有把这事放在心上，以后出去打猎，还是随身带着逢蒙一道。

从此以后，逢蒙在羿的面前，愈加表现得老实恭顺，使羿对于他的改过向善，深信不疑。

但是他却暗中用桃木削成一根大棍子，随时携带在身边，说是既可以用来打野兽，又可以用来挑猎物。羿见桃木棍使用起来方便，也很欢喜，丝毫没有其他疑心。

一天，羿站在树林边仰天射雁，已经射落了一只，正举起弓箭来要射第二只，哈着腰在他身旁收拾猎物的逢蒙忽然直起身来，抓起树旁的桃木大棍，对准羿的头顶，狠狠地就是这么一棍。

当羿察觉，回过身来，要给这恶徒以打击的时候，事实上已经来不及了，桃木大棍就像泰山压顶似的，一棍正中羿的后脑。

鲜红的血液不断地从羿的耳朵边流下来，羿两手无力地垂下。手里的弓和箭扔落在地面上。他略回过头来，用他虽然已经昏迷却仍然是那么愤恨而又轻蔑的眼光看了逢蒙一眼，然后，像一座山样的，颓然地倒了下来……

他死了，他平静而无声地死去了。他一生连遭不幸，又死得这么冤枉，真是太叫人痛心了。据说人们为了纪念他，奉他做了宗布神。宗布神的职司是统辖天下万鬼，教邪恶的鬼不敢害人，有点像上古时候的神荼、郁垒和后世民间传说的钟馗。他生前为民除害，死后还继续做他的工作，也可算是志望得遂了。

射太阳

（赫哲族）

黑龙江江边，常常能从地底下挖出通红的石头和沙土，老人们说，这是早先天上太阳多烤红的。说起这件事，还流传着一个莫日根射太阳的故事。

早先，天上有三个日头。它们挂在天当腰，毒辣辣的，像火盆一样。老百姓真坑苦了，晒得透不过气来，热得吃不下饭，睡不好觉。地里的禾苗刚冒芽，就被晒死了；江河里的水，全被晒干了；山上的树，晒得枯焦焦的，都死了；所有飞禽野兽，也都聚在海边，藏在洞里，白天不敢出来。

有老两口,养了一个儿子,长到十六岁时,膀大腰粗,臂力过人。他一使劲,能推倒一座大山;他一喝水,能喝干一条大河;他一蹬脚,就蹬出一个深潭。村里人都叫他莫日根。

父亲看到自己的儿子长大了,对他说:"儿呀!如今天下老百姓都在受苦受难。我看你的力气挺大,要好好练功,将来为老百姓做件好事,把天上的日头射掉两个,留一个照亮就行了!"

莫日根说:"爸爸,那我明天就去射日头!"

父亲说:"你的射箭功夫还不过硬,我看还得练上一阵子。"

莫日根遵照父亲的话,天天练习弓箭。一晃过去了一年,莫日根拉断了九十九张弓,射飞了九万九千支箭,练出了射箭的硬功夫。弓弦一拉,大风呼呼,箭头碰处,无坚不摧。

莫日根跟父亲说:"爸爸,让我去射日头吧!"父亲点头同意了。出发那天,村里的乡亲父老,一直把莫日根送出村子十里多地。

莫日根大步朝东方走去。他爬过了九十九座高山,迈过了九十九条大河,穿过了九十九个峡谷,来到了东海边。他登上了一座大山,山脚下就是茫茫的大海。

莫日根在山顶上等着。当三个日头刚刚在海边露头的时候,莫日根左右开弓,射出了两支神箭,顿时射落了两个日头。第三个日头吓得躲在云里,不敢露面了。

莫日根笑着说:"你不用害怕!我不射你。不过你得答应为百姓做好事,白天出来照亮,晚上回去休息。"

第三个日头连连答应说:"好,好!我一定照办,决不偷懒!你啥时候叫我出来,我就啥时候出来!"

莫日根说:"这样吧,以后每天早晨公鸡一叫,你就起来。"

从此,每天早晨公鸡一叫,一个太阳就乖乖地从东边出来。不过每当天气不好,要闹天头的时候,人们站在高处,还能够看到三个日头。一个挂在天上,另两个在东西两边,紧贴着地,真像天上那个日头的耳朵。老年人指着那两个日头会说:"这就是当年莫日根射落的两个日头。它们还想重新飞到天上去,可是翅膀叫莫日根射断了,想飞也飞不起来了。这会儿,你们看,它们变成了日耳,还在那里发脾气呢!"

特康射太阳

(壮族)

古时候天上挂着十二个太阳。十二个太阳像火团,田里禾苗晒焦了,山上树木晒干了,山泉断了水,江河见石头。女人去挑水,挑着空桶走回家,男人去找水,干着嗓子回家来。人们渴得活不下去了,大家同声呼号:"哪个本事大,杀死太阳精;

哪个射箭狠,射落毒太阳!"

有个英雄叫特康,他决心要射落十二个太阳,解除人间的灾难,便跳出来对大家讲:"我造了一把万斤力的弓,我削了十二支千斤重的箭,我去射落毒太阳。"

特康半夜就起来吃饭,天还没亮就出了门,手中拿着强弓,身上背着硬箭,迈步如飞,天未亮就到了高高的巴泽山上。

特康站在山顶上,拉开万斤力弓弩,搭上千斤重利箭,瞄准天上火辣辣的太阳,嗖地一箭射去,第一个太阳被射落了。特康又拉开弓弩,搭上利箭,嗡的一声射去,同时射落了两个太阳。

十二个太阳射落了三个,还有九个在天上瞪着红彤彤的眼睛。特康感到这些太阳仍很焦热,又狠狠地射出了第三支箭。这一箭射得很有力,一箭射落了四个太阳。其余的太阳吓得全身打颤,团团旋转。

特康又拉开弓,搭上箭,要把其余的太阳射落。人们连忙对他呼喊:"特康呵特康!留下一个太阳晒谷子,留下一个太阳暖人间。"

特康说:"十二个太阳只射落了七个,还有五个在天上。五个太阳太多了,我再射落四个。留下一个照人间吧。"说着,又猛力把弓弩一拉,射出了第四支箭。

那箭儿不偏不倚,正好射穿了四个太阳。四个太阳一齐掉落了,天上只剩下一个太阳啦,人们十分高兴。

这时,剩下的这个太阳害怕极了,在天上摇摇晃晃,慌慌张张,很快就躲进大海里去了。

天上没有了太阳,大地立刻变成了一片黑暗。毒蛇猛兽到处横行,鸡鸭不敢出笼,雀鸟要找东西吃,有眼也看不见,人们无法生活下去了。人们商量去把那个躲进大海里的太阳请回来。但要去请那个太阳,必须到海中那座最高的岛上去喊。派谁去喊呢?大家说,派嗓音最响亮的去喊。谁的嗓音最响亮?公鸡说:"我的嗓音最响亮,我去喊一定能把太阳喊出来。"

公鸡的嗓音确实最响亮,大家觉得派公鸡去最合适。可是公鸡不会游泳,怎样到海岛上去呢?大家正在焦急的时候,一只鸭子站出来说:"我会游泳,我把公鸡背过大海去。"

大家听了都很高兴。于是鸭子背着公鸡,跳进大海,哗哗划起水来,用了很大力气,终于把公鸡背过大海,到了那座高高的海岛上。

公鸡站在海岛上,昂起脖子,放开嗓子一连叫了三天三夜,天天高声呼喊:"太阳呵,出来吧! 太阳呵,出来吧!"白天喊,黑夜喊,喊到第四天清早,只见东边的海面上,透射出五彩缤纷的朝霞,接着一轮金灿灿的太阳露出海面来了!

人们看到了太阳的光辉,高兴得手舞足蹈,齐声欢呼。

从此,这个太阳每天从海边升起,挂在天上,温暖着人间,禾苗得生长,万物得生存。

大家很感激特康射落了十一个太阳,把特康编成歌子来唱。大家也很感激公鸡和鸭子,对公鸡讲:"你不用做工了,我们用白米养活你,只要你天天把太阳喊出来。"直到现在,公鸡还是勤勤恳恳地承担这项职责。鸭子呢?人们对它说:"你帮助了人们,也帮助了公鸡,以后你生下的蛋,我们叫鸡大嫂帮你孵,孵出小鸭我们帮你看管。"所以直到现在,鸭子的蛋由鸡大嫂来孵,孵出的小鸭由人来看管。

十二个太阳

(布依族)

远古时候,天上是天神管辖的地盘。天神有十一个儿子和一个姑娘,个个聪明能干。虽说天神样样本领都大,但就是怕冷。他对儿女们说:"谁能给我找到温暖,将来我死后,就让谁继承我的王位。"

十二个儿女各有一套打算,个个都想在天上称王。他们听了父王的话后,就各自去寻找温暖,他们走了许多地方,终于都在人间发现了火种。他们向盘古王求拜说:"我们都是天神的儿女,游遍了整个天庭,处处都是冷冰冰的,只有人间的火,能使我们感到温暖,现在,请盘古王给我们每人一束火种吧!"

盘古王看到他们个个都长得生龙活虎,说话也很诚实,就同意把火种送给他们。

兄妹们拜谢了盘古王,带着火种飞回天庭去了。天神看到儿女们个个都找到了火种,十分高兴,就说:"你们经历了千辛万苦,个个都找到了火种,但我还有一个希望,你们若能让火种永不熄灭,每月一个轮流出来照明,那才好呢。"

兄妹十二人都想长生不老,永放光明。于是,大哥点燃十个火把,二哥点燃二十个火把,三哥点燃三十个火把……一个比一个点得更多,一个想比一个更强。最后,火把越烧越旺,兄妹十二个变成了十二团火球,也不按天神说的每月轮流一次,个个都争着出来巡游。这样,每天都有十二团火球在天上转,大地被烘烤得热气腾腾,河流干了,树木枯黄了,田地开裂了,庄稼也被晒死了。山林中的鸟雀找不到果子吃,人们种的粮食颗粒无收,日子过得十分艰难。

盘古王看到百姓这么受苦,心中火冒三丈,说:"哼!天上那十二个兄妹真不像话,我好心把火种送给他们,让他们在天上取暖,哪知他们不但不感恩,反而恩将仇报,变成十二团火球,一齐飞了出来,害得人间像火海一样。只可惜现在我老了,不能上天去惩治他们了。谁能上天去射落火球,谁就继承王位,管理天下。"

百姓们听了,都摆脑壳,不晓得怎么上天。只有盘古王的一对儿女——布杰和布缅兄妹俩站出来,要上天去射火球,为天下的人们出气。哥哥布杰十八岁,妹妹布缅才十七岁,他俩血气方刚,脚勤手快,要不多久,就造成了十二支金箭。

这天,烈日当顶,哥哥背起大弓,妹妹带上十二支金箭,他俩登上高高的播索密山顶,哥哥爬到一株马桑树上,妹妹站在树脚把金箭递给哥哥。只听到"呼呼"的两声箭响，两个红彤彤的火球被射落下来了。哥哥一连射出十箭，十个火球都滚了下来，掉进大海里去了。这时，大地上突然凉爽起来，人们奔走相告，都说布杰兄妹本领大。他们欢呼着一齐围到马桑树下，请布杰兄妹不要再射了，要留一个白天照亮小伙子们犁田，还留一个晚上照亮姑娘们纺纱织布。

布杰兄妹听从大家的意见，这样天上只剩下最小的兄妹俩变成的太阳了。哥哥说："人们太厉害了，现在天上只有我们兄妹俩了，我们还是按人们的意见办吧！你管白天，我管晚上。"

妹妹说："哥哥说得很对，但妹妹有点为难，白天巡游，走起路来衣裙摇摇摆摆的，怕人偷看。晚上出来嘛，我孤单单一个女子又不敢走黑路，不知怎么办才好？"

哥哥说："妹妹还是白天巡游为好。有人偷看你的衣裙，你就把身边那一万颗银针撒出来，刺他们的眼睛，这样他们就不敢再偷看你了。"

这以后，妹妹就管白天，哥哥管晚上，他们都从东方升起，往西方落下去，永远巡回往复。人们为了感谢兄妹俩白天黑夜轮流在天上给人们放射光明，就给他俩各取了一个好听的名字。妹妹被叫作"当婉"（太阳），哥哥被称为"冗令"（月亮）。

为什么冗令没有当婉那样光亮呢？原来人间布杰兄妹射日时，一连发出十箭，把天上的第十一个火球吓昏了，不小心掉进天牛的滚水塘里去，满身沾着泥巴，再也洗不清，这样，他就没有当婉那么明亮了。

射太阳的故事

（泰雅族）

从前，天上有九个太阳，它们轮流出来，因此只有白天，没有黑夜；也因此河水干枯了，农作物没办法活，人们实在受不了。于是酋长便聚集大家开会，决定派人去射太阳。

但是天那么高，太阳那么远，怎么去射呢？最后大家想出了传宗接力的方式。他们派出几对青年男女，让他们在路上结婚生子，在射下太阳之前，能把射太阳的任务传下去。他们一代接一代地走，终于走到接近太阳的地方，射了八个太阳，其中七个太阳的碎片成了星星；另一个太阳被射中后变成了月亮。剩下一个没有射掉，就是现在的太阳。

去射太阳的人大概传了十几代，才到达接近太阳的地方；回来的时候也是传了

射日

好几代。等这些人回到部落时,因为年代隔太久了,部落的人看到他们时,还以为是外星人来了呢!

天为什么是青的

(汉族)

以前,天不是青的。一抬头啊,看天上尽是些大石头。风一吹,天上悬吊起的石头,就乒乒乓乓地落下来,把地上的人呀畜呀打死不少。地上的人一天到黑提心吊胆的,走路都要拿个眼睛望着天上。人们经常说,要是有什么东西,把天上的石头蒙住不掉下来就好啰。

有个织布姑娘,人长得很漂亮,心也最善良,织布织得又快又好看。她早就想织一匹青布,把天上的石头蒙住。她织呀织呀,织了大半辈子,终于织出一匹能够蒙住天的青布。等到天黑,她就悄悄带上青布,腾云飞到天上,一晚上就把天上的石头蒙住,以后一坨石头也看不见了。

从此以后,天上就没落过石头,人们也能放心过日子。只要是晴天,没得云遮住时,太阳一出来,就能看见天是青幽幽的。

刮风打雷的由来

(怒族)

相传,很古很古的时候,地上有九个风神,分别住在九个无底洞里。当他们闭目养神时,地面上就风平浪静;当他们轻轻呼气时,地面上就微风徐徐;当他们粗声喘气时,地面上就大风呼啸。所以直到今天,怒族还有"风洞""风穴"的说法,说风是从无底洞里吹来的。

那时,生活在地上的人们还不能认识天气,常常受到雨、雪、风、雹等自然灾害的袭击,庄稼被大水淹没,人畜被冰雪冻死,房屋被暴风刮倒,人间到处是一片凄凉景象。

善良的孤儿看到地上的人们这样遭难,心里十分同情,想方设法要给人间预报天气。他东奔西走,不辞辛劳,从很远很远的地方找来九十九张牛皮,用这些牛皮做了一个大口袋,在袋里装了石子。当天阴下雨之前,他不顾劳累,用绳子拉着口袋,在天上来回走动。袋里的石子互相碰撞,不断发出震天动地的响声,这就是打雷。

从此以后,人们一听到雷声,就知道天要下雨了。

孩童为什么怕雷电

（高山族）

从前，在马大鞍社的一户人家，有父亲、母亲、儿子三个人。有一天，父亲和儿子一块去打猎，从大清早出去，到黄昏还没有回来。母亲想念丈夫和儿子，就在家里默默地求神保佑。

一直到了深夜，母亲才看到儿子回来。母亲高兴地拉着儿子的手说："噢，我的孩子，你可回来了，你爸爸到哪儿去了，这么晚还没有回来？"儿子一边抹泪，一边说："原先我和阿爸一起走，过山坡时，我迷了路，两个人就分开了。我找不到爸爸，只好自己摸黑走回来。"其实，是儿子偷懒不打猎，私自跑回家来的。母亲一听，脸色大变，恶声地斥骂他："你这不孝的儿子，把父亲丢在山里不管。你看不到爸爸的身影，为什么不喊他的名字？"儿子害怕地回答："不，妈妈，我已经大声疾呼了，没有回音啊！"

母亲听后，焦急极了，急忙到灶头点燃了松明，飞快地跑到深山里去找丈夫。一直找到天蒙蒙亮，才在一个幽静的山谷里遇到丈夫。丈夫听到儿子已私自偷跑回家，并且说了一通胡话，非常气愤，狂怒地大声喊骂着，使山头都震得不停地颤抖起来。

就在空谷回响之间，狂怒的父亲突然升到天空，化成了雷神。妻子站在一旁看呆了，她手执一闪一闪发亮的松明，也随着丈夫的身后，升天化成了电婆。那孩儿再也见不到自己的父母了。每逢天上雷鸣电闪，他就惊恐不已，晓得这是天上父母在训斥他呀。

从那时候起，孩子都害怕雷电，就是这个缘故。

天神造人

（蒙古族）

在那遥远的年代：
当寰宇有微微曙光的时候，
当生命的火种初燃的时候，
当汪洋大海初为小泊的时候，
当高山峻岭初为小丘的时候，
当明亮的日月刚刚形成的时候，
当树木花草刚刚发芽的时候……

天神为了造就人类，用泥土捏了一男一女。但是为了使他俩获得生命，必须去寻求生命的甘露叫他们喝了才行。天神担心他走后有魔鬼来吃掉泥人，于是特意请狗和猫来守护。

天神走后不久魔鬼真的来了。狗和猫迎上去连咬带抓不让魔鬼靠近泥人。可是狡黠的魔鬼给猫送来了爱吃的牛奶，给狗送来了喷香的羊肉，乘他俩狼吞虎咽的时候，在泥人身上急忙撒了一泡尿水就逃走了。

当天神求来甘露，眼见两个泥人满身的污秽，生气地命令狗儿舔干他们身上的尿水。狗虽然舔了，但舌头没有到的一些地方却留下了人们今天的头发和腋毛，所以人身上其他地方就没有毛了。天神又把猫儿舔刮下来的脏毛披盖在狗儿身上，这样，狗身上长了又长又密的毛。至今牧人们还在说，猫舌头是有毒的，狗毛是腌臜的。

天神虽然给泥人喝了永生的甘露，却因为中了魔鬼的邪气，人的生命从长生不老缩短了许多年。

始祖塔婆然
（哈尼族）

听老辈人说，天和地分开的时候，天底下的人只有一个叫塔婆然的妇女。她是咋个变成人的呢？是天神将她从天缝中丢到地下来的。塔婆然来到地下后，一个人住在山洞里，靠采摘树林里的野果充饥，她讲的话，只有动物才听得懂。

有一天，塔婆然从山上回来，走到树林边，觉得累了，就靠在树根底下打起瞌睡来。当她睡着的时候，迷迷糊糊地觉得身上被狂风吹了一阵，醒来时，觉得浑身冷极了。从这以后，塔婆然发现自己的肚子一天比一天大起来。开初，她还以为是果子吃多了胀大的，无论她每天怎样减少食量，肚子仍然一天比一天大。她害怕了，以为是别的天神又在想法子制她哩！急得她每天早晚对着天缝求饶。

过了七个月，塔婆然不但觉得肚子里面会动，连大腿、手膀、脚趾头、手指头里都会动，过了九个月，一天夜里，塔婆然突然觉得浑身痛得厉害。当她睁开眼睛看时，自己的肚子上、大腿上、手臂上、脚指上、手指上处处都爬满了小东西。塔婆然不知道是些什么，吓得浑身抖动。她把身上的小东西抖掉在地下。过了一会儿，掉在地下的小东西变成了老虎、野猪、麻蛇、泥鳅……塔婆然定睛一看，害怕极了，赶快摇了摇手。地下的小东西见她摇手，以为是赶它们走，一个个嗷嗷叫着跑开了。等塔婆然定了定神，才觉得自己的肚子还大着呢，但想想刚才生下的那些怪物，心里急得不知怎么办才好。

说也奇怪。天还没亮，塔婆然肚子里的东西就自己掉下来了，她一点也不觉得疼痛。当塔婆然悄悄睁开眼睛看时，喜欢死了，肚子里出来的小东西一个个长得十分好看:两只小腿直立立地站着,两只小手含在嘴里,一双眼睛亮闪闪的看着她。塔婆然数了数,一共有七十七个小娃娃。她打算自己喂养他们,就把他们都抱在怀里。为了分清这些小娃娃,塔婆然给他们一个个取了名字,叫哈尼族、彝族、傣族、白族、汉族……

依罗娘娘造人
（土家族）

张古老造好了天,李古老造好了地,地上没有人,空荡荡的,寂寞得很。

玉帝把张古老喊来,说:"张古老,张古老,你造个人吧。"张古老用石头做人,做了七天七夜,头有了,身子有了,脚手都有了,坐着不会出气,站起来不会走路,张古老没有做成,他"唉唉唉"地叹了三口气,上天去了。

玉帝把李古老喊来,说:"李古老,李古老,你造个人吧。"李古老用泥巴做人,做了七天七夜,头有了,身子有了,脚手都有了,坐着不会出气,站起来不会走路,李古老做人没有做成,他"唉唉唉"地叹了三口气,进地去了。

地上还是空荡荡的,寂寞得很。

玉帝把依罗娘娘叫来,说:"依罗娘娘,依罗娘娘,你做个人吧。"依罗娘娘用竹竿做骨架,用荷叶做肝肺,用豇豆做肠,用萝卜做肉,用葫芦做脑壳,通了七个眼眼,吹了一口仙气,坐着能出气了,站起来能走路了,依罗娘娘做人做成了。

地上有人了,凡间世上热闹了。

人类的起源
（德昂族）

在天地刚刚分开以后,大地上还没有生物,只有天王和地母。后来,他俩便结成夫妻,生了一个女孩。

一天,天王一人外出,走到一处漫无边际的密林中去打柴,忽然一阵狂风吹来,刮落了一百片树叶。天王自言自语说:"这一百片树叶,如果能变成人,我就有伙伴了。"他话刚说完,果然这一百片树叶就变成了一百个人,男女各五十人。这五十个男子的面貌与天王模样完全相似。地母叫女儿去给天王送饭,女儿始终认不出谁是她的父亲,只好折回家中向母亲禀明情况。地母告诉女儿说:"你看见谁身上会出汗,谁就是你父亲。"女儿照母亲的吩咐,又到山上给父亲送饭,看到有一个人正在砍柴,满身上出了很多汗,便认出是她的父亲。

至此,在世界上便生活着一百零三人,他们就是现在德昂族的祖先。

当时，这一百个人，每人都有一个姓。他们把这棵被风吹落了树叶的大树，称为"生人树"，因为人是从这棵树的树叶变成的。既然有了人，就得有房子住，于是他们又把这棵生人树锯成了木板，盖起了房屋，住在附近的山坡上。从此，这一百个男子，便结成了五十对夫妇。

由于人口的增加，他们所种的粮食不够吃，于是天王就到天庭向仙人要粮食籽种。天王带回了玉米、稻谷、大豆、小麦、瓜、果、葫芦等籽种，撒种在地上、山坡上和海边。他们把葫芦籽种在海边上，它的秧生长在海中心，枝叶长出后，结了一个葫芦，浮在海中央，葫芦长得很大，如一座山，只听里面有人在闹。

一天，突然电闪雷鸣，天空下起了暴风雨，炸雷劈开了这个大葫芦，里面却装着这许多人，他们乘着葫芦划到海边，上岸后，这些人便成了汉、傣、回、傈僳、景颇、阿昌、白等民族的祖先。同时，还从葫芦里走出了许多动物和植物。

各色人种的由来
（泰雅族）

神创造人的方法，是用泥土捏成人形后，放进火里去烧。可是，第一次烧制的时候神忘了时间，因此烧焦了，那就是黑人。于是神再用泥土做了一个人再烧，但因为怕又烧焦了，时间还不够就拿了出来，结果太生，颜色太白，那就是白人。最后神又做了一个泥人，放进火里烧时，他全神贯注看着时间，完全熟了就拿出来，这就是我们黄种人。

恰喀拉人是怎么来的
（满族）

远古的时候，大地上已有很多树林和花草，什么动物也都有了，但这么大的地方，连个人影都看不见。有一个老妈妈神，在自己的林子里生活。她感到很寂寞，闲着没事，就用石片刀刻了几个木头人，把它们拿到太阳底下去晒，一晒这些人就活了。这么一来，世界上就有人了，有男有女。有老有少。他们就是恰喀拉人。

后来，恰喀拉人也用木头刻神，用木头刻各式各样的神。他们不用石头刻，也不用泥捏，也不用一般的木头刻，必须用椴木一类的木头刻。刻完后，就把它们供起来。

因为神用木头刻人，人用木头刻神，人供神时，神一定知道。人刻的是哪个神，就一定是他。恰喀拉的神大部分是老妈妈神，男神很少。妖怪大部分是男的，不善良。神善良，他们能治妖怪，常常是一种神治一种妖怪。

神膝相擦生出了人类
（高山族）

上古时代，拍普土陀山巅峰高耸，直插云端。在山崖上有一块巨大的石头。一天，这块巨石突然裂开了，轰隆隆的巨响震撼着大地。在一片白茫茫的石粉烟尘之中，一位男神泰然自若地走了出来。

不久，海面上突然掀起了几丈高的大海啸，海啸引起的狂涛声像打雷一般。海面上小山般的巨浪滚滚向前，朝海边的奴奴沙提左岛袭来。岛上的竹林茂盛密集。转瞬间，海浪涌进竹林，竹林前面的一枝大竹，突然噼里啪啦地裂开，另一位男神仓皇地跳了出来，似乎生怕竹片再夹住他。

因为这两位男神都是独生的，所以他们兴趣相投，往来密切，形影不离。有天晚上，他们并枕安眠，睡得迷迷糊糊，彼此的膝头相互摩擦了一下。奇迹出现了，一个神的右膝，生出了一个活蹦乱跳的男孩，另一个神的左膝，生下了一个面目清秀的女孩。这一男一女，就成了后来雅美人的远祖。

女娲造人
（汉族）

盘古王开出天地后，地上就是没得人，阴惨惨的。

不知过了多少时间，地上来了一个女神仙，叫女娲娘娘。她逛来逛去，到处冷冷清清的，感到一点不好耍，就想给大地添点东西。她走到一个水凼凼边，往水面上看，水中照出了她的影子。她笑呢，水里的影子也笑；她气呢，水里的影子也气，不管她咋个样，水里的影子也咋个样，扎实好看。于是，女娲娘娘动心了，想到如果大地上有些像自己一样的东西，就不会死气沉沉的了。她蹲下来，抠起一坨泥巴，洒上些水，颠来倒去地揉。照着水里自己的影子揉，揉来有脑壳，有身身，有手，有脚，跟自己一模一样。然后，把它放在地上。嗨，真怪！这块泥巴娃儿一落地，"哇"地叫唤起来了。女娲娘娘喜欢得不得了，就把娃儿叫作"人"。

以后，女娲娘娘又和起很多泥巴，白天捏，晚夕揉，不歇气地造人。一年，两年，也不晓得过了好多年，大地上很多地方就有了人烟。人有了，可是这些人都是一个模样，不分男的、女的，也不成其为家庭，各人打米、烧锅，孤孤单单地过日子。女娲娘娘又把他们分成男的，女的，让他们配成一对一对的，结个伴儿，各家生男育女，去传自己的后代。

从此以后，人就一年比一年多了，大地上也就慢慢地热闹起来。

人是泥巴捏的
（汉族）

听说，开天辟地后，地上长出了许多爬虫，连女娲娘娘也是一个人头蛇身的大爬虫。爬虫行动慢，经常遇到袭击，女娲就长出四条长腿，跑得快，跳得高，行走如飞。树上挂满很多好吃的果实采不到口，河中很多鱼虾捞不到手，她又把前腿变成了双手，这样不论做什么事情都很方便。过了一段时间，她觉得孤孤单单一个太寂寞，又想了一个办法，把地上的土掺水和成泥巴坨，捏成了很多很多的泥巴人，放在高山顶上，受山川正气的熏陶，日月精华的照晒，使这些泥巴人都变成了活人，从此他们就生殖繁衍人类。所以，直到现在，我们的身体不论如何洗澡，抹灰，每次洗，每次抹，都有泥灰洗掉。

人的来历
（汉族）

娲儿公主被下到凡间，她走后太极对宇宙王说："主上，不能让公主独自去，应该再派几个去。"宇宙王说："这是她罪有应得。"太极诚心地说："要不让我去吧！"太极是个诚实忠义的仙，心地非常好。无极一看，也想讨好宇宙王，便上前说："我也愿和公主同去。"无极却是个口是心非的仙，奸诈得很。宇宙王说："好吧，太极和无极一起去吧！"太极和无极追上公主，一起来到大地上。

娲儿公主来到大地上，见大地一片荒凉，到处长着野草山花，野兽成群，飞禽成帮，她掉下了眼泪。她走哇，走哇，不知何处能存身。她走累了，口也渴了，就在一个河边蹲下来，用手捧水喝，她在水中看见自己消瘦的影子，心中升起一种难言的痛苦。她在河边蹲了好长时间，手在河泥里无目的地乱抓着，她看见泥，心想，有了，我用泥做个我吧！想着，她就在河边和好泥，照着水中的自己做起来。她心灵手巧，不一会就做好了好多像自己一样的泥人。她自言自语说："你们活了多好哇，我就不孤单了。"她见一片草叶粘在一个泥人的脸上，就吹了一口气，想把草叶吹跑，不料，这个泥人就此活了，拉着娲儿的手喊起来："妈妈，妈妈。"娲儿很高兴，问她叫什么，她说叫"人"，那就叫"人"吧！

人，太好玩了，娲儿和人一起玩起来，饿了吃山果，渴了喝河水。她们玩得很快活，娲儿公主不孤单了。太极和无极来到大地上，一看见人，就问："这个东西是哪来的？"娲儿公主告诉他俩："我做的，用泥做的。"太极又问："他们怎么会活呢？""我也不知道，这个泥人脸上粘上了草叶，我一吹，她就活了。"娲儿说着，指了指身边活了的泥人。太极说:"那你再吹一个看。"娲儿又吹了一个泥人,也活了,拉着她的手叫妈妈。太极和无极一看,很好玩的,也过来吹,把娲儿做的泥人都吹活了。

人活了,大地也活了,她们走到哪里,哪里就响起一片笑声、喊声,她们采野果,抓野兽,捉飞禽,真热闹。

谁知过了数十年,人都相继死去,又只剩下娲儿一个了,这是怎么回事呢?飞禽走兽怎么不死呢? 娲儿发现,飞禽生蛋,野兽下崽,这样才传留下来的。

太极又来看娲儿了,娲儿就把这事告诉他。太极说:"那就再做吧,我来帮你和泥。"娲儿一听,来了兴头,就又做起人来。可她做的还是和自己一样的,太极说:"公主,这样还是不行的,她们不会传下来的,我帮你想个法子吧!"太极说完,就去搞了很多山辣椒来,给人安上,然后对娲儿说:"这样才会让他们自己传下去。"一直到现在,我们还管小男孩的生殖器叫辣椒。

太极又找来无极,也让他帮着做人。娲儿说:"这回我们要多做一些人,让所有的地上都有人。我走到哪里都不会孤单了。"无极本来不想干,为了讨好娲儿公主,才不得不做了一些。

他们只管做人,没有教他们语言,所以后来世界上的语言不同;由于他们做人的土色不一样,所以后来出现了不同的国家和民族;又由于不是一个人做的,人就有着不同的性格和品质,也许坏人就是无极做的泥人;有的地区的人长得不怎么好看,那是先做的泥人,因为一开始手艺还不精,长得好看的人是后做的。

据说。娲儿公主做人做遍了全世界,后来她又去补天,最后累死在中国。我们的祖先管娲儿公主叫女娲娘娘,又称她是人的始祖。这正是:

开古之事说不清,都说万物土里生,唯独"人"是泥做的,还是没离泥土中。

龟婆孵蛋

（侗族）

上古时候,世人没有人类。有四个龟婆先在寨脚孵了四个蛋。其中三个坏了,只剩下了一个好蛋,孵出一个男孩叫松恩。那四个龟婆并不甘心,又去坡脚孵了四个蛋,其中三个又坏了,剩下了一个好蛋,孵出一个姑娘叫松桑。从此世上有了人类。

后来松恩、松桑开亲,生下了王龙、王蛇、王虎、王雷、丈良、丈美、王素等十二个兄妹。由于兄妹人多,时常淘气,闹出一场大灾祸来。

一天,这十二个兄妹上坡去游玩,斗智比法。最小的兄弟王素,用锯子锯洪桐树,发出火来,又悄悄地用火绳拴在王蛇尾巴上,恫吓王蛇取乐。王蛇吃了一惊,慌忙往青山里躲,结果使大火在山林蔓延,酿成了火灾,烧伤了雷婆。雷婆动了气,连续用沉雷打烂了王素的九座房屋。王素被激怒了,暗中设计新修了一座铁屋,并用青苔敷在铁屋顶上，引诱雷婆再来。雷婆不知有诈，看见王素的新屋建成，又来破坏。谁知刚刚落在铁屋顶上，脚下青苔打滑，跌倒在屋顶上，盖板立刻下陷，把雷婆关到铁屋里，囚禁多日，饿得她奄奄一息，几乎死去。

后来，雷婆趁王素和丈良等人不在家，只有丈美一人看守她时，向丈美讨水喝。雷婆喝了水，浑身顿添力量，发出雷鸣闪电，冲破铁屋而出。为了报答送水救命之恩，雷婆拔下一颗牙齿，变成一颗瓜种，送给了丈美。关照丈美在天上开始落大雨时，把瓜种种下土里。说是可以避免灾难……雷婆上天以后，就施出她最拿手的报复手段，发出闪闪电光，响起隆隆雷声，大雨连续下了九个月，使得普天之下，天昏地暗，星月无光，洪水滔天，浊浪滚滚。

丈良、丈美两兄妹在落雨时种下瓜种，这颗奇异的瓜种，果然落地生根，寅时种，卯时发，很快长出了藤又结了瓜。兄妹二人还用扇子扇风，助它往上长，越长越愉快，瓜儿长得有三间房屋大。这时，天空又飞来啄木鸟，用尖嘴帮他们在瓜上啄开一个洞，当作进出的门，再把瓜内分成三隔，当大地上开始涨水时，丈良、丈美就躲进瓜中。大瓜在滔滔洪水中漂浮，丈良、丈美一路救起了七百条蛇、七千只马蜂和七千只黄蜂，将它们统统收进瓜内，让它们各住在一隔层里。丈良、丈美听说是雷婆发洪水，祸害人间，决定去找雷婆，逼她退洪水。

洪水涨到了天上，大瓜浮到了雷婆的门前。兄妹二人斥责雷婆不该如此狠心，要她退掉洪水，但雷婆不肯。于是，丈良挽弓搭箭向雷婆射去，老蛇和蜂子也随着丈良射出的箭奔向雷婆。丈良的箭射中雷婆的眼睛，流血不止；老蛇把雷婆的身子缠住，使她动弹不得；黄蜂往她的耳里钻，马蜂叮她的脑壳，使她的头肿得比笆斗还大。雷婆疼痛难当，无力招架，只得答应退去洪水。雷婆心眼很坏，在猛退洪水时，想使大瓜撞在岩石上，淹死丈良、丈美。雷婆的诡计被丈良、丈美识破，便规定雷婆一个时辰只能退去洪水一丈，缠在她身上的老蛇和叮在她头上的蜂子也退去一层，疼痛自然也减轻一分；如若她再生邪念，便老蛇咬，蜂子叮，箭疮发，叫她无药可医，无人可救。雷婆害怕了，不敢再耍花招，于是她放出十二个太阳来晒洪水，使洪水蒸发上升变为云霞。一个时辰，大水果然退去一丈。后来，洪水慢慢退完了，丈良、丈美的大瓜落到叫平俾铁团的地方。兄妹在那里从瓜中出来。可是，这时十二个太阳像十二团火球，早已把大地烤得田土开裂，树木枯焦，已不能种庄稼。兄妹俩一看不好，便在长腰蜂帮助下，一连射出十箭，把十个太阳射了下来，只留着两个在天空，白天黑夜分别照亮，白天的仍叫太阳，黑夜的后来叫月亮。

丈良、丈美斗败雷婆，智退洪水以后，从瓜中出来，看到一片荒凉景象，多方寻找，又不见一个人影，心里发愁了。丈美想，世上的人死绝了，哥哥同谁结亲呢？丈良想，世上已经无人烟，妹妹和谁做伴呢？一天兄妹外出，看见一对岩鹰歇在河边，兄妹忙问岩鹰："你俩飞得高，看得远，日飞千里不歇气，夜飞八百不眨眼，在这天底下，在那云下边，可曾见到别的男和女？"

岩鹰回答："我俩四面八方都飞遍，现在只剩下你兄妹活在人世间，只有兄妹开亲结成夫妻,人种才能往下传!"

丈美接口说:"岩鹰的话太荒唐,亲兄妹同吃一个母亲的奶,同一根带子背在娘身上,兄妹怎能做夫妻?兄妹开亲,见面也羞惭啊。"

岩鹰又劝说:"你俩莫要憨啦,现在你们兄妹若不开亲,世上人种就会断绝,这天大的罪过你兄妹能够承担吗?"这时,兄妹二人有些犹豫了。岩鹰又说道:"你俩莫要迟疑和拖延了,不信,你俩同到高坡顶上去滚磨子,丈良滚磨盖,丈美滚磨盘,然后再到山冲脚下看,若是磨盖合在磨盘上,那就是天意要你们开亲续嗣,不能违抗。"

丈良、丈美依照岩鹰的劝说去做,反复三次,果然磨盖都合在磨盘上(有的地方传说是:哥拿刀在河东,妹拿刀壳在河西,哥在河东甩出刀,刀子飞到河西,落入妹的刀壳内)。于是,丈良、丈美已无可推脱,只得兄妹开亲成了夫妻。

兄妹开亲不多久,丈美身上怀了孕,九个月后生出一个肉团团,生得实在丑,完全是个怪样,浑身长着眼、鼻和嘴巴。丈美嚼饭去喂他,许多嘴巴齐张开,也不知给哪张嘴吃才好。丈良、丈美对这个怪物,心中真是为难,两人怀疑怪胎是鬼怪变的,于是,下了狠心,把那肉团剁成碎肉末,丢在大深山里,撒在冲头和冲脚。过了几天,丈良听见坡头有娃娃哭,丈美听见冲脚也有娃娃喊,有的山冲还冒出青烟,人声、笑声不断。丈良、丈美觉得很奇怪,二人去到山顶望,只见一条条的山冲中,一片片的坡背上,成群的娃娃蹦蹦跳跳,到处热气腾腾,闹闹嚷嚷,有的讲汉语,有的讲苗语,有的说侗话,有的又说瑶话……丈良和丈美,对着娃娃仔细端详,只见有的像丈美,有的像丈良,原来都是自己身上血肉变成的,难怪又像爹来又像娘。汉族娃娃本是父母身上的血,长大以后,喜住大江大河旁;侗族娃娃本是父母身上的肉,有硬也有软,喜欢住在依山傍水的地方;苗族娃娃本是父母身上的骨头,硬如青杠,住在高山顶上;瑶族本是父母身上的心肺,颜色有红又有白,所以至今仍然喜欢穿花衣裳。

地下人
(哈尼族)

从前,天上和地上什么东西都没有,四处光秃秃的。天上的神太多了,不够住,便约着一起到地上开辟新地。来开地的天神怕被别的神发现,每次下来,都是先变成耕牛的模样。那时候,地上的土比现在的硬,天神们犁了一整天地,累弯了腰,才犁出几条沟沟来。他们一连干了好多天,地没有开成,四处倒被犁得东一条沟,西一条沟的。天神们看看住不成,就回天上去了。

那个时候,人也不住在现在的地方,模样也不是现在这样。人和鬼、水、石头一起,住在地底下。那时的人,还会变成各种各样的东西。当天神把地犁得东一条沟,西一股凹时,有一处犁得太深,划通了盖在人住的地方的地壳。过不多久,地下的水就从这条沟里冒了出来。地下的水一流出,什么东西也都跟着跑到了地面上。刚开始时,人的胆子小,还不敢钻出来,后来,有几个胆大的人,变成水泡泡,浮到水面上来看。他们看到别的东西出来后,都没有出事,想变成人的模样,心里又有点害怕。于是商量了一下,就先变成猴子,和其他动物一起到处奔跑。过了很久,他们仔细观察后,真的不会受到伤害,才慢慢变成现在人的样子。

后来,地底下的人陆陆续续都钻到地面上来,他们看到地上有山有树,白天有太阳晒得热乎乎的,晚上有月亮照得亮堂堂的,肚子饿了可以摘树上的果子吃,这样的日子比地下好过多了,于是干脆就在地面上住了下来,再也不回地底下去了。

石头阿祖和石头子孙

(普米族)

一

古时候,地上没有山,也没有人,只有神仙住在天宫里。这些神仙可多啦,他们各管各的事,各干各的活:有的管织云,有的管降雨,有的管种花,有的管养马,有的管五谷,有的管养鱼……纳可玛女神手下,有三千个仙女,专干织云锦的活计。有一天,一个仙女织云锦时不小心,失手掉了天梭。天梭穿过云层,落到了地上,变成了纳可穆玛山。

天长日久,纳可穆玛山受了日月的灵气,有了灵性。白天,她是一座大山,静静地躺在那里,到了晚上,她就变成了一个大姑娘,能说会唱。她唱的调子很好听,逗得天下的雀鸟、野兽都来同她对唱;连天宫中住着的神仙,一到晚上,就背着天王,悄悄来到她身边,同她对歌,与她谈心做伴。

天宫中管降雨的神叫吉西尼,他是纳可穆玛身边的常客,只要一有空,就来跟纳可穆玛做伴。后来,吉西尼私下天界同纳可穆玛相会的事,让天神王都若晓得了,都若便把吉西尼贬下天界,惩罚他变成另一座大山,发落到远隔纳可穆玛千万里远的花同塔去受苦。天神王都若还派了三千个天兵天将,一刻不停地轮流着往吉西尼身上泼水、盖雪、扇风,要把吉西尼冻死。吉西尼身上终年冰雪不化,人们便把它叫作卡六巴黑。

二

自从吉西尼被天神王都若惩处变作卡六巴黑后,天上其他神再也不敢来同纳可穆玛玩耍了。可怜的纳可穆玛,就像冬至的树杆落尽了叶,孤孤单单独一根,多寂寞呵。她满腹的知心话没处说,一肚子的调子没处唱,越想越难受,只好痛哭一场,心里反倒好受些。她白天哭,黑夜哭,年复一年,她的眼泪水淌成了两条大江。这两条江就是长江和黄河。这眼泪淌成的河,也有灵性,它们淌呀淌,一刻不停地向远方淌去,去为纳可穆玛寻找吉西尼。

长江名叫滚毒依,天下就数它跑的路远,它来到花同塔,总算找到了吉西尼。滚毒依一见到吉西尼,冲上前去,紧紧地把吉西尼抱住,喊呀叫呀,嗓子都喊哑了,吉西尼才应声。

"刺骨的寒风吹散了我的骨架,穿心的冰雪冻僵了我的身子,几千年来,从没有谁呼唤过我,把我唤醒的是哪路天神?"吉西尼昏昏沉沉地发问。

"天梭离开了云丝,就织不出云锦,纳可穆玛不见吉西尼的面,哭得眼泪淌成河。我是她眼里淌出的泪,为找寻你已奔走了九千年。"滚毒依伤心地回答。

"云彩忘不掉天梭的情分,我时时都在想念纳可穆玛。可我身子被魔锁锁住,再也不能腾云驾雾,去到纳可穆玛身边,听她唱调子,陪她说话。现在我一刻不停地被水泼、雪压、风刮……"吉西尼说着,流出了眼泪。滚毒依听着也噙着泪。吉西尼向滚毒依问长问短,打听纳可穆玛的情况,滚毒依一一回答了吉西尼。

滚毒依从吉西尼的问话中,听出他老是想念纳可穆玛,为了让吉西尼同纳可穆玛相会,它向风神哀告:"风神啊,你是晓得的,我不会走回头路,吉西尼也不会走路,请你给纳可穆玛捎个信,叫她到这里来与吉西尼相会。"风神大骂道:"不知死活的滚毒依,我是监处吉西尼的神,要叫他受罪我心里才痛快,我怎能去叫纳可穆玛来同他团聚?你真是瞎了眼了!"

滚毒依挨了风神的骂,瞪了风神两眼,咽下了气,转向雪神哀告说:"雪神啊,念在吉西尼和你是一路神,请你去给纳可穆玛捎个信,叫她到这里来看望吉西尼。"雪神不怀好意地回答:"要我带信也容易,你若同我做一家,我就替你去带信。"气得滚毒依半天出不得声。

这时,路过的云神听到了滚毒依同风神、雪神的对话,气得脸都变了,他在天空中对滚毒依说:"好心的滚毒依,你莫要气,也不用哭。靠风靠不住,靠雪冷透骨,你求他俩只会痛苦,我替你去带信吧,你好好招呼吉西尼。"滚毒依很感激云神,回答说:"云姐姐,你太好了,为了报答你,我要变作镜子,让你照着梳妆打扮。"吉西尼也很感激云神:"云妹妹,你的好处我永远不忘,为了报答你,我要请纳可穆玛织件五彩衣裳给你。"

云神在天空中回答:"我不要梳妆镜,不要五彩衣,遇到风、雪神欺负我,请你们给我出把力吧。"她边回答,边飞奔着给纳可穆玛带信去了。

三

云神连夜把纳可穆玛带到了吉西尼身边,分离了九千年的情人又见面了。云神怕天神王都若看到纳可穆玛和吉西尼相会,加害他俩;也怕风神、雪神杀害他俩,便用一层层云雾搭起了罩棚,把纳可穆玛和吉西尼严严实实地遮住。

罩棚挡风又遮雪，暖烘烘的。吉西尼暖和过来后，想伸伸手脚、翻翻身子，但魔锁锁住他的心，怎么翻也翻不过来。纳可穆玛扑上前去，用手搬，又用嘴咬，想把魔锁捣烂，救出吉西尼。可魔锁不仅丝毫不动，反而引起吉西尼撕心摘肝的剧痛。纳可穆玛停下了手，伸出舌头，慢慢地、轻轻地为吉西尼舔身上的伤口，边舔边说："吉西尼呀别怨我，要是我知道你在这里受罪，早就到这里来了。今后呀，我再也不离开你了，我要替你分担痛苦。"

吉西尼摇摇头："你对我的好处，就像你的调子一样，我永远记在心上，但我不能让你留在这里，跟我一起受罪。"

纳可穆玛决心要留下，吉西尼就是不允许，结果吵起来。他俩的吵闹声让罩棚外的云神听见了，云神既喜欢又难过，喜欢的是纳可穆玛的心肠好，难过的是吉西尼太可怜。她想了又想，隔着罩棚对纳可穆玛说："好心的纳可穆玛呀，你的心肠吉西尼知道，可你万万不能留在这里。若时间久了让天神王晓得，他决不会放过你。到那时，你们俩都会同遭灾难，弄不好，还会双双都被折磨死掉。你还是回你的老地方去吧，我愿每天晚上都接你到这里来同吉西尼相会，天要亮时，再把你送回去。"

纳可穆玛听了云神的劝说，难分难舍地离开了吉西尼，坐上云船回去了。从此，每到晚上，纳可穆玛就坐着云船，来看望吉西尼，天一亮，又坐着云船回到自己的住地。据说，从此普米族和摩梭人就有了安达婚习俗。

四

后来，纳可穆玛怀孕了。又过了三千年，她一胎生下了十个娃娃：五个姑娘和五个儿子。五个姑娘取名叫娜卡、简巴、尼史、角姑、扯扭；五个儿子取名叫黑咕卡、羊而若、绒布巴、打史、格若。娃娃一生下地，见风就长，不到一个时辰就变成了十个大人。当他们从阿妈口中得知阿爸的遭遇后，决心结伴走遍天下，寻宝求师来解救阿爸。

娜卡同黑咕卡作一路向东走去；简巴同羊而若作一路向南走去；尼史同绒布巴结伴向西走去；角姑同打史一同向北走去；扯扭同格若一起向大地中央走去。白天连着黑夜走，黑夜接着白天行，十个儿女为早点救出阿爸，一刻也不停息地走哟、走哟，走了三千年。娜卡同黑咕卡来到了刺踏地方。这地方有好多好多猴子，有的在打磨石刀、石斧，有的在造弓削箭。家什做好后，它们吼叫着，一齐去围捕老虎、老熊。娜卡对黑咕卡说："这本领可强啰，学会后去同天神厮杀，救出阿爸。"姐弟俩便在刺踏地方住下来，拜猴子为师，精心学习本领。后来，他俩结成了夫妻，生下了五个儿女。这五个儿女也像娜卡和黑咕卡一样，落地随风长，转眼就成了大人。当他们得知阿公吉西尼的遭遇后，又离开了阿爹、阿妈，要像阿爹、阿妈一样，走遍天下去寻宝求师，解救受难的老阿公。这五个孙儿、孙女后来都寻到了师傅，就在那个地方居住下来。它们就是云南宁蒗县的狮子山、瓦哈山、则枝山、阿沙山和四川的如卜拉山。阿妈娜卡就是云南宁蒗地区的小凉山,阿爹黑咕卡是四川的大凉山。因为娜卡和黑咕卡是学狩猎的,所以它们的后代儿孙——大小凉山地区的彝族,大多是好猎手。

筒巴同羊而若一直向南走,走了三千年,来到了虚儿奶地方,见成千上万的燕子,边啾啾啾地呼唤着,边衔泥做窝。筒巴跟羊而若碰头商量道:"这本领可要学一学,学会后,去给阿爹吉西尼造一个大窝,挡住风雪,阿爹就会少吃些苦头啰。"姐弟俩便在虚儿奶地方住下来,拜燕子为师,精心学习做窝的本领。相传,筒巴就是云南剑川的石宝山,羊而若就是剑川、兰坪接界处的老君山。后来,他俩结成了夫妻,生下了两男两女。两个姑娘就是剑川的东岭山和羊岭山;两个儿子就是剑川的金华山和巩北山。这四个儿女也同阿爹、阿妈一样,一落地就随风长,转眼就长成了大人。当他们得知吉西尼阿公的遭遇后,决心效仿阿爹、阿妈,走遍天下去求师寻宝,好去解救老阿公。由于筒巴和羊而若是学砌窝的,这样,他们的子孙后代——剑川和兰坪等地的白族,多是好木匠。

尼史同绒布巴一直往西走,走了三千年,来到了格枝叭地方。这儿的雀鸟可多啦,有穿得花花绿绿的箐鸡,有穿青罩白的喜鹊,有五彩缤纷的凤凰,有素雅清秀的画眉,有披绿挂红的鹦鹉……它们在树枝上又唱又跳,尼史和绒布巴听着,看着,浑身痒酥酥的,一路的劳累一下子消除了。他俩决心留在这里跟雀鸟学唱歌跳舞,等本事学到手,去花同塔给吉西尼阿爸解闷开心。从此,他俩便在这里住了下来,结成了夫妻。据说,尼史就是洱源的玉壶山,洱源西山区的西山,就是绒布巴的身躯。尼史同绒布巴生了两个如花似玉的姑娘,她们就是大理的点苍山和洱源的凤羽山。尼史同绒布巴以及他俩的姑娘,是跟雀鸟学会了唱歌跳舞的,因而大理和洱源的白族,个个能歌善舞。

角姑同打史结伴向北走,走了三千年,来到了沃开洼地方。在这里,他们跟布谷鸟、穿山甲学会了纺线织布和栽花种树的本领。苦头是吃够了,他俩心里倒也甜。学到了这些本事,可以织出布,缝出衣裳给阿爸御寒,栽花种树为阿爸挡风。他俩结成了夫妻后,在沃开洼地方住下来,成为鹤庆的龙华山和石硪山。他俩生了三个姑娘和两个男娃,就是鹤庆的月山、朝霞山、玉屏山和五老山、岗脊山。儿女们就守在阿爸、阿妈身边,学习抽丝、纺线、织布和栽花种树。鹤庆的白彝人(彝族的一个支系)靠育林伐木为生,就是角姑同打史传下来的。

纳可穆玛不放心最小的一双儿女扯扭和格若远走,只让他俩在大地的中央去寻宝求师。扯扭同格若不怕路途远、道难行,相亲相爱,互相照顾,足足走了六千年,来到了浪卡。浪卡可是块宝地,遍地是奇花异草。雀鸟、昆虫、野兽受了伤,只消在那些奇花异草中滚一滚,马上就好了。扯扭同格若见了,动起脑子来:"这些花草既然能治好雀鸟虫兽的伤,也一定会治好阿爸的伤。"姐弟一商量,决心在此地住下来,后来,结成了夫妻。他俩白天黑夜不停地种药采药,天长日久,种出的药草成片成堆。云南宁蒗的药山和牦牛山就是扯扭同格若。药山和牦牛山上的药材多,就是扯扭和格若种下的。他俩也生了四个姑娘和一个儿子，就是宁蒗的光茅山、翠依山、罐罐山、船山和木碓窝山。这些儿女也在阿爸、阿妈身旁学种草药，一心想多种出药材来，好搭救吉西尼阿公。宁蒗盛产药材，原因就在这里。

五

纳可穆玛的十个儿女离开她足足九千年后，各自带着自己的儿孙，陆续从各地回到了她的身边。儿孙们争着向她诉说各人学到的本领，乐得纳可穆玛淌出了眼泪，心想吉西尼有救了！第二天夜里，云神带着纳可穆玛和她的子孙，来到了花同塔吉西尼身边。吉西尼见到了纳可穆玛和本领高强的子孙，喜欢得哈哈大笑，风神、雪神听到他的笑声，吓得抖了起来。儿孙们看到吉西尼受的苦难，一个个恨得牙齿咬得咯咯响。在纳可穆玛和娜卡、黑咕卡的带领下，大家一齐向残害吉西尼的恶神杀去。厮杀了三天三夜，恶神死的死，逃的逃。娜卡和黑咕卡用石斧劈碎了锁吉西尼的魔锁，扯扭和格若在吉西尼的伤痛处擦上了药汁，角姑和打史为吉西尼穿上厚实暖和的衣裤，筒巴和羊而若赶忙为吉西尼砌了一个遮风御寒的棚子，尼史同绒布巴带领着自己的儿女，为吉西尼和全家老小唱调子，跳锅庄舞……吉西尼得救了，全家人团聚了。

云神带着纳可穆玛和吉西尼全家，又飞回他们的老家。住下来后，娜卡和黑咕卡教大家打猎，筒巴和羊而若教大家起房盖屋，角姑和打史教大家纺线织布，扯扭和格若教大家栽花种树种药草，尼史和绒布巴教大家唱歌跳舞。不久，纳可穆玛同吉西尼的儿孙们就学会了各种技能。纳可穆玛没有忘记云神的好处，编织了一件五光十色的衣裳送给她。我们看见的多姿多彩的云霞，那就是云神穿上了纳可穆玛送给她的花衣裳。一到刮风下雪天，云雾老是往山沟中钻，那是纳可穆玛和吉西尼对云神许下了愿：当云神遭到风神和雪神的欺负时，他们就来保护云神。

纳可穆玛和吉西尼的儿女们，忘不了他们学艺生存的地方，在老家住了三千年，得到阿爸、阿妈的同意，各自带着自己的儿女，回到他们生活过的地方去了。吉西尼丢不下留在花同塔的滚毒依，也回花同塔去了。全家人分离时，相互约定，每隔三千年，回老家团聚一次。传说每隔三千年，大地就要漫一次洪水。那是因为天下的大山都到昆仑山团聚去了，没有东西阻拦地上的水。而昆仑山和玉龙山为什么终年都是白的？那是因为纳可穆玛和吉西尼老了，满头白发。

六

纳可穆玛和吉西尼的子孙们，各自回到了学艺的地方，定居下来，建房盖屋，栽花种树，纺线织布……慢慢地成了一个个斯日。后代儿孙们长大了，又生下了许多儿孙，九千年后，大地上就有了九万九千座大山。

有一次，当所有的子孙都回到纳可穆玛身边团聚时，昆仑山容不下这样众多的后代，纳可穆玛便想出了一个好办法：她教儿孙们生孩子时，要从腋窝下生，娃娃快要爬出来时,要用手臂夹一夹。她的儿孙们都照着这办法做,生出的娃娃不再那么大了,高不过七尺,粗只有一尺半,这就是人。

千万年后,人类遍布大地上各个地方,结成了一家一户;十家八户又集成一个个集体,就成了村寨。人们忘不了自己的祖先,到一定的时候,就要相约着,去山上祭祀自己的阿公阿祖。传说,宁蒗摩梭人的绕狮子山,普米人的跑罐罐山,大、小凉山彝族的踩山节、采药节,剑川八月十五的石宝山歌会,鹤庆三月十五的朝石硪山,大理白族的绕三灵等等,就是从祭山习俗来的。居住在泸沽湖边上的普米人、摩梭人,每年三、五、七月,都要到阿布流沟山的石洞中去祭石祖。婚后不孕的妇女,也到移木洞向石祖求子。

人类的诞生
(鲁凯族)

我们人类从哪里开始分散去各地的? 那地方名叫"阿鲁枴哈"。"阿鲁枴哈"的意思就是"从这个地方开始分散到各地去成立自己的家庭",我们人类都是从那个地方散向各地的。

我们为什么皮肤黑黑的? 因为我们是从石头里生出来的。平地人的皮肤怎么会白白的? 因为他们是从竹子里生出来的。"阿鲁祸哈"地方有一棵榕树,那时候我们人类刚开始,也有从榕树生出来的,卑南族人就是从这榕树生出来的。所以我们和卑南族不同,因为他们是从榕树生出来的,我们和他们模样不一样,服装也不一样。我们鲁凯族是从石头生出来的,石头是不动的,不会摇摇摆摆的,所以我们都是坐得很稳的,我们鲁凯族的人生也很稳。

我们人类哪一个最先生出来? 是我们鲁凯族——我们鲁凯族最早的两个人名叫"姆杜姑杜姑"和"伽利麻瑙",第二是卑南族,最后是平地人。

虽然我们现在已经分散在各地了,但是我们是从一个地方分散出去的,所以,我们不管是什么族什么族,都是一家人。

百片树叶百个人
(德昂族)

很久很久以前,天和地紧紧粘在一起,又过了很久,天和地才慢慢分开。那时候,宇宙间只有田公和地母,他俩结成了夫妻,生下一个女儿,一家三口,开荒种地,过着愉快的生活。

一天,田公拿着扁担和砍刀,到山上去砍柴。这时,只见一阵狂风呼呼刮来,把一棵大树的树叶刮落了一百片。田公说："呵，如果这些树叶能够变成人，我们就不会孤单了。"

他的话刚说完，这一百片树叶突然变成一百个人，站在他的面前，其中有五十个男人，五十个女人。

于是，世上便生活着一百零三个人。树叶变成的一百人，每人都取了一个姓，他们把那棵落叶大树称为"生人树"。

世上有了人，就得有房子住，人们把生人树砍倒，锯成木板，在山坡上盖起了房屋，又把山地开出来，种上庄稼，这五十对男女也互结为夫妻，共同在森林里过日子。

这时候，他们种的粮食不够吃了，田公就去到天上，向天神要籽种。天神给了他玉米、旱谷、小麦、大豆、瓜果和葫芦的籽种，他带回人间撒在平坝和山坡上，平坝和山坡就长出了各种粮食瓜果。

他又把葫芦籽撒在海边，葫芦籽慢慢发芽抽藤，根根却长到大海里。葫芦藤越长越粗，越长越长，上面结了一个小山样大的葫芦，在海面上摇摇晃晃地漂着。

这时，世上突然洪水猛涨，这些人就躲进葫芦里，任随洪水漂流。他们在海上漂了很久，有一天靠了岸。这时候一声巨响，葫芦口被炸开了，这一百零三人就走了出来。他们就是今天的汉族、傣族、傈僳族、景颇族、德昂族、白族、回族等民族的祖先。

跟着这些人从葫芦里走出来的，还有世上所有的动物和植物。

泽当——西藏猴子变人的地方
（藏族）

在雅鲁藏布江和雅隆河相会的地方，有一座比翡翠还要碧绿的城镇，这就是西藏山南的首府——泽当。泽当，是一个充满神话传说的地方。相传泽当城所在的坝子上，就是西藏猴子变人的地方。

这是很早很早以前的事了。

当野火刚刚凝聚成太阳，当泥水刚刚飞升成月亮的时候，泽当后面的撒当空布山上，有一只聪明而善良的猴子，名叫强久松巴。他居住在深深的岩洞里，过着孤单而清苦的生活。离此不远的地方，有一个美丽而妖艳的罗刹女，名叫色姆扎丝。她有时在丛林中起舞，有时在江面上飞翔。过了一些时日，充满青春活力的色姆扎丝，悄悄地爱上了憨厚老实的猴子强久松巴。

一个美好的秋日，色姆扎丝牵着一头山羊，捧起一瓢果酒，来到猴子洞前，请求强久松巴：要么帮助她杀死这头山羊，要么帮助她喝干这瓢果酒。强久松巴想：我是静修之人，决不能干杀生之事。于是，就答应了罗刹女的第二个请求。当他喝完半瓢果酒的时候，美丽的罗刹女拍手笑道："我们结婚了！我们结婚了！"因为一起喝酒，就是结婚的凭证。这个习俗，一直流传到今天。

猴子和罗刹女成亲之后，生下六个似人非人、似猴非猴的儿女。做母亲的高兴，做父亲的更高兴。他们采来山上的红果，捧来峡谷的清泉，喂养自己的儿女。在吃饱喝足之后，就携儿带女，来到山下坝子里玩耍。孩子们从山岩来到平川，有的栽跟斗，有的捉迷藏，有的逮蝴蝶，欢天喜地，热闹异常。

月亮落下去，太阳升起来，随着日月的推移，猴子和罗刹女的儿孙越来越多，树上的果子吃完了，草地的蘑菇也拾光了，他们这个要吃的，那个要喝的，饥肠辘辘，叫地呼天。父亲急得搔耳抓腮，罗刹女呢？也失去了往日的风采，一天天消瘦起来。后来，还是猴子强久松巴想出了主意，他率领儿孙，用石头和棍棒，在雅鲁藏布江边开出了一块土地，撒下从野草里找出的几样种子。秋天，到处都是青稞、燕麦、豌豆等金色的颗粒。从此，猴子和罗刹女的后代，从山上搬到泽当平原，耕作着这块神奇的土地。他们就是西藏民族的祖先。

这个传说中的西藏的第一块土地，又称为一切土地的母亲，至今还被藏族人民珍重的保护起来。千百年来，无数佛教徒和旅行者从西藏各地，甚至从遥远的四川、青海、甘肃来到这里，就是为了得到它的一小撮泥土，珍藏在自己的胸前，或者撒在家乡的土地上。他们总是相信这西藏土地的母亲，会给他们带来吉祥或丰收。

猴子变人

（珞巴族）

起初，有两种猴子，一种是白毛长尾巴的，一种是红毛短尾巴的。

有一天，红毛短尾巴的猴子们跑到一座大山上，把自己身上的毛都拔了下来，放到一块大岩石上，然后，拿来一块石头狠劲地敲，结果敲出火来了。

有了火，这些短尾巴的猴子就把弄来的食物烧熟了吃，再也不吃生冷的食物了。

从此，这些短尾巴的猴子身上不再长毛了，便成了人。起初，人还有点尾巴，但是越来越短。到后来就一点尾巴也不剩了。

〔附记〕在藏族和门巴族民间都有猴子变人的神话故事，但说法不同。珞巴族的这篇神话故事，把猴子变人和火联系了起来，反映了古代珞巴族在自己的实践中体会到火对人类生存的作用，以及原始的"火崇拜"。他们是在无意中揭示了一个伟大的真理，即火推动了人类的进步。

密洛陀

（瑶族）

是谁造成天地和人类呢，用什么来造，经过又怎样呢？

几万年以前，密洛陀用师傅的雨帽造成天，用师傅的两只手和两只脚做四条柱，顶着天的四个角，用师傅的身体做大柱撑着中间，造成了天地；接着，她又造大河、小河，造花草树木，造鱼虾和牛马猪鸡鸭……

密洛陀叫诰恩造山。休息的时候，诰恩取火烧烟，不小心失了火。大火烧掉了所有的树木花草，地面变成了光秃秃一片。密洛陀知道以后，很伤心，她用白布黑布铺盖地面，但已不像原来的样子了。她就叫牙佑带着银子，走了很远很远的路，买回树种，然后拿上山去撒，顺着大风撒遍了山山岭岭。

有一次，牙佑走上山坡一看，树种都发芽长成小树了，回来告诉密洛陀。密洛陀听了非常高兴。

第二次，牙佑从山上回来对密洛陀说："树木开花结果了，果子又红又大，我摘了一个来吃，又甜又香，好吃得很。这么多的果子派谁去看守才好呢？"密洛陀听了，就派野狸、白面去看守。

第三次，牙佑从山上回来，告诉密洛陀："树木都长成大材了，可以拿来起房屋罗！"密洛陀就同牙佑、诰恩商量，边砍树边运到"六里"起房屋。不久，砍下许多树，起房子用的大柱、中柱、小柱……都做好了，但是不懂得怎样锯开木头。大家几次商量，都没有想出个办法。一天，牙佑走到一个山坡上，看见芭芒叶子上有一只大蝗虫，后脚上的刺又尖又利，能刺破东西，便伸手去捉，蝗虫捉到了，但因为不小心，自己的手被芭芒叶割了一道口子，鲜血直流。他不顾疼痛，心里很高兴。他想：如果用铁打成芭芒叶和蝗虫后脚的样子，不是可以把木头锯开吗？他把这两样东西拿回来，模仿着打成了锯子。锯子做成了，锯好板子，房子很快盖好了。

有了房子住，密洛陀要造人了。她先用泥土来造人，没有造成，却造出了水缸；她拿米饭来造人，却酿成了酒；她拿芭芒叶来造人，却造成了蝗虫；她拿南瓜、红薯造人，又变成了猴子……

经过多次失败，她觉得，要造出人，必须选个好地方。叫谁去看地方呢？第一次，她派一个聋猪去。聋猪到了山坡上，老是去拱土找蚯蚓吃，吃饱了就回来。密洛陀很是生气，用棍子打它，正好打在耳朵上，聋猪便跑了出去。第二次，叫野猪去，野猪走到半路，也是拱土找红薯、木薯吃，没有去看地方。密洛陀用锅里的开水泼它，它被开水烫脱了皮，也跑出去了。第三次，派狗熊去。狗熊到了半路，看到很多蚂蚁，用脚扒来吃，吃饱了便回来。密洛陀正在染布，见狗熊回来，一生气就用蓝靛水泼它，狗熊被染成一身黑，也跑出去了。第四次，她叫獐子去。獐子到了山坡上,见了又嫩又肥的青草,只顾吃,把看地方的事丢过一边了。当獐子回来时,密洛陀正在烧火,顺手抓起一根燃烧着的柴火打过去,正好打在獐子的肚皮上,燎起了一个泡,它就跑出去了。

密洛陀派了四个走兽出去,都没有帮她找好地方;她又派四个飞鸟出去。第一个是啄木鸟。它飞到树林里,只管爬在树上找虫吃,吃饱了便回来。密洛陀见了,一手抓起花背带打过去,打在它的背上。啄木鸟被打得着了慌,只顾飞逃,背带在背上也不管了,所以啄木鸟的背是花的。第二个派长尾鸟去。长尾鸟到了山坡上吃野丝瓜,它回来时,密洛陀气得一箭射去,正好射中尾巴,它顾不了疼痛,夹着箭只管飞,所以长尾鸟的尾巴很长。第三个是乌鸦。乌鸦飞到一个地方,看见火烧山,它便在上面飞过来飞过去,寻找被烧死的东西吃,全身都被熏黑了。它回来时,密洛陀很生气,便将一颗石子塞进它的嘴里,乌鸦噎得难受,但又叫不出,只是"哇哇"地乱叫着飞走了。第四个是派老鹰去。老鹰吃过早饭,又带上午饭,飞上天空,找呀找呀,好容易找到了一个最称心如意的地方,才飞回来。

密洛陀随老鹰去察看。啊!这个地方,确实是个好地方:气候温暖如春,杜鹃花满山开放。她走到树林里,在一棵树下停下来,见到蜜蜂在树洞里做窝。蜜蜂们正在繁忙地送回花粉,个个勤劳可爱。她就将那棵树砍下来,连树带蜜蜂窝一起扛回,然后装进箱子里。过了九个月,密洛陀听见箱子里哭呀叫呀,热闹得很。啊,这回成了!她打开箱子一看,见一个个蜜蜂都成人了,不禁叫喊起来:"成了!成了!"这群人哭哭闹闹,像是饿了。可是,拿什么东西给他们吃呢?密洛陀急得团团转,想了好久,终于想出了好办法:"噢,有啦!有啦!"她用水把这群小娃仔一个个洗干净,做抱褛把他们包好,然后用自己的奶水喂他们。

这些人一天天长大起来了。他们长大以后,分别到各个山头建村立寨,开山种地。从此,村村寨寨冒起炊烟,山山峁峁长满庄稼。他们就这样勤勤恳恳、高高兴兴地过着男耕女织的生活。

蜂桶、葫芦传人种

(拉祜族)

很古很古的时候,哀牢山上有一对苦聪老人,因病相继死去了,留下三个纳热卡热。老大老二心肠狠毒,好吃懒做,天天只是东游西逛混日子,老三却天天上山砍树挖地,从不躲在家里闲一天。

一年冬天,老三又被老大老二撺上山去砍懒火地种苞谷。可是,不知是什么原因,老三头天砍倒的树木,第二天又全部站立起来了。老三生怕两个哥哥说他偷懒,不给饭吃,就急忙跑回家中告诉两个哥哥。老大老二听了不但不信,反而连汤也不给喝一口,又把老三撺上山去砍懒火地。

老三去到山上拼命地砍，可是树木同前几天一样，又都一棵一棵地活了起来。老三急忙跑回家中，把两个哥哥叫到山上去看，果真不假。三兄弟便蹲在一起商量，他们想一定是什么妖魔作怪，于是，就搓棕索，结扣子，在山林的四周支起来，要老三每天继续上山去砍树。

第二天，老三上山砍树时，只见扣子拴着一只大青猴，就跌跌爬爬地跑回家，告诉给两个哥哥。老大老二一听，认为是下到了妖魔，就拿起长刀、木弩，要老三领他们去杀死大青猴。

三兄弟来到山上，只见大青猴在一把一把地抹眼泪，老三就对两个哥哥说："阿哥，不能杀，你们细细看一看，它多像我们死去的阿爸！"

老大老二一听，就蹲下身子一看，大青猴的耳朵、鼻子、眼睛、脚指头果真跟他们死去的阿爸一模一样，就收回了拔出的长刀，解开了套在大青猴脚上的扣子。兄弟三人跪在大青猴面前说："如果你真的是阿厄的阿爸，你就现出你的原身给阿厄看看。"

三兄弟的话声刚歇，只见大青猴一个转身就不见了。站在他们面前的，就是他们死去的阿爸。阿爸摸着他们三兄弟的头说道："天灾就要降临人间，懒火地不要再去砍了，老大去造一个铜蜂桶，老二去造一个铁蜂桶，老三去砍一个麻栗树蜂桶。天灾一到人间，你们就要赶快钻进你们各人造的蜂桶里，不然你们就没有命了！"

听完阿爸的话，老大老二急忙跑回家，只有老三仍依依不舍地留在阿爸的身边。阿爸又对老三说道："老三，你钻木蜂桶时，要拿一个鸡蛋夹在胳肢窝里，鸡蛋不变成小鸡，你就不能打开蜂桶盖钻出来！"阿爸说到这里，老三只觉身边一阵风，阿爸就不见了。

弟兄三人回到家后，都在忙着造蜂桶。老大老二懒动不想使力气，就买了个铜铸的蜂桶，一个铁铸的蜂桶。老三没钱，就凭着自己的力气上山砍倒一棵一抱粗的麻栗树，凿了三天，才造出一个木蜂桶。

三弟兄的蜂桶造好的第九天，突然天上三声炸雷响，地也像过闪桥一样摇起来，大雨像瓢泼一样下来。第十天早上，洪水就漫天了。整个世界一片汪洋，三兄弟就照着阿爸说的去做，各人钻进了各人的蜂桶里。结果，老大的铜蜂桶落下了水底，老二的铁蜂桶也落下了水底，只有老三的麻栗树大蜂桶，漂在水面。

老三的木蜂桶，随着洪水漂了三天三夜，洪水落下时，老三的木蜂桶被夹在了一棵大树上，动也不动了。老三着急起来，这时只觉胳肢窝下一动一动地，不一会儿听到了小鸡的叫声。老三就想起了阿爸的话，急忙钻出木蜂桶一望，洪水退落了，他却挂在了高高的大树上。他正愁着怎样才能爬下大树。这时一只老鹰正从他的头上飞过，老三急忙跪倒在木蜂桶上说："老鹰，如果你能把我和木蜂桶叼到地上，我每天给你吃一只小鸡！"

老鹰一听，就伸出巨爪，把老三和木蜂桶抱到了地上。老三为了感谢老鹰的救命之恩，就把刚孵出的小鸡给了老鹰。从此，老鹰就有了吃小鸡的习性。

这时,世上的人都被洪水淹死完了,老三无依无靠,扛着木蜂桶走到一架大山里去谋生。

阿爸在到处寻找老三。问豹子,豹子尾巴摇也不摇一下就跑了;问麂子,麂子头也不点就走了;问野鸡,野鸡叫也不叫一声就飞走了。最后,还是一群蜜蜂领着他找到了老三。老三见到阿爸,硬要阿爸留下和他一起生活。但阿爸说他不能和他留在人间,临走时留给他一把大砍刀,要他砍树种地盖房子。还要他在桃花开的时候,在山头上立一架木秋千,这时有三个仙女就会来打秋千,要他拉住中间那个仙女做媳妇,阿爸说到这里又无影无踪了。

阿爸走后,老三进到深山里,砍来长长的花机木树,又到深箐里扯来藤子,在山头上架起了一架大秋千。一天晌午,果然来了三个漂亮的仙女要打秋千,老三把秋千让给了三位仙女。当三个仙女一打完秋千时,老三就照着阿爸说的,双手紧紧拉住了中间的那位仙女,和她配成了夫妻。

第三年,仙女怀孕了,可是后来生下的却是一个葫芦,夫妻俩又着急,又伤心,咋会生下这么一个怪胎。这时,老三的阿爸又找到了他们,告诉他们不用着急,不要怕,儿女就在葫芦里面,只要用刀砍开葫芦,他俩就可见到他们的儿女。

老三听了,就照着阿爸说的去做,用大刀砍开了葫芦,果然,像手指头一样粗一样长的儿女,一个跟一个地从葫芦里跳出来了。这些儿女一闻到气就长,一见到风就能跑能跳,数也数不清,蹲满了火塘边,山坡上,吵着要吃要喝。这么多的儿女,老三夫妻拿什么给他们吃呢。实在没有办法,只好去找他们的阿爸。阿爸又告诉他,用根藤棍在火糖里烧烫,把他们赶出山上去自己找吃。

听了阿爸的话,老三就到山里砍来了两根藤棍,仙女和他一人一根,放到火塘里烧烫后,就一阵阵地打在儿女们的屁股上。儿女们被藤棍烫着屁股,都痛得"啊啦啦""啊勒勒"地叫着,跑出了家门。

后来,"啊啦啦"叫的儿女跑到山脚,变成了汉族、傣族。"啊勒勒"叫的儿女跑上了山头,变成了彝族、锅搓,从此人间就分出了各种民族,孩子出世后屁股上有一个绿印记,据说就是老三和仙女用藤棍打出来的。

南瓜的故事

（黎族）

盘古开天造人世,
人类分排男与女。
老当老定两兄弟,
南瓜开花育男女。
天灾地祸毁万类,

南瓜肚内存后裔。

老先荷发造人纪，

传下三族创天地。

这是一个很古老的故事。传说远古的时候，有两兄弟，哥哥叫老当，弟弟叫老定。说来也怪，两兄弟的妻子都怀孕三年了，但还没把小孩生下来。急得兄弟妯娌到处寻方问药，也没结果。有一天，来了一位白发银须的老人，对老当和老定两兄弟说："要生下孩子也不难，只要在门前种一棵南瓜，等南瓜开花结果了，孩子就生下来了。"

老当和老定照老人的话，在门前种了一棵南瓜苗，天天浇水施肥，盼望着南瓜苗快快长大，早日开花结果。可是那棵南瓜长了很长很长的瓜藤子，就是不开花。老当和老定天天忙着做瓜架，一直到南瓜藤长到一万丈长时，才开了一朵南瓜花。兄弟俩喜出望外，日夜轮流看护，生怕有别的东西来损伤瓜花。南瓜花开到百日以后，开始结果了。就在南瓜花结果的那一天，老当和老定的妻子都安然无恙地把孩子生了下来。哥哥生的是男孩，取名叫老先；弟弟生的是女孩，取名叫荷发。

老当和老定为了感谢老人的恩情，更加辛勤地为南瓜浇水施肥。一百日后，南瓜结得像一座房子那么大了。这时，天上开始下大雨，一下就连下十年，大水淹没了整个大地。

幸亏老当和老定事先把南瓜挖了一个洞，把老先和荷发两兄妹放进南瓜肚里，还把牛、马、猪、狗、猫、鸡等动物也一起赶进去。老鼠看见没有人赶它，趁着混乱，也偷偷地溜了进去。

老当和老定怕大水冲进南瓜肚内，就用蜂蜡封密了南瓜洞口。所以现在的南瓜皮呈现黄蜡色，而且很光滑。

后来，大水淹没了老当和老定的家园，大地上的所有动物都被大水冲走了，大南瓜也随波逐浪，一直被漂流到五指山上。

住在南瓜肚里的老先和荷发两兄妹，靠吃南瓜肉长大，牛、马、猪、猫、鸡和老鼠，也靠吃南瓜肉生存下来。

十年后，大雨停了。大水慢慢退向大海，大南瓜却被挂在五指山峰顶上。南瓜肚里的老先和荷发长大之后，都想知道外界的天地是个什么样子，但没有洞口可以走出去。他们请马去挖洞。马用两只角去撞南瓜壳，可是把两只角也撞掉了，洞还没有挖通。兄妹俩又请牛去挖洞。牛看见马把角撞掉了，不敢再用角去撞，只用牙齿去咬，结果把上牙都咬掉了，洞还是没有挖通。兄妹俩又请猪去挖洞。猪看见马和牛用角和牙都挖不通洞，只好用尖嘴去捅洞，结果把尖嘴捅平了，洞还是没有挖通。最后，兄妹俩便请老鼠去挖洞。老鼠用锋利的两颗门牙去挖，结果把南瓜壳给挖通了。因此，后来，马便没有角，牛便没有上牙，猪的嘴巴是又平又短的了。

南瓜洞打通后，老先和荷发叫公鸡先出去，公鸡一走出南瓜洞，看见大地被太阳照得一片光明，就高兴地拍着翅膀，"喔喔"地大声叫起来，它向南瓜报晓，说世间天地是个好地方。

老先和荷发听见公鸡报晓，知道外界平安无事，他们俩便骑着马，牵着牛，赶着猪，叫狗喊猫地走出洞口。走出南瓜洞之后，老先和荷发定居在海南岛的五指山上，因住在山顶上离太阳很近，天气很热，兄妹俩就在五指山上挖了五口水井，天天打水洗澡，泼出来的水便变成了五条河。兄妹俩用椰叶和椰树盖起一座大房子，因山上的蚂蟥多，老先用沉香木做了两层格床，荷发手巧编织了两张草席。老先睡在下层，荷发睡在上层，日子长了，南风把老先的阳气，吹进了睡在上层格床荷发的身体内，没有多长时间，荷发就怀孕，肚子一天天地大起来。

荷发怀孕的事传到天神耳里，天神以为是兄妹通奸，就派乌鸦向天帝报案。天帝听了很生气，立即派雷公下凡来察看。雷公到了人间，看见荷发挺着大肚子。又听说她们兄妹同睡一间房，不由大怒，说他们乱了天规，要用雷电劈死他们。这时，幸好有个地神出来说情，说海南岛大地没有人烟，要靠老先和荷发做人种，雷公这才算饶了他们。但他为了禁止后人再兄妹通婚，就用雷电劈开石头，劈倒大树，警诫人们说："人间兄妹若再有通婚之事，就用雷电惩处。"从此，兄妹分房睡觉，夜间兄长不得进入妹妹房间，便成为规矩，一代一代地传了下来。

荷发怀孕三年才分娩，生下一团肉包。荷发用一块麻布把肉包包起来，放在神案桌前，经过七天七夜，打开布包层，看到那团肉包有了生机。老先就用刀子把肉包分为三份，荷发用一大块棉布包起第一团肉团，放在木板上，把它顺着南渡江漂流下去。十个月后，第一块肉团就变成了汉人，所以汉族从祖先起就用棉布做衣服。

荷发又用剩下的四小块棉布包起第二块肉团，放在山葵叶上，把它顺着万泉河漂流下去。也是十个月后，第二块肉团就变成了苗人，所以今天苗族妇女的裙子是用四块布条做成的。

荷发在包第三块肉团时，因为棉布用完了，就用麻布包起来，放在椰子叶上，把它顺着昌化江漂流下去。也是十个月后，第三块肉团就变成了黎人，所以黎族的妇女自古以来就用麻布做衣裙。

光阴过了九十九年，老先和荷发已是白发苍苍的老人了。两兄妹完成了繁育海南岛黎苗汉三族的人种后，就在月落日出的时辰，被地神招进地府，派当土地公和土地婆，专管海南岛上的人间世事。

共工怒触不周山

共工是炎帝的子孙，他样貌怪异，人面蛇身，头上顶着一头红发，看起来像一盆燃烧的火焰。他常常驾着一条巨大的黑龙徜徉于天地间，掌控着大大小小的江河湖海，被人们称为"水神"。他性格刚烈，无所畏惧，敢于向一切邪恶残暴的势力宣战；他善良、友爱，团结诸神，爱护百姓，是人类爱戴的神仙。

当时，统领天地的天帝颛顼是一位非常残暴的统治者。他是黄帝的曾孙，黄帝在位时曾一度让他代行神权。颛顼狂妄自大，耀武扬威，百姓以及诸神都对他极为不满，但碍于黄帝的颜面，诸神对他只有忍让三分。他听不得别人的任何谏言，独断专行，而且还常常滥杀无辜。为了实施他的暴行，他还专门派人发明创造了许多极为残酷的刑具。诸神敢怒不敢言，使得颛顼更加嚣张。

颛顼经常对神界和凡间颁行不合情理的法规，对违背他意愿的人施以各种刑罚。更过分的是，他为了让人与神断绝联系，下令切断了凡间通往上天的通道。他还把太阳、月亮、星星都拴系在北方的天空上，结果导致北方昼夜通明，炎热似火。不久，北方大地上河床开裂、庄稼干枯，人们生活痛苦不堪；而南方却永远都是漆黑一片，伸手不见五指。人们辨不清方向，也看不见东西，植物因得不到阳光的照射而大片大片地死去，野兽横行，尸骨遍野。凡间俨然到了世界末日。

这时水神共工勇敢地站了出来，他要为解除人们的苦难而战斗，救民于水火之中。

但是，愚昧的人们因为长期受到颛顼的蛊惑，根本不理解共工，他们仍然寄希望于颛顼，期盼这位天帝解救他们脱离苦海。颛顼看到这种情形极为高兴，他大肆宣扬天威，鼓动人们不要相信共工。人们轻易地听信谣言，都站在了颛顼这一边，一同反对共工。

共工虽然没有得到民众的理解和支持，但他坚信自己的做法是正确的，坚决不肯妥协。他坚信正义必胜，决心与万恶的颛顼抗争到底。

颛顼见到势单力孤的共工后，狂笑着说道："共工，我劝你最好放弃与我为敌的念头，带着你那几个虾兵蟹将回去老老实实地做你的水神，少管闲事，否则我让你有来无回！"

共工岂会被他的只言片语给吓住，大笑着回敬道："哈哈，你这暴君还想吓唬我！身为天帝不抚慰诸神，不善待自己的子民，反倒干些天地不容的事，你良心何在？我共工与你势不两立！"

"好，那我就要你为今天说的话付出代价！"颛顼一声令下，天神们当即将共工及其部下团团围住。一场激烈的厮杀开始了。

鼓声、呼喊声、厮杀声混杂在一起，战争十分激烈。共工的部队遭到沉重的打击，他自己也已身陷重围。但一想起那些受苦受难的平民百姓，他便浑身充满了力量。共工使出浑身解数全力对抗颛顼部队，战斗愈演愈烈，刀枪戈矛相碰，火光四溅。双方一路拼杀，一直从天界打到凡界，但共工毕竟势单力薄，难与颛顼大军抗衡，只得且战且退。最后，他们一直打到了一座大山的山脚下。

这座山正是由盘古的脚变成的一根通天的擎天柱。共工与颛顼在这里拼杀得异常激烈。不久，共工一方因伤亡惨重，锐气大减，渐渐陷入了绝境，被围困在山下。

共工心急如焚,眼看无法取胜,便决心牺牲自己为天下百姓造福。他驾起飞龙升到半空,死命地一头向大山撞去。只听得"轰隆隆"一阵巨响,大山被拦腰撞断了。一时间沙石倾泻而下,支撑西天的大山峰伴随着巨响顷刻倒下,尘土弥漫了整个天地,仿佛天地万物都碎成粉末了一般。接着,西北的天空失去支撑也跟着沉陷下来,天地发生巨变——那些被拴在北方天空上的日月星辰像滚豆子一样"哗啦啦"滚落到了西北方。这些淘气的家伙重获自由,兴奋地绕着天地转起圈来。它们为了不再被拴住,决定一直跑下去。这样,人们每天都能看到它们从东边升起,往西边降落,昼夜随着它们东升西落有条不紊地交替着。

西天沉陷下来的同时,东南面的大地也因受到山崩的剧烈震动,深陷了下去。从此,大地变成了西高东低的地势,地面上的江河湖水随着地势都奔腾向东流入大海里去了。

被共工撞倒的这座大山因为不再完整周全,被重新命名为"不周山"。

大地上的子民终于摆脱了极昼极夜的苦日子,重新过上了"日出而作,日落而息"的正常生活。

共工的壮举得到了人们的尊敬。他死后被人们奉为"水师",即水利之神。

女娲补天

在上一个故事里,我们知道共工怒触不周山,将人类从水深火热中解救出来,为人类重新争得了"日出而作,日落而息"的和谐生活。然而,在人类发展的历史长河中,人们对自然万物的形成有各种各样的猜想。关于"天西北倾"的解释,还有另外一个神话传说。

相传,女娲造人之后,便悠闲自在地在天上过着她的神仙生活。但是,作为人类的母亲,她从未忘记关心"儿女"们的生活,常常去关心一下人类过得好不好,是不是丰衣足食,幸福快乐。人类在她的庇护下,的确过了一段非常和平幸福的生活。

可是不久后,人们平静的生活被打破了。掌管江河湖海的水神共工和掌管火种的火神祝融突然打起仗来。原因是祝融看不惯共工在掌管天地时飞扬跋扈、为所欲为的行为。于是,他一怒之下便率领部下起兵反抗共工。两军交战,打得不可开交。祝融和共工的神力不相上下,他们从天上一直打到地下,搅得到处不得安宁,却始终难分胜负。他们越打越激烈,一直打到地界最西边的一座大山前,这座山正是盘古的腿变成的不周山。祝融与共工已经筋疲力尽了,在这时,只要有一方率先调动神力,就能制伏对方。水神共工想调来洪水和祝融做最后一搏,可是这擎天之柱也太高了,共工费尽最后一丝力气也没有把水调上来。他只好一边气喘吁吁地瘫坐在地上休息,一边又警觉地防备着祝融发起突然袭击。

祝融见此情景,知道机会来了,便立刻向共工发起反击。只见祝融深吸一口气,然后向着共工所在的大山奋力地吐了过去。顿时,大山上火光四起,森林像发了狂似的燃烧起来,大火似乎要将这里的一切化为灰烬。共工被大火团团包围,酷热难当、干渴难耐,只好向祝融求饶。祝融终于得胜了。但败了的共工哪会甘心呢,他怀着满腔的怒火,一头撞向不周山。

不周山哪里经得起共工这狠狠地一撞,大山一时间剧烈地晃动起来,顷刻间便土崩瓦解了。这座支撑天地的擎天柱垮了下来,天也轰隆隆地倒下了半边,出现了一个大窟窿,大地被压出了一道道大裂痕,刹那间狂风暴雨席卷大地,电闪雷鸣,龙蛇猛兽纷纷跑出来危害人类。人类面临着空前的大灾难。

女娲目睹自己的儿女遭受如此劫难,痛彻心扉。她要帮助人类渡过难关,而唯一的办法就是将垮塌的半边天填补起来。女娲来到天台山,她精心挑选了许许多多的五色石子,把它们丢进一口大锅,然后生起熊熊大火将它们熔化成浆。经过了九九八十一天的炼化,终于炼出了一块厚十二丈、宽二十四丈的五色巨石。可是,这块巨石相对于天上的那个大窟窿来说,实在是太小太小了,要想填起窟窿,不知道还要炼多少块巨石。但女娲毫不气馁,她不分昼夜地炼制五色石,足足花了四个年头,终于炼出了三万六千五百零一块巨石。在众神的帮助之下,女娲用这些巨石夜以继日地补天,终于将那个大窟窿严严实实地补起来了。这五色巨石补好的天不仅和以前一样平整,而且还使天上从此多了彩虹和云霞。疲惫不堪的女娲看着补好的天,又担心天哪天会再塌下来,于是,她找来一只上古神龟,斩下它的四只脚,当作四根柱子把补好的半边天支起来。

风雨终于停歇,大地又重归宁静。女娲又擒杀了四处作乱、残害人民的黑龙,刹住了龙蛇的嚣张气焰。最后,为了不让洪水横流,女娲还收集了大量芦草,把它们烧成灰,堵住了四溢的洪流。

经过女娲的一番辛苦整治,天地又恢复了祥和宁静,威胁人民安全的龙蛇也销声匿迹了。人类又重获新生。但是无论怎么补救,也还是避免不了灾祸带来的影响。

女娲补好的天始终还是比原先低一些,因而天向西北倾斜,因此,太阳、月亮和众星辰都很自然地东升西落。又因为地塌陷后向东南倾斜,所以地面上的江河都一致地流向东方。

伏羲与女娲

天地分开以后,天和地是由雷公和他的哥哥高比分别负责治理的。

高比膝下有一双儿女,男孩叫伏羲。女孩叫女娲,兄妹俩乖巧伶俐,很讨人喜爱,一家人生活得很快乐。

起初，天地之间相安无事，百姓安居乐业。人们对天上的雷公非常恭敬，家里总是摆着上好的贡品祭祀。但是，随着人们生产能力的提高，日子也逐渐富足起来，对天神雷公就有些怠慢了，有一户人家居然用狗头充当猪头供奉雷公。雷公震怒，决心惩罚人类。雷公控制住雨神，令地面上整整六个月都没下一滴雨。人们跑去求高比帮忙，高比便偷来了雨水滋润土地。雷公见哥哥胳膊肘往外拐，更加生气，就想用天雷劈死高比，却不小心反被高比用鸡罩活捉了。高比捉到雷公后，把他关在铁笼子里，并准备第二天到集市上买点香料，把雷公宰了腌起来。

临走前，他对两个孩子千叮万嘱道："记着，无论他怎么求你们，你们千万不要心软给他水喝。"伏羲和女娲虽一脸疑惑，但仍然小鸡啄米似的点头答应了，他们向父亲保证绝对不会给雷公一滴水喝。高比这才放心地出门了。

高比走后，雷公想尽一切办法来讨水喝。他先是威胁伏羲和女娲，说要吃了他们。两兄妹忍不住笑着说："你怎么吃我们，你关在笼子里出都出不来。"雷公生气极了，可又无可奈何。接着，雷公又装出痛苦万分，可怜兮兮的样子，但是伏羲和女娲谨记父亲的叮嘱，根本就不理会。一天就快过去了，雷公想了很多办法也没讨到水，他几乎已经绝望了。最后一次，他

伏羲与女娲

低声下气地求兄妹俩道："求求你们，给我几滴刷锅水也行，我真的快渴死了！"小兄妹俩犹豫了一会儿，不忍心看着雷公就这样渴死，便蘸了几滴水给他喝。

雷公喝了水，立刻恢复了神功。他稍一用劲，便撞破铁笼飞了出来。小兄妹俩吓呆了，他们知道自己闯下了大祸，眼见着雷公飞出铁笼却又不知该如何是好。雷公为了报答兄妹俩的救命之恩，就拔下一颗牙齿，对兄妹俩说："把这个拿去种在土里，它会很快长出果实，如果遭了灾，你们就钻进去，它能保你们平安！"说完，雷公便升天而去了。

高比回家后，发现雷公逃脱，大惊失色地说道："不好，大祸就要来了。"他知道以雷公的个性，一定会以洪水报复人类，便马上着手打造了一艘大船，在灾难从天而降时可借此逃生。

小兄妹俩不知道会有什么样的灾祸发生，但还是照着雷公的吩咐，悄悄种下了那颗牙。雷公的牙齿很快便发芽了，不一会儿工夫就长出了叶子，傍晚便开了花结了果。第二天，果子长成了一个大葫芦。兄妹俩好奇地锯开葫芦，掏出葫芦籽，这葫芦不大不小，里面正好能容下他们两个人。

第三天,雷公开始实施复仇计划。雷公挥动令旗,天地间顿时风云突变,飞沙走石,山洪暴发,洪水瞬间淹没了大地。高比立刻躲进大船,小兄妹俩则钻进了葫芦。洪水越涨越高,高比驾着大船,一直升到了南天门。他使劲敲打天门,“咚咚”的敲门声震耳欲聋。天神也害怕了,急令水神退水。顷刻间,雨住风停,洪水一落千丈,大地又露了出来。高比的大船从天空跌落到地上,摔得粉碎。

　　兄妹二人在葫芦里待了七天七夜,漂到了昆仑山。劫后余生的兄妹俩从葫芦中钻了出来,他们从大船的残骸中找到了父亲的尸体,兄妹俩悲痛万分地埋葬了父亲。

　　洪水过后,大地上的一切生灵都已被洪水荡尽,天地间只剩下了他们两个人了。

　　时光荏苒,兄妹俩长大成人了。他们感到孤独极了,因为除了彼此,再没有其他人跟他们说话。等到他们死后,世上就没有人了,这美好的世界又留给谁看呢?为了人类的繁衍,伏羲便提出要和女娲成亲,但妹妹不同意,说:“我们是兄妹,怎么可以成亲呢?”伏羲说:“如果我们不成亲,世上就不会再有人类了。”

　　女娲想了想,觉得也有道理,但还想再看一看天意如何。于是,两人就商量向上天占卜。第一次占卜时,伏羲看见不远处有一堆火,于是决定以火占卜。他们商量好分别在南、北两座山上各点燃了一堆火,如果升上天空的烟能聚合在一起就成亲。女娲心想,那两座山相隔有几千米呢,烟肯定不能聚合。火着起来后,两股烟竟鬼使神差地慢慢朝中间聚拢了。女娲心想,也许是巧合吧。伏羲见女娲不相信,于是又再占卜一次。这一次,兄妹俩从南、北两座山上往河谷地带滚石磨盘,如果磨盘最后能贴合在一起,就表示兄妹俩可以成亲。结果磨盘真的贴合了。女娲还是不相信。伏羲无可奈何,只好让女娲想一个占卜方法。女娲说:“我在前面跑,你在后面追,如果追到我,咱俩就成亲,如果追不到就不能成亲。”于是,兄妹俩绕着树跑了起来。兄妹俩从日出跑到日落,不知道跑了几天几夜,最后,顽强的伏羲终于追上了女娲,这一回女娲只好答应嫁给伏羲了。

　　成亲后不久,妹妹女娲就生了一个血红的肉球。夫妇俩觉得好奇,便用刀把肉球切开来,可是里面什么也没有,直到他们把肉球切成了细小的碎块,仍然没发现一个孩子。他们把这些碎末包起来,准备带到天梯上去抛洒。他们沿着天梯往上爬,刚到半空,一阵大风吹来,吹落了手中的肉末,这些肉末迎风飘向大地。随后发生的事让他们大吃一惊,这些肉末落到地上便迅速生长,不一会儿便长成了人形。伏羲和女娲见状,又惊又喜。他们看着地上一下子多了这么多人,心想,该给他们取什么名字呢?伏羲眼珠子一转,说:“干脆就以他们落地的地方命名吧,落到什么地方,就姓什么,落到水边便姓‘水’,落到田地里就姓‘田’……”

　　从此,世界上又有了人类,并得以继续繁衍。

刑天舞干戚

当炎帝还在统治全宇宙的时候,刑天是他手下的一员大将。他不仅精通战略,武艺卓绝,而且还精通音律,曾为炎帝作乐曲《扶犁》,作诗歌《丰收》等,可谓文武双全。

后来,黄帝取代了炎帝成为主宰者,炎帝只好屈居南方一隅,忍气吞声度日,不敢和黄帝抗争。炎帝的子孙和旧臣们咽不下这口气,总想卷土重来,推翻黄帝。

刑天尤其不能接受这个结果,于是,他联合了蚩尤部落举兵反抗黄帝。可是炎帝却坚决阻止刑天去参加这次反抗斗争。

蚩尤部落和黄帝一战失败,蚩尤也被杀死了。刑天再也按捺不住他内心的愤怒,于是偷偷地离开南方天庭,径直奔向中央天庭,准备杀黄帝,重夺政权。

刑天左手握着长方形的盾牌,右手拿着一柄闪光的大斧,一路过关斩将,直杀到黄帝的宫前。

黄帝正带领众大臣在宫中饮酒赏乐,猛见刑天挥舞盾斧杀将过来,顿时大怒,拿起宝剑就和刑天搏斗起来。两人剑刺斧劈,从宫内杀到宫外,从天庭杀到凡间,直杀到常羊山旁。

常羊山是炎帝降生的地方,往北不远,便是黄帝的诞生地轩辕国。轩辕国的人个个人面蛇身,尾巴缠绕在头顶上。两个仇人回到了自己的故土,因而战斗格外激烈。

刑天怨恨黄帝篡夺了炎帝的天下,誓要夺回政权;而黄帝为保天下安康,子孙昌盛,不容他人破坏。于是各人都使出浑身解数,恨不得能将对方一下杀死。

黄帝到底是久经沙场的老将,又有九天玄女传授的兵法,且心思缜密,机敏老到,他寻找到一个破绽,一剑向刑天的颈脖砍去。只听"咔嚓"一声,刑天的那颗像小山一样的巨大头颅,便从颈脖上滚落下来,落在常羊山脚下。

刑天一摸颈脖上没有了头颅,顿时惊慌起来,忙把斧头移到握盾的左手,伸出右手在地上乱摸乱抓。他要找回自己的头颅,安在颈脖上继续战斗。他摸呀,摸呀,右手在四周来回摸寻,所碰之处树断石崩,可却怎么也摸不到那颗头颅。其实,他只顾向远处摸去,却没想到头颅就在离他不远的山脚下。

黄帝怕刑天摸到头颅后,会更加凶猛地来刺杀自己,连忙举起手中的宝剑向常羊山用力一劈。随着一声巨响,常羊山被劈为两半。刑天的巨大头颅骨碌碌地落入常羊山裂开的缝隙中,接着两山便迅速合而为一,把刑天的头颅深深地埋葬起来了。

听到这轰隆隆的响声,感觉到周围异样的变动,刑天停下了摸索。他知道自己的头颅已被黄帝埋葬了,他将永远身首异处。刑天呆呆地立在那里,一时间,黄帝得意的笑声与未能实现心愿的痛苦猛烈击打着他的内心。他愤怒极了,怎么也不甘心就这样败在黄帝手下。突然,他一只手拿着盾牌,一只手举起大斧,向着天空乱劈乱舞起来,那样子仿佛在跟千军万马拼死搏斗一般。

这种景象是多么壮观啊!失去头的刑天,赤裸着他的上身,把两乳当作眼,把肚脐当作口,把整个身躯都当作了他的头颅。那两"眼"似乎在喷射出愤怒的火焰,那圆圆的"口"中,似在发出仇恨的咒骂,那"头颅"如山一样坚实稳固,那两手里拿着的斧和盾,挥舞得是那样有力。

见此情景,黄帝心里一阵战栗,不由自主地害怕起来。他不敢再对刑天下毒手,悄悄地溜回天庭去了。

那断头的刑天,至今还在常羊山附近,挥舞着手里的武器呢。

燕子的后代

高辛王娶了北方有娀族酋长的女儿简狄和建疵为妻。简狄和建疵住在高辛王为她俩建造的瑶台上,无忧无虑地生活着。

高辛王经常派神鸟燕子去看望问候姐俩。每次燕子飞到瑶台,简狄和建疵都要与它追逐嬉戏一番。燕子飞走后,姐俩便怅然几天。

"姐姐,你说我们能不能把神鸟留下来天天陪我们玩?"建疵天真地问姐姐。

简狄一听,欣然赞成,还想出了留燕子的办法。

这天,神鸟燕子又飞到了姐俩的窗外,呢喃地问候她们。姐俩高兴地跑出房间,像平时一样追逐着燕子。燕子忽高忽低,忽疾忽缓地在瑶台飞旋。简狄和建疵追得气喘吁吁,靠在栏杆上擦汗。燕子也停在她们身旁的栏杆上歇息。这时简狄向建疵使了个眼色,建疵会意地点点头。

"神鸟啊,高辛王好吗?"建疵问燕子。燕子谦恭地拍拍扇膀,"啾啾"地叫了两声。旁边的简狄趁燕子与建疵交流的机会,从袖中取出一个精致的玉筐,迅速向燕子罩去。

"抓住了,抓住了!"简狄高兴地冲妹妹喊道。

姐俩以后每天都精心地给玉筐中的燕子喂食,与它叽叽咕咕说会儿话。很长时间过去了,调皮的建疵非要掀开玉筐逗燕子玩,简狄没办法便同意了。建疵轻轻地掀起玉筐,"嗖!"燕子像箭一样冲上天,尖叫着向北飞去。筐中留下两颗五色蛋。

燕子飞走后再没回来。姐俩只要想起神鸟燕子,便惆怅地吟唱着:"燕儿飞走了,燕儿飞走了!"

简狄非常喜欢这两个五色蛋。一天,她把蛋含在嘴里玩,冷不防建疵从门外叫着跑进来,简狄一惊,两颗燕子蛋滑进了肚。简狄因燕子蛋下肚而怀孕了。不久,一个男婴踢破简狄的肚子出世了,高辛王给他取名"契"。

契长大成人后，为尧帝和舜帝掌管教育。大禹治水时，契的儿子又帮大禹治水，受到封赏。舜帝为了奖励燕子后代的功劳，赐姓子氏，封地商地。

黄帝的玄珠

黄帝在昆仑山途经赤水的路上，把一颗黑珍珠丢了。黄帝痛失心爱的玄珠，忙派人去寻找。

黄帝

天神知的是众神中最聪明的一个，黄帝派他去找丢失的玄珠。几天后，愁眉不展的知回来了，他对黄帝说："从昆仑山到赤水的路上，我苦思冥想玄珠会丢在什么地方。返回的路上，我还在想怎样才能找到玄珠。我想了这么多天，也没有找到玄珠。"

黄帝又派天神离朱去找玄珠。离朱有三个脑袋，六对眼睛。几天后，垂头丧气的离朱回来了，他向黄帝禀告道："我伸长脖子，睁大眼睛努力找宝珠，眼前飞过的土尘我也不放过。我的脖子僵了，眼睛红了，还是没有找到玄珠。"

黄帝再派天神吃诟出去找玄珠。吃诟的口才是诸神中最好的。几天后，少气无力的吃诟回来了，他对黄帝说："这一路上，我和一百个路人辩论过，他们都被我驳得哑口无言。最后我的嘴唇干裂，声音嘶哑了，也没人告诉我玄珠在哪里。"

黄帝叹口气，唤来了天神象罔。众神一见象罔，都"哧哧"地偷笑起来。谁都知道象罔的粗心大意在诸神中是出了名的，脚下即使有座山，他也会视而不见。几天后，象罔回来了，他向黄帝献上了丢失的玄珠。

"你是怎么找到玄珠的？"黄帝和诸神瞪大眼异口同声地问道。

"我在赤水边被一个东西绊倒了，爬起来一看，是玄珠把我给绊倒了。"象罔漫不经心地回答。

黄帝非常高兴，他把玄珠交给象罔保管。象罔接过玄珠，往大袖子里一塞，大大咧咧出去了。

象罔保管玄珠的事让一个姑娘知道了。她决定捉弄一下象罔。这一天，这个姑娘在野地里拦住象罔说："你的袖子上有只大臭虫，快甩掉它。"

象罔忙把大袖子使劲一甩，玄珠便飞出了袖子。姑娘忙说："你的东西甩掉了，我帮你捡回来。"姑娘把玄珠捡起来揣入怀中，随便捉了只臭虫交给了象罔。

象罔看也没看，接过黑乎乎的大臭虫往袖子里一塞，摇摇摆摆地走了。

这事让黄帝知道了,便派天神去捉拿那个姑娘。惊慌之下,姑娘把玄珠吞到肚子里,跳进了汶水,变成了马头龙身的怪物。

黄帝无奈之下给她取名"务相",并封她做了汶水水神。

嫘祖养蚕

天蒙蒙亮,黄帝的妻子嫘祖便带着部落里的妇女上山采摘野果。

太阳刚刚露脸时,她们爬上了一座矮山,山上的矮树上结着红彤彤的小果子,嫘祖留下几位年纪大的妇女和年幼的女孩,让她们在此处采果。

太阳爬上半山腰时,她们爬上了另一座大山。几株不算太高的树上结了不少黄澄澄的大果子,嫘祖留下几位怀有身孕的妇女在此采果,自己带了少数几个身体好的妇女又向另一座山上攀去。

太阳正当头时,她们爬上了第三座山,山上的峭壁上点缀着一些紫黑色的小果子,嫘祖带着剩余的妇女开始攀上峭壁摘果子。这种果子虽然很好吃,可是太少了。嫘祖决定自己独自一人去另一座山上找果子。

太阳跑到西坡时,嫘祖爬上了第四座山。她意外地发现山坡的一侧,绿油油的树上全是白亮亮的小果子。"这下可好了,今天能采到不少果子了。明天还可以采。太好了,部落里的人可以饱吃好长时间的果子。"嫘祖一边想,一边飞快地采摘果子。

太阳渐渐向下坠落,眼看要躲到山后了。嫘祖直起酸痛的腰,看看太阳,又看看手边的果子,极不情愿地停下了手,"果子太多了,多来几个人就好了!"嫘祖弓腰准备背起地下的大筐,用了几次力,也没把筐背起来。这时嫘祖才觉得饥肠辘辘,四肢无力。她拿起一颗果子放在嘴里,怎么也咬不动,"这种果子煮了才能吃啊!"嫘祖只好从腰间的皮囊中取出一块干肉。"不好吃也得吃,吃了才有劲!"嫘祖努力将干肉嚼碎,咽下肚。她又随手捋了几片树叶放入口中咀嚼,干渴的喉咙得到了些许滋润。

暮色渐渐袭来,嫘祖努力背起大筐,趔趔趄趄向山下走去。

"快点走,篝火旁的人们还等着我呢!"嫘祖在黄昏中的山上快步向下走。

"山不高,一咬牙就上去了。坡不陡,一会儿就下去了。"嫘祖就这样鼓励着自己爬上山又走下坡。

远处的黑暗中闪烁着绿森森的眼睛,虎啸和狼嚎不时回荡在山中。"不怕!不怕!它们不敢来。快走!快走!它们跑不过我!"嫘祖迈开腿,飞快地向前跑。

终于看见部落的火堆了,还有部落人喊自己的声音。"终于回来了,大家等着我呢!"嫘祖高兴极了,她想快点跑到亲人身边,把恐惧与劳累全甩掉。可是她再也迈不动脚了,"扑通"一声倒在了地上。

恍惚中，嫘祖觉得有人向自己跑来，脚步沉重有力，亲切熟悉。她觉得有人用有力的双臂抱起了自己，她努力地张开嘴告诉他："果子硬，煮了吃！"听到那声应诺后，她放心地闭上眼，安静地睡着了。

第二天，嫘祖睁开眼，看见明晃晃的太阳挂在天上，周围安静极了。这个时候的男人都出去打猎，女人出去采果子了。部落里只留下几个年老无力的老人照看孩子。嫘祖想坐起来，浑身又疼又酸。一位老妇人颤巍巍地端过一碗汤。嫘祖勉强喝下去，精神似乎好些了。

"山上有好多白果子，够我们吃好长时间。"嫘祖急切地说。

老妇人咧了咧干瘪的嘴，指了指不远处的大锅。嫘祖挣扎着走到锅前，锅里是白乎乎的一团一团像虫子似的细条。用手一捞，滑溜溜，凉丝丝的。老妇人跟过来说："白果子放到水里一煮，全变成了这种又细又长的虫子，谁也不敢吃。"

嫘祖无力地靠在树下缝补衣服。嫘祖补完几件兽皮衣，又拿起几件粗麻衣。硬扎扎的麻绳不时被拽断。

"还有麻绳吗？"嫘祖问道。

"没有啦，等她们采回麻才能搓。"老妇人答道。

嫘祖沮丧地放下衣服，直愣愣地盯着那锅东西发呆。"怎么就不能吃呢？费了那么大劲，倒了真可惜！"

"咦！它能当线用吗？"嫘祖灵机一动，从锅里捞出一条"虫子"，穿在骨针上缝起了衣服。她把缝好的麻布衣拽了拽，抖了抖，挺结实。

嫘祖高兴极了。她把"虫子"捞出来晒干，像绕麻绳一样绕起来，又像织麻布一样把它织成布，又用布给黄帝做了一件小衣服。这项工作用了她许多天的时间。

"这是什么衣服？这么软，这么滑，真舒服！"黄帝穿上这件衣服后，欣喜地说。嫘祖更高兴了，她向黄帝讲了衣服的来历，末了她兴奋地说："以后，让族人在夏天都穿上这种衣服，又凉快又不怕日晒蚊虫叮咬。多好呀！"

嫘祖再去那座山采白果时，白果已没有了，满山飞着灰蛾子。

第二年春天，嫘祖又到那座山上找白果，发现树上只有许多白胖胖的小虫子。又过了一段时间，嫘祖发现小虫子吐出一条细线，将自己包了起来。几天后，山上又出现了许多小白果子。嫘祖终于明白了。白色的东西不是果子，而是小虫子的"家"。

嫘祖在这座山上观察了几年，终于掌握了这些"小白果"的来龙去脉，也知道了怎样饲养小虫子、种出"白果子"。嫘祖带领部落妇女饲养起了小虫子。嫘祖给小虫子取名"蚕"，养蚕的树叫桑树。

从此，人间有了新的衣服。随着时间的推移，这种衣服越来越精美。后世人们都不会忘记养蚕始祖——嫘祖。

蚕神的故事

"父亲在很远很远的地方,他一定迷失了回家的方向。马儿啊,你能帮我找回父亲吗?"漂亮的姑娘抚摸着她心爱的骏马,向它倾吐着心声。

"嘶——"马儿扬头长嘶一声,又低头蹭了蹭姑娘的手。

"好马儿,你也不知道我父亲在哪里,你叫唤什么? 你要真能找回我父亲,我嫁给你。"姑娘拍拍马头,开玩笑地说道。

这天晚上,马挣断缰绳,跳出马厩,不知去向了。

可怜的姑娘失去了唯一的伙伴,整天坐在门口盼望着父亲的归来。

"噢哼——"许多天后的一个中午,姑娘听到了熟悉的马叫声。她欣喜地跑出家门,意外地看见了马背上的父亲。父女久别重逢,欢喜之情难以言状。

晚上,姑娘跑到马厩,摸着马头喃喃地说:"好马儿啊,你实现了我的愿望,我一定兑现我的诺言,明天我就告诉父亲,我一定会好好照顾你的,好马儿。"

马温柔地舔舔姑娘的手,发出了低低的吼声。

"什么,你要嫁给那匹马?"父亲惊怒地喝问姑娘。

"它不是普通的马,它通人性。"姑娘小声说道。

"再通人性也是头牲口。不行! 我绝不答应,你死了这条心吧。从今以后,你不准进马厩。"父亲愤怒地大喊起来。

晚上,伤心的姑娘倚着心爱的马儿哭诉起来。"心爱的姑娘,你不要伤心哭泣。"马儿突然开口说话了:"我本来是一匹神马,不幸被人间的恶咒迷住,不能回到天上。恶咒说,如果有姑娘愿意嫁给你,你就能成人形,然后你才能重新回到天上。好姑娘,你再耐心地等待九天,我就能变成人形了。记住,不能向别人透露这个秘密。"

兴奋的姑娘天天去和马儿说悄悄话。三天后,父亲发现姑娘偷偷跑去和马见面勃然大怒,把女儿反锁在屋里不准她出来。姑娘天天趴在窗前哭泣,马在马厩内哀鸣不止。

第九天终于到了,姑娘精心打扮了自己,推开窗户等待着变成人形的神马。她推开了窗户,一张马皮挂在窗户对面。原来,父亲昨晚悄悄地把马杀了。姑娘大喊一声:"我的马儿——"便昏倒在地。

"乖女儿,快醒醒。"姑娘慢慢睁开了眼睛,"乖女儿,我也是为了你啊。"父亲叹息着说。

"你杀了我的马。"姑娘推开父亲搀扶的手,面无表情地走出房门,来到马皮下。"马儿,好马儿。"她摩挲着马皮,眼泪滚滚而下。

突然,马皮一抖,迅速卷住姑娘,"忽"地飞出了院子。父亲呆了,半晌才追出门来。只见马皮裹着姑娘飘向后山，父亲在后面紧追不舍。

马皮落在了一棵树上不见了。父亲流着泪拨开树枝，呼喊着女儿。突然，他看见树叶上有一条白白胖胖的小虫子。它摇着马一样的头，吐出了一条又白又亮的细线，它的身上紧紧地裹着一张马皮。

姑娘和她心爱的马儿永远呆在了一起。她被封为了蚕神，人们亲切地叫她"马头娘娘"。

雨师赤松子

大河里的水早干涸了，只留下河床上一个个干裂的嘴唇，这是两年滴雨未降的结果。炎帝看着人们因干旱而憔悴、甚至死去，非常痛心。他命祭祀摆好供案，再一次向天帝求救：

"神圣的天帝啊，求您怜悯我们这些饱受旱灾煎熬的可怜人吧。我们的孩子还没来得及长大就渴死了；我们的勇士在凶禽猛兽面前没有死去，都在龟裂的大地上倒下；我们祖辈开垦出来的绿洲，如今飞沙走石，寸草不生。仁慈的天帝，救救受苦受难的百姓吧。"

天上传来一阵轰隆隆的雷声，祭祀面露喜色地对炎帝说："天帝听到了我们的祈祷，天帝会解救我们的。"炎帝叹口气："但愿吧！"

几天后，有人向炎帝报告："来了个野人，说是天帝派来的雨师。"炎帝一听，忙高兴地去迎接。

一个怪模怪样的人手拿一根柳条，边唱边跳走来。他披着草领，围着皮裙，蓬头赤脚，满身黄毛。他看见炎帝走来，伸出手便施礼。他那长长的像鹰爪一样的手指甲把炎帝吓了一大跳。炎帝疑惑地问："您就是天帝派来的雨师？"

"天帝让我来，我就来，不管是天管地管还是我管。我，号赤松子。"野人还是又唱又跳。

炎帝忧虑地对身旁的人说："天帝派这么个疯疯癫癫的神当雨师，行吗？"

赤松子看透了炎帝的心思，说："我在留王屋修炼了许多年，就成了这个人不人兽不兽的样子，也养成了自娱自乐的习惯。我跟赤真人游衡岳，他变成赤色飞龙飞来飞去，我也跟着变成赤色虬龙，与他同游共戏。众神见我能够随着风雨上下飞行，便推荐我当雨师。"

炎帝听了，心也放松了一些。

赤松子果然有本事，五日一小雨，十日下中雨，十五日便下大雨。很快大地便恢复了生机。赤松子又根据季节的不同，把降雨量调度得稳稳当当。炎帝也从心里佩服赤松子。

赤松子常年在神州各地视察、布雨，见识很广。炎帝的小女儿很喜欢这个"野人"，常常缠着他讲轶闻趣事。炎帝的小女儿渐渐长大了，她对赤松子说："我也想到天上去看看。"

"傻孩子，只有神仙才能上天。你是凡人，你怎么上去？"赤松子笑着说。

"你是神仙，你带我去。"小姑娘天真地说。

赤松子开玩笑说："行——，只要你能跟得上我，我就带你去。"

小姑娘记住了这句话。一次，她听说赤松子要上天，便悄悄地跟在赤松子身后。她在赤松子身后追啊追啊，一直追到天门。赤松子发现了身后狼狈不堪、又倔强执着的小姑娘，大为感动，便把她带入了天宫。

赤松子时而天上，时而地下，时而变成虬龙，时而恢复人样，尽管他行踪不定，变幻无常。但每当及时雨下起来的时候，人们都知道雨师赤松子存天下关心着大地、关心着百姓。

天为什么是蓝的

传说，盘古开天地的时候，他的儿子太上老君已经怀在娘肚里。盘古挥动神斧，天慢慢上升，地逐渐下降，混混沌沌地有了空间。盘古怕天地再次合拢，便脚踏地、头顶天，天地每天长一丈，盘古也随着长，过了一万八千年，天高地厚了，盘古也倒下死了。

在娘肚里的太上老君，正赶上这场天地演变。他虽然不能眼看到外界的事情，却学会了说话，年复一年又长出了胡子。每隔几天，老君就问娘：天长严了没有？娘总回答没长严。老君在娘肚里怀了八十年，胡子都白了，娘也被问得十分不耐烦。有一次，老君又问娘，天长严了没有？娘搪塞他说长严了。老君听说天已长严，就咬断娘的三根肋巴骨呱呱出世了。

老君来到世上，一看天并没有长严，天的西北角还有一个大窟窿，他就挖了一块冰块补上，所以直到现在，每刮西北风，天就寒冷起来。

冰块补的天西北角，与自然生成的天，很不合体，人们也都不愿看到天的面目。老君便脱下自己的蓝衫，遮在整个天上。此后，天也就变成蓝颜色了。蓝衫上的八卦图，变成了太阳、月亮，点点碎花化作了满天星斗。

彩虹
（阿美族）

依勒克本是天上的神仙，他无忧无虑，每日在九天里逛荡。一天，他无意中拨开脚下云朵，看到了居住在人间高山上的阿美人，衣衫褴褛，在河床干涸、禾苗枯萎

的大旱天里,抬着祭品到山上求雨。那歌声凄切哀婉:

嗨——

天空无云彩,

雨水不下来,

大家一起来,

祭礼众人抬,

上山把神拜,

能迎喜雨来。

依勒克还看到,在山洪暴发的时候,田园被冲毁了,部落里的男人就高举火把,烤着湿淋淋的屋檐,希望火把能吸干哗哗滴下的雨水……

依勒克看到阿美人生活这么苦,非常同情他们。于是自己就变成一个英俊的少年来到人间,帮助阿美人解除苦难。

依勒克做了一只大陀螺放在地上,抽一下,田地平整了;抽二下,清清的水冒出来了。他把阿美人住的地方,凡能开垦的荒山都变成了良田。这年秋天,阿美人获得了大丰收,家家粮满仓,人人笑颜开。

在庆祝丰收的节日那天,男女老少都穿上色彩鲜艳的衣裳,汇集到村头的平地上,点燃了篝火。大家都欢乐地环绕着篝火,边唱边跳。这时,依勒克看见月光下有一位美丽的姑娘,头戴鲜花,身穿五彩达戈纹衣裳,正含情脉脉看着自己,心里一阵欢喜。他按阿美人的风俗,从树上摘下一个熟透的槟榔,往姑娘的背篓里投进去。姑娘见了,就跑到芭蕉树下,唱起优美动人的歌:

丰收的稻谷已经储进谷仓里,

爱情的果实也该有了好收成。

金色的月亮啊,

请你做媒人。

姑娘的情意深深打动了依勒克的心,他走近姑娘,两人手牵手地跳起舞来。全部落的人都为依勒克和美丽姑娘祝福,祝他俩恩爱到老。

可是,依勒克毕竟是天上的神仙,日子久了,不能老呆在人间;妻子是地上的人,又不能和依勒克一道上天呵!一天,依勒克对妻子说:"我先到天上去,变成一架天梯,你顺梯子爬上来,我们就能天长地久,永不分离。只是你在天梯上千万不能叹气,一叹气,天梯就断了。"妻子答应了。

依勒克告别了妻子和父老乡亲,乘一朵白云,悠悠飞上天宇。他变成一架玉白色的软梯,长长地垂了下来,部落里的姐妹们为依勒克的妻子绣好了五彩衣,为她磨好了香糍粑,用芭蕉叶包好,依依不舍地送她上天。

姑娘含泪告别了亲人,攀上天梯,爬呵爬,蹬呵蹬,天好高呵!因为想念丈夫,姑娘咬咬嘴唇,用劲地向天空爬去。爬着爬着,她仿佛看见了依勒克在天上向她频频招手呢。再往下看看,姐妹们也在向她呼唤。她既舍不得家乡,也舍不得丈夫。

因此心里乱极了。不觉得轻轻叹了一口气。谁知这一叹气，霎时间，喀啦啦一声巨响，天梯断了，姑娘大叫一声："依勒克！"依勒克忙弯下腰要救妻子，可是已经来不及了，姑娘从半空中跌落到地上。

依勒克心痛极了，觉得是自己害了这美丽的姑娘。他哭弯了腰，泪水哗哗地往下流，汇成了一个深潭，便将自己的爱妻安葬在水里。就在这个时候，他发现自己变成了色彩缤纷的彩虹。从此，他就默默地立在半空，为人间播云降雨，他还企望着，有一天心爱的妻子会顺着美丽的彩虹，朝自己走来。

天上为什么有彩虹
（傣族）

有个公主生得很漂亮。

有个头人的儿子去串公主。龙王的儿子也变了个漂亮的小伙子去串公主。

有一天。龙王的儿子正和公主在睡觉，头人的儿子也来串公主，他见龙王的儿子和公主睡在一起，就拔出长刀，一刀砍下去，两人都受伤了。龙王的儿子就抱起公主飞出竹楼。龙王的儿子因为流血过多，就想水喝，他的家也在水里，他就抱着公主往河边飞去。他俩沿路淌着血洒在天上，这就成了两道红色的彩虹。那道比较红的，是男的淌出的血，他受伤重，血淌得多；那道淡红的，是女的淌出的血，她受伤轻些，血淌得少。

傣族见天上出彩虹，就说："洪景能。""能"就是"水"，"景"就是"吃"，意思是彩虹吃水。——就是来自这个故事。

〔附注〕有的经书上说，天上有个"好相里鲁"，这个东西像镜子一样，它有四面：东、南、西、北。这像镜子一样的东西还有颜色。当太阳照着这镜子的时候，它就反光了，反出来的光五颜六色，这就是天上的彩虹。

天体的传说
（高山族）

一、天空

古时的天空是很低很低的。

而且，天上只有一个太阳，落了又起，起了又落，以致整天都是白昼，没有黑夜；大家就不停地劳动着，没有休息，真累呀！

因为天空低呀，很低很低；河水给太阳烤烫了，地上没有树木，没有花草，人都将闷死了！

这怎么活下去呀！

部落的人商量：用热水去泼，用太阳烤烫的水去泼它，把天泼开！

于是，大伙一起泼呵，不间歇地泼着，也不知朝天泼了多少桶的热水！一天，两天，三天……到第五天，大伙的身上都汗淋淋的，脸上和手脚都渗着血水；但大伙还是泼呵，泼呀，脸涨红了，眼冒火了，气也粗了，还是一桶接一桶地泼着，泼着……忽然，"轰隆"一声巨响，天开了，升高了，升得好高好高，人间变成一片光亮！慢慢地，太阳落下去了，天变黑了，而升起来的不再是火炎炎的日头，而是清凉凉的月亮！

从此，人间有了昼夜之分，大家白天劳动，晚上休息；

从此，地上有了森林，有了青草，有了五颜六色的花朵，也有了小鸟和鸡鸭牛羊……

大伙儿高兴呵，在高高的天空下，披着阳光，抹着月色，一起唱歌，一起跳舞……

二、太阳

天上的太阳是男人变的；

它像男人一样开朗，也像男人一样的威严暴躁，不欢喜人们对它直视；

谁要是偷瞧了，太阳就用它那火辣辣的光芒刺你的眼睛，使你看不清它的脸孔；

因此，直到现在，人们都不敢直视太阳，偶然偷瞧一下，立刻就将眼睛闭上。

尽管这样，但大家还是很欢喜太阳；

因为，太阳正直、善良，没有私心，又很慷慨——

它光照大地，给人们送来温暖，给万物以生命，使溪流河海闪闪发亮，使森林变得郁郁苍苍，使高山平原开满五光十色的花朵……

三、月亮

月亮光皎洁柔和；因为它是一个美丽姑娘的化身呀！

它像姑娘一样温柔，也像姑娘一样多情！

因此，每当晚上，月姑娘一出来，大家都欢喜看她那张秀丽的脸庞，欢喜在她的笑脸下跳舞，饮酒，唱歌……

月姑娘呢，她有时很开朗，也很大方，将她那副玉盘似的圆脸任你去看，让你去欣赏，并温柔地向你微笑；

有时候呢，她又显得矜持，显得忸怩，低头悄悄地瞧你一眼，就慢慢地转过身去，只露出半边脸来；

如果你看得太久了，她会感到不安，就会害羞地躲开，用灰色的云巾将整个脸孔遮住……

所以，天上的月亮，有时是圆的，有时是半圆的，有时又钻进云里去了。

四、星星

天上的星星是哪里来的呢？

传说，人死了，他们"升天"了，眼睛变成了星星。

星星一闪一闪的，那是死者眨着眼睛；他们俯视人间，在寻找自己的亲人呵！

那银色的星星，是逝去已久的死者的眼睛；

那带红的星星，是逝去不久的死者的泪眼；

那特别光亮的星星呢，则是祖先英雄的慧眼——因此，我们一抬头，就能看见它那耀眼的光芒！

日、月、星
（布依族）

古时候，传说天仙、凡人和龙都住在一个地方，不分什么高低贵贱，大家一起上山捕捉野兽，采摘果子，又一起玩乐，互相通婚。那时，天地不分，洪水经常泛滥，人们年年遭灾，受苦受难，东奔西走，日子过得很悲惨。为了挽救人间生命，繁衍子孙，盘古王想尽一切办法，经过九千九百九十九年的修炼，制造出一把开天辟地的大板斧。他力大无穷，肩挑两山，日行万里，任什么事物都不能阻挡他。有一天，他独自一人坐在播索密山头上，久久沉思，然后举起手中的大板斧，"叭叭叭"猛劈三下，一斧劈开茫茫白雾，把仙人统统送上天庭，叫他们管好雷劈，不许乱吼乱叫；一斧劈穿海底，造起龙宫，叫龙王管好洪水，不许泛滥淹没人间；再一斧劈开森林草莽，让人们到平坝河川上来学种庄稼。从此，天上、人间和龙宫，就分成上、中、下三界。三界各选国王，上界选雷公，海底选龙王，人间地方辽阔，一人管不下来，盘古王年纪又太高，大家就选他的儿子和姑娘来继承王位。不久，盘古王就病死了。

当时，天地虽然分开了，但三界还是漆黑一团，伸手不见五指，人们的日子过得昏昏沉沉。盘古王的儿子和姑娘兄妹二人坐下来商量，决心去寻找光亮。他俩议定，谁先找到光亮，谁就管白天；谁后找到光明，谁就管夜晚。那时女子最聪明，哥哥去找来九十九件东西，都不能发出光亮，妹妹只找来九样东西，用拜密在河滩黑石块上猛击，顷刻火花飞溅，拜密燃烧起来了。从此，人间有了光明，后来又有了熟食，人们也渐渐变得健壮起来。但人间最初的光亮不强，照亮也不久，一闪就过去了。后来哥哥又想出一个办法，用葛藤捆扎成一万支火把，同时点燃起来。妹妹又自告奋勇地举起这一万支火把，站在高高的山头上，让光明普照人间，让处处的人们都能感到温暖。就这样，哥哥天天去捆扎火把，妹妹天天举着火把照明。天长日久，天缘巧合，兄妹俩在山头上结成夫妻，安了家，百姓的日子也好过了。兄妹俩活到九千九百九十九岁才死。他俩死后，人世间又突然黑暗起来，人们万分焦急，于是每人都上山去采来一朵小花，插在兄妹俩的坟前求拜，希望他兄妹俩继续把光明留在人间。

说来也巧，正当人们在坟前放声痛哭时，忽然间天昏地暗，狂风四起，只见一对火球升上天空。人们化悲为乐，欢声动地。大家都说，那火球是兄妹俩的灵魂变成的。

兄妹俩升上天空后，最初二人一道巡游天庭。白天他们走到天顶，人间感到太热；夜里他们走到天底，人间又感到太冷。大家议论纷纷，希望兄妹俩一个管白天，一个管晚上。兄妹俩听了人们的议论，二人一商量，决定按人们的希望去做。

哥哥说："妹妹呀，你愿管白天还是夜晚呢？"

妹妹回答说："好心的哥哥呀，妹妹我想过了，心中有点为难：想管晚上么，又害怕单身女子不敢走黑路；想管白天么，走起路来衣裙飘飘地翻转，又怕地上人们偷看，不知怎样才好，请哥哥指点吧！"

哥哥说："妹妹在人间创造光明，功劳最大。哥哥就给你出个主意，不知你喜欢不喜欢？"

妹妹说："哥哥说出的话，妹妹一定依从。"

哥哥说："依我看，妹妹管白天为好。谁敢偷看你的衣裙，你就把身边那一万颗银针撒出来刺他的眼睛，这样就不怕害羞了。"分好工后，妹妹掌管白天，让百姓好种庄稼；哥哥掌管晚上放光弱一点，让人们好娱乐休息。于是，大家给他俩取了个美丽的名字，把妹妹叫作"当婉"（太阳）；把哥哥叫作"冗令"（月亮）。

从此，太阳白天出来，月亮晚上出来，人间再也不会遭受长久的黑暗了。太阳和月亮的周围，还有千千万万颗小星星，人们都说，那是当年大家奉献在兄妹二王坟前的小花变成的。

星星的由来

（藏族）

从前，天上只有太阳和月亮，没有一颗小星星。晚上没有月亮的时候，大地上就一片漆黑。

有一位年过百岁的老阿爸，他从年轻时候起就想在天上挂一些灯，光照大地，总是想不出好办法。老人有九个儿子，长得虎彪彪的，个个都是英雄。有一天，老人把他们叫到跟前，说："孩子们呀，你们都长大了，应该做些事了。"九个儿子问："阿爸叫我们做什么事？"老人说："你们想想，现在人们最缺少什么，你们就去造什么吧。"九个儿子听了，都不知道该做什么。老人想了一会儿，又说："我白天丢了一把砍柴刀在山里，你们去找回来吧。"九个儿子异口同声说："呀，外面黑得连大山都看不见,怎么能找到砍柴刀呢?"老人说:"你们想想,你们该做些什么事,就去做吧!"九个儿子恍然大悟,都各自出远门,各人去做各人的事了。

过了九九八十一天,在一个黑洞洞的夜里,九个儿子不约而同地回到了老人的身边。他们每人带回了九九八十一颗宝珠。这些宝珠闪光发亮,把老人的帐篷照得比白天还亮。他们还在夜里用宝珠照亮,找回了老人丢掉的砍柴刀。老人说:"孩子们呀,你们现在去看看吧,今晚上有多少迷路的人,你们送给他一颗宝珠,给他们照路。还有乡亲们需要出来做活的,也送给他们一颗宝珠,让他们好去干活。"

九个儿子听了,说:"这太难了呀。还不如把所有的宝珠,挂在高山上,让大家都见到光亮。"老人说:"这是个好办法,但这只能照到近处的;让千千万万的人,都能得到光明,你们看怎么办到呢?"九个儿子说不出来。老人说:"你们为众人做了件大好事,就是找来了很多夜明珠,现在你们去做自己的事吧。把宝珠全留给我,我把它们挂到天上去。"

九个儿子问:"怎么挂法?"老人说:"这不用问,当你们看到满天宝珠,照亮人间的时候,我再告诉你们。另外,你们还会看到天上有颗最亮的宝珠,向你们眨眼。"九个儿子按照老人的吩咐都去了。

当夜,老人带了所有的宝珠,到一个大松林里。松林里的仙鹤看到了光明,都飞到老人的身边来了。老人把宝珠一颗一颗放在仙鹤身上,自己骑了一只最大的仙鹤,带着鹤群向天上飞去。老人骑着仙鹤把所有的宝珠都镶嵌在天幕上,这些宝珠立即变成了亮晶晶的明星。老人自己也化作一颗最大最亮的星。从此,天上才有了星星,黑夜里也有了光明。老人化作的大星星,就是启明星,藏族人民把它叫老人星。它的确是老人的一颗智慧的心。

北斗七星
(彝族)

从前,彝家有个攀山匠,能光着脚底板攀老虎,赤手空拳和豹子斗。不过,最难得的还是他有颗比金子还宝贵的善良的心。九岭十八寨,只要是穷人,都尝过他打来的兽肉,都得到过他的帮助。

有一天,天热得像火烤一样,攀山匠仍然上山去打猎。跑了几架山,他渴得口里冒烟,就找水喝,找遍山山洼洼,找不到一滴水,只找到一个又红又鲜的野果子。正当他张口要吃果子时,身后传来了一阵呻吟声。原来是一个老奶奶,口渴得倒在地上直哼哼。攀山匠舔了舔干裂的嘴唇,把果子给了这个不相识的老奶奶。然后,又背着这个老奶奶,送她回家去。

天上有六个仙女,她们拨开云雾,看到了这个情景,很受感动。小妹悄悄爱上了这个善良的攀山匠。她下到了凡间,变成一朵灵芝菌生在路边。攀山匠看到这朵晶莹、闪亮的灵芝菌，忙把它采下来带回家。第二天，当他醒来眼睛一睁，只见身旁睡着个俏生生的小媳妇。从此，这个撵山匠和小仙女成了一家，男耕女织，日子过得像吃甘蔗蘸蜂蜜，甜透心。一年后，仙女生了个儿子，取名拉普。

拉普刚满一岁，玉皇大帝查知小仙女私逃人间，就把她收回去了。仙女走后，拉普长大了，去读书，别的同学经常笑他没娘，就叫他"没娘"。

拉普在学校里受气，回家来哭着向爹要娘。爹答不出来，只是落眼泪。拉普去问老师。老师翻开天书一看，知道他是仙女的儿子，就告诉他：某月某日，有六只天鹅在天山上的天池里洗澡，第六只就是你妈。

拉普照老师的指点，果然找到了妈妈。他一把抱住了妈妈，痛哭起来。妈妈也哭了。别的仙女化成了天鹅在空中盘旋，催小妹快走。小仙女没法，对儿子说："今天，我没法带你去，过几天，我会想法带你去的。"又问拉普是谁告

北斗七星

诉他来这里的。拉普说是老师说的。仙女点点头，给了他三个葫芦，叫他回去时摇着第一个葫芦走，见了老师送他第二个葫芦，回到家里再打开第三个葫芦。

拉普下山时，边走边摇着第一个葫芦，葫芦里不断飞出些花花绿绿的东西。到了山下，他回头一望，葫芦里飞出来的东西变成了花草、树木，长满了路，使他再也找不到上山的路了。见了老师，拉普把葫芦交给了老师，老师拉开塞子，葫芦里喷出股火来，把老师的天书烧得一干二净。从此，天上的事就再也无人知晓了。

拉普回到家，打开第三个葫芦，从里面倒出一颗金瓜子。拉普把它种到地里，地里长出了棵瓜秧，瓜秧出奇的壮实，长呀长呀，瓜藤长到天上，拉普便顺藤爬上去找娘。

现在，每当晴朗的夜晚，我们抬头就可以看见，北方的天空中。有六颗明亮的星星，就是天上的六个仙女。距第六颗稍远一点，还有一颗小小的星星，就是去找娘的拉普。彝家就叫它"拉普星"，也有人叫它"没娘星"。

石头星和灯草星

（汉族）

石头星和灯草星，一个在银河边上，闪着很亮的白光；一个在银河里，看上去有些发红。相传，在很久很久以前，这两颗星同在银河的一侧，发着同样的白光，是兄弟俩，只不过一个是前娘生的，一个是后娘生的。后娘只疼他自己亲生的儿子，对前娘的孩子不但不关心，还时常欺负他。

有一天，后娘叫兄弟两人各挑一担东西，到银河对面去，并规定他们必须踩水过去，不许用船。她悄悄地给自己的孩子装了一担灯草，而给前娘的孩子装了两块石头。

后娘的孩子因为挑的是一担灯草，一点儿也不重，所以一开头他走的速度很快，不一会儿，便超过了前娘的孩子。而前娘的孩子呢，担的是石头，很重，只得慢慢地走，一点一点地向前进。

他们到了河中心，渐渐地，后娘的孩子觉得肩上重了起来——因为灯草已被水湿透，越来越重，加上他平时娇生惯养，水性不太好，没有了力气，便感到越来越吃力，走得越来越慢。而前娘生的孩子，因为他挑的是石头，石头经水不会变重，反而会因为浮力的缘故变得轻一些，加上他的水性好，有力气，所以他不感到吃力，仍然是按原来的速度继续前进。很快，他赶上了后娘的孩子，渐渐地走到了他的前面。不久，他便到达了对岸。

后娘的孩子呢，由于灯草越来越重，再也不能前进了，只得在河中拼命挣扎，结果脸都挣红了，还上不了岸。从此以后，他就只能在银河中发着微弱的红光。因为他挑的是灯草，所以人们称他为灯草星。而过了银河的那颗星，因为他挑的是一担石头，闪着很强的亮光，人们便叫他为石头星。

牵牛星和织女星

（汉族）

天河的东南岸上，有一个漂亮的星叫牵牛星。牵牛星两边有两个不太亮的小星，叫儿女星。离牵牛星稍远的地方，有颗比较亮的星叫榴子星。天河西北岸有一颗最亮的星叫织女星，它的一边还有颗梭头星。天上为啥有这几颗星呢？这还要从地上的牛郎织女说起。

有个牛郎，从小跟着哥嫂放牛，他的嫂子总是不让他吃饱穿暖。但牛郎任凭挨饿，找野果吃，也把牛放得饱饱的。

一天,牛郎喝罢稀菜汤,刚走到坡脚,老黄牛就挣着回家。牛郎不知为啥,只好依从。回家一看,嫂子正在烙油馍吃哩!嫂子觉得难看,就骂了一顿。牛郎还没弄清咋回事哩,嫂子就把碗摔在他脸上。牛郎拉着老黄牛边走边哭,老黄牛轻轻地舔着牛郎的手臂,还瞪着眼拐回头望着他。

有一天,嫂子笑盈盈地端着一碗热气腾腾的鸡蛋花儿面条走进牛屋。她说:"兄弟!以前嫂子有对不起你的地方,你别生气。眼看你也大了,我能光对你不好吗?哈!快把这碗饭吃了好去放牛。"牛郎是个老实孩儿,听到嫂子这话,把过去的气消完了,伸手去接。老黄牛挣开笼头,一下子拱掉了面条碗,把面条撒了一地。嫂子气得大骂,又在牛槽边取出了一条大棍,想使使厉害。老黄牛瞪着眼朝她扑去,她才放下棍子跑了。

牛郎把老黄牛拦住,老黄牛说起话来:"牛郎啊!这面条里有毒药。你看!"牛郎一看,两只啄了面条的母鸡,扑棱几下死了。牛郎说:"老黄牛,好险呀!"老黄牛说:"你嫂子存心害你,你躲过初一,躲不过十五。事情到了这一步,那女人一会儿就来同你分家,她说咋分,你就说中!分家后往南走上一天,晚上就有安家处了。"

过了一会儿,嫂子真同牛郎分家来了。牛郎按老黄牛的话,听嫂子铺摆。嫂子说:"老的死时候也没留下啥财产,俺把你养活这么大。按说,你净人出去就行,嫂子咋忍心呢!你哥俩总是一个奶头吊大的嘛!给你头牛总行吧!"其实,她是害怕这头牛,才把它分给牛郎。牛郎二话没说,牵着老黄牛往南走了。

走啊走啊,一直走到太阳落山,他俩来到了一个背靠大山的小村。牛郎前去借宿。村上一位老头说,山那边竹园里有两间新房子,是自己看竹竿住的,里面常闹鬼,没人敢住。黄牛点点头,牛郎就谢过老头,牵着牛进去住了。半夜,屋里有一道星光,一个身高头大的人把门踢开了。老黄牛窜上去,把那人抵倒。那人一倒,门前有了一堆银子。那个身高头大的人是看银子的山神啊!

牛郎得了银子,一半买了这两间房子,一半置了几亩地,春种秋收,过起了好日子。

一天,老黄牛对牛郎说:"你也不小了,咋不娶一个妻子过日子呀!"牛郎说:"牛大哥咋和我开起玩笑了,咱是个庄稼人,笨手笨脚的,谁跟咱?"老黄牛说:"后山大水潭,有一群仙女在洗澡,你去把潭边的一条红裙子拿在手里。"老黄牛又同他耳语一阵子,他俩就往山后走去。

来到山后潭边,真见一群年轻漂亮的姑娘在潭里玩水。潭边石板上放着一堆衣裙,牛郎拿了那件最红最鲜的裙子,躲进树丛里,又用力咳嗽了两声。那群洗澡的姑娘一听有人来,赶忙穿衣系裙,轻飘飘地离开大地,腾云走了。水池边留下一个非常俊美的姑娘,着急得大叫:"我的裙子呢,我的裙子呢?"牛郎从树林里走出来,说:"大姐,裙子在这里!"这姑娘叫织女,是王母娘娘的仆女,专给老天爷织绣衣裳。织女羞得满脸通红地说:"大哥,我离开了裙子,咋回家呀?"据说仙女离开了裙子,就不能起风驾云。牛郎不管这话,抱着裙子就往家跑,织女只好跟在后边。

就这样，在黄牛的说合下，牛郎和织女结了婚，成了夫妻。男耕女织，勤勤俭俭，日子非常甜蜜。牛大哥呢，整天掉泪。牛郎给他端来了绿豆汤，它连闻也不闻。牛郎急得问它是咋回事儿，老黄牛才慢吞吞地说："我本来是天上的力神，为人间挪了几架山，触犯了天规，被贬成牛。我又让织女和你成了亲，老天爷非处死我不可。我死后，你把我的肉挂到树上喂喜鹊。它们是我的朋友。你再把我的皮剥下，做一双靴子，里边儿放一把青草，穿上就能腾云驾雾。"老黄牛说罢，长出一口气，死了。牛郎和织女痛哭不止，又烧香又烧纸，供祭一番，按照牛大哥嘱咐，把牛皮做了靴，把肉挂在树上喂喜鹊。

牛郎织女

一晃三年。织女生了两个孩子，一男一女可喜人啦。一天，牛郎正在地里干活儿，听见轰隆隆一阵响雷，接着就起了乌云。云越来越低，连房顶上都是昏昏沉沉的。他觉得蹊跷，回家一看，王母娘娘拉着织女往外拽。织女坠着身子不走，两个孩子拽着织女的衣裙哭叫着。牛郎把锄头往地上一搠，说："干啥呀？"王母说："我是天上王母！从西天归来，顺路拿她服罪！"牛郎直跺脚，"不行！不行！放下她！放下她！"王母抓起织女，一阵风上天了。

牛郎想起老黄牛临死时的嘱咐，忙从屋里找出那双皮靴子穿上，身子轻得像燕子，一步迈得半空云里了。两个孩子见妈妈走了，爹也走了，就哇哇地哭得更厉害了。牛郎连忙拐回，把两个孩子放进两个篓儿里，抽根扁担一挑，脚一蹬，离开了地面，追织女去了。

追啊追啊，透过云缝儿看见了王母和织女。王母往前拉，织女向后挣，还向后望着。牛郎牙一咬，步子更大了。王母娘娘见牛郎追上来了，忙从发髻上取出一枝金簪一划，一条茫茫大河，拦住了牛郎。牛郎想从河面上跑过去，却起不来劲儿。原来他走时太慌，没顾得上往靴子里放把青草。牛郎没力气了，游过河吧，又不会游。他一急，见竹篓里放一个牛梭头，拿着就使劲朝织女扔去，牛梭头不偏不斜落在织女身边。牛郎大声哭喊："看见梭头别忘我！"织女忙从袖子里取出织布榴子扔向牛郎，还说："每月初七来看你！"织女的手不准，织布榴子落在离牛郎很远的地方。牛郎只顾招呼接织布榴子，把每月初七听成了七月初七了。

现在，天上的牵牛星、织女星、牛梭头星和榴子星，就是牛郎追赶织女时互相赠的物变成的。牵牛星一边儿还有两个小星星，那是织女的一双儿女呀！

太阳的生日
（汉族）

人有生日，太阳也有生日，农历六月初六，是太阳的生日，家家要把衣服清出来晒一晒，晒了不会生虫，防霉防烂。

据说很古很古的时候，地上到处潮湿，盘古觉得一个太阳太少，晒不干胶泥，叫来了十二个太阳，要十二个太阳一起晒，这一下把地下晒得水干土焦，草木枯死。盘古又喊太阳回去，太阳不肯回去，盘古没有办法，自己也被晒得汗水直流，躲到月亮梭罗树下歇凉去了，现在还看见月亮梭罗树脚下有人哩。

地上晒得发火了，在桑树上呷咬虫子的青蝌蚂，见这样下去不好，就沿齐天高的马桑树，爬到天上去，一口吞下一个太阳，吞了十一个，盘古怕它把太阳吞光，一棒将马桑树打弯，哪晓得剩下的这个太阳也被打到海里去了，天黑黑的，分不清白天夜晚了。

怎么办呢？都怪青蝌蚂，要它去把太阳找回来，蝌蚂一天到晚，呱呱地喊，太阳还是不出来，正在为难时，红冠子公鸡说："我去喊！"公鸡站在坡尖上，向着东方，拍几下翅膀，长鸣三声："太阳哥哥……"太阳没有听见，红冠子公鸡又去蹲在东海的礁石上不停地叫呀叫，叫了十二个时辰，终于把太阳叫出来了。太阳听到公鸡的声音，从东海里升了起来回到天上，这天是古历六月初六，老人们说这天是太阳的生日。

阳雀造日月
（苗族）

很古很古以前，天上没有太阳，也没有月亮，人间一片黑暗，一年四季都很冷。

为了得到光明和温暖，聪明的阳雀打了九个石盘，制成了九个太阳；又打了八个石盘，制成了八个月亮。接着，用尽全身力气，将九个太阳和八个月亮抛到了天上。霎时，光明驱散了黑暗，温暖赶走了寒冷，人间变成了一个金光闪亮的世界。

从此，天上的九个太阳和八个月亮，一个来，一个往，一个跟着一个，转了一圈又一圈，一刻不停地旋转着。可惜太阳和月亮造得太多了，火一般的阳光，把大地晒得焦热，把草木烤得枯黄，天下除了有一棵麻秧树还活着，其余的树木全都被太阳晒死了。

阳雀看到这情景，便砍了麻秧树，用树干做成弓，用树枝做成箭。然后，张弓搭箭，鼓足力气，向八个太阳和七个月亮嗖嗖地连续射去。眨眼间，只见太阳、月亮一个接一个,像金盘、银盏一般,噼里啪啦地从天上射落下来。剩下的一个太阳和一个月亮,见势不妙,急忙钻进乌云深处,躲藏起来,一直不敢露面。

这时,天上和地下又黑暗下来了。阳雀抬头看了一会儿,自言自语地说:"没关系,想办法把它俩请出来,又会好了。"

开初,阳雀派花牯子去请太阳和月亮。花牯子到了天上,扬着两只尖尖的角,瞪着一双鼓鼓的大眼,对着太阳、月亮,哞哞哞地连续大叫三声。

太阳听到了呼叫,悄悄地钻出云层,看了一眼,对月亮说:"花牯子到天上来了,它叫声粗鲁,头上插着两把尖刀,凶神恶煞的,来意不好,快跑!"于是,它俩冲出云层,飞到遥远的天边躲藏起来。

阳雀见花牯子很久没有回来,又派飞龙马去请太阳和月亮。飞龙马飞到天上,昂着头,翘着尾,刨着蹄,张着嘴,对着太阳、月亮,咴咴咴地连续大叫三声。

躲在天边的太阳听到呼喊,露出半个头悄悄来偷看,对月亮说:"飞龙马和花牯子一个样,看来都很凶,快藏起来。"于是,它俩又梭到大山脚下,稳稳地藏了起来。

阳雀见飞龙马也很久没有回来,考虑了半天,才把公鸡叫来,说:"你性情温和,办事稳重,上天去走一趟吧。"大公鸡微微一笑,点点头,就朝天上飞去。公鸡站在一朵云彩上,弓着腰,低着头,两眼望着前方,用优美动听的声音,带着笑音叫:"喔——喔——喔——"

太阳听到亲切、甜蜜的呼叫,不顾月亮的劝阻,向山顶上慢慢爬去。爬呀爬呀,到公鸡叫第三遍时,它终于登上了山顶。

太阳见大公鸡热情、谦虚、诚恳,很受感动,转头向躲在山脚下的月亮说:"来接我们的是大公鸡,不要怕了,快爬出来吧!"

月亮还是贴在山脚下不敢动。太阳又说:"你害怕,我就先走一步,如果我前面没事,你就后面赶来吧!"说完,便离开山头,笑眯眯地升向天空。

隔了一天,月亮见太阳平安无事,就登上山顶,尾着太阳的脚迹追赶。这样,太阳走的时间,是白天;月亮走的时间,是夜晚。追来追去,一直追到现在。太阳、月亮为了报答大公鸡的恩情,打了一把金梳子,送给了公鸡。公鸡很珍惜这把梳子,就天天把梳子戴在头上。那梳口朝上,梳背朝下,一直戴到今天。

从此,天地间便永世永代充满着光明和温暖。

龙伯国大人钓龟

(汉族)

渤海的东边,有一个叫"归墟"的大壑。归墟接纳着百川大海向东流淌的水。归墟里有五座神山:岱舆、员峤、方壶、瀛洲、蓬莱。神山上住着许多快乐的仙人。

有一天,归墟来了一个叫龙伯国的大人。他走近渤海,就像走过了水刚没脚踝的水坑。他一屁股坐在五神山其中的一山上，就像坐着一个大土丘似的。他取出钓竿，优哉游哉地开始垂钓。

"哎哟，钓了一个小乌龟。"不一会儿工夫，龙伯国大人便钓到一只巨大的乌龟。他一高兴，又放下钓钩。真顺利！他接连又钓上来五只乌龟。

龙伯国大人喜滋滋地背着六只乌龟回家了。没想到一回国就遭到同伴的讥笑："这么'大'呀，我从没见过这么'大'的乌龟，再有几个也不够做一个项链呀。"龙伯国的这个大人沮丧地收起了乌龟。

几天后，海上刮起了大风，岱舆山和员峤山随风一直向北刮去，最后沉没在大海里了。神山上的神仙遭此变故，慌忙地飞在天上大喊大叫，就像海风中哀鸣的海鸟一样可怜。

无家可归的仙人们哭哭啼啼地去找天帝。天帝勃然大怒，派人去捉拿龙伯国的大人。

"天帝，此事要从长计议呀。"一位天神阻止道："龙伯国的大人是龙的后代，他们个个性情暴烈，万一激怒了他们，他们群起反抗，恐怕很难对付呀。"天帝沉思片刻，笑着说："我有办法了。"

龙伯国的大人根本不知自己闯了大祸。原来这五神山是漂在海上的无根山。天帝怕海风刮走神山，仙人们无家可归，便命人派了十五只大乌龟在山下撑着，每山三只，固定住山。

再说龙伯国的大人受到同伴的讥笑，心里愤愤不平，准备到归墟再钓几只大些的龟。早晨，他一推开门，吓了一大跳。昨天剥下准备做饰物的乌龟壳，一下子变得大得吓人。国人们早就看见这六个大得像山一样的乌龟壳了，他们围着乌龟壳啧啧称赞："神了！这么大！你真是英雄！"

龙伯国的大人们兴高采烈地举行了祭神仪式，他们要把乌龟壳当作占卜的神物。殊不知，乌龟壳还是昨天的乌龟壳，只是他们的国家和人被天帝施法变小了。

天宫神魔大战

（满族）

佛托妈妈知道了地下国的消息后，赶到那里一看，恶鬼的鬼魂一个也没了。她赶紧跑到阿布凯赫赫那里，着急地说："师傅，可了不得了，那些恶鬼都被耶路哩收去了！"

阿布凯赫赫听了这话，赶紧运用自己的慧眼一看，只见耶路哩带着四个魔头正在那里操练恶鬼。当即吓得魂飞魄散，痛心疾首地说："我没听老三星的话，心慈手软，没想到惹下了这样的滔天大祸，我再也没脸见老三星了。"说完，她就要自尽以谢罪。

佛托妈妈连忙劝她说："师傅，你千万不要这样自寻短见，事情已经这样了，我们还是先想解决的办法才是，我先到老三星那里去通报一下吧。"

阿布凯赫赫此时也是无计可施，就同意了佛托妈妈的主张。佛托妈妈把一切安排好，直奔老三星那里去了。

老三星一看佛托妈妈来了，就知道发生了什么事情。佛托妈妈把事情说了一遍。老三星说："这是天上该有的一场大劫，躲是躲不过去的，你赶紧回去，保住灵魂山。"

一场天宫大劫就此开始了，在这以后，女天神让位给男天神。不过这是后话了。

这时，耶路哩的兵马已经准备停当，形成五魔、五鬼、五妖规模的队伍。

五魔自不必说，即指耶路哩和四个扫帚星来的小魔；而五鬼则是他们从恶鬼区选上来的恶鬼；至于五妖，是耶路哩从各地召集来的妖精，其中有山妖、水妖、火妖、土妖、树妖。这些妖精没经历过形成人身的过程，直接由精灵变成了妖魔，所以，更是只知与人为害，臭味相投，耶路哩很容易地就把这些妖精召集到身边。这时，他感觉到夺取天宫的时机已经到了。于是三魔王就点上香，祷告着请他师傅扫帚星主凡可沙给他们打开地下国的封口。扫帚星主凡可沙听说他们一切都准备好了，心里当然高兴，派人告诉这些妖魔："你们准备好，半夜时分，我就会给你们打开一条通路。"

耶路哩得到凡可沙星主的回话，非常高兴，带领众魔将鬼兵做好了一切准备。果然到了半夜子时，几声闷雷响过，震得天上都颤抖。紧接着，北边出现了一丝亮光，耶路哩高兴极了，就对四个小魔说："看，凡可沙星主给咱们打开出路了，大显身手的时候到了。"一声呼哨，这伙妖魔鬼怪就冲出了地下国。

他们这一冲不要紧，满世界真的是一派鬼哭狼嚎。前面是五鬼，后面是五妖，接着是五魔，这群恶鬼恶魔一路杀到天宫门前。阿布凯赫赫得到消息，大吃一惊。这时身边的女神建议她用天葫芦把这些妖魔收进来消灭掉，阿布凯赫赫这时对耶路哩竟然还存一丝侥幸，说："万万使不得，咱们先礼后兵，我去和他讲讲道理，也许会使师弟回心转意，如果他能把这些魔鬼赶回地下国，还可以重新修行，以成正果。"可她哪里知道，耶路哩已经完完全全地变成妖魔，死心塌地地与天神为敌了。女神们也都劝她："天母啊，你不能总是这么善心，你这么善待他们，对妖魔鬼怪有好处，对天宫可不利啊！"阿布凯赫赫说："不管怎么样，咱们也要用善心、好心去感化恶意，这样会把恶人改造过来的。"

于是，阿布凯赫赫带领着一些女神和天兵来到天宫外，列出阵势，叫出耶路哩要与他对话。

耶路哩应声走出队伍，却是一言不发。只见他圆睁怪眼，二目射出魔火，直扑向阿布凯赫赫，差点把阿布凯赫赫射倒。阿布凯赫赫一看不好，耶路哩的魔气和妖气已经压住了自己的神气，没办法与之交锋，只好暂且退回天宫。

初战得胜，耶路哩更是得意忘形，正要一举攻进天宫，却被四方大神拦在天宫外，这四方大神神力无边。耶路哩知道自己的力量还不足以与之对抗，只好暂且收兵回到地下国。

四方神又叫四方面大神，其实是四只神鹰。在老三星座前有一个金翅大鹏。满语称为爱新昂邦呆米。这个爱新昂邦呆米虽说是鸟类，但它的道行不浅，它裂生出三十六个大鹏。这三十六个大鹏中的四位就是四方神。四方神分为：东方大神，亦称东方呆米；西方大神，亦称西方呆米；南方大神，亦称南方呆米；北方大神，亦称北方呆米。都由阿布凯赫赫统领。

这四只神鹰把守着天宫东、南、西、北四个方位。他们的神功非常大，始终监视着天宫四方，不让一切邪魔进入天宫。一经发现邪魔入侵，便立即通知把守四方的动物（野兽）出击。四方神不用亲自去和妖魔交战，只要他的眼睛射向妖魔，无论什么样的妖魔都会化为灰烬，保护着天宫平安无事。

这四位神亦是满族的保护神。有的人误认为四方大神是天上的一切神祇、一切神灵，这是不对的。四方大神能同时附体六十四位大萨满，也可以把自己的灵魂分成三十六份，同时附在多位萨满身上。请这四位神时，有一个统一的咒语，默默地念上三遍。需要摆上七星桌，在七星桌上设四个香灶，插四炷香，摆在东、南、西、北四个方向。是哪个方向来的妖魔，哪个方向的神灵就会附体。

这四只神鹰紧紧地把守着天宫的东、西、南、北四方，耶路哩是无计可施。他为了消灭这四只神鹰，想尽了一切办法，把所有魔法都用了一遍也无济于事。耶路哩伤透了脑筋，整天和那些妖魔们聚在一起想主意，最后终于想出了一条毒计。

再说这四只神鹰日夜牢牢地守护着天宫四方，安然无恙。这天，南方神鹰正在四下巡视，就见从空中来了四个金甲神，说是来宣布阿布凯赫赫的旨意的。南门神鹰一听赶紧迎了出来。这四位金甲神就说："是不是把那三方面的神鹰也请来一同听取旨意？"南门神鹰立即把东、西、北三方的神鹰也都召集来了。

四方大神到齐后，金甲神就宣布阿布凯赫赫的圣旨。说是由于他们对人间有功，要论功行赏，但是由于他们是鸟类，不能立即转成神。天宫西北部有一个大红门，说谁先抢进门去谁就能先转化成人，然后立刻就会变成神体。四位神一听，心里十分高兴，修炼多年，就盼着能早日成仙成神，功德圆满啊。

四位神问金甲神："那我们怎么才能找到大红门呢？"金甲神说大红门就在西北方，要亲自带他们去。还说先进大红门的才能得到最大的神力。要他们千万记住，大红门后是仙境，进了大红门后不要乱说乱动。四位大神满口答应，于是，四位金甲神就领着四只神鹰往西北方走了。

走到天宫的西北方，果然远处山上红光闪闪。走到门跟前，金甲神说："你们都想早日成神，我们也豁出来为你们担待一些不是，你们就一起进吧。千万千万要注意，进到大红门里头，不要东张西望，不管看到什么东西或闻到什么味道，都不要说话。"

四只神鹰求之不得。四位金甲神便把他们领到大红门门口，催促道："你们赶快往里钻吧。"这时，大红门应声打开了，门内果然如同仙境一般美丽。看到这一情景，四只神鹰啥也不顾了，拼着命往里钻。钻进去走了一会儿，他们就觉得身子一下子变小了，刚才看到的仙境一下子从眼前消失，而且闻到一种刺鼻的血腥味。

"这是怎么回事呢？"四只神鹰感觉不对，想要出去，但已经来不及了。这时就听天上一阵哈哈狂笑："这回你们这四只笨鹰是永远也回不到天上去了，你们四个就粘在一块儿到人间托生去吧。"他们这才知道，什么论功行赏，什么成神成仙，这都是一个圈套。他们放声大喊："阿布凯赫赫快救救我们吧！老三星，快来救救我们吧！"可是，已经是叫天天不应，呼地地不灵了。他们喊着喊着，就觉得自己在越来越缩小。最后话也说不清，手也举不动了，四只神鹰粘到了一起怎么也分不开了。四只神鹰就这样被坠入到凡间。

阿布凯赫赫初战不利，虽然有四方神暂且把守住了天宫，但还不敢大意，又召集来五百个妈妈神和一千多个女天兵，随时准备对付耶路哩的攻击。阿布凯赫赫特别看不起男人，认为男人是最没能耐的，只能干出力的活或粗活，还是女神有能耐。这样，男神在阿布凯赫赫时期没有担任主要角色，只有阿布凯巴图除外。她认为天下的神都是好神，即使有的神有些毛病，也一定会改过。正因为这个，最后她才上了耶路哩的大当。

阿布凯赫赫把一切都安排好了，还是有些心绪不宁，总感到好像有什么事要发生，弄得她非常烦躁。思来想去，突然想到把守四方天门的四只神鹰会不会出什么事？想到这里，她毫不怠慢，急匆匆地赶到那里一看，果然四只神鹰一个也没有了，四门大开，无人看守。她立即派出各路神祇四下寻找，最后查实，他们四个一起往西北方的那座山的方向去了，再也没回来。阿布凯赫赫一下子明白坏事了。她知道那座山是投胎山，在天上犯了天规的神，都要送到这座山让他到凡间投胎去。四只神鹰进到那里，必然是有去无回。无奈之下，她只好一方面向老三星报告，另一方面暂且派纳丹岱辉和纳尔浑先初两个神将带着天兵看守四门。

再说耶路哩还有五妖，是由五个动物变成的妖怪。动物成妖身上的魔性要小一些，一般不伤害人，所以说他们并没有真正和耶路哩走到一起。五妖自从和耶路哩闯天宫回来之后，觉得天上比任何地方都好。再说和耶路哩这么闹下去也没有什么正果，就私下合计，说不如偷偷地躲到天上去，天宫的任何地方都比地下国强百倍，何况把守天宫的四位大神已经坠入凡尘了，也好混进去。商议已定，就趁耶路哩不注意的时候，跑出了地下国。

五妖跑到天宫北门，这里由九条大蟒把守着，还有纳丹岱珲和纳尔浑先初在巡视，五妖一看只有两个天神，心想我们五个怎么也能打过你们两个。于是一拥而上，纳丹岱珲用手一推，就把他们推回去了。他们又往前上，又被推了回去。连推了三次，五妖不敢上了，但他们不死心，对着纳丹岱珲喷妖气。这妖气一喷，腥臭难闻。一般的凡人沾到身上就烂，可是纳尔浑先初不是凡人，他对五妖说："你们不就是喷妖气吗？我倒要让你们自己先尝尝妖气的滋味。"

纳尔浑先初用手中的蒲扇一扇，就把五个妖怪扇得像风车一样转了起来，转得他们头晕眼花。但这五妖妖气不改，刚停下来，又向上冲，连冲三次，都被扇子扇了回去。依着纳丹岱珲的想法就此干脆把他们制死得了，纳尔浑先初说："不行，天宫里是一片净土，不能在这里杀生。"于是纳丹岱珲顺手折了五枝柳条，弯成五个柳圈，往五妖身上一扔，把其中的两个套得死死的，另外三个却逃了出去。

套住的这两妖，一个叫拉拉古先初，一个叫呼拉拉贝子。被套住以后两妖想挣脱出去，可是越动柳圈套得越紧，实在没办法，两妖开始求饶了："二位大神，饶恕我们俩吧，我们再也不兴妖作怪了。"两位大神商议之后，纳丹岱珲收拉拉古先初为徒，纳尔浑先初收呼拉拉贝子为徒。

因祸得福，这两个妖精倒终成正果。所以，满族人在举行闭灯祭时，也祭这两位由妖而变的神。拉拉古先初是女性神，呼拉拉贝子是男性神，他们会保佑满族人的牲畜、家禽的安全，防止妖魔鬼怪祸害。闭灯时，在供桌底下放一盘糕点是专门供奉他们的，直到现在一直流传着。

再说逃跑的那三个妖怪也没回地下国，他们跑到地上国，在地上国生儿育女，繁衍后代。由于这三妖在地上国的存在，人间才有毒蛇猛兽、蝗虫水怪等生物。这三妖是呼拉拉岱珲、拉拉古岱哈、玛虎贝色。前两个在人世间繁衍了一些有毒的动物，而后一个专门吃死孩子。在民间，孩子一哭，大人就会说："别哭了，玛虎来了。"指的就是这个妖怪。

五妖逃走之后，耶路哩仍不甘心，就把五鬼头召集来了，同他们一商量，决定重新训练鬼兵，要再次进攻天宫。

就这样，耶路哩发起了对天宫的第二次进攻。这次他派五个鬼头打头阵，一进北天门便喷魔火，无论什么人或物，碰到魔火都会化成灰烬。但阿布凯赫赫早有准备，她把大火星留下的水葫芦拿出来，魔火没等烧起来就被浇灭了。耶路哩一看魔火无济于事，就把凡可沙星主给他的魔袋拿出来，打算把天宫诸神统统装进去。这一着果然奏效，的确有些道行小的天神被魔袋收了进去。阿布凯赫赫一看不好，急忙命令三百女神施放天箭。号令一下，天箭像雨一般射向那些妖魔，这些妖魔哪里抵抗得住，再一次败下阵来，逃回地下国。

此时的耶路哩已经是一筹莫展，只好让三魔王向扫帚星主凡可沙汇报，请求援助。扫帚星主凡可沙勃然大怒："我就不相信那个阿布凯赫赫有什么能耐，我一定要把天宫夺到手，让耶路哩当天神。"说罢就施起魔法，霎时间，天昏地暗，本是温暖如春的天宫也忽然间冷得不得了，天上的大神也抗不住了。从天宫的东、西、南、北四个方向涌上来重重的冰山，阿布凯赫赫连同三百名女神首当其冲，被冰山压到了大地上，另外二百名女神被及时赶来的老三星救到第三层天去了。所幸在被冰山压住的瞬间阿布凯赫赫一看不好，把老三星给她的神衣神帽拿了出来。神衣神帽越变越大，将阿布凯赫赫和那三百女神保护起来。由于阿布凯赫赫在耶路哩攻来之前就有所防范,让女神们撕下一块衣裳的里襟,男神剪下一片长袍,盖住了灵魂山,才使得冰川袭来之时,灵魂山没受侵害,保护了这里所有的灵魂。

这时冰越来越厚,大地上成了一片冰川,天宫也变成一片冰海,天上和人间遭遇了一场劫难,整个世界成了冰川世界。

耶路哩把阿布凯赫赫及三百女神压到冰山下后,高兴极了,领着这些魔王和鬼兵占领了天宫,整个天宫顿时成了魔鬼的世界,再没有往日的鸟语花香,到处是一派腥臭之气。

这就是天上的第一场劫难。

要说这些冰山可不是普通的冰山,它是扫帚星的魔头从扫帚星中搬来的。这个冰和寻常的冰不一样,非常坚硬,而且逐天逐年地长,所以这个冰山是一天比一天高,冰也一天比一天多。再加上凡可沙大魔王又将自己的法力作用于冰山上,很难破开。

但是耶路哩也多少还有些不放心,因为他知道阿布凯巴图在老三星那里,不知什么时候回来,如果阿布凯巴图回来,也许还有许多麻烦。他就委派手下的四个魔王率领人马巡视天宫,严加防备,以为这样就可以万无一失了。于是开始"即位"分封,自封为"天魔"。另外封扫帚星来的四个魔头为大魔王阿布凯昂邦额真(管天的)。

再说这天老三星命人把阿布凯巴图找来,这时的阿布凯巴图已经是九头六臂的金甲大天神了。老三星对他说:"你赶快回到第一层天吧,你师兄已经被耶路哩压在扫帚星的冰山底下了,你得赶快去救她,不然,一百八十天后她就分解了。"

阿布凯巴图一听这个消息,当时就哭了,他说:"我马上回去,豁出命也要把我大师兄救出来。"

老三星接着说:"这只是你回去的第一件事。第二件事是消灭耶路哩,把天宫重新夺回来。我给你四个火葫芦,这四个火葫芦是用来破冰山的,除了火葫芦别的东西什么也破不了冰山。"

阿布凯巴图心急如焚,匆匆辞别老三星,带着千余天兵天将回到第一层天。

他解救师兄心切,到了第一层天,他什么也不顾就直奔冰山而去。老远一看,那冰山是上顶天下挂地,冷气嗖嗖,魔气袭人。那些天兵天将们谁也无法靠近,只有阿布凯巴图和另外两个神可以接近。一个是五克倍恩都哩,他是穿山甲神,有一身的铠甲,能够忍受魔冰的侵蚀;另一个是僧格恩都哩,他是上一个大劫留下的刺猬神,不怕火,也不怕魔冰。阿布凯巴图带着他们两个到冰山附近去看了一遍,还是无从下手。

这时,只听空中有人说话:"阿布凯巴图,你要注意!"阿布凯巴图一听是老三星,赶忙跪下了:"师傅,有什么指示?"老三星说:"你让五克倍恩都哩和僧格恩都哩每人拿着一个火葫芦钻到冰山里面交给阿布凯赫赫,让她从里往外攻,你拿着另两个从外往里攻,就能够把阿布凯赫赫和那三百女神救出来。"阿布凯巴图一听,赶紧回头对五克倍恩都哩和僧格恩都哩说:"你们二位就得多劳了,进到冰山里把这两个火葫芦交给她。告诉她五天之后正当午时,里外一齐攻,就可以打破这冰山。"五克倍恩都哩和僧格恩都哩说领命,分别显露出自己的原形——穿山甲和刺猬,开始往冰山里钻去。

可是刚刚钻进去一半,就累得不能动了。僧格恩都哩说:"咱们歇歇吧。"他俩刚歇息下来,就觉得四周的冰紧紧地往身上箍,越箍越冷,箍得他们两个动也不敢动,挪也不敢挪,五克倍恩都哩就问僧格恩都哩:"你的年龄比我高,你看没看出来这是怎么回事呢?"僧格恩都哩说:"在上一劫天外有一个凡可沙星,老百姓称为扫帚星,这个星专门制造比钢还硬的冰,看起来现在这冰倒有几分像是扫帚星上的冰。难道说是耶路哩手下有扫帚星的人?"

僧格恩都哩的话倒让五克倍恩都哩恍然大悟,他说:"一定是这样了。咱们赶紧把火葫芦打开点,不然也恐怕性命难保。"说完,两个人就把火葫芦撬开一些,从火葫芦口冒出一些火苗,才算保住了两人的性命。命虽然是保住了,但却被困在冰层中,进也进不去,出又出不来。

冰山外面阿布凯巴图专等两个人,左等没回来,右等也没回来,他睁开慧眼往冰山里一看,吓坏了:五克倍恩都哩和僧格恩都哩也被封在了冰山里面。

在这时,耶路哩领着四个魔王来了,双方当即展开大战。一连打了三天三夜,才把这些魔头打退。可是,仅仅是把他们打退,还没有彻底消灭他们。

大家正在那里想着破敌之策,这时,耶路哩手下的大魔王过来对阿布凯巴图他们说:"你们哪位是天兵元帅?"阿布凯巴图挺身而出:"我就是天兵元帅,你要干什么?"三魔王说:"我们是扫帚星手下的四大魔王,不再参与你们天国的事了,想回到扫帚星去。可外气层被你的师傅用金刚灵气封住了,你能不能把我们送出去。"

听了这话,阿布凯巴图不怒反笑:"你想得太简单了,你在天上作恶多端,杀害了那么多的神,还用冰山封住了天母,想回去就能回去吗?除非你把冰山移走,救出天母,否则休想。"

三魔王一看达不到目的,便把魔气喷向阿布凯巴图。但这种魔气对阿布凯巴图不起作用,阿布凯巴图用仙气一吹,就把魔气吹散了。但魔气仍护着三魔王,天兵无法靠前。就在双方僵持之时,从天神队伍里走出一人,却是呼拉拉贝子。阿布凯巴图问他:"你出来干什么?"呼拉拉贝子说:"启禀元帅,我能够制服这个魔王。"阿布凯巴图还不相信:这些天兵天将都无法近身,怎么能够制服他?呼拉拉贝子说:"你有所不知,我本是五妖之一,不怕他的腥臭之气,我大吼三声,就会把他喝倒,但这样在场的各位神仙也招架不住。我想把他引出去震昏他,然后交给你们,你们愿意怎么惩治就怎么惩治。"

说完,呼拉拉贝子来到三魔王面前:"你的本事倒不小,不过你敢跟我交手吗?"

三魔王并没有把他放在眼里,不屑地说:"跟你交手,你不过是我手下的五妖之一,跟你交手算什么能耐,你赶快退后,不然我就取你的性命。"

呼拉拉贝子说："这样吧，咱们俩到天边去战它一百个回合，我要输了就跟着你走，你要输了就听我的，你敢不敢去？"

不可一世的三魔王哪里受得了这个，大吼一声："行！"两个人就向天边走去。

论本事呼拉拉贝子同三魔王根本没法比，所以，三魔王也就没把他放在眼里。他轻敌了。

到了地方，呼拉拉贝子说："咱们比吧！"三魔王说："怎么个比法？"呼拉拉贝子说："我咬你三口吧，你要能抗住，我就投降你。"三魔王说："行，别说三口，三十口我也挺得住。"

呼拉拉贝子把嘴大张，使出全身力量大吼三声，这一吼震得天地颤动，三魔王当时就震昏了。得手之后，呼拉拉贝子赶紧跑回来对阿布凯巴图说："你们赶紧抓他去吧，他已被我震昏了，一个时辰之内缓不过来。"

阿布凯巴图还是将信将疑，就领着佛托妈妈和超哈斋爷等神赶到那里。一看三魔王真的昏了过去，众神当场就想把他分解了。阿布凯巴图说："天上不许杀生，就把他压在灵魂山下听候老三星处置吧。"于是，众神把三魔王拖了回来，佛托妈妈用手一指，灵魂山就出了一个洞，把三魔王封在了洞里。

耶路哩找不到三魔王。心里正在着急呢。阿布凯巴图就走出阵前，高声叫道："耶路哩，你的三魔王已经被我们捉住了，你们想保住性命，就赶紧把阿布凯赫赫等人放出来，不然，要你和三魔王一样。"

耶路哩一听急眼了，命令手下的另外三个魔王："给我上，抓住阿布凯巴图！"三个魔王和耶路哩一哄而上，直奔阿布凯巴图。天兵天将一看，就要冲上前助阵，阿布凯巴图说："不用，让他们上吧，我自有办法。"

阿布凯巴图等耶路哩和三个魔王冲上来之后，六只手臂一挥动，六道金光直奔敌人而去，四个魔头想要靠近也靠不上，干打转没办法。

阿布凯巴图乐了，神臂一挥说："你们回去吧！"这四个魔头就像风车似的退回去了，再想往前冲也冲不动了。阿布凯巴图又说道："大魔王、二魔王、四魔王听着，你们本是从凡可沙星座来的，不该在天宫胡作非为，我如果不是出于好生之德，非把你们消灭掉不可。"

耶路哩和三个魔头还不服气，说："这么办吧，咱们比武，如果我们输了，你想怎么制就怎么制我；如果我们赢了，你把天宫让给我，我还给你一个元帅宝座。"

阿布凯巴图一听乐了："天神的宝座不是你赢我输的问题，那是老三星委派的，要坐阿布凯的宝座，怕你想坐也坐不成。"耶路哩说："既然这样，咱们就比武吧。"阿布凯巴图说："你说怎么比吧？"

耶路哩心里想，在老三星那里一起学的法术，我从凡可沙星主那里又学了十二道魔法，跟你阿布凯巴图比试不在话下。耶路哩把自己看高了，他不知道阿布凯巴图在老三星那里学到了其他人不知道的法术，其中就包括十分厉害的"十视法"。阿布凯巴图说："这样吧，咱们在天宫里施展不开，到天边去比试吧。"耶路哩说：

"行。"于是,他们一起来到天边。

耶路哩跟三个魔王合计:要用搬山法搬座山来,把他们压的压、砸的砸,这样他们就没办法了。四个魔头就用魔法把地上国的大山搬到天上来了,一座大山直奔阿布凯巴图和天兵天将压了下去。阿布凯巴图和五百男神一看一座山直奔他们而来,不知怎么回事。这时,只听大力神敖钦大神哈哈一笑说:"这算什么,你看我的!"眼瞅着整座大山就要铺天盖地而落的时候,敖钦大神用手一推,就把山推得粉碎,落到地上国。耶路哩一看不好,又搬来第二座大山,敖钦大神用脚一踢,又把第二座山踢了回去。耶路哩他们连搬三座山,都被敖钦大神挡了回去。在往回踢第三座山时,敖钦大神留下一半,准备用这一半砸死耶路哩和那三个魔头,却被阿布凯巴图接住了。他对敖钦大神说:"只许他不仁,不许咱不义,你把他砸死在天上犯天戒。这样吧,你给我留下一块石头,地上国的石头比天上的石头重,给我留一块我有用。"

敖钦大神不敢违命,就从这座山上掰下一块石头扔给阿布凯巴图,然后,一脚把这半座山踢到地上国去了。

阿布凯巴图捡起这块石头往外一扔,扔到大魔头的脚下,一下子把他的脚趾头砸掉了两个,疼得他哇呀怪叫,败下阵去。结果这块一摔两半的石头变成两株浑身带刺的矮棵树,叫荆棘,土名叫刺棵子。这种带铁刺的刺棵子后来到处繁殖,天上地上都有,一直到现在也没绝迹。这种树的刺扎人很厉害,就是牲口也不敢靠近。

一看大魔王败下阵来,二魔王还不服气,他对耶路哩说:"我能够喷邪火,把这些天兵天将烧死。"耶路哩说:"你能行吗?"二魔王说:"能行,能行,这一招是我师傅教给我的,就是大罗神仙也会化成灰烬。"耶路哩说:"你既然有这么大能耐,那就出兵吧。"

二魔头走出阵来,对阿布凯巴图说:"你要是有能耐就站那里别动,我对你喷三口气,你要能站住脚我就算输。"阿布凯巴图说:"别说三口,就是三十口也没事。我知道你的鬼点子,你那套对我不好使。"

"好吧,你站着等着。"二魔头说完冲着阿布凯巴图一张口喷出六股火苗。要说一般的天神倒真怕这种邪火,但阿布凯巴图已经变成九头六臂的金身,不但不害怕,他还用第二个脑袋喷出真水把邪火扑灭,二魔头接二连三地喷邪火,阿布凯巴图都给扑灭了。这样持续了好长时间,阿布凯巴图不耐烦了:"我给你脸你不要脸,别说我心狠。"他用力喷出一口真水,直奔二魔王而去,把二魔王的尾巴削去一半。二魔王吓得赶紧退下去,捂着半截尾巴号啕大哭。耶路哩不解地问:"受了这一点伤你哭什么?"二魔王说:"你不知道啊,没了尾巴,就再也回不去扫帚星,凡可沙星主看到没有尾巴的就会一口吃掉。"

耶路哩说:"那也不要紧,你就先别回去,在这里养伤吧。"

他们的对话让阿布凯巴图听到了,他冷笑一声说:"不要害怕,只要你改邪归正,我还可以把你的尾巴接上,但是有一个条件,就是再不允许你扰乱天宫。"说完,阿布凯巴图就把二魔王的半截尾巴装在了皮口袋里。

大魔王一看急了，又从队伍里走了出来说："我愿意和你再比试比试。"阿布凯巴图说："你还有什么本事说吧，我可以奉陪。"大魔王说："你可以用你的神力把我装到石头罐子里，我可以不费吹灰之力就从石头罐子里出来。然后我再把你装在我的石头罐里，你要能出来也行，算你赢。"阿布凯巴图知道大魔王会"金蝉脱壳"法，就回答说："我不会和你比试这样低级的法术，这样吧，我手下有个将领叫朱烟朱吞，让他和你比试吧。"

朱烟朱吞听了应声答道："谨遵元帅旨意，我来和你比试。"

大魔王说："你把罐子拿出来，我可以先钻。"朱烟朱吞说："我不用石罐子，我手里有一个用天丝织成的网兜，你能够从网兜里出来就行。"

大魔王想：这更好了，网兜上净是眼，我用缩身法就会脱身，于是回答说："好吧。"说完，毫不犹豫地钻进了网兜里。他哪知道，这网兜可非一般网兜可比，它是神物，要是装上魔鬼，越动弹越紧。这时大魔王才知道后悔了，对朱烟朱吞告饶说："我认输了，你放开我吧。"朱烟朱吞说："放开你？那不行，你跟你三师弟一同去吧。"说完就把网兜交给阿布凯巴图，阿布凯巴图让佛托妈妈把他同样送到灵魂山去了。

大魔头和三魔头都被送到了灵魂山，二魔头又断了尾巴，这样一来，耶路哩手下只剩一个四魔头和几个小魔鬼，势力锐减。这时耶路哩是进退两难，想要脱逃吧，又怕阿布凯巴图追上来。这时天兵天将就对阿布凯巴图说："趁这机会咱赶紧把耶路哩和二魔王、四魔王抓来算了，一下子消灭他们。"

阿布凯巴图说："消灭他们倒容易，但是必须把他们的魔法都制服了，让他再也没有能力反天了，然后咱们再制服他，不用别人动手，我一个人就行。"

阿布凯巴图又问耶路哩："你还有什么招？说吧！"耶路哩说："我能改头换面，让你分不出我是谁。"阿布凯巴图说："怎么个改头换面法？"耶路哩说："我把我的脑袋割下来，扔到空中，我再割下一个小魔鬼的脑袋换上，让你分不出来。可有一样得先说明白，先小人后君子。我的脑袋割下来之后，你不能使邪招把我的脑袋弄走，让我变不回来，那样不算你赢。何况我的腔子里还有一个头，还能长出一个。"阿布凯巴图说："你放心吧，就是你的腔子里再长不出头来，我也不会做那种不仁义的事。"

耶路哩刚要拿出刀来割自己的头，又想起了什么，停下手来问阿布凯巴图："我要割下头来后你却不割了怎么办？"阿布凯巴图笑笑说："看来你是不相信我，这样吧，我先割，等我的脑袋割下来后你再割。"耶路哩听了心想，这样更好了，这样我还可以省了一刀之苦，你要是先把脑袋割下来了，我不割你也不知道。他这也是不知道阿布凯巴图到底有多大的道行。想到这儿，耶路哩就说："那好，就这样吧，请师兄先割吧。"阿布凯巴图说："好。"说着拿起宝剑"咔嚓"一声真的把自己脑袋割了下来，用左手提着，给耶路哩看。同时割下的脑袋还在说话："耶路哩，你怎么不动手呢?"耶路哩吓坏了,心里想这割下的脑袋怎么还能说话呢?没办法,只好咬着牙把刀拎了起来。他知道脑袋割下来是什么滋味,可是在阿布凯巴图的催促下,也咬着牙把自己的脑袋割了下来。两个脑袋同时扔到天上。

阿布凯巴图手下有五只神雕,这时五只神雕同时飞起来了,其中两只保护着阿布凯巴图的脑袋,不让任何人侵犯。另两只神雕叼住了耶路哩脑袋上的两只耳朵,要扔到大海里去。这时阿布凯巴图的脑袋说话了:"不行,我已经跟他说好,不许伤害他。"听到阿布凯巴图的吩咐,神雕就张开嘴把脑袋扔下来了,往耶路哩的脖子上一安,结果安偏了。而阿布凯巴图的脑袋却自然地回到脖子上。

耶路哩还是不服气,又想出第二个比试办法,他说:"咱们用刀把自己大卸八块,你敢比吗?"阿布凯巴图说:"行,别说八块,八十块也行,不过还有一样,还要自己卸,自己往石罐子里装,不用别人。"耶路哩说:"那怎么能装呢?没有脑袋也看不见。"阿布凯巴图说:"你最后剩一只胳膊时,这只胳膊拿着最后一件,然后自己装回去。另外,你愿意摆就摆上,不摆上乱扔也行。"耶路哩说:"那不行,怎么卸的就得怎么摆好。"阿布凯巴图说:"行,就按你说的办,咱原来是什么样就摆什么样,完整地摆好,不许少一件。"耶路哩说:"那当然。"

两人商量完后,耶路哩说:"你行卸,我看着,你卸多少件我就卸多少件。"阿布凯巴图说:"行。"

这时,耶路哩把四魔王叫到跟前说:"来,咱俩看着。"

阿布凯巴图把佛托妈妈叫来:"你也在旁边监视着,看我们俩是不是都真的卸下来了。"

石罐子摆好后,开始动手了。先是阿布凯巴图从上到下一件一件地卸了十六件摆上了,盖上罐子后,佛托妈妈对耶路哩说:"该你的了。"

耶路哩一看阿布凯巴图卸了十六件,他也不能少啊。他就磨磨蹭蹭地在那里从脑袋开始往下卸,卸来卸去,卸到第九件时,他就受不了了,疼痛难忍。他咬着牙把左手卸下来,想要用右手把左手放到石罐子里,右手也回不去了。耶路哩的脑袋说话了,他对四魔王说:"你把我右手摆好。"佛托妈妈说:"那不行,你得自己摆。"耶路哩说:"原谅我一次,我的右手真的回不去了。""回不去用嘴叼。""我用嘴叼也不行呀。""那也不要紧,我可以帮你。"说着,佛托妈妈就把耶路哩的脑袋拿出来,对着他的右胳膊说:"你咬着。"没办法,耶路哩用嘴咬着右胳膊叼到石罐子里盖上了。

一个时辰后,两个人自我组装完毕从石罐子里出来了。耶路哩由于右手是用嘴叼进去的,小拇指被咬掉一个。

阿布凯巴图问耶路哩:"怎么样?你是不是完整地出来了?"耶路哩低头看看自己的手,无奈地说了句:"我输了。"但尽管嘴上这样说,心里还是不认输,还要接着比试。阿布凯巴图并不在乎,看他还有什么招,就说:"行,你说还怎么比吧?"耶路哩说:"咱们坐在火堆上,看谁坐的时间长。"阿布凯巴图说:"没关系,只要你划出道来,我一概奉陪。"

于是点起了两个火堆,每个火堆上都架了一块青石板,青石板下是熊熊烈火。耶路哩说:"师兄,你先上去吧。"阿布凯巴图并不迟疑,一个箭步跳上去,盘腿坐在石板上,稳如泰山。耶路哩也不示弱,跳上火堆,坐到石板上。

熊熊烈火中两个人就这样坐着,快到两个时辰了,耶路哩就有些坐不住了,在那里一个劲儿地动弹。阿布凯巴图说:"唉,不能动,动了就算输。"耶路哩咬着牙挺了两个多时辰,实在挺不住了,一个箭步跳了下去,对阿布凯巴图说:"师兄,你也跳下来吧,我实在不行了。"阿布凯巴图说:"怎么样?你还不认输吗?还有什么招数没用出来?"这才引出了耶路哩的最后一招——推冰大战。

其实说起来,制服耶路哩对阿布凯巴图来说并不是问题。但是他现在担心的是压在冰山下的阿布凯赫赫和三百女神以及五克倍恩都哩和僧格恩都哩。因为就他现在的法术还难以破解冰山,把压在冰山下的人都搭救出来。

这天,阿布凯巴图把敖钦大神找来说:"师弟呀,我有一件困难事解决不了。"敖钦大神知道他的心事,就说:"我也为难,这冰山怎么推也推不动,不但推不动,还天天长,日日增,怎么办呢?"阿布凯巴图说:"这样吧,你上第三层天找老三星请示请示,看老三星有没有什么办法。"于是,敖钦大神就带着几个徒弟奔向第三层天找老三星去了。

到了第三层天,他们也无心观赏这里的景象,直接来到老三星的住处。见到老三星,敖钦大神就跪倒在地,把阿布凯巴图与耶路哩对战的情形以及目前为难的事对老三星说了一遍。老三星说:"你们不知道,前些时候,我已经把天宫用金刚灵气罩住了,扫帚星已经不可能再施魔术了。你回去对阿布凯巴图说,一定要把凡可沙星派来的四个魔王送回去,不要太伤害扫帚星,因为得罪了它们对以后不好。把耶路哩压在冰山下可以,但那四个魔王必须送回扫帚星去。至于怎么送,我去第一层天指挥这件事。怎么制服耶路哩,你和阿布凯巴图商量着办吧。"

敖钦大神十分高兴地回到第一层天,把老三星嘱托的话一五一十地对阿布凯巴图讲了,阿布凯巴图立即摆好阵势,找耶路哩算账。耶路哩伤还没好,本想不出来了,一听阿布凯巴图叫阵来了,没办法,只好领着两个魔王出来了,壮着胆子对阿布凯巴图说:"你说怎么打,我是不认输的。"

阿布凯巴图说:"这样吧,我也不动手和你比了,叫我手下的超哈斋爷和你那两个魔王对阵,他们要是打败超哈斋爷我就认输。"耶路哩心想:你一个超哈斋爷也就是副元帅,二魔王虽然有伤在身,但四魔王还有很强的实力,他一个人想打败我这两个魔王是不可能的。就答应下来:"行,让你的超哈斋爷和我那两个魔王对阵。"就这样,他们定好第二天开战,各自收兵。

回去后,阿布凯巴图对超哈斋爷说:"明天打仗你只许败,不许胜,我自有办法。"超哈斋爷说:"我从来没打过败仗,怎么能打败仗呢?"阿布凯巴图说:"这件事你听我的,如果你打败了我给你记功,打胜了我给你记过。"

超哈斋爷虽然不高兴，但也只好答应下来。第二天，两边摆好阵势，身穿银盔银甲的超哈斋爷出阵了，他手持战刀，上前叫阵，那两个魔王果然都出来了。战了没有三四个回合，超哈斋爷回过头喊："我打不过你们了，我得跑。"这两个魔王自以为得计，哪里肯放，在后边穷追不舍。追到一个山包时，阿布凯巴图带着三百兵马在那等着呢。两个魔王一看吓得就要往回跑，没想到天兵天将早已把后路堵住了，无奈转回头来勉强与阿布凯巴图他们交手。阿布凯巴图用手一指，搬来一座大山，推着两个魔王往前走。两个魔王站不住脚，一直被大山推到了灵魂山，灵魂山裂开一个口子，把两个魔王压在底下。

阿布凯巴图把四个魔王都扣到山里了，回过头来找耶路哩，但耶路哩看事不好，早已逃得不知去向了。

这时就见南边天上彩云翻滚，定神一看，是老三星来了！

老三星来到天宫，只见天宫十分萧条，破烂不堪，洞也不像洞，天也不像天，阴沉沉、灰暗暗的。老三星叹了一口气，对阿布凯巴图说："耶路哩在我裂生他的时候就想毁掉他，可是你大师兄阿布凯赫赫一再求情，还把自己的道行让给他一部分，这样才保住他的生命。算了，这也是劫数，不提了。至于打开冰山救你的师兄容易，你不用犯愁，眼前紧要的是得先把耶路哩抓住。"

阿布凯巴图这时又放开慧眼去看，可啥也看不出来，只是觉得有的地方混混浊浊，可也不知道这混浊的地方是怎么回事。老三星说："你封住的地下国已经不起作用了，扫帚星的大魔王凡可沙星主又给他开了一个后洞，现在他是躲藏在后洞里边。这个后洞一般的神仙是看不见的。你等着，我把他拘来制住他。"说完，老三星就盘腿坐在地上闭起了眼睛。

老三星坐下后，头顶上立刻出现三道金光，这金光把天宫照得通亮。这时就看到地下国有一个地方黑乎乎的，不一会儿，老三星头上的三道金光就奔地下国那个黑乎乎的地方去了。顷刻间，只听"轰隆"一声巨响，耶路哩就被从地下国的黑洞里揪了出来。耶路哩本以为自己躲藏在那个黑洞里就万无一失了，没想到一下子被揪了出来。他睁眼一看是老三星，吓得魂不附体，跪在那里哆哆嗦嗦地也不敢说话了，只是一个劲儿地磕头。同时对阿布凯巴图说："二师兄救救我，二师兄救救我。"

老三星说："这回谁也救不了你了，你已经犯了天条十大罪，罪不能赦。我给你说说你的十大罪状：一是你背信弃义，陷害天母。你大师兄对你是仁至义尽，你却把她压在冰山底下；二是你毁灭天宫。天宫是阿布凯赫赫费很大力量建造起来的，却被你一手毁坏；三是你伤害生灵，把地上国的生灵害死无数；四是谋反夺天，你想当天神，残害阿布凯赫赫。天神是那么容易当的吗？阿布凯赫赫修炼了那么多劫才成正果，你刚裂生出来就想当天神，野心太大；五是你勾结外星魔鬼祸害天宫，扰乱人间；六是你勾结妖魔陷害天神，八百天神被你害得死的死，伤的伤；七是你欺师灭祖；八是不守神道，偷学魔法；九是玩弄欺骗、撒谎伎俩；十是陷害生灵，罪大恶极。这十大罪状触犯一个都不能赦，何况你已触犯了十条。"

老三星这一宣布，把耶路哩吓得是一身冷汗，跪在那里一个劲地磕头。老三星并不多说，拿出安达葫芦，只见一道金光就把耶路哩收了进去。

老三星又对阿布凯巴图说："我们已经在天宫的外层布了三层金刚灵气，扫帚星是进不来了。至于阿布凯赫赫和三百女神以及五克倍恩都哩、僧格恩都哩，我们现在去把他们救出来，然后再把耶路哩压到冰山下。"

阿布凯巴图听了这话当然高兴，但还是有点不放心，他怕老三星进去万一有什么闪失。于是就对老三星说："师傅，还是我去吧，你们在外面施法术，我钻进去救他们。"老三星乐了："阿布凯巴图，你是不是不放心我们啊！你放心，我们三个破这个冰山不费吹灰之力。但在进冰山之前我给你说件事，你可能总在想，为什么我们不早些把耶路哩除掉，让他闯了这么大的祸才动手。"阿布凯巴图就跪下了："我确实有这个想法，我认为应该早些把他除掉，那样的话天宫也不会遭这样的大难。"老三星叹了一口气，说："我何尝不是这样想呢？主要原因有几个：一是阿布凯赫赫该有这一劫，必须得经过这一过程才能让她的想法得以改变，不然很难改变她的想法。二是阿布凯赫赫造的天宫也已经过时了，天宫已经到了该重造的时候了。三是扫帚星派来四个魔王，我要消灭他们虽然很容易，可是那样会种下扫帚星对天宫的深仇大恨，就会使咱们的天上国、地上国甚至地下国都不得安宁。所以，只有时机成熟了才能惩治耶路哩，也免除了后患。"

老三星这么一说，阿布凯巴图才恍然大悟，重新跪下给师傅磕头："师傅的先见之明，真非我们所能想到的啊！"

老三星说："你们走远点儿，我们进去。"说完，老三星又把安达葫芦交给阿布凯巴图："你拿好葫芦，别让耶路哩逃出去。"话音未落，只见老三星分别化成一道银光、一道黄光和一道红光，钻到了冰山里。

那三道光线射进冰山以后，已经没了老三星的踪影，只见冰山上雾气蒙蒙，什么也看不见了。大概有一个时辰的工夫，就见冰山打开很大一个缺口，不一会儿，僧格恩都哩出来了，再一会儿，五克倍恩都哩也出来了，他俩都紧紧地抱着一个火葫芦，正是他们每人手中的这个火葫芦的保护，才使他俩幸免于难。又过一会儿，阿布凯赫赫和三百女神也都被救了出来。可是这些人都是昏昏沉沉的不省人事了。老三星用三道灵气加上阿布凯巴图的佛法神力和几百天神的共同神力，才渐渐地把阿布凯赫赫他们抢救过来。

阿布凯赫赫醒过来一看，老三星、阿布凯巴图都在场，再一看天宫已经是乱七八糟不成体统，不觉十分难过，深感自己没管好天宫，没管好耶路哩，才造成这么大的祸害，使得十万八千年的工夫毁于一旦。曲膝跪在老三星面前，一是谢恩，二是请罪，眼泪也流了下来。阿布凯巴图赶紧走过来劝她："大师兄，你不要悲伤，咱们再重建天宫。"阿布凯赫赫说："师弟呀，现在我已经没有脸面再做天母了，我学艺不高，智慧不深，愿跟三位师傅永远苦修，你就代替我掌管天宫吧。"说完，已是泪流满面。老三星打个唉声说："你有这个想法倒也难得，你跟我到第二层天去吧，第二层天快建完了，你带着三百女神到第二层天去。一方面在那里继续建第二层天，另一方面你再进一步加强修炼。"

老三星对阿布凯巴图说："你把安达葫芦给我，我把耶路哩压到冰山下去。另外，你再到灵魂山把那四个魔头取出来交给我。"

阿布凯巴图把安达葫芦交给老三星后，老三星把耶路哩压到了冰山下。然后，老三星又领着阿布凯巴图带着四个魔头闯出金刚灵气，将四个魔头放了出来，对他们说："快回你们扫帚星去吧，以后不要乱闯我们天界！"

一切安排妥当后，阿布凯赫赫拜别师弟阿布凯巴图和天上诸神，带着身边的三百女神跟老三星到第二层天去了。

老三星带领阿布凯赫赫和三百女神离开以后，阿布凯巴图接任阿布凯赫赫掌管天宫，改称阿布凯恩都哩。天宫从此由女性神天母掌管变为由男性神天神掌管，这是天宫历史的一个大变动。

接掌天宫后，阿布凯恩都哩胸怀大志，面对天宫百废待兴的状况开始治理。首先他看那座冰山在天宫太碍事，就对敖钦大神说："你把它推到地上国不碍事的地方去，让耶路哩和这座冰山永远在那儿呆着吧！"敖钦大神于是运起神力把那座冰山推到地上国北海北最寒冷的地方。从此以后，耶路哩手下的一些小魔因为没了头儿，也兴不起什么风浪了，一个个流散到人间偷偷地躲藏了起来，但一有机会还会干些邪魔歪道的事。

接下来他就开始全面考虑天宫的建设，他意识到，有很多事情需要改变，尤其是建筑更要改变，天上众神的职务也应该重新安排。根据这些现状，他决定巡访群神，察看一下天宫四边到底是怎样的情况。于是，他从天宫的东天、西天、南天、北天巡访了一遍，又在地上国的人间巡访了三年。最后，把自己的三个头分别留在了南天、西天、东天，北天由他自己直接坐镇，监管着北海北冰山下的耶路哩。

阿布凯恩都哩手下有一个大神叫布星妈妈，布星妈妈有一只鹿皮口袋，口袋里装着些小星星。这些小星星一出，鹿皮口袋就会越来越大，变成一个小的天地。布星妈妈奉阿布凯恩都哩的命令，从东往西撒去，撒得满天星斗。阿布凯恩都哩又委派了东斗四星、西斗五星、南斗六星、北斗七星四个方位的星主。另外，委任金翅大鹏把守西北半边天，叫作金翅大鹏星，这是人间萨满归天后的去处，他们的灵魂归到金翅大鹏的心里，在那里修炼功法，到一定时候再托生到人间避邪驱妖。

那些在人间养伤的神，有愿意回天的回到了天上，不愿意回天的成了地上国的神，像河神、海神、湖神、山神、土地神、治病神等等。阿布凯恩都哩把在地上养好伤的神都做了安排，同时又把超哈斋爷送到地上的长白山当了白山主，调兵遣将镇压着邪魔歪道。

天上还设了天宫八部：日、月、雷、电、雨、雪、冰、雹，分配了四十八个巡天大神，一个方向有十二位。

经过神魔大战和天宫重建。天宫彻底改变了过去的模样。天上再也不叫"洞"

"寨"了,都改成了殿、宫、阁。过去使用的旧名词"大寨""小寨"也都废弃不用了。从那以后,满族和北方的其他民族都把地上的神分配到各个哈拉供奉着,所以,各户都有他自己的神名(老佛爷名)。老佛爷名据估计,不下一千位。这就形成了满族的大神和满族的家神。

伏羲攀登天梯
(汉族)

古代汉民族中,流传着下面这样一些关于伏羲的神话传说。

据说在中国西北几千万里的地方,有一个极乐的国土,叫作"华胥氏之国"。那里的人寿命都很长,他们能够走进水里不怕水淹,跳进火里不怕火烧,在天空中往来如履平地。云雾遮碍不了他们的视线,雷霆也搅乱不了他们的听闻。这个国家的人民,实在就是介乎人和神之间的地上的神仙。

在这极乐的国土上,有个没有名字,就叫作华胥氏的姑娘。有一次,她到东方一个林木葱茏、风景美好的大沼泽雷泽去游玩,偶然看见一个巨人的足印出现在沼泽边,觉得又奇怪又好玩,就用自己的脚去踩一踩这巨人的足印。这一踩不打紧,仿佛受了什么感动,后来就怀了孕,生下一个儿子,名叫伏羲。

雷泽边上出现的这个巨人的足印,是谁的足印呢?原来是雷泽的主神雷神的足印。这雷神,是一个龙身人头、半人半兽的天神,常常用手拍打着自己的肚子,在雷泽附近游玩。每拍一下,就放出一个响雷。华胥氏踩了雷神的足印才生出伏羲,伏羲当然就是雷神的儿子。

伏羲,这个天神和人间极乐国土的女儿所生的儿子,他本身具有充分的神性。神性的证明之一,那就是他能够缘着一道天梯,自由自在地上下于天地之间。

天梯有两种,一种是山,一种是树,都是不假人力,自然生长的东西。昆仑山就是山当中的天梯,登上它最高的山峰,就能直达天庭。伏羲攀登的,不是作为山的天梯,而是一棵大树。这大树名叫建木,生长在西南的都广之野。它的形状很是奇怪:它那细长的树干笔端端地一直钻入云霄,两旁不生枝条,只在树的顶端,才生了些弯弯曲曲的树枝,盘绕起来像一把伞盖,树根也是盘曲交错的。还有一桩出奇,就是把它的树干一拉,就有软绵绵的扯不断的树皮剥落下来,像拴帽子的缨带,又像黄蛇。

都广之野,是天地的中心,有名的神女素女便出在那里。它真是一个好地方,不管冬天夏天,百谷都能播种,生长出来的米、黍、豆、麦,又白又滑,好像脂膏。那里聚集着各种各样的飞禽走兽,时常可以听到鸾鸟的歌唱,看到凤凰的舞蹈,草木冬夏常青,可以说便是地上的乐园。

那棵极高的具有天梯性质的建木,就生长在乐园的中央。乐园本是天地的中央,这座天梯更是天地中央的中央,所以到了正午,太阳照在树顶上,连一点影子都看不见,站在那里大吼一声,声音马上会消失在虚空之中,四面八方没有一点回响。

这棵居于天地中央的天梯建木,原是中央天帝黄帝运用他的神通和法力创造的。各方的天帝就把它当作上天下地的楼梯。他们缘着这棵直入云霄的细长的树,爬上去又爬下来。伏羲就是首先去爬这棵树的人,怪不得他后来成了东方的天帝。

伏羲和人们在一起幸福地生活了很多年。在这一段时间里,他根据阴阳变化的道理画过八卦,用八种简单而含义很深的符号,概括了天地间万事万物的情况;又模仿蜘蛛的结网发明创造了网罟,教导人们拿它去打猎捕鱼;又把山林间自然发生的雷火送给人类,教导他们用火煮肉吃,以免多吃了生肉不消化。

除此而外。他还创制了瑟这种乐器,还做了一支叫作"驾辩"的乐曲。人类文化的曙光,在伏羲时代,就璀璨地放射出来了。

后来,伏羲做了东方的天帝,辅佐他的是木神勾芒,他俩共同管理着东方一万二千里的地方。勾芒是西方天帝少昊的儿子,他长着人的脸,鸟的身子,驾了两条龙,手里拿了一个圆规,象征着春天和生命。当他出现在世间的时候,就宣告着春天已经来临,生命也伴随着开始了。

天上、人间、地下
（高山族）

一

相传,古老古老的时候,人间与天上是有路相通的:地上的人要上天了,就将耕田用的木耙竖起来,"噢——"地叫唤一声,天上的人就热情地伸出手来接住,让要上天的人踩着耙齿,一级一级地向上攀去。……

天宫真美呀!这里有金碧辉煌的宫殿,有雕梁画栋的楼阁,四周种着翠竹,藤萝缠绕。河水会发亮,连树上的叶子、果子和地下的石头都闪闪烁烁,还有五颜六色的奇峰怪石、丽花异草,真是一个奇幻的世界!

游过天宫的人,回到人间,逢人就讲:"天宫真美呀,美得迷人!"

于是,一传十、十传百,人间上天宫的人就也越来越多了!

来到天上的人,有的不守天宫的规矩,嘻嘻哈哈,打打闹闹,还随意攀枝爬树、摘花采果,把个安安静静的天宫闹得很杂乱。天上的人很厌烦这些不懂道理的人。从此以后,他们即使听到了人间呼唤声,也不再伸手去接那木耙梯,人间与天宫的道路也就这样断了!

二

原来，人间与地下也是有路相通的。

与天宫相比，这地下就大不一样了：人是矮的，房子也是矮的，树木不会发光，河流也不会发亮，没有宫殿，没有楼台，没有金色的果子，也没有五颜六色的奇花异卉。人间去地下的人就不如上天的人多了！

那些去地下玩的人，见这里都是矮人，像进了"小人国"，感到十分新奇！这些人不是用手去摸他们的头，就是摸他们的鼻子，或是去扯他们的头发，老是捉弄人家，逗笑取乐；被惹怒的地下人，再也不欢迎这些不懂礼貌的人了！他们轮流派人把守住那唯一的通道路口，不让从地面上来的人进去。

传说有个孕妇，听了传闻，十分好奇。一天，她到地下去玩，想看看地下是个什么样子。

这孕妇摇摇摆摆地来到路口，见到那些矮矮的守门人，禁不住哈哈大笑起来。那些把守路口的人，见这孕妇趾高气扬、大模大样的，对谁都不打招呼，大咧咧地要闯进去。他们也不买账，就拦住不准她下去，双方就争吵起来。孕妇硬要进去，守门的硬是不让，吵着吵着，推推搡搡，想不到孕妇被推倒在地，一下就断了气，变成个大石头，将路口严严实实地堵住了！

从此，人间到地下的路就断了，彼此没有了来往。但是，地下的人还是照样地活着哩！

因为，当地面上的人挖井挖得很深很深的时候，就会听到地下的人大喊："噢——噢——不能挖了，不能挖了！已经挖到我们的屋顶了！"

从此，我们高山族从祖先就传下来：挖井不要挖得太深，免得水漏下去，使住在地下的人不安宁。

又有人说：地下的人很勤劳，他们都穿着黑衣黑裤，养了很多很多的牛来耕地。

为什么会地震呢？那是因为地下的牛发痒了，它们用身子去擦石头，地上就震动了！

三

天上有人，地上有人，地下也有人！

天上的粮食很多很多，地上的人常常上天去买粮食。

通天的路在哪里呢？

通天的路在东方，东方的天空下有一条很长很长的云梯；地上的人是攀着长长的云梯上天的。

有个孕妇攀云梯的时候，气喘了，咳嗽了一声，将云梯震断了；直到今天，我们再也找不到上天的路，地上的人再也无法与穿着白衣白袍的天上人来往了！

天梯与野草
（汉族）

很早以前，天和地相距不远，有天梯相连接。那时地上只长庄稼不长草，人们播下种子，不必操作，便可以收获庄稼。平时没有事做，闲着无聊，人们就顺着天梯爬到天上去玩。大家一玩得高兴，便在天上吹拉弹唱，跳舞游戏，闹得那些修炼的神仙很不安宁。于是，神仙们到玉皇大帝那里告了一状。玉皇大帝一听，就命令雷公用雷火打断天梯，使人们无法再上天去玩了。可是人们毫不在乎，在地上仍然歌唱舞蹈，很不安宁。神仙们又把这事奏明玉皇大帝，玉皇大帝就将天升高九重，与地隔绝，并向地上撒下草籽，让它同庄稼一起生长，这样一来，人们一年四季忙于在田里锄草，再也没有时间玩耍了。

天是怎样升高起来的
（仡佬族）

从前，天很低，竹子因为被天挡住，没法往上长，顶端只好往下弯。习惯了，直到现在还直不起来。

由于天太低了，人们随便搭两三把楼梯就可以到天上去玩。有个叫达伙的青年，几乎每天都要到天上去一趟。

一天，达伙又搭着梯子到天上去。玉皇大帝见了，问道："达伙，你们凡间人没有事干吗，怎么天天到天上来玩？"

"是啊。我们整天闲着没事做，所以都想上天来玩。"达伙回答说。

"那么，你们吃什么呢？"玉皇大帝又问。

"我们吃树叶和竹笋。"达伙说。

玉皇大帝听后，想了想说："这样吧，我给一包东西你带回去，分给大家拿到地里去种。记住，要回到地上才能打开。"达伙点了点头，急忙返回人间。

达伙从楼梯上下来，刚到一半，心想：玉皇大帝给我这一包不知是什么东西，轻飘飘的？于是便偷偷地打开来看。谁知刚刚一打开，便刮起了一阵东南风，把这包东西卷走飞散了，撒满了一地。

过几天，大地上长出了稻谷、玉米，也长出很多青草来。达伙见了，不知如何是好，便又架着楼梯到天上去问玉皇大帝。他把自己如何不听话，回到半路偷偷打开来看，被风把那包东西刮走飞散的事，一五一十告诉了玉皇大帝。

玉皇大帝听了，笑着说："不要紧，吹散了就算了。现在地上长的是玉米、禾苗和青草,以后你们看到那结黄色颗粒的是稻谷;那结出像神马牙齿一样的是玉米。这些东西可以吃,比你们吃树叶子好万倍。那些青草可喂牛马,往后,你们有空就到地里去除草,到山上去割草,又保护庄稼,又可以养牛养马,不要整天到天上来游玩了。"

达伙听了,高兴得连忙叩头道谢。回到家里,便把玉皇大帝的话告诉人们。

谷子黄了,男女老少就去收回来,但却不知这东西怎么吃。

达伙又上天去问玉皇大帝。玉皇大帝说:"要把外面那层谷壳去掉,煮熟了,才能吃。"说完就叫磨坊仙子带达伙去看神磨磨谷。磨坊仙子叫达伙把箩筐里的谷子撮到磨盘上,对神磨轻轻吹了一口仙气,神磨就飞快地转动起来。眨眼间,就磨出了很多白米。

达伙要把神磨借回去用,磨坊仙子说:"这是神磨,不能借,借给你也不会用。你们凡间有的是竹子和泥巴,你们可以用竹片和泥巴冲成磨笼,两个人推磨,照样可以磨出米来。玉皇大帝说,往后你们可以每天吃三餐饭。"

达伙从天上下来,叫人们去砍竹子,剖成竹片,又挑回泥巴,按照磨坊仙子教的方法,做成了磨笼。

磨笼做成了,人们纷纷挑谷子来磨。达伙便叫两个后生推磨。不一会儿,就磨出了雪白的大米,煮成白米饭,又甜又香。大家边吃边问:"达伙呀,这白米饭太好吃了,往后我们多久吃一餐呀?"

达伙说:"磨坊仙子讲了,玉皇大帝叫我们一天吃三餐。"

从那以后,人们就会做磨笼磨谷了,一天吃三餐饭。

谁知磨坊仙子把话传错了,原来玉皇大帝规定:凡间人和天上神仙一样,三天吃一餐。这磨坊仙子把三天吃一餐说成了一天吃三餐。人们吃的餐数多了,屙的也多了,大地上到处是屎尿,臭气熏天。

一天,玉皇大帝正在召集众仙在宫廷议事,忽然一股臭气扑来,臭不可闻,玉皇大帝忙掩着鼻子问:"哪来这股臭气,令人作呕!"

众仙子说:"一定是凡人搞什么鬼。"

玉皇大帝听了,忙派人把达伙叫上来问。

达伙到了天上,玉皇大帝一问。才知道是磨坊仙子把话传错了,勃然大怒,把磨坊仙子按倒在地,重重打了七十二大板,并罚他到人间来做拱屎虫,把人们屙在地上的屎吃掉,吃不完的,还要挖洞埋到土里去。随后,又叫达伙到天上做磨坊仙子,并把天升高起来,以防避地上的臭气熏天。

从此以后,人们就再也不能到天上去玩了。

天地分开
（傈僳族）

很久以前,地很平,天和地很近,距离只有一人高。人伸手便可以摸着天。

那个时候人和树是很相好的朋友。树经常来到人的家里说情谈爱,弹唱作乐,每天玩到下午,离开人家的时候,树就留下一些干枝干叶。人们不必找柴,背柴,过着无忧无虑的安乐生活。

后来,人变贪心了,不满足树留下的干枝干叶。有一天树要离开人家的时候,人就拿着大长刀对树凶恨恨地说:"柴太少了,每次来只留下一点干枝干叶不行!我要把你砍死当柴烧。"于是,人把树砍倒在家里。从此以后,其他树便不敢来人家里了。柴烧完了,人只得自己去找柴,背柴了。

人背柴回家,柴顶着天。人对天骂道:"天啊,你也太矮了,给我离远一些,我柴都背不成了。"于是天离人得老高老高的。可是天离开的同时,山也跟着天在升高。天地间越离越远,山越长越高,把人留在深沟里了。

大地的由来
（汉族）

说是咱们人住的地方,是驮在水里一个神龟的背上。这神龟的身前身后、身左身右,都是大海,没边没沿儿。咱们头顶上的红日头,就是从大龟东边的大水里升出来的。经过一天,再落到西边大水里去歇着。一年三百六十天,天天都是这样。几千年、几万年,也都一直是这样。

可是,咱们脚底下的这块大地,也太沉了,老沉老沉的。老是叫那大神龟驮着,它也是不大愿意的。它要是把身子动一动,咱们就觉得是闹地震。它身子要往水下一沉,咱们人住的这块大地可就毁了,那就是天塌地陷,一片汪洋了。

幸亏有一个化作一只神鸟的保护天神。这只神鸟就落在那大神龟的脖子根上。双爪紧紧攥住了大龟的脖子,尖尖的大嘴对着大龟的眼睛。神鸟告诉那大龟:"两眼紧紧盯着我,好生驮着背上的大地。身子动一动,我就立刻叨瞎你的眼睛。"咱们这些人,祖祖辈辈能传到如今,就全亏了这只神鸟了。所以,咱们中国的好多民族都把鸟当神来敬着。

天和地合

（汉族）

老早老早以前，天上没日，日被雾遮住了；天下没地，地被水淹掉了。没日照着，通天下便冻死了；没地托着，万物就无处生长。因此天上天下，都没有一点生物。到上万年以后，天上才出现了一只鸟，天下才出现了一条鱼。那鸟通身赤红，晶亮晶亮的，叫火鸟；那鱼通身墨黑，山高天大的，叫鳌鱼。有一日，火鸟问鳌鱼："你冷不冷？""冷。""烘不烘火盆？""哪有火盆？""火盆在雾里，我去啄出来。"火鸟扑扑翅，便往雾里飞，"轰隆轰隆"地啄，啄了九九八十一日。雾被啄散了，天上显出个大火盆，红光光的，那便是日头。

有了日头，天下便不冷了。鳌鱼从水底浮出来，露个大背曝晒，好舒坦！曝着曝着，便烤熟了。一眠便是几千年。鳌鱼眠的死，火鸟千遍万遍叫它不醒。火鸟最怕独自，恨了，飞到半天空拉了堆大泻屙。大泻屙掉在鳌鱼背上，结住了，便变成大山。大山把鳌鱼压进了海底，永远翻不得身，露出水面的山便成了地。这样，天上有了日，天下也有了地，万物便慢慢生长起来，有草有树有鸟兽。

过了三千六百年，鳌鱼醒了，觉得背脊被压的酸痛。便动了动身子，想把大山甩掉。可是甩来甩去甩不掉，只好干叹气。鳌鱼这一甩，便发生了山崩地裂，水漫天地，这就叫作地震。鳌鱼叹出的气，墨黑墨黑，便成了乌云。乌云如果把天地遮遍了，便会出现天和地合。天和地合火鸟可不愿意，所以它碰见乌云便啄，轰隆隆、轰隆隆，这便是打雷。打雷时的忽闪，便是火鸟的现身。只要有火鸟，就永远不会天和地合。

颛顼隔断天地的通路

（汉族）

和少昊几乎同时，作为北方天帝而正式出现的一个大神，是颛顼。颛顼，是黄帝的曾孙。黄帝的妻子雷祖——就是发明养蚕的嫘祖——生了昌意；昌意在天庭犯了过错，被贬谪到下方的若水去居住，在那里生了韩流；韩流的形状很是奇怪：长颈子，小耳朵，人的脸，猪的嘴巴，麒麟的身子，两条腿是骈生在一起的，加上一对猪的足；他娶了淖子氏的女儿阿女做妻子，就生了颛顼。颛顼的形貌，大约也有几分像他的父亲。

当少昊在东方海外建立鸟的王国的时候，幼小的颛顼，曾一度到那里去游玩，并曾帮助他的叔父治理国政。后来长大成人，他就回来，做了北方的天帝。他手下的属神,是海神而兼风神的禺强。禺强,又叫玄冥,是黄帝的孙子,论起辈分来,还该是颛顼的父辈,可是他却忠实地做了本领高强的侄儿的部下,毫无怨尤。叔侄俩共同管理着北方积雪寒冰的荒野,一共一万二千里的地方。

黄帝本来是中央的天帝,是神国的最高统治者,大约因为他正心安理得地做着上帝的时候,蚩尤突然带着苗民来反抗,打了好几年仗,后来虽然终归把蚩尤杀死,把事情平定,究竟心里不大痛快,有些厌倦上帝这职务,看见曾孙颛顼办事情很能干,便把中央天帝的宝座一度传让给颛顼,叫他代行神权。

颛顼一登上上帝的宝座,果然表现出他统治宇宙的高强本领,远远胜过他的曾祖父。

他首先做的一件大事情,就是派了大神重和大神黎去把天和地的通路阻隔断。

在这以前,天和地虽然是分开的,但是距离较近,并且也还有道路可以相通。这道路就是各个地方的天梯。天梯固然是为神人、仙人、巫师三种人而设,但下方也有许多勇敢智慧的凡人,凭了他们的智慧和勇敢,也可以攀登天梯,直达天庭。人民有了痛苦,可以直接到天上去向神诉说,神也可以随便到人间来游玩,人和神的界限并不是很严格的。

自从蚩尤领导苗民起来反对黄帝,虽然教黄帝把蚩尤的军队打败,并且杀死了蚩尤的首领,但作天帝的黄帝,对于下方凡人就总是有些不放心,怕他们再受天上"叛神"的引诱,联合众多的民族起来造反,事情就相当麻烦。

颛顼继承黄帝做了中央天帝以后,便把这场变动的教训,时常在心里暗中思考。觉得神和人不分出界限,混居在一起,总是弊多利少,将来难免没有第二个蚩尤起来煽动人们和他作对。于是他便命他的孙子大神重和大神黎去把天和地的通路阻隔断,叫人不能上天,神也不能下地,虽然大家牺牲自由,却可以维持宇宙的秩序并保证安全,应该是公认的好办法。

大神重和大神黎遵命行事,各伸出一双毛毵毵的硕大无朋的手臂,一个去把天托起来,尽力往上掀;一个去把地按捺住,努力朝下按。这么一来,天就渐渐更往上升,地就渐渐更朝下降,本来是相隔不远的天地,经过大神重和大神黎的掀和按,就相隔得老远老远的了。即使有山和树之类的天梯,也起不了什么作用。

天和地的通路隔断以后,从此大神重就专门管理天,大神黎就专门管理地。管理地的大神黎,到了地上,还生了一个儿子,名叫"噎",长着一张人样的脸,没有手臂,两只脚反转过来架在头顶上,在大荒西极日月山上的吴姬天门中,帮助他的父亲考察日月星辰的行次。

自从隔断了天和地的交通,天上的神偶然还可以私下凡间,地上的人却再也没有法子上天去了,人和神的距离一下子就拉得很远。神只是高高地坐在云端,享受人类的牺牲和献祭,而人类有了痛苦和灾难,神却可以不闻不问,让他们各自去饮泣吞声。

身为上帝的颛顼,对于下方人民的痛苦,确实并不怎么顾念,从他的鬼儿子之多就可以见到一斑。

他有三个儿子，生下不久都死掉了，一个去住在江水，变做疟鬼，散布疟疾病菌给世间，叫人一碰上就会害寒热，打摆子；一个去住在若水，变做魍魉，——这魍魉，形状像三岁的小孩子，红眼睛，长耳朵，黑中透红的身体，一头漂亮的乌油油的头发，最喜欢学人的声音来迷惑人们；还有一个便变做小儿鬼，去住在人家的屋角，专门教人生疮害病和惊吓人家的小孩子。

他还有一个儿子，瘦得只剩一把骨头，最喜欢穿破衣，喝稀粥。在正月三十这天死掉，人们就在这天特地熬了稀粥，扔下破衣，在巷口祭祀他，叫作"送穷鬼"。

除此而外，颛顼还有一个叫作梼杌的儿子，更是凶顽无比。这梼杌，又叫傲狠，又叫难训，据说实际上乃是一只猛兽，形状像老虎而比老虎大得多。遍身长着长毛，有两尺多长，人的脸，老虎的足，猪的嘴巴，从牙齿到尾巴共长一丈八尺。逞着他的野蛮凶暴的性情，任意在荒野之中胡作非为，简直没法制止。

人们因为颛顼有这么多鬼儿子在世间降灾作怪，他的属神禺强从北海迁到南海，由鱼变而为鸟，由海神变为风神的时候，也从风中散播大量的瘟疫病菌给世间，让人们遭殃吃苦，因而人们便把颛顼叫作"疫神帝颛顼"。

这个疫神帝颛顼，却特别喜爱音乐。这大约是幼年从他叔父少昊那里受到的影响，叔父少昊特为他制作了琴瑟。他从小就爱听百鸟婉扬的歌声，深深地受到音乐的熏陶。因此，当他长大成人，登上上帝宝座的时候，就对音乐的发展，采取了一些重要的措施。

一项是：他听见天风吹过的声音，熙熙凄凄锵锵的，好像乐器上奏出的乐音，非常好听，他很喜欢这种风的歌曲，便叫天上的飞龙仿效天风的声音做出八方风的乐曲来，总命名叫"承云之歌"，拿它来奉献给暂时退休的他的曾祖父黄帝，以讨他的欢喜。

另一项是：他制作乐曲制作得起劲了，忽然异想天开，叫猪婆龙来做音乐的倡导者。这猪婆龙，形状像短嘴巴鳄鱼，身体大约有一两丈长，四只脚，背上和尾巴上都披有坚厚的鳞甲，性情懒惰，喜欢睡觉，常把眼睛闭着养神，可是谁要是惹了它，它也会马上给你个不客气。它虽然一向对音乐很是生疏，受了上帝的委任，也不敢违抗，马上乖乖地翻转它的笨大的身躯，躺卧在殿堂上，用它的尾巴来敲打它那凸出来的白而放光的肚皮：冬冬——东东！东东——冬冬！声音非常响亮，颛顼听了高兴万分，便叫猪婆龙做了天上的乐师。

由于颛顼热心提倡音乐，人间也受到影响，直到后世许多年代，人们还拿猪婆龙的皮来蒙鼓，敲起来"蓬蓬蓬"怪带劲的，叫它做"鼍鼓"呢。

后稷的传说

后稷是大周的始祖，他的母亲名叫姜嫄。当姜嫄还是一位亭亭玉立的少女时，她就非常想要一个儿子。她诚心向上天祈祷,祈求上天赐给他一个英雄的儿子。上天被她的诚心所打动,决定满足她的愿望。

有一天,姜嫄到离家不远的一座大山上采摘野果。在山脚下,她发现了一个巨大的脚印,于是好奇地踩了上去,脚刚碰触到地,她便感到有股精气流遍了全身。回家后,姜嫄就有了身孕。她知道这是上天赐予她的孩子,于是决定好好保养身体,安心养胎。胎儿发育得异常迅速,只过了一个月孩子便出生了。孩子又白又胖,壮得像头小牛,眯着眼睛一个劲地吃奶。姜嫄又抱又亲。终日爱不释手,不知疲倦。她由衷地感谢上天的恩赐。

但由于姜嫄还没有成亲便生了孩子,人们都对她冷眼相向,纷纷指责她、怒骂她。姜嫄没有办法,只好和儿子孤独地待在屋子里。

姜嫄感到非常苦恼,整天愁眉不展,头发也白了不少。她实在经受不住来自周围的压力了,不管多么心疼与不舍,最后还是决定服从部落的安排,把孩子交给上天处理。

开始,姜嫄把孩子扔到了小巷里。小孩子惊天动地的哭声引来了羊群,公羊躺在地上排成了毯子,为孩子驱寒,母羊露出乳头给他喂奶,小羊羔则用舌头舔舐他身上的污垢。

接着,姜嫄又把孩子扔到了树林里。结果,一位樵夫捡到了孩子,他觉得孩子可怜,便把他抱在怀里,喂给他香喷喷的鹿肉和甘甜的泉水。

姜嫄心一横又把孩子扔到寒冷的河冰上。可是,姜嫄正准备离开,马上就有大鸟飞来,展开翅膀盖在孩子的身上。它展开巨大的翅膀用厚厚的羽毛把孩子遮得严严实实,就像是在他头顶搭起了一顶小帐篷。这时孩子因为饥饿哭闹起来,大鸟又立刻飞出去寻找食物去了。

听着孩子的哭声,看着孩子在风中瑟瑟发抖的样子,姜嫄心如刀割。孩子每一次都得到天助,她确信孩子就是天上的神灵下凡,日后必将成为人间的英雄,于是毅然决然地把孩子抱了回来。姜嫄暗下决心,不管周围的人怎样阻挠,也不管自己将遭受多大的压力,一定要把孩子抚养长大。为了牢记自己曾想抛弃孩子的罪过,并警醒自己再也不要犯这种错,姜嫄给孩子取名叫"弃"。

弃天赋异禀,刚刚会爬就已经懂事了。他很小的时候就会自己出去找东西吃,而且找到的还不是一般的食物,而是香气扑鼻、甜美可口的奇果,吃几个就能饱。周围的人都很惊讶,他们也相信他是上天的宠儿了,于是都争着来照顾他。

在人们企盼和羡慕的目光里,弃长大了,成了种植庄稼的能手。他跋山涉水,找来了上百种稀奇的庄稼品种,又开垦了大片的荒地,亲手栽种。

弃发明了一些前所未有的耕种方法:他拔掉茂密的杂草,定时给庄稼松土;天气干旱,就给庄稼浇水;夜晚守在田边,不让野兽进去糟蹋庄稼……他种的庄稼在他的精心呵护下一天天地苗壮成长起来。到了秋天,豆荚密密麻麻地挂满了豆秆,禾苗被稻穗压弯了腰,金灿灿的谷子一眼望不到边,大瓜小瓜满地乱滚。

看到这种丰收的景象,上天也为之动容,又降下了神奇的种子——黑黍,以及许多新的品种。

大家都很高兴,他们相信在弃的帮助下一定会丰衣足食。人们用余下的粮食来喂牛羊猪狗,牲畜也跟着兴旺起来了。为了感谢上天的眷顾,人们用煮熟的谷物和烧制的牛羊祭天,祈求来年五谷丰登,万事大吉。

冬去春来,万物复苏,冰河融化,大地吐绿。弃又开始了耕作,并用牛来帮他翻地。弃在松软的泥土上撒上灰土当肥料,再播上种子。不久,种子在春雨的滋润下苗壮成长起来。

附近的人听说有弃这个种植高手后,都跑来跟弃学种庄稼。弃不厌其烦,手把手地教他们。一年内他一共教了九千九百九十九个徒弟。后来,他的这些徒弟又把种植技术教给更多的人,手手相传,世界上所有的人就都会种庄稼了。人们感激他的恩德,于是尊称他为"后稷"。

渐渐地,后稷的非凡本领和好名声传到了天下的至尊共主尧帝那里,尧帝对他赞赏有加。为了解决各地饥荒,尧帝把邰这个地方封给了后稷,让他专务农耕。

邰真是个好地方,不仅地势和缓、田地宽阔,而且河水充盈、风调雨顺。后稷到了邰后,人们纷纷前来归附。

后稷没有辜负尧帝的期望,他在河沟旁种菜,山坡上种谷,平地里种麦,丘陵上种黍,牛羊圈在舍棚内,水井挖在麦田旁……邰地年年都是大丰收,粮食源源不断地运到其他的地方,天下的人再也不用为吃不饱饭而犯愁了。邰地也因此成了天下人向往的地方。

后稷的子孙在邰地不断繁衍,成为实力强大的周人。周人不断地向外发展,实力越来越强大,土地越来越辽阔,最终灭掉了殷商,建立了中国历史上的周朝。

尧帝教子

尧的十个儿子吵吵闹闹来找尧评理。

"父亲,弟弟们不听我的话,不服管教。"大儿子丹朱抢先说道。

"你不配当大哥!"其他兄弟争相喊道。

"别吵!别吵!有话一个一个说。"尧皱着眉说道。

"大哥整日东游西荡,叫我们在家替他狩猎放牧。"一个儿子说。

"胡说!我是出去替父亲视察民情。"丹朱反驳道。

"大哥总是责骂鞭打我们和他的侍臣。"另一个儿子说。

"不听话,我当然要管教一下。"丹朱振振有词。

"大哥坐船出去玩,到了没水的地方就叫百姓拖着船在陆上跑。"小些的儿子慢吞吞地说。

"父亲,别听他们小孩子胡言乱语。"丹朱着急地对尧说。

"好了！谁是谁非,叫皋陶来判断。"尧说道。

不一会儿一个脸色绿中带青、嘴长得像驴嘴的天神进来了,他手里牵了一只青毛的独角羊。他弯腰对羊嘀咕了几句,羊便用角依次对着尧的儿子。到了丹朱这里,羊一低头,角触到了地上。皋陶对尧恭敬地说:"是丹朱不对。"

尧严厉地看着丹朱,丹朱羞愧地低下了头。

"夔,用你的音乐教育一下丹朱吧。"尧诚恳地请乐官夔来帮助自己教育丹朱。

夔弹奏起了一首叫《大章》的乐曲。乐声传入耳朵,就像淙淙的溪水在流淌,让人忘了烦恼,忘了名与利的侵扰。丹朱静静地听着,脸上露出了平和安然的神色。尧笑着点了点头。

几天后,夔满脸愧色来到尧的面前说:"尧帝啊,我的音乐感动不了丹朱。"原来,夔用石头瓦片敲出的美妙乐曲,丹朱听了说"还不如听牛群奔跑的声音好听"。

尧叹了口气,决定亲自教育丹朱。尧苦思冥想创造了"围棋"这种游戏。刚开始,丹朱还能平心静气地玩它、研究它。没过多久,丹朱又旧态复发,背着尧出去胡作非为。

尧年纪大了,大臣们便开始讨论继任人选的问题。有人提议选丹朱,尧坚决反对,他说:"丹朱性情粗暴,不会关心别人,更不会体谅天下百姓。"有人不相信,便亲自去试探丹朱。

"如果有人献来珍奇的双睛鸟,你准备怎样对待它。"一个大臣问丹朱:

"我给它喂谷米,让它带着我威风凛凛地在天上飞来飞去。"丹朱不假思索地说道。

大臣暗自叹息,尧帝有一只双睛鸟,他每天给它喂玉膏,使它的四只瞳子明亮如灯,让它飞到各地去为民驱妖除害。大臣不死心,又问道:"有人送来了延年益寿的山珍,你怎么处理?"

　　丹朱喜滋滋地说:"我把它全吃了,我就可以长生不老了。"

　　大臣彻底死心了。他知道,有个叫偓佺的仙人给尧送了许多仙松的果实,尧舍不得吃,全送给了年老体弱、有大智大勇的大臣了。

　　这个大臣把自己证实尧的话的经历跟其他大臣一说,再也没有人提议选丹朱继承尧帝的位子了。丹朱听说这事后,迁怒于众大臣,处处给大臣们出难题,找岔子。尧非常生气,命农神后稷带丹朱到南方帮助百姓耕种荒地。

　　怨气冲天的丹朱到了南方,勾结三苗部落叛乱,企图推翻尧的统治,自己独霸天下。尧闻讯立刻派人去平息叛乱。后来,丹朱等人不敌尧的正义之师,大败而逃。

　　丹朱独自一人逃到南海边,走投无路便跳海自杀了。尧听说丹朱死了,感慨地说:"丹朱长着一张人脸,心肠却像禽兽。他虽然自称是翱翔苍穹的雄鹰,实际上他只有一对中看不中用的假翅。希望他的后代能吸取他死亡的教训呀。"

　　应了尧的话,丹朱的灵魂变成了一只人脸鸟喙的怪鸟。它常常在海边捕鱼,它有一对翅膀,却不能飞翔,倒像是一对拐杖。

许由洗耳

　　尧帝自感年事已高,需要一位年轻有为的贤人来接替自己。他一边巡察民情,一边寻访贤能的人。

　　尧帝在巡游途中,听许多人在议论一个叫许由的人。人们说他注重礼仪,行为规矩,不坐放歪的席子,不吃稀奇的食物,是个高尚的人。尧帝一听非常高兴,便向人们打听许由的住所。人们说,许由怕人们不断地夸赞自己,使自己的大名让天下人都知道,所以常常躲在偏僻人少的地方生活。尧帝感叹地说:"让这样贤德的人治理天下,天下人一定都会成为谦谦君子。"

　　尧帝四处打听,终于找到了许由隐居的山林。尧帝奇怪地问许由:"你为什么要居住在这么偏僻的地方?"

　　许由说:"品德高尚的人行为高雅,行为高雅的人志趣高洁。混杂于普通人之中,怎么会保持自己的高尚呢?让普通人不断传颂自己,会使自己迷失在一般人当中黯然失色。"

　　尧帝诚恳地对许由说:"日月出来了,火把就显得暗淡了;天降及时雨,挑水浇田就有些徒劳了;如今有先生这样的贤能人,我再坐在这个位子上就不合时宜了。我相信先生接管天下一定会造福天下的。您能答应我的请求吗?"

许由连连摇着头说："您把天下治理得非常好了，人们都在称赞您。如果我接替了您的位子，我就会沾您的光。这种名声就像是影子，跟随着身子在变化。我做了您的影子，就失去了我真实的身体。"

尧帝安慰他说："你用自己的品德和作为会改变人们的看法。那时你就不是我的影子，而是一个真实的你，让天下人称颂的你。"

许由还是摇头，他说："鹪鹩的巢筑在树林中，它只占一根树枝；鼹鼠在河中喝水，喝得再多也是一肚子；厨师再忙也干不了祭祀的活儿，祭祀再着急也不可能帮厨师炒菜。我的志向不是治理天下。您还是另找贤人吧。"

尧帝走后，许由对朋友啮缺说："我要躲避尧帝。"朋友奇怪地问："为什么?"许由叹口气说道："尧帝想找贤德的人治理天下，却不知道贤德的人只有好听的名声。"

尧帝

许由跑到箕山脚下隐居起来。天下人都知道尧帝想让许由接位，许由却不屑于帝位，隐居起来了。人们都称赞许由品行高洁，不慕名利。

许由的朋友巢父牵着牛到河边饮牛，看见许由在河边洗耳朵，便奇怪地问："你为什么要洗耳朵?"

"尧帝又派人请我出山，这些世俗的话玷污了我的耳朵，我要清洗耳朵。"许由烦恼地说。

巢父听了许由的话，不由得大笑起来。他嘲讽地说："你既然如此不屑于听世俗的话，为什么不躲到杳无人烟的地方去? 这样谁也不知道你，谁也不议论你，更没人用世俗的话来玷污你的耳朵。你四处隐居，不就是为了博取一个好名声吗? 你只是人们传闻中的贤德之人，实际上你根本没有贤德之人的才能。你在这儿洗耳朵，会弄脏河水，也会污染我的小牛的嘴巴。"说完，巢父牵着牛走了。

许由羞愧地站在河边无话可说。从此许由一直隐居在箕山直到死去。

舜的故事

一、苦孩子舜

妫水边上，常常有一个满身伤痕对着天、对着水哭喊的小男孩。他叫舜，母亲在他一出生时就死了。瞎了眼的爹又给他娶了个后娘，后娘生了个儿子叫象。后娘和弟弟常常打骂他，他的瞎眼爹对他视而不见，对他的哭喊声充耳不闻。

舜慢慢长大了，他孤身一人来到历山下，独自生活了。

满山遍野都是野草，舜便起早贪黑割草斩荆。他把割下的草晒干搭了两间茅草屋，把没有草的空地圈起来准备耕种。

聪明的舜捕获了一只小野象，训练它犁地、拉车、驮东西。慢慢地，舜的生活一天天好起来了。

不久，附近的百姓见荒山也能种出五谷，纷纷前来垦荒。舜热情地帮人们开山种田，使这里成为五谷丰登，人畜兴旺的风水宝地。

舜又去打鱼。不久他常去打鱼的雷泽又成为人人争相前往的渔场。

舜又去河边烧陶，没多久他烧出的精美陶器又吸引了许多人到这里落脚。

舜每到一处就兴旺一处，人们都非常愿意和他相处。

渐渐地，尧也听说了这个一年建村，两年建城，三年建都的舜。尧高兴地把两个女儿娥皇和女英嫁给了舜。

二、火中飞出凤凰

一天晚上，娥皇和女英对舜说："明天你弟弟让你去修粮仓，你穿着这件花衣裳去吧。"

第二天一大早，舜的弟弟象来到门口说："哥哥，咱家的粮仓破了，爹叫你帮我修理一下。"

舜二话没说就跟弟弟出门了。

舜爬上高高的粮仓，认真地修理起仓顶的破洞。象在下面悄悄撤走了梯子，舜的后娘在院子里亮着嗓子喊："他爹，快去抱一堆干柴来，我要给舜做一桌好菜好好招待他。"象拉着爹把大抱大抱的干柴火堆在粮仓下。舜的后娘悄悄点着了干柴，并扯开嗓子大喊："他爹，快扇点风，火不旺呀！"

瞎子爹正翘着屁股，抱着竹筒一个劲地吹气，听到叫喊又摸来一株小树，拼命地扇了起来。

舜在粮仓上越来越热，汗一个劲儿地往下淌。他张开双臂，想让全身透透气。他的那件花衣裳展开了，只见衣裳上全是五光十色的凤凰翎。

"呼"粮仓下的火蹿了上来,燎着了舜的衣服。

舜的后娘和弟弟看着呼呼上蹿的火苗高兴地拍手大笑起来。后娘得意扬扬地尖着嗓子对瞎眼爹说:"他爹,这下可好了,那个舜呀,升天了,哈哈哈哈!"

就在他们仰天大笑时,他们看见一只全身放着金光的凤凰从火中飞上了天。凤凰全身散发出的光,比火苗更刺眼。这三个人张着嘴笑不出声了,呆呆地看着凤凰飞走了。

三、龙游井底

"明天你爹叫你去淘井,你把这件衣服套在外衣里面下井吧。"娥皇和女英递给舜一件粼光闪闪的衣服。

第二天一大早,舜的瞎眼爹摸摸索索来了。"舜呀,上次爹烧火烧着了粮仓,没烧着你吧。今天你帮爹淘一淘井吧,井快平了,水也浅了。"

舜恭敬地搀着瞎眼爹走了。

舜顺着绳子下了井。他把井底的石头、泥土铲了满满一大筐,让弟弟象吊上去。

舜的后娘又尖着嗓子叫唤起来:"象,小心点,别让石头掉下去砸着你哥呀。"

话音刚落,上面就乒乒乓乓地落下许多许多石头、泥块。只听后娘嗓门更高地叫道:"他爹,快去把磨刀石抱来挽在绳子上,象拉不动筐呀。他爹,快!顶门石、搓衣石、磨盘……快!都抱过来。"

舜觉得头上下雨似的不停地落下石头。他抱头往井壁一撞,"嗖嗖"地穿了过去。

上面的三个人忙了大半天,往井口一趴,嘿!井都被填平了。

"他爹,舜下地府去了。哈哈哈哈!"后娘笑得前仰后合。

"他爹,咱们去看看新挖的那眼井渗出水了吗?"笑够了的后娘又尖叫着说。

三个人刚到后院,就看见一条张牙舞爪的巨龙从井眼中飞腾上了天。

四、酒量惊人

"明天娘叫你去喝酒,你去洗个澡换件衣服吧。"娥皇和女英用草药给舜熬了一桶洗澡水。

第二天一大早,舜的后娘满面堆笑地拉着舜说:"这几天辛苦了。我酿了好几坛好酒,你去陪你爹喝几盅吧。"

舜顺从地跟在后娘后面走了。

"他爹,你少喝几杯,让象陪着他哥喝吧。你去把那把板斧磨快了,我要砍柴烧火。"一坛酒喝完后,后娘把瞎眼爹叫下了炕。

瞎眼爹坐在院里"哧啦哧啦"地磨着刀,象殷勤地给舜不停地斟酒。

"老太婆,差不多了吧?"瞎眼爹问道。

"快了快了,再磨几下。"后娘瞅了瞅地上的几个空酒坛,露出了喜滋滋的笑脸。

"娘,没酒了。"象出来了。

"醉倒了吗?"后娘着急地问。

"他的酒量大得惊人。几坛酒下肚了,脸不红,眼不迷。"象沮丧地说。

"娘,弟弟,我吃饱喝足了,该走了。爹,我走了。"舜走出屋子,精神抖擞地走了。

"老太婆,斧子磨得差不多了吧?"满头大汗的瞎眼爹又问。

"磨什么磨呀,人都没醉倒,怎么砍呀。哎呀,我的牛、我的羊呀,到手的东西没有了呀……"后娘一屁股坐在地上号啕大哭起来。

"哎呀,娘呀,我的房子、我的媳妇呀,到手的东西跑了。"象也坐在地上大哭起来。

"哎呀,我的老太婆呀,我的儿呀,你们哭什么哭呀。"瞎眼也跟着大放悲声。

五、舜继王位

"舜,大家都说你是个品德高尚的人,一致推选你继承我的位子。我想知道你是不是一个勇敢智慧的人,你到雷雨山走一遭,如果能原路返回,你就是舜帝了。"年迈的尧要最后考验一下舜的才能。

舜从娥皇、女英的织机上扯下一个线头,拴在手腕上就出发了。

舜刚到雷雨山山口,就听见头上雷声滚滚而来。"听见雷雨山的第五声雷响,人就肯定会死的。"舜想起了老人们的提醒。他忙撕破衣服,用布条把耳朵塞起来,并唱起了歌。

风停了,雨住了,几株老树被烧焦的残枝断桠冒着烟,没有熄灭的火烧得地上的水直冒白烟。舜取出布条,拾起没有熄火的一节树枝向山林深处走去。

遮天蔽日的森林中黑漆漆的,舜的火把照亮了脚下的路,他听见了狼嚎虎啸,看见了远处闪闪烁烁的绿眼睛,这些野兽只是在舜的周围咆哮,却不敢靠前,舜知道这是火的功劳。

舜觉得脚背上滑过一个凉丝丝的东西。他镇定地站在原地一动不动,他知道是一条巨蟒正爬过自己的脚背。

舜又向深处走去。眼前一亮,对面山崖上是一片桃林,许多猴子在桃树上蹿来蹦去,十分快活。舜又饥又渴,可是他怎么也够不着桃子,也没办法跳到对面的山崖上。他低头沉思一会儿,捡起几块石头,向树上的猴子扔去。猴子被激怒了,摘下桃子一个劲儿地扔过来。舜捡起又大又红的桃子,饱吃了一顿。

舜又在山中转悠了几天。他引水冲走了蚁山;用火烧了野蜂群;用野鸡斗败了毒蜈蚣;巧用雷电击死了毒蜘蛛……舜利用自己的聪明才智,战胜了雷雨山中重重困难。

返回的时候,舜顺着手腕上的线顺利地回到了家。尧高兴地让位于舜。

舜继王位

舜的德才不仅感动了天下人,也感动了心如蛇蝎的父母和弟弟。他们哭着趴在舜的脚下请求原谅。仁德的舜帝伸出仁爱的双手扶起他们说:"我视天下人为我的父母,更何况生养我的父母和骨肉相连的弟弟。"

舜的妻子和弟弟

尧帝听说舜是个有才德的年轻人,便把自己的两个女儿娥皇与女英嫁给他为妻。

娥皇与女英嫁给舜后,没有丝毫架子,孝敬公婆、侍候丈夫。舜晚年到南方巡视时不幸病死途中。娥皇、女英闻听噩耗,悲痛万分。她们不顾臣子们的劝阻,毅然乘船去南方寻夫。

娥皇和女英乘船顺着湘水而下。她们恸哭的声音感动了风,风也跟着呜咽;她们的眼泪随风洒在竹林上,竹身也跟着她们流泪;她们悲痛的心情感染了湘水,湘水也阴沉着脸翻起混浊的浪。直到现在,南方的竹林上还挂着她们的泪痕,这种竹子有个美丽的名字叫"湘妃竹"。

娥皇和女英走到半道,湘水风波四起,她们的船沉入了江中。娥皇与女英做了湘水的神灵,她们在水底常常忧伤地怀念丈夫舜。

舜的异母弟弟象当初与父母千方百计地想害死哥哥。舜继承了帝位后,不但不怪罪他从前的过错,还把弟弟与父母接到自己身边。

舜死后,象想起哥哥的好处,悔恨不已。他常常跑到哥哥的坟前痛哭悔过。

舜帝的坟墓在九嶷山。山下有许多百姓为舜开垦了祀田。每年的春季和秋季,象便变成一头大象,在黎明时分耕种舜的祀田。天亮后,象又变成人形去给哥哥守墓。象也像哥哥当年一样,帮山下百姓耕田,不同的是象自己变成大象帮助百姓。

象死后,人们在他休息守墓的地方修了一座亭子,亭子里奉着象的神位。人们把亭子叫作"鼻亭",称象为"鼻亭神"。

洛水女神与羿

羿骑着骏马任由它四处奔驰。马顺着洛水一直跑到一个树木葱郁的山脚下。
水中的鱼儿啊
我羡慕你们自由自在。
水底的豪华宫殿
装满了我的忧愁。
一阵轻柔哀婉的歌声传入耳中。羿奇怪地策马寻觅过去。

水边的卵石上坐着一位白衣女子。她紧蹙着眉头低声吟唱着。水中的小鱼儿凑到她的脚下吐着泡泡玩。她被包裹在忧郁与哀伤的气氛中,使她那惊世脱俗的美又有另一番风韵。羿呆呆地看着她。

"嘶——"羿的马长嘶一声,白衣女子惊异地转过了头。两人四目相对,彼此都从对方眼中看到了羞涩与钦慕。

"你为什么这样忧伤?"羿唐突地问道。

"你不也满脸忧郁吗?"白衣女子反问道。

"唉!"两个同时叹息,又同时用询问的眼神看着对方。两人都笑了,陌生的空气一下消逝了。

"我是洛水女神,也是河伯的妻子。我从河伯那里得不到幸福,也没办法逃出他的手掌。我可以寂寞地生活,但是忍受不了河伯的侮辱。河伯喜欢同那些山精水怪变幻出来的美女外出游玩,我喜欢静静地咀嚼苦涩的生活。"白衣女子哀怨地述说着自己的生活。

羿想到自己遭贬到人间、嫦娥又弃自己而去的经历,不禁黯然神伤。

"我们都是不快乐的人。"洛水女神幽幽地说。"这些鱼儿多快活呀!"

两个人的愁怨在沉默中无声地传递着,彼此的心境都能理解,不用倾诉、不用安慰。

第二天,两人不约而同又来到了这里。第三天、第四天……很多天后,他们还是默默地相会在这里。他们一句话也不说,彼此脸上的笑意就说明了一切。

不久,羿到水边等候女神,久候不至。接连几天都是失望而归。羿每天站在洛水边上默默地出神。

"神射手,不好了,黄河发大水了,一条白龙在戏水。许多人被淹死了,快帮我们去除害吧。"人们的求救使羿伤感的心绪暂时转移了。

羿匆匆忙忙赶到黄河边上,一条张牙舞爪的白龙在水中翻腾着,水势随着它的翻腾暴涨。羿认出那条白龙就是河伯。

"河伯,你快点收水吧,百姓都被你害惨了。"羿向河伯大声喊道。

"羿,你终于来了,我要发大水淹死你这个不要脸的家伙,你竟敢勾引我老婆。"河伯恶狠狠地说道,它更起劲地摇起头摆起尾,许多爬到树丫上的人被洪水冲走了。

羿忍无可忍,搭上箭拉满了弓,"嗖"一箭射了出去。

"哎呀呀!羿,你竟敢射我?我找天帝去!"河伯捂着血淋淋的左眼冲上了天,洪水也随之消退了。

"天帝呀,给我做主啊!羿射瞎了我的眼睛,还勾引……勾引我的妻子。"河伯哭哭啼啼地向天帝说。

"羿为什么要射你?我听说羿是去射引发洪水的水怪。洛水女神早就被你抛弃了,她不是你的妻子了,你干吗还要囚禁她?"天帝不紧不慢地说。

河伯一听,明白天帝了解他的行径,便灰溜溜地回到了水府。

洛水女神自由了,她在水边与羿相逢了。

洛水女神与羿在山中的茅屋幸福地生活了一段时间。羿发现洛水女神的皮肤与头发慢慢地失去了光泽,她美丽的容颜也在一天天衰老下去。

"她是水神,陆上的生活不仅会夺去她的美丽,还会让她的生命枯萎。我是一个普通的凡人,我不能毁了她呀。"羿痛苦地思索着与女神的生活。最后,他硬着心肠对女神说:

"我们很难生活在一起,你还是回到洛水去吧。"

洛水女神明白羿的意思。她怅然地对羿说:"我命中注定要与孤独为伴。"洛水女神伤心地回到了水府。不久,羿被逢蒙杀了。

羿之死

　　羿呆坐在树下，迷茫地望着远方。一个年轻的猎人轻轻地走过来，恭敬地站在他旁边，小心翼翼地说："我叫逢蒙，想拜神射手学艺。"

　　羿头也不回，抓起几片树叶向后抛去。逢蒙后退几步，眨了眨眼睛，迷惑地看着羿。

　　"几片树叶就叫你不停地眨眼，怎么能学射箭呢？回去吧。"羿冷冷地说。

　　逢蒙悻悻地回到家，呆呆地盯着窗外"哗哗"响的树叶出神。"扎扎扎"，妻子织布的声音吵得他心烦。他烦躁地看了一眼不断发出声响的织布机。只见妻子织机的脚踏子飞快地动着，盯着它，人的眼睛就不停地想眨巴。逢蒙灵机一动，跑到织机下躺下，眼睛盯着脚踏子。

几天后，逢蒙兴冲冲地跑到羿家，想告诉他自己的眼睛即使针逼过来也不眨一下。刚进门，羿迎面扔过一个桃核。逢蒙一愣，侧头躲了过去。

"刚才我扔出去的是什么？"羿又冷冰冰地问道。

"是……是一个桃核。"逢蒙结结巴巴答道。

"胡说，是一块磨盘。这么差的眼力还想学射箭。"羿严厉地说。

逢蒙闷闷不乐地回到家，呆呆地望着屋顶出神。身上觉得有些痒，逢蒙下意识地伸手去挠，一个肉乎乎的小东西被手指头触到了。逢蒙捏出来一看，是一只虱子。逢蒙刚想掐死虱子，又停住了。他跑到牛棚，拽下一根牛尾巴毛，把虱子拴上挂在窗户上，自己站在门口两眼盯着虱子看。

几天后，逢蒙乐颠颠地跑到羿家，想告诉他自己能把一粒沙子看得有盘子大。刚进门，就听羿命令道："去，把天上飞的那只麻雀射下来。"

逢蒙拉弓搭箭，"嗖"一箭射了出去。一只麻雀应声而落。

"逢蒙，你已经是神射手了。你很聪明，也很能吃苦。以后跟我一起去打猎吧。"羿笑着对逢蒙说。

逢蒙高兴地跟着羿出去射妖除怪。好多次，羿在逢蒙的帮助下杀死怪兽，化险为夷。渐渐地，人们也知道羿有个射术高超的徒弟叫逢蒙。

八月十五的这天晚上，逢蒙提着酒来到羿家。他想和羿喝酒比箭，看到底是谁的箭术高超。情绪低落的羿一杯接一杯地喝，不一会儿便站立不稳，逢蒙趁机提出比试请求。岂料羿破口大骂："滚！你是什么东西，想跟我比试？我羿是堂堂的神射手，你……你一个凡夫俗……我射了九日，呜……我回不了天宫……嫦娥，你为什么扔下我一个人。我……我不是神射手，我……不射箭了！滚！滚！"

逢蒙慌忙逃出羿家后，越想越气恼："要不是有我在，你羿不知死过几次了。嗯，什么神射手，我一点不比你差。等着瞧！"

一天，羿带逢蒙除怪回来，人们大摆宴席庆贺。席间，一队大雁高鸣着飞过屋顶。逢蒙冷笑一下，走出屋外。"嗖嗖嗖"连着三箭射出，"啪啪啪"连着落下三只大雁。"好！好箭法！"众人齐声喝彩。羿也笑着走出屋，"嗖嗖嗖"三箭，早已惊恐失措的大雁又"啪、啪、啪"落下三只。"神箭手！神箭手！"众人跑出屋，围着羿齐声呐喊。逢蒙被晾在一边气得直咬牙，他没想到自己想在众人面前露脸，风光却被羿抢去了。他一咬牙，一条毒计酝酿了出来。

一天晚上，羿站在院中仰望着圆圆的月亮出神。"嗖"一阵暗风直逼后脑，羿不假思索，搭箭拉弓回头放出。"铮"！两箭箭尖相撞，跌落在地。月光下，逢蒙青着脸又放出一箭，羿迎着又是一箭。两箭相撞跌落在地。又一箭，又一箭……逢蒙一连射出九箭，又射出了第十箭，羿一摸箭袋，空了。那箭直逼羿喉咙而来。

"通"！羿仰面倒地。

"师傅，有人说我的技艺比你高超……"逢蒙阴阳怪气地边说边走近羿。

"嗖！"只见羿突然站起来，从嘴中抽出箭，搭箭拉弓，直射逢蒙的脑门。

"妈呀!"逢蒙吓得抱头转身就跑。他转过九株大树,还听见箭在脑后"呼呼"作响。"师傅,有人说我的箭术比你高超。我不相信,就找你比试一下。师傅,快收箭,我没有害你之心。"逢蒙惊慌之余还能为自己的歹念辩解。

"当",脑后的箭落地了。"逢蒙,这是'啮镞法'。记住,贵在出其不意! 这是我教你的最后一招绝技。要好好练习才行。"羿笑着说。

逢蒙擦着满头冷汗唯唯称是。他心里,又生出又一毒招。

逢蒙又随同羿外出打猎。走在前面的羿拉弓射落了一只大雁,他弯腰去捡。不料,他刚直起腰,一根大棍狠狠地砸在头上。他惊异地抬眼看去,逢蒙手执木棍,冷笑着看着他。羿愤恨地瞪着他,试图抽箭拉弓。"冬!"他像一座山一样颓然倒下,他觉得头昏眼花,没有举手之力,他勉强吐出一个字:"你……"

"师傅,有你在,我永远也不是最好的射手。只有除了你,才有我露头的机会。哈哈。"逢蒙狂妄的脸和放肆的笑声渐渐消失了。羿只看见嫦娥微笑着,向他伸出手。他激动地伸出手去,努力握住了她的手……

鲧治水

水神奉天帝之命,发洪水惩罚地上不敬天帝的人们。一夜之间,人间洪水滔天,房屋被冲毁,良田被淹没,人们四处逃命。被洪水追赶的人们有的上山凿洞为家,有的上树筑巢为屋。这样一来,山上的野兽把人当美餐,树上的猛禽也把人当作佳肴。

天帝的孙子鲧看到人间百姓饱受蹂躏,又急又气。他暗下决心要拯救人们于水火之中。

"神圣的天帝,请您收回洪水吧。"鲧向天帝苦苦哀求。

"鲧,地上的人不敬天,就是侮辱我,也是蔑视你。你是天神,不但不以此为辱,还为这些愚民求情,你真是不知好歹。"天帝不高兴地拒绝了他的请求。

愁眉苦脸的鲧去找老朋友猫头鹰与海龟。他们听了鲧的诉说后担心地说:"得罪了天帝会受到惩罚的。"

"只要能拯救人们,就是死,我也在所不惜。只是我的神力无法阻挡洪水呀。"

"听说天帝有一种叫'息壤'的宝物。这种土能够生长,也许用它会挡住洪水的。"年老的海龟向鲧透露了治水的秘密。

一心救人的鲧暗中找到藏息壤的地方,巧妙地躲开天神的视线,将天帝的息壤偷了出来。

息壤真是神奇,只要撮一撮放在地上,它便迅速生长,一会儿便成了大堤大山,洪水被堵塞了出路,只能在原地咆哮汹涌。山上的人和树上的人看到洪水被阻,欢呼跳跃着向鲧致谢。

"大胆的鲧，你竟敢违抗我的命令，盗息壤堵洪水。你眼中还有我，还有天庭吗？来呀，将鲧绑出去杀了。"天帝闻听鲧的所作所为，暴跳如雷，毫不留情地下令杀死鲧。

火神押着鲧来到羽山行刑。鲧看到息壤被天帝收回后，人间又是洪水肆虐的景象，他愤怒地大喊起来："天呀，你有眼不看人间的苦难；水呀，你有心不悯百姓的生死。你们愧为高高在上的神灵。你们等着瞧吧，我正义的灵魂永远会不屈不挠地与你们抗争。死神，你夺不走我的信心。"

羽山的"烛龙"，脸上露出悲戚之色，它吐出口中的烛火，尽量让鲧的尸体处在光明之中。羽山原本阴森凄凉的气氛，被鲧的精神感动得安静、肃穆。

鲧的灵魂久久地呵护着他的尸体。他的神力在生长，他的斗志在燃烧，他的希望在延续，他不朽的尸体里孕育着一个新的生命。三年后的一天，鲧的肚子突然裂开，一条虬龙腾空而起，"噢唷——"它仰头一吼，天都开始颤抖了。鲧的儿子禹诞生了。

"儿子，去完成我未了的心愿吧。"鲧的尸体化作一条黄龙，他语重心长地向意气风发的儿子叮嘱道。

"噢唷——"天上的虬龙冲着黄龙高昂地大吼着，那种勇敢的气势超过了当年的鲧。黄龙回首向羽山的深渊跳了下去。他要等着儿子完成自己心愿时再露脸，因为他已经没有丝毫神力去支持儿子了。

禹的诞生惊动了天帝。他对鲧的死生出了一些悔意。当威风凛凛的禹向他请命治水时，他郑重地点头答应了，他对禹说：

"你的勇气就像鲧，你的智慧胜过鲧。我相信不用息壤，你也能更有效地治水。"

炎帝的故事

太阳神炎帝是女娲神升天若干年后，又出现在大地上的一位大神。他和他的玄孙火神祝融共同治理着南方方圆一万二千里的大地，主宰着南方的生命。

炎帝是位非常慈爱的大神。当他在世的时候，大地上的人类由于生育繁多，自然界生产的食物已经不够人们吃了。于是，仁爱的炎帝便教给人类如何播种五谷，收获五谷，用自己的辛勤劳动来换取生活所需要的一切。当他要教给人类种五谷时，从天空纷纷降落下许多谷种，他把这些谷种收集起来，播种在开垦出来的土地上。

一次，他看到一只遍身通红的鸟，嘴里衔了一株九穗的禾苗在空中飞过，穗上的谷粒落在地上，炎帝把它们拾起来种到了田里。这些谷物长成后，人们吃了不但可以充饥，而且还可以长生不老。人类从此有了足够的粮食，生活就十分安定了。

那时候，人类共同劳动，互相帮助，既没有主人，也没有奴隶，人们收获的果实大家平均分配，感情像兄弟姐妹一般亲密。

为了能让人类过上更加幸福的日子，炎帝又让太阳发射出足够的光和热，使五谷孕育生长，使人们生活在灿烂温暖的光明中。从此，人类再也不愁衣食。人们非常感谢炎帝的恩德，便尊称他为"神农"。那时，炎帝的样子是牛头人身，这大约是与他的这一贡献分不开的。

炎帝不但是农业之神，同时又是医药之神。因为，太阳光是健康的源泉。炎帝有一根神鞭，被称作赭鞭。他用这根鞭子来抽打各种各样的药草，药草经过赭鞭的抽打，有毒无毒、或寒或热的各种药性就自然地呈现出来。于是，他就根据这些药草的不同药性来给人治病。为了更加确定药性，他还亲自去品尝百草。为了尝药，他曾在一天里中毒过七十多次。一次，他尝了一种有剧毒的断肠草，竟然被烂断了肠子。

炎帝看到人类衣食虽然富足了，但在生活上却还有许多不方便，于是又让人们设立了贸易市场，把彼此需要的东西拿到市场上来交换。在市场上，可用五谷换兽皮，或用珍珠交换石斧等。有了这种交换，人们的财富更丰富了。

那时没有钟表，也没有其他记录时间的方法，凭什么来确定交换的时间呢？人们又不能放下手中的劳动，整天地守在市场上。于是，炎帝又教给人们一个方法，当太阳照在人们头顶上的时候，就在市场上进行交易，过了这段时间，大家便自动离去，也就散市了。人们施行起来，感觉到真是又简便，又准确。

在他的教育下，他的后代也为人类做出了许多贡献。如他的重孙殳斨制作了射箭用的箭靶；鼓和延又制作出了一种叫"钟"的乐器，后来，他们两人又经过努力，制作了许多歌曲，使音乐在人间得到普及。

廪君和盐水女神

天帝伏羲生了成鸟，成鸟生了乘厘，乘厘生了后照，后照是西南巴国人的始祖。又不知过了多少代，巴国出了一位很有名的首领，他就是廪君。

廪君名叫务相，据说他的先祖是一个名叫诞的巫师。巴郡和南郡这两个地方的少数民族，原有五大姓，就是巴氏、樊氏、瞫氏、相氏、郑氏，这五姓都出生在武落钟离山。那山上有红色和黑色两个大洞穴，巴氏这一姓出生在红色的洞穴，其余四姓则出生在黑色的洞穴。当时五姓的人还都没有君长，他们崇拜各自信仰的鬼神，借以统率各个氏族。

由于不能够统一行事，巴氏和樊氏、瞫氏、相氏、郑氏所有五姓的人都出来争夺神权和君权，谁也不服谁。结果，经过五姓人的商量，决定通过比赛技能和神通来决定胜负，谁胜了，谁就是五姓的君长。

首先是掷剑。五姓的代表一同拔出腰间的宝剑,向着洞穴顶的岩壁掷去,事先约好谁能掷中目标,就奉谁做君长。比赛的结果是廪君获胜,只有他一人掷中了。大家都惊叹不已。

接着是坐雕花的泥船。五姓的人各乘一只泥土打造的船,船上雕刻了花纹,事先约好谁的船能够在水中浮起来谁就胜利。比赛的结果,四姓的船都沉没了,只有廪君的船浮了起来。于是大家就举荐他做了五姓的君长。

廪君统率了五姓的人,乘了他自己打造的土船,顺夷水沿江而下,来到了盐水。那时盐水有一个美丽而又聪明的女神,她十分爱慕廪君,对廪君说:"这个地方很是广大,出产丰富的鱼和盐,希望你能留下来和我共同生活。"廪君没有应允。他觉得他应该为五姓的人找到一个更理想的居住地。

盐水女神晚上常悄悄来伴同廪君歇宿,一到早上,就变做飞虫,和其他许多飞虫成群地在天空中飞舞。飞虫越聚越多,以致连太阳光线都给掩蔽了,弄得天昏地暗。

廪君被搅得不能分辨东西南北,不知道往哪儿前进。这样一直持续了七天七夜,廪君才想出了解决问题的方法。

廪君叫人拿了一缕青丝去送给盐水女神,并且对她说:"请你把这缕青丝佩戴在身上,这是表示我和你同生共死,好好拿去吧。"盐水女神接了这缕青丝,真的把它佩戴在身上。当盐水女神化为飞虫和其他的飞虫一齐乱飞时,廪君就站在崖石上面,照着青丝飘舞的地方,一箭射去,射中盐水女神。盐水女神死了,其他的飞虫就四散惊飞。一向昏暗的天空忽然开朗了。

廪君便又带领着大众,乘了土船,顺流而下来到夷城。夷城的石岸弯曲,水流也随着石岸弯曲,黑黝黝的,望去好像是个大洞穴。廪君看了,不禁叹息道:"我刚从洞穴中出来,现在又要进入这样一个洞穴,真是心有不甘啊!"话音未落,只见石岸一下子崩裂开来,崩了三丈多宽一道缺口,缺口处现出一道阶梯,梯梯相连,一直通上岸去。

廪君便舍舟登陆,顺着阶梯走上去。岸上有一块平整的石头,长约一丈,厚约五尺,廪君就坐在这块石头上休息,拿一些竹片投在石头上,做建立城市的规划。说也奇怪,这些投在石头上的竹片,竟紧紧地黏附在上面,像是生了根似的。后来廪君果然领导众人在石岸旁边修建了一座城市,在那里定居下来。

这样,廪君统率的五姓人的子孙后代,就一天天地繁衍起来了。

日出日落

太阳升起的地方叫旸谷,太阳从旸谷出来后,在咸池中洗澡,日影轻拂扶桑的枝头,这时就叫晨明。太阳出浴后,登上扶桑,准备开始一天的征程了,这时就叫朏明,且出明是将明的意思。太阳到了曲阿山,这时天刚亮,叫作旦明。太阳到了多水的重泉,是吃早饭的时候了,叫作早食。太阳到了桑野,是早饭稍后一点的餐次,叫作晏食。太阳到了衡阳,是将近中午时分,叫作隅中。太阳到了昆吾山,是正午的时分,叫作正中。太阳到了飞鸟必须经过的鸟次山,日影已经偏西了,叫作小还。太阳到了悲谷,人们该吃中午饭了,叫作铺食。太阳到了女纪,日影已完全西斜了,叫作大还。太阳到了渊虞,日影虽已西斜但光线还在,人们还可以舂米,叫作高舂。太阳到了连石山,光线将要没有了,人们也停止舂米了,叫作下舂。太阳到了悲泉,太阳的妈妈羲和把驾车的六条螭龙卸下来,不再前行,叫作悬车。剩下的路程该由太阳单独走完。太阳到了虞渊,此时已看不清人影,叫作黄昏。太阳到了蒙谷,也即昧谷,光线完全没有了,叫作定昏。太阳安歇在虞渊的水滨,余晖照到蒙谷之岸。从日出的旸谷到日落的蒙谷,太阳所经过的地方共有九州七舍十六个地方,行程总计为五亿万七千三百零九里。

大人国的传说

据说在东海之外,大荒之中,有一座叫大言的大山,那里是太阳和月亮升起降落的地方。这座高耸入云的大言山方圆有几千里,在离它不远的地方有一座波谷山,大人国的国民就住在这波谷山中。

波谷山上有个叫大人堂的地方,这里是专供大人们讨论国家大事、做出重大决策的地方。在这里,每天都有一个大人安安稳稳地蹲着,他不时地张开长长的手臂,扫除落在大人堂上的枯枝败叶和被风吹来的乱草杂物。

这些大人真是奇怪,他们不像一般人那样,"十月怀胎,一朝分娩",他们要在母亲的肚里待上整整三十六个月,而他们刚出生的时候头发已经是白色的。

与一般人更加不同的是,这些大人们一生下来个个就是巍峨雄奇的巨人,他们根本不用学怎么走路,因为他们的脚一沾地便会腾云驾雾了。据说他们属于龙的子孙后代,天生就具有这种本领。

像这样的大人国的传说还有许许多多。据说在昆仑山以北的地方,有个龙伯国,那里住的巨人身高有三十丈,他们住的房子有六十丈高。这些大人的寿命可真长,据说他们一般都能活一万八千岁。

大人们吃些什么呢?当然是山珍海味了。有一次大人到海中去钓鱼,没想到一竿钓出了六个驮着仙山的大神龟。因为这些神龟驮着仙山饿了好长时间,所以一钓便被钓了上来,他们把六个神龟带走,竟使两座仙山沉没,可见他们的能耐了。因为吃了神龟惹怒了天帝,天帝便将他们的身材缩短,可是缩到最后他们还有三丈高。

还有比龙伯国人更大的巨人。在西北方的海外有一种巨人,身长两千里,站在地上,两只脚相距千里,腹围一千六百里。他们虽然这么高大,却不吃五谷鱼肉什么的,每天只喝五斗酒。

在北方还有一种巨人,卧在荒野之中就像一座绵延起伏的高山,他们一跺脚,平地就会变成山谷,横着躺下去就能阻断大江大河。

大禹在会稽山的群神大会上曾诛杀了一个叫防风氏的巨人,他的一根骨头就要用一辆大车来载。那么他有多高呢?据说他躺下来要占九亩地,这可真是一个大人。

大禹

蚕马

上古时候,有一个父亲将要出门远行,因为家里没有别的人,所以临行前特别交代独生女儿,好好喂养家中的那匹马。这是一匹公马,小姑娘亲自喂养着。父亲离家太久了,小姑娘在穷乡僻壤艰难孤寂地生活着,很想念她的父亲。于是有一天,小姑娘开玩笑地对马说:"马啊,马啊!你如果能将父亲替我迎接回来,我一定嫁给你。"

马听了这话,便挣断缰绳,如飞地跑去,一直跑到小姑娘父亲所在的地方。她父亲见是自家的马从千里外的故乡跑来,又是惊异,又是欢喜,于是翻身上马。那马却也奇怪,望着它来的方向,悲鸣不已。父亲心里暗想:这马无缘无故做出这般奇怪的模样,莫非我家出了什么事情?于是一刻也不停留,勒紧缰绳飞奔而归。

回到家里,才知道并没有发生什么事故,不过是女儿想念父亲。因为这马有非同寻常的感情,父亲心里喜欢,待它更比往常更好,总是拿上等的饲料来喂养它。可是这匹马却不肯吃那些丰美的食物,只是每次见了小姑娘从院子大门进出,就表现得神情异常,又踢又叫。这种情况屡屡发生。

父亲觉得奇怪,私下里问他的女儿,女儿只得老老实实地把曾向马开玩笑的话告诉了父亲,父女俩由此得出结论:马的性情反常,一定是这个缘故。父亲叮嘱女儿说:"别说出去,多惹人笑话啊!——最近几天你也不要走出这院子的大门。"于是父亲带了弓箭,埋伏起来,亲自把马射死在马房里,并剥下它的皮,将皮晾晒在大厅的阶沿上。

一天,父亲有事出门去了,小姑娘和邻家的姑娘们同在大厅的台阶旁边玩耍。

小姑娘一见马皮，心里生气，就用脚去踢它，边踢边骂："你这个畜生，还想讨人家做你的妻子，现在皮都被剥下来了，真是活该！看你还……"

话还没有说完，那马皮突然从地上跳跃起来，包裹了小姑娘就朝院外跑去，像风一样地旋转着，顷刻间就消失在原野的远方。邻家姑娘们眼见这种情景，吓得手忙脚乱，又惊又怕，谁也没有办法去救她。只有跑去告诉她的父亲。她父亲听了报告，赶紧出去寻找，却早已不见踪影。

几天以后，才在一棵大树的枝叶间，发现了他那全身包裹着马皮的女儿，已经变成了一条蚕，正在树上吐丝作茧。她所做的茧，丝理厚大，异于普通蚕茧。邻家妇女将这特殊的蚕从树上取下来饲养着，得到了好几倍的收入。人们还把这棵树叫作"桑"，桑就是丧的意思，说有人在这树上丧失了年轻的生命。

从此以后，一般老百姓就争着把这种蚕饲养起来，如今我们所养的蚕就是这么来的。

少昊建立鸟国

东海之外有一个大的坑谷，少昊在这里建立了他的国家。

他把年幼的颛顼在这里养育成人，拿琴和瑟来做他玩耍的玩具，等到颛顼长大离开了，就把无用的琴瑟抛弃在大海里，所以我们至今还能听见从波涛深处有悠扬的琴瑟声音传出来呢。

一说少昊金天氏在东方的穷桑建都，太阳出来，五色辉耀，轮番地互照着穷桑那个地方。

少昊初即位的时候，凤鸟恰好飞来，所以就拿各种鸟的名称来做他属下百官的名称。凤鸟，就是凤凰，凤凰知天时，故把司正的官叫凤鸟氏；玄鸟，是燕子，燕子春分来，秋分去，故把司分的官叫作玄鸟氏；伯赵，就是伯劳，伯劳夏至鸣，冬至止，故把司至的官叫作伯赵氏；青鸟，就是鸧安，鸧安立春鸣，立夏止，故把司启的官叫作青鸟氏；丹鸟，就是锦鸡，锦鸡立秋至，立冬去，故把司闭的官叫作丹鸟氏。五种以鸟为名的官，各自掌管一年四季的天时，凤鸟氏便做了总管官的名号。

祝鸠氏，就是鹁鸪，掌管教育；鹏鸠氏，就是鸷，掌管兵权；鸤鸠氏，是布谷，掌管建筑营造；爽鸠氏，是鹰，掌管法律和刑罚；鹘鸠氏，就是鹘鸼，掌管国家的营缮等事。五种以鸠为名的官，目的是聚集人民，不让流散。

五种野鸡做五种工官的名号，分别管理木工、金工、陶工、皮工、染工五种工程，便利人民的器用，订正丈尺之度，斗斛之量，使人民得到平均。九种扈鸟做九种农官的名号，使人民不致淫逸放荡。

布洛陀的故事

一、顶天

从前的从前,天和地紧紧抱在一起,像是个大得不能再大的皮球。皮球里头没有空隙,别说花草树木,飞禽走兽,连人也没有。

有一天,突然响起一声霹雳,一下把那个大皮球炸成了两半。一半上去了,这就是天;一半下来了,这就是地。过了些时候,天地间有了风云,有了万物。

可是,那时候的天地不是我们现在这么个样子。天很低,人们爬到山顶,伸手就能摘到星星,扯下云彩。也许你会说,这多么有趣呀!当时的人却没有这么浪漫的想法,太阳就挂在头顶,晒得人们皮焦肉疼。好不容易熬到晚上可以安安然然睡个觉了吧,不行,天上住着雷王,雷王睡觉打呼噜,他那呼噜声不是一般人的呼噜声,打起来像是天崩地裂,震得人们根本无法睡觉。这样的日子实在难熬,哪有心思摘星星、扯云彩呢!

人们下决心要改变天地的状况。

怎么改变呢?大伙听说大山深处有位聪明过人、神力很大的老人,因为住在洛陀山上,众人就叫他布洛陀。我们想不出办法,为啥不去请教他?于是大伙翻山越岭来到高高的山巅,走进密密的树林,终于找到了布洛陀。

布洛陀可不是个普通的老头。别看他头发白了,胡子也白了,毛发全白了,精神头却比小后生还好,面色红润,双目有神,说起话像是打鼓鸣锣,亮响亮响的。听完人们的诉说,他胸有成竹地说:

"把天给它顶高!"

"顶天?"人们都问,"天这么重,能顶得起吗?"

布洛陀看了大伙一眼才说:"一个人当然顶不起。不过,人多力气大,我们这么多人还顶不起吗?"

大伙一想,可也是呀!布洛陀见众人有了心劲,就说:"你们先去找棵最高、最粗、最直的老杉树,用它做顶天柱,把天顶上去!"

山多林密,上哪去找这最高、最粗、最直,能顶天立地的老杉树呢?亏得人多,分头出发,很快找遍了九百九十九座山头,哈呀,还真有那么棵十个人都抱不住的老杉树。众人想砍了它扛回去,再烦劳布洛陀顶天。哪里想到,离了他还真不行。这老杉树根本砍不倒,这头一斧砍下去,第二斧没抢起,那砍痕便长合了。砍来砍去,白费劲。

众人只好去请布洛陀。布洛陀听说找到了老杉树,非常高兴,提起他的大板斧便来了。他那大板斧肯定是神斧,往起一抡,忽闪两下,就进去了一半,再往那边砍一斧,高大粗壮的老杉树"咔嚓"一下倒在了地上。大伙看得高兴,连连拍手,老杉树一倒,呼啦围上去,抢着要搬。不料,又白费劲了,一群人吆三喝四拨弄了半天,老杉树纹丝不动。

布洛陀不为难大家,抹了把汗,说:"大家给我帮把手!"然后,一蹲马步,双手一抱,就把这老杉树扛到了肩上。众人在旁边帮扶着朝前走去,走到一块平地,布洛陀说,这儿就适宜顶天。放下老杉树,一、二、三、四齐声喊,大家同时用劲,一点一点往上,一寸一寸升高,还真把天顶上去了。

新的天地成了,天高地阔,老杉树成了顶天柱。

众人欢呼蹦跳,还有唱歌跳舞的呢!

高兴过一阵,有人发现,地大天小,天就像是一把伞,根本盖不住开阔的地面。大家的目光都瞅住了布洛陀,像是问他怎么办。

布洛陀稍一愣神,说:"这好办!"说着,弯腰捏住了地皮,使劲一揪,揪出了好多折皱,地缩小了好多,开阔的蓝天能盖住大地了。那折皱从此就变成了现在的山脉沟壑。

后来,人们虽然不能站在地上摘星星,扯云彩,可是,也不再受太阳的暴晒,雷公的惊扰,都能安安稳稳过日子了。

二、火种

顶天立地后,人们过着幸福的日子,要说大伙那个高兴样该用个词:欢天喜地。如果不是冬天的到来,人们会不断欢天喜地。

冬天像是一阵寒风刮来的。呜呜号叫的西北风带着严寒来了,雪花漫天飘洒,冰凌封盖了大地。人们可冷啦,晚上冻得睡不着觉,白天冻得走不成路。这可是过去没有经历过的。从前,大太阳就挂在头顶上,到处都是暖烘烘的,从没有尝过寒冷的味道。突然到来的严寒,冻死了不少老人和小孩!

若不是布洛陀给众人取来了火种,人们还会受冻。

那一天,红艳艳的太阳突然不见了,蓝亮亮的天空当然也不见了。人们刚觉得天昏地暗,一声炸雷,一道亮光就劈倒了一棵大榕树。大榕树倒下了,浑身腾跃着像太阳一样鲜红的光焰,那是燃烧的火苗。可是,那时人们并不知道是火苗呀,以为是什么鬼怪作乱,吓得逃到很远很远的地方去了。

要不众人怎么尊敬布洛陀呢!他没有跑,反而向那燃烧的大榕树走去。吸引他的不是那千姿百态的火苗,而是那火苗散发出来的热流。离大榕树还有好远,布洛陀已感到有股热气扑面而来,再往前走暖烘烘的,像是太阳的光照。他心头一亮,把这东西带回去,冬天不是就不冷了吗?于是,在人们纷纷逃走的时候,布洛陀却一步一步挨近了燃烧的大树,手中还拿着一把柴草,试着伸向熊熊的火苗,一挨近火苗柴草便着了。多好呀,红红的,暖暖的,布洛陀举着它,举起了人类最早的火种。

　　人们逃了很远,定下气来回头看,大火没有追赶过来,歇歇脚,陆陆续续回到原地。这时候,他们看到了个十分稀奇的景观,布洛陀正在玩火呢!

　　一团火苗悠悠燃烧,布洛陀时不时往上加点柴草。这火苗不仅可以取暖,还能烧烤猎物,只见布洛陀将一只野鸭举在火上,不一会儿就烧得香味四溢。他吃了一口,真香,送给大家,一人咬一口,都觉得比往日好吃。就这么,以后人们吃东西都用火烤了,当然,也不怕严寒的冬天了,因为火能给人温暖。更有趣的是,黑夜还能照亮呢!众人一天也离不开火苗了。

　　过些日子,下了一场大雨。那雨下得太猛了,太大了,一下浇灭了地上的火苗。没有了火苗,人们吃饭、取暖、照明都成了问题,布洛陀当然不愿意让大伙再过那没有温热的日子。他想起了那棵燃烧的大榕树,想起大榕树是雷电劈着的,因而,抄起他的那把大板斧领着众人出了门。

　　找到大榕树,布洛陀让人们握住一把把柴草。

　　他双臂一抡,大榕树"砰"然一响,溅起了好多火星,火星落到了人们手中的柴草上,着火了。

　　众人高兴极了,围着布洛陀又唱又跳。跳够了,唱够了,簇拥着高举火种的布洛陀回到住地。这一回,人们学聪明了,把火种养护到自己住的石洞里,风吹不着,雨淋不着,再也灭不掉了。

　　从那时候起,人们有了自己的火种。

三、引种

　　布洛陀给人间取来火种之后,又过了几年,众人学会了种谷米。每年三四月,阳雀一叫,大伙就整地撒籽。过上不到一个月,秧苗长高了,拔下来插到大田里去。七月里稻谷拔节抽穗,八月里成熟了,穗子沉甸甸的。打下来,脱了壳,就吃到新鲜的谷米了。

　　这样的日子谁能说不好?偏偏来了一场大洪水,田地淹没了,谷米淹没了,只有大海那边的老郎坡还露在外头。没有淹没的谷米,顺水漂到那里去躲避水灾了。人们过不了海,住在原地,好不容易盼得洪水退了却没有谷米下种。一遇到难题,大伙想到的还是受人尊敬的布洛陀。

　　布洛陀听了便鼓动大伙去取谷种,谁取回来自己不用种田,大家收获后每人给他些吃的。这可是个好主意,不少动物争着要去,叫唤得最凶的是山鸡和老鼠。布洛陀就派它们去,山鸡有翅膀能够飞翔,可以从空中去;老鼠虽然没有翅膀,不会飞,却会游泳,能够从海上去。两路只要有一路成功,谷米种籽就有了。他想的确实周到。

　　山鸡在天空穿云破雾,飞了三七二十一天,落在了老郎坡。

　　老鼠在海里劈波斩浪,游了三九二十七天,爬上了老郎坡。

　　老郎坡上果然是一片丰收的景象。田里谷子黄灿灿的,成熟的穗子低着头,院里谷垛高巍巍的,打下的谷粒堆成了山。仓里谷粒满盈盈的,饱满的籽粒像是宝石一样亮眼诱人。

山鸡见了,庆幸布洛陀派自己来了,落在稻穗上吃了个够。肚子饱了,飞到树梢上去唱歌。

老鼠见了,庆幸布洛陀派自己来了,钻进谷仓里吃了个够。肚子饱了,躲进墙洞里去睡觉。

这么吃了一天又一天,山鸡和老鼠早就忘了回家的事。布洛陀和众人等呀等呀,等了一天又一天,就是看不见它们的影子。眼看春天就要来了,快要播种了,不能再等了,布洛陀决定亲自走一趟。

大海宽又广,无风三尺浪,怎么过得去呀?布洛陀往海边一站,抬手一挥,水里出来一条蛟龙。他骑了上去,那蛟龙直向海对岸游去。游了三六一十八天,到了老郎坡前。跳上岸一看,布洛陀可气坏了,哪里还能找到一粒谷种呢!

田里的稻草光了,干干的穗子朝天翘着,山鸡吃完了。

仓里的谷粒光了,空空的谷壳满地散落,老鼠啃空了。

布洛陀去找山鸡。山鸡吃饱了,翅膀硬了,飞得顶快,捕不着。

布洛陀去找老鼠。老鼠吃饱了,力气大了,洞掏深了,捉不到。

布洛陀不再找它们,砍了些柴枝,砍了些麻秆,剥下麻皮,挽了一个又一个圈套;剁短柴枝,做了一个又一个夹子。他悄悄把圈套布在山口上,把木夹摆在草丛中。

老鼠在洞里憋闷了,偷偷探个头一看,不见布洛陀的影子,窜出来溜进草丛玩耍去了,玩的一得意,什么也忘了,一不留神,被木夹卡住了。布洛陀过来捉住它要谷种,老鼠吓得吐出来了,可是,都嚼碎了,一粒也不能种了。

山鸡在山下跑厌了,远远往山上一瞧,不见布洛陀的影子,跳起来往山上飞。它飞得好自在,轻轻松松,攀上了山顶,一进山口,却钻进了圈套。布洛陀伸手捉住它要谷种,山鸡吓得吐出来了,可是,翻捡遍了,只找出三粒种子。

三粒也能种,布洛陀不敢怠慢,唤出蛟龙,乘风破浪,漂过大海,回到了家乡。

乡亲们见布洛陀带回了谷种,欢蹦乱跳,趁着春光,连忙种了下去。穗谷长得很好,秋天里众人收了一大把种子。来年春天,众人将这一大把种子又种了下去。春种秋收,一年又一年,种子渐渐多了。田野到处都种上了秧苗,人们又吃到新鲜的谷米了。

四、开河

那年发了大洪水,波浪滚滚,到处乱流,淹没了庄稼,冲塌了房屋。布洛陀想,人来人去都有条路,流水就不能有条路吗?他打定主意修条水路。

布洛陀带着父老乡亲挖山挑沟,给水开路,挖呀挖呀,挖掉了一座小山;搬呀搬呀,搬走了石头。就在这时,一位姑娘来找布洛陀,她的母亲挖山时掉到水里冲走了。布洛陀听了心急如焚，停了手中的活跳下水去捞，捞了好半天，总算捞上来了，可是，人已经死了。女儿很悲伤，布洛陀也很悲伤，让众人跟着自己吃苦受害，心里总不是个滋味。这时，水路开到鹰狗岩了。山上有一只恶鹰，有一只凶狗，见有人来，凶狗就叫。恶鹰听见叫声，飞过来就把人抓走吃了。这地方真难打通。布洛陀发愁了，饭也不吃，觉也不睡，整天思谋着开河的事情。他的真情感动了天帝，给他送来了一头神牛。

神牛力大无穷，拉着犁行走如飞。犁头过后，划开了一条深沟，恰好是一条水路。那神牛还会吼叫，一叫山呼谷应，声震半空。它拉着犁朝鹰狗岩走去，凶狗看见了"汪汪"叫唤。恶鹰听见狗叫，马上起飞朝神牛扑去。神牛低头走着，却也看见恶鹰飞近了。等恶鹰快到头顶，突然昂头一吼，吓得它跌下山崖摔死了。凶狗吓得嗦嗦直抖，缩了头躲回洞里去了。

有了神牛，水路很快开成了。洪水从水路通过流进大海，灾祸消除了。为了将水路和人们走的路区别开来，布洛陀就给水路取了个名字叫河。这条河后来大家叫他红河。

红河开成了，天帝收回了神牛，众人却仍然想念神牛。要是我们有了神牛，帮助犁田拉车那该多好呀！布洛陀觉得这想法不错，就动手造耕牛。他来到池塘边和好了一大块黄泥，泥有了，并不急于捏牛。他找些弯木，做成牛骨架；又找来枫木，做成牛脚；再用桐树枝做成牛肠。接着，他用黄泥一涂，牛的大样成了。就是还少两个耳朵，两只角，一条尾巴，这也难不住布洛陀。他找来树叶当耳朵，找来弯木做牛角，找条葛藤当尾巴，众人看了都说和神牛一模一样。

可是，神牛是活的，这是个不动的死物呀！众人嘴里不说，心里着急。布洛陀不急，只是起个大早，采集了些晨露。这是灵水，布洛陀往泥牛身上喷洒，洒到哪儿，哪儿就变活了。

晨露洒在牛眼上，眼睛眨巴眨巴有了光亮。

晨露洒在牛嘴上，嘴巴一张一合发出声响。

晨露洒在牛尾上，尾巴一摇一摆甩出活力……

布洛陀捏造的耕牛真的活了！

耕牛一活，遍地乱跑，见了草吃草，见了苗啃苗，人们根本降伏不了，哪里还指望它拉车耕地呢！布洛陀也觉得是个事，就找些麻秆，剥了皮，拧成绳，然后，拦住牛，从它的鼻孔里穿过去拴住。抓住麻绳，就把牛牵上了，牛立刻变得驯服乖巧了，让它拉犁它拉犁，让它拉车它拉车。牛成了众人的好帮手，大伙不再自己拉犁、拉车了，苦活重活都是牛替人去干了。一直到今天，牛还是农人的好朋友。

神兽下凡

从前，天上住着很多动物，众人称它们神兽。天上的神仙没事干，神兽更是闲得无聊。这一天，它们凑在一起议论，咱们在这儿吃了睡，睡了吃，多没有意思，不如一块到人间去，说不定还能帮他们干点什么事。

于是，它们一伙相随着来找阿莲了。阿莲是专门管走兽的神女，整天把这些畜生调养得都很驯服，就是白养活这么多讨吃鬼，没有一点用处。她曾经向天帝上奏，养这些畜生不合算。可是，天帝一时没有考虑出它们能干的活儿，只好继续让它们白吃饭。畜生们找到阿莲说明来意，这是个一举两得的好事，她可高兴啦！一来它们下凡给人们帮把手，二来可以解决天上神满为患的难题，因而，听完她就答应了。

阿莲办事很认真，她把报名要去人间的走兽召集到一起开了个会，提前告诉它们，人间很辛苦，干活才有饭吃。不像在天上，不干活儿都可以衣来伸手，饭来张口。所以，要去人间必须打定帮助人们的主意，要是像在天上这么懒散干脆别去。最后，她还强调，谁要是干不了活儿，就早点返回天上，要不，让她知道了准罚回来！

这话讲得够明白了，下凡是去吃苦的，可不知为什么这伙走兽没有一个打退堂鼓，一个个整装待发，像是去打什么仗。阿莲看它们决心这么大，受了感动，扬手一挥，刮起一股风，吹起它们送到地上。当然，阿莲也相随来了。她还是不放心它们，要等它们都有活儿干了再返回天宫。

那时候，人间最重的活儿是拉犁。阿莲想，就让这伙走兽帮人们干这活儿，帮人帮在要紧处嘛！她找到长老，说明来意，长老当然乐意，就派个后生扶犁掌鞭。

狗的热情最高，犁刚摆在地头，它就蹦了过去要求先拉。后生拿起绳索套在狗身上，扬鞭一打，狗使劲猛拉，犁一点也不动地方。急得它"汪——汪—汪—"大喊大叫，喊叫也是白搭。后生高举长鞭，在空中炸响一声，狗一使劲跪倒在地上，嘴里弄得全是土，一湿口水成了泥，要不人们怎么喜欢说狗啃泥呢！阿莲看狗这个倒霉样，就让它回天上去。狗不回去，跪倒在长老面前，说：

"我拉不了犁，给人看门总可以吧！"

长老觉得人是需要个看门的，就请阿莲留下它一试。试了试，还真行。狗有耐心，也有灵性。整天卧在门前像是瞌睡，可一有响动，便蹦跳撕咬，误不了事儿，狗被留下了。

狗一退出犁套，马蹦跳过去了。这马刚套好犁，后生不用扬鞭，喊了一声，它走得飞快，犁也跑得飞快。围观的人们都拍手叫好，马听见了很为得意，跑得更快了。不料，犁尖碰到了石头上，破了一块，后生气得赶跑了它。刚刚趾高气扬的马，顿时垂头丧气。阿莲过来安慰马，胜利时不要狂傲，失败了不要灰心，转身又对长老说：

"我看马很有劲头，就让人骑着它办事吧！"

长老答应了，从此，人们远道办事，马就成了坐骑。

狗和马都有事干了，老鼠着急了。其实，人世这么大，找个老鼠能干的活还是不难的。可是，老鼠头脑一热就不自量力了，竟然也要拉犁。试想拳头大的小东西要拉那么大的犁，那怎么可能呢！再说，后生套犁的绳又长又粗，根本无法给它拴上。老鼠却满腔激情，强烈要求后生将它的尾巴拴在犁上，结果，使劲一拉，犁没拉动，尾巴却挣断了。阿莲想赶老鼠回天上，见它热情很高，怕打击它的积极性，便让它先歇一歇。老鼠闲在田边无事，心想自己回天宫已成定局，不如找个地方先躲起来。趁大家在田里忙碌，它打个洞钻了进去。

老鼠败下阵来，过来的是老虎。论力气，老虎拉犁还不是小菜一碟呀！只是，这老虎缺少耐性，最不喜欢照着前头的脚印走，头两次还可以，在田头勉强走到西，拉到东，拉了两趟，犯了急，在田里东跑西颠，把地也弄得高一道，低一条。后生火了，下手给了它一鞭。老虎是百兽之王，哪里受过这种委屈？回头就咬了后生一口，要不是阿莲过来的早，非把后生吃掉不可！老虎知道惹了祸，慌忙窜进深山老林去了！

老虎拉犁不成，阿莲派猪去，谁料猪早已打了瞌睡。后生喊它，它不动，阿莲过来踢它一脚，它只哼了几声。阿莲叫它：

"起来犁地！"

猪翻一个身又呼呼睡着了，睡得死沉死沉。

阿莲生气地说："过年杀了它吃肉。"

猪只顾睡觉，没有听见，从此，猪肉就成了人们餐桌上的一道菜了。

最后走过来的是黄牛。黄牛比老虎还大，后生吓得不敢使唤它。阿莲亲手给牛套上绳索，后生赶着牛一走，它拉得稳健有力，地耕得平平整整。长老夸奖说："黄牛拉犁最好！"

阿莲放下了心，总算找到拉犁的了，人们不用再受大苦了。她高兴地返回了天宫，一高兴就容易忘事，把老鼠和老虎没有带回天上。结果，老鼠黑夜窜出来偷吃人们的粮食。老虎呢，还记着后生那一鞭子，碰见人就想咬一口。

柴郎成亲记

高高的山上有个后生，后生靠打柴为生，人们叫他柴郎。

这天一早出去打柴，快响午时柴打够了，他挑起柴担要走，忽然听见山上传来一阵喊叫救命的声音。他扔下柴担，就朝着喊声跑去，到了跟前才看清，是个老太婆掉在山洞里。他弯下腰想把老太婆拉上来，胳膊伸直了也够不着，只好跳下去，把老太婆举高推出洞来。然后，自己在洞底捡些石头摞高，才爬了上来。

柴郎出了洞，老太婆千恩万谢他的救命恩情。柴郎却问她为啥这么大年纪了，还到山上捡柴？老太婆对他说，没有奈何，自己孤身一人，无儿无女，啥事也要动手呀！

柴郎见老太婆头发全白了，身子瘦弱，很是同情，对她说：

"你能烧多少柴呀，以后别来了，我给您送。"

然后,挑起他的柴担将老太婆送回家里,把柴也送给了她,临走,还跟老太婆说:

"以后千万别上山了,过两天我再给您送些柴!"

老太婆感动地说:"我可遇上好人了,太感谢你了。可是,我上山不只是拾柴,还要割草呀,我喂着一头牛呢!"

柴郎一看,可不,草棚下边的槽头是有一头牛。他想了一下说:

"这么吧大娘,您要信得过我,我就把这牛拉回去给您养着,要耕地拉车时再给您送来。"

老太婆眼里满是喜气,哪能不答应呢! 于是,柴郎牵着那牛回到家里。白天,他把牛拉出去,放到水草旺盛的地方;晚上,喂他割回来的青草,怕牛吃不好,一夜往槽头跑好几趟。没过几天,牛长得膘肥体壮,变了一副模样。

柴郎想起老太婆的柴快要烧完了,便挑了一担柴送去,顺便牵了牛让她看看也放心。转过一道山梁,远远看见了老太婆住的地方。奇怪的是到了跟前,别说老太婆,连房子也没有了。他左找不见,右找没有,只好去附近人家打听,谁也不知道这个独身老太婆。柴郎只好牵了牛,把柴挑回来。

回到家里,隔天碰了件稀奇事。他打柴进门,又渴又饿,打算烧水做饭,却见灶火刚熄,揭开锅盖看时,一股饭菜香味扑鼻而来。他确实饿了,先不管这是谁给做的,狼吞虎咽地吃了下去。吃完了,也吃饱了,总不能不明不白地吃吧,他转来转去,没看出有人来过的踪迹。去问左右邻居,也没人知,弄得柴郎满头雾水。

第二天打柴回来,不仅锅里又有了做好的饭菜,整个屋子也收拾得干净利落。柴郎吃饱了肚子,心事更重了。这一夜他思来想去没睡好,天一亮又上山了。不过,柴郎学精明了,没走多远,就返了回来,悄悄藏在院子外边的树林里要看个究竟。响午时分,他听见牛脖子上的铃铛响了几下,顺声望去,惊得他险些叫出声来。那牛离开槽头,一转身变成了一位美丽的姑娘。她进到屋里,手脚麻利地扫炕擦桌,生火做饭,只一会儿功夫,屋里亮亮光光,饭菜香味四溢。转身出屋,美丽的姑娘又成了槽上的那头牛。这天,柴郎什么也没有说又吃了个大饱。

太阳落下去又升起来,柴郎像昨天一样,走出去没多远又转了回来,藏在了那片树林里。他看见牛变成了姑娘又去做饭,三脚两步跳到她的面前,不用说,姑娘变不成牛了。她告诉柴郎,她是神女,看他心肠好,人善良,愿意和她结缘成亲。

柴郎禁不住喜上眉梢,转眼间却皱起了眉头。神女明白,柴郎是不愿她过这苦日子。她取下金簪往地上一划,有了新房,有了家具。他们拜堂成了亲,和和美美过日子。

讨水婆的传说

神女阿芳主管给天帝挑水。

这一天，她听说人间好长时间没有下雨，草枯地裂，人们快要渴死了，决心要挤时间帮救众生一把。她给天帝提前备好几天的水，想抽空去一趟人间，当然不是白去，要给他们送点救命水。

头天晚上，趁着天黑夜暗，阿芳拿了二十四个大玉碗来到天河边。舀满一碗，再舀一碗，放进金竹筐去，打算挑下凡尘。天河的水清亮甘甜，阿芳一边舀一边想，要是地上有这样的清流多好呀！只是想也白想，她只有挑水的权力，没有开河的本事。舀满了最后一碗水，阿芳挑担要走，却被天龙拦住了去路。

天龙疑惑地问："你怎么晚上挑水？"

阿芳慌忙答："天帝要沐浴，需要好多水。"

她本想搪塞几句，一走了事，哪知天龙心细眼亮，竟然盯住了她筐中的玉碗。他嘿嘿笑着说：

"小神女，别欺瞒老夫了，给天帝挑水用得着这些碗吗？"

一句话问得她哑口无言，只好把人间遭旱的真实情形说了出来。天龙严肃少言，平日大家都很怕他，阿芳说了实话，心想随你怎么办，顶多不让我挑水，那我就明日用桶来挑，不过到人间再分发罢了。没想到，天龙通情达理，不仅没有怪罪她，反而说：

"这么点水用完他们又咋办？"

阿芳无法回答，天龙口一张一合，接连吐出二十四条小龙，每个碗中放上一条，对她说：

"你把碗倒扣在地上，把水和小龙搁在里头，就会流成清泉，长流不断，人们就永远有水喝了。"

阿芳谢过天龙，驾着白云，降落在南山脚下的村庄。她放下水担，摇身一变，成了一个讨饭的婆婆。

讨饭婆走进村里，给她送吃的人不少，只是一个个面目脏污，一看就是缺水，连脸也不能洗。婆婆说，我有吃的，却渴坏了，想讨一口水喝。

这可把村里人难住了，谁家也没有多余的水，现在清水比油还要贵呀！婆婆说，渴得嗓子冒烟，说着，竟然昏迷在地上。

村里人着实慌了，大家挨门挨户的凑水，好不容易凑了半碗，端来给婆婆灌了一口。只这么一口，她醒了，过了一会儿，倍长精神。她双手作揖，感谢众人的救命大恩。谢过后，她说：

"你们的水不能白喝，我要报答。给你们一碗水，倒扣在村头，以后就常年有水了。"

村里人问："这不是滴水之恩涌泉相报吗？"

婆婆笑着说："正是这样！"

说着话，玉碗已倒扣在村头了。真灵验，当下清水潺潺不断，流成了一道小溪。乡亲们可高兴了，爬在溪边喝了个尽兴，然后，唱歌跳舞。

讨水婆走了一村又一村，每到一村都有善良的人救助她。

讨水婆走了一寨又一寨，每到一寨都把清亮的泉水留给人间。

就剩下最后一碗水了，讨水婆走进了水庆山。水庆山居然也缺水。她进村讨饭没人理睬，十分难过，只好厚着脸皮去敲一家的柴门。没人出来，却跳出一只黑狗，冲她就咬。讨水婆撒腿就跑，身后看见的人不去拦狗，还拍着手看热闹呢！

讨水婆慌不择路，跌了一跤，狗当成是捡石块打它，吓得退回去了。

讨水婆站起身来，摸摸跌疼的膝盖，看一眼讥笑她的人，转身走了。

走呀走呀，走出好远了，才想起还能把这碗水带回天上呀？不必要，即使他们不仁，我不能不义呀！这么一想，心胸开阔，停步弯腰将那碗水扣在了水庆山的背面。

阿芳轻松了，一忽悠，乘上白云，飞回了天宫。

水庆山的人可苦了，吃水要到山背后去打，有的背，有的抬，成年为吃水忙忙碌碌。

伏羲教民吃鱼

很早很早的时候，人们都靠打猎吃肉，经常聚集在一起，拿了石头、棍棒去打野兽，打着了，就吃；打不着，就要饿肚子。人们打着打着，近处山林的野兽没有了，便一块儿搬家，到另一处深山树林边居住。可找这么个住的地方也很费事，因为，只有山林还不行，还得有水，人不喝水就活不成，要不怎么说水是生命之源呢？这么一来，人们常常为搬家劳神费力。

劳神费力的搬家只有一个目的，找吃的。其实，可吃的东西并不少，只是没人知道能吃，也就没人敢吃。那时候，河里的鱼真多，清清的河水里成群结伙的都是鱼。若是一伸手，准能抓住一条，但谁也不去抓鱼，更没有想到要吃鱼。

教人吃鱼的是伏羲。

伏羲是雷神的儿子，在天上过着逍遥自在的光景。可伏羲偏偏不乐意这么逍遥无事，就降下九天，来到了人间。

不来不知道，一来吓一跳。他原来以为人们的日子也过得如同天上，哪料到人间会这般辛苦！今天打着一只羊，羊大，大伙一人吃一块肉；明天打着一只兔，兔小，大伙一人只吃一口肉；后天什么也没打着，只好商量搬家。搬到哪儿去呢？七嘴八舌没个好地方。为了吃饱肚子大伙整日发愁。

看到人们的吃食，伏羲就觉得有些好笑了，这人为啥光吃地上的走兽，不知道吃水里的游物呢？水里那么多鱼，又肥又大，不比走兽好抓吗？真怪！伏羲把这个想法告诉人们，听到的人都摇摇头，不相信鱼也能吃，因为谁也没有吃过。伏羲说不动大伙，就一下跳进河里，弯腰伸手去摸鱼。摸鱼一点也不难，等伏羲爬上岸时，他左手拿了一条,右手也拿了一条。

众人把伏羲围在中间,看他怎么吃鱼。伏羲抓住一条鱼,张大口就吃,看上去吃得那么香,那么美。周围的人觉得肚子更饿了,有几个小孩流出了口水,也嚷着要吃。伏羲立即把另一条鱼分给了孩子们。小孩子们咬一口,又咬一口,大人们馋馋地看着孩子,想吃,又不好意思。伏羲当然理会人们的心思。他又跳到河里,摸一条鱼,扔上岸来,有人接住去吃了,口味还真不错,人们开始大口大口地吞咽。他们饥肠辘辘,早就饿坏了,伏羲一人抓的鱼,当然供不上大伙吃,岸上的人因为鱼争抢开了。

伏羲朝岸上喊道:"快下河来抓鱼!"

这一喊,喊醒了大伙,人们扑通扑通全跳进河里抓鱼。那时的鱼又呆又傻,根本没想到这些人往常在河里洗澡、游泳,碰到它们身上都不理不睬,今儿个怎么会抓它们,吃它们? 可当它们明白过来,已经晚了,早成了众人的口中美食。打那时起,众人又多了一样吃食——鱼,又能填饱肚子了。

伏羲智胜龙王

伏羲教会了民众摸鱼,大伙都很高兴,这可急坏了河里的头领。

这一天,河里升起一股水雾。水雾中走出个大鼻头、长胡子的老龙,身后还跟着几个水族兵将。

龙王看见伏羲,大声责问:"好个伏羲,你竟敢泄漏神仙的秘密,让人们吃我的子孙!"

伏羲没有动怒,笑着说:"我也是为你着想哩! 你看,河就这么窄,水就这么多,你的子孙光添不减,非全憋死不可!"

龙王听了,觉得伏羲说的也有道理,可又怕这么摸鱼把子孙全吃光了,就说:"我不听你的狡辩,今后,管住人们不要再捉鱼了。"

伏羲哈哈一笑,连声说:"好,好,人们可以不捉鱼,但上天并没有不让大家喝水呀! 那我们把水喝干,看你们还怎么活?"

这可把龙王吓住了,是呀,要是人们把水喝干,那就不单是子孙们遭殃受难了,自己也要老命归天了。看来不能和伏羲较真,得变个法子糊弄住他。稍微沉思了一下,龙王对伏羲说:

"这么吧,既然你是为我好,我也领情。咱们定个规矩,鱼你们可以捉,只是不要下河捉鱼,搅浑了水,扰得我们都无法安歇!"

伏羲自然明白龙王的意思,刚要答应,一旁听着的人们却不高兴了,纷纷吵嚷:"不行,不行! 不下河,我们捉不住鱼,又要挨饿!"

人们一边吵嚷,一边将龙王团团围住。龙王虽然跟着几个虾兵蟹将,可面对这么多人，还是有些慌神，正低下头考虑怎么是好，只见伏羲对众人发了话：

"大家让开吧！龙王爷同意我们捉鱼，就是善举，我们不要为难他老人家了，大家再想想办法。"

伏羲说了话，大伙怎么能不听呢，立即散开了，只是心里还嘀咕着今后怎么捉鱼。无数眼光都盯着伏羲，向他讨要个主意。趁这当口，龙王一挥手，带着兵将钻进浓雾，慌忙溜回河里去了。

龙王钻进水里不见了，大家还不散，吵吵嚷嚷埋怨伏羲不该轻易放走龙王爷。伏羲告诉大伙，不要发愁，大家都动动脑筋，肯定会有捉鱼的法子。众人听了，都去想捉鱼的办法了。

伏羲见人们都动开了脑筋，心里很高兴，就是要这样，不想动脑子怎么会有好主意？可他又忧心，要是不能很快想出办法，那就会饿坏大家，看来，自己也得想办法。他想办法，和人们不同。人们是坐着，躺着，不动了，一门心思只动脑筋，而他却到处走动，一会儿走过小河边，一会儿漫步小树林，走着走着，脸面粘上了什么东西，用手一摸，是几根蜘蛛丝。他猛然心头一震，似有所悟，抬头一看，顿时眼睛闪亮。

密密的树林间挂着一张蜘蛛网，缕缕细丝绕了一圈又一圈，成了一个大圆环。那丝很细，不定睛看，还真不留意，要不怎么会粘到脸上呢！说也凑巧，他正看着，就见有只小黄蛾慌慌张张飞过来，一头撞到了蜘蛛网。扑棱一下，脱不了身；再扑棱一下还脱不了身。还要扑棱，一只蜘蛛早爬了出来，围着小黄蛾转了一圈又一圈，直转得小黄蛾一动也不动了。蜘蛛每一圈都不白转，它是往小黄蛾身上缠丝呢！伏羲看呆了，看着，看着，头脑亮了！

伏羲不再四处走动，揪了些藤条，左一股，右一缕，像蜘蛛那样编起网来。众人见伏羲摆弄藤条，不明白他要干什么，有人问，伏羲只说也是想办法捕鱼呀！网编成了，比蜘蛛那网要大得多，结实得多。伏羲来到河边，将网放到水中，坐下来静静等待。等了一会儿，看见河面波平水静，站起身，猛然用劲，将网拉上岸来！

哇！好多的鱼被网了上来，活蹦乱跳，可是，再也跳不进河里去了。鱼，又成了人们的美食。从这以后，人们就开始张网捕鱼了，大伙不再发愁了，都去砍藤条，编网捕鱼。

消息传到龙王那里，龙王可气坏了，原以为人们不下水就捉不到几条鱼，人们都上了它的当，哪想到又是伏羲出了这么个主意。龙王一生气，眼睛都瞪圆了，后来人们画像，笔下的龙王眼睛都是圆鼓鼓的。

盘瓠救主

远古时代，有一位皇帝叫帝喾。有一年，帝喾的皇后夜梦天降娄金狗下界托生,醒后耳痛难忍,整整痛了三年,遍寻名医,都没有效果。后来,从她的耳朵里挑出一条像蚕一样的三寸金虫。虫子挑出来后,皇后的耳痛病马上就好了。

皇后觉得奇怪,便用瓠盛着这条虫子,又用盘子盖着。哪知道那虫子一日长一寸,不多日便长成了一只身长八尺,高四尺的漂亮大狗。这只狗全身五色斑斓,闪闪发光。因为它是从盘子和瓠里变出来的,所以皇后给它取名叫作"盘瓠"。帝喾见了这只狗非常喜欢,无论干什么都要将它带在身边。

有一次,帝喾在南方游览时,当地的土霸王房王竟然率众把帝喾和随从们围困起来,企图谋反,并想杀掉帝喾取而代之,篡夺皇位。

帝喾被困后,无计脱身,无奈之下只好贴出重赏的榜文,宣告天下:如果谁杀了房王,不仅能获得大量的财物,还能娶到自己美丽的女儿。榜文贴出以后,盘瓠便失去了踪影,众人寻遍行宫都没有找到。

原来,盘瓠偷偷跑到了房王的军营中。它见了房王,便摇头摆尾故意讨好他。房王一见这狗,高兴地向左右臣僚说道:"帝喾怕快要灭亡了吧!连他的狗都扔下他跑来投奔我,看来我房王是该当王了。"于是,他高举火炬,击鼓撞钟,在宫中设宴庆祝起来。

这天晚上,房王喝得烂醉如泥,倒头便沉沉睡去。盘瓠趁机猛地咬下房王的头,叼着他的头颅飞快地跑回帝喾的行宫。

帝喾看见爱犬衔了房王的头回来,非常高兴,就叫人多拿些肉来喂它。哪知道盘瓠对这些东西看都不看一眼,扭头便走开了。它闷闷不乐地躺在屋角,任凭帝喾怎么呼唤它也不起来,一连两三天都是如此。

帝喾心里难过,同时也很不解,他问盘瓠道:"盘瓠啊,你为什么不吃东西,也不理我呢?是不是想要公主做你的妻子呀?可你要知道,并不是我不履行诺言,实在是因为狗和人是不可以成亲的啊!"

盘瓠听了,立刻口吐人言,说道:"主人啊,请不要担心,我本是神龙下凡。你只要将我罩在金钟下七天七夜,我就可以变成人了。"帝喾听了这话,非常惊讶,但还是照它的话将它罩到金钟里面了。

到了第六天,公主担心盘瓠罩在金钟下会饿死,就悄悄地打开了金钟。公主被眼前的一切吓坏了,只见盘瓠已变成一个狗头人身的样子。盘瓠看到公主,又惊又喜。只是可惜的是,公主提前打开了金钟,盘瓠的头就不能继续变化了,盘瓠永远都只能是狗头人身的形象了。

尽管如此,帝喾还是谨守自己的诺言,把女儿嫁给了狗头人身的盘瓠。

后来,盘瓠带着妻子到了南部的山区,住在人迹罕至的深山里。公主脱下华贵的衣裳,穿上平民百姓的服装,像普通百姓一样日出而作、日落而息,辛勤劳作,毫无怨言。盘瓠则每天出去打猎,夫妻俩和睦幸福地过着日子。

黄帝战蚩尤

　　黄帝是掌管雷雨的天神，统治着整个宇宙。他是中央的天帝，另外四面各有一个天帝，分别掌管东、西、南、北各个地区。黄帝生得奇异，头上有四张脸、八只眼，同时监视着四面八方。黄帝实行仁政，除暴安良，赏罚分明，所以百官各个清正无私，老百姓和睦相处，安居乐业。

黄帝战蚩尤

　　炎帝手下有一员猛将，叫蚩尤。蚩尤本是炎帝的后代，自从黄帝打败炎帝做了天帝以后，他就一直怀恨在心，多次劝说炎帝起兵复仇。但炎帝既感到自己兵力不足，又恐怕让百姓遭殃，因此一直没有答应。蚩尤非常失望，满腔的怒火发泄不出去，最后决心凭借自己的力量，与黄帝一决高低。

　　传说蚩尤有八十一位兄弟，个个生得铜头铁额，坚硬无比。他们的身子像野兽一样，打起仗来个个不要命，令敌人闻风丧胆。蚩尤有四只眼睛六只手，头上长着锐利的角，耳朵边上的头发直向蓝天，好像利剑似的。他还能从半空中飞过，攀上高耸入云的陡崖，呼风唤雨之类的事更不在话下。蚩尤杀人如麻，令地上的百姓叫苦连天。

　　蚩尤四处招兵买马，纠集妖魔鬼怪，公开打起炎帝的旗号，向北方的黄帝发起进攻。开始，黄帝为避免百姓因战火受到连累便派人劝说蚩尤停战。蚩尤却认为这是黄帝怕他的表现，气焰更加嚣张。蚩尤派人进攻，黄帝被迫应战。黄帝的神兵、神将与蚩尤的铜头铁额军打得天昏地暗，难解难分。

　　蚩尤见一时难以取胜，便施起法来，他大嘴一张，吐出团团黑雾，把黄帝的军队笼罩在浓雾里。神兵神将立刻慌乱无助，辨不出哪是敌人，哪是自己人，完全乱了阵脚。蚩尤的军队在浓雾的掩护下，冲进黄帝的队伍里，猛杀猛砍，打得黄帝的军队溃不成军，节节败退到河北涿鹿。

　　形势对黄帝十分不利。晚上，黄帝左思右想，长吁短叹。叹息声传到住在玉山的王母娘娘那里，王母娘娘召来九天玄女，说："黄帝是一位贤明的天帝，现在蚩尤作乱，你去助他一臂之力吧。"黄帝正低着头苦苦思索，耳边忽然传来悦耳的音乐声,一抬头,眼前出现一道耀眼的金光,身着白色衣裙的九天玄女从金光中翩然飘来。

九天玄女微笑着说:"我是奉了王母娘娘之命来帮助你的。离此地不远,有一座昆吾山,你立刻派人去凿山,凿到一百尺,遇到火星迸射,那便是铜矿石。将铜矿石冶炼成铜,打成刀剑,你就可以和蚩尤抗衡了。另外,你再用铜打成小小的箭头,把它绑在竹竿上射出去,威力会比原来强数十倍!"

黄帝又问:"蚩尤的大雾是我们的大敌,怎么对付呢?"

九天玄女指了指身后的一辆车子。这辆车的前方站着一个小仙人,小仙人的一只手臂高举着,指向南方,而且不论车子如何转,仙人的手始终指向南方。黄帝见后大喜,心想,这下就不怕蚩尤的黑雾了。这时,九天玄女忽地一下不见了。

此刻,蚩尤正在大帐中饮酒作乐,载歌载舞庆祝胜利。蚩尤认为自己已经胜券在握,统一天下即将大功告成。一想起黄帝的大军被自己打得溃不成军,蚩尤就更加坚信最后的胜利一定属于自己。而另一面,黄帝根据九天玄女的指点,找到了昆吾山中蕴藏的铜矿,然后夜以继日地打造出无数铜刀铜剑,并按九天玄女所授之法造了许多弓箭头和几十辆指南车。

蚩尤求胜心切,很快又发起进攻。他故伎重施,放出大雾,但黄帝的军队凭着几十辆指南车,直冲向蚩尤的大军。黄帝大军中用铜制成的刀剑大显神威,杀得敌人死伤惨重。

蚩尤一见大雾失去作用,大惊失色,慌忙调遣妖魔鬼怪上阵。这些妖怪冲进黄帝的军队,掀起片片土浪,发出刺耳号哭,使黄帝的军队昏昏欲睡,士兵跟着了魔一般到处乱走。黄帝抓住一个小鬼,一番盘问后才知道鬼怪最怕龙的吟叫声。

黄帝立刻命令全军用牛角奋力吹出龙吟之声。果然那些妖魔鬼怪一听到声音,便瘫软无力,束手就擒。黄帝的兵将精神大振,挥刀舞剑,如旋风般冲上前,将所有的鬼怪全部杀死了。蚩尤见大势已去,正准备腾云逃之夭夭,哪知黄帝早命神将应龙等在空中,蚩尤这一跳,正跳到应龙巨大的爪子里。应龙收紧爪子,蚩尤还没明白是怎么回事,就成了应龙的囊中物。

黄帝活捉了蚩尤,巩固了中央天帝的地位,再也没有人敢出来挑衅,从此百姓又过上了太平的日子。蚩尤被杀死后,他戴过的血迹斑斑的木枷,被扔到荒山野地,后来长成一片郁郁葱葱的枫树林。每到秋天,枫叶就会变得火红火红的,据说那就是蚩尤的血染成的。

神女瑶姬化巫山

据说,炎帝有四个女儿,个个生得美丽又聪明。炎帝最疼爱他的小女儿叫瑶姬。瑶姬自幼生活在天上,最爱到天庭的后花园去玩耍。她喜欢那里潺潺的流水与和煦的微风,总是一整天一整天地待在那里,听着鸟儿悦耳的歌声,闻着花儿淡淡的香气。饿了,有翠绿色的小鸟为她衔来香甜美味的水果和佳肴;渴了,有鲜花绿草为她奉上甘甜可口的露水。那时的瑶姬,活泼开朗,能歌善舞,她银铃般的笑声终日回荡在后花园中。

炎帝最喜欢瑶姬,不仅仅因为她有着出众的美貌和天真无邪的本性,更因为她心地善良,体恤百姓。她常常因为看到人间百姓过着艰辛的生活而伤心落泪。瑶姬长大后,出落得更加美艳动人。可是,就在她成年的那一年,厄运却降临到她头上:她生了一场大病,来势汹汹的病魔很快就将她击倒了。从此,她便卧床不起,虽然脸上依旧挂着灿烂的笑容,但却苍白无力,显得非常憔悴。

瑶姬再也不能在溪流边梳妆打扮,不能在风中和蝴蝶翩翩起舞了。渐渐地,瑶姬已经病入膏肓,无药可医。炎帝心急如焚,但却束手无策。自己虽是医药之神,但药能医病,却不能让人起死回生。

不久,瑶姬就病死了。炎帝非常伤心,他将瑶姬安葬在花团锦簇的姑瑶山上。从此,天地间就少了一个精灵一般的少女。

瑶姬的仙体虽然幻灭了,精神与灵魂却是永生的。瑶姬的灵魂整日飘荡在天地之间,可是她不想再这样下去,于是,她让自己的香魂化成芬芳的茎草。这种茎草叶子双生,花色嫩黄,果实似菟丝子。女子若吃了其果实,便会变得明艳美丽,惹人喜欢。这茎草在姑瑶山上吸收了日月精华,若干年后,便修炼成了人形,这就是人们一直以来所说的巫山神女——瑶姬。

瑶姬虽然重生,但已不能重回天宫了。她生性活泼,不肯老老实实地待在姑瑶山上,就经常化身成各种形态在人间游走。和以前一样,她还是深切地关爱着人间的百姓,到处为人们排忧解难,救死扶伤。渐渐地,巫山上有神女的消息就流传开来。人们都很感谢这位美丽善良的女神。

有一年,巴蜀遇到了历史上罕见的洪水。一时间,富饶之地变为水泽,农民无以为生,流离失所。曾经安静祥和的巴蜀大地转眼间变成人间地狱,尸横遍野,惨不忍睹。孩子失去了母亲,妻子失去了丈夫,大水之上,一片凄凄惨惨的景象。

此时,大禹开始受命治水。他一路凿山通河,来到巫山脚下,准备修渠泄洪,却无意中触怒了一只在巫山上潜修了多年的蛤蟆精。这只蛤蟆精非常生气,于是使用法术阻挠大禹开山。它刮起狂风,一时间天昏地暗、地动山摇,层层叠叠的洪峰呼啸着向大禹压了过来。大禹猝不及防,立时陷入窘境,只好撤离江岸。在当地人的指点下,他决定去向巫山神女瑶姬求助。

大禹不求回报但求以利天下的精神感动了神女瑶姬,背井离乡、流离失所的灾民也让神女揪心,当下她就传授给大禹降妖除魔的法术,并赠给他一本能够防风治水的天书。有了巫山神女的指点,大禹很快制伏了蛤蟆精,平息了风波。

之后,瑶姬又派遣侍臣狂章、虞余、黄魔、大翳、庚辰等神仙,祭起法宝雷火珠和电蛇鞭,将巫山炸开一条峡道,令洪水经巫峡从巴蜀境内流出,涌入大江,成功解救了饱受洪灾之苦的巴蜀人民！神女关爱三峡人民，唯恐长江之水再度泛滥，遂与十一个姐妹化为十二座秀峰，永驻三峡。这就是今天令广大游人叹为观止的巫山十二峰。

燧人氏钻木取火

在远古蛮荒时期，人们不知道有火，也不知道用火。由于没有火，人们只能吃生的食物，因而经常生病，寿命也很短。到了黑夜，四处一片漆黑，野兽的吼叫声此起彼伏，人们蜷缩在一起，又冷又怕。

天神伏羲看到人间生活得这样艰难，心里很难过，他想把火种带到人间。于是伏羲大展神通，在山林中降下一场雷雨。随着"咔"的一声，雷电劈在树木上，树木燃烧起来，很快就变成了熊熊大火。人们被雷电和大火吓着了，到处奔逃。不久，雷雨停了，夜幕降临，雨后的大地更加湿冷。人们又回到原处聚在一起，他们惊恐地看着燃烧的树木。这时候有个年轻人发现，原来经常在周围出现的野兽的号叫声没有了，他想："难道野兽怕这个发亮的东西吗？"于是，他勇敢地走到火边，火光照耀下，他觉得身上好暖和呀。他兴奋地招呼大家："快来呀，这火一点不可怕，它给我们带来了光亮和温暖！"这时候，人们又闻到不远处烧死的野兽身上散发出的阵阵香味。人们聚到火边，分吃烧过的野兽肉，觉得自己从没有吃过这样的美味。人们发现了火的可贵，他们捡来树枝，点燃火，将火种保留起来。为了让火不熄灭，他们每天都安排人轮流守着火种。可是有一天，值守的人睡着了，火燃尽了树枝，熄灭了。人们又重新陷入了黑暗和寒冷之中，痛苦极了。

天神伏羲看到了这一切，便托梦给最先发现火的用处的那个年轻人，告诉他："在遥远的西方有个燧明国，那里有火种，你可以去那里把火种取回来。"年轻人醒了，想起梦里大神说的话，决心到燧明国去寻找火种。

年轻人翻过高山，涉过大河，穿过森林，历尽艰辛，一直朝西走，终于来到了燧明国。可是这里没有阳光，不分昼夜，四处一片黑暗，根本没有火。年轻人又累又失望，就坐在一棵叫"燧木"的大树下休息。

突然，年轻人眼前有亮光一闪，又一闪，每一次闪亮都把周围照得很明亮。年轻人为之一振，立刻站起来，四处寻找光源。这时候他发现就在燧木树上，有几只大鸟正在用短而硬的喙啄树上的虫子。只要它们一啄，树上就闪出明亮的火花。年轻人看到这种情景，脑子里灵光一闪。他立刻折了一些燧木的树枝，用小树枝去钻大树枝，经过不懈的努力，树枝上果然闪出了火光，可是这火星根本不能燃烧起来。年轻人不灰心，他找来各种树枝，耐心地用不同的树枝进行摩擦。

终于，树枝上开始冒烟了，接着便燃了起来。年轻人高兴地流下了眼泪。

年轻人回到了家乡，为人们带来了永远不会熄灭的火种——钻木取火的办法。

从此以后，人类就有了火。

火把五谷煮熟，把野味烤熟。冬天，人们用火取暖；黑夜，人们用火照明。人们还用火来冶炼矿物、打造工具和武器。火使人类生活发生了巨大变化，促使人类走向文明。为了纪念那个发明钻木取火的青年，人们尊称他为"燧人氏"。

神农尝百草

炎帝在天上主管太阳，所以大家称他太阳神。太阳神长得怪模怪样，据说他长着牛的头，人的身子，冷不防遇见，真能把人吓一跳！不过，千万不要以貌取人，把炎帝当成妖怪，其实他是一位可亲可敬的神。

这年冬天，炎帝飘忽一阵降落到了人间。天气正冷，鸟兽躲到深山老窝里去了，人们猎不到；河鱼藏到深水大海里去了，人们捕不到。没有吃的，只能饿肚子，靠着山崖晒暖的人，一个个面黄肌瘦，皮包骨头。看一眼，就觉得十分可怜。炎帝便有些奇怪，这些年自己励精图治，艳阳高照，不就是为了遍长百草谷禾，供人们享用吗？怎么人们根本就没有以百草谷禾为食呢？他走近一位长老，关心地询问，长老饿晕了，看上去还有病，说话有气无力，支吾了好几声，炎帝才明白他说的是：热天里遍地是草，但不知道哪一种是谷禾，哪一种能治病。

原来是这么回事，炎帝打定主意，要遍尝百草，为人们寻找能吃的谷禾和药物。

北方天寒，冬季草枯苗萎，无法辨识，炎帝就跋山涉水，向温暖的南方走去，走得腿疼脚木，还是一个劲儿走呀，走。

走了很远很远，炎帝爬上一座山顶，这地方真是个花草百宝山。那草各式各样，长叶，短叶，宽叶，窄叶，密密丛丛；那花五颜六色，红的，白的，黄的，紫的，朵朵盛开。炎帝惊喜异常，连忙采摘品尝。这一来，他那肚皮可派上了用场。他天生是个水晶肚皮，光亮透明，里面的肝脏肠肺能看得一清二楚。

炎帝摘下一片小绿叶的嫩尖尖，往嘴里一含，清涩淡雅。透过晶亮的肚皮只见这草叶结成一团从喉咙下到肚里，又从肚里升到喉咙。下去上来，上来下去，像是在巡查什么，把肠腹擦洗得清清亮亮。他把这嫩尖尖叫作查，后来，人们把查写成茶了。

炎帝摘下一朵蝴蝶般的淡红花，精巧的小叶如鸟儿的羽毛。刨出长长的根一嚼，那滋味又香又甜，沁人肠胃，香出鼻孔。他把这开蝴蝶花的草叫作甘草。

炎帝摘下一朵亮灿灿的小黄花，小小的花叶竟然还会一张一缩地动呢。他伸出舌头一舔，哎呀，不好，就觉得一股疼痛直穿肺腑。低头看时，只见肚里的肠子一节一节断裂开来，他慌忙掏出口袋里的灵芝，刚咬了一口，这时候，天也旋，地也转，眼一黑，便仰面朝天倒了下去，什么也不知道了！

炎帝昏迷了好长时间才醒来，肚肠还在隐隐作痛，他想起自己是中毒昏迷了。

多亏灵芝救了他,要不,真要肝肠寸断了。他就把那草叫作断肠草。

经过不断地采摘辨识,炎帝终于辨明了百草的药性。他邀来附近部落的长老,将百草的奥妙告诉了他们,指导人们有了疾病,采草制药,解除病痛。

神农尝百草

长老们听了,兴奋得把炎帝拥围在中间,一致要拥戴他当部落的首领。

炎帝摇摇头谢绝了,他还有事要干,采集的草籽还没有播植试种。告别了长老们,炎帝向前走去,走呀走呀,走过崇山,走过峻岭,来到了一片黄土地。他俯下身一看,土地湿润,便将各样种子一粒一粒埋进土里。

春天来了,种子发了芽。

夏天来了,嫩芽长了秆。

秋天来了,高秆结了籽。

炎帝连忙采摘回去,等待下一个温暖的春日,重新播种。

寒去暑来,日月轮回。籽实越收越多,成了遍地的五谷。五谷传遍人间村落,大家都有饭吃了,从此人们亲切地把炎帝称为神农。

神农尝百草的故事一直流传至今。

祝融胜共工

远古时代,世上一片荒凉,只有许多森林,人们连毛带血地吞吃着打猎得来的禽兽。

昆仑山上有一座光明宫,光明宫里住着火神,名叫祝融。祝融很慈祥,看到人们生吃禽兽,就传下火种,教给人们用火的方法。人们从光明宫里取来火种,把打来的野兽放在火上烤熟了再吃,这样不仅好吃,而且也减少了疾病,因而人们非常崇拜火神祝融。

这样一来,便触怒了水神共工。共工住在东海里,性情很暴虐。他说:"世人真可恶,水与火都是人生活需要的东西,为什么光敬火神不敬我水神呢?"他由气愤转为嫉妒,最后终于和火神打起来。

那共工率领着水族,向祝融居住的光明宫进攻,把光明宫周围常年不熄的神火弄灭了,搞得大地上一片漆黑。这一下把火神祝融惹怒了,他驾着一条火龙出来迎战,那火龙全身发光、烈焰腾空,把大地照得通明,光明宫里的神火又复燃了。

水神共工没有扑灭神火,便恼羞成怒,调来了五湖四海的大水,漫到山上,直往祝融和他骑的火龙泼去。可是,水往低处流,大水一退,神火又燃烧起来。祝融骑着那条火龙,便烈焰腾腾地直向共工扑去,长长的火舌,把共工烧得焦头烂额。共工抵挡不住,退到大海里,祝融骑着火龙直冲大海;共工慌忙又逃到天边,回头看看,祝融已追上来了,便一头撞在不周山上,只听轰隆隆一声巨响,不周山竟被他拦腰撞倒了。那不周山原是根顶天的柱子,上端顶着天河,山一倒,天塌了个窟窿,天河里的水哗啦啦流到地上,使人间造成了一场大灾害。

海伦格格补天

(满族)

这是祖辈传留的故事,谁也说不上有多少年了。那时候的天可不像现在这样。

那时候天上龇牙咧嘴，大块小块的石头一个劲地往下掉。人们躲在地窖子里，又黑又潮，可又不敢出来，怕石头砸伤。

谁能把天遮上呢？天又怎么个遮法呢？大家都愁的没办法。

一天，不知从什么地方来了个小姑娘，年纪有十四五岁，长得虽然瘦小，却很伶俐俊俏。她对大家说："你们都不用愁，我到西天去请佛祖来补天。"大伙见是个小姑娘，本来就瞧不起她，听她说这话，这个说："噢哟哟，看她这小小年纪，她要是能请来佛祖补天，咱们谁都能去！"那个说："别听她瞎咧咧，补天是那么容易的！"这时人群里有个老人站起来问："姑娘，你叫什么名字？"小姑娘告诉他，她叫海伦。老人说："好心的海伦格格，你去吧，西天佛祖是不负苦心人的！"

海伦格格说走就走，一直朝西走。逢山翻岭，遇水过河。一天、两天，也不知走了多少天，多少个月，到底走到了西天，见到了如来佛。海伦格格对如来佛说："神明的佛祖啊，人间正在受难，请佛祖怜悯，把天遮上吧。"如来佛说："路太远了。我不能去。"说完佛眼一闭，睡着了。

海伦格格在如来佛身边等着，干等不醒；等急了就喊，干喊还是不醒。怎么办呢？干脆背他吧，海伦格格把如来佛背在后背上。她身子本来就瘦小，如来佛又那么高大，她怎能背动呢？背不动也得背，她背起如来佛，一步一步往回挪，走不动了就爬。脚磨破了，腰累弯了，膝盖和胳膊肘不知脱了多少层皮，终于把如来佛背了回来。

如来佛睡醒了，睁开佛眼一看，人世间真就太苦了：有的饿死了，有的被砸伤，有的得了瘫痪病。再看看海伦格格这一片诚心实在难得，就说："好吧，我来帮助你。"

如来佛送给海伦格格一盆神火，告诉她说，用这盆火炼七七四十九块石头，炼到七七四十九天，能炼出一块五色神石，你再站到火盆里，把神石举起来，就能把天补上。

海伦格格按照如来佛的指示，一直炼了四十九个白天黑夜，一块四四方方、上有五样颜色的薄石板终于炼成了。海伦格格高兴地踏在火盆上，用双手举起石板，那火盆突然变成一朵金莲花，托着她和石板向高空飞去，遮住了天上往下掉的石块，天被补上了。人们从地窖子里出来，望着补好了的天，乐得直蹦高。大家一齐向天上看，盼望海伦格格回来。一天、二天、三天过去了，却不见她的影子。海伦格格哪里去了呢？传说她被留在天上，当了神仙了。

补天的兄妹俩

（藏族）

这个故事发生在哪个时候，连头发最白的阿波阿匹也说不清楚，可是今天，好听的故事还像甜笋的回味留在后人嘴边。

传说那时候,哈尼人的日子过得像冬蜂蜜一样甜,一山一山的梯田里,稻谷一年两熟,家家塘里,鱼胖得像小猪。可是有一年,山上有棵大树长得实在高,一戳把天戳通了。这下,风是风、雷是雷、哗啦哗啦,连天连夜下起了暴雨。这雨下呀下呀,下得大山塌了,梯田倒了,蘑菇房也垮了,人们呢,死的死,伤的伤,都活不长了。

寨子里缺了十七颗牙齿的老阿波把年轻人叫拢来,"小娃们,大雨再下三天,哈尼人就要死完了,只有把天补起来,才能救出哈尼人!"他见大家争先恐后地要去补天,又说:"不过,天洞太大了,补不好要送命的!"这一说,大家都不敢出气了。

老阿波见这情景,长叹一声:"唉,看来只好让我这棵老棕树去补了!"

这时候,人群里走出两个人来,对老阿波弯腰行过礼,说:"年轻人的事让老年人去做,哀牢山上的草都会笑话哈尼人的,阿波,让我们去吧!"大家一看,原来是寨脚的两兄妹艾浦艾乐。

老阿波高兴地点点头,对他们说过祝福的话,兄妹俩抓起一把泥土,跺跺脚,就向天上飞去。

从哈尼山寨到天上路很远,他们足足飞了两天两夜,才飞到天洞旁边。兄妹俩见水轰轰轰地喷出来,赶忙用泥土补上去,但是泥土太少了,使完了,天洞还没补起一小角呢。

兄妹俩着急啦,商量了半天,还是想不出办法来,回去拿泥土嘛,路太远,也等不及了。艾浦说:"阿妹,让我下去堵吧,水把我冲出来,你就使力把我顶上去!"阿妹艾乐不愿意阿哥去补,要自己去。艾浦一把搡开她,自己"扑通"一声跳进天洞里去了。他紧紧地抓住洞边的石头,用身子拼命去堵水洞。霎时间,天上响起一阵巨雷,雷声歇后,他变成了一块大石头。

阿妹艾乐很伤心,但她晓得阿哥是为了哈尼人才变成石头的。她低头看看,哎呀,天洞还漏着一个洞呢,水还是一股劲地喷着。她又朝地上看看,只见哈尼人在山洪中挣扎着,眼看就要被淹死了,她咬咬牙,"扑通"一声,也跳进了天洞。

这时候,天上响起了最响的雷声,扯起了最亮的闪电,随着雷声和闪电,阿妹艾乐也变成了石头,但是她到底把天洞补好了!

雷声歇了,电光熄了,暴雨住了,哈尼人得救了。

缺了十七颗牙齿的老阿波领着哈尼人爬上哀牢山最高峰,一齐朝天上叫:"艾浦——!艾乐——!"天上没有回声,只见天边缓缓地现出一道道鲜红的彩霞。那朝霞映红了哈尼人的脸膛,映红了哈尼村寨,映红了哀牢群山,映红了天和地。从此,哈尼人总爱和朝霞在一起,因为它是艾浦和艾乐的鲜血变成的。

中外神话故事

·中国神话·

图文珍藏版

骊山老母补天　王母娘娘补地

（汉族）

相传，骊山老母和王母娘娘是姐妹俩。开天辟地后，骊山老母补天，王母娘娘补地，她俩补天地的地方就在骊山。

她俩从小就不平凡，人又聪明手又巧，是哥哥伏羲氏的好帮手。不知哪一年，神农氏的子孙共工氏和颛顼帝的子孙祝融氏不和，两家各不相让，打了起来。她俩为了避免这场灾祸，才来到骊山。所以人们都知道她俩在骊山补天地。

在那次大战中，共工氏打不过祝融氏，共工氏非常恼怒，一气之下用头把西北的顶天柱不周山碰倒了。这下可不得了，天倾西北，地陷东南，连天上的星星月亮也离开了原来的宝座，洪水滔滔不止，危害着人们。

骊山老母和王母娘娘看到天下百姓遭了这么大的灾难，心里十分不安，姐妹两人一商量，决心补天补地，搭救天下百姓。姐妹二人每天从骊山拣红、黄、蓝、白、黑五色石头，天天拣上用兜襟兜回，拣了一大堆五色石头，她俩又去拣柴火，堆得像小山一样，一切准备好了，支起好大好大的锅，架起熊熊烈火，准备炼石补天。

火光大得很，被太阳神全吸收了，太阳神把火光变成白光，又吐出来照射大地，花草树木，五谷杂粮，山间百兽，哪一样都离不了太阳光。入地的火光，把地下的冰块烧得滚烫，后来就变成了温泉，为人类造福，治疗各种疾病。

据说原来的骊山性格可暴躁了，一发脾气，吐出火舌，喷出血浆，这血浆就变成了五色石。自从被骊山老母、王母娘娘用柴火一烧，再也不敢作怪了。

五色石被炼成浆糊糊，王母娘娘大把大把地烧火，骊山老母做成石馍馍，趁热一张一张地补到天上，她害怕掉下来，从东海抓来一只大鳖，取下四条腿，作顶天柱。东南西北都补好了，人也累了，乏得一点劲也没有了。王母娘娘一看姐姐人也瘦了，眼睛也熬红了，便说："姐姐，你歇缓歇缓，剩下的我来补。"她用炼石的芦草灰，把陷下去的地填平，把洪水眼一个一个地堵住。从此，天下的洪水渐渐小了，经过她俩几年的辛勤劳动，天和地都补好了，恢复了原来的模样。

姐妹二人死了以后，就埋在骊山，人们忘不了她俩的大恩大德，在骊山修了庙宇，塑了圣像，世世代代供奉着。

〔附记〕中宁单鼓舞中有一首民歌，唱的就是骊山老母与王母娘娘补天地的事，歌词是这样的：

王母娘娘来烧火，
骊山老母烙馍馍，
烙的馍馍有多大？
烙的馍馍五丈八。

王母娘娘来烧火，

骊山老母烙馍馍，

烙的馍馍干什么？

烙的馍馍补天地。

王母娘娘来烧火，

骊山老母烙馍馍，

天地补好人欢喜，

冬冷夏热五谷结。

王母娘娘来烧火，

骊山老母烙馍馍，

天地补新万民乐，

万古传流姐妹俩。

每年腊月二十几，中宁地区家家户户都烙馍馍，馍馍用镊子镊成花牙，中间还用葫芦把刻成五个小圆点，代表五色石，大年三十下午，房上扔一个花馍馍叫作补天，井里扔下一个花馍馍叫作封地，这个习俗由来已久，至今仍在沿袭。

鲧偷息壤堵洪水

在尧舜时代，洪水连续泛滥长达二十二个年头。大地上汪洋一片，屋倒田淹，庄稼也都毁了，百姓流离失所，苦不堪言。再加上野兽横行，人口迅速减少。尧非常焦急，召集各部落首领商量，大家决定派鲧去治理洪水。

鲧天资聪颖，是人们公认的最聪明的人。于是，尧帝命鲧去治水。鲧接受了命令，他终日看着洪水冥思苦想，最后终于想出一个办法。他想，若要保护民众安全，只要在村子周围建上高堤，不就可以挡住洪水了吗？可是，如此大的洪水，上哪里找这么多土石来修大堤呢？这时，从水里爬出一只灵龟，它告诉鲧："天庭有一种宝物，名叫'息壤'，只要将它撒向大地，它立时就会堆积成堤。"鲧非常高兴，按照灵龟的指示，迫不及待地向遥远的西方赶去。

鲧历尽千辛万苦，终于到了西方的昆仑山，见到了天帝。他把人间正在遭受洪水侵害之事禀报天帝，并乞求天帝把息壤赐给他治理洪水，拯救百姓。可是，天帝却回复他说："人类之所以遭逢此难，是人类咎由自取。洪水是上天对人类的惩罚，应该让人类受此教训。"天帝就这样毫不客气地拒绝了鲧的请求。鲧心里挂念着在洪水中痛苦生活的百姓，眼看着大好机会就要错过，心里无比焦急。他无计可施，求天帝是没有用了，眼下只有一个办法，那就是去偷了。鲧下定决心后，便留在天庭，找了一个机会偷走了息壤。

鲧拿到息壤，急匆匆地赶回凡间，将息壤撒到洪水中。果然，息壤一落入水中便立刻迅速增长，很快就长成山一般高的堤，将洪水阻隔在大堤之外。人们脱离了洪水的包围，都欢呼鼓舞。洪水退去以后，土地更加肥沃了。人们抓紧耕种，很快就又过上了富足安康的生活。

天帝知道鲧偷走息壤，大发雷霆。他召集天兵天将即刻下凡，收回了息壤。息壤一撤，洪水立即反扑过来，百姓好不容易重建的家园又毁于一旦了。而且，这次的洪水比前一次更加猛烈，淹死了更多百姓。尧帝勃然大怒，他派人抓来鲧，骂他道："我将百姓安危都寄托在你一人身上，哪晓得你投机耍滑，去偷天帝的神物来治水。现在天帝发怒，百姓比以前更加遭殃了，你真是罪不可赦！"

尧帝命人将鲧囚禁在羽山，三年后将他处死。鲧死时，心中还惦记着受洪水祸害的百姓。后来，鲧的儿子禹继承父志，终于治理好了洪水。

精卫填海

风光秀丽的发鸠山上，有一座金碧辉煌的宫殿。那就是太阳神炎帝居住的地方。

炎帝有三个女儿，他最喜欢小女儿女娃。女娃长得俊俏，说话乖巧，行走灵巧。她是妈妈的心肝宝贝，也是爸爸的心肝宝贝。爸爸太阳神整天忙着管理太阳，天黑回家，无论多劳累，多困乏，总要把她抱在怀里，举在头顶，听听她那"咯咯咯"的笑声。他还说："只要女娃一笑，浑身的困倦就飞走了。"

女娃在太阳宫里享受着爸爸的溺爱，妈妈的呵护。她吃的是山珍海味，穿的是仙衣神裙，戴的是金玉珠宝，真是要什么，有什么，还有丫鬟随侍着，可以说是衣来伸手，饭来张口，生活得无忧无虑。

女娃在太阳宫里常常向往着外面的世界，山有多高，海有多深，地有多大，她都想知道。可爸爸妈妈就是不让她出去，说她年幼，怕磕着碰着。她只能孤身呆坐，猜想山川海洋的模样。

这一天，女娃终于走出了宫门。

那是因为太阳神炎帝下凡到了人间，在那里忙着尝百草、辨五谷。女娃就是趁着这当口溜出来的。

山真美。别说树木，别说小草，单是那些高高低低的峰峦就有意思极了。横看像峻岭，竖看如险峰，远近左右各不同。女娃跑东跑西，虽然很累，可是累得痛快，比在太阳宫里有趣多了。

女娃早忘了回家，山上看够了，就想去看海。她站在山巅朝东一望，大海也不太远，下了发鸠山，奔过一片沙滩就是茫茫大海。海水好蓝呀，一眼望去波光粼粼就是看不到对面的岸边。哪是海边呢？正这么想着，远处有了个黑点，黑点在风波中摇摇摆摆，一点点变大，变大，从眼前过去了。她看见了，那是一位渔夫，脚下踩着三根木头漂荡而来，又漂荡而去。凑巧岸边滚着一根木头，女娃双手一推，那木头滚动了，用劲再推，再推，沉重的木头滚到了海里。一下水，木头不再沉重，竟然漂在了海面。女娃试着站上去，木头摇了摇，身子晃了晃，她刚摇晃着站住，木头就漂离了岸边。

精卫填海

转眼间，木头漂进了宽阔的大海。刚才那些欢舞的浪花还在远处，只一闪，女娃就到了浪花里面。这些浪花可真淘气呀，蹦蹦跳跳舞蹈个不停，弄得她脚下的那根木头也随之不停地跳动，她一点也不敢松劲。随着浪花的欢舞，木头载着女娃越漂越远。

这时候，风大了，浪也大了，大浪打翻了木头，女娃翻进了水中。她一下感到了海水的汹涌激荡，伸手抓木头时，木头早漂远了。女娃被海浪推上来，颠下去，只见一切都在转动。转动出爸爸的笑脸，爸爸笑着却不搭理她；转动出妈妈的焦虑，妈妈虽然焦急也不搭理她。女娃后悔了，后悔没有从爸妈那儿学来闯大海的本事，后悔自己不该贸然独木作舟漂荡大海。可是，一切都晚了，一个大浪打过来，女娃沉入了海底。

女娃再也没有浮出海面。

不多时，从海里飞出了一只鸟，花脑袋，白嘴壳，红脚爪，像女娃那样漂亮乖巧。

那就是女娃的化身，人们叫她帝鸟，更多的人叫她精卫。

精卫扇扇翅膀飞上了发鸠山，众人以为她再也不会来这凶险的大海了，可是过了一会儿又在海上看见了精卫。她来来往往，不停地飞着，每一次嘴里都衔着一粒石子，那是从发鸠山上带来的。她要用石子将大海填平，她不想再看到大海夺去其他人的生命。

河伯授图

传说大禹治水以前，黄河流到中原，没有固定的河道，经常泛滥成灾。

那时候有个叫冯夷的人，被黄河水淹死，一肚子怨恨，就到天帝那里去告黄河的状。天帝听说黄河危害百姓，就封冯夷为黄河水神，称为河伯，治理黄河。

河伯掏尽了气力，治了许多年，也没把黄河治住。他已年迈体弱，想着世上总有一天会有人能治理黄河的。为着叫后人治水少费点劲，他天天奔东走西，跋山涉水，察看水情，画了一幅黄河水情图，准备把它授给能够治理黄河的能人。到大禹治水的时候，河伯决定把黄河水情图授给他。

这时，世上有个射箭百发百中的年轻人，叫后羿。他见河伯身为黄河水神，治理不了黄河，只是东奔西跑，不知道在干什么，便想把河伯射死。

这一天，河伯听说大禹来到了黄河边，就带着那幅水情图去找大禹。河伯和大禹没见过面，谁也不认识谁。河伯跑来跑去，见河对面有个英武雄壮的年轻人，就喊着问："喂！你是谁？"

原来站在对岸的是后羿。他抬头一看，喊话的老头仙风道骨，就问："你是谁？"河伯高声说："我是河伯。你是大禹吗？"后羿一听是河伯，冷笑一声说："我就是大禹。"说着张弓搭箭，不问青红皂白，"嗖"的一箭，射中河伯左眼。

河伯捂着眼，痛得直冒虚汗，心想：大禹呀，你好不讲道理。想着生气。就去撕那幅水情图。正在这时，猛地传来一声："河伯！不要撕图。"河伯用右眼一看，对岸一个戴斗笠的年轻人，拦住了后羿，不让他再向自己射箭。这个人就是大禹。原来，大禹知道河伯绘了黄河水情图，正要找他求教呢。

大禹过河来，跑到河伯面前，说："我是大禹，刚来到这里。听说你有一幅黄河水情图，特来找你求教。"

河伯说："我用了几年心血，画了这图，现在就授你吧。"

大禹展开一看，图上密密麻麻，圈圈点点，把黄河上上下下、左左右右，画得一清二楚。大禹高兴极啦，他要谢谢河伯，一抬头，河伯早没影了。

后来，大禹根据河伯授给他的黄河水情图，疏通水道，终于治住了黄河。

禹的诞生

远古时候,在苍苍莽莽的大地上,洪水比猛兽还凶,它淹了山,没了田,毁了村,余了房。人们有的被冲走、淹死;有的逃上高山,避居洞穴;有的爬上大树暂时栖身;有的离乡背井流落他方。天冷了,饥寒交迫;天热了,疫病流行。人们大批死亡。

洪水害苦了百姓,百姓在尧帝面前推举崇伯鲧来治理洪水。尧帝一时拿不定主意,百姓一再推举,尧帝也就应允。

崇伯鲧治了九年洪水,东堵一道坝,西筑一道堤,到头来堤毁坝坍,还是制服不了洪水。天下百姓,叫苦连天。崇伯鲧也很焦急、苦恼。

尧帝下令征求贤德之人,百姓又推举了舜。舜亲自驾着马车,四处巡视,考察民情,抚慰百姓。舜看到鲧治水没有功效,就把鲧杀死在东海边的羽山顶上。

鲧倒在羽山上,羽山震动了,发出隆隆的声响,惊动了背负大地的鳌鱼。鳌鱼打了个颤,地震了,海啸了;霎时间,疾风暴雨,也一齐发作。那倾盆大雨,一连下了九天九夜,大地又添了一场新的灾难。

洪水把羽山淹了大半,起伏不息的波浪,在羽山的四周哗啦哗啦地拍打着,羽山成了个小岛。

月亮圆了三十六回,大地上的洪水才退去。水退去的地方,泥浆遍地,寸草不生。可是洪水淹不着的羽山顶,绿茵茵的草丛,茂密一片,远远望去,像是一顶翡翠做的王冠,映衬着蓝天白云,煞是好看。

一天,有个叫豹胆牧童的,骑着水牛,来到羽山脚下。他一边唱着歌,一边慢慢地登上了羽山,要让水牛美餐一顿鲜草。当他来到山上仔细一看,啊,真美哪!绿草茂茂密密的,还间杂着五彩缤纷的花朵朵。他上前几步,发现花丛深处,竟仰天躺着个身首异处的尸体。便跳下牛背,走近去看。那断颈的头,气色如常,只是皱着眉头,似在想些什么。怪呀,这准定是鲧的尸体,为什么死了三年,尸体还不腐烂呢?是不是他的心还没有死呢?是不是神仙在佑护着他呢?

更奇妙的是,这尸体的肚子鼓鼓的,好像孕妇快坐月子了。豹胆牧童又寻思开了:是不是鲧气得肚子胀了起来?可不,治水不成。那不是有意不成哪,这治洪水的事谁试过呢?试试不成,为什么要杀头呢?——鲧气得有理!

豹胆牧童想着想着不觉入了神,竟对鲧的尸体动问起来:"崇伯鲧呀,你气不气?"鲧尸没有回音。

"崇伯鲧呀,你恨不恨?"鲧尸没有动静。

"崇伯鲧呀,你能不能开开声?"

突然,隐隐地,鲧尸的腹部发出了话音:"父已逝,子要生!"

豹胆牧童惊异地问:"你是谁?"

"我是崇伯鲧的儿子。"

"你想干什么?"

"我想出世来。"

"出世干什么?"

"出世治洪水。"

豹胆牧童又问:"你为什么不早点出世?"

"我要等月亮圆过三十六回才出世。"

"圆过几回啦?"

"圆过三十六回啦!"

"那你为什么不出世呀?"

"我要见刀出世,落地成人!"

"你要我帮忙吗?"

"要,请在我父亲的腹上轻轻地剐一刀!"

豹胆牧童从腰带的刀架上抽出柴刀,在石头上磨了几下,就在鲧尸的腹上轻轻一剐。这时,一个妇女气喘吁吁地手提裙子上山跑来。一见鲧尸腹部刚被剖开,她张开双臂,哭着喊着扑了上去。

就在这天巧地合的一刹那,"噗"的一声,一个白白胖胖的男孩从鲧腹中蹦了出来,又恰好蹦进了那妇女的怀中。那妇女慈怜地抱着孩子,看着鲧尸,一时间呆呆地讲不出半句话来。可这小男孩却漾起了满脸的笑意,开了声:"母亲,我的好母亲!"

那妇女如梦初醒,问道:"孩子,你真是我的儿子?"男孩点点头。那妇女是谁呢?她是鲧的妻子脩己娘娘呀!

"母亲,我是父亲的一生心血化育出来的。我要继承父亲的事业去治水!"

脩己说:"你是个孩子,怎么会治水?"

"父亲的英灵教我,以后治水要开开开,导导导!"

脩己说:"导比堵好,不过该堵的地方还得堵一堵。"

"母亲,讲得对!"

"好吧,等你长大了,你也去治水吧!"

"我马上就长大啦!"说罢,孩子便从脩己的怀中挣脱出来,跳到地上。他刚一着地,就立即变成了一个英俊威武的小伙子。他举起双手大声呼喊:"天地啊,山川啊,生灵啊!我是鲧的儿子禹,我要继承父亲的遗志,治好天下的洪水!"

禹的呼喊声,像隆隆的春雷。在天地山川间回响着、震荡着。豹胆牧童高兴极了,便从牛背上扯下当鞍垫的金钱豹皮给禹围了身子。禹说:"谢谢你啦,你既大胆又聪明,外加天生一副好心肠!天下最暴躁的牛,在你手下都会变得温顺听话的。"

脩己又是惊奇,又是高兴;但眼睛一触及丈夫的尸体,她又扑倒在尸体上放声大哭起来,点点眼泪,从鲧尸上流淌到地上。突然间,霹雳一声,金光闪耀,鲧的尸体变成了一条黄龙,趁势游向羽山下的深渊中去。

惰己见丈夫的尸体变了黄龙,猜不透是吉是凶,不觉又痛哭起来。豹胆牧童劝慰说:"崇伯鲧成龙了!儿子又这么大了!这真是双喜临门啊!"脩己一听,转悲为喜,扶着孩子,慢慢地走下山去。

这时候,天上同时出现了七条彩虹,诸神一齐来祝贺治水大帝的诞生。

禹王锁蛟

有一次,大禹为了察看中原的水情,来到了淮河源头桐柏山,在一口井里发现一个怪物。那怪物形若猿猴,缩鼻高额,青躯白首,金目雪牙。它的颈脖子一伸有十来丈长,它的力气比九头象的力气还大,并且能窜会跳,走起来比飞还快。这就是淮涡水怪,名叫巫支祈,当地人们都说它是惯于兴风作浪、翻江倒海的蛟龙。巫支祈见禹王来到,就使尽平生的本事,头一摆,尾巴一摇,从井底"噗"的一声喷出一股黑水,满山遍野尽是洪水。禹王却不害怕,他迎着洪水手持耒锸,向巫支祈猛冲过来。

巫支祈见黑水喷不住禹王,便又吐出了一口黄水,一刹那惊风走雷,石号木鸣,使禹王不能前进一步。幸好有防风氏从侧旁进击,挡住了黄水,才没喷倒禹王。

接着,巫支祈又吐出了第三口红水。禹王面对大水,心不怯,胆不寒,带领防风氏和众百姓等直冲上前。巫支祈三口怪水吐罢,已经筋疲力尽,招架不住了,就向井外一蹿,跃入滔滔的洪水之中,并顺着水流的方向,向东逃去。后又向北折行,钻入一座无名的大山之下。

禹王带领民伕来到了这里,他看了看山势,又察了察水情,用规矩左右前后丈量完毕说:"这座山挡住了水的去路,必须把它挖掉,将洪水引入东海,那水怪自然会被捉住了。"于是带领众人,每天挖山不止。

水怪巫支祈很凶恶,它把民伕们白天凿下来的石头,晚上一口一口地吞入嘴中,经过细嚼之后,再吐出来,喷到白天开凿的方塘里,那顽石便依然如原来一样,甚至比原来的还要坚硬。

禹王怒不可遏,乘云驾雾,来到天宫,向二郎神借来了赶山鞭,运足了力气,挥起长鞭,向山头猛甩一鞭,只听"咔嚓"一声巨响,将这座无名大山劈为两半,成为一个峭石陡立的峡石口,这就是淮河进入平原后的第一个峡山口——凤台峡山口。人们为了纪念大禹劈山引水的功劳,便把河西的那座山称作禹王山,把河东边的那座山称作伯王山(伯就是崇伯,也就是禹王的父亲鲧)。

水怪巫支祈无法藏身,便又顺流而下向东窜逃,来到了荆涂山,又钻入山底洞里。那荆涂山本是二郎担山撵太阳时,把太阳压山下留下来的,东西并排着十一个山头。

为了开凿荆涂山，禹王在这个山下大会诸侯，各部落首领四岳、后稷、皋陶、伯益等都按照约定的时间到齐，商定从第五个山头和第六个山头之间开凿此山。

巫支祈听说禹王要开凿荆涂山，便在水下作起怪来。他呼风唤雨，推涛作浪，一刹那天昏地暗，狂风怒号，大雨倾盆，雷声隆隆，大雨下了三天三夜，滚滚的洪水漫到半山腰间，使开山的工程不得进行。这天夜里，三更已过，禹王还未安眠，忽然听到门外风声作响，一位老人推门进来，禹王连忙说："请坐，敢问老伯尊姓大名？"老人说："禹王不必客气，我是淮河龙王。我看水妖作怪，黎民百姓深受其害，到此特来相助。"

说着，从腰间掏出一个蚌壳，掀开蚌壳，里面横卧一把斧头，放出刺眼的光芒。龙王从蚌壳内取出斧子，放在掌心，说声"长！"那斧头便迎风而长，数丈有余。大禹可真太高兴了。连忙拜谢龙王相助之情。龙王说了些关照的话，便起身辞退。

次日黎明，禹王手提神斧来到山前，对准荆涂山的五、六两个山头之间猛劈一斧，只听得山崩地裂般的一声轰鸣，霎时间山石飞溅，尘土冲天，荆涂山被劈为两片，洪水自山峡内急流向下，泄入东海。从此以后，荆山在西，涂山在东，永远不在一起了。这就是淮河进入平原后的第二个峡口——荆山峡。人们为了感谢禹王治水的恩情，把一位最贤德、最美貌的姑娘名叫涂山氏的嫁给了他，大禹愉快地接受了此桩婚事。

禹王劈开了荆山峡之后，巫支祈在水底再也藏不住了，就又顺着洪水，向东跑去。禹王率领民伕一直追到洪泽湖畔，巫支祈已钻入甘泉、圣人两山之间的圣人湖水底石缝中。禹王在这里开山凿石，开挖了河，并拓宽了峡面，终于捉住了水怪巫支祈。

禹王把巫支祈锁在洪泽湖畔龟山脚下的一口水井里，使它永远不得再出来危害人民。这口井，后人就称作支祈井。

禹擒水怪无支祁

禹治理洪水到了龙门山。龙门山原是一座大山，它和吕梁山的山脉连接着，挡住了黄河的去路，黄河的水到这里流不过去，只好回头往上流，水神趁势兴波助浪，造成洪水的泛滥，以至于把上游的孟门山都淹没了。

当禹率领民工开凿龙门山的时候，有一天，偶然到了一个大岩洞里。岩洞深得很，越走越黑暗，到后来简直寸步难行了，禹只得退出来，重新打了火把进去。

一进去不多久，便看见前面有一个东西闪闪发光。后来那发光的东西把整个岩洞都照亮了。仔细一看，原来是一条大黑蛇，约有十来丈长，头上生有角，嘴里衔了一颗夜明珠，在前面给禹带路。

禹就丢了火把，跟着大黑蛇走。走了好一会儿，到了一个光明而开朗的地方，似乎是一座殿堂，有一些穿黑衣服的人，簇拥着一个人脸蛇身的神，坐在殿堂的中央。禹一看这神的形状，心里就明白了八九分。禹便问他：

"你莫非是华胥氏的儿子伏羲吗？"

"对啊！"蛇身人脸的神说，"我就是那九河神女华胥氏的儿子伏羲啊。"

他们两人一谈起来，都感觉很是亲切。伏羲幼年时候吃过洪水的亏，对于治水的禹所做的伟大工作，表示非常钦佩，愿意尽他的力量来帮一点忙。于是便从怀里掏出一只玉简交给禹，这是一种形状像竹片的玉器，有一尺二寸长，说是拿了这东西去，就可以度量天地。禹后来果然带着它在身边，平息了洪水。

禹治理洪水，曾经三次到过桐柏山（在现在河南省桐柏县西南），可是那地方总是刮大风，打大雷，石头啸叫，树木哀号，使治水的工程简直没法施展。

禹知道是妖物作怪，心里恼怒，便召集天下群神，并亲自下命令给夔龙，叫他们想办法除妖。桐柏山和附近各山的山神恐怕祸事弄到自己头上，都跑来跪着向禹磕头，请求饶命。禹疑心他们包庇妖物，便把他们当中几个特别狡猾的如像鸿蒙氏、商章氏、兜卢氏、犁娄氏等拘囚起来，加以审问。果然问出实情：原来在淮水和涡水之间，躲藏着一个叫无支祁的水怪，禹就马上派人去擒拿这个怪物。

这怪善于言语应对，形状像猿猴，额头高，鼻梁低，白脑袋，青身子，牙齿雪亮，眼睛闪耀出金光，力量大过九只象，颈脖子伸出来有百尺长。他的身躯伶俐轻便，虽然被擒获了，却还在那里横蹦竖跳，没一刻安静。

禹拿他没法，便叫天神童律去制服他，童律制服不住；又叫乌木由去，乌木由也还是不行；最后才给庚辰制服住了。

庚辰制服他的时候，成千累万的山精水怪都聚集起来，绕着庚辰奔走号呼，想尽办法捣乱，企图把他们的伙伴劫夺回去。

庚辰拿了一把大戟去把山精水怪都驱赶走，怪物失了凭依，这才降伏。

禹见怪物降服，于是叫人拿大铁锁锁在他的颈脖上，鼻孔里又给穿上了金铃，把他镇压在如今江苏省淮阴县的龟山足下。禹的治水工作这才顺利地进行下去。淮水从此才平安地流入海中

三过家门

大禹和涂山氏在台桑新婚后的第四天，就接受了舜帝给他的使命——出发治水。一去十三年，"三过家门而不入"：一过家门是在早晨。大禹走近家门，老远听到他的母亲脩己的骂声："父亲治水，丧命在羽山；儿子治水，一去四载。父亲是呆子，儿子是笨蛋！"

这时，屋里传出小孩子的哭声。大禹听到母亲又骂："三岁哭到老；有爹没法

叫！你要哭，跟你老子去哭，省得奶奶心烦！"

接着传来了涂山氏抱哄小孩的声音。大禹听见母亲骂得更凶了："新婚四天，丈夫出行。一去四年，不找不寻。名是新媳妇，实是活寡妇！"只听得涂山氏长长地叹了口气。

大禹想进去答话，又怕恼着气狠了的母亲，拉扯进去没个完。治水要紧哩！怎能为了家事耽搁了时辰？——于是悄悄地离开了家门。

二过家门是在中午。头天夜里，大禹想家想得可厉害哩！天不亮就骑马动身赶呀赶，肚子饿得咕噜咕噜叫。到中午辰光，登上了家侧的小丘。大禹勒住了他那匹高头白马，一眼就看见他家那烟囱，冒着乳白的炊烟。大禹心想，从这炊烟看，家里是平平安安的。一声悠长的鸡啼，传得老远老远；几声小猪的呼噜，也听得清清楚楚。大禹急切的思家心绪平静下来。离乡背井，屈指算来，该有六七年啦。

这时，屋里突然传出了他母亲脩己爽朗的笑声，接着是她带着兴奋的声音："孙儿呀，要是你爹回来，他不认识你，怎么办？"

"不认识，我就打他。"

"为什么要打呢？"大禹听出是妻子温柔的声音。

"连自己的儿子也不认识，不该打吗？"孩子尖着嗓门撒娇的声气，"打也是活该！"

"好孩子，"大禹母亲的声音，"脾气真像你奶奶呀！"接着又是一阵笑声。

大禹寻思：上次过家门，一片骂声，哭声，叹气声，我尚且没有进门；这次，家里好端端的，我还进去？于是，大禹便绕过家门，向治水的工地奔去。

三过家门是在傍晚。那是二过家门三四年后的事。今天因办治水的事，离家已不远，大禹就起了回家看看的心意。可是偏偏天不作美，中午辰光，乌云滚滚，雷声隆隆，哗哗的大雨，简直像天河漏了底儿！尽管如此，大禹还是忍饥耐饿地赶呀赶，傍晚时，终于望见了家门。大禹可高兴啦：进家去歇一歇，看看一别十载的亲人，烘烘衣衫，吃点东西，该有多舒坦多称心哪！

大禹骑马直奔家门，他一眼看到屋檐下有个八九岁的男孩，正用小锄头在疏理屋前的廊檐沟水。那小孩一见来了生人，便仰起头，在大雨声中尖着嗓门招呼："喂，大伯，您见过我爹爹吗？"

大禹故意问："你爹爹是谁呀？"

"大禹嘛。大伯，请捎个信给他，叫他回来看看，帮我挖挖廊檐沟。"

这时，屋里传出大禹母亲的声音："你这小鬼头，乱嚼你舌头！你爹爹治天下的洪水，现在听说正见点成效，你却要他回来挖廊檐沟？"

接着是大禹妻子的声音："你奶奶讲得对，叫你爹治平洪水再回家。"

小孩天真地扬声说："对，叫我爹治平洪水再回家。"

大禹一听，心里可高兴啦。他对儿子说："好！我一定把口信捎给大禹！"说着，就转身上马，马不停蹄地又上路了。

"三过家门而不入",就是这段故事。至今,还传着这样四句话:

一过家门听骂声,二过家门闻笑声,

三过家门捎口信,治好洪水转家门!

蛮龙归正

大禹治水有三样法宝:一是伏羲给他的河图、玉简;二是天上的应龙,用尾巴划地,给他指引方向,禹沿着应龙划尾的线路,领着民工开凿河道,疏导洪水;三是大乌龟(就是玄龟),把息石和息壤投到低洼的地方,息石长石、息壤长土,不断地生长起来,使地势加高。说起来,有了这三宝,治洪水的进度也不算慢了,可大禹却总想再快一点。

有一天,有人来报,说上个月息石、息壤堵起来的大坝,昨夜坍掉了,洪水又淹了田地。大禹心想,息石、息壤筑的坝从没有坍过啊!过了半晌,又有人来报,说昨夜看到电光闪闪中,有一条全身乌黑的龙,在坝边的洪水里翻身打滚,兴风作浪。后来,轰隆隆一声,大坝坍了!

这时,应龙降落在大禹面前,匍匐着说:"那是条恶龙,快让我去消灭它!"

大禹说:"且慢,让我想一想。"

那只大乌龟,昂起墨绿色的头,直朝大禹摇着摇着。大禹问:"玄龟啊,你有什么话要讲呢?"

玄龟的声气很有些像大石蛙。它说:"那条乌龙有神力,别轻易丧了它的性命,倒不如去劝它弃邪归正,帮助禹王治水。"

应龙却说:"我听说它是蛮七蛮八的蛮龙,邪气太重,归不了正的。"

大禹说:"应龙,你还是去划地引路吧,玄龟背我去走一趟。"应龙四足一蹬,翅膀一展,便腾空而去了。

玄龟驮着大禹上了一座高山。大禹朝下一看,见一条全身乌黑的巨龙,头上长着一对雪白耀眼的龙角,正在嬉戏翻腾,不时掀起冲天的浪花。

大禹便大声喊道:"喂,哪来的神龙?把我们的大坝搞坍了!"那乌龙全不搭理,只是摇头摆尾地戏水。大禹说:"喂,你可不要残害生灵呀!"不料乌龙倒反而摆弄得益发厉害了。

玄龟憋不住了,仰起头来说:"喂,神龙,是禹王在给你讲话呢,你怎么老是不理不睬的?"乌龙却仍然全没一点顾忌。玄龟轻声对大禹说:"得稍稍给它点厉害尝尝!"

大禹袖子一抖,取出一块小小的五彩息石,放在玄龟的尾尖上,那息石便立即成为一块斗大的巨石。玄龟只把尾巴轻轻一挥,天空就划出一道彩虹样的弧线,五彩息石不偏不倚地落在乌龙脑门顶的两只龙角之间。

乌龙把头一昂,哈哈大笑说:"这块小小的花石头,奈何我不得!"

大禹说:"我只想让你听我讲点理。"

乌龙说:"我叫蛮龙,就是蛮七蛮八不讲理的。你有理跟别人去讲吧!"

可那五彩息石,无时无刻不在膨胀变大。不一会儿,便把蛮龙的两只龙角撑紧了,疼得它直摇头。五彩息石还在生长,蛮龙感到脑门心里轰轰响着,眼睛也直冒火星。蛮龙这才讨饶说:"禹王呀,快把这块倒霉的花石头拿掉吧!"

大禹说:"你肯听我讲理吗?"

蛮龙说:"听就听吧!"

大禹一示意,玄龟一个倒吸,天空又划出一道彩虹样的弧线——五彩息石被吸归原处。

蛮龙伸了伸头,挥了挥尾,怏怏地说:"讲呀。"

大禹说:"洪水滔滔,天下百姓遭灾。我奉舜王的嘱托,疏导洪水人海,一旦治好洪水,天下百姓安居乐业。这就是理!"

蛮龙说:"你这个理,我听得懂。"

大禹又说:"帮助我治水的,除了天下的黎民百姓;前有应龙,后有玄龟;你若跟我治水,施展你的威力,使百川归海,便是你的功德了。"

蛮龙说:"你这个理,我也听得懂!"

大禹说:"你懂了,就得听我的,跟我走!"

蛮龙欣喜地腾升天空,听候大禹调遣了。

从此,大禹又添了一个得力助手,治水也就顺当得多,快得多啦。

启母石

千百年来,在我国劳动人民中间,一直流传着许多大禹治水的故事。"启母石",就是这些故事中的一个。

在登封县嵩山脚下,矗立着一块几丈高的巨石。从巨石上裂下来一块石头,像一尊雕像站立在那儿,相传这就是夏禹的妻子涂山氏变的。因为涂山氏的儿子叫"启",所以后人都把这块巨石叫"启母石"。在离"启母石"不远的地方,还立着两根由大块方石头垒成的门柱,上边刻着打猎、农耕的浮雕画。这就是当时大禹的家门口,后人叫"启母阙"。

那时候,洪水横流。为了使人民安居乐业,大禹治水,跑遍了九州四野。在嵩山南面,西自龙门,东到禹县,有一条大河叫颍河。颍河一泛滥,两岸就变成一片汪洋,什么庄稼也不能生长。大禹为了把洪水排出去,就在登封县西北的蓼岭口(也叫轩辕山)一带,凿山治水。他打算把嵩山南面的洪水引进北面的洛河,然后再让它流到黄河里去。

这一天,大禹来到蓼岭口附近一看,这里山势险峻,凿通蓼岭口工程很大。他为了很快开通河道,在凿山时,就变成一只巨大的黑熊。这样一来,大禹不论翻山越岭,掘土运石,引水导洪,都非常雄健、有力。

大禹每天忙着开山凿石,没工夫回家。他顾不上吃饭,就叫凄子涂山氏给他送饭。他为了不让妻子知道自己变熊的事儿,就跟妻子约定:只要她听见敲鼓的声音,就去给他送饭。涂山氏知道丈夫辛苦,就按照他的嘱咐办事。每天,当她听到咚咚的鼓声时,就赶快撑着木筏子,把饭给大禹送到开山的工地上去。这样,夫妻两人虽说都很辛苦、劳累,但心里很快活。

有一天,大禹在山坡上行走的时候,一不留心,脚下踩动的几块石头从山上滚下来,刚好掉在鼓面上,发出了咚咚的响声。大禹因为忙,走得急,也没在意,只管上山去了。涂山氏一听到鼓声,心里纳闷:今天丈夫为什么吃饭早了呢?大概是特别累,饿得也快了吧!于是,她就赶快把饭做好,急急忙忙撑着木筏子给大禹送饭去了。

谁知道,当她来到山坡前,左等右等,也不见大禹回来,就往山上爬去。她来到山上向下一看,只见有一头大黑熊,正在山下用力凿石推土,开挖河道。它把头往前面一伸,腰向下一躬,两腿一蹬,伸出两条巨臂,用力朝山岩上一推。"轰隆隆——"一声响,山石塌下了一大片,倒在水里,溅起几丈高的浪花。大黑熊这才直起腰来,看看新开出来的山口。乐得眉开眼笑。

这时,涂山氏一见,却大吃一惊,心想:自己的丈夫大禹,怎么是一只大黑熊呀?平时自己为什么没有发现呢?一时间,她不知道怎么办好,就提起饭篮赶快往家跑。一路上,她又羞又急又气。当她快到家门口时,心里一阵难过,几乎晕倒。她勉强支撑住,往家门口的山坡上一站,就变成了一块石头。

再说那只大熊,到天晌午了,又变成原来的样子。大禹伸展一下胳膊,抖抖身上的灰土,来到大鼓跟前,敲起鼓来。可是,他敲敲,等等;等等,敲敲,好久也不见妻子送饭来。他想,一定是出了事,就赶紧往家走。

大禹回到家里,里里外外找不着妻子的影子,只见家门口的山坡上,多了一块巨大的岩石,旁边还放着一篮子饭。大禹这才明白:原来妻子已经变成岩石了。这时,大禹后悔不该把自己变熊的事儿瞒着妻子。他又想:妻子已经怀孕很久了。这一来,咋办呢?我没有儿子,谁来跟我继续治水呢?想到这里,他就急匆匆地走到巨石前面,用颤抖的嗓音大声喊道:"孩子他娘啊!你就这样离开我了吗?你要把儿子交给我呀!"大禹的声音,在深谷中回荡着。

突然,轰隆一声响,这块巨大的岩石裂开了。从巨石裂开的地方,跳出了他的儿子。大禹一见,急忙亲切地把儿子抱了起来。后来,这孩子长大了,大禹就给他起名字叫"启"。

许多年以后。大禹于凿通了蓼岭口,颍河两岸的洪水就顺着洛河流到黄河里去了。老百姓也开始在这里定居下来,开荒种地,过着安静的日子。

王鲧和防风

王鲧和防风是好朋友。然而防风是大个子，站着山样高，躺下河样长；王鲧是小个子，三寸长，六两重，一大一小，站在一起真让人发笑。

当初呀，天下发大水，到处是海满洋溢的。王鲧对防风说："我们治水吧。"于是，王鲧和防风就向地皇把治水的事包了。他们听说天帝有色土，见水就长，只要偷一点来治水就省事了。于是他们就想法到天宫去偷色土。

防风个子高，站在山上，手一举就能摸到天宫。于是防风把王鲧托在掌上，一举，就送王鲧上了天。王鲧个子小，不显眼，在天宫里跑来跑去，谁也不注意。色土藏在天帝的座椅下，王鲧就从天帝的裤脚里钻进，从裤裆缝钻出，不声不响就把色土给偷到了。

王鲧带着色土，防风托着王鲧，到处跑，跑遍天下每一条江，跑遍天下每一座山，他们用色土在江上扎了一道道坡，在山口筑了一座座坝。色土遇水长，坡坝随水高，江河上游的水被挡住，平川里自然免了洪灾。治水眼看要成功，地皇正打算让王鲧做王呢。谁知道，王鲧偷色土的事让天帝知道了，很恼火，一下子把全部色土都收了回去。这下更糟，原来挡在上游的水一下子往平川涌，洪灾更凶了，地皇发了怒，把王鲧和防风抓起来，要杀掉他们。防风个子大，一般人只够到他脚凹，杀他不得。而王鲧吧，个头小。就像灭蚂蚁一样被灭死了。临死前王鲧对天长叹说："我个子小就被杀死，希望我儿子能长得高些，比防风还大三分。"果然，他儿子个子比防风还大，他儿子就是大禹王。

防风三难大禹

大禹治水有功，从舜禅接了王位，建立夏朝，自称"夏禹王"。

这天，夏王朝第一次祭天，鸡鸣五更，各路诸侯都已到齐，前来参祭。夏禹王早封了各人祭天职务，防风因生得太长，只好派他担任纠仪的官。他站在高处，张开一只大眼东看看，西望望，早将祭礼场中的一切看得一清二楚。

忽然，乐声四起，六十四位舞女排成八列，来到夏禹王面前翩翩起舞，歌功颂德。防风好气，独眼圆睁，大吼一声，道："大禹，你向来以俭号令天下，今天祭祀如此奢华，真是言行相背，何以服人！"

这时，一般年老的诸侯也早已看不入眼，纷纷指责夏禹王。夏禹王没奈何，只好命令停乐罢舞。

防风再向祭坛望去，只见配天的神位除了尧、舜二帝外，还有夏禹的父亲鲧。

他又气炸了，大声责问：

"大禹，你的老子鲧，是个犯罪之人，有什么功德可以配天！"

众诸侯一听说以鲧配天祭祀，都愤愤不满，纷纷向夏禹王叫嚷起来："以前，舜王祭天，用帝尧来配祭，不用鲧叟，可见舜王的大公无私！"

"夏禹，你号称尚功，可是你老子鲧呢？论功绩，是个淹水害万民的人；论德行，是畏罪潜逃、最后被抓获杀戮的罪人；论名望，他是四凶之一，配天何以服天下？"

夏禹王见防风和众诸侯纷纷责难，自知理亏，暗暗令手下人将鲧的神位取了下来。

祭天开始，夏禹王高声朗诵祭文。朗诵完毕，又说："本王的天下受之于舜，将来一定传给贤人，决不私于一家一姓，现在查群臣中只有皋陶，智慧老成，功德卓著，推荐于皇天，祈皇天允诺"。众诸侯听了又议论纷纭。

防风听后禁不住哈哈大笑起来："大禹啊大禹！你早知道皋陶老病垂危，朝不保暮，连这次祭天也不能来参加。你还要向皇天推荐，禅位于他，这不明明是虚情假意？"

这时，有一个诸侯说："我听说夏禹的儿子启正纠合无数心腹之人，四出张罗，要想继承他父亲这个王位呢。"

众诸侯听了，更加议论不休。防风早已听得不耐烦，大吼一声，道："今天这三件事，就是让人不服！"

"是啊！我也不服！""我也不服！"

防风听见大家说不服，高喊一声："既然不服，在此还有何事？回去吧！"说罢，转过身来呼地一阵风似的走了。

那些不服的诸侯也都纷纷不告而别。

夏禹王气得目瞪口呆，心中愤恨地说："好个防风，带头闹事，今后有你的好看。"

以后夏禹王在会稽山论功行赏时，便借口防风迟到，杀害了防风这位治水有功的老英雄。

防风之死

夏禹王治水成功后，召集天下各路诸侯，在会稽山开庆功大会。

庆功大会开了三天，却还没见防风氏的影踪。直到庆功会快结束啦，防风氏才气喘吁吁地赶到啦！

禹王问防风氏为啥迟来晚到？

防风氏说，我接到通知后马上动身，不料路上碰到天目山"出蛟"，苕溪河"泛洪"，水急浪高，无法渡河，故此迟到。

禹王耳朵里,这几天塞满了奉承话,颂扬声,自己有点肉骨头敲鼓一昏咚咚了,对防风迟到格外恼火,一时怒气冲天地说:

"防风国离茅山最近,可是偏偏你迟到,你不是居功自傲、目无君主是什么?"

盛怒之下,下令杀掉防风氏,杀一儆百,显显自己的威势。

可是防风氏生就匹长匹大的架坯,刽子手的头还够不着防风氏的大腿呢,防风就说:

"禹王,我要站着死,你要杀我,快用木头搭一只刑台。"

于是禹王就选择了一条河塘,令人在塘上用木头搭起一个三丈六尺的高台作为"刑台",让刽子手沿着梯子爬了上去。刽子手一刀砍去,才破了些皮肉,又奋力砍了几刀,防风氏的大头颈才"砰登"一声落地。可是好久没见出血,大家惊得目瞪口呆。

过了好一歇,突然,一股白血冲天直喷!

禹王和各路诸侯十分震惊:为啥防风氏的头颈里喷出来的不是红血而是白血呢?

防风氏

禹王亲自盘问左右官员,同时派人到防风国去察访实情。

几天后,察访的人回来向禹王禀报:防风氏赴会途中,由于天目山"出蛟",苕溪河"泛洪",防风氏指挥部下打捞落水的百姓,忙得几天饭也顾不上吃,所以才耽误了会期。

禹王听了,想到防风疏导千河百港流归太湖,又在防风领地内疏理湘溪、英溪、阜溪、塘泾河,开凿了下渚湖通往东苕溪的河道;还跟随自己风里来雨里去,帮自己立下了治水大功。禹王越思越想越怪罪自己,不知不觉淌下了眼泪。

这样,禹王就下令敕封防风氏为"防风王",令防风国建造"防风祠",供奉防风氏神像,让官民每年祭祀。祭祀日是夏历八月二十五日,并载入夏朝祀典,传之后世。据传,禹王还亲临防风国参加防风王的第一次祭祀仪式。

秋祭之风,四千年来绵延不绝,直到中华人民共和国成立的初期防风祠尚存之日还举行过呢。

洪水潮天的故事

（彝族）

古时候,天上住着恩梯古兹家。天上和地下的一切,都由他管。天和地的中间,住着德布阿尔家。地上住着曲布居木家。那时候,地上的人年年都要向恩梯古兹完粮纳税。

有一年,恩梯古兹派了一个差人到地上来收税。这个人到了哪家,坐要金子做的板凳才坐,喝水要金子做的碗才喝,吃饭要金子做的金匙才吃。他决定先到曲布居木家去收税。曲布居木家里最穷,哪里有这些贵重的东西给他用呀!哪来这样多的金银和粮食纳税呀!

差人沿着森林,穿过小溪去找曲布居木家。曲布居木家有三个儿子,大儿子叫居木惹依,二儿子叫居木惹列,三儿子叫居木伍午。老大惹依在路上遇着了差人,便问他:"你到什么地方去?"

差人说:"我到曲布居木家去收税。"

惹依说:"你们收税也不要收得太多了,我们百姓也不要抵抗;恩梯古兹少收一点,百姓拿快一些,大家凑合点不就行了吗!"

差人说:"这是恩梯古兹的意旨,我不能随意改变,你的话我可以回去禀告。"说完,就气冲冲地走了。惹依掉头想把他喊住再说些好话、可是一眨眼差人早不见了,只有一条大黑牛在前面跑。

惹依回到家里,把这件事告诉两个弟弟。二弟惹列听了说:"恩梯古兹太可恶了,我们哪来这样多的东西交给他呀!"三弟伍午说:"等他来了再说吧!"

弟兄三人在家里等了几天,都不见差人来。有一天,老大惹依出去放牛。可是,牛放出去,就不见了。第二天,惹依又出去放牛。牛放出去,又不见了。惹依感到奇怪,第三天去放牛,就悄悄跟在牛后面,看看到底是怎么回事。

这头牛跑到一个草坪上,昂起头翘起尾巴,不断哞哞哞地叫着。这时,忽然从沟里钻出一头大黑牛来。两头牛碰在一起,活像冤家遇见对头,你一角戳过去,它一角顶过来,谁也不服输,谁也不让谁。打来打去,慢慢地那头大黑牛招架不住了,后脚一滑便倒了下去,这头牛追上去,用角一戳,就把黑牛戳死了,然后昂起头哞哞地叫起来。

惹依跑过去一看,被戳死的黑牛不见了,躺在地上的原来是那个从天上派下来的收税差人。惹依吓慌了,赶忙牵着自己的牛跑回家。三弟兄一商量,决定把尸体藏起来。他们抬起死人,到处找地方藏,找了很久,才在一个山洼处,发现一棵空了心的大树,便把死人藏在空树里面。那时正是冬天,天上下着鹅毛大雪,不一会儿,雪就把树洞和那人的尸体埋住了。

世界经典文库

中外神话故事

·中国神话·

图文珍藏版

恩梯古兹等了很久,不见收税的人回来。荞花开了,恩梯古兹叫人去看,也不见回来。树叶落了,恩梯古兹又叫人去看,仍然不见回来。冬天又来了,到处是白茫茫的一片,恩梯古兹又派人去看,还是不见回来。

恩梯古兹感到奇怪,心想:该不是出了什么事呀!他急忙吩咐白云去找。白云在天空飘来飘去,找了很久,没有找到。恩梯古兹派雾找。雾在山顶和山口上转来转去,找了很久,还是没有找到。恩梯古兹又派风去找。风在山上和沟里刮来刮去,找了很久,仍然没有找到。

春天来了,冰雪化了,恩梯古兹派雨去找。雨下来后,向四面八方流着,流来流去,流进了那棵空心树子里,找到了那人的尸体。雨回去告诉恩梯古兹。恩梯古兹听了生气地说:"这些人太大胆了,敢杀我的人。"是谁杀的呢?他想了一阵说:"杀人的人只有中间那家和地上那家。"

恩梯古兹先派人去问中间住的德布阿尔家。德布阿尔说:"我们根本不知道。"他为了表示自己真正没有杀人,便打死一只鸡、一只狗来表白自己。他边打边念:"我家假如杀了你这个人,明天曼德尔去山一切都要变黑;假如我没有杀人,一切都要变白。"

第二天,曼德尔去山果然山上山下一片雪白。那人相信了,接着又去问地上住的曲布居木家。老大惹依说:"我们根本不知道。"说完他也打死了一只鸡、一只狗来表白自己。他边打边念:"假如我家杀了这个人,明天吉耶梭罗山什么都要变白;假如我家没有杀人,什么都要变黑。"

第二天,那人跑到吉耶梭罗山一看,果然什么都是黑的。那人相信了,便回去告诉恩梯古兹。恩梯古兹听了,哪里肯信。明明派下去的人被杀了,怎么找不到凶手?他非常气愤地说:"现在我要惩罚地上所有的人,让他们知道我的厉害。"天上都晓得恩梯古兹非常残暴,听了这话个个都替地上的人担心,但又不敢说什么。

一天,地上曲布居木家的三个儿子准备去开地。他们用格尼树做犁头,用阿吉树做枷担,用嫩竹做牵绳,用黄竹做鞭子。一切准备好后,老大曲布惹依把枷担架在一头黄脸黑头的牯牛身上,老二曲布惹列梭起犁头,老三曲布伍午吆着牛,三弟兄便到阿呷底妥开地去了。

第一天开好了,第二天地还原了,跟没有犁过一样。第二天开好了,第三天地又还原了。三弟兄觉得奇怪,商量一阵,决定晚上去守地,看看到底是什么东西在作怪。晚上,老大蹲在地上面守着,老二躲在地中间守着,老三躲在地下面守着。

天黑不久,忽然地里来了一个叫阿格耶苦的白发老人,赶着一只黄脸大野猪,后面还带着几个仙女。到了地里,老人坐在地上歇气,野猪在前面用嘴在地上拱,仙女在后面用扫把扫,犁了的地又还原了。

老大看了很气愤,马上跳起来说:"把他捉起来杀!"

老二看了也生气,站起来说:"把他捆起来打!"

老三不慌不忙地说:"杀也不要杀,打也不要打,先问一问,等问清楚了再说。"

　　老大、老二同意了，于是他们一齐去问老人。老人说："恩梯古兹派下来收税的人被地上的人杀死了，他很生气，为了惩罚地上的人，决定放九个湖的水下来，洪水就要潮天了，你们还耕什么地。"

　　三弟兄慌忙问道："怎么办呢？"老人说："老大是一个了不起的人，能说会讲，你可以藏在铁做的柜子里，把口粮放在外面，把锁挂在外面；把公山羊、公绵羊和其他竹木铁制用具放在里面。"老大听了，便回去做铁柜了。

　　老人又对老二说："你是一个聪明的人，你可以藏在铜做的柜子里，放的东西和你的哥哥一样。"老二听了，便回去做铜柜了。

　　老人对老三说："你是一个很善良的人，你可以藏在木做的柜子里，把锁安在里面，把口粮放在里面；把公山羊和公绵羊放在外面。另外，带上一只母鸡，当母鸡开始抱蛋咯咯咯地叫的时候，就把柜子锁上。过了二十一天，当小鸡吱吱吱地叫的时候，你就把柜子打开。"老人说完，变成了一团雾升上天去了。老三回去照老人的话做了木柜。

　　牛日那天，天上开始布云了。虎日那天，天上开始打雷了。兔日那天，天上开始落细雨了。龙日那天，四面八方下大雨了。蛇日那天，地上到处涨水了。马日那天，地上开始出现洪水，洪水慢慢涨上了天。羊日那天，老鼠和水獭漂到水面吃松叶。猴日那天，树叶漂到了天涯海角。洪水泛滥了，把世界上所有的东西都淹没了。老大、老二做的铁柜、铜柜很重，里面又放了许多东西，因此，在水上没有漂多久，就沉下去了。只有老三的木柜，漂在水面上。

　　到了二十一天，正逢鸡日，这天小鸡吱吱吱地叫了。老三把柜子打开一看，到处是洪水，没有一株树木，没有一棵花草；更没有一户人家，没有一缕炊烟。

　　居木伍午漂到了一座山边，山被水淹得只有荞壳那样大了，这座山就取名"阿子提果山"。伍午又漂到一座山，山只有斗笠大一点地方了，就取名叫"吾地尔曲山"。伍午漂到又一座山，山只有星星大一点地方了，就取名叫"基尔基日山"。就这样漂呀漂呀，伍午漂过一座山又一座山，每座山都只有一点点大，或者只够站一只小动物，每一座山都取了名字。最后，伍午漂到了兹合尔尼山（也有说是漂到了曼德尔曲山），就在山顶上住了下来。不久，水里漂来了老鼠、牛、虎、兔、龙、蛇、马、羊、猴、鸡、乌鸦和青蛙十二种动物，伍午把它们捞起来，做他的朋友。后来，伍午又捞了许多动物，但他只记了十二种动物的名称，这十二种动物的名称就成为彝族计算年岁的十二属了。

　　伍午劈了一根箭杆粗的干树枝做柴，从喜鹊那里找来火石，从老鼠那里找来生火用的火草，从乌鸦那里找来火镰，烧起了一小堆篝火，火里冒出一缕箭杆粗的烟子升上天去了。

　　洪水退去后，恩梯古兹派白云去看地上怎样了。白云飘在天上，分不清白云和烟子，没有看见什么，回去对恩梯古兹说："地上什么都淹没了，白天听不见牛叫，晚上看不见火光。"

恩梯古兹不相信，又派雾去看。雾飘在山头上，也分不清雾和烟子，什么也没有看见，回去对恩梯古兹说："地上什么都被淹没了，到处都是平平的了。"

恩梯古兹不相信，又派风去看。风下来一吹，把烟吹散了，也没有看见什么，回去对恩梯古兹说："地上什么都被淹没了，没有一株树，没有一棵草。"

恩梯古兹还是不相信，又派雨去看。雨到处都能去，看见了烟了，回去对恩梯古兹说："地上什么都没有了，只有兹合尔尼山上有一股箭杆粗的烟子。"

恩梯古兹听了，便明白老三伍午还没有死。于是派了三个人去看。三个人来到伍午家里，伍午只有两只羊和一头母猪，他杀了母猪招待他们。三人走时，伍午又送了他们一只羊，对他们说："请你们回去告诉恩梯古兹，地上的人都被淹死了，人类没有了后代，请他嫁一个女儿下来吧！"

他们三人看见伍午又纯朴又忠厚，回去便把他的要求告诉了恩梯古兹。恩梯古兹听了大发脾气，说道："胡说，天上的仙女不能嫁给百姓。"三人没有办法，只好算了。

伍午等了很久，不见恩梯古兹回信。于是和其他动物商量。那时候，地上的动物要算青蛙最聪明，它说："朋友们，别人对我们好，我们就要很好报恩；别人害我们，我们就要狠狠地报复。主人伍午救了我们，我们要报他的恩。大家说是不是？"动物们都点头翘尾表示同意，夸奖青蛙真有见识。

青蛙又说："我们的主人现在要娶一个妻子，只有到天上去娶，可是恩梯古兹又不答应，大家说怎么办？"

蛇说："我能咬人，但不能上天。"

蜂子说："我能蛰人，但不能上天。"

乌鸦说："你们把人整病了，我不能治病，但我能上天。"

青蛙说："你们一同上天去吧，治病的事由我负责。"最后它又把上天后如何对付恩梯古兹的事，一五一十地告诉了它们。

蛇缠在乌鸦脖子上，老鼠坐在乌鸦屁股上，蜂子夹在乌鸦翅膀下，乌鸦带着它们飞上天去了。

它们来到恩梯古兹家里，老鼠钻到主位上方，蛇梭到主位下方，蜂子飞进房间，乌鸦站在房檐上叫着。蛇咬伤了恩梯古兹妻子的脚，蜂子蛰伤了恩梯古兹女儿的前额，老鼠咬烂了祖灵和天书。做完这些事后，他们飞回去了。

恩梯古兹听见乌鸦在房上叫，看见妻子的脚被咬了，女儿的前额也肿了，祖灵也咬烂了，知道出了不吉利的事，便去找天书。想看看到底出了什么事。可是天书被老鼠咬烂了。恩梯古兹没有办法，只好叫人去请特勒毕摩。

特勒毕摩看了这些情况后说："这一切只有地上的伍午知道，他可以医好你妻子和女儿的伤，不过你得嫁一个女儿给他。"

恩梯古兹听了毕摩的话，又气愤又为难。气愤的是伍午太可恶了，为难的是不嫁女儿给他，他不会来。但不这样又怎么办呢？没有办法，只好假装答应嫁一个女儿给他，打算等病好了再反口。恩梯古兹打定主意，便派了一个人到地上来请伍午。伍午说："我不懂药，也不能治病。"青蛙在一边听了，忙说："我懂药，又能治病。"伍午说："那你去吧！"

那人带着青蛙，来到恩梯古兹家里。青蛙头天用好药把伤口敷上，二天也用好药把伤口敷上，慢慢地伤口好起来了。青蛙知道恩梯古兹不会真心把女儿嫁给伍午，临走那天，用了点烂药敷在伤口上。

恩梯古兹看见妻子的脚好了，女儿的肿也消了，就收回自己说过的话，不愿意把女儿嫁给伍午。

地上的动物知道了这个消息，又气愤又着急，青蛙看见它们唉声叹气的样子，便说："你们不要着急，我还留了点尾巴。"接着青蛙便把上天治病的前后经过说了一遍，大家才放心了。

过了几天，恩梯古兹妻子和女儿的病果然复发了，一个痛得呼天喊地，一个痛得叫爹叫娘。恩梯古兹只好又派人去请青蛙。青蛙说："这回主人去，我不去了。"说完拿了三包药给伍午，并告诉他如何才能医好恩梯古兹妻子和女儿的病，怎样才能娶到妻子。

伍午不会上天。恩梯古兹派来的人，向天上喊了三声，忽然东南西北出现四根铜柱铁柱，把天地连起来；那人又喊三声，天上吊下来了两根金链和银链。伍午拉着链子上天去了。走累了，便在水塘侧边的一株树上歇气，他的影子映在水里，显得格外年轻英俊。

这时，恩梯古兹的大女儿背水来到塘边，看见水里的影子，像疯子似地大吼大叫："有鬼呀，有鬼呀！"边叫边跑了。

二女儿背水走到塘边，看见水里的影子，像傻子一样把塘水搅浑就走了。

三女儿来背水了。她走到塘边，看见水里有一个又年轻又英俊的人的影子，红着脸抿着嘴轻轻地抬起头，看见树上的伍午，含羞地笑了笑就走了。伍午见她又聪明又美丽，便从心里爱上了她。

伍午来到恩梯古兹家里，照着青蛙告诉他的办法，头天敷上了坏药，恩梯古兹的妻子和女儿痛得更加厉害了。恩梯古兹很焦急，忙问伍午："你为什么越医越痛呀！"

伍午说："怕是你不是真心实意把女儿嫁给我吧！"

恩梯古兹说："我真心愿意把女儿嫁给你，我敢发誓。"

伍午等恩梯古兹发誓后，就用麝香医好了恩梯古兹妻子的脚，用樱桃树叶子治好他女儿的前额，用老鼠屎补好恩梯古兹的祖灵。恩梯古兹没有办法，只得把女儿嫁给他。

恩梯古兹先把大女儿喊出来，伍午一看，她双手拿的是金子，头上顶的是金子，伍午没有选她。

恩梯古兹又把二女儿喊出来，她双手拿的是银子，头上顶的是银子，伍午也没有选她。

恩梯古兹又把三女儿喊出来，她没拿金，也没顶银，只穿了一件非常朴素的衣服，伍午选上了她。于是，他们订婚了。

过了二十一天，伍午听说那三女儿病了，就牵着一只公山羊到天上去替她治病。山羊看见一根罗合藤子（山羊最喜欢吃它），跳了起来；三女儿看见伍午，抿嘴笑了，病也好了。从此，彝族有了一句成语："公羊看见罗合藤子就跳，三女儿看见丈夫就笑。"

三女儿的病好后，伍午就和她结婚。结婚这天，恩梯古兹给了女儿很多嫁妆，有金子银子，绫罗绸缎，猪、牛、羊、鸡、狗等很多动物。女儿临走时，恩梯古兹对送亲的人说："你们到了地上，任何人不能打口哨。"

他们来到地上，走进一片森林里，有一个不懂事的吹起了口哨。啊嗬，这一吹把什么都吹跑了：金银变成了山岩，动物跑进了森林，变成了现在的野兽（也有说是因为喜鹊叫了一声，这些动物被吓跑了）。

伍午娶到了妻子，非常感谢所有的动物为他出了力，就杀猪宰羊大办酒席招待它们。临走时，又送了它们很多礼物。可是，伍午忘记了请蚂蚁，也没有给布色送礼。蚂蚁生气了，去把铜柱弄断了。布色生气了，去把铁柱弄断了。从此，天地不再相连了，地上的人不能上天，天上的人也不再下地了。

恩梯古兹嫁女儿时什么东西都给了她，只有无根菜没有给，因此决定派人送下去。这时，一个老太婆对恩梯古兹说："你女儿把无根菜偷下去种了，已经长起多深了。"

恩梯古兹听了非常生气，心想：要拿就该明说，为啥要偷呀！他抹着脸骂道："愿你们栽的无根菜长得像石头一样，吃的时候像吃水一样，吃饱的时候大喘气，饿的时候周身抖。"从此，人们在背无根菜的时候，就像背一背石头那样重，吃无根菜就像吃水一样吃饱了无根菜总是呼噜呼噜喘粗气，吃无根菜饿了以后，周身像筛糠一样发抖。

又一天，那个老太婆又对恩梯古兹说："你的女儿把甜荞偷下去种了，荞根有阿吧那样粗了，荞叶有斗笠那样大了。"

恩梯古兹听了又生气地说道："愿你们栽的荞子，割的时候像招魂一样，打的时候像收尸一样，吃了等于没有吃。"从此，人们在收割甜荞的时候，东一把，西一把，像招魂一样难；打甜荞的时候荞子很不容易打下，像收尸一样难；人们吃了甜荞粑，总不经饿，像没有吃一样。

又一天，那个老太婆又对恩梯古兹说："你女儿把麻偷下去种了，长得活像杉树林一样。"

恩梯古兹听了更加生气，骂道："看你把麻拿去做什么，只有抬死人有用。"从此，人们在抬死人的时候，总是用麻绳拴木杠。

从此，恩梯古兹更加仇恨女儿、女婿了。

过了三年，伍午他们生了三个男孩，但都不会说话。伍午不知是什么原因，决定派人去问。

　　伍午派狐狸去问。狐狸去到恩梯古兹家，恩梯古兹正在烤火。他看见狐狸来了，非常生气，就用烧燃的柴块打狐狸，一打打在脸上，把狐狸的脸打花了。狐狸虽然逃回去了，但它的脸直到现在还是花的。

　　伍午又派麂子去。当麂子走到恩梯古兹门口的时候，恩梯古兹的妻子刚洗脸倒水，便把一盆滚水倒在麂子鼻梁上。麂子虽然逃回去了，但鼻梁被烫褶了，现在还没有好。

　　伍午又派野鸡去。野鸡来到恩梯古兹家里，恩梯古兹的妻子正在织布，看见野鸡，便一织布板打去，把野鸡的头打烂了，鲜血流到脸上。直到现在，野鸡的脸还是红的。

　　伍午又派山鹬去。山鹬走到恩梯古兹的院坝里，看见一个漆匠正在漆东西。漆匠看见山鹬飞得快，把红漆泼在它的嘴上。从此山鹬嘴上抹了一层永远褪不掉的红色。

　　伍午又派乌鸦去。乌鸦也碰到了漆匠，漆匠顺手把黑漆泼去，乌鸦来不及飞开，黑漆泼了它一身，抖也抖不掉，抖到现在周身还是黑的。

　　伍午又派兔子去。兔子来到恩梯古兹家里，恩梯古兹的妻子正在切菜，看见兔子，便一刀砍去，兔子跳得快，但已经砍在嘴唇上。所以，兔子的嘴唇直到现在还是缺的。

　　伍午又派鹌鹑去。鹌鹑胆子大，一飞就飞进了恩梯古兹的堂屋。几个人撵来捉它，赶来赶去，捉住了它的尾巴，鹌鹑用力一挣，把尾巴扯掉飞跑了。从此，鹌鹑没有了尾巴，是个圆屁股。

　　伍午又派蜘蛛去。蜘蛛跑得慢，被恩梯古兹捉住了，砍成了三节，把头扔在杉树林里，腰扔在河里，肚扔在山岩里。

　　过了一些时候，恩梯古兹忽然病了。他整天闷闷恢恢，水不想喝，饭不想吃。派人去问特勒毕摩是什么病。特勒毕摩说："是伍午派来问事的使者，被你害死了，他现在要报复你。"

　　恩梯古兹着急了，连忙派人去找蜘蛛。麂子和獐子对森林最熟悉，恩梯古兹派它们去找蜘蛛的头。它们找回来了。蜂子对山石最熟悉，恩梯古兹派它去找蜘蛛的肚子。也找回来了。

　　水獭对河里最熟悉，恩梯古兹派它去找蜘蛛的腰。水獭到了河里，找了三天三夜，始终没有找到蜘蛛的腰。它怕恩梯古兹打它，就不敢回去，从此永远躲在水里。

　　恩梯古兹没有办法，只好把蜘蛛的头和肚子连在一起，把它救活了。蜘蛛没有了腰，很不服气，要恩梯古兹赔它。恩梯古兹没有办法，只好说："我拿丝给你做网。夏天你把网安在山谷和林子边，会捉到很多的昆虫，那时苏尼、毕摩没有肉吃，你有肉吃；冬天你把网安在房檐上，会捉到许多昆虫，那时土司没有肉吃，你有肉吃。"

这样,蜘蛛才饶了恩梯古兹。从此以后,只要它把网张开,就能捉到很多昆虫,虽然没有腰,但一年四季都有肉吃。

蜘蛛回到伍午家里,把一切都告诉了伍午和那些动物。大家听了都很生气,决定一齐去找恩梯古兹说理。乌鸦飞在恩梯古兹的房上,哇哇哇地叫着。老鹰飞到恩梯古兹的院坝里去捉鸡。老虎跑到恩梯古兹的羊圈里咬羊子。豹子跑到恩梯古兹的牛圈里咬牛。小黄雀钻进恩梯古兹家,藏在葫芦里(也有说藏在装木匙的篮子里),悄悄地偷听。

恩梯古兹的妻子着急了,忙问恩梯古兹:"你看嘛,鸡被捉跑了,羊被咬死了,牛被咬伤了,乌鸦上房不吉利。你晓得女儿的三个儿子为什么不说话,就告诉他们吧!"

恩梯古兹说:"我恨他们,知是知道,就是不告诉他们。"他的妻子又问:"你有什么办法使哑巴说话?"恩梯古兹悄悄地说:"他家后山上有三棵竹子,把中间的一棵砍来,拿三节在火塘里烧,烧的时候,把三个儿子抱来坐在火塘边,他们就会说话……"

不懂事的小黄雀没等恩梯古兹说完,就在葫芦里高兴得吱吱地叫起来:"我听见了,我听见了!"说完,便飞了出来。恩梯古兹忙吩咐大家:"捉住它,捉住它!"

小黄雀东逃西躲,飞也飞不掉,躲也躲不脱。小黄雀忙钻到锅底下,被人一下扯住了尾巴。小黄雀慌了,用力一挣,便飞跑了。小黄雀虽然逃脱了,但周身沾满了锅烟墨,尾巴扯脱了一半。所以直到现在,小黄雀身上还有像锅烟墨的黑花,尾巴也只剩了一半。

小黄雀回到伍午家里,把一切都告诉了伍午。伍午在后山上砍回三节竹子,叫三个儿子坐在火塘边后,就把竹子烧起来。一会儿,竹子的第一节爆了,爆在大儿子斯沙身上,把他烫痛了,叫了一声"沙拉麻呷则",盘脚坐在地上。后来,他成了藏族的祖先。竹子的第二节爆了,爆在二儿子拉伊身上,把他烫痛了,叫了一声"哎哟",便跑去坐在门槛上。后来他成了汉族的祖先。竹子的第三节爆了,爆在三儿子格支身上,把他烫痛了,叫了一声"阿兹格",便坐在地上。后来,他成了彝族的祖先。

捉雷公引起的故事
(侗族)

一、雷公被捉

从前,有兄弟四人:老人叫长臂手,老二叫长腿脚,老三叫顺风耳,老四叫千里眼。正像他们的名字一样,每人都有一套本事。

有一天他们的老妈妈得了病，到处求医都治不好，有人说要吃雷公胆才能医好，四兄弟就想办法捉雷公。顺风耳竖起长耳朵一听，就听到有人说：灶神是个耳报神，但凡人世间的善恶，他都要到天上去禀报，谁要是糟蹋五谷，天王就打发雷公下来惩罚。

顺风耳把听到的话告诉了弟兄们。为要给母亲治病，大家就商量出一个捉雷公的法子来。于是，长臂手和长腿脚去山上找来很多鼻腻榔的皮铺满屋顶，把水泼在上面。然后用黄饭花汁来泡糯米，把糯米饭蒸得黄黄的，好让灶神误认他们把饭和大粪搅在一起。长臂手故意拿棍搅动粪塘，臭气熏到灶神那里，灶神当真以为他们糟蹋五谷，就到天上禀报。天王听了，马上打发雷公来惩罚他们。哪料雷公刚刚下来，在屋顶上"吱留"一下，滑落下来，便被兄弟四人捉住了。

他们捉住了雷公，夺下他的锤子火铲，把他关在铁笼里，等找来了盐，再取雷公胆给妈妈治病。长腿脚去东海边找盐。顺风耳、千里眼、长臂手三人在家看守雷公。谁知长腿脚刚走，他们三个就慢慢睡着了。

雷公关在铁笼里，正在发愁。恰好姜良、姜妹挑水路过，他就苦苦央求要一口水喝，兄妹俩见雷公怪可怜，就送他点水，雷公就拿一颗葫芦籽送给他们，说："你们把瓜种种下地后，就守在旁边念：'寅时种，卯时生，辰时开花，巳时结瓜。'长出瓜来，你们自有好处。"雷公说完，接过水，喊他俩躲开，叽里咕噜念了几句，卟的一口喷去，铁笼乒的一声炸开了。雷公出了铁笼抢回他的铁锤火铲，轰隆隆，轰隆隆，风风火火地飞上天去了。

二、洪水滔天

雷公跑到天上，在天王面前告状，说世人如何如何可恶，求天王放下洪水，淹死地上的四兄弟。天王听了，就给雷公一瓜瓢水，说："倒一半，留一半，免得世人把后断。"雷公吃了亏，哪里肯听天王的话，把一满瓢水哗啦啦全倒了下来。

再说姜良、姜妹得了雷公送的葫芦种子，就连夜把它种下，守在旁边，不停地念着那四句话。真怪，这颗葫芦籽，果然立刻就发芽、牵藤、开花、结果，很快就长得像个大庞桶。

雷公倒下了一满瓢水，顿时洪水滔天。眼看山山岭岭，飞禽走兽，连同世人都要被洪水淹没了。姜良、姜妹就把葫芦挖开一个洞，一齐钻进葫芦里，随着洪水到处漂。

那顺风耳也听到雷公要来报复了，叫长臂手、长腿脚赶快找来木头，扎成木排。洪水暴涨时，他们便坐上木排。洪水涨呀涨呀，涨到了天上，他们的木排漂呀漂呀，也漂到了天上，碰着了南天门。雷公听到响声，就问："是哪个？"他们回答："长手、长脚，打脱雷公要来捉。"

雷公吓得赶紧钻在天王的屁股底下，战战兢兢地说："不得了啦，他们上天来捉我啦！你赶快把天升高吧。"天王慌了手脚，一屁股坐下来，把雷公压得眼睛都鼓了出来。从此,雷公变成眼鼓鼓的了。天王一时没好办法,只好把天升得高高的。从此,天变得很高很高的了。可是已经来不及了,他们兄弟四人,已从南天门进到天上来追赶雷公了。他们追赶雷公,轰隆隆,轰隆隆,就是打雷。

天王见洪水淹不死四兄弟,只好下令退水。泼了的水是收不回来的。他就放出十二个太阳来,把洪水晒干。

三、射太阳

天王放出十二个太阳,就像十二团火,白天黑夜不停地晒,晒得石头开裂了,洪水晒干了。姜良、姜妹回到地上,热得难受,矢竹做箭,顺着上天梯爬到树尖上去射太阳。离太阳越近就越晒得厉害。姜良上到树巅,晒得喘不过气来,他忍受着,鼓着劲,拉满弓,连射了十箭,把十个太阳射落下来。姜妹见了忙说:"不要射了,不要射了,留下一个照哥哥犁田,留下一个照妹妹纺纱。"姜良才收了弓。哪晓得还有一个小太阳吓得躲在蕨荛叶下,后来就变成了月亮。

姜良射落十个太阳,天王着慌了,打开天门一看,原来姜良是顺着上天梯爬上去把太阳射落的。他怪上天梯长得太高了,咒骂说:"上天梯不要高,长到三尺就勾腰。"所以现在的上天梯都长不高,就是那时天王封坏了的。

四、找伴配对

姜良射落了十个太阳,地上凉快了,也有了白天和黑夜。可是,洪水滔天以后,地上没有房屋,没有人畜。他们重新造房架屋,开田开地,种瓜种豆,种棉种粮。不久姜良、姜妹年纪都大了,没有人来配对成双,他俩就到处找。姜妹找拉万,姜良找拉越,找呀找呀,找了三年六个月,走遍了东南西北,也没有找着。实在无法,他俩就去问竹子:"竹子啊,告诉我们世上哪里还有人?我们要配对,我们要成双。"

竹子说:"洪水满天下,世人都死光,你们要成双,只有兄妹来配上。"

姜妹听了,羞得满面通红,很生气,就挥起砍刀砍竹子,边砍边骂:"竹子顺口胡乱说,哪有兄妹配成双!把你砍成一节节,看你以后还敢再乱讲!"

竹子说了实话,反挨骂、砍伤,委屈地申辩:"实话对你讲,你反把我伤,若是找不着别的伴,你要把我来接上。"后来姜良、姜妹找不到配偶。兄妹结了婚,只好来把砍断的竹子接上。所以现在竹子长成一节一节的。

他俩又去问松树:"松树啊,你坐在山岗上,站得高来看得远,请你告诉我们,世上哪里还有人?我们要配对,我们要成双。"

松树开口说:"洪水满天下,世人都死光,你们要成双,只有兄妹来配上。"

姜妹听了,怒气冲冲,指着松树骂:"松树讲话不合情,哪有兄妹配成亲,教你以后不乱说,砍一根来绝一根!……"姜良听了赶忙说:"这样要不得。"姜妹补了一句:"这边飞种那边生。"所以后来的松树砍过了,树桩上不再发芽生长,全靠树种四处飘落繁衍子孙。

他们又去问石头："石头公公你听清，世上哪里还有人？我们要配对，我们要成亲。"

石头说："自从涨过满天水，世上再无别的人，你们要想成婚配，只有兄妹结成亲。"

姜妹听石头也这样讲，虽不像原来那样生气，但心里还是不舒服："兄妹怎能配成亲呢？"

五、兄妹成亲

姜良、姜妹走遍天下，问过竹子、松树、石头，都说没有人了，只有兄妹成亲。

姜良为了繁衍子孙，就向姜妹提出成亲。姜妹提出三件事情：东西两堆火，火烟要汇合；岭南岭北两条水，河水要汇合；东山西山两扇磨，滚下坡脚要能合。

姜良听了很为难，走到哪里问到哪里。他去问乌龟："东西两地两堆火，火烟怎么能汇合？"

乌龟对他说："等到东风起，先点东边后点西。"他照乌龟的话做，先点东边，火烟往西边吹去，后点西边，火烟升起来，正好和东边的火烟汇合。第一件事解决了，心里很高兴。

他又问乌龟："岭南岭北两条水，河水怎么能汇合？"

乌龟对他说："西边高来东边低。岭南岭北两条水，开沟引水得相会。"

他又问乌龟："东山西山两扇磨，滚下山来怎能合？"

乌龟笑着对他说："姜良啊姜良，你怎么这样老实！你先合好一对磨子放在山脚，再上山去滚磨子，管它滚往哪里，你只管带她去看事先合上的那副磨子，不就行了吗？"

乌龟帮姜良办好三件事，姜妹认为姜良是个老实人，想不出这些主意的，就追问姜良是哪个帮他出的主意？姜良起初不肯讲，姜妹再三追问，姜良才把乌龟帮忙的事说出来。姜妹听了很不服，就说："别个帮忙算不得。这回我俩在这圆坡周围跑，我在前你在后，跑上三转，你若面对面地把我捉住，我就和你成亲。"姜良只好依从。他俩就跑呀跑呀，跑了两转，姜良始终只能跟在姜妹后边。姜良看来跑不过姜妹，一着急，就更慢了。乌龟在路边见了，急忙喊："反过来，反过来。"姜良恍然大悟，转过身来跑，刚跑不远，就把姜妹面对面地抱住了。姜妹这时再也无话可说了。后来，姜妹慢慢地问姜良，知道又是乌龟出的主意。她趁姜良不在时，猛踩几脚，把乌龟踩碎了。姜良晓得了，就用口水慢慢地把乌龟沾合拢来。所以现在乌龟的壳壳上还留下好多条裂纹。

姜良非常感谢乌龟的帮助，就请他蹲在自己头上，随时给他出意。姜妹再也难不倒他，就同意结亲。但兄妹结婚是很羞人的，姜妹就用雨伞罩住脸面才进到屋里去。

姜良、姜妹成亲三年后，生下一个肉团，无头无脑像个冬瓜。他俩心里发愁，又去问乌龟。乌龟说："你们磨好刀子，把它砍开。骨肉分开丢，心肝肚肠分开放。"姜良、姜妹就把肉团破开，骨头丢在田坝上，肉丢在河边，心肝丢在岩洞边，肚肠丢在山坡上。第二天，起来一看田坎里头到处冒烟，河边上有人出现，岩洞边有人在走，山坡上也有人唱歌跳舞。丢在田坎坎上的骨头变成了汉人，个个生得健康硬朗；丢在河边的肉变成了瑶人，个个都会唱歌跳舞，爱穿花衣裳。我们汉、侗、苗、瑶，在很早很早以前，都是一家人，同是一个老祖母。

伏羲兄妹
（仡佬族）

很早很早以前，山里住着伏羲兄妹和老母亲。伏羲和妹妹心地善良；两个哥哥一个独眼，一个跛脚，生性凶恶，好吃懒做。

有一天，两哥哥谈论天下美味，大哥说："世上什么肉都吃过了，就是天上的雷公肉还没尝过。要是得吃一顿雷公肉，那就好了。"

老二说："听说吃了雷公肉，能长生不老呢。可是雷公在天上，怎能抓得到它呀？"

老大讲："要吃雷公肉也不难。"他凑近老二耳朵悄悄说了几句。

老二听了直点头。

两人从河里捞回几担水藻铺在房顶上，把老母亲捆起来推到碓坎里，说要把老母亲舂死。老母亲在碓坎里呼天喊地："救命呀！不孝的逆子要舂死我了，雷公快来劈死他们呀……"

雷公听到老人的呼救声，赶忙从天上降落到房顶上，一脚踩在滑溜溜的水藻上，滚跌下来，被伏羲的两个哥哥抓住关进谷仓里。

两个哥哥抓到雷公非常高兴，打算晚上杀雷公吃，交代伏羲和妹妹看好雷公，不要把东西给雷公吃。说完就赶街买配料去了。

雷公肚饥口渴，见伏羲兄妹守在仓前，说："好心人啊，拿一口水给我喝吧，我实在太渴了。"伏羲兄妹说："不行啊！哥哥交代过，不能把东西给你吃。他们上街买配料去了，晚上要杀你吃肉呢。"雷公苦苦哀求说："不给我水喝，就拿个洗碗用的水瓜渣给我舔舔吧。"

伏羲兄妹见雷公实在可怜，心想洗碗的水瓜渣吃不得，就从碗柜上拿一个丢进谷仓里。雷公把水瓜渣放到嘴里，连水带渣一口吞下去。俗话讲：动口三分力。雷公吃了水瓜渣，顿时身上增加许多气力，用力一挣，挣破谷仓钻出来，从嘴里拔下一颗牙齿交给伏羲兄妹，说："这是一颗葫芦瓜子，你们拿去种在园里，见人家挑粪下田，你们就挑粪壅它，等瓜长大，把里面挖空，把每天吃剩的锅巴装到葫芦里去，到时候自有用处。"说完腾云上天了。

两个哥哥回到家里，不见了雷公，把伏羲和妹妹毒打一顿，赶出家门。他俩只好住在村外茅寮里。

伏羲兄妹按照雷公的话把那颗雷公牙种在地里,天天浇水除虫,见人家挑粪下田,他们便捡牛粪猪粪狗粪鸡粪壅瓜兜。瓜苗长得茎壮藤粗,很快结了一个很大很大的葫芦瓜。他们把葫芦心掏空,装上许多锅巴。不久,天山连续下暴雨,山洪暴发,淹没田地村寨。伏羲兄妹躲到葫芦里,漂在水上。雨越下越大,水越涨越高,那葫芦在水面漂啊漂啊,不知漂了多久,也不知漂了多远,"咚"的一声,撞在天门门坎上,响声惊动了玉皇大帝,知道大水淹到了天门,传令雷公关住天河闸门,停止下雨。

雨停了,水也退啦,可是天下的人全部淹死了,只剩下伏羲兄妹两人。他们走啊走啊,寻找有人烟的地方。天山脚下的一只金龟见了,对伏羲兄妹说:"不要再找了,天下的人全给淹死啦,你们兄妹结为夫妻生儿育女吧。"妹妹羞得满脸通红,说:"呸!莫乱讲!天下哪有兄妹做夫妻的道理,羞死了。"金龟又劝道:"事到如今,你们兄妹不做夫妻,天下人就绝种了。"听了金龟再三劝说,妹妹讲:"好吧!但要依我一条。我绕天山脚下跑,哥哥跟在后面追,什么时候追上我,我就什么时候嫁给哥哥。"说完,妹妹绕着天山就跑。伏羲在后面跟着紧追。跑啊跑啊,妹妹跑了三十六圈,伏羲追了三十六道,就是不能追上妹妹。金龟就给伏羲出主意:"你掉转头迎着妹妹跑,不是很快追上妹妹了吗?"伏羲转身往回跑,果然逢到妹妹抱住妹妹。这样,兄妹结成夫妻。

不久妹妹怀了孕,生下的却是没有眼睛、没有鼻子耳朵、没有手脚的一团肉。伏羲气了,用石头把肉团砸烂,撒在大地上。第二天早上起来一看,山崖里、平原上处处冒起炊烟,有了村寨人家。从那时候起,天下又有了人烟。

〔附记〕罗城仫佬族自治县不少仫佬族村屯有伏羲兄妹庙,在伏羲兄妹像下方,有独眼哥哥、跛脚哥哥像。

洪水的传说

很古很古的时候,天和地是由两兄弟管着的。弟弟叫雷公,管天上;哥哥叫高比,管地下。兄弟两个互相依赖,互相帮助。雷公带领天上的神,打雷下雨,给地上带来好处;高比带领地上的人,种植五谷,饲养六畜,拿斋饭供奉天神。那时候,地上人口很多,非常繁华热闹。

有一年,地上有一户人家,错把狗头当猪头,供奉雷公。雷公认为受了欺骗,非常恼怒,整整六个月不给地上下一滴雨。树木都枯了,野兽都饿死了。人们没有法子,去求雷公的哥哥高比。高比对人们说:"如果三天之内还不下雨,我要那雷公跌下地来。"

过了几天,雨就来了。地上又恢复了原来的样子,河水流起来,草木长起来,人们快活得围着高比又跳又舞。

原来高比会作法念咒，他私下把天上的雨偷到地上来。这桩事可丢了雷公的面子，他又气又恨，向地上发了一个火雷，想把高比劈死。哪知正在地上作法念咒的高比，早就防备了，他顺手拿起一个鸡罩，从天上罩到地下，把雷公罩在里面。

高比有一双儿女，儿子叫作伏羲，女儿叫作女娲，两兄妹替父亲看家。这天，高比叮嘱伏羲和女娲说："我不在家的时候，千万不要给雷公喝茶喝水，好好看着他。"

高比出门去了，雷公对伏羲兄妹说："娃娃，给叔叔喝点茶水。"伏羲说："不行，爸爸出门时交代过了。"雷公没法，想了一想，又说："不给茶水，给我喝一口喂猪的潲水吧，不然，我就要干死了。"兄妹两人看得雷公可怜，便抬了一桶潲水到雷公面前，又在地上捡了一根稻秆交给雷公。雷公就从鸡罩里面用稻秆吸桶里的潲水，吸了第一口，鸡罩便动了一下；吸了第二口，鸡罩摇晃起来；吸了第三口，鸡罩破裂了，雷公便跳了出来。原来，雷公只要有了水，便力大无穷，法力无边。

雷公

雷公出来后，从口里拔出一个牙齿来，酬谢侄儿、侄女："娃儿，你两人拿这牙齿去种植，人们给禾苗壅肥，你两人去壅这个牙齿就可以了。等它长出果子，成熟了，摘下来挖去里面的心，晒干后再保存起来，日后自然有用。"说完，腾云驾雾走了。

雷公跑到天上，命令雨神日日夜夜下雨。雨下得多了，河水涨起来，淹没了平原，淹没了村落，又淹没了山岳，最后一直淹到天上。这时候，伏羲兄妹种下的那个牙齿，长出一根长藤，藤上结了一个葫芦，葫芦成熟了，摘下来，挖去心，晒干了，碰巧铺天盖地的洪水来了，兄妹两人就钻进葫芦里去，飘飘荡荡，被一阵风送到天上。嘭通一声响，碰到了天，兄妹两人就从葫芦里钻了出来。雷公看见他们两个，便问道："地上的人死光了没有？"兄妹两人说："地上的生物死光了，只有我爸爸还骑着犀斗，跟在后面来了。"雷公听了，便叫帮手，在水中把犀斗掀翻，把高比掀到洪水里。

洪水退了，世间只剩下两人——伏羲和女娲。天上的太白金星劝兄妹两人结为夫妇，再生出人类来。但是伏羲、女娲不肯，他们说："要我们结婚，除非把那洪水退后剩下的竹子，一节一节割断，又重新结起来，让它长出青枝绿叶。"

原来的竹子是没有节的，通过神仙这次一割一结，从此便成为地上有节的植物了。于是伏羲和女娲从树林里爬到昆仑竹山上，想在那里结成夫妻，但又觉得羞耻。于是，两人在不同的地方，各烧了一堆柴，两人祝祷说："天若要我二人结为夫妻,两股烟就合在一起,要不,两股烟各奔东西。"两股烟当真缠到一起来了。女娲便来会她的哥哥伏羲,从此便做了夫妻。

过了一年,女娲生下一个怪物——是一块磨刀石,两人非常生气,就把这块磨刀石打碎,从昆仑山顶撒到山下。这些碎石,跌到山里的,就变成了飞禽走兽;跌到村子里的,就变成了人;跌到水里的,就变成鱼虾。天下从此又有生灵万物了。

阿仰兄妹制人烟
(仡佬族)

世间的万事万物,都有个来历。人,也有人的先根先底。

听老辈人说,很古很古的时候,有一家人,大哥叫阿茹,二哥叫阿迭,三哥叫阿仰,还有一个妹妹同他们做一家。

阿茹大哥是个昏头昏脑的人,分不清五阴六阳,分不清好坏高低。他拿酒当水去打田;春糍粑来糊田坎;该叫伯娘的,他喊婶娘;该叫婶娘的,他喊嫂嫂;该叫嫂嫂的,他喊姐姐;该叫姐姐的,他喊妹妹;大暑六月的热天,他说天气实在冷,穿起棉衣和鞋袜,跑到坡脚去烧火烤;十冬腊月的冷天,他说天气实在热,爬到高山垭口跷脚坐,还要打伞来遮阳,摇扇来扇风;他领起两个兄弟去开荒,从坡顶往下挖,结果挖一锄盖一锄,挖一幅盖一幅,乱糟糟的一片,种不成庄稼。

有一天,阿茹带着两个兄弟正在山上开荒,天神哲格变成个老头下凡来,劝告他们说:"你们不要开荒刨草了,蚂蚁子都在搬家,要涨洪水来了,快去找条生路吧!"

阿茹和阿迭听说不要他们开荒刨草,立马火冒三丈,跳起脚来骂哲格:"我们开我们的荒,我们刨我们的草,关你哪样事?"

阿仰看着这个善巴巴的老公公,说话很和气,来劝他们弟兄去躲洪水找生路,是一番好意,就连忙劝住两个哥哥好好向老人讨教。

阿茹、阿迭掉转来,同阿仰便去找哲格讨教,哲格对他们三兄弟,各教了一种躲过洪水的办法。

他对阿茹说:"你把花桑树砍来抠成船,洪水来了,你坐进船中,上面加个盖,外面用泥巴糊口,里面用牛屎糊缝。洪水涨齐天,你会漂上天;洪水消退下来,你会落回地,你的性命就保住了。"

他又对阿迭说:"你把白栈树砍来抠成船,洪水来了,你坐进船中,上面加个盖,外面用石灰糊口,里面用泥巴糊缝。洪水涨齐天,你会漂上天;洪水消退下来,你会落回地,你的性命就保住了。"

最后他对阿仰说:"你把杉树砍来,做成个大大的木葫芦,外面用漆漆。洪水来了,你拿两个鸡蛋夹在胭孔头,带着你妹妹坐进葫芦里,洪水涨齐天,你们漂上天;洪水消退下来,你们落回地。等到你胭孔头的鸡蛋孵出小鸡时,你们从木葫芦里钻出来,性命就保住了。"

三弟兄果真都各自去照办了。哪晓得,花桑树和白栈树都是很重的木料,放到水面上,就是漂不起来。所以阿茹和阿迭的木船都沉到水底去了。那些糊盖口的石灰、泥巴和牛屎,经水一浸泡就垮了。水漫进船里,淹死了老大和老二。只有阿仰和妹妹坐的木葫芦,一直漂在水上,葫芦口高高翘起,水进不去;大浪朝东涌,他们漂到东;大浪朝西涌,他们漂到西……任随风浪打,他们都稳稳当当地坐在葫芦里头。

经过四七二十八天后,阿仰夹在胛孔头的鸡蛋,孵出了鸡崽,洪水真消退了。可是,阿仰他们坐的木葫芦,却被挂在一个大悬岩的树桩上。他们朝外一看,上下都是刀劈斧剁的万丈悬岩。他们上不沾天,下不着地,心里很着急。

后来,妹妹看见悬岩上边有棵树,树上有个岩鹰窝,窝里有三只岩鹰崽,它们扇着翅膀"咯噢——咯噢——"地叫;老岩鹰却飞进飞出的找食来喂岩鹰崽。妹妹对哥哥说:"我们被挂在这个悬岩上,上又上不去,下也下不来。我们何不把岩鹰崽拴住,和老岩鹰交涉,要是它答应把我们背到山脚去,那就好啦!"

哥哥也觉得是个好主意。妹妹就从自己头上扯下三九二十七根头发,用三根头发搓成一股,三股搓成一根索。一共搓了三根索,便轻轻地把三个岩鹰崽的脚拴住了。

日子一天一天地过去,岩鹰崽都长大了。可是,它们还不会飞出去找食、找喝。老岩鹰着急了,就飞到天上去问天神哲格说:"我的崽崽长大了,长得比我高,比我壮,为啥还不会飞出窝去找食? 为啥还不会飞去找喝?"

哲格默默算了算,回答说:"你的窝脚有家人,你去找他们帮忙想办法吧。"

老岩鹰连忙飞回来,绕着它的窝边飞来飞去,不见哪里有人家。它又飞来飞去看,才看见窝脚的树桩上挂着一个木葫芦,葫芦里坐着阿仰兄妹俩。老岩鹰急忙飞去找他们帮忙想法子。

阿仰兄妹,有心要老岩鹰背他们到山脚去,又怕它背不动,为了试试它的气力,就对它说:"你看,坡脚有三副磨子、三乘耙子、三张碓,你去抬开一样,就有一只岩鹰崽会飞。"

老岩鹰立马飞到坡脚去,照着阿仰兄妹说的去做,它用双脚紧紧抱住三副磨子,扑扑地使劲扇着翅膀,从东飞到西,把磨子搬到了另一个地方。阿仰兄妹看见老岩鹰搬走了磨子,就解开一根头发索,放走一只岩鹰崽。

老岩鹰又飞转来,用爪爪抓起三乘耙子,扑扑地使劲扇着翅膀,从东飞到西,把耙子又搬到了另一个地方。阿仰兄妹看见老岩鹰搬走了耙子,又解开一根头发索,放走一只岩鹰崽。

老岩鹰看见两只岩鹰崽飞出窝了,心头很高兴。它一个猛子扎回来,用爪爪抓起三张碓,张开翅膀扇几扇,就把三张碓搬到另一个地方。阿仰兄妹看见老岩鹰搬走了碓,他们又解开一根头发索,放走了最后一只岩鹰崽。

三只岩鹰崽头一回飞上天,自由自在,说不出的高兴。老岩鹰见自己的崽崽会飞了，更是说不出的欢喜。它领着三个崽崽飞过来，绕过去，又从矮处飞到高处，它们越飞越远，越绕越高。阿仰兄妹越看，就越着急。急得他们抱头大哭，哭得天摇地动。

老岩鹰听见阿仰兄妹在哭，就飞转来对他们讲："你们若是不再拴我的崽崽，我来背你们下山去！"

阿仰说："要是你背我们下山去，我们不拴你的崽崽啦！"

交涉好了，老岩鹰就背着阿仰兄妹往下飞。可是，飞到半岩上就歇脚了。它说："我的肚皮饿啦，我要吃你们的小鸡！"

阿仰说："我的鸡崽要留来传种的，不能给你吃！"

老岩鹰说："我的肚皮饿了，不吃没力气，我背不动你们！"

争过来争过去，阿仰无法，只好答应割身上的肉来给岩鹰吃。阿仰顺着脖颈割了一圈，又割了两个胛孔、两个手杆弯、两个磕膝弯的肉喂岩鹰，还答应以后传下了鸡种，岩鹰可以来抓个把去吃。就这样，老岩鹰才把他们背下山脚来。从那以后，人们的脖颈就成了凹凹，胛下就有了窝窝，手杆弯和磕膝弯的肉也比别处的少了。后来，家里喂的小鸡。有时岩鹰还来抓一个两个去吃；如果是正月初一、初二、初三，看见岩鹰抓小鸡，还不能吼，只好随它抓哩！

洪水消退后，世上已没有房屋，没有吃的，也没有别的人了。阿仰兄妹来到山脚到处是稀泥烂凼，满眼荒凉。他们又冷又饿，怎么生活呢？兄妹二人都发愁起来。阿仰随手折了一枝泡木丫枝，拿在手头耍弄。泡木树是麻癞癞的，粗糙得很，三摇两耍，磨得阿仰的手板心发烫。阿仰想：既是能把手板磨热，是不是磨得出火呢？他到处去找来一些泡木桠，用各种办法磨，后来干脆拿一块石板压在石头上搓，七搓八搓，搓冒了烟，搓出了火。

有了火，阿仰兄妹心头的忧愁，消去一大半。他们欢天喜地地去捞干柴干草来烧火，无意中又捞得灵芝草放到火中。灵芝草烧起来特别亮，冒出五颜六色的烟子，冲得特别高，很好看。

火烟冲到天上去，惊动了天上的神灵，天神哲格下凡来察看。他顺着火烟找来，看见是阿仰兄妹在烧火。哲格想：洪水消了，尘世上只剩下阿仰兄妹二人，往后他们怎么生活？又怎么传下人烟呢？他左思右想，最后想出一个法子，叫阿仰到天上去找三个仙女求婚，内中有一个能答应，让阿仰把她带到人间来，就可以制下一曹人烟了。哲格把这个想法告诉阿仰。阿仰也情愿去，就是不知道要怎样才能去到天上。

哲格说："你去选又粗又壮的麻秆来扎芦笙，朝着天上吹，就可以踩着麻花云上天去了。"

阿仰为了上天去找仙女求婚，他跑遍了周围团转的大山，找来又粗又壮的麻秆，专心专意地扎了九天九夜，扎成了一把式样最漂亮，声音最好听的麻秆芦笙。他带着芦笙爬到一座高高的山顶，朝着蓝蓝的高天吹奏起来。他边吹边跳，边跳边吹，不知吹了多少调，也不知跑了多少圈，只见西边天上飘来一朵朵白亮白亮的云彩,一朵接一朵,一大串一大串,又慢慢散开,就像一条又宽又长的石街路。阿仰抬脚踏上麻花云,吹着芦笙往前走,果真走到天上去了。

阿仰在天上找到哲格老人,也找到了三个仙女。一问,才晓得三个仙女是三姊妹。

阿仰吹着最好听的芦笙调,喜笑颜开地去向大姐求婚。大姐见了不高兴,鼓起眼睛跌脚跟,大姐不愿意。

阿仰不灰心,吹着最好听的芦笙调,又喜笑颜开地去向二姐求婚。二姐见了很生气,楞眉鼓眼还吐口水,二姐不愿意。

阿仰还是不灰心,吹着最好听的芦笙调,又喜笑颜开地去向三妹求婚。三妹好歹都不说,只是扬起脖子哈哈笑,三妹也不愿意。

哲格见三个仙女都不答应阿仰的要求,就对阿仰说:"你是凡间人,还是回到凡间去求婚。"

这一来,阿仰却为难啦!他说:"凡间遭了洪水大灾,没剩下别的人,我到哪里去求婚呢?"

哲格说:"无路也要找路走呀,我陪你去想法子!"

哲格同阿仰来到凡间。他叫阿仰把妹妹找来,要他兄妹成婚。阿仰和妹妹听了。说:"我们是同父共母的兄妹,不能做夫妻,尘世间从来不兴这个规矩。"

哲格说:"洪水淹了天下,世上再没有别的人啦!你们不成婚,哪个来传宗接代,哪个来接下人烟呢?!"

哲格左劝右说,妹妹心软,先同意了。哥哥还是不肯。哲格左思右想,想出一个办法。他说:"你们各扛一扇磨子,一个爬上东坡,一个爬上西坡,一起往中间滚磨,要是磨子滚来相合,你们就应该成婚!"

阿仰心想:我要是往外面滚,磨子一定合不拢来。也就答应照老人的办法去做。阿仰扛起一扇磨子爬上东坡,朝着外面滚。妹妹扛起一扇磨子爬上西坡,朝着山下滚。咳!说来也怪,阿仰滚的耶扇磨子顺着坡腰绕了一圈,又滚来和妹妹滚下的那一扇磨子合陇在一起了。

哲格说:"这是天心和人意,你们应该成婚。不过,只是这一回,后辈儿孙就要分支分姓开亲啦!"

阿仰推脱不过,只好和妹妹成了婚。后来,他们生了九个儿子。可是,都不会说话,不会找吃,不会找喝。无法啦!阿仰又吹着芦笙,上天去问哲格到底是怎么一回事?

哲格说:"闷林竹子长有九个节,你去拿来锯了放在火里烧。蹭一节就烧一节,烧一节就爆一节,爆一节就有一个儿子会说话。"

阿仰回到凡间,找来闷林竹子,一节一节地锯来放在火里烧,果真九个儿子都会说话了。只是各人讲的不同,一个说来一个听不懂。

后来,九个儿子分开住,就分成了各个不同的民族。现在的苗族、彝族、仡佬族、布依族、侬家、蔡家等等,就是从那时候分下来的。

〔原文附记〕"洪水潮天""兄妹成婚"的神话,仡佬族所在各地区,皆广泛流传。有的叫"洪水潮天",有的叫"伏羲姊妹制人烟",有的叫"仙葫芦"……然而,情节各异,简繁有别。

在我们所搜集的资料中,流传在贵州省黔西、织金两县交界的六圭河畔和水城特区蟠龙区的洪水神话,其情节都比较接近,或者说主要情节完全一致。而且,至今仍完整地保存在仡佬族雅伊支系的古歌《叙根由》之中,与邻近各兄弟民族的洪水神话相比,又有着不少独特之处。

我们以仡佬族雅伊人讲述的洪水神话为主要蓝本,参照我们在其他地区和支系所搜集的资料,整理成这个样子。并按仡佬族雅伊人的讲法,定名为《阿仰兄妹制人烟》。

葫芦里出来的人

(彝族)

山头上住着一户人家,全家老小三口人,有年过半百的母亲和两个儿子。全家靠两个儿子打架、捕猎过日子,生活很困难。哥哥是一个好吃懒动的人。弟弟既勤劳又善良。有一年,不但生活不好过,母亲又得了重病卧床不起。哥哥不想照料母亲,心想,死去就算了,我就可以独自过日子,自由自在地生活。借口捕猎上山,久不归家,等待着母亲死去的音讯。

家里的活儿,全落到弟弟身上,他一面要照管母亲,还要上山砍柴。这样,日子一天比一天穷,母亲的病情也一天比一天重,身体瘦得像干柴一样,连翻身的力气都没有了。一天夜里,母亲做了一个梦,看见九泉路上走来了三个人,说是来接她的,她答应了他们。过了一会儿,那三个人不见了,她才恍然大悟地天神来接她了,就不由得惊慌起来。她知道在世上的时间最多也不过是一两天了,伤心地对小儿子说:"我已经不行了,我相信天神会保佑你这良心好的人的。"说着说着,快要断气了。小儿子大声哭着扑到母亲身上,边哭边说:"妈妈你不能离我呀!哥哥会更加欺侮我的……"儿子还没有把话讲完,母亲已经断气了。据说,他还使劲地吹出三口气给母亲接气,可是不管用了。

到第二天早上,他一人背着母亲尸体,背到山上埋葬了。哥哥知道母亲死去埋了后,高兴地跑回家来,对弟弟说:"我们已经是一样长大了,各自立户吧。"他只分给弟弟一把锄头和一头老牛,把田地家什全部霸占了。弟弟是多么伤心啊!昨天才葬了母亲,哥哥今天分了家。他无可奈何,头也不回地赶着老牛、扛着锄头朝森林深处走去。

他来到一座树木参天的山脚下,砍了一些树枝,搭起了一个草棚,就地挖了个洗脸盆,用三个石头搭个灶,他的家就算是立在这里了。他整天去挖地或砍柴,没几天就挖得很多的地,种上苞谷、高粱。日子一长,山上的动物都和他熟悉了,他去砍柴的时候,鸟为他唱歌,野兔、麂子、马鹿、岩羊都和他做伴。一天,他去砍柴,天气很热,他就不知不觉地在树下睡着了。这时,从空中飞来了一只乌鸦,落在他旁边的大树上,"哇、哇"地不停地叫。乌鸦的叫声把他惊醒了,他看见乌鸦嘴里掉下来一团闪闪发亮的东西,就跑过去捡起来,回去种在棚子后面。没过几天,就长出一片很好的庄稼。

有一天,一个模样很难看的老太婆,拄着一根拐杖,装作很饿的样子,一歪一倒地走进哥哥家的大门,对哥哥说:"好孙孙,给我点吃的东西可以吗?"谁知哥哥破口就骂道:"连我自家都不够吃,哪有给你吃的!"说着,把老太婆推出门外。老太婆挨着一顿痛骂后,又来到弟弟家里,向弟弟要吃的。弟弟温和地对老太婆说:"只是没有什么可口的东西给你吃,真对不起你老人家,我吃的是粑粑和野菜汤,怕你老人家咽不下去啊!"就这样热情地把老太婆接到草棚里,就动手做饭。不一会儿,他把烤好的粑粑和菜汤端出来给老人吃。老人吃饱后说:"谢谢你,你的心真好呀!我是观音老母,来走访人间的。我看你们这代人多数都是没良心的,我想换换这代人。你千万莫慌,听我的指点,两个月后要发一次从来没有过的大水,只想保留你一个人了。现在我送给你一颗葫芦籽,你把它种在院子里,但每天都要看守着,以防被人偷掉。等葫芦自己开了口以后,你就躲进里面去,这样就会保住你的生命。但是要注意,不论一草一木,只要是救了你的,你都要感谢它们!"说完就不见了。

弟弟按老人的指点,把葫芦种在院子里,过了一天,葫芦就长出土了。再过三天,守那个葫芦。长到一个月,葫芦长得很吓人,已经比一个人大了。然后渐渐地成熟了。到了两个月刚要满的前一天,葫芦突然"嚓"的一声响,开了一个有人粗的口子,弟弟忙把葫芦里的瓢瓢扒出来,把要吃的东西都搬进去,然后钻了进去。真奇怪,他才钻进去,那原来已裂开的口子又合拢来了。过了一会儿,就听见外面雷声大作,下起了倾盆大雨,满山遍地都是大水的奔流声,自己在葫芦里也不停地滚动。这样一直漂了七天七夜,世上的人们早已淹死了,房屋也倒塌完了。到第八天早上,葫芦被岸上的什么东西拉住了似的,就靠岸了。

葫芦靠岸以后,发洪水时躲在深洞里的老鼠就出来找吃的,见着一个大葫芦,它就跑过去把葫芦咬开,已闷了七天七夜的弟弟又见到了草木发芽的世界,见到处都是泥浆,河水还流得很急。

弟弟出来以后,听到梨树、青藤、竹子、蛇、老鼠等在争吵,都说是自己出了力,葫芦是自己的。梨树说:"我使出全身的力气才把葫芦拉住的,功劳是属于我的。"密密麻麻的千万条青藤不服气地说:"梨树算得了什么,是我们的千千万万个同伴把它缠住的,功劳是属于我的。"竹子说:"你们在吵什么,都是我用尽全身力气堵住它的。"老鼠不紧不慢地说:"你们都是瞎说,只能说功劳是我的大,如果我不把葫芦咬开,你们有本事把它弄开吗!"弟弟听它们这一吵,不知到底要感谢谁。忽然间,他想起了观音老母对他说过的话,"凡是救你的一草一木,你都要感谢它们。"他急忙跪下来给它们磕头,争吵也立即停止了,还一个个都笑起来了。

那些救了弟弟的,经过太阳暴晒,不一会儿,都发生不同的响声,竹子"咔嚓"一声响,就炸裂开来,跳出了数不完的男人;蛇肚一响,里面跑出来的是一些数不清的女人。

小弟弟眼看有这么多人,就按成千万条青藤的颜色,发给他们不同的"姓"。从此以后,这些男男女女繁衍后代,山南海北又有了人烟。

葫芦出人种
(哈尼族)

洪水漫天,天翻地覆以后,人世间只剩下了其卑和里收两兄妹了。

起初,两兄妹天天出去找伙伴,哥哥其卑拿着笛子朝东走,妹妹里收拿着树叶往西走。不知走了多少时间,其卑听到远处传来非常好听的吹树叶的声音,于是高兴地吹起笛子,加快脚步往前赶去。里收听到了悠扬的笛声,以为找到了伙伴,也加快了脚步往前走去。碰到一起见面的却是两兄妹。

他们不甘心,二次三次地分别出去找伙伴,但每次最终碰面的老是"阿孟烟奴"。后来他们死心了,知道世上再也没有其他人了。

后来,为了重新繁衍人类,在摩咪的撮合下,通过许多仪式,两兄妹做了夫妻。过了很长一段时间后,妹妹里收生下了一个肉团子。

他们把肉团子拿到山上,用刀剁成无数块丢到山梁河谷中去了。

不久,那些肉块块,有的变成了各种各样的茅草;有的变成了各种各样的树木;有的变成了各种各样的飞禽;有的变成了各种各样的走兽。

丢在山谷里的一个肉块,长出了一棵葫芦树,葫芦树长得很快,几天的时间,窜满了整个山谷。

这棵葫芦树虽然长得很旺盛,可是只结了一个葫芦,这个葫芦长得非常快,一天一个样,最后长成一个巨大的葫芦,人们从来也没见过这样的葫芦。

过了很长的时间后,兄妹俩去看葫芦。他们看到葫芦藤叶子已经枯黄了,连在藤子上的大葫芦已经成熟了。两个人看到葫芦好像看到自己的儿女一样,觉得非常可爱。他们俩就一前一后地把葫芦扛回家里来,放在遮雨的屋檐下。

又过了很长的时间。有一天。他们从葫芦旁边路过,听到葫芦里有"吵吵"的响声。走过去一听,好像有人在葫芦里说话,但一点也听不清在说什么。

于是,两个把葫芦搬出来,用刀砍开了葫芦口,不小心还削去了一个人的头皮,这就是脑门光亮的寿星头的由来。

葫芦砍开以后,葫芦里的人,一个接一个地走出来。出来一个向两兄妹点一下头,这就是小字辈向老辈人磕头的由来。

后来,从葫芦里出来的第一个人成了哈尼族,第二个人成了彝族,第三个人成了汉族,第四个人成了傣族,第五个人成了瑶族,其他分别成了卡贵(佤族)、拉伯(白族)等。

布伯的故事
（壮族）

一、雷王收租

从前，天和地隔得很近，竹子向上长就碰到天顶篷，所以竹子老勾着腰。天上讲话，人间也都听得见。

住在天上的是雷王，生就一对灯笼眼，眨起眼来骨碌骨碌地闪绿光。他背脊上长着一对翅膀，抖动起来就刮风暴。他那双脚呀，重得很，走起路来轰隆轰隆直响。手上还拿着板斧和凿子，发起脾气，就这里凿凿，那里劈劈。

地下呢，住着我们人。人里面有个头领，名叫布伯。布伯是一条好汉，不但能耕田种地，还会放牧打猎。

当时，只要对天上的雷王供些香火，便会风调雨顺，人们便能平安地过日子了。有一年，雷王在天上闲得闷了，便到人间来玩。布伯把他当稀客来接待，杀猪宰羊，山珍海味摆满一桌，陈酒醇厚，米饭喷香，馋得雷王眼都红了起来，越想越觉得天上吃的香火不是味道。

酒醉饭饱之后，雷王抹抹嘴唇，便对布伯说："天晴落雨归我管，你们种出的庄稼我要收租！"布伯说："好嘛！种出的庄稼你要上面还是要下面？"雷王说："我住天上，种出的庄稼我当然要上面哕！"布伯说："好，你秋天来收租吧！"

这一年，布伯种的是芋头。到秋天雷王下来收租时，只分到烂了的芋头叶和干了的芋头秆秆。雷王本来想发脾气，但觉得这是自己开口说定的，加上布伯热情招待，又是酒，又是肉，不好发作。等到酒醉饭饱肉吃够以后，仍然抹抹嘴巴说："喂！明年我要收下面的啦！"布伯说："好，秋天来收吧！"

这年布伯种的是稻谷。到秋天，雷王下来收租时，只拿到稻根。连稻草布伯也不给一根。雷王气得脖子都胀了。布伯却仍然笑嘻嘻地热情款待他，又是酒，又是肉。

雷王喝着酒，越喝越脸红，最后摔了酒杯，说："明年的租子除了中间，上下我全收！"布伯笑嘻嘻地回答："好，由你挑吧！"

这年布伯种的庄稼全是苞谷。秋天以后，每秆苞谷都结了三五穗。雷王下来收租时，只能睁着眼看布伯家的人，一穗一穗掰下来装进背篓去。

雷王气得鼻孔冒烟，那原来是碧蓝碧蓝的脸也泛起红色来。他一转身，头也不回地跑走了。布伯还在后面连连叫他回来喝了酒再走，他连理也不理。

二、拔龙须

雷王回到天上，便叫雷将陆盟来，命令他以后再不给人间送雨水。

这一年，天上滴雨不落，滴露不撒。大家去找布伯商量。布伯说："天河有的是水，雷王不给，你们自己去开闸。"

布伯带众人到了天河，把雷王关好的铜闸门扒开一点，一股清流便从天上流到田里来。虽然雷王不降雨，不撒露，这年收成也还不错。

雷王知道布伯带人来打开天河的铜闸门，气得跳起来。他怕布伯带人再到天上捣乱，便把天升高起来，只留岂赤山上的日月树作为天梯，沟通天上地下的通路。

这样，这一年不但雨露没有，连上天的路也断了。田里的庄稼也就一天天枯萎下来。大家又去问布伯，布伯说："地下的龙王是雷王的兄弟，他有水，去找他借点水吧！"

龙王是雷王的兄弟，长着一副雪白的络腮胡须。他已接到雷王的关照，所以一见布伯带大家来跟他借水，便回口说："不给！"布伯说："你要把我们渴死啦！"龙王说："水是我的，命是你们的，和我没有关系！"

布伯见软的不行，便来硬的。于是，他两手攀着龙角问道："你借水不借？"龙王还是说："不借不借，一万个不借！"布伯对大家说："大家来拔他胡须，看他还逞强不？"人们七手八脚地来拔龙王的胡须，痛得龙王直喊救命，只好答应放水。

待龙王放水后，布伯才放走龙王。龙王带着残留的两根胡须，狼狈地逃到深海里去了。

三、求雨

第三年，天上没有下雨，地下没有水流。太阳直往地面逼晒着，石板上都可以把鱼煎出油来。有些父老埋怨布伯多事，触犯了神灵，于是，大家就凑合着去请道公来念经，去请师公来跳神。但是，雨还是没有下，露还是没有撒。

有些父老说："布伯冒犯了神灵，他不认罪，雷王是不会下雨的。"求雨的人都要求布伯对上天下跪。布伯说："男儿膝下有黄金，怎肯低头跪别人，我不跪。"

父老们便向布伯告饶起来："就算你帮大家做件好事吧！"说完，大家都向布伯下跪。布伯忍着气，便对着神案下了跪。

有几个孩子见布伯下跪了，便唱起山歌嘲笑起来：

布伯求雨雨不下，

胡子散乱翘嘴巴，

河边水车散了架，

可惜膝盖沾泥巴！

布伯听了，直气得翘起胡子，全身都打起颤来，马上回家把剑磨好，决心到岂赤山那里去找日月树爬上天去。

四、斗雷王

这时，天上的雷将陆盟正督促雷兵们来补天河，糊天池，不准一丝水渗到下界人间来。有个雷兵名叫契高的，工作慢了一点，陆盟就用鞭子鞭打他。谁知正在扬鞭子的时候，布伯便来到他的身后，扯走了鞭子。

陆盟问："你是干什么来的？"布伯说："你先回答我：谁叫你补天河？谁叫你糊天池？"陆盟说："你管不了我。"布伯把手一扬，便把陆盟送下天河去了。陆盟趁势直往雷王的宫殿游去。

这时，雷兵契高告诉布伯，这是雷王狠心要旱死人。布伯气得直发抖，问契高："雷王现在哪里？"契高说："雷王晚上在北边，早晨在东面，中午坐正殿。"布伯说："我去找他算账！"

陆盟刚刚爬上岸，便见布伯大踏步走来，赶忙去报知雷王，雷王来不及准备，布伯已进殿来了。他一句话也不说，便把雷王拉下殿来，用剑直指雷王的鼻尖，说："你给雨不给雨？不给就杀死你！"

雷王连忙磕头哀求："你放我，三天后一定给你们降雨！"布伯见雷王发了誓，才放走了他，独自下到地面来。

五、擒雷王

布伯走后，雷王反悔起来，但又怕他再上天来闹，便叫陆盟去砍断岂赤山上的日月树，又叫别的雷将抬出板斧来，霍霍霍地磨着，听得人牙齿都软了。

契高知道雷王反了心，就赶忙下来告诉布伯。契高说："雷王天天在磨斧，不知劈人还是劈树？雷王天天在算账，天河天池的水一点也不放！"

布伯知道雷王真的反了心。便叫家里人到河里去捞豆藜，把豆藜铺到屋顶上。又去砍纱树来剥皮，拿来扎木楼的晒棚。然后叫他的儿女伏依兄妹，拿着扁担在棚下等着，叫妻子拿着渔网，自己拿着鸡罩，在屋檐下等着。

雷王找布伯报仇来了。他一展翅膀，暴风便刮得天昏地暗，雷王乘着风来到了云端。他眨着眼睛往下望，绿色的电光一闪一闪直透过云层。他又踏着电光走到半空，看准了布伯的家，两脚一蹬，霎时雷声隆隆，天摇地动，大雨倾盆地倒了下来。雷王便驾着雨直往布伯的房子冲下来。谁知雷王冲得太凶，冲到布伯的屋顶，脚刚踏下，屋顶上的豆藜便把他滑倒下来，一直滑到棚台上。棚台是用剥了皮的纱树扎的，见了水更滑溜，雷王在棚台上也站不住脚，便摔倒在地上。

雷王摔倒在地上，刚想爬起，伏在棚台下的伏依兄妹的扁担齐落，一根落在腰上，一根落在脖子上，把雷王紧紧压住。雷王鼓动着背脊上的翅膀想站起来，姆伯的网又撒下来了，把雷王的翅膀紧紧缠住。雷王还想挣扎，布伯的鸡罩就像一口铜钟那样从上落下来，把雷王牢牢地罩住，再也逃不脱了。

六、雷王逃走

布伯擒住了雷王，便将他关在谷仓里。有人主张杀，有人主张剁。布伯说："我们要他放雨水，如果不答应再杀他。"

布伯心计巧，怕放走了雷王，他又反了心。便想出一个办法，要雷王每天搓禾草绳，想用禾草绳来拴住雷王的心。这样，如果他再不听话，任他跑到哪里，都可以把他拉回来。于是，布伯告诉雷王："你如果能把禾草绳搓满一谷仓，我就把你放走；如果你不搓，我就杀死你！"

不料契高不知布伯的心计，又怕雷王放出后，要找他算账，就每天把雷王搓好的草绳，一节节地咬断。

三天过后，布伯来看雷王，见雷王搓的绳子断成了一节一节，又见雷王不发雨水，便发起脾气来。决定把雷王杀掉，把雷王的肉腌起来，分给大家吃，来消除人们的怨恨。于是，便到街上去买盐，准备腌肉。

布伯出门之前，便对伏依兄妹讲："雷王借斧不要给，雷王问水莫要拿，雷王喝水力气大，雷王拿斧就破仓。"伏依兄妹点点头，布伯才放心走了。姆伯也就去通知众亲友，准备来分雷王的肉。

雷王听到布伯吩咐伏依兄妹的话，很是焦急。但雷王也很奸巧，他见布伯和姆伯走了，便哄着伏依兄妹走过来，准备骗小孩，但两兄妹没有理他。

雷王见伏依兄妹不理，就装鬼脸来逗引他们。他从嘴巴里伸出舌头，又收缩回去。一伸一缩，一吞一吐，雷王的嘴里便喷出一丝丝蓝色的、绿色的火焰来。伏依兄妹觉得很稀奇，便跑来看。

雷王立即收住舌头，火焰也就没有了。两兄妹觉得好玩，便要雷王再耍一下，雷王装着苦脸说："好兄弟，好姐妹。我渴得要死了，给点水给我解渴之后，再耍给你们看吧！"

伏依兄妹说："雷王借斧不要给，雷王问水莫要拿，雷王喝水力气大，雷王拿斧就破仓。这是爸爸告诉了的，我们不能给。"

雷王一听伏依兄妹的话，就哭号起来。伏依兄妹竟被他装的可怜相感动了，便说："你哭也没有用呀，河水干到底，泉水给封住，前天抓你的时候下点雨，家里的水全给爹妈封好，哪还有什么水呀？"

雷王说："好兄弟，只要是水，什么都行！"伏依兄妹说："家里只有蓝靛缸没有盖，蓝靛水你能喝吗？"雷王说："哎哟，在天上我为王，来到地上被擒拿了，还嫌弃什么呢？蓝靛水就蓝靛水吧！"

伏依兄妹用碗舀着蓝靛水，雷王听到碗碰着缸边"哐啷"的一声响，心里喜滋滋的。等到伏依兄妹端蓝靛水走到跟前时，由于谷仓口太小，碗放不进去，又着急起来。

雷王说："好兄弟，好姐妹，还是劳神你们一下。这仓口太小了，碗放不进来，你们找一根稻草秆来,给我当作吸管来吸水吧!"伏依兄妹便找来一根稻秆,雷王接过,放到蓝靛碗里面,吸了起来。

雷王吸了第一口,喉咙湿润了;雷王吸了第二口,身上长了力气;雷王吸了第三口,脸上变成了蓝靛色,翅膀也展动起来了。雷王把碗里的蓝靛水吸完,全身充满了力气,用力一挣,谷仓"噼里啪啦"散了架,蓝靛碗跌碎了,房子倒了,伏依兄妹吓得哭着跑了。

雷王想着要把世间的人都杀光,但又一想到人死光了以后,就没人来供香火了,便把伏依兄妹叫了过来。伏依兄妹哭丧着脸说:"你骗了我们,还要杀死我们,你好狠心!"

雷王说:"我不会杀害你们,我拔下一颗牙齿送给你们,报答你们的救命之恩,你们赶紧把牙齿拿去种下吧!过几天就要发大水,天下的人都会死光,你们兄妹可以活下来!"

雷王拔下牙齿送给伏依兄妹,便左手招来风,右手招来火,腾风驾火回天空去了。

七、启明星

布伯买盐回来路上,便听到天上响着轰隆隆的声音,知道家里出事了,赶忙跑回家来。回家一看:谷仓散了架,房子倒塌了,两兄妹在抱头啼哭。布伯明白了一切,便低下头来想法对付雷王。

伏依兄妹见到爸爸变了脸色,害怕挨打挨骂,便跑到后园去种雷王送给的牙齿。谁知牙齿刚埋下地,立刻就发芽长苗,洒下一点水,苗就像纺车扯棉线一样,长出藤条来。一夜之间开花结果,三天就长出一个像房子那样大的葫芦来。伏依兄妹用力把葫芦开了个口,掏出了瓤。霎时雷声隆隆,电光闪闪,天上的大河决口了,天河天池的水往地下倾倒。两兄妹就钻到葫芦瓜里去躲雨。

布伯知道雷王要用洪水来淹死天下的人,决计和雷王再斗一番。于是把手中的伞撑开,倒置过来,就成了一只小船,在洪水里漂浮起来,布伯就站在倒置的伞上。

雷王决天河,天河水全部倾倒下来;龙王要报拔须的仇,也放着海水,驱使虾兵蟹将推波助澜,直把水涨过山头,淹到天篷顶下。

雷王以为世间的人全死光了,布伯也一定死了,便打开天门往下看。谁知布伯的伞船正向天门驶来,只见布伯挺着胸,提着剑,怒气冲冲地直奔雷王而来。

雷王两眼喷出愤怒的火光,马上持着板斧,向布伯飞冲下来。布伯眼明手快,两脚一蹬,伞船便从雷王脚下滑过去,然后回身一剑,把雷王的脚削断了。雷王赶忙逃回天门,害怕布伯的伞船随波闯进天门,就连声喊道:"快退水,快退水!"

雷兵雷将知道布伯的厉害,赶忙退水;龙王也知道布伯不好惹,也忙着退水。这水退得又猛又快,布伯的伞船就像从天空中掉下来一样,直坠到山顶,摔到一块大石头上,把布伯和伞船摔得稀巴烂。布伯的一颗红心,被进到天篷上,就镶嵌在那里了,成了现在我们看到的启明星。

八、兄妹结婚

地上的水退了,伏依兄妹躲在葫芦里也落到地面上来,也没有摔烂。但是地面的人都死光了,怎么办呢?

兄妹在大地上走来走去,碰到一只金龟,金龟说:"天下没有什么人了,你们兄妹结婚吧!"

伏依兄妹说:"兄妹怎么能结婚?把你打死了,你能活转来吗?你能活过来,我们就结婚。"说完,就将金龟打死了。当他们刚要走开,金龟又活转来,哈哈地笑着走开了。伏依兄妹再往前走,突然,一株竹子向他们叩头弯腰说起话来:"地上没有人了,你们兄妹结婚吧!"

伏依兄妹说:"兄妹怎么能结婚?把你砍断了,你能活转来吗?你能活转来,我们就结婚。"说完,把竹子砍成了一节节。当他们刚走开时,竹子又一节一节连起来长活了,向他们叩头弯腰地笑着。

伏依兄妹到处见不到人,伤心地抱头大哭。哭声惊动了天上的启明星——他们的父亲布伯。启明星从云头中探出头来对他们说:"世间的人都死光了,你们兄妹结婚吧!"

伏依兄妹说:"哪有兄妹结婚的道理?"启明星说:"这样吧:你们兄妹各到东西两个山头去,各人点燃一堆烟火,如果两股烟能够合拢在一起,你们兄妹就可结婚了。"

伏依兄妹听了启明星的话,便各自跑到东西两个山头,点燃起一堆烟火来。两股烟火直上云霄,和天上的云彩混合起来,云彩一走动,两股烟就合拢在一起了。启明星看着两股烟合拢在一起,满意地哈哈大笑起来。

伏依兄妹结婚后,不久就生下一个肉团团,这肉团团没有眼、没有嘴、没有手、没有脚,不知是鬼还是怪,伏依兄妹便用刀把肉团团砍碎,往山下一撒,就变成了许多人。人类就这样繁衍下来了。

九、故事的结尾

布伯到天上变成启明星了,雷王、龙王、陆盟、契高这些人的下场呢?

雷王被布伯砍断脚之后,便杀了一只鸡,用一双鸡脚衔接起来。所以雷王以后就有一双鸡脚。他虽然愤怒时还发出轰隆轰隆的恨声,但不敢再到人间来惹祸了。

龙王被拔了胡须之后,便逃下海去,从此,他的子孙也只能生两根胡须了。大家都见过鲤鱼吧,那不是只有两根胡须吗?

陆盟以后变成个游荡的妖怪,靠人们向野外撒些残羹剩饭过日子。

契高呢,由于得罪了雷王,又破坏了布伯的计策,大家都恨他。所以只好变成一条虫,永远生活在地下,它一伸出头来,雷王就要劈它。现在我们一看到这种虫冒出地面时,就知道雷雨要来了。

那金龟和竹子因为撮合过伏依兄妹的婚姻,后人都知道他们有先见之明,所以后来巫师就用龟壳和竹根来打卦、问卜,判断吉凶。

玛黑、玛妞和葫芦里的人
（苦诺族）

玛黑和玛妞是一对兄妹,他们和父母一起居住在高高的山上,过着平静幸福的日子。可是在他们刚刚成人的时候,世上忽然发了大水,整个人类面临着灭亡的威胁。当水还没有淹到山顶的时候,玛黑和玛妞的父母为他们想了一条逃生之计:造一只大木鼓把他俩装在里面,这样水就淹不着他们了。于是他们的父母就去砍树造鼓。可是走到第一棵树前,刚砍了第一斧,那树马上就叫起来:"哎喽! 太痛了呀!"走到第二棵树前,刚砍了第一斧,那棵树又叫起来:"哎喽! 太痛了呀!"……一直砍了九十九棵树,棵棵都叫痛。最后,他们来到寨子中间,那里生长着一棵苦果树。玛黑、玛妞的父母就哀求说:"苦果树呵苦果树,大水就要淹上来了,请你救救我们的孩子,让我们把你砍来做个鼓吧!"苦果树点点头答应了。于是,玛黑、玛妞就把树掏空,做成了一只大木鼓。

玛黑、玛妞的父母在木鼓里,放了够吃九天九夜的粮食和一只小鸡,又交给玛黑、玛妞一把小刀和一块蜂蜡,对他俩说:"现在,你们要离开父母去逃生了。记住:水不干就不要出来。如果你们要看水势,可以用刀把鼓挖个小洞往外看,看后赶快用蜂蜡把洞堵上。什么时候可以出来,小鸡会叫你们的。"玛黑和玛妞就这样辞别了父母,开始在洪水中漂荡。

他们漂呵漂,漂了三天三夜,小鸡还不叫。玛黑忍不住了,就用小刀在鼓上挖了一个小洞往外看。呵! 外面的景象多么惨哪:洪水在不断上涨,水面漂着人的尸体。玛黑吓坏了,赶快用蜂蜡把洞口堵上。他们又继续漂呵漂,漂了六天六夜,小鸡还是不叫,玛妞忍不住了,她用小刀在鼓上挖了个小洞往外看。呵! 外面的世界变成白茫茫的一片,连人影也看不到了! 她吓坏了,赶紧用蜂蜡把洞口堵上。他们又继续漂呵漂,一共漂了九天九夜。小鸡终于开口了:"啾啾啾,吱吱吱! 水干了,可以出去了!"兄妹俩高兴得一头钻出了木鼓。

可是,眼前的情景使他们几乎哭了出来:四周静悄悄的,没有一丝人声,也没有一粒种子,迎接他们的是一座被水冲得光秃秃的山和山背后即将沉落的夕阳。他俩带着小鸡一面哭,一面找,希望能找到一个人。可是找遍整座大山,只找到了一粒葫芦籽。兄妹俩就把葫芦籽种下了。

种下葫芦籽以后,玛黑对玛妞说:"妹妹,现在世上只剩我们兄妹俩了,我们结成夫妻吧!"玛妞害羞极了:"这怎么行呢? 你是哥哥,我是妹妹,兄妹怎么能成亲呵!"玛黑使劲劝她,她就是不听。最后,玛黑想出一个主意,他对玛妞说:"这样吧,对面山上有一位白发智者,你去问他,他会告诉你,我们能不能成婚。"玛妞答应了。

通往对面的山有两条路,一条直路,一条弯路。玛黑指给玛妞走弯路,自己则走直路先到了那里,扮成一个白发老人,守候在路旁。一会儿,玛妞也到了。她看到果然有个"白发智者"在那里,就跑过去跪在"老人"面前,问:"智慧的长者呵,现在世上只剩下我和哥哥两人了,请告诉我,我们可以结成夫妻吗?""白发智者"马上回答:"按说兄妹是不能成婚的。但是人类不能绝代呵,所以你们可以结婚。"这样,玛黑、玛妞兄妹俩就结成了夫妻。

那棵葫芦籽很快就发了芽,并且长得很快、很旺,藤子爬过了九条江、九座山,但是只结了孤零零的一个葫芦。到了玛黑、玛妞结婚的那天,葫芦完全成熟了,有一座房子那么大,金黄金黄的,美丽极了。早晨,玛妞去背水,路过葫芦旁,隐约听到里头有人说话,她以为自己听错了,没有在意;中午,玛妞去摘菜,又听到葫芦里头好像有人说话,她还是不相信自己的耳朵;下午玛黑和玛妞一齐收工回来,路过葫芦旁,这回两人都清清楚楚地听见里面有人在说话了。他俩大吃一惊,想了想,便在葫芦旁烧了一堆火,把烧火棍放在火中烤红,想在葫芦上烙个洞,让里面的人出来,可是烙上边,里面有人惊叫:"会烙着我!"烙下边,里面也有人惊叫:"会烙着我!"烙左边,里面也有人惊叫:"会烙着我!"烙右边,里面也有人惊叫:"会烙着我!"玛黑、玛妞急得团团转。正在这时,葫芦忽然传出一个老婆婆苍老而和蔼的声音:"你们从我这烙吧,我不怕烙,不然的话大家都出不去。但是,我死了以后,在天和地没有毁灭之前,请你们不要忘记我阿匹娱。"玛黑和玛妞难过地哭了。但是为了让葫芦里的人出来,他俩只好横横心,用烧火棍朝阿匹娱那个方向烙去。葫芦里冒出一股青烟,阿匹娱死了,但葫芦上通了一个洞,刚刚够一个人出来。

第一个跳出来的是布朗族。他跳出来时碰着葫芦旁火堆里的焦树干,把脸染黑了。从此布朗族就长得很黑。布朗族不会说话,玛黑和玛妞说:"去听听水声吧。"布朗人就去模仿水声说话,因此布朗话"咕噜咕噜"的,就像流水声音一样。

第二个跳出来的是基诺族。他碰着的是栗树干,栗树干是不白不黑的,所以基诺族长得不白不黑。基诺话就是玛黑、玛妞讲的话,所以基诺族不用再去学别的语言了。

第三个跳出来的是傣族。傣族跳出来碰着芭蕉秆,芭蕉秆是白的,所以傣族就长得白白的。傣族也不会讲话,但是他很聪明,他学着讲布朗话和基诺话,然后自己又进行了改进,所以傣话更好听些。

玛黑、玛妞看到他们都会讲话了,就教他们数数字:"从前有九座山,每座山上有九棵树,每棵树上有九条枝,每条枝上有九个鸟窝,每个鸟窝里有九个鸟蛋;九座山上又有九个塘,每个塘中有九条牛,每条牛有十六个蹄瓣……"

现在大地上又有了人,人也会数数字了,但是他们该怎样生活,每个人又干些什么呢?玛黑、玛妞领着他们去请教天上的神。神说:"这样吧:基诺族做官,布朗族种山地,傣族种坝子地。"布朗族和傣族都很高兴,只有基诺族不愿意,说:"要我们做官,除非是先请我们吃九碗长脚蚊子的脑子和双头鸡的磕膝头!"所以后来基诺族就没有做官。接下来是分工具,布朗族拿了锄头,基诺族拿了背箩,傣族拿了扁担。最后开始分文字了,神把基诺族的文字写在牛皮上,给傣族的文字写在芭蕉叶上,给布朗族的文字写在麦面粑粑上。回去的时候,有九条江拦住了大家的路,等到渡过江后,大家才发现文字都被打湿了,于是就摊开来晒。晒了一下午还没干,布朗族饿了,就把粑粑吃了,所以今天布朗族没有自己的文字。傣族的芭蕉叶被鸡扒烂了,非常伤心,这时正好飞来一只绿斑鸠,在芭蕉叶上拉了一泡屎,傣族马上高兴起来,照着绿斑鸠的屎来造字。现在傣族的字就像绿斑鸠的屎一样,又细又弯。基诺族看到布朗族的文字晒不干被吃了,傣族的晒在地上的又被鸡扒烂了,灵机一动,就把牛皮拿到火塘边去烘,认为这样又快当又安全。没一会儿,牛皮就被烤得膨胀起来,发出很香的味道。他越闻越想吃,实在忍不住了,就自言自语道:"唔,不要紧的,吃在嘴里,记在心上。"说完就把牛皮吃了。于是,基诺族也失去了文字。

后来,人们为了纪念葫芦里的老婆婆阿匹娱,每次开口唱歌的时候,第一句总要先唱阿匹的名字:"娱哎……"

阿霹刹、洪水和人的祖先
(彝族)

古时候,有一家人家,三个兄弟带着一个小妹妹过日子。有一年春天,他们出去开荒,遇到了一件奇怪的事情:明明是他们头天犁过的地,第二天老是会复原。他们商量了一会儿,以为一定是什么坏人存心捣蛋,就决定半夜里拿着棍子到地里去看守,准备把那坏人揍一顿。果然,这天夜里,有个模样十分威严的老头子,拄着拐杖来到他们白天犁过的地里。他只要用拐杖指一指,犁起来的草皮就会自动翻转来,回到原地去。大哥和二哥看见这种情形,便跳起来要打这个老头,三弟赶上去拦住他们说:"不应该打老人家,还是先问问他为什么这样做吧。"

老头子听见三弟的话,就说:"你是个又聪明又心善的娃娃,你一辈子都会有福的。"接着他又说:"你们知道我是谁?我就是雷神阿霹刹。你们听我的话,莫要开荒了,世上就要发大水了。"

大哥和二哥听说要发大水,感到很害怕,就央求阿霹刹救他们。阿霹刹笑了笑,回答道:"我当然要救你们,可是,真正能救你们的还是你们自己。好吧,我给你们三只箱子,一只是金的,一只是银的,一只是木头的,你们躲在箱子里;箱子只有三只,可是你们还有一个小妹妹,你们当中,谁愿意带着小妹妹?"

大哥低头想了想,说:"我不愿意带她。"

二哥低头想了想,说:"我不愿意带她。"

三弟想都没有想,说:"我愿意带她。"

说罢,阿霹刹便用拐杖在地上顿了三下,立刻,就出现了三只大箱子,一只是金的,一只是银的,一只是木头的。

大哥贪心,他要了那只金的。二哥贪心,他要了那只银的。三弟和他的小妹妹,一句话也没有说,要了那只木头的。

阿霹刹又一人给了一个鸡蛋,叫他们挟在胳肢窝里,嘱咐他们说:"什么时候听见小鸡叫,什么时候揭开箱子盖。"说完,叫他们躲进箱子,又替他们一一关上箱子,洪水也立刻就来了。

过了七天七夜,大哥胳肢窝里的蛋壳破了,小鸡在叫,他便把金箱子的盖揭开,洪水灌进去,他和箱子一起沉到水底去了。

过了七天七夜,二哥胳肢窝里的蛋壳也破了,小鸡在叫,他便把银箱子的盖揭开,洪水灌进去,他和箱子一起沉到水底去了。

过了七天七夜,三弟和小妹妹胳肢窝里的蛋壳也都破了,小鸡在叫,他们便把木头箱子的盖揭开,洪水灌进来,他们把水舀干净,箱子就浮起来。

他们在水上漂呀漂的,漂到一座石山顶上。山上生着一丛野茅竹,几株青枫树,他们便攀着野茅竹和青枫树,带着小鸡,在那里住下来。这时,洪水渐渐退了,三弟和小妹妹便对着野茅竹和青枫树说:"多谢你们搭救了我兄妹两个,我们世世代代都会把你们当神主来供。"

这一场洪水,把世上的人全部淹死了。谷种没有了,菜籽没有了,牛也没有了。三弟和小妹妹哭起来,简直活不下去了。

忽然,阿霹刹又来到了他们面前,给了他们谷种、菜籽,又给了他们一把黄豆、一把青豆。他说:"要黄牛就撒黄豆,要水牛就撒青豆。"三弟把黄豆一撒,果然就变成一群黄牛;小妹妹把青豆一撒,果然就变成了一群水牛。

鸡有了,谷种有了,菜籽有了,黄牛、水牛都有了,三弟就对小妹妹说:"让我们成个家吧。"小妹妹不答应,说:"问问老天爷的意思吧。"于是小妹妹拿起一根针,三兄弟拿起一股线,对着老天爷说:"如果世上还有旁的男人女人,线就不要穿针眼,要是穿进针眼,我们兄妹便成亲了。"他们把针和线向天上抛去,结果,线穿进了针眼。

小妹妹想了一下,又说:"再问问老天爷的意思吧。"于是她爬上一个山坡,把磨盘的下扇推下山去;她哥哥爬上另一个山坡,把磨盘的上扇推下山去。他们对着老天爷说:"如果世上还有旁的男人女人,磨盘就不要合到一起,要是合到一起,我们兄妹便成亲了。"结果,合到了一起。

兄妹两个便结了婚。过了三年,小妹妹怀孕了,生下来一大团血肉。他们两人难过得很,心想:怕是老天爷不愿我们成亲吧。他们便把这一大团血肉剁成好多块,挂在树上,过了几天,再去一看,那些血肉都变成了青年男子和青年女子,成双成对,有说有笑,在树上吃果子。

从此,世上的人就一天比一天多起来了。

青蛙大王与母牛

（佤族）

很古的时候，不单人会说话，树木草蒿和鸟兽也都会说话，大家和睦相处，互相帮助，生活得很好。

有一天，人的首领达惹嘎木去赶街，在半路上，遇到了青蛙大王癞蛤蟆。癞蛤蟆对达惹嘎木说："你去赶街，顺便给我带点芭蕉回来，我很久没吃水果了。"

"蛤蟆老伯，实在对不起，我穷得吃早无晚，哪里有钱买芭蕉呀？"达惹嘎木回答青蛙大王。

"别急，到了街子上，你转到卖牛的地方，那里人家会分给你的。"

达惹嘎木到了街上，转到卖牛的市场上一看，果然有一群人围在那里分芭蕉。达惹嘎木也分到一个芭蕉，他舍不得吃，真的把芭蕉带给了青蛙大王。

青蛙大王对讲信用的达惹嘎木说："嘎木呀，你这个人老实、忠厚，说话算数。我告诉你一件秘密大事……"

"什么事呀？"达惹嘎木问。

"洪水要淹没天地啦，你要准备好船只，才能保全自己的生命财产。"话音刚落，青蛙大王就无影无踪了。

达惹嘎木回到家里，一直想着青蛙大王的话，心中犹豫不决，好像有一块大石头重重地压在他的心上。过了几天，下起瓢泼大雨，把大地淹没了。大水快要淹到达惹嘎木的家门口，他急得团团转，心想到哪儿找船呀？正急着，一转身，撞到自己家门口的大猪食槽上。他喜出望外："天哪，这不是天生的船吗？"他急忙牵出自己唯一的一头小母牛，走进木槽里。

洪水把所有的房子和村寨淹没了，他和小母牛站在木槽里，随着洪水漂流；不见山，不见树，不见村寨，一片汪洋，达惹嘎木万分焦急。

后来，水落了，土地又露出来了。可惜世上没有人烟，小母牛成了达惹嘎木的唯一伴侣。

一天晚上，突然雷声隆隆，震得山摇地动。达惹嘎木抬头一看，只见一个阿佤山那么高的老人，站在他的面前。老人和蔼地问达惹嘎木："地上只有你一个人了吗，小伙子？"

达惹嘎木难过地说："是的，老人家，只有我和一头小母牛了。"达惹嘎木对老人讲，自己走了很多山头，都找不到一个伴，今后，还不知怎样生活下去哩！

老人哈哈大笑道："小伙子，你和小母牛不就是伴吗？你和小母牛成了家，不就生活下去了吗？"说罢，老人变成一股青烟，飘上蓝天去了。

"这个老人莫不是天神？"达惹嘎木赶忙向天跪下磕头，就按老人的吩咐，去找小母牛商量，要和小母牛成一家人。小母牛非常乐意，高兴得直点头。

不知过了多少日子，小母牛怀孕了，肚子越来越大，大得叫人害怕。又过了一些日子，小母牛睡在地下不断打滚，哭得十分可怜，痛得直叫唤。经过一阵挣扎，生下了后代。奇怪的是，它生下的既不是人，也不是牛，而是一个拳头大的葫芦籽。

　　达惹嘎木揣着这颗葫芦籽去见天神，天神叫达惹嘎木把葫芦籽种下去。种下葫芦籽后，过了几天。长出了两根又粗又长的葫芦藤，一根伸向北方，一根伸向南方。达惹嘎木十分勤快，日日给葫芦上粪、浇水。不久，这两根葫芦藤长得像手膀子那么粗，扎实好看。秋天到了，达惹嘎木顺着朝北伸的藤子，去看葫芦结了没有，一直找到葫芦尖，藤子没有结葫芦。达惹嘎木又顺着朝南伸的藤子，走了三天三夜，走到司岗里这个地方，看见葫芦藤上结了一个小山那么大的葫芦，他高兴极了。又过了几天，他走到葫芦旁边，看见葫芦开始发黄，长得实在叫人喜爱。达惹嘎木走近葫芦旁，细细听听，葫芦里竟还有笑声、吵闹声和说话声。

　　达惹嘎木又惊又喜，不敢动葫芦，急忙去报告青蛙大王。青蛙大王告诉达惹嘎木："用你锋利的长刀把大葫芦劈成两半，人和动物就会走出来啦！"

　　达惹嘎木扛着长刀，来到大葫芦边。他正想往下劈，听见葫芦里有人高喊："别砍，我在这里！"他轻轻地收回刀。又绕到葫芦的另一边，举起长刀，正要往下砍，又听见有人喊："别砍，我在这里！"他又收回长刀。达惹嘎木绕着大葫芦走了一圈，葫芦里到处发出"别砍，我在这里"的声音。达惹嘎木实在不忍心下手，就回去了。

　　他把这稀奇的事情又告诉了青蛙大王。青蛙大王说："长刀劈下去，总是难免要死伤几个，嘎木，你就用力劈吧！"

　　达惹嘎木又回到大葫芦旁，举起长刀，闭上双眼，用尽全身的力气，狠狠地劈了下去。只见刀光如闪电，劈下后，发出了一声巨响，葫芦被打开了。

　　达惹嘎木定睛一看，从大葫芦里走出很多人和动物。达惹嘎木给第一个走出来的人取名叫"岩佤"，那就是今日佤族的始祖；他又给第二个人取名叫"尼文"，那就是今日西方白人的始祖；他给第三个人取名叫"三木傣"，那就是今日傣族的始祖；又给第四个取名叫"赛克"，那就是今日汉族的始祖；以后走出来的人，就是其他民族了。动物也是一只跟着一只走出来的。第一只走出来的是老虎，第二只走出来的是猫，第三只走出来的是老熊……

　　达惹嘎木这一刀，把动物和人都砍伤了，有的甚至被砍死了。反正，大伙都多多少少受了点伤。首先受伤的是人，人向前一挤，屁股上的尾巴被砍掉了，从此，人再也没有尾巴，只有一点桩桩了。其次是大象，大象本来有一对十分美丽的角，达惹嘎木这一刀把大象角削掉了，从此，大象再也不会长角。再次是螃蟹，螃蟹的头被嘎木这一刀砍断了，从此它只好横着身子走路，再也没有头了。又再次是老蛇，达惹嘎木恰巧把它的四脚四手砍掉了，从此，老蛇的子子孙孙只好光着一条身子走路，再也没有手和脚了……

　　人、动物走出葫芦以后，平静的大地上变得活跃起来。人和动物一天比一天多起来，但大家都记住，不管人还是动物，都是母牛的后代，应该感谢母牛的恩典，另外，也不应该忘记青蛙大王的恩典。

世界经典文库

中外神话故事

·中国神话·

图文珍藏版

腊普和亚妞

（怒族）

古时候洪水泛滥，人类全都被淹死了。天神看到大地荒无人烟，就派了还没有成年的腊普和亚妞兄妹俩来到人间，繁衍人类。哥哥腊普很有本事，他力大无穷，特别是喜使一手弩弓，百发百中，飞禽走兽很难逃脱他的手。妹妹亚妞是个善良勤劳的姑娘。兄妹俩来到大地上没有房子，就住在岩洞里，没有吃的，就去采野果，猎禽兽。

日子一天天地过去，兄妹俩也长大成人，因为大地上没有其他的人，兄妹俩无法同别人成亲，哥哥心里想："现在大地上只有我们兄妹俩，若不结为夫妻生儿育女，人类就要绝灭。为了繁衍后代，我们兄妹应该结为夫妻。"腊普走到亚妞跟前不好意思地喊道："妹妹，……"

"干哪样？"妹妹见哥哥有些害羞，说话吞吞吐吐，疑惑地问。

"妹妹，我有件事想和你商量，就怕你不答应。"

"哥哥，有什么事，你尽管说吧。"

"妹妹，你我都长大成人了，该成亲了，可是世上只有我们兄妹俩。我想，只有我们兄妹结为夫妻，生育下一代，人类才能繁衍。你说行不行？"

妹妹听了很是害羞，说："你是哥哥，我是妹妹，世上哪有兄妹结为夫妻的道理呢？"

"兄妹结为夫妻虽然不合情理，但你想一想，当洪水把人类都淹死以后，天神才派我们兄妹俩来到大地，为的是要我俩结为夫妻，生育下一代，使人类不致灭绝呀！"哥哥苦苦地劝说妹妹。

妹妹听了，心里在想："是呀，不然天神派我们兄妹俩来到大地干什么呢？但是，我俩成亲，既无人证，又无物证，这可咋个办？"亚妞想了一阵，然后说："哥哥，我们兄妹俩不能成亲，没有人告诉我们；就是要成亲，也没有东西为凭证。是不是你拿弩弓射织布架的四棵桩桩，若箭箭都射中了我俩就结为夫妻。"

腊普答应了，拉弩搭箭，"哨"的一声，不偏不倚正中织布架桩桩的中央，连射四箭都是这样。腊普和亚妞兄妹俩就结成了夫妻。

几年过去了，腊普和亚妞生育了七个子女，这些孩子长大后，有的是兄妹结为夫妻，有的是跟会说话的蛇、蜂、鱼、虎交配，繁育下一代。后来人类逐步地发展起来，就以一个始祖所传的后裔称为一个氏族，与蛇所生的为蛇氏族，与蜂所生的为蜂氏族，与鱼所生的为鱼氏族，与虎所生的为虎氏族。每一个氏族都有一个共同的图腾崇拜，蛇氏族崇拜蛇，蜂氏族崇拜蜂，虎氏族崇拜虎。

再说腊普和亚妞兄妹俩来到大地后，好长时间，他们都没有火，不懂得吃熟的，猎取到野兽也是生吃。后来，有一次山上爆发出了大火，腊普和亚妞感到很奇怪，便前往观看，他们走了好些天才来到从地下爆发出来大火的地方，可是火已经熄灭了，山上还热烘烘的。他们在那里捡到了一只被火烧过的野兽，吃起来很香，比生的好吃多了，这样他们才懂得了熟食。他们想找的火种，火已熄灭了，到哪里去找呢？兄妹俩苦思苦想了好些日子。一天，他们突然想到平时用竹子在石头上磨弩箭时，竹子会像在火上烤过一样热烘烘的。他们想，若把竹子在石头上久久摩擦，一定会发出火来。于是兄妹俩找来竹子，两人轮流在石头上使力地磨呀磨，磨到竹子发烫了，他们还是不停地磨，磨了三天三夜，竹子燃起火来了，兄妹俩非常高兴，赶快找些柴棒烧起大火，把火种保存下来。从此，人们就不再吃生的动物肉了。

又过了好些年，腊普因年老死去了，亚妞把他用火烧掉。没有几年，亚妞又死了，她的子女也是用火把亚妞葬了。怒族火葬的风俗，就是从腊普和亚妞开头的。

腊普和亚妞讲的是怒话，他们的子孙发展起来了，便往福贡、贡山等地迁徙，这些地方还有傈僳族，他们的人比怒族多，腊普和亚妞的子孙来到这些地方，光讲怒话行不通了。他们也就讲起傈僳话来。所以，怒话和傈僳话相差不多，而且怒族人都会讲傈僳话。

汉苗彝的来历
（苗族）

洪水朝天以后，天底下只剩三弟兄和三姊娌了。他们遭洪水整得惨了，害怕还有第二回，就想方设法的要修一座塔，如果二回遇到再涨洪水，好爬到塔上去避难。

几弟兄，几姊娌，一商量好就抬的抬石头，掏的掏泥巴，没到几天功夫，就把塔修到半天云头去了。

这一天，天上的太白金星出来巡察，看到一座塔高耸耸地插拢半天云头来，就说：“呃！这是搞哪样名堂哟？”等下细一看，有五六个人在塔上盘家弄伙地整得正展劲。太白金星大吃一惊：“咦，这还了得，你这些凡人这样不分天上地下，想必是要上天来吗？已经修了这样高了，还要朝高点修，这样下去，要不了好久，天都要遭你凡人戳破欸！”

太白金星冒火了，随手就把塔推倒半截。但没过几天，塔又被这几弟兄修还原了。太白金星又给他们推倒，推倒了又被几弟兄修还原。

这一下，太白金星连肚脐眼都是气，就想了一个办法，在天上故意喊他们休息，喝点水再修。几弟兄听到有人喊喝水，当然很高兴，就丢下手头的活路，停下来休息。太白金星端来一碗水，规定每人只喝三口。真的又还对头。恰恰每人只得三口喝，那碗水就完了。

喝了水，几弟兄又开始干活，但是整拐了，在上面的喊要泥巴，下面就拿成石头；上面的要石头，底下的就递成撮箕。互相说话一个懂不到一个的，无法再修下去，这塔就整来搁起了。

原来,是太白金星做了他们的手脚,吃了那碗水后,他们的语言都变了。有两夫妇说的是汉话;有两夫妇说的是苗话;有两夫妇说的是彝话。从那时起,三弟兄就成了汉、苗、彝三个族别。一代一代传到了现在。

绿化山川结良缘
(水族)

那时候,地上有了山岭,却没有花草树木,光秃秃的,荒凉冷落。

天上有位神女阿梅掌管着花草树木,她下凡来到人间绿化山川。

阿梅披着彩霞,驾着云朵,轻轻巧巧飘落到地上,然后翻山越岭,涉溪过涧,辛辛苦苦跑遍了人间。

在凡尘的这几天,阿梅感受到了人间的疾苦,也体会到了人们的忠厚善良。那一天,她爬山登岭,远远看见一个小伙子猎射一只野兔,那拉弓放箭的矫健身姿吸引了她。天界虽好,但她从未见过这么英俊潇洒的青年。她紧走几步赶了过去,不料这一分神,脚下一闪,从山头上滚下了山坡。小伙子看见,扔了弓箭,匆忙跑过来将她扶起。阿梅腿上有伤,站立不住,又坐了下去。小伙子着急地问:

“你家在哪儿? 怎么敢一个人跑到这大山深处? 我送你回去吧!”

阿梅盯着他说:“我家就在岭下,我没事,歇歇就能好,你快去打猎吧!”

小伙子不走,红着脸老实地说:“你腿上有伤,我背你回去吧。”

阿梅望着他那副窘态,不忍心再逗他,飘忽一下不见了。

可从那天起,阿梅眼中总有那小伙子的影子。她明白自己爱上了那个厚道老实的小伙子,无法忘记他了,就又去找他。

小伙子叫阿松,靠打猎为生。这一天,他跑累了,坐在山石上休息。阿梅轻手轻脚过去,一把捂住了他的眼睛。阿松急得问:

“你是谁?”

阿梅松了手,笑得直不起腰来,自己脸没红,却笑红了阿松的脸。

阿松不好意思地问:“你的腿好了?”

阿梅说:“好是好了,就是不能多跑路。”

阿松关切地说:“那你怎么不在家歇着,又跑出来了?”

阿梅说:“我是想歇着,可是有点事还没有办完。”

阿松脸红红的,又憋出一句话:“什么事? 我能帮助你吗?”

阿梅犹豫了一下,说:“帮是能帮,就是太累。”

阿松一拍胸脯说:“累怕什么,咱就是吃苦受累的命!”

阿梅掏出花草树木的种子,一指东山,阿松跑到东山,顺风一扬,种子落遍了山山岭岭,沟沟坡坡。

阿梅掏出花草树木的种子,一指西山,阿松跑到西山,顺风一扬,种子落遍了山山岭岭,沟沟坡坡。

一天,两天,三天……阿松每天按阿梅的指点干得风尘仆仆,热汗涔涔,终于把种子撒遍了山川原野。一阵春雨过后,遍地吐芽,满目绿色,人间从此有了生机。

他们看着七彩大地舒心地笑了。

阿梅见阿松这么踏实肯干,更喜欢他了。她笑着对阿松说:

"我给你当媳妇,咱们一块过日子吧!"

阿松的脸又红了,停了半天才说:"我配得上你吗? 我这么穷,怎么忍心让你跟着我受苦?"

阿梅坚定地说:"穷怕什么,我们能绿化了山川,还改变不了贫穷吗?"

两个心上人就这么走到了一起。

阿梅朝上一喊,天上飘来一团白云,山神春风满面地来为他们出面证婚。

阿梅朝下一喊,地下冒出一股黄烟,土神喜气洋洋地来为他们主持婚礼。

阿松和阿梅成了一家人。他们时时管护着人间的花草树木,山川原野到处是迷人的绿色。

神女定贫富
(水族)

有一天,潘家、杨家、吴家、韦家的头领聚在一起开会,商量谁家当穷人,谁家当富人。不用说,谁家都想当富人,因而争执不下。

姓潘的说:"我家土地最多,庄稼百样巧,土是无价宝,我家当富人。"

姓杨的说:"我家住在河上游,水是庄稼娘,无水命不长,我家当富人。"

姓吴的说:"我家树木成林,千柏万松,吃穿不穷,我家当富人。"

姓韦的说:"我家牛马成群,庄稼要耕种,无牛误节令,我家当富人。"

四大家族的头领吵吵嚷嚷,互不相让,搅扰得人世间乱糟糟难以安宁。

大神女阿英知道了,就对管理财富的妹妹阿桂说:"九妹,你下凡去评定吧!"

说着,大姐看看小妹,这是个难事,小妹能摆平吗? 哪知阿桂并不推托,辞别众姐妹,骑了一只白鹤就往地上飞去。边飞边想,赶到时便有了主意。她跳下白鹤,站在云团上,对白鹤耳语几声,要它先下去。

这时候,四家人争吵得快要打起来了,忽然听见有人喊:"救命呀! 救命——"

潘家的头领不吵了,赶紧往河边跑,一看有个小姑娘在水中挣扎,衣服也不脱,就跳下水去,举起小姑娘爬上岸来。

这边杨、吴、韦三家人还在争吵,都说,姓潘的走了,富人没他的份了。

就在这时,阿桂降落下来。她落地即告诉他们:

"我是天神,专管财富分配,我看你们都别争了,这富人就让潘家当吧!"

吴家的头领说:"不行!"

杨家的头领说:"不行!"

韦家的头领说:"不行!"

吵嚷声闹腾得阿桂头皮都发麻。她领着他们来到了河边,这时,白鹤翩翩飞来,她指着白鹤说:

"你们别争了,明天谁在这儿把白鹤背过河,谁家就当富人,这行了吧?"

四家头人都同意,就这么定了。

第二天,四个家族的头领早早来到河边,唯恐来迟了,让别家将白鹤背过去。等呀等呀,白鹤就是不见来,却来了个又脏又丑的老太婆。她看上去弱不禁风,还背着个男孩,拉着两个小女孩,来到他们跟前,苦苦哀求,将她们娘儿四个送过河去。

韦家头领聪明,赶紧背起一个最小的女孩过了河。

杨家头领也精明,背起另一个女孩过了河。

吴家头领不傻,连忙背起那个男孩过了河。

潘家头领憨厚,什么话也不说,背起那个又脏又丑的老太婆送过了河。

过河上岸,几个头领正要往回返,老太婆说:

"大家都别走呀!"

说着掀了头上的布巾,变成了阿桂和白鹤。

吴家、杨家、韦家的头领都呆住了,这还说什么呢? 潘家理所当然成了富人。

风的由来

那时候,没有风,草不动,花不摇,树叶也不会"哗哗啦啦"唱歌,实在有些呆板,寂寞。

后来有个年轻人泄漏了天神的机密,受到惩罚变成了风,这世界才开始生动活泼起来。

这个年轻人名叫阿风。在寨子里,谁家的事儿他都当成自家的事挂在心上,一有空儿,就帮大伙砍柴、背水、除草,是个人人夸赞的好后生。

那是个大热天,太阳把大地烤得火热火热,热得禾苗蔫了,热得人头上淌汗。阿风却不敢歇凉,他锄完自家的地,还要帮无儿无女的阿公除草。突然,眼前慌慌张张蹿过一条小花蛇。阿风抬头一看,哎呀,一只凶恶的老鹰正怒睁圆目,伸展利爪,紧迫着小花蛇。眼看小花蛇就要成为老鹰的美食了,好可怜呀! 阿风往前跳了几步,举起锄头直向老鹰捣去。老鹰受了惊吓,闪闪翅膀躲开了,小花蛇趁机钻进草丛逃了命。

这小花蛇可不是条普通的蛇,是龙王的小儿子,因为喜欢人间的草木花朵,跑出来观赏,没料到会碰上老鹰,差一点丢了性命。小花龙很讲情义,热情地邀请阿风到龙宫一游,要把阿风介绍给父亲龙王。

大半天不见小儿子，龙王一家在龙宫焦急坏了。他去哪儿了呢？全家人宫前宫后找遍了，也没有看见他的踪影。恰在这时，小花龙领着阿风回到了宫中，说明了遇险被救的经过，龙王热情地握住阿风的手，连声说：

　　"大恩人，大恩人，我得好好感谢你！你不要回人间去了，就住在我的宫殿里，保你好吃好喝，有享不完的荣华富贵。"

　　小花龙蹦跳过来，拉住阿风的胳膊就说："恩人不要走了，今后咱们天天一起玩耍！"

　　没容阿风说什么，小花龙拉着他的胳膊就去龙宫游逛。龙宫比人间好多了，到处花团锦簇，满眼珠光宝气。阿风走了一大圈，脚不沾泥，脸不染尘，他才明白人间真是"尘世"呀！

　　小花龙还让阿风和自己住在一起，床是软榻，被是绸缎，躺上去柔柔和和的，舒服极了；吃饭也在一起，顿顿饭菜满桌，盘盘菜肴飘香，不要说动口吃，看上一眼也口舌生津。阿风做梦也没想到自己能过上这样的好日子。

　　可只住了三天，他浑身不自在了，老是想寨子里的事情：阿公的田还没有锄完，六阿奶恐怕早没柴了，自己一个人过好光景，他们的日子可怎么过呀！越想越不安心，阿风告诉小花龙，他要回人间。小花龙拦住不让他走。阿风找到龙王，说了寨子里的情形，龙王通些人情世故，见他执意要回去，不好硬拦，只是要送给他一些宝贝。

　　龙王领着阿风来到珊瑚库，各色珊瑚五彩斑斓任他挑。阿风看过，一枝也不要，他说："珊瑚不能给人做事，我要它没用。"

　　龙王领着阿风来到珍珠库，各色珍珠晶莹剔透任他选。阿风看过，一颗也没要，他说："珍珠不能给人做事，我要它没用。"

　　龙王指着宝珠对阿风说："这宝珠对人很有用！你带在身上能听懂禽兽的话，能看清明天将要发生的事，不是就能为大伙做事嘛！"

　　听说这宝物对寨子里的父老乡亲有用，阿风才欣然收下。

　　龙王嘱咐阿风："这宝珠预测的事情你可以告诉众人，千万不要让他们看见宝珠。若是让他们看见，你就难保性命了！"

　　阿风记下了龙王的话，怀揣宝珠返回寨子。第二天，阿风又去帮阿公锄地了。休息的时候，他打了些柴，回去要送给六阿奶。阿风还是大家喜欢的那个热心肠的好后生。

　　这天，地锄完了，阿风背着一捆柴下山，忽然宝珠发出了声音，仔细听时，是两只老鼠在说话。

　　一只说："快跑，明天要地震了。"

　　另一只说："对，再不跑，会被砸死！"

　　阿风还想听清楚，两只老鼠一前一后蹿过去，跑没了影。真要地震吗？他取出宝珠一瞧，明天的事看得清清楚楚：

　　山崩了，地裂了，树倒了，房塌了，洪水咆哮，寨子冲垮了……

哎呀！灾祸就在明天，阿风扔掉柴捆，快步跑回寨子，站在高崖上喊："父老乡亲们，快走吧，要地震了！"

人们听见喊声，出了门，看他一眼，满不当事儿，又回家去了。

阿风跑进寨巷，挨家挨户地敲门，说："快走吧，要地震了。"

人们瞪大眼睛像是看疯子一样，这后生昨日还好好的，怎么突然就说起胡话来了呢！

无论阿风怎么解释，乡亲们没有一个人把他的话当真。眼看就要大祸临头了，再不走就来不及了，这可怎么办呢？

阿风想来想去，唯一的办法只有让乡亲们看一看宝珠了。可是，龙王送他宝珠时交代得清楚明白，宝珠一旦让别人看见，自己就会活不成了。眼看时间一点点过去，他顾不上那么多了，一把掏出怀里的宝珠说：

"父老乡亲快看，这是龙王的护身宝珠，能看到明天的事情！"

他把手伸到大家面前，让他们一个一个观看。看过的人立即脸色发白，不再把阿风的话当儿戏了，都说：

"阿风说的是实话，咱们快逃命吧！"

众人相随了要走，回头再找阿风，已不见了。只觉得身边飘飘呼呼，草动花摇，树叶唱响。这是什么东西呢？原来这东西就是阿风变的，他暴露了宝珠，惹怒了天神，天神罚他四处飘动，再也不能停息。乡亲们感念阿风的救命恩德，就用他的名字称呼那草摆叶摇的情景，从此，世界上就有了风。

仓颉造字

传说，黄帝有一名史官叫仓颉。他相貌特异，一眼双瞳。在他很小的时候，部落里德高望重的老者就预言他将来会成为一位流芳百世的大人物。而仓颉也不负众望，渐渐成长为一个做事认真负责、善于观察、勤于思考的青年。黄帝很赏识他，让他做了负责汇总牲畜数目和记录食物多少的官员。

在那个时候，人们记事是全凭记忆或者画图的。事情稍微复杂一些就让人们束手无策。开始时，仓颉管理的牲畜、粮食的数量和种类都不多，他凭借超强的记忆力很快就能顺利地整理好账目。

后来，随着人们生产能力逐渐提高，各种物资迅速增加，仓颉记起事务来渐渐感觉吃力了。好几次他都搞错了牛羊的数目，对各部落献上的粮食数量也没有及时地更新。大家对他颇有微词，黄帝对他也有一些责备之辞。

仓颉寝食难安，冥思苦想终于想出了一个"结绳记事"的办法：用不同颜色的绳子表示不同种类的牲畜和粮食，每增加一定数目，就在一条绳子上打一个结。这种记录数目的办法既省力又一目了然，仓颉的工作又顺利地开展起来。

可是几年之后，所有的颜色都已用了一遍，所有的绳子上也都打满了结，记录工作又变得困难起来。仓颉整日冥思苦想，却始终没想出好办法来。

黄帝见仓颉整日为记事烦心，就约他去狩猎散心。仓颉在林子里走着走着，突然看到两个老人在前面一个岔路口争执不休。原来两人是为该走哪条路而起了争执：一个老人坚持要向西去打野猪，另一个老人却说东边有一群鹿，再不去就错失良机了。

仓颉造字

仓颉好奇地问："你们怎么知道两边各有什么猎物呢？"老人们指着动物留在地上的脚印说："鹿和猪有不同的脚印啊！"仓颉恍然大悟："每种动物的脚印都不相同，同样的，万物各有自己的特点，我若是用符号画下它们的特点，不就可以表示不同的事物了吗？"想到这里，他顾不得打猎，一路奔回家中，把家里牲畜的脚印都画了一遍，并给这些符号取了个名字——"字"。

可是兴奋之后，仓颉又陷入了苦恼之中：把造好的字记在哪里呢？画在地上，一场大雨就会把它们冲刷得无影无踪；刻在木头上，虽然短时期内能保存下来，但木头总有一天会腐烂，那时符号也就随之消失了；石头虽然不会腐烂，但却难于雕刻，也不便携带。仓颉苦思良久也没有好办法，便起身走到河边，想去放松一下心情。

仓颉正对着河水发呆，突然看到一只大龟沿着河岸爬了过来，龟壳上的纹路清晰可见。他灵机一动有了主意，高兴地喊道："对啊，把字刻在龟壳上不就行了？这样既轻便、容易携带，又能长时间完好地保存！"

仓颉兴奋地把他的想法报告给了黄帝。黄帝听后非常赞同，让他抛开一切琐事，专心造字。

从此，仓颉就开始四处游览，观察天地万物，揣摩它们的特点和意义，并按万物的特点来造字。他看见红日东升，就用圆圈来表示"日"；看见月牙弯弯，就用半圆表示"月"；看见水流曲折，就用并列的曲线表示"水"……他还把造好的字刻在龟壳上，发到各个部落，供人们学习。

有了文字，人们的生活变得有条理起来。大家不用再担心话语无法传达给远方的亲人，也不必再担忧宝贵的经验不能代代流传。人们都对仓颉充满了感激和敬佩。

渐渐地,仓颉骄傲起来,变得狂妄自大、目中无人,造字时也不再像原来那么热情、仔细了。黄帝知道后很生气,他不想让这样的人才就此堕落,就想找个办法让仓颉认识到自己造的字还有很多不足,从而改正错误。于是他找来部落里最年长、最博学的一位老人,共同商议了一个计策。

第二天,老人找到仓颉,谦虚地对他说:"仓颉啊,你造的字给大家的生活带来了很多方便。可是我年纪大了,有一些字左思右想都不能理解,你能给我解释一下吗?"

仓颉见部落里最有名望的老人也来向他请教,扬扬得意地应承了下来。

老人不慌不忙地说:"牛、羊、马都有四条腿,可是在你造的字上,为什么独独只有牛没有画出四条腿而只是画了一条尾巴呢?这样不是容易让人理解错误吗?"

仓颉哑口无言,后悔自己造字时考虑不周,如今这些字已传到了各地,人们已经开始使用了,要改也来不及了。

看着仓颉追悔莫及的样子,老人安慰他道:"你的功劳大家都看在眼里,但你要明白,造字工作只是开了个头,还有很多事要做,一定要继续努力,千万不能骄傲自大啊!"仓颉羞愧地点了点头。

经过这次教训,仓颉此后每造一个新字,都要向周围有见识的人请教,根据他们的意见反复修改。经年累月,仓颉终于把人们常用的字都造好了。这时,天上突然下了一场谷子雨。人们都说这雨是上天为表彰仓颉造字有功,庆贺人们从此能将智慧世代传递而下的。于是人们将这一天称作"谷雨节",后世人常在这一天敲锣打鼓,缅怀和纪念仓颉。

仪狄造酒

大禹是继尧舜之后的又一位圣贤帝王。大禹有个十六岁的女儿,叫作帝女。她美丽动人,蕙质兰心,能做出各种美食,深得大禹的宠爱。

有一天,大禹带着帝女来到丞相家做客。欢谈过后,时至正午,丞相派人找来天下最好的厨师仪狄,为大禹和帝女烹制美食。

大禹对这顿美味佳肴赞不绝口,非常欣赏这位年轻的厨师。他有心想把这位厨师带回宫中专门为他烹调食物。在一旁的帝女见仪狄相貌堂堂,气度不凡,且厨艺精湛,不由得怦然心动。听到父王说要带他回宫,帝女更是喜不自胜,而仪狄也早已为帝女的美貌和气质而倾倒。

仪狄的父亲也是一名厨子,他从小就跟随父亲学习厨艺。由于仪狄天生对各种味道很敏感,具有烹饪方面的天赋,所以学得很快。他想象力也很丰富,能在脑海中"画"出各种菜肴的味道,因此经常能做出令人赞不绝口的美味佳肴。

仪狄进入宫中以后,经常和帝女一起研究各种菜肴的做法,共同侍奉大禹的饮食。很快二人便倾心相爱,恨不能朝夕相处,一刻也不分离。单纯的幸福似乎总是短暂的，很快仪狄便开始担忧自己身份低微，配不上帝女。而帝女却一点儿也不介意他的身份，催促着他尽早向大禹提亲。

这天，大禹用完餐后，仪狄说出了自己想娶帝女的想法。大禹并没有斥责他，只是冷冷地说道："最近国事繁多，我十分劳累，身体多有不适，总是吃不下、睡不好。现在水神又趁机作乱，以我目前的状态恐怕难以对付他。若你能做出可以使我忘掉疲劳、倍感轻松、精力充沛的美食佳酿，我便答应你的请求。"听到大禹的这番话，仪狄有些沮丧。他还从未听说过世上有这样的食物。即使他精于烹调美食，对这种食物也是一点把握都没有。

满面愁容的仪狄来到宫外的深山中寻找灵感。他一路走一路思考，不知不觉地来到山间的一块平地上。这里有一个积年的水潭，一只猴子正趴在潭边喝水。喝饱之后，它摇摇晃晃地走了几步便跌倒在地。仪狄走上前去一看，只见那猴子脸色通红，已呼呼大睡起来了。

仪狄困惑不解，猴子怎么会走着走着路就睡着了呢？忽然，他想起猴子刚才喝过那潭里的水，于是便跑到潭边，用食指蘸了点水舔了舔，没想到这潭水不似一般的水，味道非常甘美。仪狄用水壶灌满潭水，咕噜咕噜地喝了起来。一壶下肚，他只感觉浑身发热，筋骨都活络开来，身体仿佛也轻了很多，只是头有些晕，脚像是站不稳了，只得倒地大睡起来。

一觉醒来，太阳早已下山，仪狄赶紧用水壶装了些潭水赶回宫中。

回宫后，仪狄心想："这水难道就是禹帝想要的东西？可是它让我沉睡了这么久，可不能随意让禹帝喝，还是待我研究清楚了再说吧。"

大禹的身体越来越差，以致无力批阅奏折，他深感愧对百姓。这时水神共工趁机出来作乱，眼看大水奔涌，即将水漫王城了，大禹却无力迎战。紧急关头，仪狄顾不了那么多了，他拿出从深山里取回的潭水，献给大禹饮用。大禹被它那香浓醇厚的味道吸引了，胃口大开，吃喝过后，顿感精神百倍，浑身充满了力量，便精力充沛地率军迎战共工去了。

仪狄看到此情此景，终于敢肯定这香醇的潭水就是禹帝想要的佳酿。他决定凭借自己对美食超强的领悟力做出这种水来。

仪狄把自己关在屋子里做起试验来。但毕竟从来没有谁做出过跟这类似的东西，所以他一点头绪也没有，连该用哪些材料都不知道。身边的人开始嘲笑他，没人相信他能造出这种神水。帝女见他为此承受这么大的压力，于心不忍，也在一旁劝他趁早放弃算了。

仪狄又来到深山中的那个水潭，仔细琢磨这潭水形成的原因。他正凝神盯着水面，突然听到"扑通"一声响。他被吓了一跳，定睛一看，原来是树上的一个野果落入水中。时值盛夏，树上结满了果实，但因无人采摘，熟透后的野果便落到了潭里。

仪狄猛然想到：这果实白天经阳光曝晒，晚上再受地面上的热气蒸烤，时间一长便会发酵。野果落入水中与积水一起发酵，这便形成了神水。仪狄一下全明白了！回去以后，他精心挑选了一些鲜嫩多汁的野果，多番尝试，终于做出了和潭水一样清冽甘醇的神水。他给这种水取了一个名字，叫作"酒"。

不久，大禹战胜共工，班师回朝。仪狄将亲手酿制的美酒奉上。众人喝过以后，只觉得疲惫之感顿消，身体有如腾云驾雾般飘忽，舒服极了。大禹非常高兴，封仪狄为"造酒官"，令他专职造酒，并同意了他与帝女的婚事。

第二天早朝，大臣们盛服上殿，等候大禹的召见。谁知他们从天未亮一直等到日当正中，个个热得汗流浃背，却始终不见大禹的身影。原来大禹昨晚喝了太多酒，现在还沉睡不醒呢。大禹一觉醒来，已经是太阳西斜了。他立即更衣上朝，羞愧地对诸位大臣说："酒虽然是人间美味，但我却因酒荒废了朝政。唉，看来后世必有因酒而亡国的，我要引以为戒，从此不再喝酒了。"从此，大禹便真的不再饮酒了。

后来，仪狄带着帝女离开了王宫，在市井中开了一间酒坊。他的造酒技术越来越精湛，酿出了许多香醇的美酒，被后人尊奉为"酒神"。

苦心望帝化杜鹃

话说很久以前，蜀国有个国王叫望帝。望帝是个爱民如子，受人尊敬的好皇帝。他勤勤恳恳，带领当地老百姓开荒种地，不久就让蜀国成为物产丰富，人民丰衣足食的天府之国。可不幸的是，蜀国经常闹水灾。望帝想尽办法来治理水灾，但始终不能见效。望帝为此十分苦恼。

有一年，岷江中逆流漂来一具男尸。人们见了感到十分惊奇：这具尸体是如何能逆流而上呢？有胆大的人把尸体捞了上来。更令人咋舌的事发生了，尸体被打捞上岸后居然复活了，而且能开口讲话。他告诉人们自己是楚国人，名叫鳖灵，因失足落水，从家乡一直漂到这里。不久这个消息传到了望帝那里，望帝将鳖灵召进宫中。两人一见如故，谈得十分投机。望帝觉得鳖灵能言善道又聪明过人，是个不可多得的人才，便任命他为蜀国的宰相。

鳖灵到来不久，蜀国暴发了一场大洪水。这场洪水很大，和尧舜时候的洪水相比几乎不相上下。老百姓深受其害，死伤不计其数，国家陷入一片混乱。鳖灵看到这种情况，便主动向望帝请命："我有办法治水，凭着我们的才智一定能战胜洪魔。"

果然，鳖灵很有一套办法。他带了许多有本领的兵马和工匠，顺流来到巫山，着手把那一带的乱石高山凿成了许多个弯曲峡谷，汇积在蜀国的滔天洪水终于顺着七百里长的河道，流到东海去了。水患解除了，蜀国又恢复了往日的繁荣。

望帝十分爱才，他见鳖灵立了如此大的功劳，比自己更适合治理这个国家，便选了一个好日子，举行了隆重的仪式，将王位让给了鳖灵，自己则隐居到西山去了。

鳖灵做了国王，被叫作"丛帝"。他领导蜀人兴修水利，开垦田地，做了许多利国利民的大好事。

可没过多久，丛帝开始居功自傲起来，他任意妄为，不再关心老百姓的生活，国家也逐渐衰败。消息传到西山,望帝心急如焚,寝食难安,一直在思考如何劝导丛帝。最后,他决定亲自走一趟,进宫去劝丛帝。第二天早晨,望帝从西山动身进宫来了。消息很快传开,大家都纷纷跟在望帝身后,进宫请愿,诚心诚意地期盼丛帝能悔过。

不想,跟随望帝而来的百姓越聚越多,队伍越排越长,吓得丛帝以为是望帝带着老百姓来聚众谋乱想夺回大权,心中慌了,急忙下令紧闭城门,不让望帝进城。

望帝只好无奈地回西山去了。可是,他又觉得自己不能视若无睹,任其发展下去。他冥思苦想,终于想到只有变成一只会飞的鸟儿,才能飞进城门,飞进宫中,飞到高树枝头,把"爱安天下"的道理告诉丛帝。于是,他乞求神灵将他变成一只会飞会叫的杜鹃鸟。上天被其诚心打动,满足了他的愿望。

望帝变的杜鹃展翅飞翔,从西山飞进了城里,又飞过高高的宫墙,一边飞,一边高声叫着:"民贵呀!民贵呀!"

那丛帝原也是个清明的皇帝,听了杜鹃的劝告后,终于明白了望帝的苦心。他知道自己错怪了望帝,心中很是愧疚,决心痛改前非。从此以后,丛帝勤理朝政,体恤民情,成了一个名副其实的好皇帝。

望帝变成了杜鹃鸟后,就再也无法变回原形了。于是,望帝索性下定决心做一只时刻劝诫君王的好杜鹃。从此,他以及他的杜鹃子孙后代们总是昼夜不停地叫着:"民贵呀!民贵呀!"

后代的人都为杜鹃百折不挠的精神所感动,所以,世世代代的蜀人都恪守"不打杜鹃"的祖训,以示对望帝的敬意。

母虎日历碑
(彝族)

相传在远古的时候,无量山中出了一个高人,名叫密西把,他与哀牢山瓦波洞的老嘎拉神汉是好朋友。

这一年二月初七,密西把又去拜访老嘎拉神汉。刚走出山门,后面有人急急叫他:"密西把,密西把,你又要到哀牢山去吧?"

密西把一听是头人叫,就站住说:"是呢。"

头人说:"今天你可要绕道过去,那条岭岗近日出了老虎喽!"

密西把笑着说:"头人,请你不必担心,我绕道就是。"

出了山门,密西把想,凭着自己这身武艺,老虎也没啥可怕的。他涉过溪涧,穿过丛林,刚爬到半坡,突然刮起一阵狂风。狂风过后,只见松林里隐隐现出三只猛虎。再仔细一看,不觉大吃一惊,那中间的大虎还叼着一个小男孩。他想:神门弟子,怎能见死不救?想到这里,密西把一声大喝:"把娃子留下!"随之拼命追了上去。

那只老虎见有人追来,连忙叼着小孩"呼"一声跃过山涧,向对面山上跑去。老虎越跑越快,眼看追不上了。恰恰在这时候,一只小老虎被藤子绊住,跌了一跤。密西把一步跃上去,两手揪住小老虎的顶花皮,顺手扯了一根藤条,将它牢牢吊在大松树上。心想:小老虎吊在这里,不怕你大虎不回来相救。

再说头人回到岩洞里,还是不放心,一问守山门的阿克,才知密西把没有听他的话,依旧往岭岗上去了。马上叫来十多个娃子,带着弓箭赶来。

他们到岭岗上碰见了密西把,知道了这件事,于是就一起伏在草丛里等候。他们从日中等到日落,又从日落等到月上三竿。终于,树林里卷起一阵狂风。刮得松涛哗哗直响。接着听见一声地动山摇的虎啸,从树林里跳出一大一小两只老虎,那个小男孩不但没有死,反而还骑在虎背上一起来了。大老虎怒吼一声扑了过来,四爪刚刚落地,密西把就从松树上猛地跳了下来,不前不后,正好骑在虎背上,他两胯一夹,使大老虎痛得蹲了下去。这时,藏在草丛里的众人也跟着跳了出来。

密西把骂道:"孽畜,你欺侮行人,残害生灵,今日饶你不得了。"说着举起铁掌劈了下去。

说时迟、那时快,密西把的手被人挡住了。一看是那个小男孩托住,并说:"请师父手下留情,此虎乃是我的救命恩人!"

密西把道:"此话怎讲?"

小孩说:"两年前父母带我上山,碰到一群恶狼,吃了我父母,幸亏是这虎救了我啊,不然我活不到今天。"

密西把想:这畜牲还蛮有人性嘛,于是收起铁掌对老虎说:"既然如此,你留下小孩回山去吧!"

可是那只大老虎眼望着小男孩不肯走开。密西把又回头看看小男孩,只见他生得天庭开阔、耳大眼灵,心想将来一定有出息,有心收他做干儿,便问道:"娃子,你是愿意跟老虎归山,还是做我干儿随我回家?"

聪明的小男孩"扑通"一声跪下,连声说道:"我愿做你的干儿,随你回家!"

说来也怪,那老虎好像能听懂人话,站起身来,挨到小男孩身旁,让小男孩爬到它的背上,然后带着两只小老虎,跟随密西把等人回到了他的部落……

密西把给干儿起了个名字叫"伏羲",并传授给他百般武艺和占卜吉凶等天文术。伏羲长大以后,不仅成了彝族部落的大首领,而且还成了发明阴阳八卦的大师。

那三只老虎一直是伏羲的坐骑,在他南征北战中为他建立了不朽的功勋。后来,三只老虎都先后累死了,伏羲也在悲痛中渐渐地老了……

伏羲为了让后人记住三只老虎的救命之恩和对部落做出的丰功伟绩,就在他发明的十月太阳历法的"八方之年""十二兽纪日"循环系统中把虎列为首位,并且特别强调了母虎的重要地位。因此,彝族的后裔就把虎视为本民族的祖先,把母虎视为虎族图腾的象征。"母虎日历"碑也就在彝族部落里一代又一代地传了下来。

苍狼和母鹿

（蒙古族）

很早很早以前，没有蒙古人，也没有一个活着的人，只有动物和植物。

一天，从天上闪过一道金光，落下一只苍灰色的雄狼，它在草原上四处奔跑，寻找自己的和玛尔勒。和玛尔勒就是一头美丽的母鹿。

一天，两个在湖边相遇了，苍狼并不吃母鹿，而是亲切地靠近母鹿，和它说话。后来，雄苍狼和美丽的母鹿在草原上相配，传下了苍狼般英武的后代，这些后代就是我们蒙古人。

后世的蒙古人都认为苍狼和母鹿是自己的祖先。还有白色的天鹅，也是蒙古人的祖先。白天鹅都是美丽的姑娘，她们和地上的人结婚，使蒙古人越来越多。白天鹅和美丽的母鹿都是蒙古人的母亲。因为我们的祖先是苍狼，所以打仗的时候，只要喊："苍狼的子孙们，前进！"就能取得胜利。

喇嘛来到草原以后，苍狼被喇嘛从天上打了下来，在深山草丛中生活。喇嘛把苍狼变成了我们的敌人，直到现在，苍狼总是吃我们的牛羊。

蛇是我们的老祖宗

（卑南族）

据说，蛇是我们的老祖宗，人一出生它就来保护孩子，以下是我自己遇到的事情：

当我生那个名叫"伍里阿八"的孩子时，我嫂嫂来照顾我。当她替我孩子洗澡的时候，发现一条小蛇沿着盆边游走，吓了一跳，马上大声喊我妈妈说："妈妈，你看，为什么这里有一条小蛇？"我妈妈听到喊声，就从厨房出来，看看蛇，对我嫂嫂说："不要怕，蛇是我们的祖先，你不要去碰它。"但是我嫂嫂还是很害怕，不过既然我妈妈那样说，她就赶快替我孩子洗了澡，把他放到床上我身边，不料这时候那条蛇也爬到我床上来了。

过了一会儿，我妈妈在厨房里问："蛇在哪里？"我说："就在床上孩子身边。"于是我妈妈拿了些她刚煮好的饭和肉出来念经文——她念些什么我们都听不懂——然后她叫我嫂嫂到厨房去拿汤匙来喂孩子喝汤。我嫂嫂走进厨房，却发现那条蛇正在放汤匙的篮子里，她又吓了一跳，喊着说："妈妈，怎么蛇又放汤匙的篮子里了？"妈妈回答说："不要管它，让它在那里，不要去碰它。"

后来，当我吃饭的时候，妈妈要我先向祖先祷告，并且用汤匙从碗里拿一些饭抛出去，表示和祖先分食；吃菜时也夹一点肉抛出去，同时做简短的祷词说："老祖宗,你也吃一点肉吧。"

晚上大家都睡了,我在半夜醒来,摸摸孩子,碰到一样软软的东西,开灯一看,竟然是那条蛇,正和小孩睡在一块,吓得我急忙喊妈妈说:"怎么这条蛇会和小孩在一块呢?"我妈妈被我喊醒了,回答我说:"不要去管它,就让它睡一边吧,那表示它在保护你的孩子啦!"接着她念了一段我不知是什么的经文,以后蛇到厨房去了。

后来我妈妈又念了几次经,直到第四天以后,那条蛇才不再出现。

神母狗父

(苗族)

我们苗家杀牛祭祖的根源,扯起来就长了。

传说,神农时代,西方恩国有谷种,神农张榜布告天下:"谁能去恩国取得谷种回来,愿以亲生女儿伽价公主许配给他。"

伽价公主是神农七个女儿中最美的一个,鸟见翅儿软,兽见腿无力;比花花褪色,赛月月无光。谁不想同她成对?谁不要同她成双?只因西方的恩国太遥远,去了就回不来,即使回得来,也是七老八十的人啦,哪里还能配到公主伽价?所以无人来揭皇榜,神农很是失望。

恰好这时,有只黄狗含着榜文进宫来,神农一看,原来是宫中的御狗翼洛。神农问道:"你能去恩国取谷种吗?"翼洛点头摇尾,表示能去。神农微笑说:"那很好,明天启程。"

第二天天一亮,翼洛出发了,它跋山涉水,经历千辛万苦,最后到了恩国。那时秋收已过,恩国皇仓里堆着金黄的稻谷。翼洛爬进仓去,滚了又滚,沾了一身稻谷,爬出来就往回跑。国王同二大爷发现了,就骑马追来。国王的马跑得很快,翼洛眼看要被抓住了,它猛回头一蹦,跳上马去,一口将国王咬死了,就无人再敢追来,翼洛才安全回到家里。

神农得到谷种后,只安慰翼洛一番,不提许配伽价的事了。他见翼洛不乐,就问:"你取得谷种回来,功劳很大,将你永远养在宫里好吗?"翼洛站着不动,头不点,尾不摇。神农又问:"我封你为少公好吗?"翼洛站着不动,头不点,尾不摇。神农再问:"我选宫中最美的姑娘配你好吗?"翼洛还是站着不动,头不点,尾不摇。神农大怒,要杀翼洛。

老公在一旁奏道:"太公息怒,不可杀翼洛。你张过皇榜,布告天下,有话在先。失信于翼洛,便失信于天下,何以服人!"神农听了,才恍然大悟,便对翼洛说道:"等问了公主,她如愿意,就配你为妻。"翼洛听了,一双前脚跪下来。点头摇尾,表示谢恩。

神农去问公主,谁知公主满口答应,说:"翼洛奉父王之命,取得谷种,立万世之功,女儿愿意。"这样,神农便将公主嫁给翼洛。

婚后两年，公主生下来个大血球，神农听了，怒气冲冲地跑来一剑剖开，从里面跳出来七个男的代兄代玉和七个女的代茶代来。

年来岁去，花开花落，转眼十个春秋。代兄代玉长大成人，弟兄七人，勤劳勇敢，武艺超群，走射云边雁，跳骑猛虎背。代兄代玉被推为少公，威风凛凛。他们天天询问母亲："我们的阿爸是谁？"伽价公主始终不说。

代兄代玉经常上山打猎，翼洛总是跟随，出去走在前，回来走在后。他们猎获很多，肉吃不完，皮穿不尽。代兄代玉受到人们称颂，不久。被推为大公。

一天，代兄代玉带翼洛去打猎，有只水牛在一旁哈哈大笑，上门牙都笑落了。代兄代玉很奇怪，问水牛笑么子。水牛说："笑你们呀！"

"笑我们做么子？"

"笑你们不认识自己的老子！"

代兄代玉惊喜地问："我们家老子在哪呀？"水牛指指翼洛说："它就是你们老子嘛！"翼洛点点头，摇摇尾，表示说："是的。"

代兄代玉很生气，气的是狗都想做他们的阿爸。一怒之下，七个人抽出七把铜刀铜剑，把翼洛杀了。

这一天，代兄代玉没猎得野物，空手回家。伽价公主没见翼洛回来，就问："翼洛呢？它咋没回来？"

代兄代玉说："水牛说它是我们的阿爸，它点点头表示'是的'。狗都想做我们的阿爸，我们一气就把它杀了。"伽价公主听了，气昏过去了，七个妹妹也哭作一团。

一会儿，伽价公主醒来，大骂代兄代玉说："翼洛就是你们的阿爸呀，你们连老子都杀了，还成什么人！"

伽价公主要杀代兄代玉，弟兄七个苦苦哀求道："阿咪，我们实在不晓得呀，错杀了阿爸，我们是无意的，饶了我们吧！阿咪！"七个代茶代来也替哥哥们求情，伽价公主就是不依。人们都来为代兄代玉说情，伽价公主还是不依，一定要拿他们的脑壳来磨刀。最后，神农也来了，亲口传旨："代兄代玉无知误杀，免于死罪；水牛不该多舌多嘴，罚它世代为人犁田耕地，今后还要杀来祭祖。"

后来，伽价公主也死了，代兄代玉和代茶代来兄妹们商议，尊封阿咪伽价为"奶奶"，阿爸翼洛为"马勾"，并杀水牛来祭奠。苗语"奶奶马勾"就是"神母狗父"。以后，每年秋天，代兄代玉都要杀水牛祭奠一次奶奶马勾。从此，这个祭祀活动就代代相传下来，成为风俗。

牧羊人和天鹅女
（哈萨克族）

这是我们哈萨克族人民祖祖辈辈流传下来的一个故事。讲的是哈萨克是怎样来的。哈萨克语为 kazak，分开来看是 kaz-ak。kaz 是鹅的意思，ak 是白色的意思或者是"像××一样"的意思。合并起来可以译成白鹅或白天鹅,也可以译成为像鹅一样。

在很早很早以前,在荒芜的草原上,有一个勤劳的牧羊人。他不论白天还是夜晚总是精心照料着羊群,因此,他放的羊儿只只长得都是那么肥壮。

这个勤劳的牧羊人,从小就失去了父母。他每天清晨吹着口哨,赶着羊儿上山,让羊儿慢慢地走着,吃着那带露水的草尖。夜晚,他把羊儿赶进棚圈,自己点火动手做饭。

一天夜晚,牧羊人静静地睡着了,他做了一个美丽的梦。梦里,飞来了一只洁白的天鹅,呵咕呵咕地叫着,仿佛在唱着嘹亮的歌,久久地在他头上盘旋不愿意展翅飞去,长久地依偎在牧羊人的身边。牧羊人伸出双手想去抚摸天鹅,结果摸空了,惊醒一看,原来是一个梦呀,哪里有天鹅的踪影!

清晨起来,牧羊人又赶着羊群上山了。这天他默默地坐在山头,想着昨夜的梦境,弹着心爱的东布拉,回忆天鹅在梦里唱的歌时,忽然从那遥远的蔚蓝色的晴空里,真的飞来一只洁白的天鹅,轻轻地落在了牧羊人的面前,伴随着悠扬的东布拉琴声,翩翩起舞。天鹅跳的是那样柔和,那样婀娜多姿,连牧羊人也看得出了神,天鹅也仿佛让悠扬的东布拉琴声陶醉了。

正在这时,草原上突然起了狂风,黄沙漫漫,刮得昏天黑地。牧羊人一看起了狂风,急忙打口哨,呼唤羊儿,但是在这飞沙走石的呼呼狂风中,羊群哪里听得见口哨声。霎时间,羊儿跑得无影无踪,急得牧羊人整整在草原上奔跑了一夜,也没有找见一只羊儿。

天渐渐亮了,风也好像刮累了,只剩下微弱地喘息,草原上也盖满了黄沙。牧羊人虽然又困又累,还是急匆匆地上路去寻找失散的羊群,找来找去牧羊人渐渐走远了。眼看大色已近中午,天上没有一丝云彩,炎热的太阳烤得戈壁滩上的风化石仿佛在冒火。牧羊人因为昨夜又喊又叫地和狂风斗了一夜,清晨又空着肚子急急忙忙地到处去找羊,这时又困又饿又热又累,两条腿连一步也迈不动了,肚子饿得咕咕直叫,头嗡嗡响,喉咙里干渴得几乎冒烟。

牧羊人实在走不动了,眼前直冒金花,这时,他忽然看见从金花中出现了一只洁白的天鹅,白天鹅盘旋而下,几乎碰到他的头上,翅膀一拍扇来一阵清爽的凉风,使得牧羊人精神一振。他忽然想到天鹅去的地方一定会有洁净的湖水,只要我跟着天鹅走一定会找到水喝。牧羊人打起精神就尾随着天鹅慢慢走去,白天鹅也像懂得人事似的慢慢地飞着,还不时地回头张望。牧羊人强挺着走了一段路之后,眼前一黑,又昏倒在炎热的戈壁滩上。这一次实在是起不来了,牧羊人的嘴唇干得裂了口,鼻中只有出气没有进气了。

没过多久,牧羊人突然觉得一阵凉风吹来,干裂的嘴唇上仿佛滴上了甘露,变得清爽湿润了。牧羊人又慢慢地睁开了眼睛,四下望了望,什么也没有,天还是那么热,太阳高高地挂在天上,放射着无数支滚烫的金箭。牧羊人心想这是在做梦吧,于是又闭上了双眼。刚闭上眼睛又觉得一阵凉风吹来,嘴唇又变得凉爽湿润了。牧羊人急忙睁开眼睛一看,只见白天鹅嘴上衔了一根柳条,顺着柳条不断往下滴水,正好落到牧羊人的嘴上。牧羊人眨了眨眼睛,动了动手脚,呵,这是真的,不是梦。牧羊人站起身来了,天鹅又开始慢慢地朝前飞,还时不时地回头张望,仿佛在对牧羊人说:"挺起胸膛跟着我走,前面就是美好的地方。"

走着走着,牧羊人看到了树,看到了花,听到了拍岸的浪花声,终于来到了洁净的湖边。呵!那湖边的羊群不正是要找的羊群吗。牧羊人喝完清凉的湖水,靠在大树旁,一声呼哨,羊儿咩咩地都来到牧羊人的身边。

这时,只见那只在湖中漫游的白天鹅,一声鸣叫,游到湖边的草丛中脱掉了白天鹅的羽衣,变成了一个美丽的姑娘。姑娘走出草丛,来到大树旁和牧羊人说着甜蜜的话儿,跳着优美的舞蹈,唱着动人的歌儿。从此,两个人一起过着幸福的生活,他们生儿育女,他们的后代就叫哈萨克。据说在信奉图腾的年代里,白天鹅就是我们哈萨克的图腾。当然这只是有关哈萨克族的起源传说之一,读者只当作故事来读吧。

虎氏族

(彝族)

很古很古的时候,不知什么事情惹怒了天神,天神一气之下打开了天上的水门,大水从天上淌了九天九夜,把整个大地都淹没了。这就是老辈人说的洪水淹天的事情哕。

洪水淹呵淹,一直淹到天上,世上的人们统统都被淹死了;地上的树木、粮食,鸟兽统统被淹光了,唯独剩下一个顶大顶大的葫芦。葫芦漂在水上,水涨葫芦跟着洪水涨,水落,葫芦跟着洪水落。天神看着洪水已经淹到天上了,这才把水门关了,洪水便一天天往下落,慢慢地露出了高山,露出了平地。

洪水淹过天后,天神说:世上要重换一代人!地上要重开一次花!于是他就把天上的神仙找来,问他们可见着水上漂着的那个大葫芦?神仙们都回答说:没有见着!这一下天神也着急了,赶忙领着神仙们到处找那个大葫芦。

有一天,天神遇到了一只小蜜蜂,就问:"小蜜蜂呀!小蜜蜂!你每天飞来飞去的,格见着个大葫芦?"

小蜜蜂扇着翅膀回答:"洪水往下落的时候,我看见一个葫芦落在一座高山顶上,挂在一棵罗汉松树上。你要找葫芦做什么?"

天神高兴回答:"小蜜蜂呀!你的心肠好,将来这满山遍野的鲜花让你来采!"

小蜜蜂忙作揖道:"多谢你这过路人!"

天神说:"你快领我去找那个葫芦吧。葫芦里装着人种呢!"

小蜜蜂一听,就赶忙领着天神来到那座高山上,果然有一个葫芦挂在一棵罗汉松树上。天神笑眯眯地对着葫芦说:"洪水已经落了,你们快出来吧。"

天神的话才说完，只听到"噼啪"一声响，葫芦炸开了，从葫芦里走出一男一女来。他俩恭恭敬敬地向天神作了个揖说："多谢天神救了我们。"

天神说："世上的人都被洪水淹死了，往后就靠你们传人种了。"

他俩一听，连忙摇头说："不行呀，不行！我们是两兄妹……"

这时候，天上突然刮来一阵大风，天神就被大风吹走了。两兄妹只好在这座大山上住了下来。住的日子久了，他俩就生下了七个姑娘。七个姑娘七个模样，七个姑娘都长得像山中的马樱花一样好看。阿爹看着高兴，阿妈看着喜欢。只是有一件事让爹妈心里发愁，那就是七个都是姑娘，今后咋个传人种？

日子一天天过去了，姑娘也一天比一天长大，阿爹阿妈心事也一天比一天多了。阿爹说："树长大了嘛，就要分枝。姑娘长大了嘛，就应该出嫁，没有一个男子，到底怎么成家？"

阿妈也说："七个姑娘七朵花，要是不能出嫁就不能传人种了，这到底咋个办呀？"

阿爹阿妈正着急的时候，门外突然响起了"咚咚咚"的敲门声："开门！开门！"

阿爹阿妈很奇怪。世上只有我们一家人了，到底是谁来喊门呢？阿爹慢慢走到门前，轻轻拉开门一看，"阿么哟！"一声大叫，一只花斑老虎跳进屋里来，阿爹被吓得掉头就往里屋跑。他边跑边喊："老虎来了！老虎来了！"

"莫跑！莫跑！我是来你家提亲的！"老虎一边喊，一边追进屋里。七姐妹一见老虎闯进屋里来了，也吓得躲进了黑屋里。老虎来到阿爹阿妈面前，恭恭敬敬地作揖道："阿爹呀，阿妈！你们不要害怕，我听说你家生了七个姑娘，七个姑娘长得就像七朵马樱花！我今天是专门来跟你家姑娘成亲的。"

"阿么哟！——"爹妈一听老虎来成亲，吓得连话都说不出来了。

等爹妈喘过气来，阿爹才说："我家的姑娘不嫁给野兽，我家的姑娘不嫁给老虎！"

老虎耐着性子解释，爹妈都不肯答应这门亲事。这一下，真的有点把老虎惹火了，老虎就故意恶声恶气地吓唬说："你们要是不把姑娘嫁给我，我就先把你们两人嚼碎吃了！"

阿爹阿妈看着老虎那副凶样子，真的也被吓着了，心想：我们要是不把姑娘嫁给老虎，它吃了我们不算，还要把七姑娘都领回家去做老婆，那不就更背时了吗？他俩想去想来，终于想出了个办法来。阿爹阿妈说："老虎呀，老虎！你先莫发火嘛！你既然是来说亲的，那就得先问问我家姑娘愿不愿意？如果哪个姑娘愿意嫁给你，那你就领走好了！"

老虎笑嘻嘻地说："好好好！那就问吧！"

爹妈先把大姑娘喊了出来。老虎笑着问："老大，你愿意嫁给我吗？"

大姑娘摇头回答："我一看你这副丑样子，就害怕了，我不嫁你！"

老虎又问二姑娘："老二，你愿意嫁给我吗？"

二姑娘抬眼瞧老虎一身的花纹，回答说："你一身花里胡哨的，实在太难看了，我怎么能跟你做夫妻呢?"

　　老虎又问三姑娘:"老三呀!我生就一身好看的花纹,你愿意嫁给我吗?"

　　三姑娘回答说:"你嘴牙齿又长又黄,真是难看极了!我不嫁。"

　　老虎再问四姑娘:"老四呀,老四!你看我浑身上下有使不完的力气,你要是嫁给我,我会让你过好日子的。"

　　四姑娘回答说:"你刚才还说要吃掉我的阿爹阿妈,我咋个敢嫁给你呢?"

　　老虎接二连三地问过四个姑娘,她们都不愿意嫁给它。老虎假装又冒火了,就冲着五姑娘和六姑娘:"老五!老六,你们两个要是再不愿意嫁给我,我就要先吃掉你们!"

　　五姑娘和六姑娘根本不怕它,大声说:"看看你这副凶恶的样子就恶心了,谁还敢跟你做夫妻呢?"

　　老虎急得在屋里大吼了一声,跺着脚说:"要是你们都不愿意嫁给我,这世上就再也无法传人了!"

　　藏在姐姐们身后的七姑娘听出老虎话里有话,再看看老虎急得又叫又跳,心就有点软了。于是,她扒开姐姐走上前来,害羞地说:"请虎哥莫生气!你看我小七妹怎么样?"

　　老虎一看七姑娘长得比天上的彩霞还美丽,连忙作揖说:"小七妹呀,小七妹!世上就靠我俩传人种了!你不用害怕,我的样子会变得好看的,你就答应嫁给我吧!"

　　小七妹满口答应:"老虎,为了传人种,我只有嫁给你!"

　　"七妹,七妹!不能嫁老虎!不能嫁老虎呀!"

　　不论六个姐姐怎么样劝阻,七妹就是不肯改变主意,最后还是嫁给了老虎。老虎娶了七妹做老婆,便领着美丽的妻子,离开了阿爹阿妈和六个姐姐,回自己的家去了。

　　在回家的路上,碰到大江河阻拦,七妹过不去,老虎就叫妻子骑在自己的背上,纵身就过去了;遇上毒蛇猛兽挡道,老虎就挺身上前去跟野兽搏斗,把毒蛇猛兽赶跑了,才让妻子过去……七妹就这样跟着虎丈夫翻过了好几座大山。慢慢地也觉得老虎的相貌虽然凶恶难看一点,可它的心肠还是好的,也就放放心心地跟着丈夫回到了家里。

　　老虎的家住在一个很深很深的大洞里。七妹走进山洞一看,啊么么!这山洞里流淌着清汪汪的水,长着绿茵茵的草,还有鸟雀在洞里飞,野兔、麂子在洞里跑。七妹一看就喜欢上了这个家。

　　老虎看着妻子这般高兴,心里也十分快活。它对七妹说:"七妹呀,你先在这块青石板上坐一坐,把身子转过去,脸向着石壁,闭上眼睛不准看我,等到我叫你看我的时候,你才能转过身来看我。你要是偷偷睁开眼睛看了我,我会变得比现在还要难看哩!"

　　"好!我闭上眼睛,不看就不看!"

七妹说着就转过身去,闭上眼睛,等着虎丈夫叫她。过了一会儿,老虎说话了:"七姑娘,你瞧我长得好看不好看?"七妹连忙转过身来,睁开眼睛一看,大吃一惊:啊么呀! 怎么站在自己面前的不是老虎,竟是一个漂漂亮亮的男人呢? 七妹惊奇地问:"你是谁呀?"那男人笑着回答:"我是你的丈夫!"

七妹一边后退,一边摇着手连声说:"不是,不是,我的丈夫是老虎!"

那男人连忙解释说:"我到你家提亲的时候,是为了试试你们七姐妹哪个心肠最好,才变成一只老虎。最后,还是你的心肠最好,我就和你成婚啦。"

就这样,老虎变成人跟七妹成亲。后来,他俩就生下九个儿子、四个姑娘。九个儿子长大以后,就跟着虎阿爹上山去打猎,学会了捕捉野兽的本领。彝族喜欢打猎,就是向虎阿爹学的。四个姑娘就跟着阿妈去开荒种麻种荞,就学会了剥麻皮来纺织麻布。虎阿爹还领着儿子上山去捉野兽来驯养,彝族喜爱养羊,就是虎爹教会的。

又过了好几年,九个儿又成了家,四个姑娘又嫁了人。他们有的扛着猎网,带上弩箭,领着猎狗成天在山上撵麂子;有的就抬着锄头去开荒种荞子点苞谷;有的就拿上扁担下坝子去学做生意……就这样,九个儿子东南西北到处走,后来就变成了九种民族,住在山上是彝族喜欢上山打猎,还爱放养牛羊、绵羊,喜欢吃荞子苞谷。因为彝族最早的祖先是老虎,老虎喜欢住在山上,彝族就成了虎的子孙,彝家就成了虎的氏族。

直到今天,有的彝族父母死后,兴火葬,就因为彝族是虎的后代,老毕摩说,用火葬可以使死者再变化还原成虎。有的地方的彝族,还兴在死者身上盖虎皮,表示死者生前是虎的后代,死后还会还原成虎呢!

狗氏族

(彝族)

很古以前,云龙的一个山寨里,住着聪明的两姊妹。她们还只有两三岁的时候,爹妈就离开了人世。

有一天,姊妹俩正在菜地里摘青菜叶,忽然来了一个老倌,对两姊妹说:"如果我摘的菜比你们多,你们就得和我去闲;如果你们摘的菜比我多,我就去你们家闲。"

老倌大把大把地摘。不一会儿,就摘了一大捆菜。两姊妹一叶一叶地摘,半天才摘得一小捆菜。

原来,老倌是个妖精,经常把人骗到他家去杀吃。聪明的两姊妹早就看出来了,但一时跑不脱,只好抱着那一小捆菜跟妖精去了。

妖精一路上哈哈大笑。到家后就把青菜煮了当晚饭。妖精有两个女儿,样子生得很像姊妹俩。夜里,妖精叫两姊妹睡在两个女儿外面。自己到灶房里烧水,磨刀子。

不一会儿,妖精的两个女儿就睡得像死猪一样了。两姊妹赶紧翻进里面,脸靠墙,假装睡着了。

妖精拿着磨得非常锋利的刀子,悄悄摸进房里,一刀一个,把睡在外面的两个女儿杀了,拖到灶房里。放到砧板上,砍成几大块,丢进开水锅里煮起来。

鸡叫的时候,妖精又进来了,他狂笑着,使劲摇了摇两姊妹,说:"我已经把睡在你们外面的那姊妹俩杀了,肉也煮熟了,快点起来吃。"两姊妹说:"昨晚上,青菜吃多了,肚子胀,不想吃。"

"那么,留给你们两个脑壳和两条腿在土锅里。我要去你们姑奶家,送给她两副心肝肺。"妖精说完,大笑着走了。

两姊妹赶紧起来跑了。她们刚跑到一棵大树前面,妖精就追来了,姊妹俩赶快爬在树上。妖精一面跑,一面说:"你们要跑到哪儿去?"

"我们一处也不去,爬来树上乘凉。"

"我也要上来乘凉。"妖精说着,就往树上爬。

原来妖精回来后,发现错杀了自己的女儿。姊妹俩心想,这下可要被妖精拉下去杀吃了,都伤心地落下了泪。眼泪滴到妖精的手背上,妖精抬起头说:"你们咋个屙下来尿?"聪明的大姑娘连忙说:"阿爹,不是尿,是我们的汗水。"能干的二姑娘说:"阿爹,你去抓些牛屎敷在树身上,把刀尖朝上立在树根上,一点也不消费力气,就能爬到树上来了。"

妖精信以为真,照着做了。他刚爬到半中腰,牛屎一滑,仰面朝天跌下树来。刀尖戳通了妖精的胸口,血一股股流了出来,流着,流着,变成了一条江,绕着大树流淌。

两姊妹下不来了,只好在树上哭。突然,惊惊慌慌地跑来了一只麂子。大姑娘急忙擦了擦眼泪,向它哀求说:"好心的麂子哥,请你把我们救下来吧,我们愿意嫁给你。"

麂子喘着气,说:"狗在后面撵我呢!"说完就跑了。

紧接着。一条狗"汪汪汪"地叫着跑来了。二姑娘急忙擦了擦眼泪,向它哀求说:"好心的阿狗哥,请你把我们救下来吧,我们愿做你的媳妇。"

狗高兴极了,急忙跳进江里,游到树子旁边,把姊妹俩背过江来。

从此,两姊妹和狗成了亲,生了五个儿子,儿子又生儿子,发展成了狗氏族。

喇氏族的来源

（纳西族）

摩梭人有不少人姓喇的,传说这些喇姓人的祖先是老虎。喇喇始祖是怎样创造喇氏族人的呢? 说来就话长喽!

天神格尔美创造了天地和万物后，各种飞禽走兽占据着山岭河海，自由自在地过着日子。一天，天神格尔美对众神说："大地上什么都有了，就是没有人类，我想派一个神到地上去创造人，不知谁下去最好？请大家说说嘛！"

一听说要到大地上去造人，众神都不吭声了。为什么？他们害怕。害怕什么？刚造出的大地根基还不稳固，成天老是不住地摇摇晃晃，就像是旋涡中的一片树叶。再说，那时的山会走路，水会爬坡，石崖子会炸，树木会飞，走在平地上地皮会凹陷，飞禽走兽互相蚕食……这样的地方谁敢去？

天神格尔美见众神都不出声，心里很不高兴，只得点名派人。他指着拖咧（即兔子）说："你在天上是最机灵的神喽，又会说，又能道，去大地上造人，看来你最合适。"拖咧急得乱摇头，直摆耳，装出一副哭相回答说："我这几天害眼病，什么东西也看不清，莫说下地去造人，连吃饭睡觉也要请别的神服侍。去不成，去不成，还是指派别的神去吧！"

格尔美听了拖咧的回答，生气地说："看来，你只是个惯会说大话的胆小鬼。像你这样的神，有什么资格享受天上的仙果、仙肴，只可去吃草！"格尔美是众神的王，他说的话最有魔力，怎么说，就怎样应验。所以直到如今，兔子胆子最小，一听到风吹草动，就逃就躲，靠吃野草饱肚子。

化（即老鼠）神平时最得众神的称赞，他会打洞，会登高攀援，很有本领。格尔美也喜欢他，决定派他到地上去造人："化呀，你的本领很高，看来，到大地上去造人的担子，只有你来挑喽？"化神听了格尔美的吩咐，吓得半天说不出话来。最后，边哭边叫，撒了一个大谎："神王呀，你可能还不晓得，在这几天内，我的伴就要生娃娃了，我要侍候她。我恳求你，另选高手吧！"

格尔美听了化神的回答，火冒三丈，大骂道："平时你在我面前小心谨慎，一副君子相，在背后却干出神规不允许的事。神界中岂能准许添丁增口，岂能准许乱七八糟胡来？像你这样的神，有何面皮居住天界？有何面目在光天化日之下生存，滚你的蛋去吧！"从那时起，老鼠只敢在黑夜里出来偷偷摸摸地干坏事；他心中有鬼，不敢见光明，怕在光天化日下现出原形。

情（即猪）神是天界中的大力士，它嘴一拱，能掀掉三座大山，开出四个大海；耳一捐，能飞沙走石。格尔美最后只得把下地造人的希望寄托在它身上。"情呀，你莫学那些只会说空话，遇事就后退的神，我相信你会去下地造人……"格尔美边说着，边在众神中搜寻情神的影子，情神却不见了。他问众神："情到哪里去了？"值神见格尔美脾气来了，不敢隐瞒，只得如实回答："早在一年前，他领着情木（即母猪）到北方去了。他说受不了这儿的熬煎生活，要去北方过安逸日子。"

格尔美听了值神的回答，大发雷霆："坏蛋！像情这类畜牲，有什么资格称神，是挨刀的！"从此，猪便成了供人杀吃的畜类。

格尔美的吼骂声，惊动了守天门的喇（即虎）神。他不知发生了什么事，忙跑到格尔美身边来问："没有电闪惹事，是不会打雷的；没有黑云闹事，是不会下雨的。尊敬的格尔美王呀，难道是我们有什么疏忽，惹出什么乱子，让您生气吗？还是您遇到了什么不顺心的事？要是我能为您分忧解愁，您又信得过我，您就吩咐吧！"

喇是天界中最不惹格尔美注意的神。他一年到头为天神把守天门，很少参加众神的聚会，又不爱出风头，难怪格尔美没想到他。格尔美听了喇神的话，摇了摇头："你的话使我心中快活，但你挑不起为我分忧解愁的重担。"

喇神虽不如别的神能说会道，但他生性忠厚，办事踏实。他又有一股闯劲，只要他想干的事就一定能做好。他向格尔美请求："我虽笨嘴笨舌，但有一身力气，就请您吩咐，不管叫我干什么，我一定干好。只要能为您分忧解愁，就是苦死累死也心甘情愿。"

格尔美被喇神的诚心打动了，就把下界造人的打算和刚才派神的事对喇神讲了一遍，最后问他："这副重担你挑得起吗？"喇神回答："我一定不辜负您的希望，到大地上造人造物，让万物赞颂格尔美神王的洪恩！"

格尔美心里暖烘烘的，高兴地说："你要是下地造出了人类，你和你的子孙将长生不老。我封你为大地之王，地下的万物由你统管，好好干吧！"格尔美边说，边用中指在喇神的额上写了一个"王"字。据说，老虎额顶上的王字，就是格尔美的神手描的；老虎不会老死，也是格尔美赐的。

喇神由格尔美和众神送出天门，独自一人日夜不停地向大地上走去。他走呀走呀，爬过了七十七座雾山，游过了七十七个云海。走了七千七百七十七天，终于到了大地上。这么长的路程，够喇神走的，但他没有一点怨气。一天。他来到一座大山脚下，没路了。山尖连着云天，山根扎在地心，爬不过去，绕不过去。要去到格尔美交代的"刺踏寨干木"地方，不经过眼前的这座大山，是到不了的。喇神坐在山脚下想呀想呀，只有刨山打洞，穿山而过，别无他法。于是，他就用一双爪子不停地刨山打洞。刨呀刨呀，刨了七百七十七天，终于把大山打通了。后人便把喇神刨通的这个山洞，称作拉垮。

喇神穿过了大山洞，又走了七百七十七天，来到了一片望不到边的沙漠上。太阳像个大火球，烤得他浑身冒油。想喝口水，没处找，只得用一双爪子在沙漠中刨坑引水。刨呀刨呀，刨了七百七十七天，坑内刨出的泥土堆满大沙漠后，便咕噜咕噜冒出了清水。一会儿，他刨的坑内就积满了水，像是一个碧绿的海。这就是今天的泸沽湖。这泸沽湖，从前人们称作"喇沽"，是虎湖的意思。刨坑挖出的黑泥土堆得东一堆，西一堆，看着碍眼，喇神想了想，用爪两下三下把它扫平了，用泥土盖尽了沙漠。原来他有他的打算：这儿有水，刨出的泥土黑油油的，今后造出了人，把子孙迁到这里来不是正好吗？他用泥土掩盖的地方，就是今天宁蒗县的永宁盆地。后来，喇神的子孙果然搬到这里来居住了，人们称这块地方为"阿拉瓦"（即虎村）。

喇神在扫平挖坑堆积的泥土时，用力过猛，把一小堆泥土扫进"喇沽"中去，成了湖中的小岛，即今天泸沽湖中的里格岛。当地人称其为"喇克"（即虎肘）。

喇神引出了水，美美地喝了个够。养足了神，便一步从湖面跃过，跳到了湖对岸，落在一座奇秀的大山上。着地的震动把大山震得发抖，还震塌了几堵峰崖。峰崖刚裂开，便从里面走出了一个漂亮的姑娘来。这姑娘比天上仙女都美：她头戴星星编串的帽子,身穿彩霞缝制的衣裳,下系白云剪裁的裙子,腰系虹带,脚穿玛瑙鞋子,眼睛比月亮还亮,肉色像太阳一样发光,走路像风一样轻巧。她轻飘飘地走到喇神面前,红着脸问:"你这不懂礼貌的东西,是魔鬼,还是妖怪? 来到我居住的刺踏寨干木干什么? 为何把我的住房破坏?"

姑娘一提"刺踏寨干木",喇神乐坏了。乐啥? 他到了格尔美神王指定的地方。他连连向姑娘赔礼:"美丽的姑娘呀,天上的神仙没有你漂亮,神笛吹出的声音没有你的说话声动听。不知你是哪路神仙,请原谅我的唐突。我不是魔鬼,也不是妖怪,我是天神喇,奉格尔美神王的使命,来到大地上造人。"

姑娘听了喇神的叙述,被他的诚实、勇敢和礼貌感动,愠怒顿消,客气地说:"我叫干木,是刺踏寨干木地方的山神。我在这里住了七千七百七十七年了,闲时,我栽树种花,驯养野兽,为万物造福。可雀鸟不能同我谈心,走兽不知我的心情,孤孤单单过日子,多寂寞哟。你既来到这里,就同我做伴吧,我俩一齐来造人吧!"

喇神听了干木女神的话,心里比吃蜜还甜。从此,他同干木女神结成夫妻,住在石洞里,互敬互爱,干活玩耍,日子过得很顺心。过了十年,干木女神生下了一对儿女,从此,大地上有了人类。喇神喜得笑歪了嘴,干木也乐得心里开花。夫妻俩商量了七天七夜,给一对儿女取了一个又响亮又吉祥的名字。儿子叫"喇若",姑娘叫"木喇"。后来,喇若和木喇长大成人,喇神和干木女神把他俩配成了夫妻。待喇若和木喇又生育了儿女,长大成人后,又再把他们配成夫妻。就这样,一代又一代,喇氏成了一个大氏族。他们生活在自由自在的地方,过着快乐的日子。刺踏寨干木是喇氏族的发祥地,后人把这里称作"喇罗金米"(即虎氏的家园)。

千万年后,喇氏氏族成了有许多人的大部落,喇踏寨干木地方再也住不下这么多的人,他们便慢慢往山下的盆地里迁徙。沿喇沽周围,住满了喇神和干木女神的子孙。他们忘不了祖先,都用"喇"来给自己的姓名和居住的地方命名。至今,宁蒗县永宁区的好些地方,还有许多袭用"喇"命名的村寨。

"花树能开出鲜艳的花朵,是它的根扎得深;喇氏的摩梭人人丁兴旺,是喇神和干木的庇佑。"凡是属喇氏氏族的摩梭人,不论老少,都会唱这首古老的民歌。他们不但用赞歌来歌颂祖先的功劳,还用行动来寄托对祖先的怀念。

凡是喇氏氏族的成员,自古沿袭着这样的习俗:在住房的门楣上悬挂虎图,作为避邪的神灵;在喇氏氏族中的婚礼上,长辈要赠送给新娘一张虎皮,绘成人首虎身,作为新娘的护身符;在达巴(即巫师)作法用的神棒上,刻有一个虎头,象征主宰一切;禁止猎人杀虎,违者问罪;土司家每年旧历正月初一日,要在衙门里举行祭虎仪式。他们把一张虎皮悬挂在大堂之上,让属官、百姓和家奴瞻仰膜拜,过后收藏起来,如传家之宝,秘不示人。

现今喇氏氏族中还流传着一首古歌:

我们的祖先是哪个?

是天神和山神!

我们的老家在哪里?

在"刺踏寨干木"地方!
我们的氏族是人类的主宰,
因格尔美神封我们是万物的王!

天鹅仙女

(满族)

传说在很久很久以前,天上住着三个美貌的仙女,她们是同胞姐妹。老大叫恩固伦,老二叫正固伦,老三叫佛库伦。三个仙女都玩够了天上的宫殿和彩云,听说地上果勒敏珊延阿林山上有个天池,池水像镜子一样清澈透明,池周围飞禽走兽、树木花草样样都有,想到那个地方去玩。怎么才能从天上下来呢?三仙女佛库伦聪明伶俐,她用采来的白云做羽毛,用披上羽毛的胳膊当翅膀,摇身变成一只雪白的天鹅。两个姐姐也学着她的样儿,从天上飞下来,落在果勒敏珊延阿林山上的天池旁边。

三个天鹅仙女下凡来,正赶巧被三个猎人看到了。这三个猎人是同胞三兄弟,都能射箭,斗兽,他们整年在果勒敏珊延阿林山里钻来钻去,靠打猎为生。

兄弟仨朝天鹅落地的地方奔去,追到天池边上,见三只

三仙女

天鹅变成了三个美貌天仙,脱下衣服跳进了天池水里。这可把三个兄弟惊呆了:从长这么大还没见过这么漂亮的姑娘呢!老大说:"让她们给咱们做媳妇该有多好啊!"老二说:"就怕人家不干。"别看老三小,心眼最灵,他说:"咱们把她们的衣裳偷偷拿走,她们回不去天,就得留在地上。"老大、老二觉得老三说的办法好,就一起悄悄来到天池旁边,将三个姑娘的衣服拿走了。

三个仙女在天池里洗澡,边洗边玩,边玩边乐,等到日头快落山了,大姐恩固伦说:"咱们该回去了。"正固伦、佛库伦说:"走吧!"可上岸一看,衣服没有了。三个仙女急得哭了起来。这时候,兄弟三个走到姐妹三个跟前,老大脱下自己的衣服,披在恩固伦身上;老二脱下自己的衣服,披在正固伦身上;老三脱下自己的衣服,披在佛库伦身上。

　　三个兄弟领着三个姐妹离开了天池,在大森林中架起干柴,烧烤野鹿、野牛、野猪的肉。再拿出石刀把烤熟的肉拉成小块块,请三个姐妹吃。吃完,老大扯着大姐,老二扯着二姐,老三扯着三姐,各自进了自己的小马架子。

　　三个姐妹过腻了天上的生活,从来没穿过这么暖和的兽皮衣服,没吃过这么香的烤肉,更没有过丈夫的恩爱。她们舍不得这人间的生活,干脆不走了。

　　三个姐妹在人间一年,学会了钻火、烤肉、缝皮衣,又都生了一个大胖小子。她们和丈夫相亲相爱,过得很美满。

　　一晃又过了两年,一天,大姐对两个妹妹说:"天上一天地上一年,咱们已经出来三天了,哪天给玉帝知道了,就要受到天规惩罚。趁时间不算长,快回去吧!"

　　两个妹妹也觉得不回去不行了,弄不好丈夫、孩子也得受连带。三个姐妹找出了丈夫收藏起来的衣裳穿在身上,胳膊一抬,两脚起空了。地上的三个孩子,都两岁多一点,刚会答答话,见三只大鹅在头顶来回飞,一齐扎撒着小手,说:"鹅,鹅!"

　　兄弟三人打猎回来,不见了妻子,只听孩子说:"鹅,鹅飞走了!"一找衣服也没有了,知道三个仙女回天上去了,就对孩子说:"那鹅,就是你们的娘,知道吗?"

　　传说满族人管母亲叫鹅娘,就是从这儿起始的。后来受到汉族人称呼母亲为"妈妈"的影响,才叫成了"讷讷"。

　　兄弟三人的妻子走后,三个孩子渐渐长大了。这三个孩子顺松花江走到与牡丹江汇合的地方,觉得那里宽敞,就在那里定居下来。后来兄弟三人的后代家口越来越多,三支人分开,各支都有自己的姓,分为三姓。因此这地方就叫作"三姓"了。

　　三个仙女回到天上,吃饭不香,喝水不甜,日夜想念人间的生活;可又不敢把真情泄露出去,只好藏在心里。就这么过了九百九十九天,正赶上王母娘娘开蟠桃会,天兵天将们把守不严,姐妹三个一核计,无论如何也得到人间看一看,就是看上一眼,也免得这样牵肠挂肚。

　　姐妹仨还是采天上的白云做羽毛,变成三只天鹅飞了下来,落在果勒敏珊延阿林山上。她们找丈夫、找孩子,都不见了。她们在人间时夏天住的小马架子,没有了影儿;冬天掘的避风寒的地窖子,也早已填满了泥土。姐妹仨不禁落下泪来,边哭边沿着松花江往下飞。冷丁在一处密林中有个百十户人家聚居的部落。一打听,才知道这地方叫三姓,正是她们姐妹三人的后代。天上九百九十九天,地上九百九十九年,不但她们的丈夫早已不在人世,儿子也早就死去了,已不知传了多少代了。三姐妹见三姓人虽然像自己的丈夫一样勇敢,却不像三兄弟那样和睦相处。他们生性好斗,常常互相抢刀动棒,打得头破血流。仗越打越凶,仇越记越深。

　　怎么才能让他们不打仗呢?三姐妹很着急。一边往回飞,一边想,不知不觉飞到了天池边。她们脱去外衣,跳进天池里,一边想着心事,一边洗起来。

　　正洗着,三仙女见天边飞来一只喜鹊,飞到天池上空,将嘴里衔着的东西吐在她的衣服上。她本来已经不想在水中多呆了,就游着上了岸。见衣服袖上放着一枚熟透了的红果,大得出奇,红得透亮。她在山上呆过三年,还没见过这样的果子,捡起来含在嘴里,准备穿好衣服等大姐、二姐上岸给她们看。谁知红果一含进嘴里,哧溜一下从嗓子眼滑进肚子里去了。

大姐、二姐穿好衣服要回天上了,三仙女身子发沉,说什么也飞不起来。大姐、二姐知道她是误吃红果怀了孕,劝她不要着急,等生完孩子再来接她。说完后先飞走了。

三仙女留在人间,渴了喝天池水,饿了捕野兽、采野果,冷了点篝火,一过过了十二个月,生下一个浓眉大眼的孩子。这孩子生下就会说话,不一会儿就满地跑,过了不几天,竟和十七八岁的小伙子长得一般高大,一样英俊了。三仙女见孩子这么快就长大了,心想这一定是天意。她知道人间最贵重的是金子,就说:"孩子,你就姓爱新觉罗吧。"她又望望眼前的布库里山,说:"你的名字就叫布库里雍顺吧。"她想起正在成天打仗的三姓人,又说:"天生你,是要你停止械斗,平息战乱,统领人民过安定日子,你懂吗?"

爱新觉罗·布库里雍顺点点头,三仙女指着松花江说:"孩子,你就顺这条江下去吧!"说完,她变成一只天鹅飞走了。

爱新觉罗·布库里雍顺砍下天池旁的小树做成筏子,折下柳树枝叶盘成套圈戴在头上,然后跳上筏子,盘膝端坐上面,顺着山口进了松花江。小筏子穿过九十九道湾,闯过九十九道滩,经过九十九天的漂流,来到了三姓地方。

小筏子搁浅了,岸边一个汲水的姑娘看见他,跑回村子,告诉了村里的人们。大家争着来看,见他头戴柳枝围成的圈,盘膝端坐在筏子上,那模样很像一尊天神,便问:"你从哪儿来的?"布库里雍顺一指江上头,说:"从上边来的。"大家寻思是说他从天上来的,布库里雍顺想起讷讷嘱咐的话,就势说:"我是天女生的天童,来管理你们的。"大家见他英俊魁伟,确实与众不同,就相信了他的话。布库里雍顺又指着汲水的姑娘说:"是她先看见我的,我就到她家去了。"大家把他让进了姑娘家,姑娘的父母听说布库里雍顺还没成家,就把姑娘许给了他。几位穆昆达也认为这样合适,就做了主婚人,当天举行了婚礼。他们将猪在祖先前领了牲,在院子里架起火堆,全村的人都来上礼,通宵唱歌跳舞,从此以后再不打仗了。

布库里雍顺在三姓地方居住下来,劝大家和好。各家之间发生纠纷经他排解,大家都和和乐乐。大家拥戴他,推举他为部落长。他带领三姓地方的人们,建立了鄂多哩城。

布库里雍顺就是满族的祖先,他的传说也一直流传到今天。

哈萨克族源的传说

（哈萨克族）

古时候,有一位首领统率大队骑兵,从国都出发,浩浩荡荡地向西方进军,途中遇到了一片无边无际的戈壁沙漠。因为军情十万火急,他们日夜不停地向沙漠腹地挺进。那正是盛夏季节,烈日炎炎,好似火烤。茫茫沙漠里,找不到一点水,很多将士和战马已渴死在黄沙之中,饥饿和干渴,使将士们早已乱了队列,他们一个个拉开了距离,彼此分散了。一天,一件不幸的事终于发生了。有一名将领,因过度疲劳和饥渴,嘴巴干裂,迈不开步子,体力也支撑不住,最后躺倒在沙漠里,奄奄一息。官兵们虽然都同情他,但谁也无力帮助他,谁也无法营救他,只好丢下他。大军继续前进了。

只身留在戈壁上的将领,因为天气炎热,没有水喝,没有东西吃,已经濒临死亡的边缘了。

朦胧中他看到一只白色的天鹅,从远处天边飞来,落在他的身旁。白天鹅是栖息在水边的鸟,快要渴死的将领脑海里升起了一线求生的希望。他鼓足气力,站起来了。说也奇怪,惯于飞行的天鹅当时竟不跑,只是慢吞吞地移步往前行走。就这样,他跟随着白天鹅一块向前行走,结果居然走到了一条潺潺的河边。

将领贪婪地喝着甘甜的河水,顿觉神志清醒,全身也慢慢有了活力。等到他恢复了健康之后,那只白天鹅却消失得无踪无影了。一位袅娜多姿的女子站在他的面前,这女子就是白天鹅的化身。后来,这位将领与姑娘结了婚,成了夫妻,生了一个男孩。为了表示纪念,他们给孩子起名"喀子阿克"。后因读音的转化,便读成了"哈萨克"。

哈萨克长大以后,有了三个儿子。这三个儿子就是后来哈萨克族三大部落——大玉兹、中玉兹、小玉兹的始祖。

豪尼人的祖先
(哈尼族)

相传远古的时候,豪尼人的始祖少卯优卯养着一匹毛色纯白的骏马,常常驮着主人到哈沙(元江)、临安(建水)卖盐巴、走亲串寨,一天往返上千里,来来去去像风一样快,它是少卯优卯最心爱的宝贝。

一天,少卯优卯悠闲地骑着白马从山脚经过,山上的寿碑熬厄见了这匹世间少有的好马,由羡慕生出嫉妒,由嫉妒生出邪念,打主意要把这匹宝马夺过来。

当天晚上,天黑得像锅底,忙碌了一天的少卯优卯正在睡觉,寿碑熬厄悄悄地摸进他的马厩,把白马牵了出来,一溜烟地跑了。第二天早晨,少卯优卯发现马失踪,赶紧拿上他的神鞭,顺着马蹄印去找。他爬过一个山坡,向松树、柏树打听:"尊敬的松柏阿哥,我的马在你脚底下路过,略有瞧见?"松树柏树懒垮垮地回答:"没有看见。"少卯优卯生气地说:"你们旁边留着马蹄印,还说没有看见,这不是瞎扯吗?"松树柏树答不出来。少卯优卯说:"你们这样不老实,将来让人从根脚砍你们,叫你们不会发芽;还要让人把你们的骨头解成板,哪怕你们腐烂掉,还要为人做事!"说完,气呼呼地走了。从此,松树柏树砍掉就不会发芽,烂了还要被人拿去当柴烧。

少卯优卯顺着蹄印走到坡脚，看见河边站着一棵杨柳树，就问道："杨柳大哥，喀看见我的马过来了？"杨柳树摆动着枝条答道："过来了，是从那边过去的，快顺着找吧。"少卯优卯感激地说："谢谢你，诚实的大哥，你有一副热心肠，将来被人砍断后，还要给你发芽生枝，只要你沾着土和水，天涯海角到处能活，连鬼都怕你！"从此，只要有点湿气的地方，柳树就可以生根发芽；人们还用柳枝柳叶驱鬼除邪。

这时柳枝上正开着金黄色的绒花，一群蜜蜂正在采蜜。听到少卯优卯的问话，它们就嗡嗡地插嘴说："找马大哥，喀是一匹从头到脚雪白的马？我们看见顺着这边过去了。"少卯优卯说："蜜蜂姑娘，谢谢你的好心肠，我要让你多多地产蜜，多多地生出子孙后代。"从此，蜜蜂酿的蜜很多，子孙也很多。

少卯优卯走了一段路，见到空中飞舞着七里蜂，就问："蜂大姐，遇见一匹白马了吗？""不见！"七里蜂冷冷地说，话还没说完就飞走了。少卯优卯生气地赌咒说："凭你的样子像个恶煞神，以后叫你短命！"从此，七里蜂不能活过冬季。

少卯优卯日夜兼程，爬过三座山，涉过三条河，走过三道箐，这时马蹄印突然不见了。他不泄气，又翻过了七座山，过了七条河，走了七道箐。这一天，他在一片坡地上，看见两兄妹正埋头找荞子，阿哥叫塔甫，阿妹叫睦耶。少卯优卯问他们："阿哥阿姐，喀见一匹白马从这里过？"

兄妹俩说："看见了，看见了，马尿竹筒接，马屎衣襟兜，蹄迹树叶扫，是个鬼头鬼脑的人赶着马走了。"

少卯优卯恍然大悟："噢，难怪不好找，是这么回事呀！哼，非要抓住这个狡猾的盗马贼，让他尝尝我的厉害不可！"说罢，他把背上的葫芦拿下来，送给兄妹俩说："现在是恶人当道，勤劳善良的人很少，这葫芦送给你们，如果遇上什么灾难，就骑上它，它会帮你们度过灾难的。"说完，告别了兄妹俩，又过山过水，终于找到了寿碑熬厄的家。

白马一见主人，老远就"吼吼吼"地叫。少卯优卯走进寿碑熬厄的家，问他："我的白马咋个在你家歇脚？"

"你的马？你的马……是什么样的马？"寿碑熬厄装作不知道，反问说。

"全身雪白的马，连蹄子都是白的。"少卯优卯回答。

寿碑熬厄向屋里喊："孙子，出去看看有没有白马，我的马是一匹靛青色的黑马，连蹄子都是黑的，难道转眼就变成人家的白马了？"寿碑熬厄的房里走出一个小伙子，答应了一声，看马去了。过了一会儿，他回来说："老爷，厩里的马从头到脚都是清一色的黑色。"听见这句话，寿碑熬厄一本正经地领着少卯优卯走到马厩栏里。他们看到的真是一匹连蹄子都是靛青色的黑马。

"不假吧？"寿碑熬厄斜着眼，阴阳怪气地问。少卯优卯知道是盗马贼作怪，就把神鞭一挥，说："你再看！"寿碑熬厄一看，果然是匹白马。寿碑熬厄也把手一摇，说声："是黑马！"少卯优卯看见的果然又是匹黑马。这样一黑一白，一白一黑，马来回变个不停。最后少卯优卯说："好吧，让它自己认主人吧！"说着招一招手，马立刻变成白的，欢叫着跑到他的身边，任寿碑熬厄叫牛也，也不肯走拢一步。少卯优卯哈哈一笑,起身一纵,骑上白马,说声:"走啊!"挥鞭离去。

"哪里跑!"寿碑熬厄手一摇,变出成百上千个寿碑熬厄,紧追不舍。少卯优卯挥动神鞭向追近的人打去,追来的人纷纷被打倒在地上。寿碑熬厄见这一招不行,立即从嘴里喷出一股大火。霎时,满山遍野烟雾腾腾,熏得少卯优卯和白马睁不开眼。寿碑熬厄又放出成千上万个徒子徒孙,个个金睛火眼,围住他不放。少卯优卯把神鞭逗在嘴上一吹,霎时间,一股喷泉从鞭鞘里喷出来,水越喷越大,喷灭了火焰,把天地淹成一片大海。少卯优卯骑着马在海面上游着,把寿碑熬厄的子子孙孙淹在水里。这些子孙们有的变成红尾巴鱼,在水里咬白马的脚,有的变成了吸血的蚊虫、苍蝇,在空中横冲直撞,吸少卯优卯和白马的血。少卯优卯拔一把马毛,一撒,变出成百上千只白鹭鸶,把蚊虫、苍蝇和红尾巴鱼逮进嘴里,这样一来,吓得这些小虫虫四处逃命。从此,苍蝇、蚊虫、红尾巴鱼到处都有,但它们都是白鹭鸶的饭菜。

寿碑熬厄伎俩使尽。还是敌不过少卯优卯,不禁气红了眼,便拿出看家本领来决一死战。他身子一抖,变成一只浑身上下长满眼睛的草席子样大的怪鱼,紧紧地抱着白马,拼命咬它。少卯优卯知道白马受了重伤,决定与妖魔同归于尽,免除后患。他把神鞭挨嘴一吹,霎时,海水翻滚起来,变成滚烫的沸水。寿碑熬厄没有提防,不一会儿就烫死了。这时少卯优卯也受了重伤,他用力在神鞭上吸了口气,滚烫的海水马上转为冷水,三天以后,大地又恢复了原样,但是少卯优卯和白马也一起死了。

再说少卯优卯把宝葫芦送给塔甫、睦耶兄妹俩后,他俩随时带着它。大火烧来的时候,塔甫、睦耶就骑上宝葫芦,火焰还不到他们的身旁就散开了;洪水淹没大地的时候,他们就浮在水面上,无论是冰冷的水和滚烫的水,都伤不着他们。

地面恢复了原样后,兄妹俩骑着的宝葫芦"嘭"的一声,炸成了七十六瓣,碎片飞在阿妹睦耶身上,变成了七十六只奶。

这时世上只有这兄妹俩,他们一天走了九支山,过了十七个洼,蹚了九条河,看不见一个村,瞧不见一个寨,遇不见一个人。阿哥塔甫说:"阿妹,你摘片叶子吹起来,我砍棵野姜杆吹起来,我们分头去找,定要把人找到。"

阿哥、阿妹分开了。阿哥翻了七七四十九座山,阿妹过了七七四十九个洼。阿哥吹箫满山应,阿妹吹叶林中响,声声回音听得见,就是不见一个人。阿哥塔甫找了九天零九夜,阿妹睦耶找了九夜零九天,哥妹听到树叶和吹箫的声音,心想有声音一定会有人,阿妹就穿过老林,阿哥也钻出棘丛,顺着声音来寻找。两人凑拢在一块,妹妹说:"阿哥啊,找了几天只见你。"阿哥说:"阿妹啊,找了几天只见你。"他们才知道世上再没有别人了。为了传下人种,哥妹只好成婚了。但是哥妹成婚是羞人的呀,哥妹就赌咒说:"为了今后有人种,哥妹成婚无奈何。今后哪个兄妹再成婚,娃娃长大拄拐棍,不成憨聋就成哑,断子绝孙不发芽。"所以世世代代人们不兴哥妹成婚。

塔甫与睦耶成婚后,生了七十七个小娃,睦耶只有七十六只奶,一个小娃缺奶水,得了一种叫切疯的病,死了。从此,得了切疯的娃娃都长不大。活着的七十六个娃,刚好是三十八男,三十八女,他们里面有十二种民族的祖先。这些民族是苦聪人和保保(彝族支系)、摆夷(傣族)、布孔(哈尼族支系)、路别(又名腊路,彝族支系)、卡别、碧约、哈尼、阿且、阿矢黑玛(又名西莫洛,均属哈尼族支系)、民家(白族)、阿哈(汉族)。十二种民族结为十二对夫妇,剩下的二十六对就变为地上的各种神灵。

敬献祖先的来历

（苦诺族）

我们基诺唱调子时要先唱"阿姓欧",讲故事时要先念阿姓欧,吃饭前要先敬阿姓欧。阿姓欧无时不跟我们在一起。阿姓欧是我们最早最早的祖先。要说我们敬献阿姓欧的来历,还得从洪水滔天的时候讲起。

自从阿嫫腰白开天辟地以后,世上的万物都慢慢地创造出来啦。那时候,人们和世上的万物和睦相处,过着和平幸福的生活。可是有一年突然发了大水,庄稼被淹了,寨子被淹了,人畜被淹了,玛黑和玛妞是一对双胞兄妹,他们的父母看到洪水越来越大,人类有灭绝的危险,就砍倒一棵大树,掏空树心,两头蒙上牛皮,做成一只大木鼓,里面放上粮食和种子,拴上一串铜响铃,并递给他们一把小刀和一块蜂蜡,说:"你们钻进木鼓里逃生去吧! 记住,水不干不能出来。你们要看水势,就用小刀剜个洞往外看,然后赶紧用蜂蜡把洞口堵好。等听到铜铃响,就是木鼓落地了,水干了,那时你们就可以割开鼓皮出来了。"玛黑和玛妞听父母的话,钻进了木鼓里。他们随着木鼓漂呀漂,也不知漂过了多少时辰,玛黑等不得了,就用木鼓剜开一个小洞朝外看,啊! 到处是浊浪滚滚,水面上漂着人畜鸟兽的尸体,多么可怕呀! 玛黑赶紧用蜂蜡把小洞补起来。他们又随着木鼓漂呀漂,不知漂过了多少时辰,突然听到了铜铃叮铃当啷的响声,玛黑和玛妞知道这是木鼓落到地面上了,是洪水退下去了。兄妹俩多么高兴啊! 他们赶紧用小刀划开牛皮鼓面,双双走了出来。

玛黑和玛妞来到地上,眼前一片荒凉,荒凉的山,荒凉的地,荒凉的淤泥,他们见不到自己的父母,见不到一个人,见不到一个动物,见不到一片绿叶。他们伤心地哭了。世上只剩下他们兄妹两个人了,兄妹俩相依为命,在地上搭起窝棚,重新开荒种粮食,过着艰苦的日子。

不知过了多少年,玛黑的头发白了,玛妞的头发也白了。这时他们才发觉自己已经老了。他们才想起,如果他们死了,世上就没有人种了。这可怎么办呢? 玛黑忧愁,玛妞也忧愁。以前年轻的时候,他们因为是兄妹,都没有想到要结婚的事。现在为了传人种。世上又没有别的人,玛黑对玛妞说:"我们结婚吧!"

玛妞听了害羞地说:"咋行呀? 我们是兄妹,兄妹哪能做夫妻呀!"

玛黑说:"不结婚,人种就要断绝了。"

玛妞想了想,说:"那也得去问问三岔路口的神树,神树公公要是不同意,还是不能结。"

玛黑说:"好,那你就去问吧!"

玛黑说完话,就抄小路先赶到了三岔路口,躲在神树背后等着。玛妞走到神树跟前,恭恭敬敬地问:"神树公公,世上只剩下哥哥和我兄妹俩了,为了不使人种断绝,我们兄妹可以做夫妻吗?"

玛黑在树背后装着神树公公的声音,瓮声瓮气地说:"世上只剩下你们兄妹两个了,不结婚不得了,不结婚人种要断绝。你们就结吧!"

玛黑又抄小路赶回屋里,等到玛妞回来,故意问她:"问到了神树公公没有?"

玛妞说:"问到了。""神树公公同意不同意我们结婚呀?"

玛妞只好把神树公公同意的话照实说了。于是兄妹两人结了婚,做了夫妻。

可是他们都已经是老人了,已经不会生儿育女了,多少年过去,他们仍然过着寂寞凄凉的日子。倒是他们从木鼓里捡来的那颗唯一的葫芦籽,自栽下以后长得很茂盛,那藤子爬过了七座山,那绿叶遮住了七条箐,藤上结满了大大小小的葫芦。说来也怪,这些葫芦长着长着都枯死了,烂掉了。只有一个长大成熟,圆鼓鼓的肚子,黄爽爽的硬壳。夫妻俩把这个葫芦摘回来,挂在屋檐上,说是要留着做种子。有一天,当他俩从地里做活回来的时候,隐隐约约地听到好像有人说话的声音,世上就只有他们两个人,怎么还会有人说话呢?开始他们不相信,以为是自己的耳朵听错了。可是一连好几天,他俩从屋檐下走过的时候总是听到有隐隐约约的说话声音。他们就在屋前屋后寻找,要弄清声音究竟是从哪里传出来的。找呀找,终于听清了这声音是从屋檐上的大葫芦里传出来的。玛黑和玛妞把葫芦取下来,烧红了火棍想在葫芦上烙个洞,看看里面究竟装着什么东西。可是当他们把火棍朝着葫芦的上方烙去的时候,就有个声音说:"不要烙我!"他们换个位子,朝葫芦的下边烙去的时候,又传出个声音说:"不要烙我!"他们不论朝葫芦的上边、下边、左边、右边烙,都传出同样的声音:"不要烙我!"

这可把玛黑玛妞难住啦。他们始终不忍心把火棍往葫芦身上烙去,就只好看着葫芦发愁。正在这时,忽然听到一个苍老和蔼的声音:"你们就烙我吧,不然我们一个都出不来啦!"这分明是一个老太婆的声音。

玛黑问:"你是谁呀?我往哪里烙你呀?"

那声音说:"我叫欧欧。你就往我的肚脐上烙吧!"

玛妞扳倒葫芦一看,果然葫芦底上有个黑黝黝的大肚脐。

这时,葫芦里的声音说:"阿妣欧,我们出去以后,永远不会忘记你!"

玛黑就照阿妣欧说的,横下心来在葫芦的肚脐上烙了个洞。只见葫芦刚一烙通,就从洞口连续跳出几个人来。

最先出来的叫"阿颇",因为他最先出来,被洞口的炭黑擦着,所以皮肤是黑的,他就是现在小勐养地方的控格人。

　　第二个出来的是汉人,他一出来就到处走,所以汉族占的地盘最多。

　　第三个出来的是傣族,他一出来就跑到芭蕉林里面去了,因为很少晒太阳,所以傣族的肤色是白的。

　　最后出来的是我们基诺,"基"是挤的意思,"诺"是"后"的意思,就是最后从洞里挤出来的人。

　　人出来完以后,葫芦就不在了。基诺人出来时,地方都被先出来的弟兄占了,没有去处,就只好在玛黑玛妞居住的地方,也就是原来葫芦生长的地方劳动和生活。这地方叫比恩木西,就是现在的基诺山区。

　　我们基诺人是在比恩木西生长繁衍起来的民族,是阿姚欧的子孙。我们的先辈没有忘记阿姚欧的恩德。是她牺牲了自己,才有了我们基诺。我们的先辈没有忘记对阿姚欧的诺言。每当我们秋收吃新米的时候、过年过节的时候、杀猪鸡牛羊的时候、到地里做活吃晌午饭的时候、到山里打猎野餐的时候、在家里围着桌子吃饭的时候,我们的父老一辈,都要先抓一撮饭放在一边,再拈一点菜放在饭上,嘴里哼着:"阿姚欧——请你来! 请你来!"

　　请了阿姚欧,再请其他亡故的祖宗,意思是请他们先吃,然后活着的子孙再吃。这个风俗一直流传到现代。近些年来,虽然给阿姚欧敬饭的情况逐渐少了,但当我们一天劳动回来围着火塘讲古谈今的时候,当我们高兴起来开喉唱歌的时候,我们都没有忘记要请我们最敬重的祖先阿姚欧来与我们共享欢乐,都要虔诚地、庄重地首先拖着声音哼起:"欧……",以此作为一个故事或一个调子的开头。

汉日天种
(塔吉克族)

　　很早以前,西域波斯国王忽然做了一个梦,梦见一位美丽的少女,雍容华贵,一如天人,自说是来自东方太阳升起的国度。国王醒来,从此不忘梦中人,就派两名大臣,向着太阳升起的方向,前去求亲。两名大臣行程万里,来到中国,见这里人们衣饰相貌,正与梦中所见相同。于是他们就拜见中国皇帝,献上求亲书信。中国皇帝被远方国王的赤诚心意所感动,就许嫁了公主,并派了一批男女侍从跟随出国。两位波斯大臣护卫着公主西行途中,到了帕米尔,不巧前方发生了战争,道路被阻。为了安全,两位大臣和侍从们就找了一个险峻异常的高山,筑起城堡宫室,将公主放在高山上,大臣侍从们就在山下守卫。过了几个月,战事平息,两位大臣请见公主,将要继续西行。但是,他们却发现,公主已有了身孕。这可吓坏了两位大臣,于是召集所有侍卫,严刑讯问,却问不出个所以然。最后,问到公主最亲信的一个宫女,宫女说:"公主住在高山上,警卫重重,凡人怎得见公主? 只是每当正午,就有一位美丈夫从太阳上下来,与公主相会。你们就不要猜疑了。"两位大臣听了,商量道:"虽是这样,但我们见了国王,仍是不好交代,难免有杀身之祸,不如暂时留居此地。"后来公主生了一个男孩,非常聪明英俊。大家就奉这个男孩为王,即揭盘陀国第一代国王。

〔重述者说明〕在帕米尔高原的塔什库尔干地区,勤劳勇敢的塔吉克族人民流传着一个美丽动人的神话传说:"汉日天种。"塔吉克人把这个神话传说视为本民族的骄傲,在人民中代代相传了一千多年之久。在《大唐西域记》里的《揭盘陀国》中,记载了唐僧玄奘在去印度取经归来的途中,路过现在的塔什库尔干(即当时的揭盘陀国)时,就听当地的国王同他讲述了"汉日天种"的故事。可见,"汉日天种"神话早已在塔吉克人的口头传承中流传甚久了。

为便于研究,现将《大唐西域记》中《揭盘陀国》一节的有关部分摘录于此,以供参照。

"今王淳质,敬重三宝,仪容娴雅,笃志好学。建国以来,多历年所。其自称云是至那提婆瞿呾国〔唐言汉日天种〕。此国之先,葱岭中荒川也。昔波利斯国王娶妇汉土,迎归至此,时属兵乱,东西路绝,遂以王女置于孤峰。峰极危峻,梯崖而上,下设周卫,警昼巡夜。时经三月,寇贼方静,欲趋归路,女已有娠。使臣惶惧,谓徒属曰:'王命迎妇,属斯寇乱,野次荒川,朝不谋夕,吾王德感,妖气已静,今将归国,王妇有娠,顾此为忧,不知死地,宜推首恶,或以后诛。'讯问喧哗,莫究其实。时彼侍儿谓使臣曰:'勿相尤也,乃神会耳。每日正中,有一丈夫从日轮中乘马会此。'使臣曰:'若然者,何以雪罪? 归必见诛,留亦来讨,进退若是,何所宜行?'佥曰:'斯事不细,谁就深诛? 待罪境外,且推旦夕。'于是即石峰上筑宫起馆,周三百余步,环宫筑城,立女为主,建宫垂宪。至期产男,容貌艳丽,母摄政事,子称尊号,飞行虚空,控驭风云,威德遐被,声教远洽,邻域异国,莫不称臣。其王寿终,葬在此城东南百余里大山岩石室中,其尸干腊,今犹不坏,以迄于今。以其祖先之出,母则汉土之人,父乃日天之种,故其自称汉日天种。"

布朗族的来历
(布朗族)

很早很早以前,天下只有男人,没有女人。所有的男人中岩胆力气最大,长得最漂亮。

有一天,他干活累了,倒在篾席上想好好睡个觉,但是翻来覆去睡不着。他想,可能是我的头太低了,就拖了一截树干做枕头。可尽管这样舒服了一点,却还睡不着。他又翻身起来,用砍刀把树干削成四方形,又睡下去,还是睡不着。

岩胆叹了一口气:"咳,怕是哪位神灵不要我睡觉了。"他想了一想,又用砍刀把树干削成圆形,最后干脆把它削成人形。有眼睛,有嘴巴,有四肢。然后依枕入睡,果然睡得十分香甜。

没想到一觉睡醒来,人形木枕变成一个非常美丽的姑娘。姑娘说话羞羞答答,做起事来十分利索,岩胆越看越喜欢,就给她起名玉双罕,并且和她结成夫妻,生育子女,繁衍成为今天的布朗族。

柯尔克孜的来历

(柯尔克孜族)

在克什米尔地方,有一个名叫阿尔汗的汗王。他所管辖的阿尔汗人,都信仰佛教,阿尔汗就是个忠实信徒。在这些信佛教的人中间,只有一个人信仰伊斯兰教。他生下两个孩子。男孩名叫满素尔,女孩名叫阿娜尔。他兄妹年幼时便失去了父母,兄妹俩暗地里仍信仰伊斯兰教,满素尔获得了沙依克的称号,成了一个先知的圣人。

兄妹俩年纪已经不小,哥哥未娶妻,妹妹也未嫁人。过了些年月,人们这样议论:"为什么兄不娶妻,妹不嫁人呢?他们好像是结婚啦!"人们里面的坏家伙,就这样造谣诬蔑。

谣言传到阿尔汗的耳朵里,他就把传言当成了事实。就下令传来了先知的圣人沙依克满素尔。

阿尔汗问道:"沙依克满素尔,你为什么不叫你妹妹阿娜尔嫁人?你年纪也不小了,为什么不娶妻呢?你们两个同胞兄妹,是不是结婚了?人们都这样传说,满素尔,你要老实地告诉我,不许说假话。"

沙依克满素尔没说别的话,只说:"阿娜尔是贞洁的,我也是贞洁的,有些人冤枉我们了!"

阿尔汗不断地追问,满素尔什么也没回答,还是说:"阿娜尔是贞洁的,我也是贞洁的。"

阿尔汗又问:"你说这些,是什么意思呢?"

"我说实话吧,我隐瞒了我信仰的宗教,我暗地里虔诚地信仰着伊斯兰教,我只是让妹妹给我浇洗礼水,我疼爱地抚养着她。至于人们的传言都是假的。"

满素尔这样说了,那些坏人又说话了:"要恫吓他的妹妹,让我们来审问她吧!"

又把阿娜尔传来了,她头上戴着面纱,她还没到 25 岁,她的青春年华好像嫩芽。

阿尔汗说:"把面纱揭开,让我看一下!"

阿娜尔不肯揭开面纱,她用头巾蒙得更紧了。

阿尔汗的武士们,强行把阿娜的头巾和面纱都揭开了。

阿尔汗看见阿娜尔有超人的漂亮,她那苹果似的脸,闪射着绯红的光芒。阿尔汗看中了她,心想:"我要娶她。"

汗王说:"满素尔,你从人们中挑选妻室吧!我要娶阿娜尔为妻,那样你就成了皇室高贵的亲戚。"

这时满素尔说:"我不娶妻,我也不把阿娜尔嫁给异教徒!"

坏家伙们见汗王看上了阿娜尔,幸灾乐祸地说:"不吓唬是不行的!"为向汗王讨好,许多人跟着起哄。

汗王对武士说:"去传达我的命令,把满素尔吊在绞架上处死吧!"

武士们把满素尔的手绑上绞架,他被吊在半空中摇荡着。在危难中,满素尔仍不改口:"阿娜尔是贞洁的,我也是贞洁的。"除此以外什么也不说。

阿尔汗一心想娶漂亮的姑娘阿娜尔,心急如火,命令武士们说:"再往上吊,用箭射死他!"

满素尔还不答应,用绳子把他吊得更高了。用箭把他射伤,又问他,他仍然说:"阿娜尔是贞洁的,我也是贞洁的,我们冤枉啊!我顺从真主的安排。"说完,他便离开了这个世界。

武士们对阿娜尔说:"你看见你哥哥死了吗?如果你不答应汗王的婚事,你也要死的!"

"我的哥哥死了,我不能嫁给阿尔汗,丈夫是什么东西呢?我不知道有什么好处!"

阿尔汗汗王气急败坏地说:"她嫁她哥哥了,你们听听她说的话吧!把她烧死,把灰烬撒散,倒进水里去,我们就这样处理这个姑娘!"满素尔的尸体从绞架上取下来,往柴上浇了油汁,把尸体放在上面,用火石点着,火焰冒得啪啦啪啦地响。姑娘阿娜尔看见了,她还是不嫁汗王!

人们排成一行一行,看那冒起的大火,看那坚强的姑娘阿娜尔。

阿娜尔的命数到了,她把刀子刺进自己的肚里,人们没来得及夺过她手中的刀子,她悲愤地死去了。

阿尔汗又下命令:"把他俩的骨灰烧掉,把灰烬一点不剩地倒进河里去!"

武士们没把灰烬倒进河水里,倒进了小溪水里,灰烬没有冲散开去,却和溪里的水凝成泡沫,流进了汗王的花园。

阿尔汗的公主,身旁有四十个宫女。看看真主的智谋吧!

公主带着宫女,来到汗王的花园游玩。小溪水里,漂流着冒气的泡沫,阿尔汗的公主和四十个宫女,看见银色的泡沫,都很好奇,姑娘们把手放进水里,捧起水泡漱了漱口,都说:"这是多么美丽的泡沫啊!"夸奖着喝了下去。真主是独一无二的,这一切都是真主的安排。

姑娘们喝过了泡沫,他们都分别地回到宫去。姑娘们没有结婚却都怀了孕。四十个姑娘的肚子都大了起来,不敢见人。

坏心的巫婆知道了这事,便去告诉公主的母亲,皇后差一点气死。皇后想:"让我了解一下真情吧!如果巫婆说了假话,我要砍下她的头。如果她说的是真的,我就告诉阿尔汗。"

皇后把女儿和四十个姑娘唤进自己的屋,请她们吃饭,她仔细观察了三天,证实公主和四十个姑娘都怀了孕。皇后问公主和姑娘们:"这是怎么回事?怎么没结婚就怀孕了呢?"

公主和姑娘们说:"花园里的溪水有雪白的泡沫。我们喝了泡沫水就怀孕了。"

皇后把这怪事告诉了阿尔汗,阿尔汗恼怒地说:"我没有男孩,却把她像男孩一样疼爱,这是怎么回事呀?!"

阿尔汗邀集了宫廷里的官员,生气地说:"与其让我蒙受耻辱,还不如把她弄死,我要把她的骨头烧成灰!"

宰相、别克们听了惶恐不安,怀孕的四十个姑娘正是他们的女儿,一方面感到耻辱,另一方面又不忍把她们弄死。他们提出把她们送到远远的山林里去的提议。听了官员们的提议,阿尔汗便传下这样的命令:"把她们赶到无人的地方去,如果被人们知道了,一直到死也会嘲笑我们的!那顶天的阿拉套山,是人们不去的地方,把她们统统送到那里去吧!带上路上吃的四十天的粮!"

四十个姑娘被驱赶到荒漠的深山,在北方的一边,有顶着青天的阿拉套山,姑娘到了深山里,脸上都裂开了口子,变了样子。已经到了生养的日子,姑娘们都生下了孩子。神圣的真主的意志啊!谁能不遵从呢? 二十个男孩,二十个女孩,四十个姑娘都生下了孩子。

公主照料着,养着这些孩子,让他们一双一对,互相嫁娶。

公主生了个男孩,他有超人的英俊和美丽,他的脸红得像鲜血,放射着鲜艳的光辉,因此才给他起了波云汗的名字。因为他是汗的后代,就让他管理着平民百姓。

一代一代地繁衍变成了许多人,宽大的山沟人多得盛不下了,那互相通婚的男女,很快又生下了孩子,外人都到这里看望他们,带来许多金子和银子,还有许多吃的东西。四十个姑娘的后代住不下了,才散居到各个大山和草原去。

四十个姑娘的后代,就成了柯尔克孜了,柯尔克孜族的祖先就是四十个姑娘。

人狗配婚

很古的时候,世上没有人,只有飞禽走兽。后来,不知怎么出了一个小姑娘,住在山洞里。

这个小姑娘长大了,长得很漂亮,什么天上飞的、地下跑的、能爬树的、会打洞的都想娶她做老婆。姑娘发起愁来,这样多的东西都来找我,我嫁给谁呢?愁呀愁的,这一天终于想出了一个办法:她做了一个很大的石鼓,对天下所有的飞禽走兽说,谁能擂响这石鼓,她就嫁给谁。于是,大家都跑来擂鼓。可是,大家都试过了,谁也没有擂响。

这又咋办呢? 姑娘正在发愁,忽然听见外面"咚"的一声,大鼓擂响了!姑娘出洞一看,原来是一只大黄狗。

大米撒了能扫起,话说出口难收回。姑娘说话得算数呀!姑娘和黄狗成了亲,整整过了三个月零十天。这天，黄狗告诉她："我今天要办一件事，你在山洞里，要把门关得严严实实的，无论外面发生了什么事，我若不叫你，你就千万莫开门，也莫向门外张望。"她答应说："好！"

黄狗出去没多大一会儿，她就听见外面"轰隆隆"震天动地一声响。她想，外面一定发生了大事情，出去看一看呢，黄狗又叫不能开门出去的呀！她憋不住了，就把眼睛贴着门缝往外瞅。只见那黄狗已经变成了一个人，浑身的毛都褪得差不多了。可是，她这一瞅就坏大事了，被她看见的头上那一块毛，再也褪不脱了。那块毛，就是人们现在脑瓜顶上的头发。据说，现在的人们都是他们的后代。

昂姑咪
（纳西族）

一

天地刚刚分开的时候，天上住着天神和他的家族。天神用云雾砌起厚厚的墙壁，把天地隔开。这时，地上还没有人类和万物，只有一个又深又黑的海子和一座又高又大的山。这海子后人叫它喇踏海，这大山后人叫它喇踏山。地上没有光亮，黑咕隆咚的，只在每年天神的生日那天，他要看地下的景色，天门才打开一次；这时，天上的光亮才照到大地上，大地才有光亮。

喇踏山的山脚伸进海子，稳着大地，地才不会摇；喇踏山的山尖撑着天，天才不会垮。在喇踏山的半腰，有一个又大又深的石洞，后人叫它哈咪洞，那是天地刚分开时，天神怕地下的海水漫到天上，叫雷神凿出来，做泄水用的。

天上有一只叫格儿美的神鹰，一刻不停地在天地交界处飞绕，巡视海水的涨落，守卫着天宫。它飞累了，就钻进哈咪洞里睡个觉，歇息歇息。有一次它在石洞里睡觉，下了一个会发光的大蛋，以后，它到石洞中歇息，就枕着蛋睡觉。

在喇踏海的海眼里，住着一只猴子。它是天地还没有分开时，天神和地母生的孩子，因为在天上不听天神的管教，被天神赶到地下受苦。它在地上太孤单了，没有玩的伙伴，没有耍的地方，就常常爬到哈咪洞中去玩耍。有一次，它钻进石洞，被洞中闪亮的金光射得眼花缭乱，就朝洞中找去。它看见一个大蛋，喜欢得搔耳抓腮，抓起大蛋玩呀玩，玩厌了，就把闪光的大蛋吞进肚中。

等它转回住处时，肚子痛了起来，痛得它在地上打滚，地皮都被滚陷了一个大坑。滚来滚去，"嘭"的一声巨响，鹰蛋从猴儿的肚脐眼中迸飞出来，撞在一块崖壁上，砸个粉碎，蛋壳、蛋白、蛋黄变成的粉末，到处乱飞，有的飞到空中，有的粘在崖上，有的落进海里。飞在空中的变成了雀鸟蜂蝶；粘在山崖上的，变成了虎豹熊鹿、甲虫蚂蚁；落进海中的变成了鱼虾海草。蛋核没有撞烂，在洞中滚呀滚呀，变成了一个美丽的姑娘。她就是摩梭人的老祖宗昂姑咪阿斯。

二

昂姑咪独自一人住在哈咪洞里，再没有别的伙伴，很孤单，她多想有些伙伴同她说话玩耍呀！后来，她同雀鸟蜂蝶、鱼虾甲虫交上了朋友，大家一起玩耍，一起生活。天长日久，昂姑咪学会了伙伴们的话，常常同伙伴们谈天、唱调子、跳舞，日子过得很欢乐。

在哈咪洞中，有一个模样像人的石头，高高的鼻子，大大的眼睛，厚厚的嘴皮，很像一个小伙子。每当昂姑咪同她的伙伴们唱调子时，这石头人的眼睛就眨个不停，嘴巴也会咧个不住，还会从石嘴中发出"呜呱，呜呱"的回应，好像也在唱调子一样。每到这种时候，昂姑咪会快活得扑上去，搂住它亲个够。

也记不清过了多少年月，只记得天门开过几千次的时候，昂姑咪的身体有了变化，原来她吸到石人的精气怀了孕。后来，天门又开了九千回，昂姑咪生孩子了，一胎生下了六个女娃、六个男娃。怪事就是多呀，这十二个娃娃一落地，就成了六个大姑娘、六个小伙子，从此，昂姑咪有了帮手，有了家，日子过得更快乐了。后来，她把六对儿女配成夫妻，小夫妻又生下了儿女，长大以后，又互相配合，一代又一代，喇踏山上住满了昂姑咪的子孙。

人丁多了，吃穿成了棘手的事情，再加上地上没有光亮，又冷又黑，日子实在难过。昂姑咪想，再难也要去天上讨光亮、火种和吃食。

昂姑咪的伙伴听说她要到天上去，都跑来给她出主意。蚕子和蜘蛛说："天高不用怕，也不用愁，我们编一架梯子，一头系在天墙上，一头拴在喇踏山尖上，你顺着梯子就可以爬上天去了。"

蜜蜂和蝴蝶说："我们身子小，最能飞。蚕妹妹和蜘蛛姐姐编天梯的线头由我们含到天上去拴。"

耗子说："天地相连处隔着厚厚的云墙，有了天梯，昂姑咪也进不了天宫。等天梯编好拴牢了，我先上天去把云墙挖通，这样地就有门进天宫了。"

猫头鹰接着说："我眼力好，给大家带路。"

大伙说干就干。猫头鹰飞在前面。仔细辨认着方向，一边飞，一边"看清路！看清路"地叫唤，带领伙伴们向天上飞去。蜂子咬住蚕子吐出的银线头，蝴蝶咬住蜘蛛吐出的金线头，紧跟在猫头鹰后面，也向天上飞去。飞呀，飞呀，天门开过九次以后，它们飞到了天地的交界处。蜂子把尾巴上的箭钉在云墙上，拴牢蚕子吐出的银线头；蝴蝶把头上的箭钉在云墙上，把蜘蛛吐出的金线头拴牢，然后，又跟着猫头鹰，飞回喇踏山来。大伙把金线、银线的另一头拴在山顶崖石上。蚕子和蜘蛛一刻不停地吐出金线、银线、顺着梯子来来回回地编织横档。天门又开了九回，天梯编织成了。

这回轮到耗子显本事了。它在猫头鹰的带领下，顺着天梯爬到天地交界处的云墙下。猫头鹰用尖硬的嘴壳和爪子,耗子用锐利的牙齿和爪子,啃呀,刨呀,云墙被它啃得一点一点往下落,落下的粉末飘撒在空中,发出晶莹的光亮,变成了满天星星。

天门又开了九次,耗子和猫头鹰终于把厚实的云墙打通了一个大圆洞,五光十色的亮光从圆洞中漏出来,照亮了天空,照亮了大地。这漏出的光亮,一时金黄,一时银白,后人便把见到黄光的时候叫作白天,见到白光时候叫作夜晚,把白天的光亮叫作太阳,把夜晚的光亮叫作月亮;见到太阳一次叫一天,见到月亮一次叫一夜。有了上天的梯子,有了进天宫的圆洞,昂姑咪乐得笑歪了嘴,领着伙伴们登上天梯,上天找火种和吃食去了。

三

昂姑咪同她的伙伴从打通的云墙洞中爬进了天界,被望不到边的云海挡住了去路,正在为难的时候,一条神牛拖着犁头来到她身边。昂姑咪向神牛哀求说:"好心的神牛呵,我们是地上来的,大地上没有吃的和穿的,也没有火,这叫我们怎么过日子啊?请你给我们火种和吃食,我们会永远记住你的恩情的!"

"我在天上,半点也不晓得你们的苦处,你们真是太可怜了。可是我在天宫中只管使憨力,干犁云耙雾的重活,不能帮你们多大的忙,不过,我可以把我吃的豆子、苞谷、荞子送给你们做种子,你们种在地上,以后就有吃的了。天宫的火锁在阳赤山石洞中,守火的是天神的儿子昂神,我带你们去,向它讨个火种带回大地,人间就有温暖了。"神牛把它吃的豆子、苞谷、荞麦给了昂姑咪,又叫昂姑咪同她的伙伴骑到它的背上,驮着向阳赤山奔去。神牛把自己的吃食送给了人类,以后就只得靠吃草活命,所以今天的牛都是靠吃草过活的。

神牛驮着昂姑咪同她的伙伴,在云海里飞奔,不一会儿来到天门了。守天门的神狗拦住去路,不让昂姑咪进去。昂姑咪上前哀求说:"好心的神狗呵,我是地上的人。在我们那里,没有吃的,没有穿的,也没有取暖的火,我们到天上来讨这些东西,请你帮帮我们的忙吧。"神狗听了,不住点头:"你们扎实可怜,我把我吃的稻米给你们做粮种吧。我同你们一起去阳赤山要火种,有了火种,你们的日子就不苦了。"神狗把稻谷种送给了昂姑咪。后人为了感谢它的恩情,自己吃什么,都要拿一分喂它,每年吃新米时,先要拿一个米粑粑给它尝新。

神狗在前面引路,神牛驮着昂姑咪同她的伙伴向阳赤山奔去,不一会儿,来到了天河边,守天河的神羊拦住去路,不让她们过河。昂姑咪上前哀求说:"好心的神羊呵,我们是地上来的。在我们那里,没有吃的,没有穿的,也没有火取暖,没法过日子了。现在神牛和神狗给了我们吃食,但还没有御寒取暖的火,请你帮帮忙吧!"神羊听了昂姑咪的话,点头回答:"你们确实太可怜了,我应该帮你们的忙,我把身上的毛皮送给你们做御寒的衣裙吧!"神羊把毛皮送给了昂姑咪,人类就用羊毛编织衣裙,用羊皮缝褂子穿。为了永远记住神羊的好处,摩梭人用羊角卜卦,把羊角当家神供奉的习俗就是这里来的。

神羊叫神猪架好天河上的浮桥，请神马驾起云车，请昂姑咪同她的伙伴坐上云车，一起往阳赤山奔去。

昂姑咪同她的伙伴坐着云车来到阳赤山下，被守护天火的昂神发现了。昂神是只大公鸡，它见昂姑咪一伙来到山下，爪子一伸，翅膀一拍，飞到了昂姑咪面前，瞪着眼睛吼道："哪里来的鬼怪，略是活得不耐烦了，到这里来干什么！不滚开，就不要怪我不客气了！"

昂姑咪大着胆子上前回答："天和地只隔一堵墙，天上的神有吃、有穿、有火烤，地上的人没吃、没穿、受冷受冻。我们是地上的人，没法活下去了，上天来向你讨个火种，带回地上让我的儿孙们能活下去。"神牛、神狗、神羊、神猪、神马和昂姑咪的伙伴一齐替昂姑咪求情。昂神被感动了，说："我把火种给你们，可你怎样把火带走呢？这火一近身，就会把你烧成灰，给了你火种，你也就没命了！"

昂姑咪直起身子回答："只要你给我们火种，只要大地上能有火，我死了也值得！"众神听了昂姑咪的回答，感动得流下眼泪，都愿意护送昂姑咪回家，跟随她到大地上过活。

四

昂姑咪把神牛、神狗送的籽种交给蜂子和蝴蝶带着，叫它们先飞回地上，自己双手捧着昂神给的火种，骑在昂神背上，同伙伴和众神一起，离开了阳赤山，向大地上飞来。

火种在昂姑咪手中燃烧，不一会儿，她的整个身子都烧着了，昂神驮着她，刚飞到天地交界的云洞口，她的身子就被大火烧焦了，从昂神背上落了下来。一直坠落到喇踏山上。昂姑咪身上的火把整座大山都点燃了，她的身子也同大山熔成了一体。昂姑咪的儿孙们看到阿斯的躯体从天上落下来，赶忙上去抱，可是哪里还有阿斯的身体呢，没办法，只得把和她融为一体的石块抬进崖洞，把树枝草草放在上面，树枝和草草燃烧起来了，从此，人间有火了。

如今，摩梭人的火塘正前方，都要供一块叫作"括鲁"的锅庄石。摩梭人世世代代崇敬锅庄石，因为锅庄石是象征昂姑咪灵魂的住处。从此，摩梭人建新屋，要先砌火坑；新屋建好后，要举行立锅庄石的祭庆活动，大宴亲朋。平时吃饭前，都要先祭锅庄石。每年除夕前一天吃团年饭的祭锅庄石活动，称为"祭祖"，这天，同一家支的成员要围绕锅庄石唱歌、跳舞，赞颂昂姑咪的恩德，家中的长辈还要给后人演唱昂姑咪创造世界的《续宗谱》祭词。每当人们"打跳"时，在舞场中心都要烧一堆火，跳舞的人们手牵手绕着火堆歌舞。据说，这是人们在向阿斯昂姑咪倾吐对她的怀念之情，向她叙述摩梭人的欢乐生活，赞颂她造福于儿孙的功绩。

五

大地上有了光亮和温暖，人们在天神和昂姑咪伙伴们的帮助下，为兴建家园忙开了。神牛犁地，人们跟在后面用石块敲打碎土，神狗带着妇女下种，神羊领着小娃娃盖土……天上的粮种种到人间的土地上，刚一种下，马上就冒芽、长叶、扬花、结穗，从此，人间有了粮食。

蜂子和蝴蝶飞到天上，采来花果的种子，撒在人间的泥土里，转眼间，大地上处处开满鲜花，结满瓜果。蚕子和蜘蛛领着人们，把羊毛搓成线，编织成衣裙，从此，人们穿上了衣裳。神狗带着人们进山追捕野兽，人们学会了狩猎。

大地上的人类有了吃的和穿的，过上了好日子。人们忘不了昂姑咪和她的伙伴们的好处，为了报答它们的恩情，摩梭人不捉猫头鹰；让蜂子、蝴蝶吃百花蜜；怕风吹雨淋坏了蜘蛛，就请它在屋檐下安家；用桑叶喂养蚕子；准许耗子吃百家粮……

为了让后代儿孙永远记住天神的好处，人们给各个天神都安排了一天受祭的日子：每年正月初一，祭昂神；初二，祭神狗；初三，祭神羊；初四，祭神猪；初五，祭神牛；初六，祭神马；初七，各位天神一起受祭，这天人们跳舞唱歌，欢庆人类的生日。

先辈们怕子孙忘掉昂姑咪的好处，就把她和她伙伴们的事迹编成"阿哈巴腊"唱颂，后来就形成了摩梭人传统的调子——关安。这样，昂姑咪的故事，就千年万代，流传在人间。

虎哥与人弟

（珞巴族）

远古的时候，天地一片漆黑，什么也没有。天和地分开以后，人就从天上掉下来，生活在地上。过了很多年，大地遭受到强烈地震，有的人过不下去，就飞回天上。有的人因为良心不好，只飞到半空中，就摔下地来。

那时，世上有一个姑娘和她的舅舅，他们相依为命，过着贫苦的日子。姑娘到了成婚的年龄，但找不到人成亲，有个喇嘛佛爷，就叫姑娘和她的舅舅成亲。姑娘不肯，就躲到树上去。她刚刚爬上树，忽然感到受孕了，肚子痛如刀绞，赶忙爬下树来，刚一落地，就生下一只虎崽，后来又生下一个人。老虎一生下地，就会跳，人却动也不会动，他们就是虎哥和人弟。

这哥俩长大了，有一天，虎哥同人弟一起到森林里去打猎。虎哥毫不费力就捉到一只马鹿，人弟却连一只小兔也抓不着。虎哥十分生气，跑过去，一把捏住弟弟的脖领，骂他太无能了。

过了几天，虎哥又约人弟到山上去打猎。打到野兽以后，人弟拿两块石头使劲摩擦,慢慢擦出火星来。他把兽肉拿到火塘上去烤,烤得香喷喷的,味道十分好吃。虎哥却用锋利的爪子把兽肉撕成几块,张开血盆大口,狼吞虎咽地嚼起来,边吃边对弟弟说:"你这个笨蛋,等我把兽肉吃光,就要吃你的肉了!"

人弟听了,吓得跑回家来,气喘吁吁地对妈妈说:"妈妈,虎哥想吃我。"妈妈一听吓坏了,说:"你大哥太可恶,赶紧把它除掉。"妈妈想出一个主意来,悄悄地告诉了人弟。

第二天,人弟假装约虎哥过江打猎。他带上弓弩,找来一只小虫,偷偷放在虎哥背上。走到江边,人弟先渡过溜索,躲在一棵大树背后,虎哥也跟着过溜索。过着过着,小虫咬得老虎脊背痒痒,老虎忙用一只爪子来抓痒。人弟见虎哥吊在溜索上一晃一晃的,趁机取出弓弩,"嗖"的一箭,射在老虎身上。虎哥又痒又痛,抓不住溜索,"砰"的一声,跌落江心,被江水冲走了。

人弟高高兴兴地回到家中,告诉妈妈,妈妈也很喜欢。没有老虎来吃人,人才一代一代传下来。

鲁俄俄
(藏族)

很多年前,洪水潮天,把人类、畜类、鸟类全冲走了,只剩下一个青年人,名叫鲁俄俄。他是在洪水到来之前,听了老鸹报信,杀了牛,把牛皮做成牛皮口袋,钻在里面,才躲过了灾难。

鲁俄俄感到很孤独。一天,他用木桩做了三个木头人,可是木头人不会说话不会动,他想找个活人做伴。四面八方静悄悄的,到哪里去找呢? 鲁俄俄捡了些柴,烧了一堆火烤着。火烟冒起来,升到空中,惊动了天上的两个姐妹,姐姐叫米研则米,妹妹叫米研扎米,她们是偷偷跑出来游玩的。她们觉得很奇怪,听父亲说,洪水潮天,地上所有的东西都冲光了,只剩下了一只公野羊,一只公水鸭,一只公画眉,一只公水獭。"有火就有人",地上的人是哪里来的呢? 她们顺着火烟,悄悄从空中飞下来,到了鲁俄俄烧的火堆旁,见是一个英俊的小伙子,就问:"小伙子,洪水那么大,没把你冲走吗?"鲁俄俄回答说:"我藏在牛皮袋里漂着呢!"他们烤着火,摆起家常来。摆着摆着,鲁俄俄突然一手抓住姐姐,一手抓住妹妹,说:"求两位姐姐与我做个伴吧!"姐姐叫妹妹留下,妹妹叫姐姐留下,推来让去,最后她们说:"我们有七个姐妹,都不敢自己做主,你去找我们的父母说去吧!"

鲁俄俄跟着两个姐妹到了天上,她们把他藏在厨房门口的一个大缸里,准备找机会让他去向父母求婚。不料,佣人喂狗食的时候,狗群争抢吃食,把大缸弄翻了,鲁俄俄被摔了出来。佣人们从来没有见过地上的生人,有的说用乱棒打死,有的说用绳子吊起,最后,他们把鲁俄俄抓住送给了他们的主人——嘎纳那支森翁丁天神,他就是两个神女的父亲。鲁俄俄对嘎纳那支森翁丁说:"地上发大水,所有的人都冲走了，只剩下我一个男人，听说你家有几个女儿，这才到了天上，求你嫁一个女儿给我做伴。"天神是看不起凡人的，他见鲁俄俄倒还年轻英俊，打算先试试鲁俄俄的胆略和智慧。他对鲁俄俄说："我有七个女儿，嫁一个给你是可以的。不过，嫁哪一个给你呢？我不好决定，这样吧，明天，我把七个女儿都放出来，由你捉，你捉住哪个，我就把哪个女儿嫁给你。"

第二天，鲁俄俄到了嘎纳那支森翁丁指定的地方，到处空荡荡的，除了天神夫妇外，哪有姑娘的影子？正在他东张西望的时候，忽然钻出来一群野兽，有狮、熊、虎、豹、豺、狼，最后出来的是一条小龙，它们把鲁俄俄团团围住。鲁俄俄有些害怕。他转着身子，不敢去摸狮、熊、虎、豹、豺、狼一下，更不敢去捉它们了。鲁俄俄转到小龙跟前，觉得它很驯良，尾巴也是花花绿绿，就停下来，上前一步，试着伸出一个指头轻轻地在小龙尾巴上触了一下，一眨眼，小龙变成了一个美丽的姑娘。嘎纳那支森翁丁见鲁俄俄捉住了幺姑娘昌翁吉吉米，就说："小伙子，算你走运，不过，我们还不能马上把她嫁给你，你还必须办成几件事，我们才能把幺女儿嫁给你。"嘎纳那支森翁丁叫鲁俄俄在一天时间内，到西山上砍出九块火山地来。鲁俄俄犯愁了，夜里睡不着觉，一个人一天就是不休息，也很难砍出一块火山地，更不用说九块了。突然，门外有人叫他，是幺姑娘。她从门缝里对他说："你别发愁，明天，你向我父母要九把弯刀，都扛到山上去。到了那里，你用每把弯刀在九棵树上各砍上一刀，就把弯刀放在那棵树下，自己只管到其他林子里去睡大觉，到时候弯刀自然会砍出九块火山地来的。"鲁俄俄照幺姑娘说的做了，九块火山地在一天之中砍出来了。幺姑娘的父母又叫鲁俄俄在一天之中，把九块烧出的地全挖出来。鲁俄俄照幺姑娘教的，在每块地中放一把挖锄，九块地在一天之中也全挖出来了。嘎纳那支森翁丁夫妇又把鲁俄俄叫去说："我东山九块地的玉米熟了，你在一天之中把它一粒不掉地收回来。"鲁俄俄照幺姑娘说的，背着九个背篼到了东山，在每块地中搬一棵玉米放进一个背篼，到了下午，他向嘎纳那支森翁丁交玉米了。天神闭着眼睛说："我的玉米有十万颗，你收的这堆只有九万九千九百九十九颗，还差一颗。"第二天，鲁俄俄在东山桦树林子里捉住了一只白斑鸠，撕开嗉袋，找到了那颗它偷吃的玉米。嘎纳那支森翁丁又叫鲁俄俄去把南山九块地的燕麦收回来。鲁俄俄照幺姑娘说的，拿着九把镰刀到了南山，在每块地中割一刀放一把镰刀。到下午，他向嘎纳那支森翁丁交了燕麦。天神睁着眼睛说："我的燕麦是十万颗，你收的这堆只有九万九千九百九十九颗半，还差半颗。"第二天，鲁俄俄到了南山第五块地的地边，在石板底下捉住了一只黑蚂蚁，从它的肚中挤出了半颗燕麦。

难题做完了，鲁俄俄受到了嘎纳那支森翁丁的招待。这下，倒使幺姑娘为难了，她对鲁俄俄说："可怜的小伙子，你真傻，你怎么不去摸狮和熊呢？她们是我的大姐和二姐，理家的本事很好。一坨毛线，她们能织出九种颜色的衣服，我只能织出三种。搓饭团，大姐二姐能搓出九种不同的形状，我只能搓出三种。"鲁俄俄说："难为你了，幺姑娘，织不出九色衣服不要紧，只要会织麻布就行了，搓不出九种饭团不要紧，只要搓得来就行了，以后会慢慢学会的。"嘎纳那支森翁丁对鲁俄俄说：

"聪明的年轻人,我们说话是算数的,我把心爱的幺姑娘嫁给你,你需要什么陪嫁,大胆说吧!"鲁俄俄说:"我不要金,不要银,只要各种粮食种。"天神说:"什么粮食种都可以给,就是不给圆根种。"幺姑娘遵照父母之命,用双手的十个指头,分别在十个种子仓库里各插了一下,把粮种装在指甲缝里。嘎纳那支森翁丁又问:"你们还要什么?"鲁俄俄说:"我不要绫罗绸缎,不要珍珠玛瑙,只要马牛羊鸡犬猪。"天神说:"牛羊鸡犬猪都可以给,就是马不能给。"

鲁俄俄牵着牛羊猪,赶着鸡犬,同幺姑娘昌翁吉吉米拜别了双亲,飞到了地上。他们请石头、土地、树木、青草作证,结成了夫妻。闲谈中,鲁俄俄对妻子说:"你的父母真奇怪,连圆根籽籽也舍不得给。"昌翁吉吉米一边打开左边的发辫一边说:"圆根是天上的宝中之宝,任何人也不能给的。你看,这是什么?"鲁俄俄一看,原来是九颗金色的圆根种子。"为什么不给我们马呢?"昌翁吉吉米一边打开右边的发辫一边说:"马是六畜之首,是不能送给凡人的。你看,这是什么?"是一个蛋,鲁俄俄莫名其妙。妻子笑着说:"马是蛋孵出来的,这个马蛋还是大姐二姐从父母的宝库里偷出来送给我们的。"没有母马,用什么来孵这个马蛋?他们想来想去,只有到东海去找鱼儿帮忙孵马蛋了。鱼儿不会孵马蛋,它们闲不住,整天东游西逛,不小心,尾巴一摔,把马蛋打烂了,从碎壳里滚出一个肉筒筒来,没有头,没有腿,没有尾,只有身子和脖颈,根本不像马。他们找来一个水桶套在脖颈上,就成了马头,找来四根麻秆安上,便成了马腿,找来一把麻绳栽上,便成了马尾。他们吼叫一声,马儿站了起来。叫它走走步,马儿全身动了几下,四条腿没有动。他们使劲拔起它的一条腿一看,脚太细太尖了,插进泥土里去了,拿什么做马蹄呢?他们七比八找,总是没有合适的东西。鲁俄俄灵机一动,拿个木碗翻转安起试试,还真不错。木碗做马蹄要得,他把另外的三条马腿也套上木碗,马便"咚咚咚"地跑起来了。鲁俄俄夫妇"有马了"的消息传到天上,天神生气了,嘎纳那支森翁丁咒骂道:"有马只能骑,马肉不能吃。"他还不解恨,下令叫把鲁俄俄赶去的牛羊猪鸡犬全部喊回去。鲁俄俄夫妇圈里的聪明的会说话的牛羊猪鸡犬听到老主人呼唤,全都飞走了,不会说话的蠢笨的留了下来。据说我们现在喂养的家畜家禽都是那蠢笨的没有飞走的畜禽的后代。天神又听说鲁俄俄种有圆根,他咒道:"我叫你鲁俄俄荞子白开花,玉米成娃娃,圆根是干柴,年年吃巴巴。"结果弄错了,荞子把"白开花"弄成了"开白花",玉米把"成娃娃"弄成了"背娃娃",圆根把"是干柴"弄成"做酸菜",鲁俄俄把"吃巴巴"理解为"吃馍馍"。所以,荞子开了白花,玉米结了包包,圆根是做酸菜的材料,蒙古族人喜爱吃馍馍。

昌翁吉吉米同鲁俄俄在地上很苦,她很想念父母和六个姐姐。一天,她找到一只善于报讯的黑脖老鸹,对它说:"老鸹大哥,这里有两个碗,一个碗里装的是我的眼泪,麻烦你帮我送给我的父母;另一个碗里装的是酥油汤汤,是我送给你的,作为送这碗眼泪的酬劳。你先把这碗酥油汤汤喝了吧!"黑颈老鸹说:"你把两个碗都给我,酥油汤汤在路上口渴了时再喝。"半路上,黑颈老鸹把昌翁吉吉米的眼泪喝了,把酥油汤汤送给了她的父母。神仙夫妇问它:"我的女儿在下界生活怎么样?"黑颈老鸹说:"她在下界很发财,牛羊成群,粮食满仓。吃的是山珍海味,穿的是绫罗绸缎。你们看,这是她倒了的酥油汤汤,我给你们端来了。"昌翁吉吉米的父母咒骂道:"我叫你们牛儿一胎生一个,吃坨坨饭,穿麻布衣。"从此,地上的母牛每胎只生一个犊,以前每胎生几个,蒙古族吃饭不用碗,喜欢把饭捏成坨坨,穿麻布衣服的习俗就是这样来的。

昌翁吉吉米打算回一次娘家。临走前,她用火坑里的灰灰做了一个灰娃娃,放在火炉上方的台台上,对鲁俄俄说:"我回妈妈家去看一下,我走了,让这个灰娃娃和你做伴,他很听话,也很会做事,可以供你使唤。"等昌翁吉吉米从父母那里回来,火坑周围坐满娃娃,模样和她做的灰娃娃差不多。她问鲁俄俄:"这些娃儿是哪里来的"?鲁俄俄说:"你走后,我每晚闲着无事,便也用灰灰照你做的样子做了一些,他们也都会做事,也很乖很听话。"昌翁吉吉米一看,那些娃儿有男的也有女的,便说:"你也会做娃儿了,也做了这么多,再不必我帮你的忙了。我回父母那里去了。"说完就飞走了。

据说,鲁俄俄做的那些男女灰娃儿,以后便成了我们的祖先。我们搔痒,身上会掉下屑皮来,因为我们的祖先是灰灰做成的。

巨人夫妻——姆洛甲与布洛陀

(壮族)

古时候,高山的大树、河边的大岩石也无法说清的那一年,壮乡竹林间住着一位高大强壮、力大无穷的女人。她就是壮族祖婆姆洛甲。

姆洛甲的父母亲是天界来的神仙,他们落在壮乡竹林间。那时候,天下还无人烟,他们是给壮乡造人烟来的。母亲刚怀姆洛甲时,腹中一天就胀大半节竹子长。怀到五个月,母腹已胀的像母牛吃饱时的肚子了。怀到八个月时,母腹已隆起像半座小山。怀到十月时,母亲大腹像一座小山,肚皮被胀得薄薄的发亮了,再也不能往外胀了,就生了一个巨婴。

姆洛甲落地时,"哇"的一声大哭,震得竹屋要倒塌。母亲惊奇了,睁眼一看,这女婴像水牛一样粗壮。

姆洛甲三早会说话,七早会走路。母亲的乳汁被她吸干了,只好让她去喝山泉水。她长到三岁时,高出母亲半个头,四肢像木柱一样粗,能和父亲一起上山游猎了。她伸出一巴掌能砍断一棵大树,一天能猎到几百只飞禽走兽。

母亲见女儿已长大成人,嘱咐她说:"女儿啊,往后遇见哪位同你一样粗壮的男人,你就和他成亲,给天下造人烟……"母亲说完,把一块七色锦留给她,跟父亲腾云向天空飞去了。

姆洛甲长到十三四岁,像小山一样高大。她天天进山游猎,傍晚全身挂满千百只野兽归来。她一餐要吃五十头野猪,一日三餐要吃一百五十头。她口干时,一口气能把一条山溪喝干。

一天早上，姝洛甲吃完五十头野猪做早饭后，又进密密的森林游猎去了。她刚从深沟爬上山顶，忽然一阵狂风从远山呼啸刮来，树木倒断，飞沙走石。她瞪目远眺，见一男性巨人划着用无数条大圆木绑制的大旱船，沿着座座山峰追赶飞禽走兽。那双巨大的手，一只手撑着几十丈长、几丈粗的船篙，另一只手却在抓飞奔的禽兽。

姝洛甲看得愣住了。那旱船底部有四只滚动的大木轮，发出轰隆隆的震响，向她冲来。那巨人整个身躯像大山峰一样魁梧雄壮，四肢像小山峰一般粗，睁圆的双眼像太阳月亮，鼻梁像一棵双人抱不住的大树，张开的嘴巴像一座宽宽的山洞。

姝洛甲高声问道："喂！你是哪方来人？叫什么名？"

那巨人见一高大的女子像一座山峰拦道，把船篙一竖直，飞滚的旱船立刻停在半山腰。他发出震撼山谷的回声："我是管山管水管人间的布洛陀。你是从哪里冒出来的？"

姝洛甲哈哈大笑道："哦！原来是布洛陀。山水、人间应是我姝洛甲管的。"声音也震得耳聋。

布洛陀恼怒了，吼道："天地、山川、河流都是我布洛陀造的，你有什么理由来管？"

"布洛陀，你造的天不高，你造的地不平，你造的山没有高低，你造的河没有宽窄。有一天，我要重新造天地、山川。"

"姝洛甲，我们比比看，你的本事强过我，天地、山川给你重新造。"

姝洛甲嘴角一翘："比就比，比什么？"

"你能挡住我飞奔的旱船，我认你为娘。"

"好！快放船！"姝洛甲被激怒了。

布洛陀把篙一撑，旱船滚隆隆地向姝洛甲扑来。姝洛甲又开双腿，伸出手掌，用食指一顶，旱船立刻停住了。接着，她用一只手把旱船高举过头，旋转三转，才把旱船轻轻放回原处。

布洛陀并不服气，又道："这种本事太小了，你敢再比别的吗？"

"有什么本事你快使出来。要是我输了，拜你为父。要是我俩功夫相等，姝洛甲要你为夫。"

布洛陀一阵大笑，指着脚下的那些山脉说："我巴掌一扇，能把天下的山峰赶过来，堆积成一座大山。你看！"他伸出右手掌猛力一扇，随着一阵狂风，那些大小山峰都移动着来到他们身旁。接着，他抓住一座座山，把它们叠成一座高入云端的大山峰。布洛陀叠完山峰，说："姝洛甲，看你的啦！"

姝洛甲轻笑两声道："我一巴掌把天下的飞禽走兽赶进我的衣裙里，你看！"她左手张开衣裙，右手掌一扫，猛然狂风呼啸，飞禽走兽被卷进她的衣裙里。

布洛陀看得目瞪口呆了，各有各的本领，谁都胜不了谁，两人结为夫妻。

布洛陀和姝洛甲成亲的那天，百禽百兽百鱼都来给他们庆贺。竹林里的木屋热闹极了。

第二年春天，妹洛甲怀胎了。怀到三个月，她肚子像大猪栏一样；怀到五个月，像座小山一般；怀到七个月，像一座大山了，还天天往外凸出。布洛陀着急了，怕妻子的肚皮爆裂，便踏着彩云到天界找妹洛甲的母亲想办法。母亲给布洛陀一个仙柑，让他拿给妻子吃，还给了九张飞锦，嘱咐把所生的婴儿用飞锦裹好丢往天庭，到天界练武。

布洛陀回到妻子身旁。他剖开仙柑，见九片果肉，交给妹洛甲吃。妹洛甲吃完仙柑，全身一阵痛，提前三个月分娩了。她一连生下九个男婴，一个个婴儿身高一丈，虎背熊腰。布洛陀和妹洛甲好欢喜，用九张仙锦把九个孩子紧紧包住，把他们丢往天界去。天上的神仙外婆在天河边一一接住，从此，九个孩子在天宫学艺。

九兄弟在天宫练了十五载，仙师教了九样不同的功夫。老大能舞三万三千三百斤重的大刀；老二能用头打木桩；老三能刀砍三断不死；老四能剥旧皮生新皮；老五能沉水不死；老六能同时吃下三万斤米饭；老七有一双长脚能趟海；老八能用脚拇趾犁地；老九能穿山。仙师按各人的本领给他们起名叫：一先锋、二大力、三板刀、四剥皮、五沉水、六大肚、七长脚、八牛力、九穿山。

一天，仙师召来九兄弟嘱咐道："你们来天界练了十五载，父母在思念你们。如今你们去探望父母吧！你们的父母是地上的神人，武艺高强，威力无穷。你们要和他们比试，如能取胜，方能出师。"仙师拿着一张七色的仙锦，让他们坐着飞往地上。

九兄弟找到了父母居住的木屋，走到门口，见屋里一个妇女坐在织布机上，像一座山峰坐在那里。九兄弟知道是母亲妹洛甲，上前跪拜齐声道："母亲，孩子们找你来了。"九样声音像山洪暴发，几乎冲垮木屋。

妹洛甲侧头一看，见站着九位壮士，像九座山峰，难分辨谁是兄谁是弟。她离开织布机，高兴地用手掌拍着一个个的肩膀，九兄弟顿时觉得像有一座大山压在上面，浑身麻木起来，不由暗自吃惊。

妹洛甲哈哈大笑："孩子们，你们的父亲布洛陀到沟里割茅草，你们兄弟煮早饭等他吧！我还忙着织布咧。"她又坐到织布机上织布，那梭子飞来转去成了双音。九兄弟看得瞪大了眼睛。

妹洛甲边织布边说："孩子们，锅里有一百头野猪留做早饭菜，你们抬锅盖起来就见。"

一先锋听了抢先去抬锅盖。可是，他用尽力气那锅盖还稳稳地压在锅上。一先锋叫来二大力帮忙，还是抬不动。九兄弟一齐来，那锅盖才裂出一条小缝。这时，妹洛甲笑着说："孩子们，让我来！"她伸出拿梭子的手，用梭子头轻轻一挑，那锅盖就被抛出锅外去。九兄弟各递眼色，伸出长舌头，又惊讶又佩服。

不一会儿，九兄弟煮好饭菜了，只等父亲布洛陀回来就开饭。忽然从远处刮来一股狂风。妹洛甲对九兄弟说："孩子们，你们父亲布洛陀回来了，快抓住我的裙角，躲在我的身后。布洛陀身边卷起的狂风会把你们吹走，就不得吃早饭了。快！"九兄弟却全都站到木屋外的草坪上看父亲去了。

九兄弟刚站稳,一阵脚步声像霹雷一样轰隆隆震来。脚步声越近,风力越猛。九兄弟眼不能睁,脚站不稳,双脚浮地,想去抓妹洛甲的衣裙,却已被狂风卷到天南海北去了。

　　布洛陀来到家门,把茅草一丢,狂风还继续卷起。妹洛甲张开大嘴,一瞬间,把那些大风都吸进肚里去了。风停止了。妹洛甲失去了九个孩子。她埋怨布洛陀。布洛陀开声大笑道:"他们还会回来的。"

　　一先锋比八兄弟力气大。大风把他吹到山沟里的一棵大树下,他死死抱住大树才停下来。第二天,他苏醒过来还觉得天旋地转。他找了三百六十座山、三百六十道河,找回了八兄弟。

　　九兄弟又来到父母亲家中,正碰上他们吃早饭。见他们各提着一只煮熟了的老虎咬着吃,只咬三四口,一只老虎就只剩下骨头了。他俩一连吃了五十只。两只大如猪栏、盛着米饭的蒸笼立在他们身旁。他们用大簸箕当碗,大木桶当酒杯,各人吃完了蒸笼里的饭,喝了一百桶酒后,才放下筷条。九兄弟瞪圆眼睛了。

　　布洛陀和妹洛甲吃完饭,才看见门口站着九个孩子,便让他们上桌吃饭。布洛陀用小手指挑开九兄弟抬不动的那张锅盖,指着锅里煮得烂熟的一百只大野猪说:"孩子们,你们要吃完锅里的东西。"

　　九兄弟互望着,谁都不敢先开口。还是六大肚有勇气,他又开双腿,一连吃了五十只。锅里只剩五十只了,八兄弟才分着吃尽。吃完了野猪,妹洛甲端来一百缸米酒,让九兄弟喝光。九兄弟谁都不敢先喝,还是六大肚喝下五十缸,剩下五十缸,让八兄弟分着喝完。

　　酒足肉饱后,布洛陀宣布比武。一先锋提了那把仙师赠给的三万三千三百斤重的大刀,对布洛陀说:"父亲,谁能用这把仙刀,连砍两刀,把这座大山峰砍断,谁就是胜者。"

　　布洛陀答:"那孩子先砍吧。"

　　"看刀!"一先锋挥刀向山峰砍去,一声巨响,山腰被砍进一半,他又连砍两刀,半个山峰被砍断了,轰隆一声倒塌地上。

　　一先锋得意地笑一笑,把大刀丢给布洛陀。布洛陀单手接过大刀,只用刀尖轻轻一挑,把被一先锋砍断的半座山峰从山脚提起放回原处。然后仍用单手挥刀,向厚万丈的山腰底层砍去,一声巨响,整座山峰被砍断了,立在刀刃上。在半空停片刻,布洛陀又收一刀,那大山峰又不差不离地耸立在地上。

　　九兄弟吓呆了,一先锋"扑通"一声跪拜父亲膝下,认输了。

　　二大力要和母亲比试。他用硬头猛向身旁立着的十条木桩碰去,十条木桩立刻深深地陷入土里,只露出一巴掌高的木顶。女米洛甲一捞衣袖,两只手指轻轻一夹,把十条木桩都拉出地面。然后,用小手指把木桩一个个打进土里,一点都不露顶。二大力服输给母亲。

　　轮到三板刀和布洛陀比三刀了。他端来一把能砍断头发的利刀交给布洛陀,道:"父亲,你把我身上砍断三节,我不死,就算你输。"布洛陀接过刀,往三板刀身上连砍两刀,就被砍成三节,一刹那又粘连在一起。

"父亲,你输了吧?"

布洛陀笑着道:"三板刀,你把我全身剁成肉酱,我还能站起来和你说话。"

三板刀不敢和父亲再比了。原来,三板刀身上再多砍一刀他就会死去。

四剥皮对妹洛甲说:"母亲,我有剥皮的本事,你把我身上的皮剥出千层,我会马上生出新皮,你能吗?"

妹洛甲笑答:"四孩儿,你把母亲煮熟再剥皮,你剥出万层都剥不完呢!"

四剥皮只好服输了。

五沉水见四个哥哥都输给父母亲,有点不服气。他对布洛陀说:"你敢和我比沉水吗?你用大石绑在我身上丢进海里,我不沉水,就是我胜。"布洛陀伸手抓来一块方圆几十丈的大石头,绑在五沉水身上,把他丢进海里。五沉水浮出水面来,以为取胜了,想跳到岸上来。谁知,布洛陀口吐一股飓风将五沉水吹进深水处,波浪滚滚,使五沉水无法露出水面。布洛陀吸回了风,五沉水才脸色灰白地露出水面来,他也认输了。

六大肚要和母亲比肚量大,说:"母亲,谁能一次把十个大蒸笼里的米饭、五十缸米酒、五十只老虎、五十只野猪吃完,就算他的肚最大,就是胜者。"

"那孩儿你先吃吧!"妹洛甲端来了酒、肉、饭。六大肚张开双腿,一口气把打赌的东西全部吃尽。八兄弟得意地笑了。哪料,妹洛甲一吸气卷起一股旋风把六大肚吸进她肚里。六大肚在妹洛甲肚里喊娘,求她快把他吐出来。妹洛甲一蹲地,六大肚被屙了出来。六大肚佩服得五体投地。

七长脚对布洛陀说:"父亲,你把我丢进海里,要是海水能过我肚脐就算我输。"布洛陀把七长脚丢进海里深处,果然那海水只到七长脚的膝下,他哈哈乐起来。哪知布洛陀往河里撒尿,忽然像山洪暴发一样,水涨千丈高,一直涨升到天底,把青山和树木都淹没了。七长脚的长脚伸尽了,大水淹过他的肚脐,渐渐升到腰部。布洛陀的尿还未撒完,七长脚叫喊连天认输了。

八牛力要和母亲比,他压住万斤重的犁头,叫妹洛甲拉犁。妹洛甲找了山藤,一头绑着犁头尖,一头系着小手指,轻轻一拉,那犁头便飞出几十丈外,挂在半山腰上。八牛力摔了个面朝天。

最后九穿山和布洛陀比,九穿山说:"我会穿山。"

"那你就穿吧,从炭炉里穿去。"

九穿山从烧得红红的山腰炭炉里飞箭般地穿进山峰里,半袋烟功夫,从山峰另一端穿出来,落在布洛陀、妹洛甲和八个哥哥的面前。

"父亲,你敢比穿山的本领吗?"九穿山问布洛陀。

布洛陀还未学得穿山的本领,但在孩子面前他不服输,一头往大山峰的底层穿去,一声巨响,布洛陀穿进了山峰体里。可是,他再也穿不回来了,被压在山峰底下了。

九穿山得胜了,和八个哥哥上天界告诉仙师去了。

九兄弟走后，妹洛甲急中生智，不停地撒了三天三夜尿，形成一场特大的洪水，把整座大山峰淹没了，山峰的岩石、硬土全被溶化成浑浊的泥浆。洪水退后，妹洛甲用双手抓捏着泥浆，翻着泥水寻找她的布洛陀。她捏呀，翻呀，她捏了一年又一年，翻遍了整个地上的泥浆。等到太阳出来时，这些被捏的泥团都变硬了，形成了如今地上高低不一的无数山峰，一座连着一座；积水的地方，形成了如今地上大小不一的无数道河流。

　　妹洛甲重新造了山川、河流，可是，她永远没有找见布洛陀……

　　〔附记〕另一文本叙述：驮娘江边一渔夫，打得鲤鱼。鲤鱼变成姑娘。她是图额的女儿。鲤鱼姑娘为天神的儿子抢去。渔夫上天砍倒红包刺，天神的儿子死去。渔夫和鲤鱼姑娘回地上，结成夫妻，生了妹洛甲。

丁巴什罗
（纳西族）

　　天女第七代沙饶里字今姆同阿普第九代今补拖格相配后，不久就怀了丁巴什罗。什罗在母亲怀孕九个月，产期不足十三天，就预备出世了。他在母亲腹中问："妈妈，我从哪里出来呀？"

　　母亲回答说："你就从人类降生的道路出来吧！"

　　什罗说："人类降生的道路不干不净，我不能来。"

　　母亲问："那么，你要从什么地方出来呢？"

　　"妈妈，请借我用一用你的左腋吧！"

　　母亲只好抬了一下左臂，丁巴什罗就从母亲的胳肢窝里出来了。

　　两晨复三天，丁巴什罗降生的消息传开了，天下所有的魔鬼都来看什罗。魔鬼们看过了什罗后，一个个哭丧着脸，唧唧咕咕着："那对眼睛是降魔的眼睛哟，那张嘴巴是吃鬼的嘴哟，那双手是杀鬼的手哟，那双脚是踏魔的脚哟。这个普天大世间，还有我们鬼生存的余地吗？我们就像那禽鸟没有可栖的树，像那牲畜没有可牧之地了！"魔鬼们都流着眼泪散去。

　　过了几天，又有一个名叫司命麻左固松麻的女魔来看什罗。她头戴一口八耳铜锅，手里拿着九丛棘刺和九根麻绳，率领鬼卒三百六十个，装作好人，对什罗的母亲说："听说你生了一个与众不同的神人，抱来给我看一看。"沙饶里字今姆抱出孩子给她看，女魔固松麻一把抢过什罗，夹在腋下就飞跑了。

　　女魔固松麻把什罗放在大铜锅里煮，煮了三天三夜，以为煮烂了，打开锅盖来看，岂知什罗满不在乎地坐在锅里。就在这时，水汽蒸腾，火烟突冒，什罗乘着烟气上升，升到十八层天上去了。

　　天上有锦缎帐幕，有金银玉器，什罗就在那里念东巴经，边念边画边写经书。另外还有三个喇嘛也在念经，他们一边念，一边写。

喇嘛忌妒丁巴什罗本领高明，屡次用法子整他，但都整不赢，就不给什罗饭吃。什罗很生气，便惩治他们。他口里念着咒语，左边刮起了白风，右边刮起了黑风，把喇嘛的经书吹得四处乱飞，分不清哪页是头，哪页是尾了。三个喇嘛理不清自己的经篇，非常着急。后来还是什罗替他们整理好，一页都没有错乱。喇嘛佩服丁巴什罗的神通，便剪下各人的衣服袖子，脱下各人的裤子，一齐献给了什罗。从此，东巴有了花衣和裤子，而喇嘛却没有了裤子，衣服也没有了袖子。

女魔固松麻在人间到处扰乱，到处作祟。天下人类不得安宁，天下牲畜不能繁殖。人们一起商量：丁巴什罗在天上念经，只有他的法术，才能制服女魔固松麻。于是大家推举老瓦老沙苴和韩英精褒排前往天宫，请丁巴什罗下凡。

老瓦老沙苴骑一匹白云似的马，韩英精褒排驾一只名叫雄贡的大鸟，一齐到天宫来，迎接丁巴什罗。他俩向什罗诉说了女魔固松麻扰乱人间的罪行，请求什罗杀灭魔鬼，拯救人类。

丁巴什罗答应了两位使者的恳求。临行，每个天神送给什罗一件法宝，有九十九部经典，白铁的神叉、神冠，黄金的板铃、顶扇，洁白的海螺，绿松石般的法鼓，铁的笃知，以及神弓、神箭、宝刀等等法器，还送给一笼锦缎，叫他做帐幕。

丁巴什罗骑着乳白色的神马，用天国的牦牛犏牛驮经，黄象白象驮法器，带领生翅的护法神三百六十个，生爪的护法神三百六十个，生角的护法神三百六十个，东巴徒弟三百六十个，天兵天将千千万万，右手摇着黄金板铃，左手敲着法鼓，浩浩荡荡地下凡来了。

丁巴什罗率领众神、兵将，走到居那若罗山上，驻扎下来。一个叫毒苴巴漏的魔王，便负着一座黑山前来挑战。什罗向魔王念咒语，才念了九个字，那座黑山即刻倒了，毒苴巴漏被压死在山下。

丁巴什罗所到之处，魔鬼都抵挡不住，有的战死，有的吓死，只剩下固松麻了。女魔王固松麻胆战心惊，可是仍装作不害怕的样子，打扮成花容美貌的美女，来对什罗献媚："你在十八层天上念东巴经，还觉得不好吗？这个人世间，简直成了血海地狱，你来干什么呢？"

什罗回答说："我在十八层天上。娶了九十九个美貌的妻子，一百个还少一个，你是世间最美的美女，我特意下凡来娶你，你能答应吗？"

固松麻见他中了计，就更加娇媚地说："你是天宫最英俊的人，我对你一见钟情。但你要娶我，就要对天发誓。"

什罗马上发誓道："我的舅舅是神族，他家的牦牛、犏牛最多，如果我和美女固松麻结婚是假，让我舅舅的牛群都死掉！我的姑妈是官族，她家的马帮、骡群最多，如果我和美女固松麻结婚是假，让我姑妈家的马帮都死掉！"什罗发过誓后，接着对固松麻说："我已发誓，你也要依从我一件事：我们结婚之后，你随身携带的东西，都要埋在地下。"固松麻慨然答应，立刻把八耳铜锅、九丛棘刺、九根麻绳，都埋到地下。丁巴什罗就和女魔固松麻结婚了。婚后，夫妻俩同枕异梦，各做各的事：魔女作祟，使人生病；什罗禳解，使人病愈。

哥排若金病了,开美命金也病倒了,来请丁巴什罗禳解。什罗临走的时候,固松麻再三嘱咐他:"人家的病好了,主人一定会酬谢很多东西,但是你要牢牢记住:一切东西都不能接受,一针一线也不能带回。"

丁巴什罗替哥排禳解,他的病全好了;什罗又替开美禳解,她的病也好了。主人酬谢什罗很多东西,黄金啦,白银啦,牛、马、羊啦,什么都拿来送给他,什罗一样也不要。

丁巴什罗不受谢礼,疾病不会断根。主人心里不安,暗暗把一颗鸽蛋大的绿松石系在什罗的马额上。

丁巴什罗回到家里,固松麻正在叫喊着头痛,一见什罗就骂道:"你为什么不听我的话,接受了礼物回来?"什罗说:"我没有接受一针一线,你在说什么呀?"固松麻叫他去看马额上的那颗绿松石,什罗才知道是主人暗中系上的。

猪肥了就要宰,谷子熟了就要收割。丁巴什罗见固松麻病倒,心想下手的时机到了。他一刻不停地念经,右手摇黄金板铃,左手敲法鼓,急忙召集三百六十个徒弟,把女魔固松麻的魔器从地下取了出来,用那九根麻绳,绑住女魔的手脚,拿那九丛棘刺做燃料,把她放在那口八耳铜锅里去煮,一直煮得固松麻肉烂骨化。

女魔固松麻死了,丁巴什罗又率领生翅的护法神、生爪的护法神和生角的护法神,把普天下的魔鬼大都杀死了。

后来,人们就把丁巴什罗奉为东巴教的教主。

二郎担山撵太阳

镇平、内乡和邓县三县交界的地方有三座小山:东边的一座叫先主山,西边的一座叫寺山,南边还有一座小山叫踢脚山。这三座山相隔不远,当中有个山村叫义和村。村西头有一口大井,叫二郎井。离三座山不远还有一座小山叫鳌子山。这都是当年二郎担山撵太阳时留下的。

传说古时候,天上有九个日头。这个还没有落,那个就又出来了。大地上净是白天,没有夜晚。人们顶着毒日头,成天干活,老不能休息。大家都累得腰酸腿疼。上帝就派二郎神去降服那九个日头。二郎神就担着大山,撵起天上的日头来了。

二郎担山撵太阳的事儿传到了九个日头耳朵里,它们就都小心提防着。二郎担着两座山在天上,从东方撵到西方,又从西方撵到东方。他撵得快,日头跑得快。就这样,转了一圈又一圈,终于还是撵上了两个,把它们压在山底下;撵上一个,压住一个。有一个日头眼看就要被二郎撵上了,它心里一急,就一头钻到路旁的马齿菜下面,总算躲过了二郎的追赶。不过它再也不敢出来了。直到现在,马齿菜晒不死,就是因为它下面有个日头跟天上的日头抗膀子的缘故。就这样,天上的日头一天天少了,天气也没有先前那么热了,白天也短了。

当二郎撵到最后一个日头的时候,他还是不肯罢休,非把它压完不可。免得老百姓再受毒日头的苦楚。这时候，人们看到每天能黑一半，明一半，白天干活儿，晚上休息，再好没有了。于是就跟二郎说："别撵了，留下这个日头吧！"那个日头一听人们为它求情，也连忙哀求道："留下我吧，我一定规规矩矩，早上按时出来，晚上按时下去。"二郎想了想，就点了点头。这才停止了追赶。不过还不大放心，就对那个日头说："你要是说话不算数，可别怪我无情！"那个日头就连忙答应了。二郎也就担起大山回去了。

当二郎担着山走到伏牛山前怀的时候，正赶上天下雨，路上泥大难行，脚下沾着厚厚的泥巴，越走越沉，越走越拖不动。他十分恼火，一气之下就用力甩了一下。谁知因为他使劲过猛，"咔嚓"一声扁担闪断了，两座山也掉了下去，一座成了现在的"先主山"；一座落下地时，恰好折成了两半截的扁担从空中落在它上面，压了两道深槽，把山分成三截，鼓起三个疙瘩。这就是"寺山"。今天从东方老远望去，这座山的三个高峰两个凹，就是当年扁担压的痕迹。这两座山半腰还有两个扁圆洞，就是当年的扁担眼。脚上甩掉的泥块飞在不远的地方，鼓起一个堌堆，这就是"踢脚"山。

扁担断了，二郎神就趁势坐下来歇息。他因为跑得渴了，发现地下有一个小水坑，就用手指往下一拧，就成了一口井。水咕嘟咕嘟直往外冒。二郎一喝，凉甜解渴。后来人们用砖把井券了券，就起名叫"二郎井"。

二郎又往西走了不远，肚子饿得咕噜咕噜响，就找了几块石头支起鏊子烙馍做饭。后来留下的灰堆成了一座小山，就叫"鏊子山"。

英雄支格阿龙

（彝族）

一、认妈妈

古时候，彝族出了一位英雄，名字叫支格阿龙。

他是怎样出世的呢？传说他的母亲有一天在屋檐下织布，忽然天空飞来一只岩鹰，滴了一滴血在她的裙子上，后来，她怀了孕，生了支格阿龙。支格阿龙生下来，一年不吃妈妈的奶，两年不和妈妈睡在一起，三年不听妈妈的话。妈妈想：这一定是个怪物，我不能留他。她把他扔在山沟里去了。

小孩在山沟里天天和蛇住在一起，一住住了三年。一天，一个打羊皮鼓的苏尼从沟边过路，小孩对他说："好心的苏尼，把我拉起来吧！"

苏尼说："我没有工夫，有很多病人等着我去救命呢！"说完就走了。

第二天，一个做生意的人从沟边过路，小孩对他说："好心的商人，把我拉起来吧！"

商人说："我没有工夫，我要去赚钱呢！"

第三天，沟边来了个农夫，他从沟里把小孩拉起来了。

支格阿龙回到家里，对妈妈说："阿妈，你认识我吗？我是你的儿子——支格阿龙。"

儿子长大了，妈妈看了不相信，说："如果你能给我找回三四庹长的人头发来，我就认你做儿子；不然你就不要再来。"

支格阿龙很爱自己的妈妈，就答应了。于是他出发去找三四庹长的人头发。晚上，他住在一个汉人家里，汉人要好好招待他，就说："兄弟，你辛苦了，我今夜杀一只花公鸡给你吃吧！"

支格阿龙说："谢谢你，大哥，我不吃鸡肉，因为我是岩鹰的儿子，凡是有翅膀的我都不吃。"

汉人没有杀公鸡。第二天，支格阿龙出发了，走在路上，遇见了昨夜汉人准备杀的那只公鸡。公鸡对他说："善良的支格阿龙，昨夜你救了我的命，现在，我要帮助你，你需要什么，我可以办到。"

支格阿龙说："我需要三四庹长的人头发。"

公鸡听了，就用脚在地上抓了一个瓶子交给支格阿龙说："这是一个宝瓶，你要什么有什么。"并且还告诉他怎样可以得到三四庹长的人头发。

支格阿龙接过宝瓶，谢了公鸡，又出发了。他来到一座大山边，照着公鸡说的话，用宝瓶向山上一指，忽然大山分成两半，支格阿龙大着胆子往中间走去。走了一程，看见一个蓄着很长很长头发的白发人，支格阿龙对他说："可敬的老人，你能赐我一根三四庹长的头发吗？"

老人说："能。有了这根头发，你们母子就能团圆了。"说完就在头上扯了一根头发交给支格阿龙。

支格阿龙回到家里，把头发交给妈妈。妈妈说："我的儿子，这头发是哪里来的？"支格阿龙把公鸡给宝瓶和老人送头发的事，告诉了妈妈。妈妈非常高兴，对儿子说："我的儿子，向宝瓶要点金子银子救救穷人吧！"支格阿龙很听妈妈的话，从宝瓶里要了金银和粮食，分给了穷人，大家过着非常幸福的生活。

二、寻找天界

从前，人们都说天和地是相连的，支格阿龙骑了匹马，拿了一根铁拐杖，要替人们寻找天地相连的地方。走了许多年，他的铁拐杖已经磨得很短了，他的马已经走得足蹠毛都脱光了，但还没有走到能看见天地相连的地方。

有一天，他投宿在一户人家里，这人家有三只鹅：一只公鹅，一只母鹅，一只仔鹅。主人准备杀一只鹅款待支格阿龙。支格阿龙懂鸟语，这一夜他听见三只鹅在一起哭泣。公鹅一边哭，一边说："明天主人要杀我们中的一个来待客了，还是我去，让你们母子俩在一起吧！"

世界经典文库

中外神话故事

·中国神话·

图文珍藏版

母鹅哭道:"不,还是我去,让你们父子俩在一起吧!"

仔鹅哭道:"不,还是我去,让阿达阿姆在一起吧!"

支格阿龙立刻起来,摘了一根蒿草(彝音为"黑克"),走到主人面前说:"主人,你千万不要宰鹅给我吃。"他说着就用手把蒿草折断,"若我吃了你家的鹅,会像这蒿草一样折为两段。"

于是,主人就不杀鹅款待他了。

第二天才黎明,支格阿龙就动身赶路。这时,三只鹅已经在路旁草上吸露水吃,一见支格阿龙,三只鹅跑到他面前说:"你支格阿龙是这样一个好心肠的人,昨晚若不是你,我们不是父子不能相见,就是母子不能相见了,你把我们救了,我们才能在一起。你要到哪里去,告诉我们吧,看我们能不能给你帮忙?"

支格阿龙告诉它们要到天地相连的地方去。鹅说:"你到那里还要走许多年,路上有许多危险。就在前面森林边,有一块大石板,那里住着塔布阿玛怪,它常把长舌头伸在石板上面,吸食来往的人,从来没有人能从那里走过。你现在去,非常危险,但是,因为你救了我们,我们应当帮助你。"

于是,公鹅伸出它的翅膀拍着,一拍就从翅膀下落出一撮针。鹅把针交给支格阿龙说:"这针你拿去,走到那大石板面前,就用这些针把塔布阿玛怪的舌头钉在石上。这样,它不独不能吃你,你就此征服了它。"支格阿龙向鹅道了谢,带着针走了。

走了许久,来到一个大得无边的森林边上,林边有一个很大的金色石板,这时,塔布阿玛怪正把它的布一样大的红舌头放在石板上,不断发出吱吱的声音。支格阿龙急忙用针将它的舌头钉在石板上,并用铁杖打它。塔布阿玛怪不断求饶,支格阿龙问它:"你以后还吃不吃人?"

塔布阿玛怪说:"我从今以后再不吃人了,但是要人们不要向着我们张口的方向走。"

支格阿龙问:"你们一共是几人?你们的口张在什么方向?"

塔布阿玛怪说:"我们一共是三个:一个是塔布阿布,是个男怪,每三月在一个方向,它龙月、蛇月、马月在东南方(鲁地火),羊月、猴月、鸡月在西南方(由西果),狗月、猪月、鼠月在西北方(克地火),牛月、虎月、兔月在东北方(纽黑果)。一个是我塔布阿玛,是个女怪,每三年在一个方向,龙年、蛇年、马年在东南方,羊年、猴年、鸡年在西南方,狗年、猪年、鼠年在西北方,牛年、虎年、兔年在东北方。还有我的儿子塔彼惹,是个仔怪,它每天在一个方向,初一在东方,初二在东南方,初三在南方,初四在西南方,初五在西方,初六在西北方,初七在北方,初八在东北方,初九在地上,初十在天上。以后十几或二十几,也是一样。——这就是我们张着口的方向了。若人们不向着我们的口走来,我们就不吃他们了。"

支格阿龙看它说得很诚恳,就放了它,仍往前走。从此,世间上的人有了出门卜方向的习惯。

他又走了多少年,有一天碰见一个须发雪白的老人,他的胡须几乎长到膝头上了。老人看见支格阿龙,问道:"年轻人,你要到哪里去?"

支格阿龙告诉他要到天地相连的地方去。

老人笑了笑，微微把两眼一闭，忽然天地上下一片漆黑，什么也看不见了。但不久他又睁开眼了。支格阿龙非常吃惊，急忙向他请教，问他究竟哪里才是天地相连的地方。

老人回答他说："天地没有真正相连的地方，只有你闭着眼那一刻儿是天地相连的时候，但你一睁开眼，天地就又不相连了。"

支格阿龙不相信他的话，说他荒唐，仍往前走。

又走了很久，他来到一个大森林里。这一带苍蝇很大，能够吃人。当支格阿龙歇下来时，成群的苍蝇向他攻来，支格阿龙拔出他身上的剑（彝音为"夹出伲莫"），向飞来的苍蝇砍去。不久，他的前后左右都堆满了苍蝇的尸体，但苍蝇仍不断向他进攻，直到天亮，这些苍蝇才散去。他一看他的马，只剩一副可怕的白骨倒在那里，全身的肌肉都没有了。

支格阿龙又继续往前走，走到一处，碰见一只大水牛。大水牛问道："客人，你到哪里去？"支格阿龙告诉了它要去的地方。

水牛说："客人，你若能调九盘炒面给我吃，我就告诉你天地相连的地方。"

支格阿龙果然调了九盘炒面给它吃。它吃后就昂起头来，唔唔唔地叫了一声。它的叫声很大，当它叫第一声时，立刻地动山摇，鸟兽骇得到处乱飞乱跑。连叫二声、三声时，天立刻阴暗，阴云布满天空，黑雾罩着大地，周围看不清，如像天地都连在一起一样。这样过了一会儿，牛又叫了第四声，立刻云消雾散，四围又晴朗清明起来，地也不动，山也不摇了。

这时，水牛对支格阿龙说："客人，你要看天地相连吗？刚才那一刻，就是天与地相连了。你若想要看另外的天地相连，纵然走到头发白，人老死，也不会看见的。"

支格阿龙有点相信了，决心暂时回去。动身时他对水牛说："唔，你的话也许有道理。但你叫时声音太大了，你把鸟也惊动了，兽也惊动了，以后，你的叫声还是小一点吧！"

说完，就用一根绳在牛的脖子上勒了勒。从此，水牛的叫声就小了，叫时，鸟也不惊，兽也不惊了，而且脖子上至今还有一条白纹。这白纹就是支格阿龙的绳子勒出的。

三、射太阳和月亮

古时候，天上出现了九个月亮和七个太阳，把地上的庄稼晒枯了，草木也晒死了。人们眼泪巴巴地看着太阳和月亮，没有法子。

这时，支格阿龙骑着四匹仙马来了。他左手提弓，右手拿箭，决定要把太阳和月亮射下来。

第一天，他站在虫树上射。虫树枝遮住了他的眼睛，没有把太阳射下来。支格阿龙生气了,对着虫树骂道:"背时的虫树,你二天要断根绝种。"后来,虫树就再不发小枝了。

第二天,他又站在索马树上射。叶子又挡住了他的眼睛,没有把太阳射下来。支格阿龙生气了,对着索马树骂道:"背时的索马树,你以后永远也长不高。"后来,索马树就长得很矮小了。

第三天,他站在蕨苙草上射。连发七箭,射下了六个太阳,另一个被射瞎了一只眼,便躲起来了。

第四天,他又站在蕨苙草上射了九箭,射下了八个月亮。另一个月亮被射跛了腿,也躲起来了。

支格阿龙站在蕨苙草上,因为用力太猛,把草给踩平了。因此,后来的蕨苙草长出来都是平的。

太阳和月亮躲起来后,地上九天不亮,成了漆黑世界。支格阿龙站在高山上对太阳说:"快出来吧,我不射你了。"

太阳说:"我瞎了一只眼,怕羞,不出来。"

支格阿龙说:"我送你一包针,有人看你,就用这包针刺他的眼睛。"太阳同意了。

支格阿龙站在峡谷里对月亮说:"快出来吧,我不射你了。"

月亮说:"我想是想出来,就是跛了一只腿,走不动。"

支格阿龙说:"那好办,我送你一匹仙马,你骑着马走吧!"月亮同意了。

太阳和月亮又出来了,给人们带来了光明和温暖。后来,人们在看太阳的时候,总觉眼疼,据说就是太阳用针在刺人们的眼睛。月亮在云里跑得最快,据说就是因为骑了支格阿龙送给它的仙马的缘故。

四、降雷

一天,晌午时候,支格阿龙肚皮饿了,想找点东西吃。他出门一看,东家不生火,西家不冒烟,觉得奇怪。于是走进一户人家,问主人道:"你们为什么不煮饭?"

主人说:"雷不准煮,它要打人。"

支格阿龙说:"你们煮,不要紧,雷来了,我去对付它。"

主人知道支格阿龙是位英雄,便相信了,于是动手煮饭。刚把火点燃,雷果然来了。支格阿龙就和它打起来。雷打不赢跑上天去了,支格阿龙换了衣服,也追上天去。

到了天上,支格阿龙看见雷正在那里打铁锅、铜锤和铜网,就问它:"你打这些干什么?"支格阿龙换了衣服,雷不认识他了,说:"到地上去打支格阿龙。"

支格阿龙问:"什么时候去打?"

雷说:"蛇天去打。"

支格阿龙又问:"怎么打法?"

雷说:"用九口锅护身,用铜锤打,用铜网装。"

支格阿龙知道后,便打主意对付。到了蛇天,支格阿龙在门角挖了一个坑,自己藏在坑里面。

雷来了,用九口锅盖住头,铜锤放在支格阿龙家门口,铜网套在门上,等支格阿龙出来好打他。

支格阿龙从坑里爬出来,悄悄跑到雷的背后把铜锤拿走了。雷等了很久不见支格阿龙出来,他掀开铁锅一看,发现铜锤不见了。这时,支格阿龙挖起铜锤打去,雷的脑壳缩得快,没有打着,但支格阿龙把锅打得稀烂了。支格阿龙又用铜网捉住雷,边打边问:"你还打不打人?"

雷说再也不敢了。支格阿龙问:"那你打什么?"雷说:"我只打树子。"

于是支格阿龙把雷放了。从此,雷再也不敢打人了。

五、平地

有一天,支格阿龙父子二人各举了一只铜锤(彝音为"基那实")一只铁锤(彝音为"色那实")去平地,决心在一天中把人世间不平的地都捶平。

支格阿龙和儿子说定一人平一边,走时吩咐儿子说:"孩子,平地对人们是件重要事,一定要细心地平,不要偷懒睡觉。"说完,就一人平地去了。支格阿龙平得又认真又仔细,因此,他平的地都一望无际,非常平坦。

但是他儿子睡着了。当他一觉醒来,太阳已经偏西,他急了,一手拿铜锤,一手拿铁锤,在四面八方胡乱地捶打着。

支格阿龙平完地走来看儿子,见他这样平地,心里非常生气,但没办法,因他知道再平已经来不及了。

从此,人世间有大平原,也有高低不平的山地。那大平原就是支格阿龙仔细平的,那高低不平的山地,就是他儿子偷懒睡觉起来,慌忙火急胡乱用铜锤、铁锤打的。

六、驯动物

古时候,世界上的动物都不劳动。支格阿龙把所有的动物都叫来,对它们说:"从现在起,大家都要劳动。"

那些动物都不听支格阿龙的话,只有人最听话,天天自己上坡劳动,过着勤劳的生活。

支格阿龙见了非常高兴,对人说:"你们听话,又能劳动,你们是最聪明的。"

从此,人们常常劳动,所以人最聪明,最富于智慧。

支格阿龙又对其他动物说:"你们不爱劳动,就专门吃草,不准吃饭。"

从此,那些动物就吃草了。只有狼、豹和老虎不听话,既不劳动,又不吃草。牛羊马猪不服气,就去告诉支格阿龙。支格阿龙说:"它们以后总要遭绳子套,总要遭狼、豹子和老虎知道了这件事,决定把牛羊马猪吃掉。支格阿龙就叫它们到人住的地方躲起来。后来,这些动物就住在人的家里,老虎、豹子和狼也不敢来吃它们了。

七、降马

从前,马常常吃人,非常凶猛。有一天,支格阿龙出外旅行,在路上遇见一群马。马看见支格阿龙一个人,觉得不够吃,问他:"喂,我们肚子饿了,你告诉我们人在哪里?让我们吃去。"

支格阿龙说:"这附近没有,要很远很远的地方才有,我本来可以带你去吃,但是我正走不动。"

马说:"这不要紧,你来骑在我背上,我驮你去。"

支格阿龙说:"你背上那样滑,我怎么坐得稳呢?"

马说:"你去找一个坐垫放在我背上,不就可以坐稳了吗?"

于是,支格阿龙找了一个可以坐的鞍子放在马背上,又说:"虽然这样,我还是走不了。因为坐在你背上,我会滚下来的。"

马说:"你找一根绳子让我含在口里,这样上下坡你也不会滚下来了。"

支格阿龙就去找了根强子,做成笼头套在它的嘴上,然后骑上去,抓紧缰绳,勒住笼头,用鞭子重重地打它,边打边问:"你还吃不吃人,你还吃不吃人?"

马因为套了笼头,东摆也摆不脱,西摆也摆不脱,被他打得又嘶又叫,只好求饶说:"饶了我吧,饶了我吧!我以后再不吃人了,再不吃人了!"

支格阿龙这才下马来。从此,马再不吃人了。牧马人也轻易不取下马嘴上的笼头。

八、打蚊子、青蛙和蛇

支格阿龙四处旅行的时候,骑了四匹仙马,牵了四条仙狗,天天从地下到天上,从海洋到山谷游玩。那时,蚊子有拳头大,青蛙有铧口大,蛇有柱头一样粗,人们随时被它们咬死。支格阿龙看了,非常气愤,就把蚊子、青蛙和蛇喊来,对它们说:"从此以后,不准你们再吃人了。"

蚊子、青蛙和蛇,根本不听他的话,还是去咬人。

支格阿龙把蚊子喊来,用拳头把它打得像菜籽一样大。蚊子连忙求饶:"支格阿龙英雄,我再也不敢吃人了。"

支格阿龙把蚊子放了,从此蚊子再也长不大了。

支格阿龙又把青蛙喊来,用木棒把它打得像拳头一样大。青蛙连忙求饶,说以后再不吃人了。支格阿龙把它放了,从此青蛙只有拳头大了。

支格阿龙又把蛇喊来,用石锤把它打得像木棒一样细。蛇连忙求饶,答应以后不吃人。支格阿龙又把它放了，从此蛇只有木棒细了。

从此，蚊子、青蛙和蛇再也不敢吃人了。

英雄坎德巴依

（哈萨克族）

很早很早以前，在卡拉搭吾山里的卡拉苏河边，住着一个名叫卡桑卡甫的穷汉，靠打猎钓鱼过活。有一年卡桑卡甫的老婆怀孕了，到了九个月零九天时，老婆就分娩了，生了个身子白胖、脑袋溜圆的儿子，起名坎德巴依。小坎德巴依生下来后，六天就会笑了，十天就会走会跑了，六岁就长成了一个壮实的小伙子。他的力大无穷，是个摔跤能手和百发百中的神枪手。他每天能打许多许多的黄羊、羚羊、斑马和梅花鹿。居住在卡拉苏河边的所有穷人，都在他的帮助下过着安居乐业的生活。

一天，坎德巴依出外打猎，在卡拉搭吾山悬崖下，看见一只很像狮子一样的灰鬣狼，正在追扑一只怀孕的骒马，坎德巴依赶紧跑上前去，抓住灰鬣狼的尾巴，用力往后一拉，便把它扔到悬崖下去了。狼连叫都没叫一声，就咧着嘴死了。坎德巴依用金钢剑划开已被咬死的骒马肚子，取出一个小雄马驹。抱回家里，用斑马的奶来喂养它，给它取名叫克尔库拉。

小马驹长得很快，不到六个月，就有六尺长了，黄褐色的皮毛油光水滑的，跑起路来简直是一只千里驹。有时候坎德巴依骑着它，一转眼就能把奔跑在六座山那边的斑马追赶上。

坎德巴依靠着克尔库拉在各处打猎，成了个很有名的猎人。他经常把猎获物周济附近的受苦人。因此，被人誉为"巴图尔"，闻名于四方。

一天，坎德巴依到远处去打猎，在路上碰到一个牧放羊群的小孩，头上生着癞癣，衣服破破烂烂。小孩子看到人来了，满眼含泪，号啕大哭起来。坎德巴依同情地问道："小孩！你为什么流泪痛哭？"

"被人夺去亲爱的母亲，还有幸福吗？被人夺去慈祥的父亲，还能过活吗？"孩子高声诉说着。

他的眼泪打湿了衣裳，沉重地叹息一声，又接着说道："我的父亲叫麦尔干，我是他的独生子。前日有人抢走了我家所有牲畜，连个马蹄都没给留下。我爸爸是个只会睡觉的'巴图尔'，一睡就是六天。就是在他睡觉时，被他们抓走的。我妈妈上去护我爸爸，也被他们带走了。于是，我成了孤儿，穿没穿的，吃没吃的，没有办法只得给塔西卡拉巴依放羊。弄得我满头生癞，浑身长蚤……"说着说着又痛哭起来。

"小孩，你别哭了。我去帮你找回爸爸妈妈，好吗？"当天晚上，坎德巴依就住在牧羊小孩的主人家里。

第二天,孩子照例到草原上去牧羊。晚上,这家人都回来了,却不见小孩回来。坎德巴依到村外寻找,见他昏倒在村外草地上。孩子醒过来后,坎德巴依向他探问底细,他闭口不说。这下,坎德巴依有点生气了。孩子见他生气,就胆怯地回答说:"自昨天起,每当太阳一落,就有六只天鹅飞到我头顶上问我:

　　这里有个善良的坎德巴依吗?

　　克尔库拉马在他手里吗?

　　他的光芒照在花园里吗?

　　他的马腿在走动吗?

　　我向他回答道:

　　善良的坎德巴依就是我,

　　克尔库拉马就在我手里,

　　花园里照着我的光芒,

　　我的马腿在走动。

　　于是,天鹅扇动翅膀,把我打倒在地,我就昏迷过去了。"

　　第三天,坎德巴依身穿牧童衣服,去替牧童放羊。太阳落山了,这时,果然有六只天鹅在夜幕中飞到坎德巴依的头顶。飞旋六圈后,低飞下来向他问道:

　　这里有个善良的坎德巴依吗?

　　克尔库拉马在他手里吗?

　　他的光芒照在花园里吗?

　　他的马腿在走动吗?

　　坎德巴依回答道:

　　我就是坎德巴依,

　　克尔库拉马就在我手里,

　　花园里照着我的光芒,

　　我的马腿在走动。

　　这下惹怒了天鹅们,它们用翅膀来打坎德巴依。他不慌不忙,伸手抓住一只天鹅的爪子,天鹅拼命挣脱爪子飞走了,留在他手里的是只金鞋。仔细一看,金鞋面上还留有几个模糊不清的字迹。这以后,再也没有看到天鹅的影子了。

　　坎德巴依身穿铠甲,带着武器,拿上六十只马驹的马肠,出发去寻找牧羊孤儿的父母。

　　克尔库拉马是一匹神马,跑起来如鹰飞一般,别的马一个月的路程,它六十步就跑完了。一天,坎德巴依骑马来到一座高入云端的大山面前,神马克尔库拉马忽然说起话来了:

　　"我的朋友,坎德巴依,我们要去的地方已经不远了。你翻过这山,就可见到一条河。河的正中,有个孤岛。那岛上住着一个神王。你身上带的黄金鞋,就是这位神王的女儿的鞋子。孤儿牧童的父母也关在神王的地狱里。地狱门的钥匙藏在一条有六十条小河汇合成的大江底下。

"在那边山坡上,有个牧放奶牛的巨人,他是在打仗时被俘的,后来成了神王的奴隶。你见到那人,向他说明来意,给他足够的路费,释放他回家,换上他的衣服,去牧放奶牛。现在,你从我尾巴上拔一根毛,把铠甲武器都驮在我的身上,把我放了。因为现在我和铠甲武器都对你没有用处。一旦需要我时,你就把我尾巴上的这根毛点燃,那时我就会出现的。以后的事情,你到哪里,自会知道。"

坎德巴依照着克尔库拉马说的做了。傍晚的时候,他赶着牛过河,谁知牛怎么都不肯下水。坎德巴依一气之下,抓起一头牛的后腿,摔进河里。奶牛扔到河中,便发出咚咚的响声。惊动了正在河边玩耍的神王的女儿,她惊奇地叫道:"唉,你发疯啦,怎么糟蹋我家的牲口啊!你怎么不喊'开路的水,快开路'呀!"坎德巴依一听,恍然大悟,赶忙喊了声:"开路的水,快开路!"这时,只见河水分开,中间闪出一条路来,奶牛都顺从地过了河。坎德巴依就这样天天为神王牧放牲畜。

一天,神王叫来自己的两个儿子,对他们吩咐道:"今天,黑骝骒马要下马崽,这是第九次了。以往,生下的马崽,一到夜间就不见了。今晚,你俩去看守骒马,看看到底是怎么回事。"

这席话也让坎德巴依听到了。

夜晚,神王的两个儿子去看守骒马,玩疲倦了的两个小儿子,没有好一阵就呼噜呼噜地睡着了。只有坎德巴依精神奕奕地注视着骒马的动静。到天快亮时,骒马生了个金尾巴的马崽子。突然一阵乌云滚来,把小马驹卷走了。坎德巴依急忙跑上前去,一把抓住马驹的金尾巴,一用力把马驹的金尾巴拉断了。坎德巴依只有快快地睡了。

次日清晨,神王唤来两个儿子,询问骒马产驹的情况,两个儿子扯谎说:"骒马没有产仔,也没发生什么事情。"

神王听了,正在纳闷,坎德巴依走进门来,说:"陛下,大事不好!"

"怎么啦,你快说吧!"神王惊奇地问。坎德巴依把夜间骒马产仔的前后经过一一说了。神王还没等他讲完,就急不可待地问道:"那马驹的金尾巴呢?"

"陛下,请你等一等!"说着就从怀中摸出马驹的金尾巴。映眼之间,整个屋内光芒万丈。

"现在,我命令你们三个人马上出去把金马驹找回来。倘若找不到,就不要回来见我!"神王气愤地说。

坎德巴依过了河,悄悄把克尔库拉马身上的那根尾巴点燃了。于是,克尔库拉马出现在眼前。他骑上马,身穿铠甲,带上武器,上路去了。过了一会儿,克尔库拉马对坎德巴依说:"前边那冒着火焰的火河,就是你要去的地方。现在你要闭住眼,我把你驮过河去。"

坎德巴依闭上了两眼,果然不一会就来到水中的岛上了。八匹金尾马驹和一匹无尾马驹,正在金槽边吃草、喝水。

克尔库拉马又对坎德巴依说话了:"在那棵高大的白杨树上,有只苏木鲁哦恶鸟。它六个月出外寻找一次食物,十五天才会回来。现在离回来还有六天。为了逃脱它的危害,必须在六个钟点内,走完六个月的路。现在你骑上我,把金水槽放在你身前。这样,那些马驹子就会跟在我们后面,一步不离。同时,我们过火河时,必须拐着弯走。在我们回来的路上,还有三道难关。先要遇到的是七头妖怪,再就是白狮子,最后是巫婆。这些都要靠你的智慧与胆识战胜它!"

于是,坎德巴依骑着马上路了。那些马驹子果然紧跟在后面。正走着走着,一座大山横在他们的前面,它像七头巨兽似的摇动着向他们逼近,这正是七头魔怪。坎德巴依将金水槽放在地下,那些马驹团团围在金水槽周围。

坎德巴依拿起一百帕特曼重的狼牙棒,跃马向魔鬼奔去,一棒就把魔鬼的一个头打落在地。接着又一棒、二棒……打下去,魔怪的另六只头也一一落地。坎德巴依从容地把魔怪的眼睛一只只剜出来,塞进裰裢里。

坎德巴依把金水槽驮上马,又开始上路了。只听克尔库拉马"唔——唔——唔"高叫三声,眨眼工夫,就翻越过了六座高山,来到森林面前。一头狮子吼叫着向他扑来,他像先前一样,毫无惧色地拍马向狮子奔去,不知不觉之间感到有一种不可抗拒的吸引力把他吸过去了。眼看就要被吸进狮子的嘴了,他手握金刚大刀,只听"咔"的一声,狮子被劈成两半,躺在地上不动了。他拔下狮子的牙齿,装进裰裢里。

坎德巴依又继续上路了。一座座高山峻岭,一道道河流长江,被一一甩在后边。忽然,整个大地又被重重浓雾弥漫着了。幸喜金马驹们的金尾放射出道道光芒,照亮了他前进的道路。

跑着跑着,忽见一个俏丽姑娘出现在雾中。姑娘看他一眼,微笑着对他说:"走了这么远的路,一定辛苦了,请到我家里歇歇吧!"这个姑娘正是妖婆变的。

坎德巴依表示同意。姑娘在前面引路,趁她不备,坎德巴依举起金刚宝剑当头劈了下来,只见金刚宝剑发出一束强烈的火光,再看时,那个"姑娘"已横尸两半,血淋淋地躺在路上。坎德巴依把妖婆的头割下来,装进裰裢里。

克尔库拉马这时说话了:"你的大功即将告成,我们可在这里歇息三四天了。"

休息之后,坎德巴依收拾好行装,骑上宝马,领着所有金尾马驹,很快平安地来到神王那里。

神王喜出望外,摆出盛大的筵席欢迎他。正在欢饮之间,神王的两个儿子也空手回来了,他们疲困不堪,身子瘦得像干柴,两眼无神。神王狠狠地责备了他们一顿。

三巡过后,坎德巴依说话了:"尊敬的神啊,我今天打扰你了,我有一件事不知可不可以说?"

"说吧,说吧,我的孩子!"神王喜形于色。

"几年以前,你的部下抢掠了我们的家乡,不仅抢走了我们的牛马羊群,连我们的巴图尔也被你们绑架走了。我就是为解救巴图尔而来的,这是第一件。第二件是有一天,我在放牧时,有六只天鹅飞临我的头顶,其中有一只天鹅的金鞋掉在我的手里。听说只有你的家人才配穿这种金鞋,今天我就是为把它交还给主人而来的。”说完他把金鞋恭敬地递给了神王。

神王说：“谢谢你为我送来失去的金鞋。我久闻你的大名，很早以前就想找你去除掉那个糟蹋我们金马驹子的怪鸟。但始终找不到你，没办法，我才派手下去抢掠你的家乡，绑架你们的巴图尔。心想，你要有骨气的话，一定会找来的。可是你没有来。我只得又派我的六个女儿去找你。这只就是我小女儿有意丢给你的金鞋。”

停了一下，神王又接着说：“现在，我有一个条件向你提出，这条件就是：世上有个七头魔怪，一头白狮子，一个妖婆。如果你能把这三个怪物杀死，拿下他们的头来作证。我就放回你的巴图尔，退还你们的牲畜财产，并把我的六女儿嫁给你。”

坎德巴依听后从马背上取下褡裢，把白狮子的牙齿、妖婆的头、七头魔怪的眼睛一齐倒在神王面前。神王很高兴，立即把关在地狱中的麦尔干夫妇和其他俘虏都一起释放了，归还了全部牲畜财产，把六女儿嫁给坎德巴依。

坎德巴依回到家乡，乡里众人个个欢天喜地，举行盛会，大摆欢筵，欢迎坎德巴依胜利归来。从此，人们过着安居乐业的生活。

翁戛捉旱精
（布依族）

在我们布依族居住的地方，不管是田边边还是地角角，都有一个水井或水坑。据说这是我们祖先翁戛捉旱精时留传下来的。

那是在很早很早以前，离我们这里很远很远的地方，有座高高的火焰山，山上有个万恶的旱精。因他常年住在火焰山上，浑身上下都能像柴灰吸尿一样吸水，只要他的身子一挨着水，不管是溪流或山泉，一下子就被吸干净了。

这个旱精，经常在天黑以后出来作恶，把所有河水吸枯，把水井和山泉喝干。因此，祖先们年年遭干旱，无水灌田浇地，种不出庄稼，纵然有年头勉强种下一点种子，等种子发芽。禾苗转青时，旱精又来把田里的水喝干净，让田土张开裂缝，禾苗全都枯死。人们只好靠啃树皮、吃野菜野果，猎获野兽过日子。

翁戛和大家一样，为此吃不下饭，睡不着觉，一连想了三天三夜，方想出了一个办法来。他和大家商量说：“我们去山上扯些藤藤来，挽成套套，安放在各路口套旱精，把它收拾了。”大家听了，都认为这个办法好。

第二天，大家上山扯来了许多葛藤，挽成九十九个套套，安在四面八方的过路口。一切布置好后，大家就拎着木棒，拿着石块，躲在草蓬蓬或山洞里，只等套住旱精。等呀，等呀，天一黑，果然旱精来了。他一只脚踩进一个套套里，被套住了。大家正要赶上去打他时，只见他把脚轻轻一抬，葛藤套套就被他挣断了。接着他又走遍了所有安套套的地方，把所有的套套都踢脱挣断了，然后哈哈大笑说：“好呀，你们想套我哩！我要把各处的水喝干吸尽，把你们一个个都渴死！”说完，跑到各处把

世界经典文库

中外神话故事

·中国神话·

图文珍藏版

河水、井水和山泉水喝个罄尽,然后大摇大摆地回西方去了。

怎么办呢? 翁戛又和大家一起商量捉旱精的办法。他说:"这回我们把三根藤藤扭成一股,再挽成套套,安在各处路口,看看旱精还绷得脱,挣得断不?"于是大家又上山砍来许多葛藤,三根扭成一股,扭成许多条葛藤绳,挽成套套,又按老办法安在各路口。

天黑以后,旱精又大摇大摆地来了。他一脚踩进套套里,咋个用劲也扯不脱,绷也绷不断。翁戛见了,愤怒地大吼一声:"看你这个挨万刀的旱精往哪里跑!"一边骂一边带领躲在草蓬蓬和山洞里的人们,赶上来活捉旱精。

旱精慌了,急忙弯下腰杆,用他尖尖的牙齿,"齐齐查查"几下,把藤套套咬断,又逃跑了。旱精边跑边回头骂道:"任你们再扭多粗的套套,也经不住我的牙齿一咬。你们等着吧,今后我要天天把这地方的水喝得一干二净,要把你们个个渴得张口喊天,嘴巴干起果子泡。叫你们知道知道我的厉害!"

这回还是没有套住旱精,大家有些泄气了。翁戛也愁得吃不下,睡不着,整天坐在一个大榕树桩上想呀。又想了三天三夜,终于想出了一个新办法,急忙对大家说:"这样吧,我们在田边地角到处都挖些水井水坑,等水积满之后;再去扯藤藤来,九根九根扭成一股,挽成套套,安在每个井口和坑口上,等旱精来喝水时,一下套住他的脖颈,看他还跑得脱不?"大家听了觉得这个办法最好,就照着去准备了。

这天,天一黑,旱精又来了。他这回没有在路口踩着套套,心里很得意,哈哈哈大笑说:"好呀,你们认输了,不敢安套套了吧!"说完就喝起水来了。他先喝沟沟里的水,喝完了,又去喝水井的水。当他弯腰埋头去喝井水时,就被套套勒住了脖颈,他越挣扎越勒得紧,逃不脱了。这时,翁戛带领大家从草棚和山洞里跳出来,有的拉紧套套,有的拿棒棒打,有的拿石块砸。只听乒乒乓乓一阵打,旱精就被打死了。翁戛又叫大家架起柴堆,点燃火,把旱精烧成灰,撒在田里肥庄稼。

从此以后,水井不再干了,水坑积满了水,人们再也不怕干旱了,有说不出的欢喜。翁戛又带领大家种庄稼,叫大家在田边地角添挖了许多水井和水坑以防干旱。这个办法,一直传到如今。

太阳神本主
(白族)

很久以前,苍山沧浪峰下的阁洞塝村子里,住着夫妻俩。每天,红彤彤的太阳一出,丈夫阿光就扛着锄头,下田干活,妻子忙着在家织布,两人勤勤俭俭,日子过得很好。

有一天,人们忽然听见几声狼嗥犬吠,刮来一阵狂风。阿光抬头一看,见一只牛一样大。又像狼又像狗的怪物,一口咬住了太阳。顿时天上黑云滚滚,刚升起的太阳一下就不见了! 从此,到处又黑又冷,树木枯死了,庄稼不长了,所有的蛇精虎怪，都趁黑窜出来作恶，人们的日子过不下去了。

太阳到哪儿去了呢？人们去祷告本主，也没有用。阿光看到大家都在黑天黑地里过日子，心里难过极了，决心去找太阳。他和妻子商量，妻子也说："这关系着大家的生死大事，你就去吧，家里你不用挂心。"

阿光急着要找到太阳，一出门就连天没夜地翻山越岭。有一天，他走累了，睡倒在一棵树下，梦见一个白胡子老人对他说："你要找太阳吗？太阳正在受难哩！只有找到你们的老祖炎帝，才有办法救出太阳，但炎帝住在东方一座高山上的金殿里，你要走一绺头发那样多的日子才到达！"说着，拿出一条发辫交给他，"你走一天，抽去一根头发，抽完头发就到了。怕吃苦，就赶紧折转回事。"阿光说："我死也不怕，我是下决心去找回太阳，救我们整个坝子里的人呀！"白胡子老人感动了，又取出一个丸子给他，说："你吃下这丸子，就不会饿了。快去吧！"阿光醒来。手里果然有一绺头发、一颗丸子。他赶忙吞下了丸子，对天磕了九个头，说道："多谢神仙搭救！"

阿光走啊走，一路上的艰难困苦，真是说不完。到他抽完最后一根头发那天，就到了一座高山下面，抬头一看，高高的山峰顶上，有座闪闪放光的金殿，与白胡子老人说的一样。他便冒着危险，攀藤附葛，攀上去又跌下来，跌下来又攀上去，终于来到了山顶的金殿里。见到了炎帝，他诉说了太阳被怪狼吞吃和他寻找太阳的经过。炎帝说："原来是这样一回事，你先回去，我就来了！"说着就叫一条没有角的飞龙，把阿光驮回家中。

隔了几天，人们看见天空中出现了一团光团，中间有一位英武的天神，身穿青色的上衣、白色的长裙，左手拿着一条发光的神枝，右手挽着一张巨大的弯弓，弓弦上插着一支锐利无比的长箭，驾着用六条没有角的龙拉着的一架悬车。他追上了那只咬着太阳的天狼，一箭射去，把天狼射跑了。又用那根好像长鞭的神枝，四处驱除乌云。黑压压的云雾被驱散了，蓝天上重新又出现了光芒四射的太阳。

从那以后，苍山沧浪峰上就没有云雾了，人们年年得到丰收，个个安居乐业。传说这就是太阳神炎帝显圣以后带来的幸福。因此，本地人盖了一座本主庙，奉太阳神为本主。阿光死后，村人又在本主旁边立了他的塑像，也把他封为本主。

雄狮大王格萨尔
（藏族）

一、梵天慈悲派神童

从前，西藏地方，在法王祖孙三人的时代，由本市、咒师、僧侣三种人统治着西藏。那时，西藏社会还没有像后来那样纷乱，众生还没有像后来那样疾苦。后来由于奸臣当权，王权被篡，法王下降为普通百姓。以致四方兵乱蜂起，佛法遭到毁灭，黑头百姓在兵荒马乱中苦度岁月，到处哭声遍野，饿殍载道。居住在三十三天神国里的大梵天王，见此惨景，心中怜悯，遂发慈悲，和后妃商量，准备派一个梵子下凡，拯救西藏众生。梵王夫妇生有三个儿子。长子名东噶，次子名东磊，幼子名东珠。一天，梵王夫妇把三个儿子唤到面前，向

格萨尔

弟兄三人说明西藏众生遭受苦难，需派一人下凡拯救众生。父王问长子："东噶，你愿意下凡吗？"东噶回答："请父王决定。"父王又问次子："东磊，你愿意下凡吗？"东磊回答："请父王决定。"父王再问幼子："东珠，你愿意下凡吗？"东珠仍如两个哥哥回答的一样，答道："请父王决定。"母后一听，便知弟兄三人谁都不愿自告奋勇下凡。于是她说："儿啊，让父王决定，这不太好。需知道：羊的前腿是肉，羊的后腿也是肉，羊的胸脯还是肉，哪块肉也舍不得给人啊！我看还是在神坛前进行射箭、摔跤、下棋三种竞技，由神来决定胜负以后，负者下凡，这样较好。"大家一致同意母亲的意见，决定用竞技来决定谁人下凡。

首先比赛射箭。三人射完了箭，下凡的使命，落在了小弟东珠身上。接着进行比赛摔跤。三人摔完了跤，下凡的使命，还是落在了小弟东珠身上。最后比赛下棋。三人下完了棋，下凡的使命，仍然落在了小弟东珠身上。于是下凡一事，就在神坛前决定了，由东珠下凡。

东珠承担了下凡使命后，便运用神力，把自己变作一只鸟儿，飞往人间，察看情况。这只鸟儿，长得出奇。脊背黄色，羽毛发出道道金光；肚皮白色，羽毛发出道道银光；嘴壳赤色，嘴啄发出道道红光；脚杆蓝色，脚爪发出道道蓝光。这只五光十色的鸟儿，飞临西藏地方上空，盘旋了九圈，只见到处灾难深重，众生苦不堪言。鸟儿很快飞回梵宫，向父王禀道："西藏地方，果真灾难深重。不论何人，人人都在苦恼。高贵者苦于地位会降低，低贱者苦于兵税和差役。强暴者苦于势力不牢固，弱小者苦于冻饿无衣食。"父王听后道："儿啊，西藏众生实在太苦了，快快下凡去吧！"东珠遵命，立即在梵宫寿终，尸体留在一座宝塔里，灵魂化作一道白光，直射人间。

二、神子投胎诞凡尘

藏族居住的广大藏区，往日分为卫藏、阿里、朵甘三大区域。朵甘区域包括安多、喀木两个地区。喀木地区有个地方名叫吉苏雅。那里有两条河，两河相汇互冲击。有两座山，两山对峙如箭羽。有两个滩，两滩好比绿毡铺在地。两滩中间，有个磐石，形似一只蛤蟆蹲踞在地上。吉苏雅住着衣不蔽体，食不饱肚的夫妻两人。

丈夫的名字叫森隆。森隆为人本分,平时与人无争,常受强横者欺凌。妻子名叫葛姆,原是宝顶龙王的女儿,后来到了葛部,在葛岭战争中,被岭军俘获后,在带往岭国途中,在冰滩上滑倒,跌断了一只腿,人们嫌她残废,无人收留。后来,葛姆与森隆结成了夫妻。从此,两人同甘共苦,相依为命。

在金鼠当值那年的三月八日晚上,葛姆和森隆在账房里睡得正香,葛姆做了个梦。她梦见空中出现一道白光,白光正好从账房破洞中射到自己身上,同时感到全身温暖,心情舒畅。在同一时间,森隆也做了一梦。他梦见有个身穿金甲,手持弓箭的武士,出现在眼前,武士频频向他躬腰施礼。两人梦醒后,各自把自己做的梦相互说了一遍,都觉得有些奇异。不久,葛姆感到自己已经怀孕了。夫妻两人,双双自喜。又过了九个月零八天,即金鼠年的十二月十五日太阳刚升起时,葛姆感到周身发热,四肢绵软,突然从头顶上发出一道白光,白光中出现一个鸟头人身的儿童。儿童说:"我是母亲的大儿子。我不是凡人,我是头盔上的保护神,我与神子不相离。"话毕,消失在空中。随后,又从胸口生出一个蛇头人身的儿童。儿童说:"我是母亲的二儿子。我不是凡人,我是铠甲上的保护神,我与神子不相离。"话毕,也消失在空中。随后,又从脐上发出一道七彩虹光,虹光中出现了一个身穿羽毛衣服的女子。女子说:"我是母亲的女儿。我不是凡人,我是耳上长着鸳毛神马江郭排布的保护神,我与神马不相离。"说毕,也消失在空中。葛姆正在对刚才出现的情况感到惊讶时,和常人一样分娩了。可是产下的不是婴儿,是个圆圆的肉蛋。葛姆对老伴惊呼道:"嗳呀!你看,我到底生了个什么东西?"森隆看后答道:"生了个'觉布'(肉蛋)。""看,里面还会动弹呢!"森隆接着说。葛姆顺手拿起挖蕨麻用的钎子,"刺"的一声,把肉蛋划开了。肉蛋里竟划出个男婴来。男婴立即站立起来,面向账房门口,做了个拉弓射箭的姿势。正在这时,森隆长房汉妻贾萨拉噶钟玛生的贾察,前来看望父亲和庶母。贾察见庶母生了个小弟弟,非常高兴,就对庶母说:"我给弟弟起个名字吧!弟弟是从'觉布'里出来的,名字叫'觉如'(蛋生)最好。"贾察给弟弟起的这个乳名,当时是个爱称。由于觉如童年生活贫苦,有时靠乞讨度日,故有人将此名理解为"乞儿"或"苦孩子"。又因觉如从肉蛋中一出来就能站立,故又有人将此名理解为"竖起"或"挺起"。

三、觉如童年显神通

觉如从肉蛋里一出来,便能站立起来,做出拉弓射箭的姿势。人们听说后,都感到惊讶,纷纷说这个孩子不凡,长大后不知会做出什么事。

觉如有个叔叔名叫晁同。此人是个嫉贤妒能,认敌作友,口蜜腹剑,心肠歹毒的人。这人当时是岭国的首领,部落的大权操在他的手中,为所欲为。晁同得知葛姆生了个一出生就能站立并做出拉弓射箭姿势的男婴,心中感到十分不安,担心这男婴长大后会影响自己的权力。于是他就起坏心要除掉这个男婴。觉如出生后三天,晁同便对他的妻子赛措玛说:"厨娘啊!嫂嫂生的那个小子,是个半人半鬼的祸害,应该趁早把他除掉。"赛措玛说:"侄儿出世才三天,为什么要除掉他?"晁同说:"贱嘴,你不记得古时谚语中说的吗?古谚说:'堵水要在水小时,待到水大再来堵,洪水决堤来不及;灭火要在火小时,待到火大再来灭,烈火燎原来不及;灭敌要在敌弱时,待到敌强再来灭,敌强我弱来不及'。趁这小子还弱小,我去把他除掉吧!"赛措玛想,如果阻止他,那也阻止不住。只好说:"什么小的、大的、水的、火的?你念的是什么密咒?"佯装听不懂丈夫的话。

晁同骑上他从老魔克才热巴那里得到的那匹魔马"黑尾豹",很快就到了葛姆家中。晁同一进账房,便伸手弯腰,向哥嫂问好。并说:"得知嫂嫂生了个侄儿,我高兴得两个晚上没睡着觉。今天特来向哥嫂庆生,给侄儿涂颚油,望侄儿健壮成长,将来为我穆布东族建功立业,光宗耀祖。"说罢,他把带来的里面放有"油末纠芥"毒药的酥油喂给觉如。觉如尝到酥油有怪味,便运用神力,把毒药化作两股浓烟,从鼻孔喷出,直向晁同脸上射去。晁同顿时呛得透不过气,鼻涕如冰凌滴水,眼泪如雨点落地,咳声如牦牛嚎叫,身摇如狂风摆柳。他实在支持不住了,只好告别兄嫂,走出账房,骑上魔马溜回家了。

晁同回到家里,自知害人不成反害了自己,越想越生气,在他一生中,时时设好计想害死格萨尔,但都被神通广大的格萨尔战胜了。

四、赛马夺魁登宝座

牛王轮值那年,觉如年满十三周岁了。这年的三月八日,天上主宰觉如行动的天姑南曼杰姆在无数空行女簇拥下,骑着一头白狮,驾着朵朵白云,降临到吉苏雅上空。在动听的音乐声中,天姑用歌给觉如降下预言道:

"觉如、觉如你听清,再过五日那一天,岭尕部落要赛马,要用赛马来把岭尕国王选。赛马选王是国家社稷的大事,你务必快快备马去参选。黄金宝座应归你来坐;江郭排布神马应归你来骑;赛马彩注珠牡淑女应归你。那神马如今在班乃日杂山麓下,它天天在野马群中跑来跑去练脚力。你快吩咐母亲和珠牡捕捉去,用牠参加赛马定能夺魁得胜利。"

天姑唱罢,便消失在朵朵白云中。

觉如把天姑唱的预言,一五一十地告诉了葛姆和珠牡,并请她俩去捕捉神马江郭排布。葛姆和珠牡到了班乃日杂山下,只见无数野马游荡在大草原中。两人向马群看去,只见有的马正在低头吃草,有的马竖着双耳在静听,有的马在扬蹄奔跑练脚力。两人走近马群,仔细一看,只见马群中有匹与众不同的马。这马全身毛色枣红,嘴唇粉白,四肢上长着四个像金轮旋转的毛旋,两耳上长着两撮像鹭鸟尾翎的羽毛。两人一看,知道就是天姑说的那匹神马。这匹神马见到葛姆和珠牡,便把头转向两人,竖起耳朵,舞动四蹄,晃动身子,做出各种高兴的姿态。珠牡把手中的神变套索向这马抛去,那神索不偏不倚,正好套在江郭排布神马脖上。神马不惊不慌,驯服地听从珠牡牵在手上。这马能懂人言,会说人话。它听珠牡说,要让它去

做觉如的坐骑,去参加岭孳全国赛马,夺取王位,它心中不胜欢喜。它"扑哧"一声,吹了下鼻子,然后便对珠牡和葛姆说起话来:

"我是马头明王的化身,是畜牲界的教主。我有愤怒身,善于慑服威猛的敌人。我以观音菩萨为自信身,故我又名叫马头观音。三宝可为我作证,我誓为觉如立功勋。我誓为踏平敌营来奋蹄,我誓为穆布东族争光荣。"

葛姆和觉如听了神马说的这些话后,十分高兴。便牵着神马,回到了觉如身边。神马见到觉如,就像孩子见到母亲。觉如见到神马,也像母亲见到孩子。从此人马形影不离,时常相依相伴。

"十三"这个数词,在藏俗中,象征着神圣和吉祥。赛马时,觉如年满十三岁,神马江郭排布已长十三颗牙。三月十三日,是岭孳赛马选举国王的吉祥圣日。这天,各种吉相纷呈。会场周围,百鸟争鸣,杜鹃鸟声声叫唤,阿兰鸟歌声婉转,雪鸡叫醒了金色太阳,万道金光照射着大会会场。参赛的人群集满会场。岭孳上、中、下三大部落,上岭长系八部,中岭仲系六部。下岭幼系四部,岭孳右翼的葛部,左翼的珠部,阴山的达让部,阳山的达伍木措部,旦玛河的河阴、河阳部,查香部落的九百户等等部落的骑手们,身穿黄、白、兰各色锦缎战袍,手牵打扮得花花绿绿、华丽耀眼的坐骑,个个精神抖擞地排列在会场上。坐在会场最高座位上的老总管王戎查叉根,从座位上站起。他左手理理银色胡须,右手罩在眉上,向会场上环顾一周,然后向左右在座的人们问:"怎么不通知觉如前来参加赛马?赛马选举国王,这是神佛的启示。神佛面前,人人一样。觉如虽穷苦,也应通知他前来参加。"坐在右边的大会指挥官伍乙达尔盼把手向会场入口处一指说:"看,正在向会场走来的那人那马,不正是觉如吗?"觉如人马到来了,大家都认为应该。只有晁同见觉如到来,感到不高兴,但也无法。

宝马值时的正午,会场周围的十三座烧香台,燃起缕缕柏烟,"呜呜"的海螺声,震动山谷。众骑士人人神采奕奕,精神焕发,扬鞭催动坐骑,争先恐后地向前飞奔。跑在最前面的是对内号称三虎将,对外称为鹞、雕、狼的长系的尼奔达尔雅、仲系的阿奴华桑,幼系的仁庆达尔鲁。这三人后面,是贾察为首的岭国七大勇士。后面还有多如三升青稞撒在地上密密麻麻难以数计的众多骑手,被人视为卑贱的古如和觉如跑在队伍最后面。人人都想夺魁,凭着自家坐骑的脚力,忽前忽后,争先恐后地竞跑着。跑程过半了,觉如人马还跑在后面。晁同回头一看,自语道:"江山、宝座、珠牡,快属于我了。"他心中暗喜,便摇晃起身子来。一不小心,几乎从马上跌下地来,吓得他出了一身冷汗。

终点会场,设在古日神山左边的大滩上。会场周围,竖着无数幡杆,杆顶上各色旗幡迎风招展,发出"啪啦""啪啦"的响声。煨桑台上缕缕桑烟,直冲云霄。通哇衮曼大宝帐里,设着上面镶嵌有各种珠宝的黄金宝座。宝座前方,排着坐满岭地官员、僧众的九十九排座位。大公证人、权威裁判官卫梅拉达尔面容严肃,神情专注,手持旗子,站在会场入口处。会场上人声鼎沸,热闹异常,人人在等待着夺魁英雄的到来。

骑士们个个策马飞奔,觉如紧跟在后。忽然从远处飞来一只金蜜蜂。金蜜蜂飞到觉如身边,反复用"蜜蜂嗡嗡调"对觉如唱道:

"嗡嗡嗡,快冲锋,夺宝座,快成功!""嗡嗡嗡,快冲锋,夺宝座,快成功!"

觉如知道金蜜蜂是天姑派来的使者。知道冲锋夺魁的时刻已到。他便把马头明王赐他的那杆"金蛇狂舞"神鞭一挥,神马立即加快步伐,奋跑起来。只见神马前蹄落地,尘土飞扬;后蹄践石,火花四溅;闪电般人马便冲到了最前面,第一个跑到了终点。裁判官卫梅拉达尔把手中旗子高高一举,大声宣布:"英雄——格萨尔夺魁了;英雄——格萨尔胜利了!""格萨尔"一词,原是"英雄"一词的美称。从此"觉如"之名,便称为"格萨尔"。人们把格萨尔拥上黄金宝座。老总管王戎又根高声宣布:"岭国国王宝座,属于格萨尔!雄狮大王称号,属于格萨尔!赛马彩注森姜珠牡,属于格萨尔!"这时,人们争先恐后,纷纷向格萨尔大王敬献吉祥"哈达",敬献醇香美酒。顿时海螺声,长号声,大鼓声,欢呼声,响彻云霄。在万众欢呼声中,格萨尔大王从宝座上起立,神情专注,双手合十,对天虔诚三叩,然后向人们高声祝福道:"德摩(平安)!扎西德勒(吉祥如意)!"随即会场上"扎西德勒"!"扎西德勒"之声,经久不息。接着人们跳舞、唱歌、摔跤、竞技,应有尽有,一直欢庆到通宵。次日又大摆宴席。人人大块吃肉,大碗喝酒。岭国十八大部及隶属各部,处处都在欢庆大王登基。欢庆活动整整持续了十三天。

格萨尔登基为王后次年,即远征北地惩治吃人的魔王,又经过千难万险机智勇敢地打败了侵略岭国的霍尔国,为岭国人民的安民乐业立下了伟大的功勋。

汝南三王墓的传说

今河南省汝南县和孝镇纪桥村西头有座大墓冢,人称"三王墓"。

相传,战国时代,楚王的王妃白天摸了一下铁柱子,晚上就生下了一块铁,这自然是块奇铁,楚王就把当时楚国最著名的铸匠干将找来,命令他用这块铁铸一把剑,铸一把"能飞起来杀人的剑"。干将带了奇铁,来到今西平县棠溪村冶炼。棠溪村南临龙泉水,北靠棠溪河,西北是铁山,这里是当时最大的冶炉城。越国欧冶子曾在这里铸过"龙渊""泰阿""工布"三枚宝剑。干将用了三年时间,铸了一把雄剑和一把雌剑,剑是纯青的、透明的,正像两条冰。

干将知道楚王好猜忌又极其残忍,为称雄天下,必不欲自己再为他人铸剑,会杀掉自己。所以就只献出雌剑,留下了雄剑,交代夫人莫邪道:"你已身怀六甲,若生女则罢,如若生男,十六岁后取出雄剑,为我报仇。"莫邪问:"剑在哪里?"干将说:"你只告诉他'出门见南山,松生山石上,剑在松树背。'"如他所料,楚王见他费时三年,仅献一把雌剑,勃然大怒,用干将的血喂了干将铸的剑。

莫邪果然生了儿子。儿子果然长大了,叫作"眉间尺",就是说,双眉之间距离有一尺之宽—当然,古代的一尺没有今天这样宽,但总之是很宽的了,是个奇人。

眉间尺像所有的孩子一样,不见父亲,总想问个明白,莫邪一直等到他过了十六岁生日,方告诉他真相。眉间尺感觉手心攥出了汗,两眼冒火地问:"剑在哪里?"母亲告诉他:"你父亲说:'出门见南山,松生山石上,剑在松树背。'"眉间尺跑出门,并不见山,但见南山墙有一石础,础上有松木柱子。他拿起斧头,劈开松木,眼前青光一闪,并不见剑,仔细再看,寒气逼人,一条似冰似水、若有若无、纯青透明的剑,铮铮作响,似要飞了出来。眉间尺穿上母亲早准备好的一袭青衣,背上宝剑,剑与衣服浑然一体,外人竟看不出。

眉间尺踏上复仇之路。

楚王夜间做梦,看见一个两眉间很宽的奇人要杀他。天一亮,楚王下令悬赏捉拿梦中刺客,并按梦中人的面目画了像,四处张贴。

眉间尺无法接近楚王,在山林里悲愤号哭。一黑衣侠士问道:"你小小年纪,为何悲伤?"眉间尺答:"我是干将的儿子,楚王杀了我父,我要为父报仇,苦于无法下手。"黑衣侠士说:"我替你报仇。只要借我两样东西:一是你的头,一是你的剑。"眉间尺闻言,手起剑落,头已滚到手里。他双手捧着头和剑,交与侠士。侠士接过,见眉间尺身子仍立在那里,便说:"你放心,我一定替你报仇就是!"尺体应声而倒。

侠士用眉间尺的青衣包了眉间尺的头,背了青剑,去寻楚王。楚王从郑国返回,走到宜春城(今汝南和孝镇)宿营。侠士进献刺客人头,楚王召见。侠士说:"这个人是干将的儿子,长相奇特,两眉间有几寸宽。如果把他的头在锅里煮一下,还会唱歌呢。"楚王好奇,命人支口大鼎,烧满开水,把眉间尺的人头丢进锅里,水花溅起,足有五尺多高。那头是秀眉长眼、皓齿红唇,脸带笑容,随水上上下下,转着圈子,忽然,那头睁大眼睛,开口唱起歌来,是听不懂的古怪的歌。唱着唱着,头不见了,歌声也没有了。楚王正看得起劲,忙问这是怎么回事,侠士就叫楚王到鼎边来看,楚王果真情不自禁地走下宝座,刚到鼎口,就看见那头对他嫣然一笑,仿佛似曾相识,因为这小孩正像他的亲生父亲干将。正惊疑间,侠士带的雄剑已铮然飞起,只一闪,楚王的头就落在鼎里了。仇人相见,分外眼红。楚王的头刚到水面,眉间尺的头便迎上来,狠命在他头上咬起来。鼎水即刻沸涌,澎湃有声;两头在水中死战。侠士看眉间尺的头斗不过楚王,便伸开那捏着看不见的青剑的臂膊,忽然一弯,头坠入鼎中,与眉间尺的头一起作战,咬死了王头,四目相视,微微一笑,合上眼睛,沉到水底去了。

大臣卫士们醒过神来,再看鼎里,三颗头都已煮得稀烂,只剩三个白色的头骨,哪是眉间尺的头,哪是王的头,哪是侠士的头,怎么也分不清了,不得已,只好把三颗头和楚王的身子埋在一起。后人把这座坟叫"三王墓"。把煮人头的地方叫作"三头铺"。

中外神话故事

图文珍藏版

扎努扎别

（拉祜族）

传说在很古的时候，地上还没有人，从地下钻出来一个人，名叫扎努扎别。他长得高大结实，身子有天一样高，地一般大，一手可以拔掉一棵大树，一步可以跨七八里路，为人忠厚老实又勤劳。据说天本来很低，像大铁锅一样罩着大地，扎努扎别舂米的时候，他的杵棒举起来碰着天，就把天顶上去了。天神厄莎见了很高兴，想把他收做自己的儿子，就教他种地。但他不愿意做厄莎的儿子，也不愿用厄莎教的办法种地。

扎努扎别力气很大，他用芟刀铲地，一天能铲一座山，他吆牛犁地，一天能犁三架山。他一连七天七夜，一刻也不停地犁地，把田地开了出来，撒上谷种。不久，谷子发芽了，谷子抽穗了，庄稼获得了丰收。八月十五，扎努扎别用新米供祭犁头，拌给牛吃。他说："犁头帮我做活，牛也帮我种田，应该先吃新米。"但却偏偏不奉献给天神厄莎。

厄莎知道后，大发雷霆，就跑来质问扎努扎别："天是我派人造的，地是我派人做的，世上的万物都是我派人创造的。你胆敢不把粮食奉献给我？谁要是不听我的话，谁就要受到严厉的惩罚。"扎努扎别理直气壮地反问厄莎："田是我开的，地是我种的，我自己种庄稼自己得吃，你没有帮我半点忙，我为哪样要奉献给你粮食？"厄莎被驳得无话可说。厄莎表面上不说什么，可是心里却暗暗地想了一个毒计，想把扎努扎别害死。

厄莎使法让扎努扎别的田地里长满了大树和石头，想让扎努扎别种不成庄稼，把他饿死。但扎努扎别力气大，田里的大树他只要轻轻一拔就拔掉了，地里的石头他也用箩筐挑了三天就挑完了。厄莎的第一个计谋失败了。

厄莎一看整不着扎努扎别，于是就放出七个太阳，想把扎努扎别晒死。但扎努扎别一点也不怕，他做了一顶像大铁锅一样的七层帽子戴在头上，遮住了太阳光，照样种庄稼。

厄莎一看晒不死扎努扎别，就又把太阳、月亮和星星一齐收藏起来，把大地变成了漆黑一团。扎努扎别仍不向厄莎屈服，他上山去找来了蜂蜡，粘在黄牛角上，砍来了松明，捆在水牛角上，点着蜂蜡和松明，照得田里亮堂堂的，照样犁田种地，有吃有穿。

厄莎看见扎努扎别还没有整死，急了，又一连刮了三天三夜的狂风，下了三天三夜的暴雨，打了一个大炸雷，一心想把扎努扎别劈死。扎努扎别见势不妙，就赶忙把一口大铁锅和一块大石板顶在头上，雷打下来时虽把铁锅和石板打碎了，他却一点也没有碰伤。厄莎更加发怒了，又放出洪水，想淹没整个大地，冲走所有的庄稼。扎努扎别连忙开沟排水，疏通河道，搬山填洼，所以厄莎放的洪水没有冲走谷子,也没有冲走田园。

厄莎感到用硬办法不行,便想了一个更加狠毒的计谋。他做了一个很大的牛屎虫,在它的角上安上又尖又硬的银针,然后再涂上毒药,叫牛屎虫在夜里飞到扎努扎别住的地方。牛屎虫嘴里不住地"勐谢勐谢"地乱叫,吵得扎努扎别一刻也不得安宁。扎努扎别非常生气,骂道:"连厄莎我都不怕,你这个小东西竟敢在我面前乱叫。"说着,他一脚向牛屎虫踩去,牛屎虫角上的毒银针,便戳进了扎努扎别的脚板里,不一会儿,他的脚就肿起来。

扎努扎别忍住痛,咬着牙,到处去找药,都没有找到,只好到厄莎那里去求救。但狠心的厄莎却拿出一包事先准备好的苍蝇蛋,包在扎努扎别的伤口上,并嘱咐说:"不到七天不能打开,等发痒发痛时才打开,伤口就会好了。"扎努扎别是个老实人,真的照着厄莎说的做了。等到七天后,脚发痒发痛时,打开一看,伤口上爬满了蛆,脚板已经烂了。最后毒药发作攻心,扎努扎别这个巨人,就这样,被厄莎活活地害死了。

扎努扎别死后,各种鸟兽都感到很悲痛,都来吊丧。厄莎知道了,大发雷霆,马上赶走了来吊丧的鸟兽,然后命令老鸹和老鹰来啄扎努扎别的肉,啄了到处乱丢。剩下的骨头,厄莎又把它晒干,用石磨磨碎,变成了灰。这些灰被风一吹,有的吹到河里,变成了鱼;有的吹到空中,变成了飞虫蚂蚁,它们成群结队地飞向天空,去和厄莎搏斗。去了一批又一批,长久不断,使厄莎都抵挡不住。

太阳神
(汉族)

东南海外,天帝封太阳女神羲和为羲和之国女王。羲和为天神帝俊之妻,她生了十个太阳儿子,羲和之国有汤谷,汤谷之水很热,因为每日羲和妈妈为十个太阳儿子洗澡,将水洗成发烫的水。

在汤谷上,有棵高万丈的扶桑神树,树上结的果子,摘吃一个便长生不死。

羲和的十个太阳儿子,九个居下枝,一个居上枝。由羲和妈妈每天分配一个儿子轮班,由日出的东方,驾着龙马金车在辽阔的天空向西运行。

原来十个太阳儿子,由羲和妈妈主持轮流值班,秩序井然,天下太平。忽然十个太阳儿子烦躁起来,觉得生活呆板,商议好一齐上到扶桑树顶,在天空打闹游玩。十日并出,天下热得难熬,烧焦禾苗,枯死草木,人民无食,死亡无数,又加森林和大海的异禽猛兽纷纷出来作恶,吞食人畜,民不聊生。当时尧为人帝,即呼吁天帝帝俊制止十日作乱。帝俊乃召神箭手羿与妻嫦娥到大地治乱,并赐羿金弓银箭,去射杀害人的禽兽,整治十个儿子,吓吓他们,叫他们守规矩。

羿与嫦娥来到人间,嫦娥劝羿要给天神留面子,只叫太阳儿子受伤,不令其致死。可是羿听了尧要严惩的意见,又见人民跪在地上求羿救命,羿很愤怒,便张弓搭箭射日。羿的箭袋有十支箭,尧令人悄悄从羿的箭袋抽出一支箭,尧有意留一个太阳,让他普照大地,抚育人民。就这样留下了一个太阳。九个儿子死了,帝俊心中不悦。羿明明有功,却被贬到人间。羿成了一个悲剧人物,一连遇难,后被他没良心的学生逢蒙杀死。羿虽不幸,但自古以来,人民都赞美他的英雄气概,从未忘记他射日的功劳。

自从只剩一个太阳,这个太阳懒散起来,不是在汤谷洗澡玩耍,就是在扶桑树上睡觉。天神帝俊就派太阳神炎帝带上玉鸡和"若木"神鞭,去调教太阳儿子。

炎帝到了汤谷,太阳儿子还在扶桑树上睡觉,炎帝喝道:"赶快起来! 履行你的天职。太阳的职责是伟大光荣的,全世界的人民都盼望着享受你的光明与温暖,你必须振奋起来履行你神圣的职务。"

炎帝将天神帝俊给的玉鸡,放在扶桑树上,玉鸡一叫,天下的公鸡就随之都鸣叫起来。这时便预示天快明了,太阳神就该准备好龙马金车,出发远行了。

老太阳神炎帝为年轻的太阳神驾起九龙悬车,催促他沿着老路西行。

年轻的太阳神觉醒了:九个兄弟都死了,我应当肩起抚育世界万物的神圣职责。他想到这里,便跳上金色的悬车,抖擞起精神上路西行了。你看那太阳神,气宇轩昂,叱咤风云,驾着龙马金车在天空奔驰。你看那年轻的太阳神,多么威武雄壮,他穿的那青云衣服,在清风中飘飞,他穿的那白霓裙裳,在彩虹中荡漾。那龙马张开翅膀飞翔,那金车的轮子发出雷鸣般的轰响,那车上的云旗,迎风飘扬。

鲜红的太阳升起来了,大地苏醒了,树上的鸟儿在唱歌,世界上的人民正在举行迎神敬神的礼节,摆上各种供品,迎接太阳,欢呼太阳。不分种族,不分肤色,有的下跪磕头,有的边舞边唱。

那些额上雕花的纹身妇女,那些嚼槟榔染黑了牙齿的男人,那些草原上的骑手,那些高山上的猎人,那些手持镰刀和扛锄头的农民,那些织布和赶毡子的农妇,那些跳大神的萨满,那些摇转经的喇嘛,那些女巫男觋,那些鼓乐手和吹芦笛的人,都在祈祷太阳神赐福。

听吧! 整个世界都在歌唱:

神圣的太阳呵,

你光芒万丈,你灿烂辉煌,

请你永远光临大地,赐给我们幸福吉祥。

太阳神呵! 没有你,谁给我们光明和温暖?

没有你,谁给我们幸福和吉祥?

神圣的太阳呵! 没有你,

世界上的一切是非善恶都难以分辨;

没有你,整个世界都会陷入地狱般的黑暗。

太阳神呵,我们祝福你永远光芒万丈,永远灿烂辉煌!

太阳神看到人民的真诚。听到百姓的心声,斗志昂扬,扬鞭催马,让金车飞向前方。太阳神心想:我若怠慢,怎对得起世人的供品和诚心? 天神在上,妈妈在上,我将永远忠于职守,让世人永远欢乐安康。于是太阳神操起弓箭,射杀了那为害的天狼。为庆祝胜利举起北斗当杯,畅饮那桂花酒浆。于是太阳神在茫茫的黑夜又奔回东方,准备明天的航程。太阳神就是这样无休止地奔忙……

人间天宫

传说一天玉皇大帝早朝,登上灵霄宝殿。按照天庭惯例,他垂帘落座,眯缝了眼睛稍事养神,等待着各方天王、星宿、神灵、揭谛等出班呈奏,以处理上天各界种种事务。

他静静地等了好一阵子,怎么?鸦雀无声?他欠欠身,命童子撩起帘子,一看,唉?殿下大庭空空荡荡,竟无一神在位?继而睁大眼睛细瞧,才发现只有火神独自一个,撅了嘴巴坐在那个偏背的角落里。

玉帝忙问火神:"众位天神都到哪里去了?"

火神不高兴地答道:"都上麦积山去啦!"

"到麦积山去干啥?"

"住在那里啦!说是要在麦积山上永享天年哩!"

"怎么?万千年来,大家在天宫不是一直住得好好的吗?为啥突然要移驾迁居,到区区一座麦积山上去呢?"

玉皇大帝

"哼!您老人家还蒙在鼓里呢!麦积山石窟修得比天宫可要好多了!"

玉帝奇怪了,问:"既然如此,诸位天神都到那里去安家,你怎么不去?"

火神眼里闪着泪花,委屈地说:"麦积山上给人家都设了神位,独独没有我的……"

"啊?"玉帝急了,"有我的没有?"

"有,有是有,"火神嘟囔着说,"但不如其他众神的位子那么显赫。"

"哼——"玉帝长长地出了一口气。稍停一刻,就向火神发布命令道:"你去给我召回诸位天神,我有话说!"

"是!"火神应了声,接旨出了南天门,乘一团赤红云彩,径直来到麦积山。

"众位天神听着!玉皇大帝有旨!"火神从西崖喊到东崖,又从东崖喊到西崖,竟无一神出龛接旨。听他喊得紧了,各窟天神都不约而同地"啪!啪!"关了门窗。火神急了,忙从云头跳上崖壁飞桥栈道,挨洞挨窟地捶门敲窗,但是,仍然没有哪位天神愿意离开这人间天宫。

火神终于火了！他重新驾起赤云，龇牙咧嘴，作起法来：面向麦积山崖，上下左右摆动脑袋，口中"呼呼呼"地喷出火焰，直扑各洞神窟。麦积山上的飞桥、栈道、窟门、龛檐，统统起火，哔哔剥剥乱响，顿时成了灰烬；但是，洞洞石窟，还都好好的。

原来，在火起的当儿，众位天神也都念词作法，才保住了龛窟完好无损。

东术争战记
（纳西族）

很古很古的时候，还没有天地日月星辰，也没有江河湖海山川。在上方出现了声音，在下方出现了气息。声音和气息交合，刮起三股白风。白风变出白云，白云酿出白露，白露凝出白蛋。白蛋孵开，出现了最早的盘神、禅神、恒神、高神、曾神和米利东主、米利术主，出现了白、黑、红、黄、绿各色天地山川和万物。三朵白云又酿出三滴白露，一滴白露化成米丽达吉神海。

在金汤玉液般的米丽达吉海里，长出了一棵神树。初生幼苗又细又软，像一根头发辫在风浪里飘来荡去。恶鬼想来砍苗，被天神拦住。恶魔术、斯想来砍苗，善神东、哈连忙来守护。恶鬼不死心，偷偷约了术、斯，在半夜鸡叫前把神树苗砍倒。天神知道了，邀约了东、哈，找来天地如意药，点在神树的断口上，重新接活了神树，慢慢长成了高大的含英宝达树。这棵神树分成十二枝，从此世间有了十二属相；神树每枝生出十二片叶，于是世间有了十二个月。树枝上长出绸缎的叶子，开出金花和银花，结出珍珠。为了这棵宝树，东、术之间结下了冤仇，酝酿着一场战争。

居那若倮神山顶着青天，太阳从它左边旋绕，月亮从它右边旋转。每过三十天，太阳、月亮在山顶相见。从此，世间有了一月三十日的规矩。这座山，分黑白两界：东半光明，西半黑暗，树木不相缠，飞鸟不往来。善神米利东主住在神山东面的白界里，有九座用白石头砌的白房子；恶神米利术主住在神山西面的黑界里，有九座用黑石砌成的黑房子。一天，米利东家的银鼠打洞，一不小心，打穿了若倮山，白界的光明从山洞里漏出去，一直照到米利术家。米利术高兴极了，忙把黑猪叫来，把洞再拱宽拱大，又派遣能者把东地的太阳、月亮偷到手，从山洞里扛回来。米利术拿来粗大的铁链和铜链，把太阳拴在铁柱上，把月亮拴在铜柱上，叫黑鼠看守。

东地丢了太阳和月亮，米利东又气又闷，猜想一定是米利术家偷去，就派黄金蛙去找回来。银鼠因为打错了山洞，正在悔恨，这时便自告奋勇，请求跟金蛙去找太阳、月亮，立功赎罪。米利东答应了。金蛙和银鼠边走边商量，半夜前来到术家。它俩看见黑鼠守着太阳和月亮，米利术睡得正香，三缕头发垂在床边，便施个计，由银鼠用它尖利的牙齿把米利术的三缕头发咬断。到天亮，米利术起床去洗脸梳头，发现头发被咬断，梳也梳不起来，气得手抖脚颤。他见看守太阳、月亮的黑鼠，正龇着尖利的牙齿，猜想是它咬的，更是火冒三丈，拿起棍子就劈头盖脸一顿打，把黑鼠活活打死了。拴在铁柱和铜柱上的太阳、月亮没有了看守的，金蛙和银鼠又高兴又好笑。金蛙跑到门边放哨，银鼠上前咬断铜链和铁链，放开太阳、月亮，一个扛一样，欢欢喜喜跑回东地来，米利东夸奖并赏赐了它们。为了提防再偷去，米利东左手托起太阳，右手托起月亮，念了三遍秘诀，把太阳、月亮重新挂起，东地又亮堂了。

米利东主和老伴茨爪金嫫，有个能干儿子叫阿璐。米利术主和耿拉纳嫫，也有个狡黠的儿子叫安生米委。米利东为提防米利术来偷光明，派阿璐到黑白交界处去巡防。米利术呢，他因为把偷得的光明又弄丢了，很不甘心，叫儿子想办法再去偷。安生米委在黑白交界处碰见阿璐，耍个伎俩，脱下白披毡铺在地上，掏出白螺做的骰子，不容分说拉着阿璐掷起来。安生米委故意每次都输给阿璐，让金子银子迷了阿璐的心眼，又挑逗地问道："阿璐，东的天空多光彩，东的大地长万物，到底是谁造出来的？"阿璐夸海口说："都是我造的。"安生米委奉承道："阿璐真像神仙一样能干，我诚恳地请你到我们那里开天辟地，金银珠宝随便你要。"阿璐不知是计，爽快地答应："放心，等我见过父母就来。"

阿璐来见父母，米利东只管摇头："上山不提防，魔鬼会来缠；狐狸不小心，也会被虎伤。"母亲茨爪金嫫也苦苦相劝："你头上有三个鬼旋，手掌心有三道鬼纹，腰杆上有三个短命记，你去仇家我不放心。"可是阿璐一定要去，说："老虎吃肉不兴吐，男子说话不兴悔，要是我不去，可就要在安生米委面前丢脸了。"米利东无法，只得嘱咐他："天神、魔鬼不一样，东主、术主不一般，你要把术的天开得歪歪的，把术的地辟得斜斜的。到夜深人静的时候，你就悄悄地逃回来，在交界边栽起铜棘，安放好铁铡。"

阿璐来到术地，大显身手。把天开得歪歪的，把地辟得斜斜的。米利术和安生米委拿出成斗的金银珠宝，假意谢他。他一高兴，睡得死死的，安生米委乘机越过边界去东地偷光明。到深夜，静得没有一点人声，狗也不叫，米利术想偷偷把阿璐杀掉，阿璐却在梦中想起父亲的话，惊醒过来，忙把金银装上身，一溜风儿跑回来，在黑白交界处栽铜棘、安铁铡。这时，东家的"穿山眼"和"顺风耳"，发现有个黑影来偷太阳、月亮，大喊一声，东兵东将便追了上来。安生米委心急如跳蚤，慌里慌张往回逃，不小心两脚挂在铜棘上，铁铡"咔嚓"一响，便丧了命。米利东把他埋在九层土下，上面开渠引水，不让安生米委的鬼魂翻身。

开渠工地上，金锄银锄漫天飞舞。狗獾子和吸风鹰干得十分卖力，乌鸦却贪玩怕灰，跳来跳去不扒土，只朝有火和肉的地方飞。米利东来渠边，乌鸦反来告状说："吸风鹰和狗獾子不扒土，光会向火吃烤肉；我一天到晚挖土巴，脚上满是泥土，腰杆弯得就像一张弓。"米利东听了，便不准吸风鹰吃饭（老鹰吸凉风的原因，就在这里），不许狗獾子喝泉水（狗类用舌舔水，古谱出在这里）。金蜂和银蝶打抱不平，戳穿了乌鸦的谎话："鹰在展劲扒土，狗在埋头挖沟，乌鸦乱诬告，整天闲游浪荡的正是它。"米利东气得举起拐杖朝乌鸦打去，乌鸦吓飞了。

乌鸦跳到米利术家，挑拨是非道："米利术主呵，你儿子被东主杀掉，当作死老鼠埋在九层土下，上面还开沟引水，不让他的魂儿超升，难道你不想报仇？我开沟累得要死,米利东还要打我,你难道不可怜我?术主呵,蚯蚓没有骨头,你可不要当蚯蚓呀!"米利术听了,顿时哭声连天:"我有九十九双猛虎样的儿女,谁都比不上米委这条黑龙。如今日月偷不着,倒反赔了命,真像砍了我的右臂,挖了我的左眼。米利东这么狠心,我不报此仇死不瞑目!"说着喊大将肯子丹由、那日左补、米麻生登来密商,立即派人打矛造刀,做弓削箭,赶制藤甲铁盔,操演兵马,准备杀入东境。

米利东料到米利术要来侵扰,派蜜蜂去侦察。蜜蜂飞到术地黑屋顶上,被米利术的马蜂发现、包围了。米利术把捉来的蜜蜂拷问了九遍,又劝诱了七回,蜜蜂都不搭理,术主便下毒手,把蜜蜂的舌头割掉。蜜蜂飞回来,只会"忍哩软嘟"地嚷(蜜蜂飞时"忍哩软嘟"地叫,原因就在这里)。米利东只得又派鲤鱼去侦察。鲤鱼游到术地黑屋底,被米利术的黑鱼发现、包围了。术主把捉来的鲤鱼拷问了九遍,又劝诱了七回,鲤鱼却半句也不吭。米利术又下毒手,割掉鲤鱼的舌头。鲤鱼游回来,嘴巴一伸一缩,再也说不出话(鱼嘴会伸缩,典故出在这里)。

米利东又派白风、白云去侦察。白风、白云在空中,什么都看得一清二楚了,回来报告:"术地有六寨鬼兵在操演,肯子丹由当总管,呆、拉、独、仄、蒙、恩等妖怪都在,铠甲像树叶,刀矛像乱草,战马好像蚂蚁跑,飞箭就像蜜蜂搬家。"米利东听了暗暗发笑:"叫他鸡蛋碰石头,飞蛾扑大火!"连忙在九山七谷设防布阵,派儿子阿璐去当镇守白海的大将:"术兵胆敢来侵犯,就用牛刀斩鸡,杀他个片甲不留!"

果然,术将肯子丹由领兵来犯白海。阿璐施法术,掀起千丈大浪,挡住术兵无法过海。术兵的长矛像乱蜂一样向阿璐戳,术兵的刀像闪电一样朝阿璐砍,术兵的箭像冰雹一样射向阿璐,但有巨浪作护墙,伤不了阿璐一根毫毛。阿璐驾起山峰般的浪头,一头压向术兵阵营,术兵纷纷逃命。术主大骂丹由是蠢材,丹由像丧家狗急得团团转。后来,肯子丹由献了条美人计,术主才转忧为喜。

米利术主和耿拉纳嫫有个漂亮女儿,叫耿拉茨嫫。术主叫她打扮得花枝招展,驾起一朵黑云去白海引诱阿璐。耿拉茨嫫知道米利东主的儿子阿璐是个好汉,心里很乐意去会他,但他又是仇家人,吉凶难卜。她想把阿璐当情人,但父母却要她把阿璐当敌人,一面脸难做两面人,她心里像十五个吊桶打水——七上八下,但父母之命难以违背,不得不照着去做。

阿璐正在看术兵逃跑,忽见天空降下一个花一样的美人,衣摆飘动,发出喷喷香味,对他眯眯笑着。阿璐好像掉了魂,但一想也许是米利术派来的妖精,转身潜入海底。茨嫫绕着海子,轻语柔声地呼唤阿璐。阿璐不回答,茨嫫便露出白手臂,边洗边唱:"天仙世无双,来配英雄汉;白鹤会青松,来会好儿男。术兵早走尽,好汉快出来。银石陪金水,来陪天女玩。"

阿璐变了只白鹰,向天上飞去,茨嫫就变只黑鹰追来。白鹰怕落网,甩开黑鹰又潜入海底。黑鹰尖声叫道:"术兵退得更远了。"追到海里露着胸脯洗澡,又唱起甜蜜的情歌:"仙女要配俊男子,我同阿璐要成双。术兵不会转来了,阿璐快来会天仙。"

阿璐又变只白虎,向山上跑去,茨嫫就变只黑虎追来。翻了九座山七片林,不见半个术兵，白虎就陪着黑虎玩了起来，晚上又躲入海底。茨媢见阿璐即将上钩，又一边洗身一边唱："哪有大鹏像老鼠？哪有蛟龙像鲫鱼？心爱人儿快来哟，等你等得我心苦。"

阿璐又变只白牦牛，茨媢就变只黑牦牛，到陆上一起玩了三昼夜，阿璐放心了，茨媢说："有个好地方，绿玉的天，黄金的地，银子的树，银鸡会唱歌，石头会开花，我们去那儿安家吧。"阿璐半信半疑地跟她走了。走啊走啊，茨媢作起法术，前面果然出现这样美丽的地方，阿璐真的相信了。茨媢又说："前面还更好，银角马鹿在跳舞，金鬃山骡在玩耍。"阿璐惊奇地跟她走了。走啊走啊，茨媢又做起法术，前面果然又出现这样美妙的地方。阿璐心花怒放地说："我们成家吗？"茨媢摇摇头："前头更比这儿好，树木会走路，石头会讲话。"阿璐笑着跟她跑了。跑啊跑啊，茨媢又做起法术，前面的地方果然出现了石头说话树走路的地方。阿璐出了神："就在这儿成家吗？"茨媢暗暗笑道："再走几步吧。"来到黑白交界处，茨媢暗使黑云黑风去给术主报信，米利术派火烟鬼用浓烟罩住阿璐，再给他戴上铁镣铐。这时阿璐才知中了计，但后悔来不及了。

海里没有蛟龙，无风无浪好划船。白海没有大将防守，肯子丹由率术兵卷土重来，轻易地渡过白海，侵入东地。米利东急忙调兵遣将，堵在路上战了三天，顶在寨前斗了三夜，但由于事先没有准备，抵挡不住。米利东是天族，退到天上。小儿依古根库躲到白山上，女儿色爪苟媢逃到白山谷里藏起身来。茨爪金媢是龙女，可以去到水晶宫，但她不愿。她说："坏事有一百件，我没有做过一件。米利术有千斤石，不能压死我；米利术有千把刀，不敢来杀我。"术兵闯进米利东家，东主已无影无踪，只得把茨爪金媢捉来审问："东主躲在哪里？珠宝藏在哪里？"茨爪金媢宁死不说。气得术兵将乱烧乱杀，把能找到的金银牛羊全部掳走。

阿璐被押到米利术的大本营"尼青肯乌"寨，关进一间黑屋里，叫纳补乌吕看守。米利术磨刀霍霍，要杀阿璐，替儿子安生米委报仇。肯子丹由却来报告说，要摘取东地的太阳、月亮，要念秘诀，阿璐知道秘诀，要让他说出来。米利术收了刀，先来拷问阿璐。问了九十九遍，阿璐一字也不说。米利术想来想去只有让茨媢假嫁阿璐，叫她成亲后慢慢地从他口中套出秘诀来。

茨媢不敢不依，对阿璐说："我的心肝，你快说吧，父亲要给你九座金山，母亲要给你九片银海，幸福享用不完呵！"阿璐上过一回当，这次对她一字也不说。茨媢想了九十九法，劝了九十九回，阿璐还是不说。肯子丹由便来威吓："你是过年公鸡罩在竹篮下，你是祭神的羊子拴在木桩上，再不说就当作死鼠埋地下。"阿璐硬铮铮地回答："宁可饮毒水，宁可一人死，不能让东地失去光明。东族是不怕死的，你快来杀我吧，太阳和月亮，你们永远也得不到它们！"

米利术把茨媢假嫁给阿璐，两口儿却成了真夫妻，生下两个儿子：大的叫哈布洛池，小的叫哈布洛沙。哥弟俩出来玩耍，看到囚禁阿璐的黑屋，便指着问："里面关的什么？"纳补乌吕笑呵呵地说："是你们的老祖宗。"孩子问母亲，茨媢含悲微笑地说："是你们的真父亲啊。"阿璐在黑屋里听见儿子的说话声，想叫儿子去东地报

信,便编个歌子唱道:

> 夜空星星呀,是天好儿孙;
> 我的孩子呀,是东后代孙。
> 铮铮硬骨头,东族给了你;
> 圣洁的血肉,东族塑成你。
> 参天的大树,落叶要归根;
> 东族的子孙,快回东家里。

纳补乌吕听见歌声害怕了,拖着孩子来见米利术:"家畜和野兽不能在一处吃草,主人和冤家不能在一桌喝茶。阿璐像个硬核桃,咬他反而断牙齿,茨嫫白嫁他了。我怕他迟早要跑,不如早早杀了他。"术主也没别的办法,就叫鬼兵把阿璐押到黑海边杀死。茨嫫听到凶讯,急忙跑到海边来,哭着对刽子手说:"阿璐漂亮能干,我爱他。我们曾是真对头,假夫妻,可是假的也会变真的。骗他我有办法,现在我却没有妙计救他。恨只恨父亲,恨只恨自己。你们一定要杀他,莫要让三滴血染污了他的脸。害他我有一份,死了我要来陪他。"阿璐被杀死后,她也就在阿璐身旁殉情而死。

米利东从天上回来,东地成了一片焦土,失去父母的孩子在啼哭,失去儿孙的老人在悲伤。倒是青壮年们唱着激昂的歌:"黑魔不久长,光明要回来。黑夜虽漫长,星星在闪光。杀尽黑魔兵,重建新家乡。"这歌声像火塘驱散了东主心上的寒冷,像清泉解了东主的饥渴。他在山头竖起火把,吹起牛角,召回兵将。儿子和女儿回来了,茨爪金嫫逃回来了,焦土又发了芽,枯井又有了水。米利东安置好孤苦无依的老人小孩,发誓雪耻报仇。可是找遍了天南地北,不见阿璐的影子。想起这个能干的儿子,米利东不禁仰天悲啸:"我儿阿璐呵,莫非被术杀了?"啸声传入海里,飞上云霄,洛池和洛沙也听见了。两兄弟躲过黑风黑云,跑到东地来见祖父,哭哭啼啼报告噩耗。米利东得知阿璐真被术家骗去杀了,气得像老虎一样跳,悲痛的泪水像冰雹一样落。

米利东要和米利术决战,请萨利委登当军师,派叶世恒丁去搬天兵。委登作法术,从天空降下许多大铁块,叫铁匠赶做铠甲刀箭;杀掉千百只犏牛牦牛,用牛角做硬弓,用牛皮做弓弦;砍来铁杉树,捉来自箐鸡,做成无数羽翎箭。叶世恒丁请来了天兵天将,请来神通广大的优麻。白风白云去侦察,把术地九个黑堡垒和九个鬼兵寨探听实在。

决战开始了。优麻磕磕牙齿,天空响起巨雷,术地像筛糠一样发抖;优麻把尾巴竖三下,高峰刮起大风卷向术地;优麻把发怒的胡子像森林一样散开,术地好像在打摆子。天兵像潮水般涌去,把术兵像羊群一样赶着。刀剑像星星闪耀,长矛像白浪滔滔,箭镞像落雪下雨,杀鬼像砍瓜切菜。金头白神狮咬死了黑龙,宝绿色的穿山甲咬通了黑虎,白脸豹咬死了铁头黑狗,金孔雀啄起黑蛇乱甩,红虎的巴掌按住黑鬼,使它射不成箭,神射手射死红甲黑妖魔,砍天刀斩断黑旋风,白铁锯子锯死了尖角黑牦牛。天兵天将像大风扫落叶,把术地九堡九寨一扫而光。骑水獭的天将斩了蛙头鬼,骑白狮的天将斩了马头鬼,骑神雕的天将斩了鸡头鬼,骑大熊的天将斩了牦头鬼,骑白狼的天将斩了羊头鬼,骑豹子的天将斩了狗头鬼,骑白虎的天将斩了鹿头鬼。东的白风白云压住术的黑风黑云,东的金翅鸟啄死术主的黑翅鹊,东的白铁斧砍尽术主的铜棘铁桩,东的白梭镖戳通术主的毒水池。米利东派灵巧的白猿猴,把黑魔之首米利术和耿拉纳媆拿住了,肯子丹由、那日左补也无法逃命。杀尽术家鬼兵,烧了术家的营寨,把术家的黑地冲毁,把术家的黑水截断,把术家的火种灭绝!割下术主的头做石碑,取下术主的骨头做号角。术天割下来做地,术地翻上来做天,黑暗无法再逞狂了。

米利东和百姓一道庆功,用从术地夺回的金银珠宝犒劳天兵天将。从这以后,太阳和月亮永远挂在蓝天上,大鹏、白鹤自由自在地飞翔。大地上六畜像金丸滚动,五谷像珍珠铺盖,少男少女有了好婚姻,老翁老妇得了好寿岁,东地过上了安定的日子。

天宫大战
(满族)

自从出了恶魔耶鲁里,天宫里就再也平静不下来。耶鲁里仗恃自己的魔力,欺凌天神阿布卡赫赫、巴那姆赫赫、卧勒多赫赫三姊妹,被福特锦力神捉住。可是他恶心不死,在黑夜里又悄悄冲向天空,口喷黑风恶水,淹没了宇宙大地。阿布卡赫赫升到天上,得到天神报告,知道耶鲁里逃出,可是已经晚了。这时候,耶鲁里把兴恶里鼠星女神捉住,并放走了神鹰,阿布卡赫赫迎面冲上来,他又把阿布卡赫赫身上用九座石山、九座柳林、九条溪流、九副兽骨编成的战裙给扯了下来。阿布卡赫赫丢了护身的战裙,只好逃了出来,身体疲乏,支持不住,昏倒在滚动着金光的太阳河旁。

太阳河旁有一棵高大的神树,神树上住着一个名叫昆哲勒的九彩神鸟。它一见阿布卡赫赫倒在河边,连忙扯下身上的羽毛,给她擦腰上的伤口,又衔来太阳河水冲洗,还用九彩神羽临时给阿布卡赫赫编了个战裙,护住腰部。阿布卡赫赫的伤很快好了,慢慢苏醒过来。巴那姆赫赫赶来,见到阿布卡赫赫失去原来的战裙,立刻把自己身上生息的虎、豹、熊、鹿、蟒、蛇、野猪、蜥蜴、鹰、雕、江海牛鱼、百虫等的魂魄摄来,让每一个兽、禽的神魂献出一招神技,帮助阿布卡赫赫。又让它们每一个都从自己身上取下一块魂骨,由昆哲勒神鸟在太阳河边用彩羽重新为阿布卡赫赫编织成护腰战裙。天神阿布卡赫赫穿上新的战裙,天空才变成现在这种颜色,她又有了寰宇无敌的神威,姊妹三个在众神禽、神兽的帮助下打败了九头恶魔耶鲁里。

不知又过了多少万年,洪荒远古的人们把阿布卡赫赫称为阿布卡恩都力大神。可是,大神性喜酣睡,高卧九层云天之上,呵气为霞,喷火成星,所以北地总是冰河覆地,雪海无边,万物不生。巴那姆赫赫见到这种情景,教人掘地穴居住。

不知怎么回事,阿布卡恩都力额上突然生出个红瘤"其其旦",脱落下来化为美女,脚踏火烧云,身披红霞星光衫,嫁与雷神西思林为妻。后来,风神把"其其旦"抢走,想和她繁衍子孙,送到大地上去。"其其旦"见大地上冰厚齐天,子孙无法在那里生存,就盗出阿布卡恩都力心中的神火下凡。她怕神火熄灭,把神火吞进肚里;嫌自己两脚行走太慢,又以手当足帮助奔驰。就这样,天长日久,她在运送神火下凡的途中被神火烧成虎目、虎耳、豹头、豹须、獾身、鹰爪、猞猁尾的一只怪兽,变成拖亚拉哈大神。她四爪蹬火云,巨口喷烈焰,奔驰如同闪电,驱赶冰雪,逐去寒霜,光照群山,为大地和人类送来火种,带来春天。拖亚拉哈大神虽然来到大地上,可是,因为她曾嫁给雷神,所以雷神时常到处找她,每逢天上打雷,那就是性情暴烈的雷神西思林在向风神索要妻子呐!

吕洞宾给王母娘娘拜寿

王母池里住着王母娘娘。三月三和九月九是王母池的盛会,人到的比较多,卖东西的就像集市一样。三月三是王母娘娘的生日,所有的群仙都要到王母池聚会,给王母娘娘做寿。这一天,上八仙、下八仙、中八仙和所有的仙都来了。可王母娘娘说:

"这么多仙,谁来给我做寿都可以,就是不让吕洞宾来,他贪图酒、色、财、气。"

洞宾说:

"我怎么贪图酒、色、财、气了?我离这里很近,就在吕祖洞里,你从这里都可以看到。"

王母娘娘说:

"你还不服气呢!我问问你,首先说酒,谁都知道八仙醉酒。每个仙都喝得酩酊大醉。你是八仙之一,怎么能说你不喝酒呢?"

吕洞宾说:

"这个我承认。可我不贪色呀!"

"你不贪色?那我问问你,各处的书上,戏剧上和画上都画着洞宾戏牡丹,你不贪色吗?"

洞宾说:

"可我不贪财呀!"

"你不贪财?八仙闹海,你们一直打到龙宫里去,龙宫里的东西你拿的不少,你怎么能说不贪财呢?"

"可我没气呀!"

"你和龙王打仗,你死我活的斗争,你这不是气吗?不生气能打仗吗?"

说得洞宾服了气了。可他说:

"我是个小仙,是中八仙之一。可你呢,你也贪图酒色财气呀!"

"我怎么贪图酒色财气了?"王母娘娘问。

洞宾说:

"你看,这么多仙都来给你做寿,带来了许多美酒,你怎么不贪酒呢?"

"我不贪色!"

"你不贪色?九天玄女陪着你,各种海仙女神那么多,还不是色?"

"我不贪财呀!"

"你不贪财?谁给你做寿不拿些东西来,八仙、三仙和其他的仙都给你送了礼,怎么能说你不贪财呢?"

"我没气呀?"

"你没气?那你为什么和我生气,不让我进来为你做寿呢?"

说得王母娘娘也无话可说。

吕洞宾犯了酒色财气,王母娘娘也犯了酒色财气。

碧霞元君占泰山

从前,各路神仙云游天下,寻找名山胜地,占个地方,好领受人间香火。

老佛爷驾着云头,来到泰山,看见山势雄伟,风景绝佳,心中大喜,就想占这山,又怕日后空口无凭,就在泰山绝顶上,埋下一只木鱼做标记。

那时节,碧霞元君也驾着祥云来到泰山,一看呢,山清水秀,满山松柏,也爱上了泰山,就想在绝顶埋只绣鞋,作为占山的标记。哪知刚挖下三尺,挖出了个木鱼子。她认识这是老佛爷埋下的占山标记。碧霞元君急中生智,耍了个手腕,她就把木鱼子搁在一边,又挖了三尺,把自己的绣鞋埋在下边,然后又用土石把木鱼埋在上面。就去游泰山了。

老佛爷见碧霞元君爱恋此山,不想离去,就对她说:

"这山我可早占下了。"

碧霞元君回答道:

"告诉你,这泰山是归我所有了,倒是老兄你不能在此久留。"

老佛爷和碧霞元君为了争占泰山,吵起来了。

这一天,可巧玉皇大帝召集天下各路神仙到泰山集会,说天下各个名山都有了山主,泰山还没有,看看谁坐泰山合适。各路神仙纷纷表示,还是按老规矩,谁到泰山来得早,谁就是当然的泰山神。玉皇大帝问道:

"到底谁到泰山来得早啊!"

这时,老佛爷站出来了,说:

"我来得最早,我应当当泰山主。"

玉皇大帝问:

"你来泰山早,可有什么凭据?"

老佛爷说:

"我在绝顶上埋了木鱼子做记号,不信可去看看。"众神仙一听有凭据,看看去吧！正在这时,碧霞元君也走了出来,说:

"我来得最早！"

玉皇大帝问道:"你来得最早,有什么凭据呢?"

"我在绝顶上埋了一只绣花鞋做记号。"

玉皇大帝一听,有了分歧了,各有各的理,那就去看看再说吧！

玉皇大帝与众神仙一起来到绝顶。老佛爷就蹲下挖木鱼子,挖下三尺,拿出个木鱼,理直气壮地说:

"众神请看,这就是我占山的凭证！"

碧霞元君说:

"等一等！请你再往下扒扒看！"

老佛爷往下一扒,扒出一只绣鞋。

碧霞元君说:

"众神请看！这就是我占山的凭证。谁的标记在底下,自然就是谁来得最早了。"

众神仙判断,先埋的绣鞋,后埋的木鱼子,这样,山主自然应该由碧霞元君当了,就封她为泰山神。

老佛爷明知上当,但也有口难辩,气愤愤地说:

"我要晒死你这个黄毛丫头！"

老佛爷一气之下,就把泰山顶上的松柏树拔了个干干净净,他用一个挑子,一头一捆,挑着往下走,走到南天门,怪累得慌,自己寻思寻思:"这事办得有点傻气了,我挑它干什么呢？就把挑子放下来,叫它滚到山下去算了！"他就用脚把前边一捆蹬到前山坡上,就是现在对松山长得挺拔秀丽的一片松;后边的一捆蹬到后石坞,那里也长了一片苍劲奇绝的松树。

老佛爷赌气又拔了两棵白果树,到了山后的歪头山上的佛爷寺住下。至今佛爷寺的山石上,还留下两个老佛爷的脚印,东边的一个叫"东佛脚印",西边的一个叫"西佛脚印"。这两个脚印至今还有。当年老佛爷从山顶上带去的两棵白果树,现在已长成了几抱粗的大树。

唯独泰山顶上至今没有松柏树。

碧霞元君晒得慌,很苦闷,常哭泣落泪,她的眼泪变成的一些小树,叫"哭泪树"。

碧霞元君埋绣鞋的时候,傲徕峰看得清清楚楚,有些不平,就狠长猛长:你占泰山了,我非压过你不可！

碧霞元君看事不妙,抬起右脚朝傲徕山顶蹬去。那傲徕山峰哪里招架得住,只听得一声震天巨响,倒塌在南山麓。现在如果从泰山西南麓看傲徕峰,半山腰里有一片片的白石头，就像山峰刚坍塌了一样子。

白氏郎的故事——泰山众神的由来

俗话说"济宁州的货全，泰山上的神全"，这话一点也不假，什么"万仙楼"呀，"千佛洞"呀，泰山上的神为什么这么多，这么全呢？这里还有一段很有趣的故事呢！

八仙

相传在很古以前，吕洞宾、铁拐李等八人来到泰山上居住修仙。在泰山上同时修仙的还有一个女子叫白牡丹。这一天，吕洞宾出来游玩，见到白牡丹，见她长得有十分人才，真像一朵牡丹花那么美；人间哪有这样的女子，因此起了不良之心。

吕洞宾回到洞里之后，心中时刻想着白牡丹，抽空就去找她，二人说些情话，这就是我们常说的"洞宾戏牡丹"。

半月之后，白牡丹怀了孕，吕洞宾却折去了五百年的道业。白牡丹再也不能继续修仙了，众仙也都笑话她，她在泰山上无脸居住，羞答答地直向东南而去，一直来到了徂徕山的前怀，在一个小村子南面的破庙里住下。以后生了个儿子，白牡丹给他取名叫白氏郎。

白氏郎长到八九岁，真比别的小孩伶俐，白牡丹就叫他到山阳庄去上学。两庄相隔五六里路，中间有一条小河。说来也奇怪，白氏郎一到河边，便有一个老头说："别脱鞋了，我背过你去吧！"白氏郎便趴在老头的背上，老头就把他背过去了。放学回来，老头又在河的西岸把他背过来。天天都是这样，眼睁睁进了腊月。这一天，白氏郎放学回来，白牡丹对他说："你过河可要小心，别冻坏了脚。"白氏郎说："我过河从来不脱鞋。"白牡丹惊奇地问："不脱鞋怎么过河？"白氏郎就把老头背他过河的事说了一遍，白牡丹听后很纳闷，便说："你再上学的时候，问问他为什么背你？"白氏郎点头答应了。

第二天，白氏郎又来到河边。只见这老头早就在这里等着呢。白氏郎便问他：

"这么多人你不背他们,为什么偏偏背我呢?"老头说:"他们没那个命。"白氏郎连忙问:"我有那个命吗?"老头说:"那当然了,你是一朝人王帝主,以后要当皇帝。"白氏郎听后,记在心里。

白氏郎回到家里同母亲说了这件事,白牡丹听后,非常高兴。

这一天,正是腊月二十三,白牡丹在家忙着买菜、蒸糖瓜、办年货,还准备着摆供,打发灶王爷上天。家中又很贫寒,又没有亲人,因她生了个私生子,别人都瞧不起她,借没处借,求没处求,非常着急。又和众邻居闹了饥荒(吵架),自己在家生闷气,气还没消,白氏郎哭着回家来了。白牡丹连忙问他:"好孩子,你哭的吗?"白氏郎说:"人家的孩子都骂我,说我是没爹的!"白牡丹听后,连忙说:"好孩子,别哭了,叫他们先骂着吧,你好好上学,我给你下饺子去。"白氏郎不哭了。白牡丹来到饭屋里,心想:只因没男人,街坊邻居也给气吃,孩子上学也受人欺侮。她越想越恼,越想越气,拿起了一根火棒,抬头看见了灶王爷,便用火棒敲着灶王爷的脸说:"灶王爷啊灶王爷,你看着吧,要是俺的儿得了帝,我有仇的报仇,有冤的报冤,非杀个血流成河不可!"她越说越气,越气越用力,连着打了十几火棒,把灶王爷的鼻子打破了,把门牙也打掉了。这灶王爷来到天上见了玉皇大帝,跪在地上便说:"大帝啊,可了不得了!"玉皇大帝一看,灶君满脸是血,一个牙齿还在外边奋拉着,问:"怎么啦!"灶君说:"这是白氏郎他娘打的,她还说:'要是她的儿得了帝,有仇的报仇,有冤的报冤,非杀个血流成河不可。'"玉皇一听很生气,说:"这还了得,当一个平民百姓,谁还不得罪几个人,有仇就杀那还能行,再说还没得帝就把灶君先打了一顿,要是得了帝还要天吗?"便吩咐四员天将:"到来年的龙节(旧历二月二)先抽去白氏郎的龙筋。"

再说白氏郎这天又上学去,白胡子老头仍然在河边等着。白氏郎来到跟前,老头说:"我就背你这一次了。"白氏郎忙问:"为什么?"老头说:"你娘说瞎话了。"接着就把事情的原因说了一遍,白氏郎听后,连忙跪下说:"好爷爷,你想办法救救我。"老头说:"我也没办法救你了,玉帝已下了御旨,来年龙节抽你的龙筋。现在还只有一点办法,就是在抽龙筋的时候,一定咬着牙,不要吱声,这样只能抽没了你身上的龙筋,抽不了你嘴里的,剩下一个龙牙玉口,你说一句还当一句。"说完老头就不见了。

白氏郎回到家里,娘俩抱头哭了一场。白牡丹摸着他的头说:"孩子,别哭了,到那一天我把你藏起来,叫他们找不着你就行了。"白氏郎一听也是好主意。一过了年(春节),娘俩就数着天数过日子。谁知又数错了天数,这一年的正月是小月,二十九天,本来已经是二月二了,白氏郎还认为是二月初一呢!起早他又上学去。刚走到半路上,只见天上忽然起了一块黑云彩,一个闪跟着一个雷,真是把人的耳朵都震聋了。白氏郎一看,知道坏了。他见路边有一块坟地,跑到那里,趴在供台石桌子底下。刚刚趴下,只听一个沉雷,把石桌子掀在了一边,开始抽他的龙筋。白氏郎咬着牙,闭着眼,忍着抽筋扒皮和脱胎换骨的难受,一声不吭。

龙筋抽完了,只剩下一个龙牙玉口。从此白氏郎也不上学了,急得他疯疯癫癫的。他恨透了神,他想:母亲说的话要不是神给她报告,玉皇怎么知道呢?他决心把全部的神都扣押起来,叫他们永远不露头。这时,他家里的生活更困难了,家里除了白氏郎用的一个葫芦外,再没有别的了,白牡丹已经要了饭。白氏郎就拿起了这个葫芦说:"我要用它把所有的神都装起来。"来到了饭屋里,看了看灶君,气得他咬牙切齿地说:"灶王爷,到葫芦里来吧!"只听"吱"的一声,一阵小旋风过后,灶君真的进葫芦了,白氏郎一看大喜。因他是龙牙玉口,说一句当一句,这葫芦也真的成了他的装神葫芦了。

白氏郎提着葫芦,走出家门,一直向东,边走边装,周游了天下的名山名水、庙宇、仙洞,把所有的神都装起来了。也不知过了几年,这一天又来到了泰安神州。

这里先不说,再说那号称泰山奶奶的碧霞元君在泰山顶上掐指一算,大吃一惊:不好!白氏郎装神已到了神州,眼睁睁就要装到自己头上。她低头一想,心生一计,连忙派了四条火龙,把白氏郎团团围住。这时白氏郎提着装神葫芦来到莲子洼,前不着村,后不着店,走得又饥又渴,浑身像着了火。正在这时,只见从北面来了一个老太婆,左胳膊挎着竹篮,右手提着个瓦罐。白氏郎一见连忙向前迎去,谁知行走更困难,一步一喘,好似上了火焰山。白氏郎费了好大的劲才来到老太婆的跟前,弯腰施了个礼说:"老婆婆,你干什么去?""给俺儿子送饭去。""拿的什么?""这是单饼,这是米汤。"白氏郎一听连忙说:"好婆婆,我又渴又饿,给我点儿吃吧!"老太婆一听连忙说:"这可不行,这是给俺的儿吃的,你吃了叫俺的儿吃吗?""好婆婆,你救救我吧!我饿坏了。"老太婆故意停了停说:"咱一不是亲戚,二不是朋友,凭什么给你吃?这样吧,你若跪下磕个头,叫我三声亲娘,我就也给你吃,也给你喝,你若不叫,我走了。"白氏郎想:过去这个村,就没这个店了。他又四下里看了看没有一个人,于是就双膝跪倒,磕了四个头,叫了三声亲娘。老太婆连忙答应了三声,就拿出了单饼、米汤,白氏郎吃饱喝足,转眼之间,老太婆不见了。

原来这老太婆就是泰山奶奶变的,她骗了白氏郎后,收了四条火龙,来到泰山顶上,专等着白氏郎的到来。

白氏郎吃饱喝足,提着宝葫芦继续向前走,逢庙装神,遇洞收仙。这一天正是三月二十八日,来到了泰山,顺着东盘路,一直向上走。来到半山腰中,见这里有一个大门楼,他就走上去,把他的葫芦挂在大门楼上,在上面坐了坐,因此,这楼就叫"万仙楼"。

白氏郎休息了一会儿,继续向前走,来到"碧霞祠",见了碧霞元君,刚想念咒,只见碧霞元君大怒道:"好没良心的白氏郎,你吃了我的单饼,喝了我的汤,还拜了我四拜,叫了三声娘,你装别人我不恼,不该上山装你娘。"

白氏郎一听,大吃一惊,抬头一看,原来是送饭的老太婆,白氏郎急忙跪倒。"砰"的一声,葫芦掉在地上摔碎了,骨碌碌顺着山沟向下滚去。众神慌慌张张都爬出来,四处躲避,逢庙的进庙,遇洞的钻洞,因此从山顶到山下,各个洞里,各个庙里,都有了神仙。

泰山奶奶说:

"孩子,你已把众神邀到这里,御旨已下,都归我管,保佑神州,国泰民安。你也该认认你父亲了;你父亲就是吕洞宾,在山脚下修仙,快找他去吧!"

白氏郎走后,再说众神安好了座,都来到山顶上给泰山奶奶谢恩。这一天正是古历三月二十八日,据说每年的三月二十八日上山烧香磕头,就是从这里开始的。

那白氏郎寻父心急,一口气跑下山来。眼前出现了一条小河,有丈余宽,没底的深,两岸都是陡壁,他为了难。

再说吕洞宾在洞里掐指一算,知道儿子在找他,就来到河边。白氏郎见有人来,刚想开口,吕洞宾开言道:

"我就是吕洞宾,要是我的儿子,上我的手上来。"接着把手伸过对岸,白氏郎站在他手中,吕洞宾把手一攥,立时把白氏郎化为脓血,吕洞宾放在嘴里吃了,还了他五百年的道业。

白氏郎住过的石庙从此后就叫白氏郎庙子,这个村子就叫"白氏郎庙子村"。以后人们叫着顺嘴,就叫"白庙",就是现在的白庙大队。

望月台

伏牛山峨岭口的东崖上,有一个望月台。台上有三颗柏树,柏树顶上的树枝横生竖长,纠缠在一起。胆大人可以在树顶上睡觉。据说,每月从初十到二十,谁碰巧歇在半山腰,如果上到三棵柏树顶,就能看清楚天上的事儿。

这个望月台是咋来的呢?原来跟唐僧取经有牵连。

当年,唐僧师徒四人,去西天的路上,有一天翻过轩辕关,路经白马坡,歇息在伏牛山脚下的一个土地庙里。

晚上,孙悟空听不惯唐僧哼哼唧唧念经,又不敢吭声,就带着猪八戒出外转悠去了。他俩出来一看,见山前山后,碎石成堆,土松如沙,寸草不长。只有半山腰是一片树林子。

二人来到树林旁边,只见高高地竖着一块大黑石。黑石上面写有禁止百姓进林子的小诗。二人心里奇怪,找个老百姓一打听,才知道原来这儿地薄民穷,那年向龙王求雨献礼少,得罪了龙王,三年不下雨,成了大灾。贫人打几口井,夜里大风一刮,便长出了这片林子。龙王不准百姓打井,林子里的野兽,也不准百姓打猎。谁违抗,就要天火烧身。

孙悟空听了勃然大怒,当时就要去找老龙王算账。八戒在一旁笑了笑,说:

"唉!猴哥儿,只要俺老猪在,何用你亲自出马!"

当时,猪八戒迈开大步,把铁耙一抡,就朝林子抓去。只听一阵风声响,只震得山摇地动,碎石乱滚,尘土冲天而起。仔细一看,耙子抓过的地方,早出现了一片方圆二十来亩大的池子。泉水咕嘟咕嘟冒了上来。这就是如今偃师县有名的"雷公池"。

第二天,太阳一出来,师徒就收拾行李上路了。远处看去,山腰的大水池像一面镜子一样,悬在山上。老百姓成群结队,围着小池子转,对一夜间出现这么个天池感到奇怪。

唐僧一边走一边想,忽然心里一动,说:"悟空、八戒呀,你们办好事,龙王会依吗?咱们走了,还不是百姓受害、造孽呀!"

八戒、悟空听了,一时哑口无言。最后,沙僧说:"师傅不需烦恼,只要叫我大哥给龙王一说不就行了。"别的人没说什么,只好这样。

孙悟空一个筋斗云,腾上天空。又一个浪里钻,闯进了龙宫。他把海龙王叫出来说:"从今以后,你这老龙再也不准祸害百姓。"

龙王哪里肯答应。当时,二人就打起来了。孙悟空把大海、蓝天直搅得昏暗一片。最后,大战到伏牛山,猪八戒也抢起铁耙抓了上去。老龙王抵挡不住,正打算逃命,不妨被八戒一耙子下去,打得现了原形。悟空、八戒急忙抓住这头老龙,按在山头。因一时用力过强,竟把伏牛山碰了一个大豁子,后来就成了如今的峨岭口。

二人降服了龙王,警告他说:"我老孙有千里眼、顺风耳,前知一千年,后知一千年,你不老实,不要忘了老孙的厉害!"龙王只好点头答应了。

老龙被放走了。孙悟空又对老百姓说:"今后,老龙如不按时行雨,祸害百姓,我就在这山腰修个台子。只要你们登台大喊三声:'孙大圣何在?'我就来收服老龙王。"

悟空说罢,举起金箍棒,照准山崖上轻轻一戳,立即开出了一片平地。然后拔下三根猴毛,吹口气,说声"变"!早有三棵柏树吊角儿生长出来,眨眼间长了丈把高,树顶又极巧妙地合在一起,就像一张天床。

老百姓看得出了神,连道谢都忘了。孙悟空也趁机赶唐僧他们去了。

从此以后,这里一直风调雨顺,雷公池也一直给这一带的人浇灌果木、庄稼。

姜子牙封神

《封神榜》上的各位都到齐了,姜子牙就坐在封神台上开始封神。他把天下的诸庙都分给了众鬼魂,独独泰山的岱庙没分,想把它留给自己。

这时候,黄飞虎从桌子底下钻了出来,说:

"还有我没地方呢!"

姜子牙知道岱庙自己占不成了,就想了想说:

"我先杀了你,把你封在岱庙。"

黄飞虎说:

"岱庙是个好地方,可是你杀了我再封我,我就不知道你怎么封了,还是封了再杀吧!"

姜子牙说:

"好吧！那就封了你再杀！"

这样，就把黄飞虎封在岱庙了，封了以后就要杀他，黄飞虎忙说：

"你杀不得我了，只有封神，哪有杀神的？"

姜子牙一听，无话可说了。所以，普天下的神只有黄飞虎是个活神。

盗火女神——拖亚拉哈
（满族）

相传在上古蛮荒时代，天地万物处于一片混沌状态中，天宫中只有一个神力最大的女神——阿布卡赫赫。她是宇宙第一物质——气——运化积聚而成的天地尊神，神性无与伦比，力量无以穷尽。她可以气生万物，幻化出宇宙中的万事万物。由于宇宙中的物质逐渐增加，便慢慢分化出清与浊，清浊分化，上清下浊，于是在阿布卡赫赫下身裂变出了巴那姆赫赫（地神）女神。后又因气与光的变化，卧勒多赫赫女神也从阿布卡赫赫身上裂变出来，这样宇宙中便先出现了三位赫赫有名的女神。三位女神不断用自己的身体创造着万物与神祇，却在无意中造出了一个九个头的怪神——耶鲁里，它凭借着自己聚集了三个女神的神力，百兽的智慧与力量成为宇宙中最大的恶神，与众多善神们展开了一场空前的争夺最高神位的战斗，善恶相争，最终胜利的一定是善良的一方，三位女神最后带领着众神打败耶鲁里，恢复了天宫的平静，阿布卡赫赫仍然是最高的母神。

又不知过了多少万年，人类仍然处于洪荒的远古时代，此时的最高女神阿布卡赫赫已经幻化为阿布卡恩都里大神。阿布卡恩都里在高高的九层天上居住，他呵出的气能化成云霞，喷出的火能化为星星。此时天地祥和，山河宁静，阿布卡恩都里也逐渐开始懒散怠慢起来，经常整日酣睡，因此北方的气候变得寒冷刺骨，冰河覆地，雪海无垠，万物不生。在阿布卡恩都里没有将火种降临人间之前，人类只能茹毛饮血，久居于地穴之中，几乎同动物过着相同的生活，饱受着寒冷的肆虐。这时火种只存在天上，而阿布卡恩都里也只在每年秋季巡视人间之时，才将天火带来供人们享受一天。那一天，一堆堆天火照亮大地，排排火把插满人间，人们围在火堆旁，吃着火烤的野味，煮熟的食物，其乐融融。但是一天过后，天神又把全部火种带回天上。虽然人们不断地要求天神将火种传到下界，但是天神却说人间不会使用火，会把神创造的人间烧毁。就这样，人间度过了不知道多少年没有火的日子。只有当拖亚拉哈大神将火种带到人间以后，人类才真正过上了有火的生活，告别了寒冷与黑暗。

阿布卡恩都里的额头上生有一颗红瘤，名叫"其其旦"。由于它长在天地间最有神力的大神头上，逐渐地具有了神的智慧，又不断吸收天空中太阳、月亮及众星的精华，久而久之，"其其旦"化为一位美艳动人的仙女，她脚踏着火烧云，身上披着红霞与星光做成的衣衫，美艳动人。阿布卡恩都里将她嫁给了自己的儿子雷神西斯为妻,并把看管天火的任务交给了她。一次,又到了一年一度的人间举行天火大会的日子,"其其旦"跟随阿布卡恩都里来到人间。她看到人们在没有火的世界里,生活得无比艰辛。夜晚漆黑一片,人们要靠扔石子探路行走。寒冬,人们要一起躲进冰冷的洞穴里,吃生的食物,冻死的人不计其数,人类几乎无法代代延续下去……看到这些,"其其旦"那颗善良的心就像被刀割一样疼痛,她再也无法忍受天神的自私行为给人间带来的痛苦,决定把天火盗走,将其永远留在人间。当火把大会结束时,众神都随阿布卡恩都里返回天宫,只有"其其旦"偷偷躲到一棵大榆树尖上。天神们走尽以后她才跳下树来,拿出天火。人们见到火都高兴极了,向"其其旦"欢呼跳跃。她还教会人们如何使用火,但是由于她担心离开天宫的时间太长,会引起天神们的怀疑,就匆忙地教了教人们简单的点火及使用的方法,忘记了教人们如何保存天火,这也就导致了以后的人类只能将火种大堆大堆地燃烧,甚至引起火灾。虽然"其其旦"以最快的速度赶回了天宫,还是被阿布卡恩都里发现了她偷盗天火的秘密。于是,派天兵到人间收回了全部火种,从此人间依旧寒冷、依旧黑暗。过了很久,飞来两只喜鹊,它们告诉人们"其其旦"被天神绑在一棵百丈高的大神树的树尖上,需要找到一种神奇的红果,才能脱离天神的束缚。人们为了报答其其旦的恩情,到处寻找红果,经历了千辛万苦人们终于找到了传说中神奇的红果,并请求喜鹊把红果带给其其旦。当其其旦吃下红果以后,捆绑在身上的天锁真的奇迹般地脱落了,还增加了神力,更重要的是她可以随意的隐身,成了天宫中唯一可以隐身的神。这样其其旦就隐身来到了天火库,她趁着看管天火的田鼠睡觉的时候,又偷走了火种,再次来到人间。可是没走多远,就听见身后有洪水奔流的声音,当其其旦回头的时候,洪水已经就要到眼前了,原来天神阿布卡恩都里早已经预料到其其旦会再去偷天火,于是就派水神去追赶,要熄灭她手中的火种。其其旦为了保住神火,就把天火吞进肚子里,可是洪水仍然来势汹汹,她嫌两腿行走太慢,便四肢着地,以手为足辅助飞驰。这样天长日久,她终于在运火的途中被神火烧成虎目、虎耳、豹头、豹须、獾身、鹰爪、猞猁尾的一只怪兽,变成拖亚拉哈大神。她四爪踏火云,巨口喷烈焰,能驱赶冰雪、寒霜,火光照耀着冰峰的山川,给大地带来了春天。而天神阿布卡恩都里被拖亚拉哈的举动所打动,决定不再追究她偷盗天火的行为。人们为了感谢这位勇敢的女神,每年都进行定期的祭祀活动,以纪念盗火女神的英勇事迹,并祈求女神的庇佑。

大黑天神
(白族)

剑川狮河村分上河、下河两个寨子。本主大黑天神,传说原是玉皇大帝身边的侍者。

三月初三,玉帝临朝时,值日星君接二连三来报:好几位大仙不来上朝,经查已私逃人间。玉帝坐在龙椅上,气得吹胡子瞪眼睛,心想:凡间有何稀奇,惹得真人、大仙摆着天福不享,偏动凡心?难道玉液琼浆、蟠桃仙果比不上人间粗茶淡饭吗?今天我倒要看看凡间有何美景、乐趣! 于是来到南天门外,吩咐云神拨开云头,观看人间。

呵呀呀,这一看,可把玉皇大帝惊呆了。原来他看到的正是狮河地方的春景。只见桃红柳绿,春燕飞舞,豆麦扬花,小秧正绿。下河村前,剑湖像面明镜;上河村后,松青柏翠,山泉潺潺。田野正闹春耕:白衣绿袖红坎肩的白家女子,像一群喜鹊,边薅绿秧,边唱着动听的白族调。白家汉子赶着耕牛,翻田犁地,悠然自乐。小船儿漂在湖上,渔歌阵阵;牧童光着身子,嬉笑戏水……这一幅生气勃勃的春景图,天宫里怎能找得到呵!

玉皇大帝越看越忌妒。他不能容忍人间胜过天宫。回到宫里,叫瘟癀昊天大帝送来一瓶瘟药,派身边侍者把它撒到人间去,让人间人亡畜死,树枯水干!

侍者不仅长得俊秀,心地也十分善良。他不愿做这种伤天害理的事,无奈玉帝下了圣旨,只得违心地带着瘟药下凡来。他驾云来到狮河上空,正值夜半三更,万物都在沉睡,人们做着甜蜜的梦,大地静悄悄的,只有风儿吹送着花香。呵,多么安谧、美妙的人间呀! 侍者打开瘟药瓶,心里左右为难。撒下去吧,他不忍心把这么美好的人间毁了;不撒吧,违了玉帝圣旨,定被送上断头台,或者永远打入天牢。怎么办? 怎么办? 忽然,雄鸡一声高叫,东方发白了,勤劳的白家人下地了,笑语喧哗,牛鸣马叫……这生命的声音牵动着侍者的心,他更不忍心把瘟药撒下去。到底怎么办呢? 他决计牺牲自己,拯救万方生灵,便把瘟药全喝到自己肚里去了。

人间免除了一场大难,可是侍者喝了瘟药,俊秀的脸膛被烧得黑乎乎的,像个马蜂窝,霎时浑身发肿流脓,双脚软飘飘的,再也驾不住云头,跌落到上河村的后山上。

太上老君把这事托梦给狮河人,上河村的百姓十分感动,把侍者奉为本主,在他跌落的地方盖了本主庙,让他享受人间香火。因为不知他的名字,就尊他为"大黑天神"。

白云格格

(满族)

兴安岭山河沟岔,为啥盛产黄金? 为啥人们都喜爱白桦树? 从翁古玛法传到太爷爷,又从太爷爷传到爷爷、阿玛,代代传诵着古老的白云格格的故事。

传说,天地初开的时候,天连水,水连天,天是黄的,地是白的。渐渐,渐渐,世上才有人呀,鸟呀,鱼呀,兽呀,虫呀,住九层天上的阿布卡恩都力,瞧见地上出现奇怪的生灵,大发雷霆,要把所有生物统统收回天上喀。于是,他叫雷神妈妈、风神妈妈、雹神妈妈、雨神妈妈,朝地下猛劲地刮起暴风,洒下暴雨、冰雹;派把守东海的龙王，打开水眼，洪水从天上灌下来，一连三千三百三十六个日夜，遍地汪洋，白浪滔天。人呀，鸟兽呀，混在一块漂流，谁也顾不得伤害谁，都在黑浪里嚎叫、挣扎……

地上生灵的灾难，感动了善良的白云格格。白云格格是天神阿布卡恩都力的小女儿。老辈人讲，阿布卡恩都力有三个姑娘：太阳格格、月亮格格和白云格格。白云格格排行老三，所以，又叫伊兰吉格格。她身披九十九朵雪花云镶成的银光衫，聪明，美丽。阿布卡恩都力送给太阳大格格、月亮二格格每人一个托里，出嫁后主管着天地的温暖和光明。身边剩下白云格格，她不想远离天神，情愿一辈子侍奉阿玛。阿布卡恩都力格外宠爱她，信任她，给她无限的权力，让她掌管着天上的聚宝宫。众神也都敬重、喜爱着美貌多姿的白云格格。

这天，白云格格走出云宫，想摘几朵玛瑙云，给阿布卡恩都力裁剪梅花宝帐。忽然，传来喳喳喳的喜鹊叫声，闹得她心烦意乱。她摘了朵红云彩，剪了个宝云船，跳上去划出宫殿，想看个究竟。划呀划，白云格格往下一看，大吃一惊，脚下一色儿是白亮亮的汪洋水。一帮花脖喜鹊，扑棱着湿淋淋的翅膀，挣扎着飞来飞去，向青天哀叫着，累得眼看要掉进大浪里啦！

白云格格瞧见这情景，忙呼喊着："喜鹊，喜鹊，快上宝船吧！"

喜鹊望见美丽的白云格格来了，真是遇到了救星，扑啦啦全飞上了小船。喜鹊们滴哒着眼泪说："善良的伊兰吉格格，阿布卡要毁掉地上的欢乐，快救救下边的生命吧！我们没吃没住，连块歇爪的地方都没有啦。"

白云格格望望滚滚白水，气恨阿玛太专横了。她从宝云船上捡起几根小木枝，扔了下去，说："去吧，用小木枝絮幸福窝吧！"

喜鹊感激白云格格的热心肠，扇着翅膀，从宝云船上飞下来。几根小木枝，在大水里一下变成千根、万根巨树。人啊，用漂在水上的绿树，凿成小船逃命；鸟啊，从此总是叼小细枝，在高树上絮窝；虫啊，兽啊，爬到木头上，漂呵漂，漂到远处藏身。剩下的枝杈，在浅滩扎根，慢慢、慢慢变成了兴安岭松林窝集。

白云格格回到天宫，还觉不放心，惦念着地上猛涨的洪水，心想，光扔几根小木枝咋行呢？得想法子收住洪水，地上生灵才能得救。她想呀想，想到掌管在自己手里的万宝匣。可是，开宝匣违犯家法天规，威严的阿玛绝不会饶恕的。白云格格狠狠心，决定宁愿负罪，也要搭救地上的万物。又一转念，万宝匣全锁在聚宝宫里，没有阿玛的开天钥匙，怎么办？白云格格眼珠一动，有了，趁天神睡晌觉，偷！白云格格一直等到晌午，阿布卡恩都力睡了，就悄悄来到寝宫。

走着，走着，寝宫的石桥一下子化成一条大火龙，白云格格冲过去了；走着，走着，寝宫的门栓一下子变成恶鬼的大嘴，白云格格钻过去了。

阿布卡恩都力睡觉，鼾声像九十九条瀑布声那么响。众神谁想偷偷贴近他，都会被震成轻烟死掉。白云格格有阿玛赏赐的镇耳珠，可以平平安安地走到阿布卡恩都力身旁，轻轻解下挂在他胸口窝上的开天钥匙，扭身溜出寝宫，打开了金光夺目的聚宝宫。她头一次私进聚宝宫，望了望，找了找，愣住了，原来宝匣一排排的，有三千三百三十多个。她犯愁了，究竟打开哪个宝匣才能收净地上水呢？她怕阿玛睡醒了追来，又急又慌。突然，瞧见眼前两个匣子，打开用手指捻了捻，一个金黄色，一个黑黄色，都干刷刷的直耀眼。她心想，这准是黄沙土。对，水怕土掩，快把这两匣子土撒下喀吧！她不敢再误时辰，抱起两个万宝匣就跑出聚宝宫，乘上宝云船，望着地下的洪水，先打开一匣，只听呼隆一声，全从天上倒下了；停了停，见地上水不见消，又把另一匣黑黄黑黄的土，也哗啦啦扬到地上。嘿！这一撒大地变样了，白亮的水全挤进沟壑里了，变成江河、泡子。白云格格由于心慌撒得不匀，土多的地方凸出一条条山丘，土少的地方成了平川。白云格格撒在大地上的两个万宝匣子里，一匣装的是黄金，一匣装的是油沙土。后来人们都说兴安岭山不陡，土质肥，就是白云格格留下的。而且，我们住的地方金子多，刨土筛砂，能得狗头金呐！

单说雷、风、雹、雨四神，往地上施展神威，可是仔细瞅瞅，很惊奇，白浪变成了黑地。她们赶紧禀告阿布卡恩都力。阿布卡恩都力刚睡醒，慌忙朝地下一瞅，大发脾气，一摸聚宝宫钥匙也丢啦，大声说："这不用说，定是伊兰吉格格干的坏事，把她给我抓回来！抓回来！"

白云格格明知闯下了祸，阿玛会怪罪下来。天宫广阔，可往哪里躲？哪里藏？她跑去哀告太阳格格。太阳格格恼恨她违犯家规，不仅不收留，还用烈火烧她；她跑去找月亮格格，月亮格格疼爱妹妹，但又慑惧阿玛的神威，只好催她快逃。白云格格眼含热泪，穿好雪白的银光衫，围上红霞披肩，勒紧黄云彩带，拴上粉云荷包，一狠心飘呀飘，飘到了大地上。

天上的阿布卡恩都力，得知心爱的格格私逃了，十分震怒。让雷神妈妈打着炸雷，风神妈妈刮着飓风，雹神妈妈抛着冰坨，雨神妈妈泼着洪水，一齐追撵白云格格。白云格格逃到哪儿，雷、风、雹、雨就跟到哪儿。正巧，地上开出一片铃铛花，白云格格灵机一动，摘了一朵插在头上，躲到花丛里。众神找了一大阵子，只见花草，不见格格。她们只好回啦。

阿布卡恩都力一听没抓到白云格格，更怒了，就派雪神降雪，想冻死花草，使白云格格没法藏身。大雪遮天盖地，树多高，雪多深，百花都凋零了。阿布卡恩都力很得意，以为女儿这回准得回天请罪了。谁料，冒烟雪日日夜夜呼啸，白云格格踪影难寻。阿布卡恩都力心疼小女儿，日夜思念，实在耐不住了，就对着雪地哀求说："伊兰甘追，伊兰甘追，认个错回天呗。阿玛饶你哩！不然，我要一年下半年雪，世代不变！"

刚强、正义、善良的白云格格，想到搭救地上的生灵没有错。她宁可尝尽寒苦，也不认错。大雪越下越猛。白云格格在冰雪瓮子里冻着，她把自己的银光衫裹了一层又一层，绕了一圈又一圈，冻呀，冻呀，最后变成一棵身穿白纱，木质洁白的树，永世长存在大地上了。后人都管它叫白桦树。至今，兴安岭年年风雪不断，你若是在暴风雪中，侧耳细听，从白桦树林里还传出"不回喀！""不回喀！"的回声哩！

太阳大格格非常懊恨自己对小妹妹的冷酷，她年年月月用阳光融化大地上的雪；月亮二格格怕小妹妹黑夜寂寞，送下来一片明亮的月光。白云格格变成白桦树，心还向着世上人。人们用她的躯体，做爬犁辕，盖漂亮的仓房和苞米楼；用她身上一层层的银衫,编筐织篓;夏天,过路人口渴,在树上划个小口,插根细棍,吸她胸膛里的水汁,清甜润口。所以北方人家都喜爱白桦树,赞美白桦树!

阿里山

（高山族）

在台湾嘉义县的东面,有一座海拔三千多公尺的高山,名叫阿里山。山上到处生长着一片片原始森林,台湾盛产三件宝——大米、甘蔗和樟树,其中的樟树就大部分生长在这里。这儿,一年四季花香鸟语,是台湾有名的游览胜地。特别引人注目的是半山腰上的一棵齐天高的大桧树。据说,这棵桧树年龄有三千多岁,所以人们都管它叫"神木"。

从前,阿里山叫秃山,因为它浑身上下不长一棵树、一棵草、一朵花。那么,这座秃山是怎样有了树木和花草呢?又为什么改名叫阿里山呢?当地流传着这样一个故事。

听老人说,从前,在这座秃山北面的一个沟岔上,住着一个靠打猎为生的小伙子,名叫阿里。有一天,阿里在北山坡上打猎,突然,看见山下有一只吊睛白额大老虎,正在追赶两个采花姑娘。阿里急忙从山坡上跑下来,一下跳到虎背上,手起刀落,只听"咔嚓"一声,老虎脑袋被砍落在地上。两个采花姑娘得救了。他刚要回北山坡上打猎,又见从天上落下来个手拿龙头拐杖的白胡老头,老头一边笑,一边拽着两个姑娘的胳膊往南山坡上拉。阿里是个见义勇为的人,他见这两个姑娘刚脱离虎口,又遭到这坏老头子的耍戏,心里阵阵怒火。他大喝一声:"住手!"就一个箭步冲到那个坏老头子的面前,夺下龙头拐杖,照着那老头的前额狠狠打了一下。那老头的前额立刻起了个大疙瘩。他痛得大喊一声,放开那两个姑娘,一甩袖子,向空中飞去,一转眼,就不见了。没过多久,晴天响起了雷声,那雷声由远而近,越来越大,只见那两个采花姑娘吓得浑身乱颤,她们焦急地说:"坏事了!坏事了!"

阿里奇怪地问:"这是怎么回事?"

两个姑娘说:"我俩本是天宫的仙女,听说台湾岛风景优美,就偷偷来到这里。不想,遇见了恶虎,多亏你救了我们俩的性命。谁知,由于贪恋美景,误了时辰。玉帝派老寿星下来捉拿我俩回天宫治罪。我们害怕玉帝刑法,不想回天宫。正在老寿星拉我们的时候,你却跑过来把他打跑了。他把这件事告诉了玉帝,玉帝震怒,下令让雷神用雷火烧死这一带生灵呢!"

阿里听她俩这么一说,吃惊不小:"难道就没有什么办法,搭救这一带生灵吗?"

两个仙女说:"只要有豁上死的人,跑到南面那座秃山顶上,把雷火引开,使雷火不能蔓延,就保住这一带生灵了。阿哥你远远躲开,我俩到秃山顶上去引雷火吧。"

阿里摇着头说:"不,老寿星是我打的,祸是我惹的,还是让我去引雷火吧!"他说着,就拿着那个龙头拐杖,急忙向南边的那座秃山上跑去。他心急跑得快,不大一会儿,就登上秃山的山顶。他仰起头来,朝着天空高声喊道:"雷神噢！老寿星是我阿里打的,那两个仙女是我阿里放的,祸是我阿里惹的,与别人无关！你那雷火,朝我阿里身上击吧！"

这时,雷神正好来到秃山上空。他举起雷钻和闪锤,只听"轰隆"一声响,一个响沉雷,把阿里的身体击个粉碎,雷火在秃山顶上熊熊燃烧起来。雷神转身到天宫交差去了。因为这座山上没有树木和花草,雷火还没燃烧到半山腰,就自己熄灭了。

阿里虽然被雷火击死了,他死后这座秃山的满山遍野,却长出了一片片树木。人们都说,这些树木,是阿里被雷火击碎了的皮肉和头发变成的。那棵神木呢？就是老寿星的那根龙头拐杖变成的。那两个仙女,见到这种情景,感动极了,两个人合计了一下说:"阿里阿哥是为咱们俩和大伙死的,他死后,皮肉头发都变成了树木,为人们造福。我们俩就变成花草,好给阿里阿哥做伴,也能为人们造福。"

从此以后,这座秃山才有了树木和花草。人们为了纪念这个舍己为人的好后生,就把这座秃山改名叫阿里山。

力戛撑天
（布依族）

很古老很古老的时候,天和地只相隔三尺三寸三分远。春碓的时候,碓脑壳碰着天；挖地的时候,一举锄头也碰着天；挑水的扁担,只能横着放,不能立着拿,不然也要碰着天；人们去做活路,成天弓着身子,腰杆都不能伸一下。天地离得这么近,做什么都不方便,大家就很苦恼。

那时有个后生,名叫力戛,长得浓眉大眼,腰粗臂圆,身长九尺九寸九分,力气很大,九十九条犀牛都比不上他。力戛和大家一样,成天都弓着身子做活路,弄得腰酸脚痛不算,背脊骨还被天擦破了皮。他见大家都很苦恼,自己也忍不住火,就挽衣捞袖地对大家说:"你们都让开点,等我把天撑高一些。"

力戛说完,用力把天撑了一下,可惜没有把天撑高,天和地只被他顶撞得晃荡了几下。他又对大家说:"我一个人的力气还是不行,你们都准备好锄头和扁担,等我把力气养足以后再来撑天。那时,你们都来帮帮忙。"

力戛说完,就去吃了三石三斗三升糯米饭,喝了三缸三壶三碗糯米酒,第四天起来,伸了个懒腰,周身筋骨绷得"格格"响。随后,他就叫大家来帮助一齐撑天。

大家集拢来了,都用锄头扁担抵住天。力戛鼓了鼓气,喊了声"一——二——三！"众人"嗨唷"一声,一齐用力往上撑,就把天撑高了三丈多。这时,力戛又对大家说:"天才这么高还不行,让我再鼓鼓劲,换口气把它撑高一点。"

力戛说完就狠狠地吸了一口气,榕树叶子、木棉树叶子、茶花、夹竹桃,都被他吸进肚子里去了。他眼睛鼓得像海碗大，浑身筋骨鼓得像楠竹那么粗。他使尽平生的力气，两手撑住天，"起"的一声往上撑，天就被他撑得九万九千九百九十九丈高，地就被他蹬得九万九千九百九十九丈深。

天虽然撑高了，可是挂不稳，只要一松手，又会塌下来。怎么办呢？力戛想了想，就左手撑住天，右手拔下自己的牙齿当钉钉，这才牢牢实实地把天钉稳。后来，力戛钉天的牙齿，就变成了满天星星；拔牙齿流的血，就变成了彩虹。

力戛在天上，不辞劳苦，一直做着钉天的活路。他累了，喘的气，就变成风；淌的汗，就变成了雨。他不小心，头上的花格帕掉了，就变成了银河。他眨眨眼睛，就变成了闪电。他咳嗽一声，就变成雷响。他热了，把白汗衫脱下来，就变成了云朵。

天钉稳了，可惜没太阳和月亮。世间没有光明，庄稼不能生长。怎么办呢？力戛想了想，毫不怠慢，右手挖下自己的右眼，挂在天边，就变成了太阳；左手挖下自己的左眼，挂在天的西边，就变成了月亮。

力戛在天上，一直忙了九九八十一天，什么都安排好了，才"咚"的一声跳了下来。他落到地上时，整个大地像船在水上一样，被震得晃晃荡荡的。他落的地点是东方，东方的地势就倾斜了九尺九寸九分，从这以后，水就一直朝东方流淌。

可惜的是，力戛在天上时饿了九九八十一天，牙齿也没有了，血也流尽了，落到地上时又跌得太重，不久，他就死去了。

力戛死了以后，大肠变成红水河，小肠变成了花江河，心子变成了鱼塘，嘴巴变成了小井，膝盖和手腕变成了山坡，骨骼变成了石头，头发变成了树林，眉毛变成了茅草，耳朵变成了花朵，肉变成了田坝，筋脉变成了大路，脚趾变成了各种野兽，手指变成了各种飞鸟，他身上的虱子变成了牛，跳蚤变成了马。

从此以后，天高了，地低了，天地隔得很远很远了。天上有了太阳，有了月亮，有了星星，有了银河，有了彩虹，有了风，有了云，有了雷，有了闪电。地上有了山，有了河，有了田，有了井，有了路，有了树，有了草，有了花，有了兽，有了鸟，有了牛，也有了马。

世间样样都有了。大家说不出的高兴，盘起庄稼来都很展劲，世世代代，人们忘不了力戛撑天的功劳。

炎黄和睦草

在俺具茨山的山坡上，到处生长着这样一种草：春天，枝头开两朵并蒂花，花败结两根一拃长的棒角，像山羊的两个角样叉开着；秋天长老了，棒角尖就自己拧在一起，薅也薅不开。据说这象征着炎黄兄弟的亲切、和睦。

相传，炎、黄二帝是同父异母弟兄。兄弟手足，和睦相亲。自从他们的父亲少典死了以后，兄弟间失去了和睦。炎帝带一些亲近部族离开有熊氏部落，到南方游牧。南方有个九黎族，首领叫蚩尤，很强暴，兄弟八十一个，都长得像野兽一样，铜头铁额,头上长角,能牴死人。蚩尤驱逐炎帝族,直追赶到黄河北的涿鹿。炎帝不能胜蚩尤,只得求黄帝来救援。黄帝率兵与蚩尤在涿鹿大战,擒杀了蚩尤。黄帝劝炎帝归顺,炎帝不从,炎黄三战在阪泉山野。后来,黄帝看着一时也难分胜负,就派太乙氏再去劝说炎帝,自己率众回到了轩辕丘。

一天,黄帝正在具茨山避暑宫歇息,忽报风后上山来见黄帝说话。风后说他昨天夜里做了一个梦,梦见炎帝率众到具茨山来言和归顺。黄帝听罢,长出一口气:"唉!也不能强人所难啊。我本想同他们言归于好,联盟结邦,消除部族间的侵扰征伐,过几天太平日子,可他就是想不通这个理。我们到底还是亲弟兄,不想强人所难。"正在这时,太乙氏一路风尘,来到避暑宫,说他磨破嘴皮,炎帝终于看清了情势,想通了道理,答应炎黄和睦,永结友好。现今炎帝已带部族到达黄河北岸。

黄帝、风后听得炎帝归来的消息,都喜不自胜。黄帝即命风后下山准备迎接庆贺事宜,并叫太乙氏去请来了常先、力牧、女魃等大将,亲自率众到黄河边去迎接。当黄帝来到黄河南岸的邙山口时,炎帝已渡过了黄河。兄弟二人久别重逢,分外亲热。他们携手登上邙山山顶,接受众臣朝贺。

当时正是盛夏季节,天气炎热异常。邙山不宜久停,即率众回具茨山避暑宫叙旧。炎黄二帝携手登上具茨山风后顶时,回首东望,一下子看到了他们的父亲少典的坟茔。往事件件涌上心头,二人悔愧当初兄弟间不当失去和睦。兄弟俩声泪俱下,抱头痛哭在一起,泪水滴湿了脚下的泥土。

二帝回避暑宫去了,一只山雀从山顶飞过,看见了那片泪湿的泥土,就衔来一粒种子种下。第二年春天,种子萌发,长出一棵草。枝头开两朵并蒂花,花败结两根羊角样棒角,秋天棒角老了,就自己拧在一起。慢慢地,这种草长满了具茨山。俺山上人都管这种草叫"炎黄和睦草"。

夸父追日

夸父是个了不起的人物,身高数丈,腰阔数尺,伸手能摘天上的星星,弯腰能捞海里的鱼鳖,好多天神都羡慕他的英雄气概。那时候,地上空旷荒凉,毒蛇猛兽横行,人们活得十分艰难,时常被蛇咬兽吞伤了性命。许多人躲在洞穴不敢露头,偶尔出去找点吃食也惊惊慌慌的。只有夸父不怕毒蛇,也不怕猛兽。碰见毒蛇,他不怕、不跑,瞅准了一把抓到手里,捏住尾巴抡呀抡,抡得毒蛇晕头转向,直喊饶命。夸父不再抡它,将它绕在头上,它乖乖的,一点也不敢乱动。

夸父降服了毒蛇,又去捕捉猛兽。起初,豹子见了他,张牙舞爪,向他扑来。夸父不跑、不躲,伸手一捏,那豹子就成了他手中的玩物。他伸臂将豹子举过头顶,它怎么挣扎也是白费力气。夸父看着它冷笑几声,一扔,扔到了族人卧居的洞前。豹子摔死了,大家一拥而上,剥皮、抽筋、饮血、吃肉,吃饱了,长了精神,就跟夸父出去打猎,吓得毒蛇猛兽纷纷逃窜,逃不走的,当然就成了大家的食物。

夸父族征服了野兽，一天天强大起来。

毒蛇猛兽不再威胁夸父族的生存，冷酷的自然却让他们难以安生。每到冬天，太阳溜得很远很远，山上地下冰雪皑皑，冷得人们冻伤了手，冻坏了脚，紧紧偎缩在洞窟，人挤着人取暖。夸父看着远方那一轮小小的太阳忽发奇想，就不能把太阳捉住，挂到当顶，让它为大伙照亮送暖吗？

夸父可不是个只想不干的空想家。他告别了族人，马上去追赶太阳。

翻过一座山，又翻过一座山，夸父跑得满头大汗。他不敢松步，要在太阳升起前赶到东天边。

夸父追日

跑呀跑，夸父的步子真大，一步跨过秦岭，再一步跨过嵩山。

跑呀跑，夸父的力气真大，一脚摇动华山，再一脚摇动泰岱。

夸父不能再跑了，前面是海，东海，一望无垠的海水静静地平躺在墨蓝色的长天下。天色墨蓝，水色墨蓝，无边无际的墨蓝将夸父阻拦在大海边上。

夸父隔着海水看见了太阳。太阳跃出东天，圆圆的，红红的，妩媚可爱。

他想一步跃过去把太阳捉住，给族人带回亮光和温暖，可是大海太宽阔了，根本跨不过去。他还没有想出办法，太阳已离开海天，向西面攀升。

夸父连忙撒开大步，瞄着太阳，飞一样追去。他要在太阳落山时将它搂在怀里。

正午，夸父跑到了太阳前头。他饿了，捡石支锅，煮饭饱肚，连忙又追。传说他支过锅的石头成了三座山，就在湖南沅陵一带。

午后，夸父已奔跑在西方大漠，鞋里灌进了砂粒，他停住步，脱下鞋，倒出砂粒，急忙又追。他倒砂粒的地方堆成了一座山，现在甘肃泾川就有"振履堆"。

快到禺谷了，太阳将在这里落下，准能逮住它。

赶到禺谷了，太阳正在这里落下，一个又红又亮的火球向夸父的怀抱飘来。夸父张开双臂迎着太阳飞过去，好亮呀，眼前阵阵闪光，耀得眩晕；好热呀，浑身热浪灼烫，烫得眩晕。夸父头晕眼花，倒在了地上。

睡了好久好久，夸父醒过来了。他口渴极了，胸中烈火燃烧，好像就要把整个身子烧光焚焦。他往前一爬，伏在水中，一口喝光了黄河；再往前爬，伏在水中，一口喝干了渭河。夸父太渴了，仍然焦渴难忍，他往北移步，要去雁门关外的大泽喝水。夸父急步赶去，奔过华山，刚至灵宝，却再也走不动了。他轰然倒了下去，化为泥土，变成了大地。

后来，在夸父倒下的地方长起了一片桃树林，每到春季，粉红粉红的桃花塞满了天地间，人们称这地方是"桃林塞"。因为夸父姓邓，也有人叫它邓林。

神会除恶

神会是中央天帝黄帝召集的天庭盛会。鼓乐声中，彩旗飘扬，一路车马浩浩荡荡过来了，毕方鸟在前头开路，青身如鹤，斑纹红褐，却长着人的头。这就够怪了，而那人头上又长了个洁白的鸟嘴。更怪的是这鸟只有一条腿，走起来蹦蹦跳跳，摇摇晃晃。毕方鸟后面是一只长鼻子的大象，鼻子柔得如绸似带，舞上舞下，让那笨重的身体越发笨重了。这笨重的大象，拉着一辆珠光闪耀的宝车。宝车后面六条蛟龙悬空腾飞，与六只凤凰旋舞呼应，时而凤凰飞进云端，时而蛟龙舞动彩霞。宝车缓缓行进，威风凛凛。

宝车中坐着主管天地大事的黄帝。这黄帝管得宽，长得也怪。管得宽是东西南北，天上地下，鬼神人间，无所不管。长得怪的是别人都长一张脸，他呢，前后左右，四面都是脸。也就是说，别人看前面的时候，他四面八方都看得见，听得到，所以就上知天神，下晓子民，还了解阴间的鬼怪。神、人、鬼的一举一动都逃不出他的眼睛。就这，黄帝还怕误了繁多的事情，他给自己配了四位助手，也就是东西南北的四方大帝。今天这盛会，四方大帝都集聚昆仑山了。

黄帝宝车后是掌管春天的东方大帝太皓，只见马奔轮动，车驾飘飞，车无冠盖，座位是茵绿的春景；护驾的是木神句芒，手持圆规紧跟车后。东方大帝后面是掌管夏天的南方大帝神农，身材瘦高，长须飘飘，车座是百花喧闹的胜景；护驾的是火神祝融，手持秤杆，频频晃动。南方大帝后头是掌管秋天的西方大帝少昊，面红齿白，双眼闪光，车座是结满硕果的秋景；护驾的是金神蓐收，手持曲尺，不时举过头顶。最后一位是北方大帝颛顼，脸白如粉，发黑如漆，车座上是白雪无垠的冬景；护驾的是海神禺强，手持秤锤，稳步紧随。一时间，昆仑天街车轮滚滚，祥云缭绕，热闹的宫廷仙宅，门空屋寂，都簇拥着来观景了。

趁着东方大帝去昆仑赴会，恶鼓借机出了一口怒气。恶鼓是钟山山神烛龙的儿子，名字本来叫鼓，只因经常仗着父亲是山神欺负平民，为非作歹，大家都叫他恶鼓。恶鼓作恶的事很快传到东方大帝的耳朵里，就派天神祖江暗中察访他的罪行。恶鼓知道后十分生气，却因害怕大帝治罪忍气吞声。太皓一走，恶鼓立即下手，竟悄悄地把察访他的祖江杀了。刀进肋间时，祖江惨叫一声，这一声没有白叫，进了黄帝的耳朵。黄帝定睛远望，恶鼓竟敢杀死天神，真是胆大妄为。他一招手，派人下去，捉了恶鼓，就地割了他的头。

这事刚了，黄帝又听见一声惨叫，抬头看时，吃了一惊，天神贰负杀了另一位天神。这两位天神都是蛇身人面，本是同根共祖，却因一个叫子危的奸臣挑拨，同室操戈，贰负居然还伤了对手的性命。真真可杀！黄帝又在行进的宝车上派人捉拿天神贰负和奸臣子危，也依法处斩。

连续发生的凶事，引起了黄帝注意，神界这么混乱，那人间该是什么样子呢？他注目了一下鬼怪，一个个肥头大耳，膀阔腰圆，莫非他们经常在人世扰害？他立即派神荼和郁垒两位神仙下山，奔赴东海之滨。

东海边上，有座高山，名叫桃都山。山上，有一棵大桃树。大得我们现今无法想象有多大，它的枝干托起巨大的树冠，一下子荫盖了三千里的地面。地面上百兽不见，只有一群群欢蹦乱跳的老虎。神荼和郁垒领了命令，就来到了桃都山上，守候在树干和树冠连接的枝杈间，这里就是鬼门关。对了，那阔大的树干上还站着一只公鸡，每天太阳快升起的时候，大公鸡就引颈高叫，一叫，那些夜里下到人间的鬼怪都匆匆忙忙回去了。回不去的，太阳一照就会被光焰晒干杀死。往日，过鬼门关畅通无阻，他们没有料到这日竟有天神把守。一个青面獠牙的厉鬼放纵惯了，边走边啃食人的心肝。两位神仙扑了上去，用芦苇绳捆了手脚，把它扔下了桃树。顿时，树下的一群饿虎全扑上去，这厉鬼成了老虎的早间美食。

风后创制指南车

黄帝和蚩尤在中原摆开了战场。

蚩尤一声令下，漫山遍野响起了呐喊。随着喊闹，蚩尤人马已将黄帝兵将围在了当中。

黄帝急忙命令将士从天路飞升突围，可是晚了，蚩尤不知行了什么妖术，天上落下厚厚浓雾，雾幕将他们覆盖在下头，哪一个也飘升不上去了。

黄帝急忙命令将士从山路攀登突围，可是也晚了，浓雾铺天盖地，越降越低，将四野笼罩了个严实。他们不识东西,不辨南北,哪里还找得见山路呢!

众臣和黄帝一样,急得火烧火燎,不知如何才能战胜妖术,突出重围。大家你看我,我看你,一个个愁眉紧锁。

唯有大臣风后稳坐在战车上,微闭双眼,不言不语,身边发生的事好像和他没有关系。黄帝不免有些生气,原指望这位谋士能生出个好点子,哪知道他竟是这样子!于是不再理睬他,转身和各位大臣继续商量突围的良策。

这位说:向西,西面是山路,上到山头,居高临下,有追兵也不怕,定能打它个落花流水。

那位说:向东,东面是平川,平川路好走,跑得快,敌兵想追也追不上,定能冲出重围。

黄帝听得暗暗失笑,禁不住说:"向西,向东,哪里是西?哪里是东?"

众臣一听,对呀,大雾弥天,分不清东西南北,往哪里是好?当务之急是辨认方向呀!可是,方向如何辨别,大家都一筹莫展。

周围的呐喊声又吼叫上了,而且,越吼越响,蚩尤人马步步逼近,情况十分紧急。

黄帝手里挥舞宝剑,站在战车上高喊:"冲出去,冲出去!"

天兵天将合着黄帝的声音,齐声呐喊:"冲出去,冲出去!"

激烈的冲锋开始了,车辚辚,马萧萧,将士奋勇而上,如江河怒涛,冲呀,杀呀,可是冲杀了老半天,只在原地转了个大圈。转来转去,转不出迷雾,更冲不出蚩尤的重重围困。

将士们泄气了。

黄帝也无奈了。

恰在这个时候,有人喊了一声:

"有办法了!"

黄帝同各位大臣顺着声音看去,是昏睡的那个风后在喊叫。只见他跳下战车,满脸兴奋,眼睛里闪动着亮光,几步跑到黄帝面前,说:

"天帝,我们造一辆能认准东西南北的战车,带领大家突围!"

黄帝问:"拿什么辨认方向呢?"

风后上前一步,比画着说明,黄帝听懂了,众臣也懂了。风后是说用他们发现的磁石造个领头车,这车子按照天上北斗星的运行轨迹制造,不论北斗星怎样运转,斗柄都纹丝不动。这样,大队人马就可以照着领头车的指示识别方向。主意有了,造车不难,天神中有的是能工巧匠。这边天兵天将和蚩尤人马周旋,那边工匠赶忙制造。很快一辆领头车造好了,车上装了个小仙人,小仙人手指的方向总是朝南,大家喊他仙人车。

仙人车在前头奔跑领路,黄帝在宝车上挥剑开道。

天兵天将列队紧随,猛冲,猛杀,不一会儿,眼前的雾就淡了。将士们激情更烈,冲击更猛,不一会儿,眼前突然开阔,天蓝、地平、山高、水清,冲出了雾幛。

回头听听,蚩尤人马仍在雾幛中喊杀不止。

众将士看着仙人车兴奋得比比画画,赞不绝口。这车一直流传下来,后来叫成了指南车,还有人仿照它的原理制造出了指南针。

女魃救天兵

那次大战,黄帝被蚩尤包围起来,靠着风后的指南车才率领将士冲出迷雾,突出重围,趁着天空阔旷,腾云驾雾回到天庭。

回是回来了,黄帝却忧心忡忡,蚩尤魔法很大,靠谁制服他呢?想来想去,他想到了应龙。应龙是条神龙。神龙当然不是普通的龙。普通的龙长得牛头马面蛇身子,鸡爪鱼鳞虾尾巴。应龙也是这样,却还多了两只凤凰的翅膀。普通的龙只能在海里兴风作浪,应龙却能在天空播云布雨。黄帝便想借助应龙的神力打败蚩尤。

刚想到这里,就有神卫急忙进来报告,蚩尤兵马杀来了。告急的神兵刚出宫,又有探神禀报,蚩尤大兵列阵山前,鼓噪叫骂。其实,这一切,长着四张脸的黄帝都看了个一清二楚,没有出宫应战,是为了避其锋芒,攻其不备。

蚩尤兵士连叫带骂,喊闹了一个时辰,不见兵将出来应战,以为黄帝吃了败仗,龟缩在宫中不敢出来,便坐在地上歇息。忽然山门打开,杀声震天,天兵天将汹涌冲出,为首的龙身凤翅扑面而来,蚩尤兵士正不知是何怪物,就觉得头上细雨扑面。万里奔波,蚩尤人马汗热身燥,天降细雨,恰好洗洗征尘,不少人叫嚷:舒服!痛快!哪料,叫声正酣,细雨变成了暴雨,先是拳头大的雨点往下砸,接着,那雨如盆泼桶倒,转眼地上积水成池。蚩尤队伍人湿马溃,都泡在了水中,冷得直哆嗦。立时,人寻遮掩,马奔高地,人惊马,马踩人,混乱成一锅乱煮的粥。

蚩尤按住惊魂,仔细一看,认出是应龙作乱,连忙高声喝喊,稳定军心。可是,人挤马踏,声音嘈杂,哪里听得见他的命令。眼看大败已成定局,突然,他想起了风伯雨师,急忙命令二位呼风唤雨。

应龙作雨击敌的时候,黄帝坐在昆仑山巅,看得拍手称快。如此乘胜追击,定会一举全歼蚩尤乱寇,他便下令全军出击,顿时,如排山倒海一样,万千兵马直扑敌阵。可是就在这时,那雨居然飘洒过来,淋到了自己阵营。再看应龙,仍然卖力地作雨,而且是在蚩尤头上呀!低头一看,不好,应龙身下出现了个怪物,说是鹿,却是鸟头;说是鸟,却是牛角;说是牛,却身长豹纹;说是豹,却是细长的蛇尾。那鸟嘴一张,蛇尾一摇,便呼呼生风。风一吹,应龙辛辛苦苦喷吐的雨水全刮到自家阵营中来了。原来这是风伯作乱,把应龙的雨吹变了方向。

黄帝慌忙下令应龙回营。应龙听令,飞回山巅仙台,方才云散雨停。要是再下一阵雨,说不定自家阵营也要乱套。只是这么一收雨,蚩尤乱寇也稳住阵脚,重整队列,准备反扑。黄帝正考虑退敌之策,却见天上又飘来了雨丝,正想这雨从何方飘出,那雨已成瀑布急流,万千兵马立时变成了河中鱼虾。这又是什么鬼怪作乱?

黄帝问众臣，谁也不清楚。还算应龙神力广大，穿过雨幕，看清是一条小蚕吐水。这不是雨师吗？应龙知道自己神力与他相等，只能布雨，不会收水，没有一点奈何。他飞回山巅，告诉黄帝，大家都急得团团转。

黄帝急得一跺脚，高声长喊："苍天，救我兵卒——"

说也奇怪，黄帝脚一跺，雨停了；嘴一喊，水退了。而且，鲜红的太阳马上穿过云层飘落下来，落呀，落呀，落到了蚩尤兵马的头顶。

说也奇怪，往日光洁的太阳今日长出了锋芒，那锋芒如万千利箭飞射下来，而且，每一支箭都喷着火，蚩尤阵地燃起大火，熊熊烈焰冲天升起。

站在山巅仙台的神臣，看得拍手叫好。唯有黄帝咬住嘴唇半天不说话，许久才叹出一句："我女儿的神力完了。"

这一声长叹惊动了众臣，大家这才注意到一个光头婴孩穿梭在蚩尤营中。那不是女魃吗？女魃是黄帝的女儿。平时这光头小女不讲吃喝，不问穿戴，埋头修炼，神功很大，尤其是擅长收云息雨，燃火布旱，却不知道神力竟然能大到这种程度。女儿有这么大的能耐，父亲本应自豪，黄帝为何长叹？大臣们问时，黄帝才说："这样作法，既杀蚩尤乱贼，也伤无辜士兵。小女冒犯了天规，再难回天庭了，以后将变成凡胎。"

果然，战后女魃没能再回到神界，成为游荡在地上的旱魔。她在哪里出现，据说哪里就会苗木焦枯，颗粒不收。

黄帝选贤传位

光阴似箭，岁月如梭。不知不觉黄帝已经须发全白，连眉毛也白成了霜花。他决定公开考试，选贤传位。

消息传出，神人共聚，来者成群结队，测试场成了群英会。选才这日，风后临场主持，并请黄帝领着岐伯等神臣现场观看。文考、武考人才都不少，可惜，文人只能为文，武士只能用武，选拔十几天后，能文能武的只剩下了两人。没想到这二人都是黄帝的儿子，一个叫玄嚣，是兄长；一个叫昌意，是胞弟。

黄帝对这结果虽然不满意，也没有奈何，只好亲自出面来测试他们的德行品质。

德试开始，风后宣布，文场比试，玄嚣和昌意并列头名；二人对打比武，还是不分胜负。现在唯有靠德行选能了，谁占了上风，谁继主位，居下风者就当助手。

风后说完，黄帝将玄嚣和昌意唤到面前，交给他们每人一只葫芦。且莫小看这葫芦，外面闪光耀眼，里面浩瀚如海，是个稀世珍宝。黄帝嘱咐两个儿子："每一葫芦都蓄有河水，开口即流，水宽三丈，一人多深，流过二百里才会干。从嵩山北坡到东边的颍水是三百里路程，你们二人从嵩山放水，谁的水流到颍水，谁继帝位，首次流不到，可以收起水再倒。"

玄嚣、昌意心领神会，父亲说完，他们便凌空飞行，来到嵩山。

"哗，哗，哗……"玄嚣打开葫芦，清水滔滔流出，飞速奔流，穿过平川，绕过山岭，流呀，流呀，刚刚流了二百里，葫芦里水干了。玄嚣抓住葫芦摇来摇去，没摇出一滴水，只好将水收了回来。

"哗，哗，哗……"昌意打开葫芦，清水滔滔流出，飞速奔流，穿过平川，绕过山岭，流呀，流呀，刚刚流了二百里，葫芦里水干了。昌意抓住葫芦摇来摇去，没摇出一滴水，只好也将水收了回来。

一次，两次，三次……每次清水只能流二百里。

夜色深沉，玄嚣心神不宁，怎么也睡不着觉。他想呀，想呀，想得星星都疲倦得睡了，还是没有睡着。

夜色深沉，昌意浑身疲劳，倒下身子就睡着了。他睡呀，睡呀，睡得太阳都出来了，还是没有睡醒。

咚咚咚，屋里响起敲门声。昌意刚坐起，兄长拎着葫芦进来了，高兴得合不上嘴，比画着对昌意连声说有了妙法。

昌意问："兄长有啥妙法？"

玄嚣说："父亲大人说，一个葫芦的水能流二百里，如果把两个葫芦的水汇成一股，就能流四百里，何愁流不到三百里呢？"

昌意听了，果然是妙法，握着兄长的手连连夸好。二人急忙奔上嵩山，打开葫芦，缓缓放水。两股细流汇成了一股，水流激荡，滔滔向前，一鼓作气，流到了颍水。

兄弟两人在山巅看得清楚明白，兴奋得蹦跳不止。好一会儿，才想起应该回去报喜呀！

正说着，就听天空有人说："我们都看见了。"

抬头看时，一朵红彤彤的云絮上站着黄帝和各位神臣。大家交口称赞："手足同心，兄弟情长。"

回到天庭，父亲将兄弟二人唤到跟前，对他们说：

"葫芦放水对你们有什么启示？"

昌意连忙答："两个葫芦的水各流各的流不远。"

玄嚣接着答："两个葫芦的水汇为一体，水大流远。这里面有着治理天下的道理，百川归流，才能汇积成海。"

黄帝听着，面露喜色说："对！对！你们兄弟无论谁继位，谁当助手，只要能同心协力，就能保证天下太平，兴旺发达。"

那到底谁继位呢？

昌意说："两个葫芦水归一流，是兄长的主意，请兄长继位。"

玄嚣则谦让说："弟弟年轻有为，继位最好。"

黄帝见他们都诚心诚意，就让玄嚣继位，昌意辅佐当助手。选择一个吉日良辰，黄帝在天庭传位给玄嚣。玄嚣将昌意留在身边经常商讨治理天下的方略，四方大帝对他们衷心拥戴，尽心办事。自此，天上人间共同享受着太平安康。

丹朱化鸟

尧有十个儿子,十个儿子当中,丹朱是年纪最大的一个,可也是最不成器的一个。

丹朱为人骄傲暴虐,常常喜欢和伙伴们带着随从臣仆,到各地去漫游,稍不顺意,就要大发脾气,虐待他的臣下。

那时候洪水为患,弥漫天下,丹朱出去游玩,总是乘坐船去,渐渐习惯了水上的生活,对于人民的痛苦无动于衷,倒是觉得坐着船出去东游西荡很有意思。

后来洪水给大禹治理平息了,有些地方水浅,不能通船,任性的丹朱却还要不分昼夜地叫人替他推着船走,这叫作陆地行舟。船在泥沙和水草之间摩擦着,颠簸着,发出咯啰咯啰的声响。推船的人在喘气流汗,丹朱和他的伙伴们却哈哈大笑,脸上表现出毫无心肝的志满意得的神情。

有时他和他的伙伴们干脆就关起门来,在家里胡闹,什么坏事都干得出来,闹得真不像话。

丹朱的弟弟们见哥哥这样任性胡为,也都不服他的管教,弟兄们时常内部起讧,纷争不休。

尧看见丹朱性情太乖张,教育无效,心里暗自焦急。他因此创制了围棋这种游戏来教给丹朱,希望潜移默化丹朱的性情,使他能够改邪归正。

哪知道丹朱对于围棋这玩意儿,起初还觉得新鲜有趣,曾经专心致志去研究它。但玩了一些时候,就觉得有些厌烦了。他自己忽然异想天开,发明另一种棋。他选择了一片平原旷野,叫人按着棋局的格式在那里遍栽桑树,他和他的朋友们就各据一方,拿桑树做棋局,拿犀牛和大象做棋子,指挥着它们进退周旋,觉得比他父亲的围棋更是兴味无穷。后来他连这也玩厌了,扔开它,仍旧和他的那帮朋友胡闹去。

尧知道丹朱实在没法担当国家的重任,决定把国君的位置禅让给舜。又怕丹朱不服,聚集他那帮恶朋歹友从中捣乱,便颁下诏命,把丹朱放逐到南方的丹水去做诸侯,由后稷监督着,即日动身起程。

那时住在中原的一个叫作三苗的部族,和丹朱的关系很好,对于尧把天下禅让给舜这件事,很不以为然,首先起来反对尧。

正直的尧,并不因为三苗的反对而改变他的政治主张,马上派遣军队去攻打,三苗的首领抵抗不住正义的王师力量,终于被擒伏诛。

剩下的三苗部众,便只好携儿带女,随同着被放逐的丹朱,迁徙到南方去。他们在丹朱放逐地的丹水附近定居下来。

他们在南方定居不久,势力又渐渐强大起来,于是和满肚子怨气的丹朱在一起,以丹朱为首,酝酿着再度进攻中原,推翻尧的统治,彼此平分天下。

　　哪知道事机不密，情况传到尧的耳朵里，智量高远并且勇敢坚毅的尧，早已料到有此一招，于是不慌不忙，调兵遣将，亲自挂帅，统领大军到南方去平定战乱。

　　丹朱和三苗的联盟，还没有准备停当，听说尧的大军开来，手忙脚乱，整顿旗鼓，与尧的大军对峙。父子俩的军队，就在丹水上大战一场。

　　丹朱习惯于水上生活，就由他统率水军。他所统率的水军，一个个都能在水面上行走，快步如飞。原来丹水里出产一种鱼，名叫丹鱼，这鱼每到夏至前十天，便常从水底浮游到岸边来，鳞甲红光闪闪，夜晚望去，就像火焰一般，那时赶紧撒下网把它们捕捉了来，割取它们的血，涂在足上，就可以涉水如履平地。丹朱的水军人人都有这种本领，所以战争的开始，尧在水军这方面，竟不是儿子的敌手，接连吃了几个败仗，受到了很大的损失。

　　幸而由三苗统率的陆军，除了勇悍以外，没有别的特殊技能，因此尧的军队在陆地上就能对付三苗的军队。终于，靠了他的智谋和当地人民的帮助，首先击溃了三苗的陆军，使它不能和丹朱的水军配合作战，然后再用谋略把丹朱的水军也一并击溃，于是这场看来声势相当浩大的变乱，很快就被尧平息了。

　　失败的丹朱，带着他少数的部众，落荒而逃，一直逃到南海。对着茫茫的大海，进不能，退也无路。丹朱觉得自己再没有脸面活在世间，就跳海死了。死后他的灵魂变做了一只鸟，这鸟的名字就叫朱，形状像猫头鹰，一对脚爪却像人的手，它出现在哪里，哪里的"士"就将要被放逐。

　　他的子孙，聚居在南海的附近，渐渐成为一个国家，叫罐头国或罐朱国。这些人的相貌长得很特别：人的脸，鸟的嘴壳，常用他们的鸟嘴在海滨捕鱼。背上长有翅膀，却不能飞，只能当作拐杖扶着走路。

　　罐头国的附近便是三苗国，就是和丹朱一同造反失败的三苗的子孙聚居于此而成国的。三苗国的人也都生有翅膀，翅膀生在腋下，很小，也只能点缀观瞻而不能飞行。

龙狗娶公主为妻

　　黄帝的诸名子孙当中，除颛顼做了北方的天帝并且一度做了中央的天帝之外，还有帝喾，也是很著名的，他第一个做了下方的人王，奠定了国家的基业。当时的人们都叫他做高辛王。

　　高辛王当国的时候，有一年，大耳朵的皇后娘娘忽然得了耳痛病，整整痛了三年，百般医治，没有效验。后来从耳朵里掏出一条金虫，大约有三寸长。虫一掏出来，耳痛病居然一下子就好了。

　　大耳朵皇后觉得奇怪，便把这条虫用瓠篱盛着，又用盘子盖着，并且还亲自拿黑饭来喂它。喂呀喂的，盘子里的虫忽然变做一条龙狗，全身锦绣，五彩斑斓，发出金光，从头到尾足长一丈二尺。因为是从盘子和瓠篱里变出来的，所以取名叫作

"盘瓠"。

高辛王见了这狗,非常喜欢,行坐随身,寸步不离。

那时忽有房王作乱,高辛王忧虑国家危亡,便向群臣说道:"若是有人能斩房王的人头来献的,愿把公主嫁给他。"群臣看见房王兵强马壮,料难获胜,都不敢去冒这生命危险。

话说这天,宫廷里忽然不见了盘瓠,大家都不知道这狗究竟跑到哪里去了,一连找了好几天,都杳无踪影。高辛王深以为怪。

却说盘瓠离了宫廷,直向房王的军营奔去。房王的军营,驻扎在海水的那边。盘瓠跑到海边,摇身一变,变做一条张牙舞爪、威风十足的龙,浮过奔腾的大海,跳上海岸,依旧变还原形。

盘瓠直到房王军中,见了房王,又是摇头,又是摆尾巴,哄得房王非常高兴。

"高辛氏怕快灭亡了吧。"房王向他左右的臣僚说,"连他的狗都跑来投奔我,看来必定是上天之神助我兴盛了。"

于是房王大摆宴席,为这条狗的投奔作乐志庆。那天晚上,欢乐的房王喝得酩酊大醉,睡在中军帐中。盘瓠趁这时机,猛地咬下房王的头,背在背上,奔回王宫。

一支追兵,各人手里拿着明晃晃的武器,在后面紧追不舍。

盘瓠奔到大海边,忽地纵身一跃,又变做一条须髯奋张、金光闪闪的龙,腾云驾雾,飞过了波涛澎湃的上空。追兵们只见眼前云雾阻隔,却不见盘瓠的踪影,只得垂头丧气地回去了。

高辛王那天坐朝,忽然看见爱犬衔了敌人的头跑回宫来,不禁大喜过望,便叫人收去人头,多拿些剁得细细的肉酱来喂它。哪知道盘瓠只把鼻头向盆边嗅了嗅,呜呜地叫了两三声,便走开了。从此它便闷闷不乐地睡在屋角,不吃东西,也不活动,高辛王呼唤它也不起来,就这么过了好几天。

高辛王心里难过,想了一想,便向盘瓠说道:"狗啊,为什么既不肯吃东西,呼唤也不起来呢?莫不是想要得到公主为妻,恨我不履行诺言吗?并不是我不履行诺言,实在是因为狗和人是不可以结婚的啊!"

盘瓠突然口吐人言,说道:"王啊,请不要忧虑,你只要将我罩在金钟里面七天七夜,我就可以变成人。"

高辛王听了这话,甚觉诧异,果然将盘瓠罩在金钟里面,看它怎么变化。一天、两天、三天……五天过去了,都没有什么动静,到第六天,期待结婚的多情的公主怕它饿死,悄悄打开金钟一看,盘瓠全身都变成了人,只留一个狗头没有来得及变,从此再也不能变了。

于是盘瓠从金钟里跳出来,披上大衣,公主则戴了狗头帽,他俩就在皇宫里结了婚。

结婚以后,盘瓠带着妻子,到南山去,住在人迹不到的深山的崖洞中。公主脱下华贵的衣裳,穿上庶民百姓的服装,亲身操作,毫无怨言。盘瓠则每天出去打猎,以此为生。夫妇俩和睦幸福地过日子。几年以后,生下三男一女,于是带着儿女们回去看外祖父、外祖母。

孩子们都还没有姓氏,就请高辛王赐给他们姓。大儿子生下来是盘子装的,就赐姓为"盘";二儿子生下来是用篮子装的,就赐姓为"蓝";只有三儿子想不出赐什么姓好,适逢天上有轰轰的雷声响过,便赐姓为"雷"。小女儿长大成人,招了个勇敢的兵士做女婿,跟着丈夫的姓姓了"钟"。蓝、雷、盘、钟四姓,互相婚配,后来子孙繁衍,成为国族,大家都奉盘瓠为他们共同的老祖宗。

终北国奇遇

大禹领命治理洪水,一心要使百川入海,可是天下很大,怎么丈量规划呢?听说终北国的神祖山上有一把天尺,他便直奔那里而去。

走过白天,走过黑夜,大禹迎来太阳,又迎来月亮;送走太阳,又送走月亮。他走得忘了累,忘了困,可是,离终北国还有好远哩!大禹心想,这样走下去,劳累好忍,岂不误了治水大事。这么一想,双腿轻了,身体飘了,忽忽悠悠离了地面。大禹现了原形,化为虬龙,腾云驾雾,向前飞去,飞了不多时,就看见一座高山,远远隔断了天空,那就是神祖山。大禹抖擞肢体,想一气飞上山巅,突然间,浑身沉重,缓缓降落,落到了终北国中。

这终北国可真是个天下难找的好地方。背靠神祖山,山泉涌灵水。那灵水清清地流着,弯着,绕着就到了国中间,滋润得绿草摇曳会跳舞,红花张口能唱歌,那挺挺拔拔的树木更是不得了,密密麻麻的树叶金灿灿放光。定睛一看,畦!这哪里是树叶,全是金币!终北国的人连这金币也看不上眼,他们不劳不作,渴了,弯腰喝口水,解渴;饿了,弯腰喝口水,饱了。那灵水滋养出的好日子都享受不完,还要钱干啥呀?你看这终北国的人,年少的红光满脸,年老的满脸红光。树下那几位老头,雪白的胡须尺把长,脸上连个皱纹也没有,笑起来铜铃一般响亮。

大禹刚进村,一伙男男女女就热情地迎上来,将他簇拥进一座华丽的殿堂。殿中坐着一位老翁,眉毛长得竟然遮住了颜面,他哈哈一笑,对众人说:

"快给中都来的豪杰盛灵水,解困驱乏。"

早有侍者递过碗来,大禹抿了一口,好甜呀,一股爽气直入肺腑,通体舒服,不由得双手一举,将那碗水全喝了下去。立时,心胸甜绵,四肢酸软,软软绵绵睡了过去。

这一觉睡得真香甜,醒来时才知道,太阳已经在天上转了好几圈。大禹坐起来首先想到的还是灵水,还想喝。没容他张口,那位长眉老翁便命人端上水来。大禹突然一怔,推托了侍者的灵水,长眉老翁慈善地说:

"豪杰不要多礼,如不嫌弃,就在我这小国安身,保你不会吃苦受累。"

大禹连忙回话推辞,旁边走出来几位壮汉。他看时有点面熟,但记不起在哪儿见过,长眉老翁温和地说:

"这几位都是先前从中都来的豪杰!"

大禹脱口问:"莫非几位都是去神祖山寻取天尺的?"

这一问,几位豪杰满脸通红了,低下了头不吭一声。

大禹猛然明白了,原来他们沉迷安乐福地,根本就没走到神祖山。他跃然站起,谢过长老,走出殿堂。两旁里的侍者、众生百般挽留,他只是大步流星走去,一点也不敢懈慢,一点也不敢留恋。稍有留恋,他又会在灵水的滋养下安然睡去,这样的日子舒心、省力,可是,中都子民还在洪水中挣扎呀!他迈开大步,朝着神祖山走去,终于在那里得到了那把可以丈量大地的天尺。

大禹治水

尧王那个年头发过一场大洪水。洪水淹没了庄稼,淹没了房屋,连好多山头也淹没了。都城平阳郊外只有一座山头还留在水面,人们叫它浮山,至今那地方还有个浮山县。怎样才能驯服洪水呢?那时候有个大臣叫鲧,他自告奋勇担当重任。可是他用的是堵水的方法,结果苦累九年不仅没有治了水,洪水却聚集成了一片汪洋。

鲧受了罚,被处死在羽山。他的儿子大禹又前来要求治水,众臣听他说要采用疏导的办法治水,就同意了。

大禹刚结婚,新婚后的第三天,就奔往治水前沿,一忙就是十多年,三次路过家门都顾不上进屋。头一次是个红日东升的早晨,大禹从家门口路过,听见屋里传来了婴儿的哭声。他紧走几步,正要抬腿进门,听见了前方召唤,急着让他测定河道,只得慌忙退后,赶往工地。

第二次路过家门,恰遇妻子站在门前痴望,望呀,望呀,望见了他。妻子飞快地跑了过来,挽着他的手要他回家。大禹听见前方的洪水决堤了,高声咆哮,匆忙中和妻子说了句"堵住豁口就回来看你们",然后,带着治水民伕向决口的地方赶去。

第三次路过家门,大禹看见了他的儿子。他长得结实聪明,讨人喜爱。大禹将他抱在怀中,实在不忍放下。可是,黄河治水工程复杂,大水狂泻,众人难以驯顺,他不去不行。大禹一转脸放下孩子,抹掉泪水,向前奔去。

大禹治水的事迹感动了神仙,应龙、灵龟赶来助阵,它们左冲右撞,一摇一摆,只见山岭哗啦响过,倒了下去,一条河道展现在眼前。

大禹看得眼热,就变为一只黑熊,这黑熊力气真大,一拱,一拱,又一拱,一座座山岭就塌向两侧,成了河道。大禹治水入了迷!

不多日治到涂山。自从大禹走后,他的妻子无日不在思念夫君,每天没事就在门前张望。门前地低,望不到远方,就登上山岭,放眼白云缭绕的地方。她相信那正是夫君忙碌的治水现场,后来,人们就把她站立的山头称为望夫台。

大禹回到家乡后,便让妻子和儿子跟在身边,一块治水。大禹忙碌时,妻子便做好饭送往工地。不过,大禹和妻子有个约定,他在山顶挂一面鼓,听见鼓声,妻子才能前去送饭。这天日近晌午,饭鼓轻轻响了一声,这声音不似往常那么响亮。妻子心想,肯定是夫君饿坏了无力敲鼓,赶紧背了孩子前去送饭。

大禹治水

到了山间看不到大禹,只见烟雾缭绕,飞沙走石,尘灰中隐隐约约有一只毛茸茸的黑熊,正埋着头猛攻山石。那尾巴一扫一扫,将碎石扫净,就是一条河道。原来那一声鼓响是尾巴扫起的碎石打到了鼓上。每次大禹敲了鼓便还原成人样,迎接妻子的到来,刚才并不知碎石击在鼓上,仍然变成黑熊埋头拱山。

妻子看见黑熊吃了一惊,吓得扔了饭篮,惊叫着逃跑。大禹赶忙回身追赶,边追边喊:"别怕,别怕,我是你丈夫呀!"

妻子看着黑熊满眼羞愧,双手掩面,站在山巅化为一块石头。背后的孩子夹在石缝中,又哭,又喊,怎么挤也不出来。大禹赶到,猛然高喊:"还我儿子!"

这么一吼叫,惊得地动山摇,"轰隆"一声巨响,石头妻子背后裂开一道裂缝,迸出了孩子。

这孩子就是夏启。启字是裂开的意思。

从此,夏启跟着父亲开山辟岭,治理洪水,终于使百川归海,天下太平。

大禹因而成为中华民族千古敬仰的治水英雄。

大禹巡游四海

大禹治水后,舜将帝位禅让给了他,他当上了天子,统领了天下万民。

在治水过程中,大禹去过不少地方,当了天子,便想去更多地方了解民情,于是便去巡游四海。

大禹巡游四海,去过好多好多稀奇古怪的国家,我们就捡些要紧的说说吧!

到了东海,大禹登上波谷山,猛抬头吓了一跳,哈呀,面前站着一个巨人,大禹伸长胳膊还不及人家的腿长。巨人双腿一叉,站在路上,大禹一行人在胯下钻过还宽敞好多。他们这是到了大人国。大人国的人为什么这么高大呢?原来他们要在母亲肚子里长36年才出生,一落地就会走路,就会说话。在大禹他们看,巨人不是走路,是在腾云驾雾。他们的腿太长了,可以从这个山头跳到那个山头,从这条沟谷跨到那条沟谷,远远看去这哪里是行走,简直是在云端飘飞嘛!

离开大人国,大禹来到了小人国。这小人国的人个个都小,最高的个头不过三尺,大多数人也就是几寸高。国中还盖了个什么门,号称天下第一,可大禹根本无法从下边钻过去。大禹说他们个子小,小人国的人不以为然,说比他们小的人多的是。小人说着弯腰捡起一只蜗牛,指着左角说,这儿是触氏国;指着右角说,这儿是蛮氏国,还让大禹看,触氏国的国王正早朝呢!大禹接过蜗牛,瞪大眼睛,却什么也看不见,哪有什么人早朝呢?

小人国的人还种庄稼,土地大小也就像草帽,像袄褂。他们劳作一天,还除不完一块地上的草。除草时,人们不时左顾右盼,只怕鸱鸟来了。那鸟张开嘴一口就会把一个人吞下肚去。每年各村都有被吞食的人们。鸱鸟吞食了人那就会变成鲲鹏,长生不老且不说,若是腾飞开来,那可是大鹏展翅,一日千里呀!

大禹最受欢迎的国家是独眼国。独眼国的人每人仅长一只眼睛,你说怪不怪?你别说人家怪,人家还说长两只眼睛的是怪人。有一天,国家聚会,说要是能把长两只眼睛的怪人捉一个回来,关在笼子里让人们参观,准能挣大钱。说干就干,听说有个双目岛,国王便带头去那里抓人了。他们一登岛,就被发现了,岛上的人大喊:

"怪人来啦!一只眼的怪人来啦!"

喊着,呼啦啦追来好多人。国王见势不妙,忙掩护来人撤退上船,他却落在后头被捉住了。和独眼人想的一样,人家把国王关在笼子里,供人们参观呢!

大禹巡游到双目岛,见了笼子中的独眼人可怜巴巴,一点自由也没有,就说服众人放了他。那个独眼人感激地回去了。隔些日子,大禹来到了独眼国。哪知道经他劝说放回的人是国王啊!哈呀!国王一见是大恩人到来,举国欢迎,设宴招待,还要大禹长期住下,坐享清福。

大禹哪里有时间闲住呀,他心系天下,还要去各处巡游。离开独眼国,他又来到了白首国、黑齿国、长臂国、三首国。这些国家都挺奇怪，白首国的人不仅身白脸白，头发也纯白如雪。黑齿国的人，牙齿正好和其他国家的相反，乌黑乌黑，像是焦木。长臂国的人，那胳膊长得拄在地上。他们住在森林里，要去什么地方，一伸长臂，攀住树枝，荡着秋千就出发了。最为有趣的是三首国的人，三个脑袋长在一个身子上，一看模样就让人想起个成语：三心二意，不知他的哪颗脑袋指挥身子，千万不要胡乱指拨，弄得胳膊腿无所适从。也许，就是因为脑袋们胡乱指拨，让他们摔跌在壕沟全丧了命，要不，这个世界怎么再也见不到他们了？

大禹变能开山

禹年纪到了三十岁，还没有娶妻，恐怕时候晚了，失掉了"古礼男子三十而娶"的制度。于是祷祝说："如果我将结婚，定会有什么征兆显示我吧。"于是便有一只九条尾巴的白狐狸，来到禹的面前。禹心里想道："白，是我的服色；九条尾巴，却是作为一个王者的征象。我听见涂山地方的民歌道——

寻求伴偶的白狐狸呀，

九条尾巴充实而强壮。

谁见了九条尾巴的白狐狸呀，

谁就可以当国王。

谁娶了涂山氏的姑娘呀，

谁的家道就兴旺。

在这天和人互相感应的时刻啊，

可要抓紧进行莫彷徨！

这不就很明白了吗！"禹于是娶了一个涂山氏的姑娘，叫作女娇。

禹娶了涂山氏的姑娘，并不因为个人的私事而妨碍了公家的大事，从辛日到甲日，是辛、壬、癸、甲，结婚仅仅四天，便又治水去了。

禹治理洪水，要去打通辕辕山，急切间想不出办法，便化作一头熊，去凿山开路。化作熊以前，向他的妻子涂山氏说："如果给我送饭，听见鼓声再送来。"化作熊的禹正在那里扒呀拱的急切地工作，不料一足踩在一块石头上，石头跳起来，撞在旁边悬挂的鼓上，"咚"的一声响。涂山氏听见鼓声，忙把饭给送来了。看见禹已变做熊，在那里扒呀拱的，不禁又羞又怕，便把饭篮子扔了，急忙向前跑去。化熊的禹不知道她跑的缘由，还在后面紧追不舍。这样一直追到嵩高山的山脚下，涂山氏一下子变做了石头人，正要诞生出启来。禹跑到石头人的面前，情急地喊了一声："还我的儿子来！"石人的肚子便朝北方破裂开，生出禹的儿子启来。"启"，就是裂开的意思。

世界经典文库

中外神话故事

· 中国神话 ·

图文珍藏版

天神救人间

很久以前,有一天,玉皇大帝突然想欣赏一下人间景象。他向下一看,只见大地上山青水绿,百花争艳,人来车往,非常热闹。

玉皇大帝看着看着,竟叹气道:"原先,总觉得天宫是最美好的。哪里想到,下界竟超过了我们天上。"于是,他连天宫也没有回,便发出一道圣旨,命手下的一员天将,速速去放一把火把人间烧光。那位天将怎敢违抗玉帝的旨意,只得离开天宫,直奔人间。

他来到人间一看,人间的生活和天宫截然不同。人们的美好生活,不是依靠别人的血汗获得的,而是用自己辛勤的劳动换来的,他非常羡慕过这样的日子。但这位天将知道,违抗了玉皇大帝的旨意,就有被杀头的危险。他反复地想了又想,最后他决心牺牲自己保住美好的人间。

他拿定主意后,便回到天宫禀明玉皇大帝说:"已经遵照旨意把人间放火统统烧光了。"玉皇大帝听了,哈哈大笑说:"谁最幸福?只有我玉皇大帝。哪里最美好?只有这超越人间的天堂。"

过了几天,玉皇大帝又坐得气闷了。他忽然想起了被毁灭的人间,就想看看大地上现在的景象。随从们扶他来到天门前,打开天门一看,只见大地比原来更加繁荣,人们的生活更加美满了。玉皇大帝气得快要疯了,立刻吩咐左右侍从们,把那位天将押上天庭,不问青红皂白,推出去砍了头。

那位善良的天将虽然被玉皇大帝杀了,可是,他那拯救人间的心并没有灭亡。他的一滴鲜血掉在大地上,被一个老和尚看见了,于是用大红色的绸子把这滴血包了起来。

一天过去了,两天过去了,到了第三天傍晚,那滴血变成了一个小娃娃,他痛哭着告诉人们:"明天晚上,专横的玉皇大帝要派一员天将来到人间,把人间烧毁。快去告诉所有的人,家家户户都在门前点起火把,坚持三个晚上,这样就能迷住玉皇大帝的眼睛,逃过这一次大劫难。"

人们一传十,十传百,很快就传遍了天下,大家都知道了玉皇大帝要派人来烧毁人间。于是,人们都按着那个小娃娃的指点,家家户户都在门前燃起了用松树枝扎成的火把;火把一点着,便发出了熊熊的火焰。一天、两天、三天,人间大地上,烈火熊熊,一直烧了整整三个夜晚。

玉皇大帝亲眼看到人间燃起了大火,才"满意"地笑了,回到天宫睡觉去了。

英雄朵阿若恣

　　相传很古很古的时候,生活在地上的人们过着穿树叶,吃野果的苦日子。他们不知道怎样才能改变这一切。天上有位好心眼的阿番神,他心地善良,非常同情地上的人们,看到人们的生活太凄惨,于是背着天王,偷偷地打开天门,把天上五谷的种子,悄悄地撒到了人们生活的大地上。

　　人们得到了五谷的种子,但却不会栽种耕耘,于是他们便去请教勤劳的蜜蜂。蜜蜂耐心、认真地把如何耕耘,怎样栽种,又是如何打粮食,怎样织麻做衣服,全都教给了人们。

　　由于五谷的种子来自天上,又得到了阿番神的帮助,所以人们种出的庄稼茎棵粗壮,颗粒饱满。每到庄稼扬花的季节,远远望去,庄稼就像成群的绵羊,白花花地铺满了山坡,盖满了平坝。花谢后结出的一串串谷穗,都是沉甸甸的。到了收获的时候,打谷场上一片繁忙,一堆堆的粮食运进了仓里。

　　从此,地上的人们过上了丰衣足食的幸福生活。

　　这事,后来被天王知道了,他看到人间的生活就要超过天上了,非常生气,一怒之下,召来大力神,命他到人间,把人们丰收在望的庄稼全部毁掉,让人们重新去过那种穿树叶,吃野果子的日子。

　　这个大力神非常忠于天王,他乘着月黑风高的时候,降落到人间。他来到庄稼地里施展威风,手拔脚踏把庄稼毁了个一塌糊涂。

　　当大力神正在那里发威时,人们得到了消息,从四面八方赶来,纷纷质问大力神:凭什么要破坏人间的幸福生活? 大力神依仗着自己一身的力气,蛮横地说:"我是天上的大力神,浑身都是力气,在天上用不完,现在奉了天王之命,到地上来出出气。你们地上这些可怜的人们,谁敢来和我比摔跤? 要是你们摔倒了我,我就转回天上,从此再也不来管人间的事! 要是不敢出来比,就趁早快些闪开,今天我要毁掉所有从地里长出来的东西,就是一根草也不给你们留下!"

　　大力神越说越来劲,为了显示一下自己的力气,他看到山脚下正有牛群在吃草,便走了过去,他一眼就看中了一头腰圆、肩高、身体十分健壮的黄牡牛。他来到黄牡牛的跟前,伸出双手,轻轻一托,竟将黄牡牛托了起来,一甩手远远地扔了出去。接着,他又找到一条大水牛,双手握住牛角,用力一扭,就一把将大水牛扭翻在地上。人们一看大力神果然十分厉害,都有些害怕了。

　　大力神斗败了两头牛,又看到人们露出了害怕的神色,更是扬扬得意了。他向着围观的人群,双手叉在腰上,慢慢地迈着步子,非常傲慢地说:"谁敢出来比一比? 我好再出出气。要是不敢,就快些滚开……"

　　大力神正威吓着人们,忽听一声大喊:"慢着,别逞凶!"这一声喊把大力神吓了一跳。

世界经典文库

中外神话故事

·中国神话·

图文珍藏版

人们抬头看去，只见一个裸露着上半身子，腰间紧紧地扎着一根腰带的人从人群中走了出来。他浑身上下黑黝黝的，一块一块的肌肉凸着，简直如半截黑铁塔。人们一看，原来是英雄朵阿若恣。

"要摔跤，我们找块宽敞的地方去比一比，别在这里踏坏了人们辛辛苦苦种出来的庄稼。"说完，朵阿若恣头也不回地朝深深的老圭山走去。接着，大力神和众人也都跟着他来到圭山头上。

大力神和朵阿若恣在圭山头上展开了较量。他们你抓住我，我扯住你，一场恶斗打得难解难分。一天，两天……他们整整扭摔了三天三夜，竟没能分出个高低上下。这时，山头围观人群中的小伙子们吹响了短笛，弹起了三弦；姑娘们拍红了手，跺痛了脚，都使足了劲为朵阿若恣助威。突然，朵阿若恣一下失了手，膝盖着了地。大力神瞅准机会拼命压下来，想把朵阿若恣压翻在地。朵阿若恣单腿跪在地上，直压得地上出现了一个深坑。

眼看大力神就要胜利了，只见朵阿若恣一收腰，吸口气，双手卡住大力神的腰腿，猛一用力，站了起来，趁势将大力神举过头顶，并远远甩了出去，直甩到十几里外的独石山边，摔在地上，把平平的地撞出一条长长的深沟来。大力神的头，竟撞通了跃宝山，山中的水淌到长长的深沟里，成了一个大湖。

这一下，大力神可丢尽了脸，再也不敢耍威风了。他悄悄地、灰溜溜地回天上去了。从此，每年这一天，人们都要举行摔跤仪式，来庆祝自己的胜利。

人们看到朵阿若恣斗败了大力神，更起劲地弹响大三弦。把短笛吹得四周回响。姑娘们随着乐曲，不停地拍手跺脚。这就是今天彝族撒尼人跳三弦的由来。

天王听到人们斗败了大力神，见到人们正载歌载舞地庆祝，气得眼冒火，嘴生烟。他动手抓起玉案前的香灰，顺手撒向人间，这些香灰，在空中飘飘荡荡，后来就变成了各种害虫，落到大地上，来破坏庄稼。眼看着庄稼又要被毁掉了，聪明的人们找来了松树枝，点燃了一束束熊熊的火把，抓起松香，撒在火把上，喷出一股股火龙来，直烧得天王撒出的害虫焦头烂额，再也不敢逞凶。

山女伏旱魔

据说在远古时候，丽江边出了个残暴的旱魔，他想把山河烤焦，一下子放出八个火太阳来。这样天上就有了九个太阳，一个落了一个升，大地上只有白天，没有了黑夜，到处都被太阳烤晒得直冒白烟。树木庄稼被晒干了，田地被晒裂了，山泉枯竭了，大江大湖都快要干涸露底了；人和家畜就更不用说，丽江之畔的纳西族人民都面临着被渴死的灾难。

当地有一个寨子，寨子里有位叫英古的姑娘，她既聪明又能干，无论上山采伐，还是下湖捕鱼；无论是在田间种地，还是在家中织麻，都是当地百里挑一的好手。她人也长得健壮又美丽。她受尽旱灾之苦，不忍看着父老乡亲们被晒死，便立誓去东洋大海,请龙王来解救人们。于是她捉来许多快要渴死的水鸟,拔下它们的羽毛,编织出了一件五光十色的"顶阳衫"披在肩上,直向遥远的东方奔去。

翻过一座座山,跨过一道道沟,蹚过一条条河,英古终于来到了茫茫无涯的东洋大海边上。只见白浪滔天,入海无门。怎样才能见到龙王呢? 她徘徊着,唱起了动人的歌:

世上出旱魔啊,太阳像团火;

万物烤焦了啊,万众命难活;

东海碧玉水啊,可以救干渴;

难得见龙王啊,焦愁积心窝。

英古不停地走,不停地唱,那感人的歌声飘荡在海面上,白浪渐渐地平息了下去。刚巧,龙王的三王子出来游玩,听到英古的歌声,就变成了一个年轻英俊的小伙子,来到她的身边。两人一见钟情,便倾心交谈,诉说身世。最后,三王子赠给英古一枚避水宝戒指,并亲自把戒指戴在她的手指上。

三王子带着英古来到龙宫,龙王龙母都非常高兴,忙备办盛宴,准备择吉日为他们举行隆重的婚礼。英古想到家里的旱情,心急如焚,便恳求龙王帮助,先解救旱灾,然后再举行婚礼。龙王和旱魔本是冤家对头,听了英古的诉说,非常气愤,马上叫三王子携带万顷雨水,先陪英古回家乡救灾。

三王子让英古挽着他的胳膊,闭上眼睛。英古一一照办了,不一会儿,她就觉得自己的身体像一朵云彩似的飘了起来,接着耳边传来一阵阵呼呼作响的风声,不一会儿的工夫,三王子便对她说:"英古,你快睁开眼睛吧。"她刚睁开眼睛,双脚就落了地,再一看,已经回到自己的家乡了。

三王子一看,土地的确被晒得冒了烟,不禁感叹道:"这里的旱情真严重! 人们过得真惨啊!"说罢,马上作法变化,霎时满天乌云翻滚,雷声隆隆,顷刻瓢泼般的大雨从天上降了下来。

听到屋外雷雨交加,人们都从屋子里跑了出来,他们知道这是英古请来了救星。

大家在大雨中唱啊、跳啊,老年人跪在地上磕头,感谢救苦救难、降雨除旱的龙王。人们也没有忘记英古姑娘,都围着她问长问短。英古姑娘指着正在天空飞舞行雨的三王子,对人们说:"是龙王派三王子帮助我们来了。"于是,人们都跪在大雨里,向天上的三王子磕头致谢。

这时,阴险可恶的旱魔看到了这一情景,都快要气疯了,他咬牙切齿地冲上天去与三王子打斗起来。三王子忙从嘴里喷出一股大水,像一根银色的长矛,直朝旱魔刺去。旱魔见三王子来势凶猛,自己招架不住,就慌忙地向后逃跑。

旱魔退到一块他事先设下陷阱的地方。他转身激怒三王子说:"来来来,你要是敢过来,你看我怎么把你烧成一堆灰!"三王子一听,鄙夷地笑了一声,大喊:"我非把你淹成个水鬼不可!"说着便冲了过去。忽然,轰隆一声,三王子落到陷阱里去了。三王子上了当,旱魔发出了得意的狂笑,并封住了陷阱,叫来一头大象和一只狮子守住洞口。

英古看到心上人被旱魔骗进了陷阱，披起顶阳衫，奋不顾身地来和旱魔搏斗。一连苦战了九天，汗水流干了，力气使尽了，最后倒在地上再也没能爬起来。

这时，善神北时三东经过这里，看到英古姑娘死去了，无辜善良的人们惨遭旱患，来救难的小龙又被困在深洞中，便用雪精造了一条矫健非凡的雪龙去制伏旱魔。这条浑身雪白的长龙，乘风驾云，张开巨口，把旱魔放出的八个火太阳一个个衔在嘴里，变冷后把七个吐在地上，只把第八个火太阳留在了空中，从此，空中多了一个冷太阳，那就是现在的月亮。雪精龙胜利归来，又与旱魔展开搏斗。旱魔想烤化雪精龙，雪精龙早已料到，一个腾身便把旱魔牢牢地压在了身子底下，使他永世不得翻身。后来，这条雪精龙就变成了一座银冠玉岥的高峰，就是现在的玉龙山。

三王子被困在陷阱里，听到自己心爱的英古姑娘战旱魔力竭而死的消息，悲痛欲绝，他鼓足气力，冲出了陷阱，把压住他的大象和狮子冲出去三十多丈远。三王子怀着诚挚的爱情，化作一股清泉，围绕英古姑娘躺着的地方流淌。这股清泉水后来变做现在丽江坝子纵横交错的沟渠。三王子冲出的洞，就是现在的玉泉。

善神北时三东把雪精龙吐下的七个冷了的太阳，捏成七个光芒闪烁的星星，镶在英古姑娘的顶阳衫上，以表彰她的勤劳、智慧和勇敢。为了铭记英古姑娘的功绩，纳西族的姑娘们便仿照英古姑娘的镶有七星的顶阳衫，做成精美的披肩，世代相传。

干将、莫邪铸剑

干将是吴国最有名的铸剑师，他打造的剑锋利无比。吴王阖闾看见越国的宝剑非常的好，就命令干将为他也铸几把宝剑。

可是干将花了三年工夫，费尽了心思，剑怎么也铸造不好，他的妻子莫邪问他是怎么回事。干将说："当初我师傅为了能铸造最好的宝剑，不惜牺牲他们夫妻的生命，跳到冶炉里，才铸造了一把好的宝剑。看来我们是不是也要这样呢？"

莫邪说，师傅能这样，也是剑师的职责。她就剪掉了自己的头发和指甲放到火炉中，这也是古代的一个传统，凡是铁物吸收人的精华，就会非常的锋利。莫邪的头发和指甲提供了这么个引子后，在干将的努力下，宝剑终于铸造了出来。这对宝剑在阳光下闪闪发光，看起来十分锋利，这也是干将一生中铸得最好的剑。这两把剑，一把上面是方形的龟文，叫阳剑，一把是水纹型的散理，就叫阴剑。他们夫妻就以自己的名字为两把剑命名，阳剑叫干将，阴剑叫莫邪。

宝剑铸好的消息传到了吴王的耳朵里，吴王的脾气稀奇得很，他不想让世界上再有同样锋利的宝剑，他会把铸剑的师傅杀掉。干将心里也明白得很呢。而且吴王限定必须把宝剑交上来，干将知道这次献剑后自己会没命的。

到京城交剑的日子到了，这时，干将的妻子莫邪也快生孩子了，干将就对莫邪说:"我这一去肯定是回不来了。我把阴剑埋在了一个地方。以后就叫我们的孩子长大了拿它给我报仇吧。"

干将带着那把阳剑去见吴王,吴王一得到宝剑,二话没说,立刻命令士兵杀死了干将。从此天下最好的铸剑师傅就再也没有了。

"哈哈,天下没有比我这把更好的宝剑了!"吴王露出了狰狞的面目,得意地笑着。

干将死后不久,可怜的莫邪就生了一个男孩,取名赤鼻。因为孩子生下来眉间很宽,后来有人也叫他眉间尺。莫邪记着丈夫的遗言,含辛茹苦地带着孩子,等着孩子能给丈夫报仇。

眉间尺

相传干将、莫邪为吴王铸剑,三年才铸造成功。吴王恼怒,想要杀掉他们。剑有雌剑和雄剑两口。当时,干将的妻子莫邪怀孕快要生产。

干将对妻子说:"我为吴王铸剑,三年才铸造成功,吴王恼怒,这回我去,定会将我杀掉。你生孩子如果是个男孩,长大了告诉他说:'出门去望望南山,松树生在石头上,宝剑就在树背上。'"说完,便带了雌剑去见楚王。

吴王见只带来一口剑,更是怒不可遏。便叫剑工前来察看这剑,剑工说,剑原有两口,一口雄剑,一口雌剑,雌的来了雄的还没来。吴王大怒,便把干将杀了。

干将走后,莫邪生了一个孩子,名叫赤鼻。赤鼻长大了,便问他母亲道:"我爹怎么不见,他在什么地方呢?"母亲说:"你爹为吴王铸剑,三年才铸造成功,吴王恼怒,把他杀了。去时嘱咐我:'告诉儿子,出门去望望南山,松树生在石头上,宝剑就在树背上。'"于是孩子走出门去,向南一望,没看见有什么山,回头一望,只见堂前石础上面,有几根松木柱子,心想这或者就是"松树生在石头上"吧,便去拿了一把板斧,把近门的一根柱子从背后劈破,果然就从里面取出那把雄剑。孩子得了这剑,不论白天黑夜,都想着要向吴王报仇。

有天晚上,吴王做梦,梦见一个宽额头的孩子,两眉之间,阔有一尺,自说要来报仇。吴王便悬了千金重赏,到处张贴榜文,画影捉拿梦中所见的奇怪孩子。孩子听榜文所说的情况,和自己有几分相像,便赶紧逃进深山去暂时躲藏着,在山道上一面行走一面唱歌,想到父仇未报,不觉悲从中来。

有一天,深山里突然出现一个来自他乡的客人,看到他如此悲哀,就同情地问他道:"你小小年纪,为什么哭得这样悲哀啊?"孩子说:"我是干将、莫邪的儿子,吴王将我爹爹杀害了,我想报这深仇大恨。"他乡客说:"听说吴王悬了千金重赏买你的头,拿你头和剑来,我为你去把这仇恨报了。"孩子说:"那太好了!"马上抽出宝剑,割下自己的头来,两手捧着头和宝剑,一齐交给他乡客,身子却还僵立在那里。他乡客说:"你放心,不会使你失望的!"尸体这才倒了下去。

他乡客带着孩子的头去见吴王,吴王大喜。他乡客说:"这是一颗勇士的头,应当放到汤锅里去烹煮,直到肉烂为止,以免久后成精作怪。"吴王依从他的话,把头放到汤锅里去煮了三天三夜,都没煮烂,头还几次从汤锅里跳出来,圆睁着一对愤怒的眼睛。他乡客说:"这孩子的头老煮不烂,愿大王亲自来看看,借大王的威风压他一压,自然就会烂的。"吴王无法,只好慢慢走到锅边来。他乡客迅速地抽出宝剑,向吴王颈脖一挥,吴王的头就坠进了汤锅里;又把剑向自己颈脖一挥,头也坠进了汤锅里。汤锅沸腾着,霎时间三颗头都煮烂了,再也分辨不出。

吴王的人没有办法,只好连骨带肉分成三份,用瓦罐子装着,分别埋葬在一处,并修造了三座坟墓,笼统叫作"三王墓"。这墓如今还在汝南北宜春县的境内。

伊尹的传说

东方有个小国,叫有莘国。有一天,一个姑娘提着篮子到桑林去采桑,忽然听见有婴儿的啼哭声。循声找去,发现一株老桑树的空心中,有一个胖娃娃,赤裸着身子,摇手蹬足,大张着嘴巴啼哭着。

姑娘觉得奇怪,便把娃娃抱起来,去献给本国的国王。国王叫御膳房的厨子把婴孩带去抚养,一面派人察访婴孩的来历。

不久出去察访的人回来禀报,说婴孩的母亲原住在伊水的岸边,怀有身孕。一天晚上,梦见有神人告诉她说:"春米臼出了水就向东边走,千万不要回头看。"第二天,春米臼果然出水了,她赶紧把神向她说的话告诉邻居们,一面照着神的吩咐向东走去。邻居们有相信她的话的,都跟着

伊尹

她走;也有不相信她的,就仍待在家里。她向东走了大约有十里路程光景,惦念着家园和邻居,不知道究竟怎么样了,忍不住回过头去一看——啊呀,只见家园已经浸没在一片白茫茫的大水里,狼牙齿一样的波涛正追踪在她和与她同行的邻居们的身后,恶狠狠地向着他们扑来。她吓得举起两只臂膀,正想呐喊狂呼,却不料声音还没有发出喉咙,她的身子就变成了一株空心老桑树,站在大水的中央,抵抗住了激流。洪水终于在她的身后退去了。

过了些日子,采桑姑娘来采桑的时候,就发现在这株老桑树的空心里,有一个活泼可爱的婴孩。所有曾经和婴孩的母亲一同逃避洪水的邻居,都指证这个故事的真实。于是婴孩就确定是这株空心老桑树的孩子。因为孩子的母亲原住在伊水岸边,后来孩子又做了"尹"的官,所以人们叫他伊尹。

伊尹在御膳房厨子的抚养下，渐渐长大成人，也做了御膳房的厨子，烹调得一手好菜肴。同时由于自身的努力，读过一些书，有相当的学问，因而兼做了宫廷教师，教有莘王的女儿读书。

　　后来成汤到东方去巡游，到了有莘国，听说有莘王有个女儿非常美丽贤淑，便要求她做自己的妻子。有莘王知道成汤是个贤王，很高兴地答应了。这件亲事，就按照当时的习俗，把女儿嫁送过去。

　　那时伊尹也很想到汤王那里去做事，发挥自己的才干，只是找不到门路。现在趁着有莘王嫁女的机会，自愿申请做陪嫁臣子。有莘王本来也并不怎样重视这个生长在水边桑树里、脸孔上不长眉毛和胡须的怪孩子，便答应了他的请求，把御膳房厨子兼宫廷教师的伊尹，当作陪嫁臣子和女儿一起送过去。

　　伊尹伴随着女学生陪嫁到成汤那里，教师的本领一时还用不着，厨子的手艺在办喜事的当儿倒可以表现两手。于是这个黑皮肤的矮个子青年，就背着鼎锅，抱着菜板，兴致勃勃地在厨房里安排着一切，把他的烹调手艺尽量施展出来。

　　果然，他做的菜肴深合汤王和宾客们的口味，得到了他们极大的赞赏。

　　汤王心里一高兴，便召见了这个手艺高明而又抱负不凡的青年厨子。

　　由于他出身微贱，在召见他之前，人们怕他身上的污秽和邪祟触染到至尊至贵的汤王身上，还先拿香草来熏了他一熏，拿柴火来烤了他一烤，拿一些猪牛的血来涂抹在他的周身，直到他叫人们觉得身上的肮脏都已除去，这才让他去见汤王。

　　伊尹见着汤王，自以为是展宏图、抒抱负的时机到了，便对着汤王，从山珍海味的烹调说起，一直说到治国平天下的大事，口若悬河，滔滔不绝。

　　哪知道事情总不是一帆风顺的。汤王只觉得这个青年是极能干而又有才气的，以后看待他自然就比别的御膳房厨子要不同些，但也没有把他提拔起来担当更重要的职务。

　　日子长久了，伊尹自觉在汤王那里没被重用，很受委屈，这才跑去投奔夏桀。

　　当时，夏国的人民都怨声载道，认为夏桀治国无方，东方的殷国却一天比一天兴旺强盛起来，大家的心思都向往着贤名昭著的汤王。伊尹把天下大势和个人出路两方面仔细考虑了一番之后，才毅然离开夏桀，仍旧回到汤王那里去了。

鲧和禹治水

　　人世间的恶事越来越多，野蛮、贪婪、血腥、残暴、狡诈等丑恶行为像瘟疫一样在人间盛行。天帝非常恼怒，就派水神共工降下洪水来警告世人。滔天的洪水逼得人们住在山顶的山洞，爬上大树的树梢，吃着树皮树叶，很多的人都死去了。活下来的人也被饥饿和瘟疫时刻威胁着。

　　天神鲧是天帝的孙子，他是一个善良的天神。他不忍心看到人民如此苦难，决心拯救洪水中的人民。他多次请求劝谏他的祖父赦免人民的过错，并认为他在惩治邪恶的同时,殃及了太多的无辜。鲧为此整日愁闷不堪。一天,鲧遇到了一只猫头鹰和一只乌龟,它们告诉鲧只有偷来天庭中的息壤,才能退洪水。受到指点的鲧来到天庭,想尽一切办法,终于偷出了息壤。这息壤真是神奇,鲧将一小块碾成细末投入洪水中,随着轰隆隆的声音,滔滔洪水中顿时生出一块块陆地,陆地越长越大,逐渐与山坡连在一起。人们欢呼着从山上跑下来,他们得救了。可这时,天帝知道了鲧偷息壤的事,大怒,派火神祝融在羽山杀死了鲧,并夺回了息壤。没有了息壤,洪水再次蔓延,人民又回到了从前。鲧死后,因他平息洪水的志愿未了,所以他的精魂未死,尸体三年都没腐烂,并在肚子中孕育着新的生命——儿子禹。天帝知道后派天神用宝刀剖开了鲧的尸体。顿时,金光一闪,从鲧腹中跳出一条虬龙,升上了天空,这就是禹。鲧的尸体则化成一条普通的龙跳进羽山旁的羽渊,它要等着亲眼看到儿子平息洪水,了却他的志愿。这件事后,固执的天帝有所悔悟,将息壤给了禹,并派了一条应龙帮助禹到人间治理洪水。水神共工不服禹,就掀起更大的洪水与禹作对。禹在会稽山汇合天下群神与共工开战,打败了共工。以后,再没有人阻挠禹治理洪水了。禹让乌龟背着息壤,将其小块小块地投向大地,填平了洪水,高处形成了山,平处是绿野大地。禹又让应龙用尾巴在大地上划出一条条河道,把洪水引到东洋大海。有堵塞,有疏导,终于治住了洪水。这时舜已年老了,万分感激的人民拥戴禹做了天子。鲧和禹治水的故事被人民世代传颂。

盎哇鸟
（黎族）

从前,五指山有个美丽的姑娘,名叫奥桃堆。她从小失去了父母,跟着哥嫂生活。嫂嫂待她很不好。还在她很小的时候,就要她去放牧小牛堆闷。等她长大了,更是什么事情都由她操作,放牛回来,忙着挑水劈柴、煮饭扫地、织筒裙、搓麻绳,一点也没有空闲,累得她筋疲力尽。可是嫂嫂仍旧不称心,还经常打骂她。奥桃堆也,没有人可以诉说,只好对着堆闷流泪。

有一天,嫂嫂有意刁难奥桃堆,要她在一天之内织好九条筒谣。奥桃堆牵了堆闷到了山上,不禁放声大哭起来。忽然,堆闷开口说:"奥桃堆,你有什么伤心事呢?"奥桃堆向它诉了苦。堆闷听了,甩了甩尾巴说:"不要伤心,我会帮助你的。"它叫奥桃堆去摘木棉叶来给它吃。堆闷慢慢地嚼着木棉叶,嚼了很长时间,奥桃堆在一旁看着看着就睡着了。等她醒了过来,揉眼一看,堆闷一边嚼木棉叶,一边屙出许多筒裙。她数了数,刚好是九条。回到家里,奥跳堆把筒裙交给了嫂嫂。嫂嫂无话可说。

第二天,嫂嫂又要奥桃堆在一天之内搓好九百九十九条麻绳。奥桃堆又对着堆闷流泪。堆闷问:"姑娘,你又有什么伤心事?"奥桃堆又把嫂嫂的刁难告诉了它。堆闷叫奥桃堆摘来麻叶,它嚼着,又屙出很多麻绳来。晚上,奥桃堆把九百九十九条麻绳交给了嫂嫂。嫂嫂想：奥桃堆哪来的神通呢？是从什么地方偷来的，还是得了宝物了？她就天天向奥桃堆要筒裙和麻绳。奥桃堆想：嫂嫂天天要东西，一定已经发现了堆闷的秘密。她又看到堆闷一天天瘦下去，不忍心再要它屙东西，就叫它吃草补身体，还把嫂嫂为人贪婪告诉了堆闷。堆闷说："不要紧，她将什么也得不到。"

当天晚上，嫂嫂打开装满筒裙的篷，一看，哪有什么筒裙？篷里只有一堆堆臭牛屎。

自此以后，奥桃堆的嫂嫂逢人就说奥桃堆会弄巫术，是个禁母，会给寨子里带来瘟疫。于是，头人请来了道公，准备抓禁。她嫂嫂预先串通了道公，在举行抓禁仪式那天，她嫂嫂嘴里含了一个鸡蛋，走到道公面前，说奥桃堆把她的脸咒肿了，并使用巫术把牛屎变成筒裙放到篷里。道公披上了道袍，挂着满身符叉咒圈，叮叮当当手舞足蹈，喃喃呢呢念着咒语。忽然，道公在奥桃堆面前停住了，对大家说："她就是禁母！"又转向她嫂嫂说："要治好你的脸，就要把妖牛堆闷杀掉，把奥桃堆赶出家门。"

奥桃堆听说要杀掉堆闷，急忙把牛拉上山去，把它藏在老林里。可是，无论把牛拴在哪棵树上，那棵树便会发出呼叫："牛在这里！牛在这里！"她嫂嫂和道公便闻声追了上来。好半天工夫，奥桃堆才找到一棵不会叫喊的哑树。堆闷对奥桃堆说："就把我拴在这里吧。不管你把我藏到哪里，他们都会找到我，把我杀掉的。我死了以后，别人吃我的肉，你千万不要吃，人家杀我时，你要闭上眼睛；人家丢了我的骨头，你要拾回家藏起来。"奥桃堆答应了堆闷的要求，把它拴在哑巴树上。

她嫂嫂和道公追上了山，抓住了堆闷和奥桃堆。他们杀了堆闷，吃了它的肉，把它的骨头扔在山沟里。奥桃堆被道公赶到河里，举行驱邪洗礼，然后，被她嫂嫂赶出了家门。她从山沟里捡回堆闷的骨头，住到姑姑家里去了。

有一天，奥桃堆同姑姑到河里去洗澡。姑姑看见她手里拿一包东西，便问："你拿的是什么？"

奥桃堆说："这是堆闷的骨头，我怕它霉了，拿到河滩上去晒晒。"

奥桃堆把堆闷的骨头晒在河滩上，然后和姑姑脱下衣裙，跳进河里洗起澡来。哪料，堆闷的骨头也一根根跟着跳进河里，霎时间，有的变成了金手镯、金耳环，有的变成了银项圈、银发箍，有的变成了金块珠宝，有的变成了美丽的筒裙和衣褂，还变成了一顶银丝线织成的小帽子。

奥桃堆和姑姑又惊又喜，马上穿起了美丽的筒裙和衣褂，戴上了金的银的首饰，奥桃堆还戴上了那顶银丝帽，回寨子去了。

路上，她们碰上了寨子里一位爱虚荣的丑女。她见她们穿戴得这么漂亮，赶忙上前问道："哪来这么漂亮的衣裙和首饰？"奥桃堆说是在河里洗澡捞到的。丑女急忙跳进河里，摸了半天，只找到一件不好看的红衣服。她以为这是世间最漂亮的衣裳，因此，天天穿它，人们便叫她奥幸菜。

奥桃堆的美貌和善良闻名寨子内外，自从她得到了世上罕有的首饰、衣裙和珠宝,就越发名传千里。好多困得曼都来向她求婚。有一个叫哈劳帕洛泽的困得曼,是个亩头的儿子。他早就看上奥桃堆了。有一天,他来向奥桃堆求婚。奥桃堆也看中了他,便对他说:"你想娶我,就到我哥哥家去,我做不了主。"并告诉他,哥哥家门前有五只木头凿成的猪槽,屋后有五只木头凿成的狗槽,千万别走错门了。不料,这些话,被奥幸莱听到了。她跑回家,从奥桃堆哥哥家借来了五只猪槽和五只狗槽,摆在屋前屋后。

第二天,哈劳帕洛泽的母亲带着聘礼来向奥桃堆求婚。刚走到奥幸莱的家门口,奥幸莱便拦住她道:"伯母,您要上哪去呢?"

母亲说:"走亲家去!"

"您要找哪家的姑娘呢?"

"找奥桃堆。"

奥幸莱忙说:"我就是奥桃堆。"

哈劳帕洛泽的母亲没有见过奥桃堆,也不认识她面前这位姑娘,便疑心起来:奥桃堆是远近闻名的美貌姑娘,怎么会是眼前这个丑样子呢?她仔细地察看了屋子前后,果然和儿子说的一点不差,摆着五只猪槽和五只狗槽,便半信半疑地被奥幸莱拉进屋去。

奥幸莱高兴极了,拉开公鸭嗓子嚷开了:"阿爬阿拜!快杀鸡杀鸭杀猪。"

哈劳帕洛泽的母亲感到奇怪,奥桃堆是没有父母亲的,便问奥幸莱。奥幸莱慌忙说:"我把哥嫂叫成阿爬阿拜了。"哈劳帕洛泽的母亲已经进了女家的门,又喝了她家的酒,吃了她家的肉,就只好留下了聘礼,定下了结婚日期,回家去了。

这一天,奥桃堆也回到哥哥家来,她等着哈劳帕洛泽家来求婚。嫂嫂知道奥桃堆得到许多金银财宝,想借此机会拿它一些,所以也客气起来,还杀了一头大肥猪,准备招待客人。但等了半天,不见有人来。奥桃堆跑到姑姑家一打听,才知道奥幸莱顶了自己,收下了哈劳帕洛泽家的聘礼。她生气地跑到奥幸莱家。看见奥幸莱正倚着门,手里拿着一副猪崽的下水,得意扬扬地唱着:

奥桃堆呀奥桃堆!你看这猪下水怎么样?

奥桃堆一听,气上心头,对唱了起来:

你家养的猪太瘦小,猪下水几两重,里面装满屎和尿;我家养的猪才肥大,猪下水几十斤,里面藏着金和银。

奥幸莱见奥桃堆气鼓鼓的,也不回答,只是摆弄着猪下水,瞟着奥桃堆傻笑。奥桃堆接着又唱:

美丽的奥幸莱呀!你脸像黄猄皮一样黄,衣服像猴屁股一样红,怎能找个好老公?

奥幸莱听了,笑眯眯地对唱道:

美丽的奥桃堆呀!我脸虽黄运气好,衣服虽红手段高,还是嫁了个美老公。美丽的奥桃堆呀!你也别发慌,你也别心痛,陪我新娘去拜堂。

奥桃堆一听,更受不了;但一想,生米已煮成熟饭了,怎能再复原。这事就算了,也不再跟她对歌,便回家去了;但出于礼节,答应去参加奥幸菜的婚礼。

到了奥幸菜结婚那天,奥桃堆穿戴上堆闷骨头变成的那些衣裙首饰,仙女一般地往哈劳帕洛泽的寨子走去。半路上,突然,一棵大酸豆树横倒路旁,挡住她的去路。原来是哈劳帕洛泽和母亲在路上截迎新娘。哈劳帕洛泽远远看见有个穿着漂亮的姑娘走来,以为是新娘子来了,便把酸豆树砍倒了拦住她的去路,还摘下一夹酸豆果往姑娘身上扔去,酸豆果落在奥桃堆的银丝帽上,发出铮铮的响声。哈劳帕洛泽唱道:

酸豆打帽响铮铮,姑娘身着花筒裙,叫声妈妈仔细看,姑娘是否我家人。

他母亲唱道:

酸豆打帽响铮铮,姑娘不着红筒裙,那是别家好姑娘,不是新娘我家人。

奥桃堆也不招呼他们,自顾自侧着身子从路旁跑了过去。这时,奥幸菜和陪娘们到了。哈劳帕洛泽又摘了一夹酸豆果扔到奥幸菜的头上,唱道:

酸豆打帽声沉沉,姑娘身穿红衣裙,叫声妈妈仔细看,她是我的心上人?

他母亲忙接唱道:

酸豆打帽声沉沉,姑娘身穿红衣裙,擦擦眼睛仔细看,她是你的心上人。

哈劳帕洛泽便迎上前去。他一见新娘子不是奥桃堆,而是奥幸菜,气得话也说不出来。奥幸菜却高兴地唱道:

可恶的酸豆树,不怕你挡大路,今天是好日子,我嫁个好丈夫。

哈劳帕洛泽只好陪着奥幸菜和陪娘们回寨子去。

婚礼开始了,人们边喝酒边对歌。奥桃堆拿起酒碗唱道:

小小酒碗不平常,各家各户不一样,我家酒碗美又净,你家酒碗破又脏。奥幸菜呀别惊慌,我不说你嫁错郎,若到我家去喝酒,碗美酒甜心欢畅。

喝过酒,对过歌,大家开始吃饭,奥桃堆拨了一口饭,皱了皱眉,放下了饭碗,又唱道:

这饭煮得实在差,难咽入肚把人呛,不是挑剔奥幸菜,我做的饭香刮刮。

唱完,奥桃堆趁哈劳帕洛泽里屋拿烟给大家抽的时候,悄悄地离开了他的家。哈劳帕洛泽出来发现奥桃堆走了,他迅速跑到外边,骑上马去追奥桃堆。

哈劳帕洛泽骑马来到奥桃堆的寨子前,看见寨门紧闭着,他便对着寨门大声唱道:

大门呀!你为何挡住我的马?妹妹呀!你为何急急把门插?好妹妹,把门打开吧!好妹妹,为何不答话?我的帽子在你家,让我进去找找吧!

奥桃堆家离寨门好远,她怎能听到哈劳帕洛泽的歌声呢?他见没回音,又唱道:

妹妹妹妹你在哪?请你跟我说句话,让我看看你的脸,让我听听你的话。

这时,一个老太婆听到门外有人唱歌,便把寨门打开了,哈劳帕洛泽一时高兴,把老太婆当成了奥桃堆。他跟着老太婆后边不停地唱歌。老太婆进屋去了,他还唱道:

美丽的奥桃堆呀！请你回头笑一笑，我愿跟你进山洼，我愿随你到天涯。

老太婆回过头来骂道：

困得曼你怎么啦？耳不聋来眼不花，胡说八道乱嚷嚷，把八十老太当姑娘。

哈劳帕洛泽一看是个老太婆，一阵脸红，连忙走开了。走了一阵子，看见另一家人家门开着，屋里坐着一个姑娘，他以为这是奥桃堆，开口就唱：

衣不整来裙不净，帽不戴来头不梳，美丽的奥桃堆呀！你为何这样邋遢？

姑娘转过身来，对着他骂道：

嘴里胡言眼睛瞎，为何尽说伤人话？

哈劳帕洛泽一见又弄错了，急忙跑开。他在寨子里转呀找呀，找到第九家人家，才找到了奥桃堆的家。奥桃堆看到哈劳帕洛泽，转身跑进屋里，紧紧把门关上。

哈劳帕洛泽在门外唱了起来：

妹妹呀，你为何这般狠？把门紧紧闩。让我说句话，快快把门开！

奥桃堆答道：

回你的家做你的事，不要跟我来胡缠。你已有了奥幸菜，别想再进我家门。

哈劳帕洛泽唱道：

都怪我阿拜瞎了眼，错将山鸡当凤凰，脸色黄黄似黄猄，衣服红红像鬼眼。

哈劳帕洛泽唱完，等了好一会儿，听不到奥桃堆回答，知道已经无法挽回，再也打不动她的心了，便心生一计，又唱道：

上次路过你门前，失落银帽在里面；打开门来找回帽，我自死心回家去。

奥桃堆的姑姑信以为真，想快点送他走，便把门打开。哈劳帕洛泽马上钻进屋里。奥桃堆躺在床上，不理睬他。他唱道：

妹妹呀！席子着了火，快去找水泼，若再迟一会，席子火烧破。

奥桃堆答道：

起火急什么，烧破也不怕；只要双手巧，明天新编过。

哈劳帕洛泽又唱：

妹妹呀！被子起了火，快去拿水泼，若再迟一会，大火烧被窝。

奥桃堆答道：

起火急什么，烧掉也不错；只要双手巧，换个花被窝。

哈劳帕洛泽又唱道：

妹妹呀！被窝起大火，头发已烧着，再不去打水，剩下个光脑壳。

奥桃堆一听，猛地爬了起来，到水缸边一照，才知道受了骗。这时，天快亮了，她马上拿起砍刀上山砍柴去了。哈劳帕洛泽连忙跟着上山去。奥桃堆对哈劳帕洛泽说："我已经和别人订婚了，你再缠也没用的。"哈劳帕洛泽不相信。奥桃堆说："假如我能用一根头发把柴捆上，提起来不断，那就是说我已经订婚了，你不该再缠我了。如果不能，你要怎样都行。"哈劳帕洛泽想，一根头发怎能捆一把柴呢？于是他答应了。没想到奥桃堆当真用一根头发就把柴捆得扎扎实实，挑起就走。哈劳帕洛泽无话可说，只好不声不响回到家里，和又丑又懒的奥幸菜一起过日子。

奥桃堆回到寨子里,真的已有一个勤劳善良的困得曼等着她了。她对这个求婚人也很满意。不久,她就出嫁了。

冬去春来,花开花又落,哈劳帕洛泽想奥桃堆的心不死。有一天,他骑马来到奥桃堆姑姑家,只看到奥桃堆的表妹,看不到奥桃堆。便问道:

小妹妹呀!床上到处是灰尘,床头只有一个枕,屋里本是两姐妹,为何只剩你孤身?

奥桃堆的表妹唱道:

表姐离我出家门,高山远水去安身,早已叫你别纠缠,为何还要将她问?

哈劳帕洛泽一听她这么说,知道奥桃堆已经嫁人。他便问奥桃堆嫁到哪里去了。奥桃堆的表妹说:"你这个困得曼真荒唐,管她嫁到哪里去了,煮熟的山鸡飞不起,你找到了她又怎样? 别自寻烦恼了!"

哈劳帕洛泽没有办法,只好无精打采回家去,但仍旧不死心。

从此,他到处闲逛,寻找奥桃堆,经过九九八十一天,他终于在一个偏僻的寨子里,打听到了奥桃堆的家。

奥桃堆丈夫家虽穷苦,但一家人勤勤恳恳,相亲相爱,日子过得倒也美满。他们已有了一个男孩子。

一天,奥桃堆听说有人找她。她远远一看,见来人是哈劳帕洛泽,便放下正"盎哇""盎哇"哭的孩子,急忙藏到大水缸里去,不料一缕长发却挂在缸沿。

哈劳帕洛泽一进屋,看到孩子头上戴着奥桃堆的银丝帽,便一步跨上去,把帽子抢了过来。他又仔细看了看屋里,发现缸沿的头发,知道缸里躲着的正是奥桃堆,便去扯头发。奥桃堆既然被他看见了,只得出来一边张罗酒菜,一边问哈劳帕洛泽想要什么东西,好快些把他送走。哈劳帕洛泽说要一只黑母鸡,奥桃堆忙抱来一只黑母鸡;他又说不要黑的,要白的,奥桃堆只好去换一只白的来。他又说不要鸡,要九把山兰稻,奥桃堆强忍着愤怒,从稻架上取下了九把山兰稻给他。他又不要了,却要奥桃堆送他到寨外河边的大树下。

奥桃堆抱着孩子说:"我哪能送你呀! 我孩子在哭呢!"

哈劳帕洛泽说:"你不送我,我就不走。"

奥桃堆只好送他。她的小姑子这时也来了,便抱着孩子,跟在她的后面。

离寨外大树还有一段路,奥桃堆听到孩子的哭声,对哈劳帕洛泽说:"我不能再送你了,我孩子哭得太伤心啦!"哈劳帕洛泽急忙掏出奥桃堆的银丝帽子,唱道:

看吧! 看吧! 你的宝贝,你的心肝,孩子没有它,难得保平安。

奥桃堆大吃一惊,那是她心爱的宝贝呀! 孩子的生死全靠它呢! 她慌忙唱道:

哥哥呀! 快把银帽还我,免得孩子受难。

哈劳帕洛泽边走边唱:

你家原是金银窝,无价宝贝多又多,送我一顶小银帽,做个人情永记着。

奥桃堆跟着哈劳帕洛泽,一步三回头地唱道:

宝贝再多也没用,情义更比金银重。你别伤我夫妻情,别让孩子受灾祸。

可是哈劳帕洛泽睬也不睬她,拿着银丝帽子一个劲地往寨外奔去。奥桃堆拼命地在后边追。

跑到大树底下,哈劳帕洛泽沿着梯子飞快地爬上了树,这梯子是他早准备好的。奥桃堆要帽子心切,也紧紧跟着爬上去。哈劳帕洛泽看见奥桃堆已爬上树,赶快把梯子收了上去。

奥桃堆知道自己已经上当,倚在树丫上。她看见小姑子抱着孩子远远地哭着走来,大声唱着:

小姑呀,不要哭,孩子托你们,好心来照顾。别叫他挨饿,别让他啼哭。不要打骂他,不要穿烂服;让他快快长,长大住新屋。小姑呀!不要哭,孩子若有病,上山把药找;饭硬不能咽,要把稀饭熬。从今没奶水,去找乳瓜树。让他好好长,长大娶媳妇。

这时,哈劳帕洛泽挨过来,在树丫间追赶着奥桃堆,想捉住她。奥桃堆轻快地从这里跳到那里,尽力躲开他。哈劳帕洛泽没有办法,又唱道:

奥桃堆呀你听着:你要帽子还要我?要我跟我说句话,再替我把鼻涕擦。要帽来把竹刀拿,自己想死自己杀。生路死路由你挑,要死要活快回答。

奥桃堆唱道:

竹刀我不拿,鼻涕你自擦。放我下树去,我心乱如麻。孩子小又娇,像个小青蛙。假如我死去,谁来照顾他。孩子小又娇,怎能没妈妈?孩子像朵花,会笑也会爬。……

哈劳帕洛泽对准他,准备要射箭。奥桃堆见了,对着丈夫喊道:"别砍树!别砍树!孩子不能没爹,快回去,别管我。"她丈夫哭着唱道:

我争不回你啦,美丽的奥桃堆!我争不过他啦,可恶的哈劳帕洛泽!你放心去吧,去做别人的老婆吧!你放心去吧,我会照顾好孩子呀!

于是,奥桃堆的丈夫和小姑子,伤心地抱着孩子回寨子里去了。天已经黑下来。百鸟归林,叽叽喳喳地飞进树叶丛中。奥桃堆见丈夫走远了,就对哈劳帕洛泽唱道:

高山可以爬,河宽把桥搭,我已铁了心,死也不改嫁。我的孩子呀!薯粉般嫩滑,刚会笑会爬;可怜的孩子呀!就要失去妈妈。

哈劳帕洛泽在树上攀来攀去,就是抓不到奥桃堆,他恨恨地唱道:

不愿嫁给我,不愿听我话,那就随你的便,我可要把你变成鸟。你要变成什么鸟,可以让你挑:变只喜鹊吗?变只乌鸦吗?

奥桃堆问道:

喜鹊的叫声怎么样?乌鸦的叫声又怎么样?

哈劳帕洛泽唱道:

喜鹊的叫声喳、喳、喳,乌鸦的叫声啊、啊、啊。

奥桃堆唱道:

乌鸦叫声太刺耳,喜鹊叫声太吱喳,若要我变只小小鸟,它的叫声像娃娃。

哈劳帕洛泽唱道：

要想叫声像娃娃，那你就去变"盎哇"！

奥桃堆唱：

盎哇是种什么鸟？它的声音怎么叫？

哈劳帕洛泽唱：

盎哇是种凄凉鸟，"盎哇盎哇"哀哀叫。

奥桃堆唱：

盎哇既是凄凉鸟，跟我身世太凑巧。我的孩子太可怜，我要学他哭和笑。

奥桃堆刚唱完，哈劳帕洛泽猛地跳了过去，把她从树上推到河里，并不停地念着咒语：

奥桃堆呀奥桃堆，你的身体变成水，心肝肠肺别下坠，轻轻浮起随水推。推到河中石头上，变成一只盎哇鸟，张开翅膀到处飞。

这河里住着一条龙，很有法力，它听到谁念咒语，总是使它实现，因为它从中可以得到好处。这时，龙在宫里听到了哈劳帕洛泽念的咒语，就冲了出来，一见奥桃堆跌下河，张开大嘴把她的肉吃光，剩下她的心肝肠肺，漂到河中间的石头上，变成了一只母盎哇。这盎哇鸟拍了拍翅膀，飞到哈劳帕洛泽坐着的树上，乘他滑下去的时候，猛拍翅膀，也把他扇进河里。盎哇鸟学着念动咒语：

可恶的哈劳帕洛泽，你的身体变成水，心肝肠肺别下坠，轻轻浮起随水推。推到河中石头上，变成一只盎哇鸟，张开翅膀到处飞。

河里的龙听到咒语，照样收拾了哈劳帕洛泽。于是，哈劳帕洛泽变成了一只公盎哇。公盎哇又愧又恨地唱道：

母盎哇，母盎哇，我们各自飞回家，从今以后不相干，盎哇——盎哇——盎哇——

于是，它们各自飞回家去了。

第二天，母盎哇发现小银帽在河面上漂浮，便将它叼起来，趁着奥桃堆的孩子出来的时候，掉落在他的头上。

以后，它天天在自家的上空盘旋着，看着丈夫春山兰米，看着小姑织筒裙，看着孩子哭和笑，凄凉地"盎哇盎哇"叫着。

许多日月过去了，有一天，盎哇鸟飞到河边洗澡，看见自己的孩子在河边钓鱼。小孩子嫌这鸟"盎哇盎哇"地叫，把鱼惊跑了，骂道："这鬼鸟！"接着就要动手扑打它。盎哇鸟突然说起话来："好孩子，你别骂，我就是你妈妈，快去告诉你爸爸，赶紧把我带回家。"

孩子赶紧跑回家，把盎哇鸟说的话告诉了父亲。他父亲赶来，见这只鸟就是一直在自家屋顶上凄凉地啼叫的盎哇鸟。盎哇鸟看见自己的丈夫来了，就唱道：

远远看，哥哥那边寨，有光灿灿的金银和财宝。近近看，孩子在磨刀，有绿茵茵的竹林和茅草。

奥桃堆的丈夫一听。这是自己妻子最常唱的歌，相信盎哇鸟真是她变的。于是也唱道：

盍哇盍哇听我唱，门前泥地本来硬，让我踢得如瓜瓢，只因相思实在苦，整天倚门把你望。晚上睡觉躺在床，想起你来眼泪淌。屋里没你乱糟糟，屋外没你太肮脏。盍哇鸟呀你想想，男人怎能当婆娘？但愿你能回家来，夫妻母子得团圆。

盍哇鸟飞到他头顶上，"盍哇盍哇"地不停哀叫着。他又伤心地唱道：

盍哇盍哇快别哭，你当真是奥桃堆？

盍哇鸟唱道：

我是奥桃堆，被人推下水，变成盍哇鸟，成天叫哀哀。

奥桃堆的丈夫唱道：

回来吧，奥桃堆，记得当年在一块，山兰园里种山兰，一同

锄草把歌对。

盍哇鸟唱道：

受尽了风吹和雨打，见惯了夕阳和朝霞，不管飞到东和西，惦记的是俫们家。飞越过山峰和海峡，到过了海角和天涯。天涯边边饮清泉，海角觅食小鱼虾。飞遍世界全天下，到处都有富人家，什么东西都见过，就是不如俫的家。我在蓝天飞，伤心把歌唱，我在大树上，看你上山岗，穿着破衣裳，脸色灰又黄，幽怨又哀伤，叫人痛断肠。我在蓝天飞，伤心把歌唱。你到山上去，家里没人管，谁来晒山兰？谁来擦门窗？谁来舂新米？谁来织衣裳？

奥桃堆的丈夫听着，也不禁哭了起来，唱道：

奥桃堆呀！你不要太伤心，跟我回家去，好好饲养你。

盍哇鸟扑打着翅膀，唱道：

好哥哥呀！把我带回了家，不用费心机。拔去我的羽毛，放在饭锅里。盖得严严实实，千万别大意。过了九天九夜，开锅迎你妻。

奥桃堆的丈夫听盍哇鸟这样说，就高高兴兴地把它带回家，又忍痛拔去盍哇鸟的羽毛，将它放在锅里，用盖子盖着。他守在锅灶旁，九天九夜不敢合眼。到了第九天深夜，锅里有了响声，他赶快揭开锅盖，果然，锅里走出一个活生生的女人来。她就是奥桃堆，和从前一样年轻漂亮。夫妻俩抱头痛哭。小姑子和全寨人都高兴得很，跳起了打柴舞、双刀舞和钱铃舞，欢庆奥桃堆的再生。

召采与卯蚩彩娥翠

（苗族）

从前，在卯着阿老地方，有家人只有一个独儿子，名叫召采。召采在舅舅、父亲的指教下，成了远近闻名的芦笙手。他有一个美丽的媳妇，名叫卯蚩彩娥翠。小两口过着恩爱幸福的日子。

不久，自格老家要大祭，要"芒吉"。派人来请召采去做大祭的芦笙手，召采答

应了。卯蛊彩娥翠对召采说："召采，一个人出门在外，不要多嘴多舌，以免惹出事来。"召采答道："哦哕！"

召采上路到自格老家去。不知走了多少天，来到一座悬崖上。崖头有块非常平坦的大石板。召采坐在石板上歇气，心里慌乱起来，觉得像丢了什么似的。原来他是牵挂着卯蛊彩娥翠。一想到她，召采情不自禁地拿起芦笙，吹起思念的曲调。

不巧大石板下是一个凹岩匡。岩匡里三个虎弟兄正在酣酣入睡。召采的"的倒"芦笙是件宝，把三个虎弟兄震醒了。大老虎静静地听了一会儿，眉开眼笑地说："美人卯蛊彩娥翠嫁给召采啦。现在召采要去自格老那里吹笙，他正在想她哩。嘿嘿！我三弟兄正好去'怖'。

三个老虎等召采走了以后，便朝着卯着阿老奔去。到了卯着阿老，它们各自做了一支通花笛，溜到召采家后面的树林里躲着。当夜晚星星布满天空的时候，便在卯蛊彩娥翠住的房子后面"哩哩喇喇""哩哩喇喇"地吹起通花笛，想把卯蛊彩娥翠引出屋来。

卯蛊彩娥翠在昏暗的亮篙下绩麻。听到"哩哩喇喇"不成调的通花笛声，又闻到一股焦糊臭味，便知是老虎们"踩月亮"来了。心想：我一个弱女子，谁来保护哟！啊，召采，定是你走漏风声，惹出祸来了。她又急又怕，毫无办法。看看墙壁，墙是竹子夹的；看看房门，门是竹子编的。她只有嘤嘤地哭泣。

老虎们"哩哩喇喇"地吹了一遍又一遍，卯蛊彩就是不出门。三个老虎围着房子转来转去，看看天要亮了，才悻悻地溜到后山上去。

要怎样才能把卯蛊彩娥翠弄到手呀？老虎们只好另想办法。

天刚亮，卯蛊彩娥翠去背水，刚到井边，就看到井台上有一个鲜嫩的桃子和一双毛藤编织的草鞋。她想，这么早，哪个会放个桃子和草鞋在这里呀。她把水桶舀满后，越看越觉得那桃子和草鞋是召采放的。于是她把草鞋穿在脚上，把桃子拿来吃了。她刚要把水桶抱上井台，树丛里突然跳出三只老虎，叫嚷道："卯蛊彩娥翠，你咋个把我们的桃子吃了？咋个把我们的草鞋穿了？"

卯蛊彩娥翠吓得浑身颤抖地说："我不晓得是你们的，才吃了。草鞋嘛，我脱下来还你们。"卯蛊彩娥翠伸手去脱草鞋，草鞋就像生在肉上脱不下来。看着三只张牙舞爪的老虎，她一点办法没有，只急得直哭。

"脱不下来，就去做我们的媳妇。"小老虎说。

"你们把我吃了吧。"

"哈哈，"大老虎狞笑着说："没这么便宜。你吃的桃子是我的手掌肉变的，你穿的草鞋是我的脚掌肉变的。你还以为你是人吗，你已经不是人而是虎了。不信，你自己看看。"

卯蛊彩娥翠一看，果然手背上长出了虎毛，脚背上也长出了虎毛，她绝望地叫了一声："召采！"便昏倒在地上。

大老虎呼啸一声，三只老虎"怖"着卯蛊彩娥翠。驾起一阵狂风，就不知去向了。

召采在自格老家当主持芦笙手,带着芦笙队吹了七天七夜。这七天,他心急火燎,难忍难受。大祭结束时,召采向自格老辞行。自格老赏他金银、赏他财物,他都不要。自格老说:"你帮了我的大忙,我没啥可感谢你。将来你如需要我帮忙时,只要喊一声。我一定相助。"召采道谢了。

召采急急忙忙往家走。想到就要和卯蛊彩娥翠相见,心里高兴万分。可是,当他累呵呵地走进家门时,只见两老,不见卯蛊彩娥翠。

"妈,媳妇呢?"召采问。

"那天早上就不见了。我们是在井边找到水桶。怕是跑回娘家去了。"召采的妈回答。

召采跑到水井边去找时,只见遍地是虎脚印。他在房子团转看了一圈,也到处是虎脚印。召采明白:卯蛊彩娥翠被老虎"怖"走了。

召采跑到寨边,爬上抵脚山向四面眺望。不见卯蛊彩娥翠的身影,他向着高山,深谷呼喊道:

"呜噫呜呀噫!

恶虎怖我妻。

怖卯蛊彩娥翠到哪方?"

召采的呼喊顺着层层山峰,跟着条条深谷传得很远,很远。

这时,卯蛊彩娥翠被老虎们"怖"到了阿支迷里这座高山上。卯蛊彩娥翠和老虎们都听到了召采的呼喊声。卯蛊彩娥翠立即回答道:

"阿呜噫呀!

恶虎怖卯蛊彩娥翠,

到了阿支迷里。"

老虎们看见卯蛊彩娥翠呼救,把她架着,一步跨到阿支雨高山去了。

召采听到卯蛊彩娥翠微弱的回答声,立即起步追赶。一步跨到阿支迷里,不见卯蛊彩娥翠的身影。他又焦急地呼喊。当听到远远传来卯蛊彩娥翠的回答声,召采又立即从阿支迷里一步跨到阿支雨。

但这时,老虎们已经把卯蛊彩娥翠带到阿麻戛大山去了。于是召采又一步从阿支雨飞到阿麻戛。他在山上到处找,只见怪石嶙峋,遍地茅草,一点痕迹都没有。

召采又饥又饿,十分疲乏。在悬崖上的一块石头上休息。他从腰带上解下小烟杆,装好一杆烟。打着火镰,吸了一口,然后向崖下吐了一泡口水,顺势瞟了一眼。这一眼,恰好看到卯蛊彩娥翠盘坐在半崖上的洞口里,正在织带子。她背后睡着三个花斑驳的老虎。他长长地出了一口气:总算找到了。他伸手折了一枝小树枝丢去。树枝飘飘荡荡,正好掉在卯蛊彩娥翠面前的带子上。

卯蛊彩娥翠头也不抬地说:"哎呀,啥子老鹰啄的,把树枝扒下来。"召采又吐一泡口水落在卯蛊彩娥翠手上。她又说:"天老爷为啥掉泪?"抬头一看,看见召采坐在岩头上。她激动地说:"召采,你来了?"召采回答:"我来救你。"

卯蛊彩娥翠说:"你先在那里等着。我叫你下来你再下来。"她从头上拔下针来,朝小老虎一戳,小老虎一动不动;便喊召采:"你从岩边下来。"

召采顺着岩缝爬下去。当爬到卯蚩彩娥翠身边时,她看着召采哭了:"我总算又看到你了。"

召采说:"跟我回去吧。"

卯蚩彩娥翠说:"我要跟你回去,这家三弟兄会害你全家。你先回去,等到属牛的天牛变黑,属虎的天虎睡觉时,你再来。"

"我不知道哪时是属牛的天牛变黑,属虎的天虎睡觉呀。"

"这不怕。"卯蚩彩娥翠说,"我解下这根抄带,结成疙瘩,给你拿回去。你一天解一个疙瘩,哪天解完哪天来。"

召采回家以后,把父亲的剑拿出来,天天练剑、夜夜磨剑;又把父亲的硬弩拿出来,天天练弩,夜夜做箭。

一天,召采对妈说:"妈,你应舍得拿你那条蜡染裙子给儿子试弩?"

"我只有这样一个儿子,怎么舍不得呢?"

召采的妈妈提着蜡染裙子走到屋后,向屋脊上使力一丢。裙子像恶魔一样从屋顶向召采扑来。召采张弩一箭,把裙子射作三截。

召采又对爹讲:"爹,你有一头好牯牛,该舍得拿给儿试剑?"

"我就这么一个儿子,怎么舍不得呢。"

召采的父亲把牯牛撵到屋后,抓住牛腿一丢,牯牛像恶虎一样从屋顶上向召采扑来。召采挥剑迎去,把牯牛砍做三段。

召采把牯牛剐了,用牛皮缝成一个口袋,把牛肉炕起来。看看卯蚩彩娥翠给他的疙瘩抄带,只剩下三个疙瘩了。他拿牛肉干巴磨成炒面,装在牛皮口袋里。解完抄带最后一个疙瘩时,便去寻找卯蚩彩娥翠。

爬过无数的高山峻岭,涉过无数的狭谷急流。召采来到一眼清泉旁歇气。他从面袋里抓了一把牛肉炒面,用泉水拌着喝了三木柯,就靠在土坎下吸烟。由于连日奔波,他非常疲乏,不知不觉睡着了。

这时三个老虎带着卯蚩彩娥翠经过这里。老虎们看见召采,高兴地说:"哈哈,一小瓶白酒,有晌午了。"卯蚩彩娥翠一看是召采,忙说:"不要乱动,他是我的兄弟。"又对三个老虎说:"你们先走一步,我一会儿就来。"老虎走了,卯蚩彩娥翠解下围腰,轻轻地盖在召采身上,推了推召采,召采不醒。卯蚩彩娥翠就跟在老虎后面,到阿支夏样去了。

召采这一觉,一直睡了九个月。他一觉醒来,看见野竹根和地毛衣牵藤盖满了自己的身体。他使劲一挣,站起来。看到滑到地下的围腰,认出是卯蚩彩娥翠的。他想,这带子定是从这里走过去了。只不知是从哪到哪,何不喊一声试试:

呜噫呀,

呜呀噫呜呀,

万恶的老虎,

心忒狠毒呀!

怖去了我的
卵蚩彩娥翠啊,
你是在地啊
还是在天?
打个响声让我知道,
打个响声使我晓得。

这时,突然间传来如丝如线的声音:

啊呜噫呀!
召采呵召采,
劝你把家归。
我虽还在人世间,
已经不是你的人。
我在阿支嘎样山,
别再费力往前追。

原来,从老虎把卵蚩彩娥翠怖走,她就成了他们的妻子。只是心中对召采那股情思总是不断。召采三番五次追赶,她心乱如麻。只好这样回答召采。

召采听见卵蚩彩娥翠的回音,心好烦乱。他决心早些救出卵蚩彩娥翠。他一步追到阿支嘎样,看到山顶有个火塘,柴灰还是热的。他料到老虎还没走多远。赶紧呼唤:

呜噫哩呀!
来到阿支嘎样,
不见你在哪。
卵蚩彩娥翠,
快应啊快答。
召采一心救出你,
天长地久做一家。

卵蚩彩娥翠这时跟老虎们已到了阿支嘎比举,她听到召采的声音后,回答道:

啊呜噫呀:
石也夹呀树也拉,
我在阿支嘎比举高山。
召采啊召采,
快快回身快快转,
我们再不能做一家。

召采一步又跨到阿支嘎比举。在深山密林中,到处都可以看到虎脚印和清晰的藤草鞋印。他边找边喊,可是音信杳无。他急了,不顾一切地从阿支嘎比举跨到阿支比老,又从阿支比老到阿支昆。在这些高山上到处飞奔。找遍了各座大山,好不容易在一座悬崖顶上看到一些依稀可辨的虎脚印。

老虎们为了躲避召采,用送脚迹的办法,在几十座高山上乱转以后,一下子把卯蛊彩娥翠带进这匹断岩中的一个大岩洞。过了几天,不见召采追来,几弟兄满以为把他甩脱了,就约着一起出门去捕食,留卯蛊彩娥翠一个人在洞里。

召采站在岩头上,听见老鹰的叫声。抬头看去,那老鹰盘旋了几圈,一头扎进岩洞去了。召采低头一看,看到了半岩岩洞口的卯蛊彩娥翠。

召采抽出剑,削断一枝树枝,小树枝飘飘摇摇落下岩去,正好落在卯蛊彩娥翠的怀里。她看了一眼树枝,叹息一阵,又继续织她的布。

召采看她头也不抬,就吐了一泡口水下去。这泡口水正好落在卯蛊彩娥翠的手背上。卯蛊彩娥翠看了一眼,说:"天上的眼泪是淡的,人间的眼泪是咸的。"抬起手背,用舌尖舔了一下。是咸的,还有一股强烈的烟味。她抬头一看:"哟,召采,是你来了?"

"是我来了。卯蛊彩娥翠。"召采答道,"你们从哪里下去的呀?"

卯蛊彩娥翠说:"我们下来时,是吊着岩头上那根母猪藤下来的。现在藤子干枯了,你只有从岩边上顺岩磴下来。"

召采把弩背在背上,把剑提在手里,绕到岩边找到那个悬在半岩上的岩磴。几下子就到了卯蛊彩娥翠住的岩洞。

卯蛊彩娥翠对召采说:"你千辛万苦跟着我们追,我很感激你。你回去吧,这家三弟兄实在恶得很。而且,我也不是你过去的卯蛊彩娥翠了。"

召采听了,又痛恨又怜悯说:"我就是要寻找我过去的卯蛊彩娥翠。生也同生,死也同死。"

卯蛊彩娥翠绝望地说:"我因为时时想着你,才活了下来。可是,我真的不能和你做一家了。"

召采"刷"地站起来,抽出剑说:"好,我俩一齐死在这万丈悬岩下。"

卯蛊彩娥翠哭起来:"不要这样,不要这样。现在你赶快爬上岩去。等会儿我喊你,你再下来,我有话给你说。"

召采的火气平息下来,想了想,说了声:"好吧。"便爬上岩顶,注视着岩洞。

不一会儿,大老虎扛着一头牛进洞来,丢在卯蛊彩娥翠的脚边。

又过了一会儿,二虎又扛着一头大架子猪虎虎地进来,"啪"一下丢在卯蛊彩娥翠的面前。

又过了一阵,小老虎扛着一只山羊扑爬礼拜地进洞来。一下丢在地上。

三个老虎很累,东倒一个,西倒一个睡觉。太阳偏西时,老虎们都睡着了。

卯蛊彩娥翠坐着补衣服,顺手用针一戳大老虎。大老虎懵里懵懂地说:"哎哟,痛哟。"卯蛊彩娥翠又戳二老虎,二老虎也喊痛。又戳三老虎,小老虎叫了起来:"哎哟,哎哟。"

又过了一会儿,卯蛊彩娥翠又拿针去戳大老虎,大老虎一动不动。依次去戳二老虎、小老虎,都睡死了。她仰头对岩头上的召采喊道:"下来吧。"

召采沿着岩磴走到岩洞,坐在卯蛊彩娥翠的面前。两人你看我,我看你,没有话说。

召采呆呆地看着对面的陡岩密林，突然走到洞门口，大惊小怪地喊道："卯蛊彩娥翠啊，你快来看，对面坡上有只孔雀追逐嬉戏，就像从前召采和卯蛊彩娥翠在抢锦衣彩带哩。"

卯蛊彩娥翠走出来问："在哪里？在哪里？"召采用手一指："你看那树林里不是吗？"当卯蛊彩娥翠寻找时，召采回过身来，"刷"的一剑，把大老虎砍做三截。

卯蛊彩娥翠听到响动，转身一看，脸"刷"地白了；嘴唇颤动着，身上微微发抖；两眼直愣愣地看着召采。召采淡漠地看着她，想拉她坐下。卯蛊彩娥翠立即倒退几步，隔得远远的，用手蒙住脸，讷讷地说："别碰我。我身上有刺。"召采只好说："坐嘛，坐嘛。"

卯蛊彩娥翠坐下来，悄悄地流泪。召采劝她道："你别哭，你别哭。你看对门山坡上有两只小黄麂打架。哟，哟，有一个快掉岩了。"说着大呼小叫起来。

卯蛊彩娥翠不由自主地站起来张望，嘴里说："你又哄人了吧？"

召采趁机回转身来又是一剑，把二老虎剁做两段。这回，卯蛊彩娥翠回过头来看到了，一身软软地瘫在那里。大老虎、二老虎的血淌下来，直浸她的脚，还染红了她的裹腿。召采装作没看见。

召采看她坐得远，挥剑就要杀小老虎。卯蛊彩娥翠猛地站起来，拉住召采的手臂。召采转过头来，疑惑地看了她一眼，手臂一扬，把她摔倒在地。顺势一剑把小老虎划做两半。

卯蛊彩娥翠气得很。说："人家只抢了你的媳妇，还没拿你怎样。你为啥这样狠心，害了人家三弟兄。嘿，我要做点给你瞧。"说完，变成一只黄母虎，牙齿咬得格格格地扑向召采。

召采用剑在母虎的额面轻轻一旋，把额上虎毛旋了一撮下来（所以，现在苗族姑娘前额的刘海都要剪整齐）。黄母虎一下子变成了卯蛊彩娥翠，连说："我逗你玩的，我逗你玩的。"

召采看到这些，很是寒心。但是，他想到卯蛊彩娥翠原来不是这个样子，也就诚恳地说："我们走吧。"

卯蛊彩娥翠说："你把人家一家都杀了，只好跟你走了嘛。"

"我是为你好。"召采说。

卯蛊彩娥翠默默地跟着召采走出岩洞，爬到岩顶上，卯蛊彩娥翠要走又不走，说："召采，我忘了麻团，等着我，我回去拿来再走。"转身便向岩洞走过。

召采在岩头上等了很久，不见卯蛊彩娥翠出来，感到很奇怪：拿个麻团怎么去了这么久？他又回到洞中去看。原来，卯蛊彩娥翠生了两只小老虎，正在包捆。

召采走过去，看了看，笑眯眯地说："要生孩子也不说一声。嗨，毛茸茸的，多可爱呀。来来来，你身体不好，让我给你抱。"说着，便从卯蛊彩娥翠手中接过两只小老虎。又叫她在前面走。

卯蛊彩娥翠走了。召采看着手中两个儿虎，说："留着你们，将来又是祸害。"把两个小虎朝天上一丢。两只小虎飞到半天云头又落了下来。召采张弩一箭,把两只小虎射死,落到岩脚去了。

卯蚩彩娥翠听到弩响,转身来看,看到纷纷飘落的虎儿碎块,牙齿咬得格格格地对召采说:"你把我一家害得血股淋当的,我硬要做点给你瞧。"说话间变成一只张牙舞爪的黄母虎,扑向召采。

召采说:"你是当真呢还是假的?"拿剑朝虎尾后一挑,把虎尾巴削掉一节(因此,现在苗族妇女的裙子再长也不拖到地上)。

母虎赶紧又变成卯蚩彩娥翠,哀求道:"召采,我哄你玩的,我哄你玩的。"她看到召采威武英俊,神正不散,只得死心塌地跟召采走了。

走啊,走啊!也不知走了多久。召采在路途上尽量找好吃的给卯蚩彩娥翠吃,尽量说好听的话给她听。使卯蚩彩娥翠那颗被虎迷着的心窍渐渐启开了。

一天,他们走到一个很宽、很长的大湾子。湾子里是茫茫的树丛,树丛的边缘是房子样深的茅草。树丛里长满了毛狗苕。卯蚩彩娥翠抬头看天,天空是瓦蓝瓦蓝的;低头看地,大地是碧绿碧绿的,没有一丝一毫浑浊。她对召采说:"召采,过去我挨你去你家的时候,就像这天、这地一样清澈透亮。现在跟你回去,就像老母猪滚过的泥塘,浑浑噩噩的了,我是回不去的。这里是个好地方,又有遍地的毛狗苕。你把那棵大树砍来,做成一个槽子,挖一个坑,把我埋在这里。你再去砍两棵嫩竹插在我的坟上。你挖毛狗苕吃,守着我。等到我过去弹奏的口弦铮铮有声,坟上的嫩竹转绿成活时,你刨开我的坟,我再跟你回去见爹妈。"

召采只得说:"好吧。"

召采照卯蚩彩娥翠的吩咐把她埋了。坟上插了两棵嫩竹。

召采搭了一个茅棚守着,天天挖毛狗苕吃。不知过了多少年月,湾子里的毛狗苕被挖光了,坟上的两棵嫩竹枯死了,长满了绿油油的青草。他叹口气说:"哎,怎么还没听到一声口弦?两棵竹子怎么还不转绿?怕是不行了。让我刨开坟来看一眼就走啰。"他走到卯蚩彩娥翠的坟前,硬起心肠,将坟刨开。打开棺盖一看,啊呀!棺内全是蠕动的蛆。只是没有一丝臭气,反而有一股淡淡的幽香。召采越看越烦恼,不觉"呸"地吐了一口:"烂做烂了,还有啥子哟。"他把棺盖好,又把坟壅好,栽上两棵干竹子。背着弩、剑,三步两回头地走了。

走啊走的,眼看就要翻丫口子。他调过头了再看一眼密林中独眼的卯蚩彩娥翠,希望有一丝口弦声传来。可是,只听见微风吹拂树木的声音。他重重地叹了口气,只好上路。他走到丫口中间,又回头张望。细细地静听了一会儿,什么也看不见,什么也听不见。他伤心透了,坐在地上大哭起来。哭啊哭啊,哭得天昏地暗。他喊道:"自格老啊,我实在走投无路了,帮帮我吧!"猛然间口弦声骤然震响,嘶嘶地扑面飞来,声声撞击着他的心灵。

召采不哭了,不顾一切地飞跑到卯蚩彩娥翠的坟前,一头扑到坟上。他看着两棵竹子,不知怎么已复活转绿,挂满了晶莹的露珠。他欣喜若狂地把坟扒开,揭开棺盖,见卯蚩彩娥翠气喘吁吁,大汗淋漓。她睁眼看见召采,软软地伸出双臂。召采一抱把她抱在怀里,赶紧为她揩汗。

卯蛊彩娥翠说:"我浊气太重,实在爬不上丫口,累得筋疲力尽。幸好一个老伯伯帮忙,我才得爬上来。"召采知道,那是自格老在暗中帮助。

召采抱着卯蛊彩娥翠,突然发现她的一只眼睛白了。开口问道:"卯蛊彩娥翠,为什么你的眼睛有一只白了?"

卯蛊彩娥翠无力地说:"因为你怨恨我,吐了我一泡口水。"召采很内疚,说:"那时我确实没有信心了。来,我吐的口水我收掉。"说着捧起卯蛊彩娥翠的脸,用嘴去吮吸她那白了的眼睛。不一会儿放开一看,这只眼睛已明亮如水。两人你看我,我看你,千万缕情思一言难尽,抱头痛哭一场。

他俩在那块碧绿的草地上坐着,在太阳光的照射下,卯蛊彩娥翠由雪白慢慢变得像一朵桃花,浑身又充满了精力。召采问:"你走得起吗?"卯蛊彩娥翠一下跳起来,像一只彩蝶:"你看,我还可以飞哩。"

二人高高兴兴,恩恩爱爱地向他们的家乡——卯着阿老走去。终于在一天的黄昏,来到了自己的家门前。

这时,由于召采久不归家,父母以为他已变成老虎食,正在请鬼师给他"做灵"。他家里人出人进,没人顾及他们。人们也认不出他们。召采对一个说:"请给主人说一声,我们要在这里住一夜。"这人把主事的"不涛"喊来。"不涛"说:"这晚上这家人有桩伤心事,不能留客。"

召采说:"我们不便麻烦第二家人。""不涛"没法,说:"有一间很久没人住的小屋,如果你们愿意就住吧。"召采和卯蛊彩娥翠便打开原来他俩住的屋门,钻了进去。

卯蛊彩娥翠一进屋,就伸手到夹竹墙和屋檐草之间去摸:"嘿,召采,我的口弦还在哩。"

"真的,快弹来呀,我多年没听了。"

"恐怕忘记了。"卯蛊彩娥翠试了一下弦舌,然后试弹了两声"告——啰吉——啰……"

这一弹可不得了啰,正在听"做灵"的人都蜂拥到小屋周围来,"啧啧"地称赞。口弦声也传到了堂屋里正在流泪的二老耳里。召采的妈说:"这不是卯蛊彩娥翠的口弦声吗!"

召采趁人们混乱时,走进屋去也把"的倒"芦笙拿了出来。合着卯蛊彩娥翠的口弦声吹道:

嘟噜噜嘟噜噜,

召采到虎地,

杀尽花斑虎,

带回卯蛊彩娥翠。

"哟!真是召采和卯蛊彩娥翠回来了。"人们争相到小屋来见召采和卯蛊彩娥翠。二老也挤了进来。老头一把拉过召采,老婆婆拉过卯蛊彩娥翠,双双泣不成声。

人们为召采和卯蚩彩娥翠回来大庆了三天,从此,他们这个地方再没遇上恶虎的侵扰。

蚕神的传说

古时候,有一位商人,妻子去世早,和女儿相依为命。商人经商,少不了外出,把女儿撂在家里很不放心。女儿喜欢骏马,商人就买了匹欢蹦乱跳的红马驹和她做伴。爸爸出门时,女儿在家割草、放马,孤独的日子有了乐趣。

有一回,商人出去好些时日没有回来,女儿在家想念爸爸,就自言自语:

"谁要是把我爸爸找回来,我就嫁给他!"

话音刚落,红马驹就四蹄踢踢,挣断缰绳,一溜烟跑出厩棚,跑出庭院,没了踪影。女儿追赶出来,只看见远方飞旋着一路尘灰。

红马驹跑了几天几夜,跑进了一个小镇。小镇上有个客栈,那儿住着女孩的爸爸。这马驹真神,一股劲儿跑到了客栈,跑到了商人面前。商人见了自家的马驹,格外惊喜,给它扫净灰尘,拴在马厩里喂草饮水。红马驹不吃不喝,只对着家乡昂头长嘶。商人觉得奇怪,莫非家里出什么事了? 连忙牵出马来,骑了上去。商人一骑上,红马驹就一溜风似的飞快奔跑,耳边风声飚飚,身旁树影闪闪,山山水水就这么飞落到后头去了。

该轮到女儿惊喜了,红马驹将爸爸驮回家了。爸爸见女儿平安无事放了心,问起红马驹千里奔波的事,女儿说明了因由。爸爸听了心里犯了嘀咕,忙对女儿说:

"这是个丢脸的事,千万不要说出去!"

商人以为此事不声张就完结了,哪知道红

蚕神雕像

马驹可不。商人喂草饮水,它不理不睬。女儿一来,它高兴地蹦蹦跳跳,又吃又喝。每天,都是这个情形,商人心里不是个滋味,红马驹就是匹神马,也不能把女儿嫁给它呀! 否则,那可真让乡亲们笑掉牙了。

商人咬咬牙,铁了心,挽弓搭箭,猛射出去,正中红马驹。红马驹悲鸣一声,跌倒在槽头,死了还怒目圆睁。一不做,二不休,商人剥下马皮,晾在院子里,将马肉挑出去卖钱。

这天上午，商人出去卖马肉，女儿和伙伴在院子里玩耍。没有起风，没有扬尘，忽然，马皮飞旋开来，旋呀，旋呀，旋到了女儿身上，再三旋两转就把她裹在了中间。伙伴们正呆看，只见马皮飞旋而起，飞过高墙，飞出院子，顷刻间消失在远处。伙伴们吓得又哭又喊，不知如何是好。这时，商人回来了，听了孩子们的诉说，惊得目瞪口呆。

商人扔下担子，追赶出来，朝着马皮飘飞的方向找去。

找呀找呀，找上了高山，高山上兽在跑，鸟在叫，不见马皮，也没有女儿的身影。

找呀找呀，找下了深沟，深沟中水在流，花在开，不见马皮，也没有女儿的身影。

夏日的正午，日亮天暖，商人走得浑身燥热，觅一片树荫坐下，歇凉，落汗。猛抬头，那不是红马驹的皮吗？他扑过去一看，女儿还在马皮里面，被裹得严严实实，哪里挣得脱呢？细看时，女儿变了模样，成了一条蠕动的虫子，唯有眉眼还有点往日的样子，嘴里却吐着丝，一条一条，又细又白，将她和马皮紧紧缠在树上。商人伸出手去剥马皮，红马驹的悲鸣又响在耳边，分明听见是说：

"回去吧岳父，我和您女儿变成了蚕神。"

洞房花烛夜

上古时候，有个贤明仁爱的首领，人们称他尧王。

这一天，尧王来到牧马川观看驯养野马。看得正好，一匹红鬃烈马冲出棚栏，转眼跑没了踪影。尧王顺手扯过一匹白龙马，跃上马背，扬鞭追去。

红鬃马飞身跃上了姑射山巅，白龙马紧跟其后，穷追不舍。在马群中白龙马是首屈一指的名马，跑得耳边的风声呼呼响，离红鬃马渐渐近了。然而，一登山又拉远了，毕竟白龙马上骑着个人呀！

登上山巅，转过峰峦，眼前有一片阔地，不见了红鬃烈马，只见茵绿的空地上有一只梅花鹿在悠然漫步。红鬃马往哪儿去了呢？这时，远处隐隐约约传来马叫声。闻声，白龙马奋蹄前去。尧王看见，梅花鹿抬头望着他，竟然紧跟马蹄跑了过来。那红鬃马站在山巅，居高临下，得意地朝他们鸣叫。尧王在空中炸了一鞭，白龙马腾起云烟盘旋而上。

行至半山，突然，山洞里蹿出一条巨蟒，张着血盆般的大口直朝尧王扑来。明枪易躲，暗箭难防，尧王哪会想到有这么大的横祸飞来，扬鞭抽蟒，无济于事。巨蟒吼叫一声，侧身就朝尧王咬来。

就在这危急关头，蟒背上落坐了一位仙女，轻手拍了拍它身上的鳞甲，那野物便闭了口，拖着尾巴萎缩下去，钻进洞窟去了。而蟒背上的那位仙女早已腾空而起，飞上山巅，骑到那红鬃烈马背上了。

这仙女不是别人，就是那梅花鹿的真身。她是天宫的降凶仙子，天帝派她下凡救助尧王。那阔地上安闲漫步的梅花鹿正是降凶仙子的化身,人们喜欢叫她鹿仙女。

鹿仙女降落到人间,满眼新鲜,及至白龙马驮着尧王过来,她简直看呆了。那马跑得飞快,如天上的疾风,又如疾风卷裹的流云,马背上的尧王更为罕见,目光闪烁,英俊果敢,哪一位天神也无法与他媲美。鹿仙女见了这么壮实英俊的男儿,不禁动了爱心。降伏了恶蟒,她没有返回天宫,而是飞上山巅,让红鬃烈马当了坐骑。

不一会儿,白龙马到了,尧王翻身下马,对着鹿仙女施一大礼,感谢她搭救之恩。鹿仙女下马扶起了他,起身抬头,尧王和鹿仙女目光对了个正着,尧王脸都红了,何况鹿仙女呢!

一股爱慕之情从尧王心中荡起,要是有这么一位神力无比的女娘辅佐自己该多好呀!只是,他难以贸然出口。

还是鹿仙女打破了两人的沉寂,她说:"大王要不嫌弃,就留我在身边侍奉你吧!"

说完,双手掩住了粉红的脸面。

尧王连忙说:"我求之不得,哪敢嫌弃!"

三日过后,是个吉日,尧王和鹿仙女结缘成婚。新房选在一个山洞,就是后世庄周写《逍遥游》的那个神居洞。

那一夜月明如镜,山色朦胧。尧王和鹿仙女的婚礼由姑射山神主持,二位新人并肩站在明月下边,山神庄重地宣布:

新郎新娘——拜天地!

尧王和鹿仙女双膝下跪,低头叩拜,忽然天地间一片红光。对面的山峰豁亮了,如一支蜡烛灿灿放光,映亮了山,映亮了沟,映亮了花草树木,映亮了一对兴奋的新人。

拜过高堂父母,新人互相礼拜。山神高兴地宣布:

新郎新娘——入洞房。

不说尧王和鹿仙女相依相携进入洞房,从此恩恩爱爱,互相体贴,共为人间谋幸福,却说四处前来观看的山民都被山神的话语感动了,牢牢记下,以后成亲进新房都成了入洞房。

据说,那个迷人的夜晚,蜡烛峰上的火光照得亮亮堂堂,亮堂了山野,亮堂了洞房,也亮堂了洞房里的新人。多少年后,那美好的夜晚仍让山民十分怀恋,于是,提起新婚,人们都说是洞房花烛夜!

鹿仙女除恶蟒

尧王和鹿仙女成亲后,相亲相爱,教民农耕,驯兽养畜,天下五谷丰登,六畜兴旺,人们的日子幸福和美。

好日子总是很快，不知不觉就是几年。

这一年，天蓝得没有一丝遮掩，太阳亮得没有一天闲歇。路上硬实的地皮干崩了，起了浮土，踩上去尘飞灰扬；田里湿润的沃土干透了，裂开缝隙，禾苗蔫软了。这时候，人们想起好久没有下雨了，不光今年春天没有下雨，去年的冬天连白绒绒的雪花也没见过。

天旱了！

旱得真厉害，人们看见养生填肚子的禾苗蔫软都慌了神，收不下谷粮以后吃什么？这么想的时候，其实已经迟了，威胁生命的事情已经迫在眉睫，可是，人们像没有注意去冬无雪一样也没有注意到这件事情。

人们注意到的时候，是涝河干了，住在两岸的人只好手提肩挑去汾河里打水。

汾河水小多了，而且天天见小，不几天成了一条葛藤般的细流，陶罐下去连水也舀不满了。众人只好在河底掏一个坑，在坑中打水，勉强挣扎了几天，汾河也枯干了，断流了。

现在唯一可以打水的只有平湖了。虽然路途远些，总算还能打上一点水，平湖成了救命湖。

有一天，平湖的水下去了将近一半，是早晨打水时发现的，人们好不奇怪，昨天打水时水还满盈盈的，怎么隔了一个夜晚就减少这么多？

平湖长老无法安然入睡了，夜里悄悄守候在湖边观察动静。半夜子时，西北方刮来一股厉风，风卷着砂石打得地上"沙沙"发响。响声正紧，湖边出现了一个庞然怪物，那怪物摇摇摆摆落在岸旁，细看，原来是一条巨蟒。只见它一伸头进入水中，湖水咕咕咚咚冒泡，转眼间下去了一半。是这妖怪作恶呀！长老连忙喊醒村人，罐罐、棍棍乱敲一气，巨蟒惊动了，冒出水面，刮一阵风，逃走了。

尧王在都城平阳听到了这消息。大年过后，他一直在南方巡视，那里草盛苗稀，教民播种是件大事。他从久晴无雨感受到天气异常，昼夜兼程，赶回国都，万万没有料到会旱到田裂禾枯，河断水干，更没料到恶蟒居然也会趁机作乱。

原来，这恶蟒不是别个，正是那年在姑射山要吞掉尧王的那厮。那日张口如盆，眼看尧王就要成为腹中美食，不想美梦被鹿仙女搅乱，没有吃了尧王还差点被她剥皮抽筋，连性命也丢掉。从那时起，恶蟒潜回山窝，昼伏夜出，养精蓄锐，修炼得体肥功强。天下大旱让它喜出望外，报仇雪恨的时机到了。恶蟒盘算，它口吞池水，爱民如子的尧王必然会来，只要他来，定叫他有来无回。

恶蟒想对了。尧王果然来了，而且回到平阳的当天晚上，就带着奔波的风尘匆匆赶来了。他和村里人伏在湖边，静待恶蟒到来，准备同心协力捉拿妖魔。

恶蟒想错了，鹿仙女也相随来了。它以为在姑射山救了尧王她就会返回天宫，哪里知道她竟然和尧王结成夫妻，寸步不离地辅佐尧王，使尧王多次脱险，逢凶化吉。

时至午夜，刮过一股厉风，湖边飞沙走石，恶蟒大摇大摆地来了。环湖绕行一圈，没见尧王踪影，它便又跳进湖中饮水。此时，尧王大喝一声，众人一起拥到湖边,挡住恶蟒去路。其实不用阻挡恶蟒也走不了,随着尧王的喊声,鹿仙女飞上空中,跳到湖里,已骑在了恶蟒的脖颈上。不用说,双手已重重扼住了那妖魔的喉咙。如果下手猛些,就会了断恶蟒的性命。但是,鹿仙女心肠仁善,只捏断它一只利爪,吓得恶蟒一个劲求饶:"再不敢坑害尧王子民了。"

鹿仙女一抬腿,跳到岸上,恶蟒战战兢兢溜了。

鸡王镇宅

尧王定都平阳后,天下风调雨顺,五谷丰登,形成了大大小小的国家。平阳恰好处在这大大小小的国家中间,因而大家把这一带叫作中国。各国使臣经常到平阳去,拜见尧王,互赠礼品。

这一天,祗支国的大臣来见尧王,带来了一只神鸟。神鸟装在笼子里,笼门一开,那鸟钻了出来,抖抖翅膀高叫了一声,叫得婉转悠扬,声音脆亮。再瞧那鸟,亮黄的羽毛,鲜蓝的长尾,头上更显眼,是大红大红的冠戴。

大家正瞧得出神,使臣说:"请大王和众臣看看它的眼睛。"

大家一看,奇怪呀,怎么这鸟是两个眼珠呢?

使臣见尧王和众臣好奇,告诉道:"这是只神鸟,它有两只眼珠,所以都叫它重明。它一飞冲天,可以和凤凰对唱,可以掠杀恶鸟猛兽。因此,才作为宝物献给大王。"

正说着,重明鸟闪动翅膀飞出殿去,尧王、使臣和众臣也相随出来。那鸟已落在院中的梧桐树上,放开嗓门,引颈长叫,这声音可不比宫中那声,天地人间都回荡着醉人的旋律。声音未落,飞来一只金灿灿的凤凰,两鸟相逢,鼓翅相舞,桐树上流光溢彩,长空中歌声悠扬。众臣都止不住高声赞好,唯有尧王皱眉为难,怔一怔对使臣说:

"这么好的国宝理应为子民效劳,我怎么能收礼贪宝?"

尧王不接受,要使臣带重明鸟回去。使臣见尧王态度坚决,跪地不起说:

"大王若不领受,小臣就无脸回去。你为众生传播谷种,调驯六畜,大旱年头,又亲凿水井,拯救了苍生。乡亲们特意要小臣来献这神鸟。"

尧王听了好不为难,想了想,让大臣收下神鸟,又重礼赏给使臣,命他回去散发给民众。

使臣一走,尧王即告诉身边的大臣:"这样的神鸟,哪能蓄养在宫中独享,不如放飞出去,为天下子民除害灭祸。"

大臣遵命放了那重明神鸟。重明鸟展翅飞上天去,翱翔一周,又飞回来落在梧桐树上。如此往返,每日多次,不见异常。周围子民纷纷传言,自重明鸟来了后,不仅豺狼虎豹没了踪影,就连蝎子、蜈蚣这些小害虫也不见了,都说重明鸟是镇家宝鸟。

又过了几天，重明鸟在梧桐树上长鸣一阵，展翅高翔，好久不见回来。众人方才明白，那声长鸣是重明鸟远行前和大家告别再见。重明鸟飞走后，子民怕恶兽毒虫祸害再来，于是画出它的模样，张贴在屋里，这就是流传至今的"鸡王镇宅"年画。

独角神羊

有一天，平阳城北的周府村，有只羊产下个白色独角羊羔。见识多的老翁说，我们得宝了，这是只神羊，叫獬羊，千千万万里头才能出一只。这神羊在村里能识好坏，在宫廷能辨忠奸。

众人听了都说，那咱就献给尧王吧！

于是，周府子民敲锣打鼓，牵着神羊向尧宫走去。

平阳尧宫此时正为孔壬送来的那个玛瑙瓮争执不下。孔壬是挚王时的老臣，挚是个暴君，经常祸害天下子民。孔壬在他手下当大臣办了不少坏事。尧王继位后，多数大臣都主张将他流放到荒野边地，尧王却仍然让他主管治水，希望他痛改前非，弃旧图新。这几年，孔壬没有干成大事，也没惹下乱子。不料这日，孔壬却给尧王出了个难题，送来这么个玛瑙瓮，玛瑙瓮里装的是玛瑙露。他说喝了玛瑙露不光能容光焕发，还能长生不老。众臣都说这是求之不得的宝露，尧王日夜操劳，需要进补，这玛瑙露正好给他享用。

尧王摇手推却，执意要把这玛瑙露送给年迈的老人，让他们都喝一些，虽然不能长生不老，却也可以延年益寿。玛瑙露让宫廷里头嚷嚷闹闹，议论不停。

恰在这时候，法官皋陶进了殿。一听说是孔壬送来的玛瑙露，他把头摇得风溜溜转，连声说："孔壬是什么东西？他还会送宝物来？千万千万不要轻信他，尧王不要用，也不要送给老人们！"

皋陶这么一说，众臣的矛头都对准了他。

"怎么能把人看得一成不变！"

"这么珍贵的宝液难道倒了不成？"

……

唇枪舌剑直击皋陶，弄得他有口难辩，不知怎么能把自己的意思表白清楚，急得在殿中团团转。

正在这时，锣鼓声响起，周府村的子民送来了獬羊。皋陶欣喜异常，这不是送救星来了吗？他对尧王和众臣说，就让神羊先识别一下孔壬吧！

不多一会儿，孔壬气宇轩昂地进来了，满脸笑意，一身正气，哪里像是奸佞小人？替他说话的大臣暗暗得意。忽然，那神羊蹿到了孔壬面前，伸头扬角，直刺胸襟。孔壬吓得退后数步，虽然羊角没有穿透肌肤，可也顶了他个仰面朝天，尧王和众臣都怔住了。

皋陶扶起孔壬，对着神羊翘翘指头，神羊会意了，朝着那瓮玛瑙露走去。皋陶掀开封口,神羊用鼻一嗅,猛然低头,一角碰倒了那瓮,玛瑙露流了一地。孔壬心疼地扑过来,伸手要往瓮中掬,被皋陶拦住。皋陶一扬手,他的爱犬跑到跟前,低下头就舔地上的琼浆玉液。

尧王和众臣的目光紧盯着皋陶的爱犬,有个人影闪出殿去,谁也没有留意。突然间,那爱犬卧倒在地,口吐白沫,挣扎乱动。此时,大家如梦初醒,才知道孔壬送玛瑙露是要害尧王。抬眼看时,哪里还看得见孔壬呢?

尧王和众臣注视皋陶,皋陶却不慌不忙地说:"跑不了。"

话音未落,就有小臣进殿报告:"抓住了叛贼孔壬。"

从此,皋陶领着神羊为国家判忠奸,为民众辨善恶,天下公平,少有冤情,众人心情十分舒畅,光景甜美了好多好多。

许由洗耳

尧王年纪大了,要找位贤人把天下让给他,因而四处寻找。这一天,他来到了汾河渡口,驾一只小船,向颍水漂流。水急浪高,小船在波涛中颠上沉下,十分惊险。尧王求贤若渴,哪里还顾得上惊险呢!他掌好船头,绕过礁石,穿过波浪,迅速向前。他划过一道河湾,又划过一道河湾,估计到了颍河口,弯转船头,猛撑一篙,逆流而上。行不多时,水碧林密,幽静了好多,就听见歌声飘来:

悠悠闲云飘,

翩翩野鹤飞,

闲云野鹤是我心,

——是我心!

歌声清纯洁雅,回荡在草叶尖、水波上,悦耳怡神。不是高人贤士,哪会唱出这么动人心弦的歌曲?尧王拢船靠岸,跳下来,将缆绳拴在树根,顺着歌声向山顶爬去。攀萝挽藤,直上高崖,尧王猛然出现在许由面前。许由正凝神远望,却见悬崖边草动叶摇,一位清瘦的老者笑吟吟站在了山边。

他还在惊奇,尧王已开了口:"如果我没有猜错,高士便是许由先生了。"

许由一看老者风度举止,顿时领悟:"莫非你是总领天下的尧王?"

二人一见倾心,许由将尧王请进他居住的山洞落座,谈论开天下大事。这许由果然名不虚传,谈天,天高云淡;说地,地厚水深;话人,人多心杂。他天文、地理、人事,没有不精通的,听得尧王连连点头称是。可惜,说到禅位给他,许由顿时不说话了。尧王再三劝说,天下纷扰,只有他这样的贤达才能给子民谋福利,他继位是众望所归,只是说来说去,许由也没动心,连声说:

"山人闲散成性,哪里能统领众生!"

尧王再三谦让王位,许由也没应允。天色不早,许由说要去采些野果和尧王填肚子,转身走出洞去。尧王静坐等候,好一会儿不见许由进洞。

天色暗了,尧王只好在洞中安歇,整整一夜没见许由回来。

天色亮了,尧王出洞上山,转遍山岭没见到许由的踪影。

晨光娇嫩,山色鲜翠,飞鸟叽叽喳喳又歌又舞。忽然,群鸟惊起,飞向了远天,就见一棵大树微微晃动,枝叶摇摆。尧王注目,那树干上下来一位老农,头顶的树杈间搭建着一座棚屋。看来,他就在棚屋中安歇过夜。

转眼间,老农已站在树下,尧王上前尊称老农巢父,问他居高望远看没看见许由。巢父却一脸专注,答非所问:

"我要饮牛!"

说着,紧走几步,解开厩栏,放出一群牛,捡一荆棘杆,吆着牛去了山脚下的河边。

尧王在山岭沟坡找遍了,没有找到许由,只好到河边乘船而返。刚下到河滩,就见巢父赶着牛过来了,满脸不悦地自言自语:

"差点脏了我的牛嘴!"

原来,巢父到河边饮牛,遇到许由在那里清洗耳朵。问他因由,说是尧王让位给他,污染了他耳中的清静,前来洗涮。巢父听了,忙喝住牛,不去饮水,把牛赶往上游。

从那时起,就有了许由洗耳的故事,颍水也变成了洗耳河。

尧造围棋

秋风吹过,天高地阔,气候渐渐凉了。

尧王穿一件葛麻衣裳,四处走访,查看子民秋收的情况。这是个好年景,棒子长,豆子圆,收割庄稼忙不完。尧王只怕好庄稼烂在地里,督促大家日出而作,抢时收获。

晚上,冷月高挂中天了,尧王才回到宫中。此时,宫中还热闹非凡,原来是南方小国送来了稀罕物品。尧王近前,使臣打开箩筐,取出两个五彩斑斓的东西。接过看像是蚕茧,可蚕茧长不过小指,而此物比脚还长,又不像蚕茧,有的雪白,有的亮黄。这东西五色俱全,真不知是何物。尧王只好恭敬请教。

使臣说:"这是冰蚕茧。缫丝织布,缝成衣衫,不仅华美好看,而且结实耐穿,下水不沾,火烧不烂。你虽贵为天子,却节俭朴素,连件像样的衣服也没有,因而,小人不远万里挑来,请尧王收下做件礼服吧!"

尧王听了倒是喜欢,每年祭祀先祖,缺少像样的礼绢,这冰蚕恰是最好的物品,便点头收下。礼品当然不能白收,就叫农官挑选上好的种子赐予来使,让他们按时播种,多打粮食,众人就有了好光景。

冰蚕茧放到后宫,由尧王的夫人去缫丝织布。

尧夫人精细认真,又做得一手好活儿,拿到冰蚕茧珍爱万分,不敢怠慢,很快就缫丝织成一绢。剩余的冰蚕丝,放置后宫,她要待尧王观赏过此绢再纺织。待尧王看过,认为丝绢织得很好,可是再找冰蚕丝,却不翼而飞。

谁敢擅自乱拿宫中物品?尧夫人想到了子朱,找到一看,子朱正拿了冰蚕丝剪成条绺和一帮小孩点火玩耍。果然,那丝火烧不着,沾水不湿,猴崽毛头们看得咂舌称奇。可惜,这么珍贵的宝物就在玩闹间毁坏完了。

尧夫人气得欲哭无泪,急得想打又心痛孩子皮嫩打不下去,想遮盖搪塞,国祭时拿不出绢帛如何交代?为此事煎熬得她吃饭无味,躺卧难睡,不几日,明显瘦弱了。

尧王很快知道了这事,是从大臣那里听说的,大臣是从孩子口中听说的,叫来子朱一问,满口承认。

尧王无奈地看着子朱。

儿子一天天长大,不爱读书,游手好玩,性情又十分暴烈,这样下去,岂不成了害群之马?想到这里,尧王锥刺心肺般地难受,得想个良法改变儿子的性情。此后数天,他每日饭后进屋,闭门不出,时而仰头望天,像在探寻天道衍变;时而伏体在地,像在触摸地理沧桑。

几天后,尧王走出宫门时,一副围棋的方略已经熟烂于心,勾画在绢帛上了。他在阔野走走,看看近水,望望远山,只觉得心胸同视野一样开阔。

这天夜里,火灭光熄,万籁俱静,尧王还和子朱照着松明下围棋。尧王持白子,子朱拿黑子,父子俩凝神端坐,全然不知三星已偏,夜色深沉。看看子朱入神思考的模样,尧王心中暗暗欢喜,但愿这一着管用,能让儿子收心归意,静虑修养,改变他暴烈的秉性。

子朱也真聪明,父亲教他围棋,画格摆子,说明规则,他一听就懂。试走几着,还真出手不错,不是随心所欲,而是潜心考虑过的。连续围棋五六个夜晚,子朱步步进逼,竟然令尧王也苦心思索开了。再过两日,即使苦心思索,尧王都难胜子朱了。

围棋在宫中传播开去,大臣们都喜欢铺摆成局,不少人还和子朱对弈,但是,很少有能战胜他的。

围棋在民间传播开去,子民们都喜欢画格摆子,在田间村头,斗智斗勇。他们还选出高手去和子朱对弈,但是,很少有能战胜他的。

好长一段时间,子朱沉迷在围棋的天地里。

不说子朱终日沉迷围棋,却说从此围棋流传开去,宫廷、民间都喜欢闲时对弈,以静示动,较量智勇。直到今天,围棋还在流行。

尧王访贤

尧王年纪大了,自己感到身体不如先前,便召集大臣商量,要把王位传给一个贤人。

大臣放齐说："那就让您的儿子丹朱继位吧！"

不少大臣也随声附和，尧王听了很不高兴，丹朱怎么能治理国家呢？以前他行为放荡，尽干坏事，经过教育，近来虽有长进，可要让他治理天下那差得太远了！于是，他打定主意，到民间走访，选拔治国安民的贤人。

这一天，尧王跋山涉水来到历山。正是秋后播种的日子，田野里男男女女，老老少少，扶犁、撒籽、耱平，一副人欢马跃的秋播图画。远远望去，宽阔的田野间有一条条土埂，高高低低，长长短短，曲曲弯弯，把男男女女、老老少少分列开来。这是为啥？

尧王走近田边向一位农夫询问，农夫说是田埂，还告诉尧王，过去大家常为田地多少发生口角，有了这田埂，就有了界线，很少再争吵了。

尧王听了很是高兴，想不到田埂用处这么大，忙问是谁先堆埂分田的。农夫指着不远处耕田的一位后生说："就是他，大家叫他舜。"

舜正在扬鞭扶犁，犁前一头黄牛，一头黑牛，并肩迈步走得很谐调。舜扶在犁后，他手中的鞭子下去并不打牛，打的是犁后的一个簸箕。只见他紧跟着牛，精神昂扬，犁过的土地平如湖水，无波无折。待他迎面耕来，尧王近前拦住问：

"小伙子，你为啥只扬鞭不打牛？"

舜见是位生人，腼腆地说："牛为我耕地，出力流汗，我不忍心打它们。再者，我一鞭下去不可能打在两头牛身上。打到黄牛，黄牛走得快；打到黑牛，黑牛走得快，一快一慢，力气不匀，地怎么能耕平？我鞭打簸箕，两头牛都以为我要打它，一齐用力，地耕得又平又快。"

"说得好！"尧王听了舜的回答，禁不住高声夸赞。巡访了那么多地方，还没有见过这么讨人喜欢的后生，既有仁爱心肠，又有智慧才能，人才难得呀！

夕阳西下，众农人卸了牲口，相随回家。尧王和大伙走在一起，亲切拉呱。

众人都说舜好，夸他会种田，会理事，把乡邻的事当成自家的事。他还能把左邻右舍调理得和和美美的，好像是一大家子。尧王暗暗打定主意，就把天下大事交给舜来管理。

尧王嫁女

尧王访贤找到了舜。舜到底能不能担当治理天下的重任？尧王想把两个女儿嫁给他，进一步了解舜。

大女儿叫娥皇，忠厚善良；二女儿叫女英，聪明伶俐。女英年小，姐姐娥皇事事都谦让着她。谦让惯了，女英事事都要掐尖拔头。这不，一听父王将她姐妹俩嫁给舜，女英心里就打开了小算盘，那谁是正，谁是副呢？独自这么谋算也罢，竟然找到尧王撒娇卖乖，要当正的。尧王听了沉下脸说："不行，我要出几道题考考你们，谁赢了谁当正的。"

尧王出的第一道考题是煮豆子,每人给十粒豆子,五斤柴火,先煮熟的获胜。

女英心急手快,马上抱来柴,往锅里加满水,放进豆子,点火一引,柴着了,火苗红红的。女英加一把柴,吹一口气,火着得轰轰烈烈,却听不见锅里水开。她掀盖一看,水平如镜,低头连忙塞柴吹火,吹呀吹,烧呀烧,锅里"吱吱"一声水响了。女英当成水开了,掀盖一看,真扫兴,还是水平如镜。她低下头吹呀吹,烧呀烧,烧得锅里没了声响,直喷热气,水真的开了。可这时娥皇的豆子已经煮熟了。这是怎么回事呢?原来,平日里娥皇经常干些家务活,做饭更是一天三次,干多了就有了经验。她见豆子不多,往锅里加的水很少,点火一烧,水就开了。水开得快,豆子熟得当然也快。这第一次比试娥皇胜了。

尧王出的第二道题是纳鞋底,每人一只鞋底,一条绳,一根针,先纳完者获胜。

女英眼明手快,穿针引线,盘膝打坐,专心致志纳开了鞋底,穿过针,"哧——哧——哧"地拉那细绳,拉呀拉呀,拉过了,绷紧了,又穿一针,又拉那细绳。她拉呀拉呀,不一会儿,胳膊酸了,酸也不敢停歇,已输了一次,这一次万万不能输。女英飞针走线,忙得利落,忙得精干。可是,这时娥皇已纳完了。这是怎么回事呢?原来,娥皇见绳子很长,抽绳太费时间,就剪成短截,纳完一截,再纳一截,当然节省了时间。娥皇又胜了。

女英嘟着嘴,撒开了娇,说:"不算,不算。"

娥皇哄她说:"不算就不算,好妹妹别生气。"

尧王出了第三道题,实际也是正式嫁女了,谁先到历山舜的住址谁是胜者。

女英往窗外一看,院里有一辆马车,一匹骡子,眨眨眼睛来了主意。她说:"马车稳当排场,理应姐姐坐。"

怎么这女英懂得谦让了?才不是呢!是因为马车再快也跑不过单骑去!奥妙就在这里。尧王夫妇和众臣将姐妹俩送到宫外,一声出发,马车和骡子都飞跑开了。马车跑得很快,可还是被骡子落下了好多。一转脸,女英骑着骡子早跑远了,马车却载着娥皇悠悠颠达。看来这一回娥皇输定了。可是,跑了一程,那骡子不跑了,停了下来,女英扬鞭抽打,抽打那骡子也不动。下来一看,这骡子正在生骡驹,气得女英说道:"该死的骡子,误了我的大事,今后别下驹了!"据说从那往后骡子真不下驹了。可那天骡子总得把肚子里的小驹生出来吧!女英急得满头大汗,骡子却不紧不慢地下驹,真没办法!

这时,娥皇坐着马车从从容容赶到了,一看妹妹那样,什么也没说,把她拉上车来,给她擦擦汗,同车前往历山。女英感动得热泪直流,从此不再和姐姐耍小聪明,二人和睦相处,同心辅佐丈夫。

孝子克大难

　　舜是个苦命的孩子，年龄不大，母亲就病故了。父亲又娶了妻子，他就有了后娘。后娘生了个孩子，取名叫象。不久父亲的两只眼睛全看不见了，家里的大小事都由后娘做主。弟弟象长大后，想独占家产，和母亲齐心一闹腾把舜赶到历山种田去了。

　　舜娶了媳妇不能不拜见二老，于是，领着娥皇、女英回到家里。象见了娥皇、女英心生妒忌，暗暗和母亲合计要害死舜。大祸就要临头了，可怜的舜一点都不知道，还把后娘和弟弟的笑脸当成好心。

　　这天傍晚，瞎爹把舜叫过去叙话，要他明天下去掏井。

　　回过屋来，舜说给娥皇、女英，都没往心上放便安歇了。睡到半夜，他们都醒了，只听见有咚咚的声响，燃起松明，屋里屋外看了一遍，什么也不见，响声却不断。夫妻三人正在纳闷，就见炉窝里塌下去一个洞，从洞中钻出一个土头土脸的老头。三人吃了一惊，跪地拜问。老头说：

　　"我是土地神，天帝知道舜明日有杀身大祸，命我来救！"

　　三人叩头谢恩，抬头时不见了土地神，只留着那个小洞。他们起身察看，到底土地神去了何方？又如何救舜脱险？左看右看，连那洞里也用松明照过，都没见到土地神。这时，天已亮了，就听象在敲门，要舜去掏井。

　　舜只好过去，到了井口，钻身下去，还没下到井底已漆黑一团，什么也看不见，伸腿一蹬，竟软软跌落进去。站在井口的象见舜老老实实下去了，撮土下石，把井里填了个满满当当，用脚一踩，长出一口气，说：

　　"看你还能上来！"

　　说完，撒腿便往嫂嫂屋里跑去。快近窗前，听见屋里琴声悦耳，以为是二位嫂嫂弹琴，兴奋得一跃老高，蹦进门槛，落地却傻了眼，怎么是舜在弹琴呢？原来，那舜软软一脚蹬下去，蹬透了井壁，人落进

舜

了旁边的洞里，顺着洞摸着爬着，从前夜土地神露头的洞口爬进了屋里。娥皇、女英提着心等候，见丈夫出来了，好不欢喜。他们这才明白土地神的意思。舜大难不死，兴奋无比，于是弹起琴来。贸然闯进来的象讨了个没趣，说点闲话退了出去。

　　天下没有不透风的瓦房。象落井下石的事情乡邻们知道了，都为舜气愤不平，鼓动他和弟弟、后娘较真论理。舜劝退众人，一如既往地对待后娘和弟弟。哪知，

后娘和弟弟祸心不死,一计不成,又生一计。这一天,舜又被瞎爹唤了过去,爹说:"仓房漏了,明日你上去修理修理。"舜答应了。

舜过屋和娥皇、女英说过,有了掏井的事,二人不能不生疑心,总觉得要提防着些。怎么提防呢? 商量来商量去,没有什么好主意。眼看天色亮了,屋里也有了些亮光。娥皇忽然看见了斗笠,就让舜戴个斗笠上房,应急时可当作落地伞使唤。

舜踩着梯子爬上仓房顶,前坡找,后坡查,哪儿也没有漏洞。忽然,仓房着火了,浓烟翻滚,火苗飘舞。舜探头找梯子,哪里还有呢? 梯子早被象抽掉了,只有凭借着斗笠往下跳了! 他一跳,就听见耳边呼呼风响,连忙握紧斗笠,转眼轻轻落地,而且,不偏不倚正好落在了自己住的屋门口。

不一会儿,熊熊烈火就把仓房烧光了。废墟中还吐着残烟,象跳过来,跳过去,四处翻看,什么也没找见。他琢磨着舜肯定让大火烧成灰了。他好得意,手舞足蹈向哥哥屋里跑去,使劲一撞门,门没关,象扑倒在地,头上磕了个大疙瘩,疼得嗷嗷叫唤。舜上前扶起弟弟,拍拍他身上的土说:

"兄弟,今后不要多礼磕头!"

事情到这儿,象和后娘不敢再加害舜了。舜不是凡人,总有神灵保佑着他。舜不计前嫌,仍像过去那样孝敬父母,善待弟弟。乡邻们都夸他是难得的孝子。

后羿射日

天帝有十个儿子,他们有个共同的名字——太阳。十兄弟住在西天的一棵大树上。天帝规定:他们每天只能有一个到东方的宫殿中去。太阳们也非常听父亲的话,自觉地排着队轮流坐着八匹骏马拉着的大车去东方的宫殿。十个太阳轮流更替,给人间带来了光明和温暖。

人们每天日出而作,日落而息。每当太阳初升,他们就纷纷醒来,开始一天的劳作:男人们拿着工具在田间干起农活,妇女们在家忙活家务,准备饭食,小孩子们则无忧无虑地玩耍。傍晚,天官驾着车将值班的太阳从宫殿中送回到西天的大树上,黑夜便降临了。这时妇女们便开始收拾晾晒的衣物并将热腾腾的饭菜端上桌,男人们陆续回到家中,玩耍了一天的孩子也不得不依依不舍地告别朋友回家去。当天完全黑下来后,大地便又重归寂静,人们都已熟睡。一切都井井有条,非常和美。

有一天傍晚,十个太阳躺在大树上闲聊起来。其中一个太阳说道:"明天终于轮到我了,真是太好了! 我都盼了十天了。"

"唉,还有好几天才到我,真是等不及了。"另一个太阳附和道。

"是啊,在东宫多有意思啊,每天待在这树上实在太无聊了!"

"我们为什么不一起去呢? 反正天帝是我们的父亲,他不会责罚我们的。"

"好啊!""对啊!"其他太阳纷纷附和道。

第二天,所有太阳都起了个大早,不等天官的马车来,便一起飞到了东方的宫殿。

人们从睡梦中苏醒过来,忽然发现不对劲:天比往日亮多了,照得大地一片澄澈,就连远处的景物都能看得格外清晰,一切都显得特别的明亮。抬头望向天空,大家惊讶地发现,天空中竟悬挂着十个太阳!

"大家都来看啊,天上有十个太阳!"人们奔走相告,兴奋异常,并没有觉得有什么不妥,反而觉得这样也不错:天空亮堂了许多,而且庄稼可以吸收更多的阳光,必会长得更苗壮。唯有村里的一个老巫师捶胸顿足,连连惊呼:"不祥之兆啊,不祥之兆啊!"可大家都不以为然。

第一天,除了那个老巫师,所有人都过得很开心,不仅因为看到这样的奇观,而且他们相信这是上天对他们的恩赐。

可是到了第二天,人们明显感到热了许多,光线也更加刺眼,但他们还是没有太在意,仍旧埋头耕种。谁也不会想到,一场灾难正在慢慢逼近。而天上的太阳们此刻正在为愿望实现而高兴不已。

第三天,人们终于体会到太阳可怕的威力了,地里刚浇下去的水马上就干了,人们只能不停地来回奔走取水灌田。可一遍又一遍地浇水也是徒劳无功,禾苗还是很快就枯萎了,大地都裂开了一个个口子。人们感到酷热难当,即便在屋子里头,也觉得像是被放在蒸笼里一样。喝下去的水很快随着汗水蒸发掉了。每个人都觉得又热又渴又疲倦,可是躺下又睡不着,心情烦躁极了。外面的一切似乎都被熔化了,一片萧条。

第四天,十个太阳依旧一起来到东宫,他们玩得非常开心,却没发现他们给大地带来了巨大的灾难。大地开裂,河水干涸,草木枯死,动物们也都纷纷中暑。人们这才真正感到了恐慌。老巫师开始作法祈雨,却起不了任何作用。

第五天,大地上的口子裂得有一人那么宽了;湖泊里的水像开水样沸腾着,鱼儿都被煮熟了;人类也都已奄奄一息,天地间一片凄凉的景象。太阳们看到自己的"杰作",却丝毫没有歉疚之心,反而还觉得非常有趣。瞅着被地面烫得乱蹦乱跳的人们,他们都哈哈大笑起来。

第六天,大地上已经成了人间地狱:森林都在燃烧,越来越多的人被热死,飞禽走兽也死伤无数。可太阳们却继续在天空中怡然自得,看戏般地欣赏着人间的这场灾难。此时人们连抱怨的力气都没有了,勉强活下来的人都躺在滚烫的土地上苟延残喘。

村子里的老巫师痛心极了,可是他的力量实在太微弱了。老巫师又渴又累,感觉自己就要死了。他拼尽了最后一点力气,用自己的鲜血画成一道神符,将人间正遭受的灾难告知了天帝。

天帝忙于政事,许久没有关注凡间的事情了。这天,他接到老巫师的鲜血神符,大吃一惊,没想到才几天的疏忽,凡间就已变成炼狱。他急忙出去察看,只见十个太阳正高悬在空中嬉戏游玩。他顿时勃然大怒,当即命令十个太阳返回。可他们都不理会天帝,依旧玩闹着。天帝被彻底激怒了,他决定惩罚这十个逆子。

仙官中有一个司箭仙官,名叫后羿,是著名的神箭手,能在空中射落飞龙,在百里之外射中彩虹。天帝决定派他和妻子嫦娥一起下凡,去拯救黎民苍生。

后羿来到人间,看到如此惨状,心里很难过,再看看那十个太阳,依旧是一副悠然自得的样子。他顿时怒不可遏,大叫道:"你们已犯下滔天大罪,若再不知悔改,就别怪我箭下无情。"

突然听到地面有人冲他们大喊,太阳们好奇地向下看去,见原来不过是一个小小的司箭仙官,便都笑了起来:"你只不过是个小小的仙官,我们会怕你?不要多管闲事,回去做你的官去吧!"

"你们给大地带来如此大灾难,还不知悔过吗?"

"哈哈,悔过?我们是天帝的儿子,我们根本不会错的。是吧,兄弟们?"

后羿又气又恼:"你们违反天条,天帝已经发怒了,我就是天帝派下来惩治你们的。"

"哼!你用不着拿天帝来吓我们,我们只不过一起出来玩玩而已,有什么罪?是人类自己无能,怪不得我们。"

后羿见这些太阳不思悔改,愤怒不已,不由得厉声喝道:"你们这样冥顽不灵,我就只好对不起了!"

太阳们嘲笑道:"兄弟们,听听吧,一个小小的仙官,要对天帝的儿子不客气了。你们说好笑不好笑?"

"哈哈……"天上的太阳笑成了一片。

后羿自知多说无益,当即取出了天帝所赐的红色弓箭。他拉开了万斤力的弓弩,搭上千斤重的利箭,瞄准了天上火辣辣的太阳。太阳们这才开始害怕了,慌忙叫道:"别乱来,我们可是天帝的儿子,你要干什么?"话音未落,后羿已大手一松,将一支箭射了出去。

只见箭如流星,在天空中划过一道长长的闪电,一下子射中了一个太阳。顿时,天空中传来一阵惨烈的叫声,一个巨大的火球应声而落,摔在地上,砸出了一个大坑。过了一会儿,坑里的火灭了,胆大的人凑过去看,发现坑底躺着一只金色的三足乌。原来三足金乌正是太阳的本形。随后,后羿继续拉弓射日,且越射越勇,天空中又落下了第二只、第三只三足金乌……

后羿连着射下了九个太阳,天气渐渐凉了下来,光线也没有那么刺眼了,池塘里的水停止了沸腾,动物们不再焦躁不安了,人们欢呼雀跃起来。这时,天上的最后一个太阳早已收敛了嚣张的气焰,吓得全身打颤,团团乱转。后羿拔出最后一支箭,瞄准了最后一个太阳。那太阳见此情景早已吓得魂不附体,向后羿求饶道:"大仙,求你手下留情,放过我吧!我再也不敢造次了!"

后羿正欲射箭,转念一想:大地上的生灵还是需要太阳的,如果把最后一个太阳也射死,人类可能面临更大的灾难。于是后羿放下了手中的弓箭。

第十个太阳见状,忙乖乖地退到云层后边去了。

从此，世间又恢复了原来祥和的样子。

嫦娥奔月

嫦娥本是天上的女神，与后羿结为夫妻以后，二人一直在天上过着神仙眷侣的美满生活。直到后羿受天帝之命，下凡惩治十个危害人间的太阳时，嫦娥才跟随丈夫后羿来到了凡间。

后羿为了解救受苦受难的人们，迫不得已用神箭射死了九个太阳。然而，太阳毕竟是天帝的儿子，天帝本来是想让后羿下凡惩罚一下太阳们，让他们不敢再胡作非为，并没有让后羿杀死他们。天帝一连失去了九个儿子，下令要杀死后羿为太阳们报仇。人们感激后羿，纷纷祈求天帝饶后羿一命，众神也站出来替后羿求情。天帝没有办法，只好免了后羿的死罪，但是还是将后羿贬为凡人，从此不得再跨入天庭半步。后羿对天帝感激不尽，决心留在人间帮助人们消灾解难。只可惜嫦娥也因此受到牵连，由仙变成了人。

后羿下凡后，成天在外斩妖除魔，完全顾不上家，而嫦娥也常常埋怨丈夫连累了自己，夫妻感情渐渐疏远。后羿觉得自己愧对嫦娥，他看着妻子终日忧愁，心里很不好受，便下定决心去寻找长生不死的灵药，以弥补妻子所受的委屈。

这长生不死的灵药，据说只有王母娘娘才有。可是，王母娘娘住在昆仑山上，要想到那里必须克服重重险阻，历经水火的考验，非一般常人能忍受。后羿毕竟是天神下凡又是斩妖除魔的英雄，经过一路艰苦跋涉，他终于找到了王母娘娘。

后羿向王母娘娘说明了来意。王母娘娘很同情他的遭遇，便答应送给他两颗长生不死的灵药。临走，王母娘娘特别叮嘱后羿说："这长生不死的灵药采自昆仑山上的不死神树。这神树三千年才开一次花，又三千年才结一次果，所以灵药得来极其不易。如果你们夫妻二人一人吃一颗灵药，便可长生不死；但若一人独吃两颗，就能升天为仙。"

后羿千恩万谢后，兴冲冲地回到家中，把药交给嫦娥，让她好好儿保管，并约定好在月圆之夜一起服下灵药。

嫦娥却多了一个心眼，她想："如果我们一人吃一颗，虽可保长生不老，却再也不可返回天宫做神仙。我何不一人吃了它们，飞升上天后再恳求天帝饶恕后羿，恢复他的司箭仙官之职呢？如果成功的话，我们又可以回到往日的幸福生活中了！"

虽然如此作想，嫦娥毕竟觉得心虚，所以一时犹豫不决。可是她非常怀念以前做神仙的日子，左思右想实在不愿放弃这大好机会。嫦娥决心已定，第二天，后羿一出门，她便独自吞下了两颗灵药。

嫦娥吞下灵药后，顿觉身体轻飘飘的，不由自主地飞出窗户，直向天上飞去。回到天庭后，嫦娥本想求得天帝原谅，恢复他们夫妻二人神仙的身份。

谁知，天帝得知嫦娥独自回到天庭后，非常愤怒。于是下令惩罚嫦娥永远居住在清冷的月宫，不准离开半步。

月宫里冷冷清清，嫦娥的生活非常寂寞，唯有一只捣药的白兔和一棵桂树陪伴她。嫦娥念起丈夫的种种好处，后悔万分。她想重回丈夫身边，可是她踏不出月宫半步，只能在这里孤独地守望。

再说后羿回到家中后，发现妻子偷吃灵药升了仙，虽然很生气，却也无可奈何，只得接受现实。虽然他遭逢如此变故，但他并未心灰意冷，丧失意志，而是继续尽着斩妖除魔的责任并帮助人们解决困难，和人们一起幸福地生活。

每当夜深人静的时候，后羿仰望月亮，想起与嫦娥在一起时的幸福时光，心中不禁生出无限感伤。

吴刚伐桂

从前有个叫吴刚的人，天资聪慧，远胜他人。可惜的是他自恃聪明，目中无人，而且做事缺乏耐心，有头无尾。

起初，吴刚见农民地里的庄稼绿油油的，鲜嫩好看，十分好奇，不禁对种庄稼产生了兴趣，就央求老农教他种地。没几天工夫，他就把地种得像模像样了。不久后，他就觉得种地太简单了，像自己这么聪明的人，做如此简单的事实在是大材小用。

于是吴刚决心离开家乡，到京城去学真本事。他先后拜过许多人为师，学习了很多不同的行当，但结果却是一样的：当他自认为学会的时候，就甩手不干了。

吴刚总是这样告诉自己："人间的事情呀，实在太简单，而且单调乏味，毫无趣味可言。看来，像我这么聪明的人，只有去做神仙，才会让我满意。"于是，他又离开京城，跑到深山中去寻仙问道去了。

"人间的生活太没劲了，我想做神仙，您教我做神仙吧。"吴刚向一位神仙请求道。

神仙听了他的请求，哈哈一笑，说："神仙可不是想做就做的，这需要有坚强的毅力。不过，既然你想学，我可以教你。首先你要学的是医术，这是做神仙的基础，好好学吧！"

吴刚兴奋极了，心想现在终于有机会做神仙了。此后，他每天跟着神仙翻山越岭，采集草药，学习药理。但是，才半个月工夫，吴刚就厌烦了这种四处奔波的生活和枯燥乏味的医术。他央求神仙道："我看医术也挺简单的，没什么好学的，您还是教我点别的吧！"

神仙凝神想了想说："好吧，明天我就教你下围棋。这里面学问可深了，可以培养你的悟性和耐心，帮助你修身养性，助你早日成仙。"

吴刚凭借聪明的头脑，很快就下得一手好棋，大有超过神仙之势。但他觉得这样下去十分无趣，便又缠着神仙说："我看下棋这东西太简单，我已经掌握了要领了,你还是教我些难懂的吧!"

神仙无奈地长叹一声,神色不悦地说:"那你去读天书吧!等你能读懂天书时,我们再相见吧!"

吴刚见神仙如此坚决,便下定决心要读懂天书。他把自己关在一个石洞里,没日没夜地研读。神仙将这一切都看在眼里,欣慰地笑了:"这下他终于安定下来了。"

哪知几个月过去,吴刚老毛病又犯了,他将天书抛在一边,急匆匆地跑去对神仙说:"这本书读来读去都一样,没什么特别,而且每天都这样读实在太乏味。您不是神仙吗,听说神仙可以上天入海,您不如带我到处看看,开开眼界,那可比死读天书有趣啊!"

"好吧。"神仙无可奈何地说,"你想去哪里?"

吴刚想了又想,脑中突然闪过月亮的影子:晚上的月亮又大又美,想必上面一定很好玩。于是他兴冲冲地说:"师父,我们到月亮上去走走吧!"

"没问题。"神仙微笑着说,"你闭上眼睛,我带你去。"

吴刚闭上眼睛,忽然觉得自己轻飘飘地飞了起来,就像一片羽毛般在空中飘荡着。一眨眼工夫,他们就飞到了月宫,神仙说道:"好了,你睁开眼睛吧。月宫到了!"

吴刚举目四望,只见眼前一片萧索冷清的景象,只有一棵大桂树,长得根深叶茂、郁郁葱葱、耸入云霄。

"唉,原来月宫就是这个样子啊,还不如人间呢!"吴刚失望极了,转而请求神仙带他再回人间。

神仙摸着胡子,面带微笑地看着吴刚,说:"你这么没有耐性,是成不了仙的。看到这棵桂树了吗?它叫作'三百斧头',也就是说,有耐性的人砍它三百斧头,就可以把它砍倒;而没有耐性的人无论砍上多少斧头,它都不会有丝毫损伤。如果有一天你能把它砍倒,就证明你有了当神仙的资格,那我就来接你回去,并请求玉帝恩准你成为神仙;要是你砍不倒它,那你就永远在这里砍桂树吧!"

神仙说完,便化作一缕轻烟,消失在无边无垠的天际了。

吴刚悔恨不已,他骂自己"偷鸡不成反蚀一把米"。可是事已至此,他除了拼命地砍那棵桂树,别无他计。但是他禀性难移,总是缺乏耐性,虽历经千万年,时至今日依然在月亮上东一斧头、西一斧头,无精打采地砍着那棵桂树……